Le parfum d'Adam

Jean-Christophe Rufin

Le parfum d'Adam

ÉDITIONS FRANCE LOISIRS

Édition du Club France Loisirs,
avec l'autorisation des Éditions Flammarion.

Éditions France Loisirs,
123, boulevard de Grenelle, Paris.
www.franceloisirs.com

ISBN : 978-2-298-00552-3

L'homme humble va vers les fauves meurtriers.
Dès qu'ils le voient, leur sauvagerie s'apaise.
Car ils sentent, venu de lui,
ce parfum qu'exhalait Adam avant la chute,
lorsqu'ils allèrent vers lui et qu'il leur donna
des noms au Paradis.

Isaac le Syrien
Traités ascétiques

Première partie

1

Wroclaw. Pologne.

Jusqu'aux singes, Juliette n'avait rien ressenti. Ou presque.

Il faut dire que tout avait plutôt bien commencé. Le laboratoire était exactement situé à l'adresse indiquée par Jonathan. Et, en contournant le bâtiment par la gauche, Juliette avait tout de suite repéré la porte de secours, malgré l'absence d'éclairage. La serrure n'opposa aucune résistance à l'action du pied-de-biche. Dans l'obscurité, elle atteignit à bout de bras le boîtier électrique et actionna l'interrupteur. Brutalement, la lumière blanche des néons inonda l'animalerie.

La seule surprise était l'odeur. Juliette s'était préparée à tout sauf à cet écœurant mélange de fourrure sale, d'excréments et de fruits blets. Heureusement, sitôt la lumière allumée, la puanteur avait diminué, comme si elle s'était réfugiée sous les cages, au ras du sol, avec les ombres. Juliette avait haussé les épaules. Il lui fallut tout de même quelques instants pour calmer sa respiration et vérifier qu'elle n'avait pas déchiré ses gants.

Ensuite, elle s'était avancée vers les cages.

Jonathan n'avait rien pu lui dire sur leur emplacement. Selon les besoins de l'expérimentation, les animaux changeaient souvent de place. Leur nombre aussi variait. Certains étaient sacrifiés ; d'autres venaient les remplacer. On les répartissait par lots, en fonction des traitements qu'ils subissaient. Près de l'issue de secours, qui était restée grande ouverte sur la nuit, deux cages superposées contenaient des chats. Ils semblaient encore en bon état. Dès que Juliette avait entrouvert leur porte, ils bondirent dehors et quittèrent la pièce en courant.

Elle n'avait pas eu le temps de se réjouir pour eux. Un coup sourd résonna dans les tuyaux gainés de plâtre qui logeaient au plafond. Immobile, Juliette écouta un long moment. Tout était de nouveau silencieux. « Il n'y a *jamais* personne dans le laboratoire au milieu de la nuit. » Les paroles de Jonathan étaient bien présentes dans son esprit. Mais pour se rassurer complètement, elle dut faire un effort pour se remémorer ses intonations, sentir son souffle dans l'oreille. Peu à peu, la confiance était revenue, plus forte que les bruits.

Alors, elle s'était attaquée aux rongeurs. Elle avait pensé qu'elle aurait affaire à des souris blanches, qui la dégoûtaient moins que les grises. Mais les bêtes qui grouillaient dans les longues cages plates n'étaient ni blanches ni grises. C'était des monstres, tout simplement. Certaines étaient sans poils, d'un rose écœurant, d'autres badigeonnées de vert, d'orange, de violet. Plusieurs rats avaient un regard vitreux, comme si leurs yeux énormes avaient été décolorés et vernis. Juliette se demanda un instant si la place de telles créatures était bien dans la nature. Elle imaginait des petites filles ouvrant leur armoire et tombant nez à nez avec de telles horreurs. À vrai dire, elle n'était pas prise au dépourvu par ces scrupules. Pendant la préparation de l'action, elle avait eu souvent l'occasion d'aborder la question avec Jonathan. Elle avait bien compris que la cause animale n'a rien à voir avec l'utilité des bêtes pour les humains. « Tous les êtres vivants ont des droits, qu'ils soient beaux ou repoussants, domestiques ou sauvages, comestibles ou non. » La leçon était assimilée. Elle avait ravalé son dégoût et laissé les rats aveugles disparaître vers l'extérieur, comme les chats avant eux. Elle s'était même efforcée d'en éprouver une égale satisfaction.

Mais maintenant, c'était le tour des singes. Et ils allaient soumettre les sentiments de Juliette à une épreuve autrement plus rude. Il y en avait cinq, tout petits, étonnamment humains dans leur mimique et leur regard. Ceux qui étaient enfermés deux par deux se tenaient enlacés comme de vieux couples. Quand Juliette les libéra, ils refusèrent de sortir. Elle était tentée d'aller les chercher au fond de leur cage mais elle se retint. S'ils l'avaient griffée ou mordue, ils auraient pu déchirer son gant et faire couler un peu de sang. Il ne fallait laisser aucune empreinte génétique. Elle leur laissa le temps de se décider et alla s'occuper du dernier animal.

C'était un petit ouistiti maigre qui tenait ses longs bras croisés sur le ventre. Son corps était intact, mais il avait, plantées dans le crâne, une dizaine d'électrodes. Elles lui faisaient comme la couronne de plumes d'un chef indien. Sitôt la cage ouverte, il bondit mécaniquement au-dehors et atterrit sur le sol carrelé de blanc. Il resta un long moment sans bouger, à fixer la porte extérieure ouverte. Un peu de vent s'était levé et se faufilait au ras du sol. La coiffe d'électrodes ondulait dans ce courant d'air. Juliette, qui avait bien résisté à l'horreur des animaux repoussants, se sentit moins assurée face à la détresse de cet être si familier. Des frissons agitaient ses petits membres. De lents battements de paupières recouvraient par intermittence son regard habité d'épouvante et de douleur. Juliette, que n'avaient arrêtée ni les risques, ni les obstacles, ni les bruits s'était immobilisée. Elle contemplait le parcours ultime de ce captif impossible à délivrer car il portait en lui les instruments de sa torture. C'était un apitoiement ridicule, elle le savait, un apitoiement sur elle-même avant tout. Mais il n'y avait rien à faire : ce petit singe exprimait toute la solitude et toute la souffrance qu'elle reconnaissait depuis des années comme siennes. C'était la même souffrance qui l'avait conduite jusque-là, dans cette tenue de camouflage serrée aux chevilles, dans cette cagoule noire étouffante, ces baskets trop grandes pour elle. Juliette perdait la notion du temps qui s'écoulait. Or le temps était une donnée essentielle pour la réussite de l'opération.

Soudain, le petit singe rassembla ses forces et se dressa sur ses pattes de derrière. Il fit deux pas vers la sortie puis, d'un coup, tomba sur le côté comme un jouet renversé. Des convulsions agitèrent son corps. Ses yeux se fermèrent, heureusement. Juliette se sentit délivrée du muet reproche que contenait son regard. Elle se secoua, prit conscience du temps et de l'urgence. Combien de minutes était-elle restée inerte ? Il était trois heures dix. Elle prit peur. Même si elle en avait fini avec les animaux, il lui restait encore beaucoup à faire. « La deuxième partie de ta mission a *autant* d'importance que la première. Souviens-toi bien de ça. » Et tout devait impérativement être terminé à quatre heures.

Elle posa le sac qu'elle portait sur le dos et sortit les deux bombes de peinture. Sur le grand mur, entre les deux principaux groupes de cages, elle commença à tracer, à un mètre cinquante environ du sol, la première inscription en lettres-bâtons et en noir : « Respectez les droits de l'animal. »

Elle revint vers le sac, et changea de bombe de peinture. En cursives rouges cette fois, elle écrivit, à bout de bras pour que les lettres s'étalent plus en hauteur que les précédentes : « Front de libération animale. » Elle répéta l'opération sur tous les murs avec d'autres slogans, en s'appliquant à glisser des fautes d'orthographe dans les inscriptions les plus hautes, pour tromper les enquêteurs. « S'il faut faire croire que nous sommes deux, pourquoi ne viens-tu pas avec moi ? » Quand elle avait posé cette question à Jonathan, elle s'en était voulu tout de suite. C'était le seul moment où elle avait discuté ses instructions. Il avait sèchement répondu que les ordres étaient d'exposer le moins de militants possible. Tant mieux ! Elle aurait été bien gênée qu'il soit là maintenant. C'était *sa* mission à elle. Et elle voulait l'accomplir seule.

Elle rangea les bombes de peinture dans son sac. Tout avait été remarquablement vite. Treize minutes à peine s'étaient écoulées depuis son entrée dans le laboratoire. Mais, sous l'effet de l'alerte et du danger, l'acuité de perception avait rendu ce temps plus long, plus dense. Juliette, depuis son enfance, était habituée à voir passer des années d'ennui comme des secondes. Elle savait aussi qu'à certains moments de sa vie, le contraire se produisait : les secondes pouvaient se dilater comme des années. Elle aimait cette impression de plénitude, ces moments d'accélération, même si elle avait appris aussi à les craindre. Et elle sentait que ce phénomène était en train de l'envahir.

La dernière phase était arrivée. Elle mit de grosses

lunettes en plastique, du même modèle qu'utilisent les bûcherons pour éviter les éclats de bois. Dans sa main droite, elle serra le manche de la massette carrée qu'elle avait tirée du sac. L'outil en acier lui parut délicieusement lourd. Tout devait, à partir de là, tenir en moins de trois minutes.

Au fond de l'animalerie, une porte en verre donnait sur une pièce obscure. C'était le passage vers le laboratoire de recherche proprement dit. Les ordres de Jonathan étaient précis. « Pas le temps de finasser, maintenant. Tu frappes et tu cours. » D'abord la porte. Juliette abattit la massette sur le verre dépoli. Il se désagrégea d'un coup et tomba sur le sol comme un rideau de grêle. Elle vérifia qu'il n'y avait pas d'accroc à ses gants. Précautionneusement, elle enjamba le tas de gravats translucides et actionna l'interrupteur. Les longs néons suspendus s'allumèrent les uns après les autres, avec le bruit d'une corde d'arc qui se détend. Comme dans tous les laboratoires du monde, le décor était un mélange d'instruments compliqués et d'intimités humaines : photos d'enfants scotchées au mur, dossiers empilés, dessins humoristiques épinglés sur les paillasses. Une batterie de colonnes à chromatographie alignait ses tuyaux d'orgue à côté de la porte. « Commence à droite et fais le tour. » Juliette leva la massette et frappa l'appareil. De petites esquilles de verre et des gouttes de gélose blanchâtre éclaboussèrent ses lunettes et sa cagoule. Des jus poisseux collaient sur ses gants. Elle était séparée de toute souillure par l'équipement qui la protégeait. Mais surtout, une exaltation voluptueuse était venue avec le danger. Elle atténuait toutes ses perceptions sauf les bruits : éclatement du verre, fracas des tiges métalliques qui s'effondraient sur le sol.

La hotte à écoulement laminaire explosa sur la paillasse en faïence. Juliette progressait méthodiquement, cassait tout avec rigueur et compétence. « N'oublie pas l'analyseur de gène : il ne paie pas de mine, on dirait une vulgaire balance, mais c'est le truc le plus cher. » Elle abattit la masse sur le plateau brillant de l'appareil. Il n'y avait dans ses gestes ni rage ni agressivité. C'était presque une routine de destruction. Le plus étonnant était d'éprouver à quel point cette violence froide libérait l'esprit. Juliette se sentait à la fois sereine et excitée. Les idées, les souvenirs se bousculaient dans sa tête. Elle se tenait sur la lisière dangereuse entre deux précipices. Le rire, les pleurs, elle ne savait pas de quel côté elle allait tomber. La dernière fois qu'elle avait connu une impression semblable, c'était cinq ans auparavant, pendant une manifestation qui avait mal tourné. Elle était tombée par terre, on l'avait piétinée. Elle entendait des cris, sentait des coups. Pourtant, elle riait aux éclats, elle avait des larmes plein les yeux.

Autour d'elle, la grande pièce se couvrait de ruines. Le sol était jonché de débris de verre et de métal, inondé de liquides colorés. La menace du silence avait disparu, remplacée par une cacophonie joyeuse d'éclatements et d'explosions. Juliette sentait une profonde jouissance à imprimer ainsi sa marque sur le monde. Elle qu'on décrivait d'ordinaire en soulignant sa douceur, son effacement, sa timidité, voyait tout à coup son être profond se révéler dans la gloire éphémère d'une métamorphose, comme une larve à laquelle, soudain, auraient poussé d'immenses ailes.

Un implacable compte à rebours avait commencé.

Malgré l'isolement du bâtiment, le vacarme n'allait pas tarder à alerter quelqu'un dans le voisinage. Juliette se força à ne pas accélérer. Elle continua d'agir avec méthode. Jonathan le lui avait recommandé. Surtout, elle ne voulait pas écourter son plaisir.

Enfin, elle rejoignit la porte par où elle était entrée ; elle avait fait le tour de la pièce en brisant tout sur son passage. Seule restait intacte une grande armoire réfrigérée. Deux petites diodes clignotaient en haut et à droite de la façade émaillée. À l'intérieur du grand réfrigérateur, les fioles bien alignées étaient étiquetées en bleu ou en jaune. Un seul flacon était marqué en rouge. Juliette le prit et le plaça dans un étui de téléphone portable bien rembourré. « Casse le reste. » Elle donna un dernier coup, violent et bien ajusté, dans les plateaux de verre de l'armoire réfrigérée. Les flacons explosèrent et leurs contenus coulèrent par terre.

Alors, elle prit conscience que l'opération était terminée. Elle contempla autour d'elle la pièce saccagée. Un froid intérieur la gagna tout entière et elle frissonna. Elle resserra son col d'un geste machinal. Une irrépressible envie de s'enfuir la saisit. Mais il restait encore quelque chose à faire. Elle pensa à la chaussure et la sortit de son sac à dos. C'était un gros soulier d'homme, avec des dessins en zigzag sur la semelle. Elle choisit une flaque rosée sur le sol et imprima l'empreinte de la chaussure sur sa surface poisseuse, presque sèche. Puis elle la replaça dans le sac et en enfila les bretelles. Un silence effrayant pesait maintenant sur les décombres. Elle quitta le laboratoire et retraversa l'animalerie, secouée par un haut-le-cœur. Le petit singe, toujours couché sur son flanc, tenait maintenant ses yeux grands ouverts. Juliette l'enjamba sans le regarder. Après les souris, les chats et les hamsters, c'était à son tour de plonger dans la nuit fraîche, heureuse comme elle ne l'avait plus été depuis trop longtemps. Et elle éclata de rire.

2

Atlanta, Géorgie.

Le sujet se tenait assis, penché vers l'avant. Les deux mains gantées palpaient doucement le bas de son dos. Elles repérèrent un creux entre deux saillies de vertèbres. La fine aiguille, longue d'une douzaine de centimètres, y pénétra lentement. Il n'y eut pas un cri, pas un tressaillement. Le liquide céphalo-rachidien, clair comme l'eau d'une source, se mit à couler goutte à goutte dans les tubes à essais que tendait l'infirmière. Une fois le prélèvement terminé, le docteur Paul Matisse retira lentement l'aiguille, la jeta dans un haricot en carton et se leva.

Il ôta ses gants en faisant claquer le latex et les jeta à leur tour dans le haricot. Une main sur l'épaule du malade, il pressa amicalement ses muscles. Autant il avait été précautionneux pendant l'examen, autant il se montrait vif et bourru maintenant que tout était fini.

— Allez, Nat, tout ira bien. Reste à plat ventre et repos toute la journée. Il faut boire beaucoup, surtout.

Le patient était un Portoricain d'une vingtaine d'années au teint mat et aux cheveux noirs en bataille.

Il sourit, mais quand il pensa de nouveau à ses jambes inertes son regard s'assombrit. L'idée qu'il allait sans doute rester paraplégique toute sa vie l'avait de nouveau envahi. Tout à l'heure, on le ramènerait dans sa chambre et il pourrait de moins en moins échapper à l'évidence. Ses trois voisins de lit étaient comme lui : des victimes d'accidents de voiture ou de moto, de chutes sportives, de traumatismes en tout genre.

Paul Matisse regarda sa montre : onze heures et quart. Le temps pressait. Il feuilleta le cahier de visites : encore deux malades à voir.

— Demande à quelqu'un de monter, s'il te plaît, dit-il à l'infirmière. Il faut que je parte tout de suite. Appelle Milton ou Elmer, je crois qu'ils sont là aujourd'hui.

Ils étaient cinq médecins à la clinique, cinq associés qui s'étaient lancés à la fin de leurs études dans cette folle aventure : créer un centre ultra-moderne pour les pathologies neurologiques et y soigner gratuitement des jeunes « cassés », sans couverture sociale et sans fortune. En moins de trois ans, le succès avait été foudroyant. Les patients affluaient de tous les États-Unis. Du coup, il fallait sans cesse trouver plus d'argent pour faire tourner la maison. L'affaire prospérait du point de vue médical, mais elle devenait périlleuse financièrement. Chaque mois, ils étaient au bord du dépôt de bilan. À cause de sa formation antérieure, Paul assurait de fait les fonctions de directeur. Il devait courir les administrations, les créanciers et les mécènes, ce qui ne lui plaisait guère. Il avait de plus en plus de mal à se garder du temps pour pratiquer la médecine.

Il ouvrit la porte du secrétariat d'un air rogue.

— Où est-il déjà ce rendez-vous ? demanda-t-il à Laura, sa secrétaire, en ôtant sa blouse.

— Au bar de l'hôtel Madison.

Paul haussa les épaules. Il ferma deux boutons de son coupe-vent.

— Pouvait pas venir jusqu'ici, ce type, grommela-t-il, en laçant ses chaussures de vélo à cale-pieds automatiques.

— Essaie de le prendre gentiment. Apparemment, c'est un *très gros* donateur.

— C'est lui qui le prétend. Mais comme il n'a même pas voulu dire son nom…

Paul se redressa et son œil se posa un instant sur le coin du bureau. Il connaissait bien ce panier en plastique rouge : c'était celui où Laura plaçait les factures en souffrance. Il était plein à ras bord. On ne pouvait décidément rien négliger.

— Retour vers deux heures, si tout va bien, lança-t-il en quittant le petit bureau.

La clinique occupait le quatrième étage d'un vieil immeuble de briques. En dessous se trouvait la rédaction d'un journal d'annonces gratuites plus ou moins en faillite. D'ici quelques semaines, il était probable que les locaux seraient disponibles. Une occasion unique d'agrandir la clinique. La situation financière laissait hélas bien peu d'espoir de concrétiser ce projet. Chaque fois qu'il y pensait, Paul était de mauvaise humeur. Au garage, il enfourcha rageusement son VTT.

Il était bien placé pour connaître les risques du vélo dans une ville comme Atlanta. Pourtant, il ne fallait pas compter sur lui pour résister à cette tentation. Son énergie physique devait absolument trouver un exutoire. Lorsqu'il consultait, son calme rassurait les patients. Ils auraient été étonnés de le voir pédaler comme un fou, penché sur son guidon, le dos collé de sueur. Quelle que soit la situation, Paul l'abordait avec une humeur égale. Mais il n'y parvenait qu'en se dépensant furieusement deux heures par jour.

Il n'y avait rien d'exceptionnel dans son physique. Sa carrure n'était pas particulièrement impressionnante, sa taille plutôt moyenne. S'il ne s'était pas surveillé, il aurait eu tendance à prendre un peu de poids. Quand on le regardait bien, son visage retenait l'attention, à cause d'un contraste étrange entre des traits européens et une discrète influence africaine. Sa peau était mate ; ses cheveux noirs, presque crépus et coupés ras, dessinaient deux grands golfes autour de son front. Malgré ses efforts pour être soigneusement rasé, sa barbe vigoureuse renaissait à vue d'œil. Il lui avait abandonné deux favoris qui atteignaient presque le milieu de ses joues. Cela le faisait ressembler au Belmondo de *La Sirène du Mississippi*. Comme l'acteur, il avait eu le nez cassé dans sa première vie et n'avait pas tout à fait rompu avec des airs d'adolescent. Comme l'acteur aussi, son visage était dépourvu de véritable beauté. Mais il pouvait rayonner d'une force et d'un charme redoutables. Il savait rester discret, invisible même. Si on le remarquait, c'était à coup sur parce qu'il avait décidé de faire usage de ses armes.

Le casque sur la tête, penché sur le VTT, Paul se faufilait dans le flot des voitures, grimpait sur les trottoirs, prenait les contresens. Il aimait les villes, toutes les villes d'Amérique où il avait vécu. Il s'était toujours senti en elles comme dans une véritable jungle mais humaine. Il aimait leur géographie compliquée, leurs forêts de maisons, les grandes plaines de leurs places, les vallées que creuse le flot des voitures entre les berges des immeubles. Avec son vélo, il traçait dans ces savanes des sentiers secrets qui n'étaient qu'à lui.

Le Madison était un vieil établissement qui avait dû être successivement un palace, un casino et un squatt. Il était en train de redevenir un hôtel, au prix d'une interminable réhabilitation. Paul se rendait rarement dans cette zone du centre-ville. C'était un lieu de rendez-vous bizarre pour un mécène fortuné. Le vrai luxe était plutôt dans les quartiers modernes de la périphérie. Arrivé devant l'hôtel, Paul constata qu'évidemment il n'y avait rien dans les parages pour attacher les vélos. Il mit pied à terre et tendit son VTT à un voiturier qui arpentait le trottoir.

— Vous prenez ça aussi ? demanda-t-il.

L'homme avait déjà l'air furieux d'être accoutré d'une livrée grise et d'une casquette ronde ridicule sur laquelle était écrit « Madison ». Il toisa Paul avec mépris, détaillant le coupe-vent vert pomme et beige passablement boueux et les chaussures de sport achetées aux soldes d'hiver trois ans plus tôt. Paul lui fit comprendre, en souriant, qu'il n'était pas un coursier, mais avait rendez-vous dans l'hôtel. Le voiturier se résigna à prendre le vélo d'un air dégoûté et à le placer en lieu sûr.

Les couloirs étaient tapissés d'une moquette épaisse, neuve mais ornée de motifs déjà démodés. Paul se demandait comment il allait reconnaître son interlocuteur. Heureusement, le bar, à cette heure-là, était vide. Un seul client était attablé tout au fond, de dos. On ne distinguait que son crâne dégarni.

Paul approcha, fit le tour pour se présenter de face.

Quand il reconnut celui qui l'attendait, il était trop tard. Il eut un mouvement de recul, jeta un coup d'œil vers la sortie. Mais le visiteur s'était déjà redressé et tendait les mains vers lui.

— Mon cher Paul... Pardon, je devrais plutôt dire : mon cher docteur, puisque maintenant...

Le visage tout à coup hostile, Matisse ne saisit pas les mains que lui tendait le vieillard. Sans le quitter des yeux, il resta debout devant lui.

— Vous, murmura Paul.

— Eh oui, moi-même !

Le personnage inclina la tête et mima une révérence d'un autre temps.

— Archibald, poursuivit-il en souriant. Ce vieil Archie, lui-même et en personne. Qui a seulement pris dix ans de plus. C'est bien dix ans, n'est-ce pas ?

— Que me voulez-vous ? prononça Paul

L'étonnement, dans sa voix, le disputait à la colère.

— Vous voir, tout simplement, mon cher ami.

Jusqu'à cet instant, Paul pouvait encore s'enfuir. Mais maintenant le serveur s'était approché sans bruit et lui coupait la retraite. De surprise, il s'assit malgré lui.

— Vous prendrez ?

— Un Coca *light*.

— Un Co-ca li-ght ! répéta le visiteur en martelant comiquement les mots. Toujours au régime, à ce que je vois ! Vous restez musclé, svelte, c'est admirable... Vous n'êtes décidément pas de ceux qui prennent quinze kilos à l'approche de la quarantaine. C'est bien l'année prochaine, pour vous, la quarantaine, ou je me trompe ?

— Que voulez-vous ? répéta Paul.

La fureur était toujours là, mais, peu à peu, elle faisait place à l'impatience d'en finir. Le vieil homme lissa ses cheveux. À sa main osseuse brillait une chevalière sur laquelle on distinguait un vague blason. Il était vêtu d'un costume noir à fines rayures en drap léger, d'une impeccable coupe anglaise. Sa cravate, nouée serré, entremêlait des couleurs qu'on aurait pu croire choisies au hasard. Mais Paul savait qu'elles désignaient pour les *happy few,* avec autant de précision qu'un alphabet, tel collège qu'Archie prétendait avoir fréquenté.

— D'abord, j'ai plaisir à vous voir, mon cher Paul. Ensuite, car je comprends bien que vous avez peu de temps à m'accorder…

— En effet.

— Voilà : je tenais à vous rencontrer pour vous proposer une affaire.

— Un mécénat pour notre clinique, coupa Paul brutalement. Je vous préviens : je n'ai pas l'intention de parler d'autre chose.

— Un mécénat, en effet, approuva Archie tandis que le serveur déposait sur la table la boisson de Paul.

— Allez-y. Je vous écoute.

— Laissez-moi vous dire d'abord combien j'admire ce que vous faites. Franchement, quand vous nous avez quittés, je ne m'attendais pas à ce que vous alliez jusqu'au bout de vos sacrées études. Commencer sa médecine à presque trente ans…

Paul, méfiant, attendait la suite. Entre deux doigts, il pêcha la rondelle de citron qui flottait dans le verre de Coca et la croqua avant de boire.

— Toujours cette habitude, ricana Archie.

Voyant Paul hausser les sourcils, il ajouta :

— Avec le citron.

Paul ne put réprimer un sourire. Comme il le craignait, il était en train de se laisser prendre de nouveau au jeu du vieil homme. Quelques minutes auparavant, il avait la ferme intention de partir et voilà que malgré tout une conversation s'engageait.

— Et puis, choisir de s'occuper de cas désespérés, c'est bien de vous, ça aussi. Tous ces jeunes hommes qui se fichent en l'air sur des motos. Les pauvres ! C'est atroce !

— Écoutez, Archie. Sur la question de vos sentiments humanitaires, je crois en savoir assez long comme ça. Crachez le morceau, c'est tout. Qu'est-ce que vous attendez de moi ?

— Vous avez raison. Soyons directs. J'ai donc, disais-je, été ému d'apprendre ce que vous faisiez. Je me suis aussitôt demandé comment je pourrais vous aider, bien sûr.

— Bien sûr.

— Vous le savez peut-être, j'occupe un siège dans, disons, une demi-douzaine de grands conseils d'administration. Aussi me serait-il possible, peut-être, de diriger vers vous des fonds qui sont actuellement versés pour d'autres causes. Vous n'en feriez certainement pas mauvais usage, qu'en pensez-vous ?

— Exemple ?

— Eh bien, je dirais, mettons, Holson and Ridge.

— Les fabricants de charpentes métalliques ?

— Exact. Ils ont un fonds spécial pour les accidents du travail. Beaucoup d'ouvriers font de graves chutes, chez eux, vous comprenez.

Archie prenait un air navré quand il parlait du malheur des autres. Mais, comme tous les grands carnassiers repus de la vie qui comptent bien en extraire chaque goutte jusqu'à la dernière, il n'avait que mépris pour les vaincus, et Paul le savait.

— C'est une boîte qui marche du tonnerre. Avec la demande chinoise sur l'acier, les profits ont été excellents cette année. Pour le dernier trimestre, ils ont l'intention de donner un million de dollars à une œuvre. Payable à la fin de ce mois, dès qu'ils auront arrêté leurs comptes. Jusqu'ici, ils ont aidé un département de recherche sur les nerfs, dans le New Hampshire. Quelque chose me dit qu'avec vous leur argent serait mieux utilisé. J'ai tort ?

Paul eut la brève vision de l'étage qu'ils convoitaient pour agrandir la clinique. Un instant, il imagina les possibilités liées à cette acquisition, l'augmentation du nombre de lits, les salles de physiothérapie, une chambre pour les familles en visite. Puis il revint à lui et regarda Archie avec colère. Il lui en voulait de l'avoir si facilement ferré.

— Évidemment, ce ne serait qu'un début. Je vous parle d'un concours que nous pourrions obtenir immédiatement. J'ai d'autres idées pour la suite.

— En échange de quoi, Archie ? Autant le dire tout de suite.

Malgré les quatre étoiles de l'hôtel, la climatisation du bar n'était pas parfaite. Archibald sortit un mouchoir blanc brodé à ses initiales et s'épongea le front. Il fallait vraiment qu'il trouve un grand intérêt à cette rencontre pour s'être aventuré jusqu'en Géorgie. Il affectait de considérer le Sud comme une terre absolument barbare.

— Votre métier ne vous manque pas, hasarda-t-il. Je veux dire le premier ?

Paul se raidit.

— Il y a dix ans que j'ai décroché, Archie.

— Qui peut prétendre partir tout à fait ? Ce que l'on a fait à vingt ans ne s'oublie jamais, n'est-ce pas ? D'ailleurs, il paraît qu'à la clinique on vous a surnommé Doctor Spy…

Il ne laissa pas à Paul le temps de protester et leva la main.

— Je sais, je sais, vous êtes médecin et vous ne voulez plus rien savoir d'autre. La politique internationale vous dégoûte. Vous n'ouvrez jamais un journal. Vous vous êtes fait oublier de vos anciens amis. (Pas de tous, cependant, la preuve.) Je respecte vos choix. Pourtant, on ne m'ôtera pas de l'idée que l'espionnage a été une étape importante de votre vie. Il me semble de surcroît que ce fut une excellente préparation pour ce que vous faites maintenant. Écouter, reconstruire une énigme à partir d'indices et ensuite agir : n'est-ce pas exactement ce que l'on attend des médecins ?

Paul aurait dû se lever et partir. Il était encore temps. Pourtant, il sentait qu'il en était incapable. Archie avait repris sur lui cet ascendant bizarre, fait de sympathie, d'irritation, d'humour partagé, de goût commun de l'action qui avait eu raison pendant tant d'années de tout ce qui les séparait profondément.

— Vous savez que je n'ai aucune intention de revenir à la Compagnie.

— Rassurez-vous, Paul, je n'y suis plus non plus. Le service public, fût-il un service secret, n'a plus aucun charme pour moi. Ce sont des bureaucrates maintenant et quand on se souvient de la CIA de la grande époque, celle que nous avons connue… Non, voyez-vous, je suis à mon compte, maintenant. Comme vous, en quelque sorte.

Paul ne releva pas la comparaison.

— Vous pouvez être rassuré, poursuivit Archie. Ce n'est pas une mission que je suis venu vous proposer. C'est un coup de main.

— Un coup de main pour qui ?

— Pour moi.

Archie avait toujours su se faire suppliant. Avec l'âge, sa mimique modeste et désarmée devenait presque crédible.

— Un coup de main pour vous, mais payé par un mécénat de Holson and Ridge, ricana Paul. Toujours le roi du trafic d'influence.

Le vieil homme plissa le nez et rajusta sa cravate.

— Ne me faites pas de peine, Paul. J'ai horreur des gros mots. Tout le monde a à gagner, dans l'affaire que je vous propose.

— De quoi s'agit-il ?

Archie se recula sur la banquette et regarda autour de lui. Il n'y avait toujours personne dans le bar à l'exception du garçon, qui essuyait des verres derrière le comptoir. Malgré le mal qu'il se donnait pour le cacher, il était clair qu'il écoutait la conversation. Archie lui jeta un regard noir.

— Dans un endroit comme celui-ci, je préfère ne pas trop en dire. J'ai besoin de quelqu'un comme vous, Paul, voilà tout. Or, quelqu'un comme vous ça n'existe pas. Il y a vous et c'est tout. Je ne connais personne qui soit allé aussi loin dans votre ancien métier, c'est-à-dire dans le nôtre, et qui soit ensuite devenu médecin. En ce moment, il me faut les deux, vous comprenez ? J'ai *tous* les profils dans mon agence, mais pas le vôtre et j'en ai besoin.

Paul ferma les yeux. En théorie, cette proposition était tout ce qu'il redoutait. Depuis dix ans, il avait craint d'être rattrapé par son passé. Maintenant, c'était fait. Et pourtant, il ne ressentait rien. Cet événement lui semblait dans l'ordre des choses. Au fond, il l'attendait. À cet instant, l'image de Kerry lui revint en mémoire. Elle se tenait debout face à une cible d'entraînement et lui souriait en rechargeant son Glock.

— Vous m'écoutez ? répéta Archie en se penchant par-dessus la table.

— Bien sûr, bredouilla Paul.

— Je vous le répète, ce serait l'affaire d'un mois tout au plus. Je sais que vous avez quatre associés. Vous pouvez bien vous faire remplacer pendant un mois, n'est-ce pas ?

Derrière ses manières policées et son ton de plaisanterie, le véritable Archie pointait le nez. Il avait probablement tout étudié, et tout prévu, connaissait exactement la situation de la clinique, les possibilités de Paul. Et ses désirs profonds.

— Vous savez déjà tout, c'est ça, Archie ? Je suppose que vous connaissez par cœur le compte d'exploitation de ma boîte et même la couleur de mes sous-vêtements.

— Je sais ce qui est utile. D'ailleurs, en ce qui vous concerne, pour être tout à fait franc, je le sais depuis dix ans. Je ne vous ai jamais perdu de vue, mon petit Paul. Mais vous devez reconnaître que je ne vous ai jamais dérangé non plus.

L'argument était assez juste. Paul, malgré tout, lui était reconnaissant de cette longue discrétion.

— Je compte sur vous, s'écria vivement Archie, en posant sa main sur l'avant-bras de Paul, comme pour capturer symboliquement sa volonté. Je vous en dirai plus quand nous nous rencontrerons à l'agence.

Sur la table en fausse racine de bruyère, Archie fit glisser une carte de visite avec la souplesse d'un joueur de baccara. Paul considéra la carte un long instant sans la toucher. Enfin, il la mit dans sa poche. Il grommela un mot à l'adresse d'Archie, se leva et quitta le bar à grandes enjambées.

— À bientôt, dit Archie d'une voix trop basse pour espérer être entendu…

Puis il sortit le *Times* de Londres qu'il avait posé sur la banquette à côté de lui et se plongea dans sa lecture en souriant.

3

Providence. Rhode Island.

L'avion avait fait un long virage à basse altitude au-dessus des falaises de la côte et Paul s'était demandé s'il n'était pas victime d'une mauvaise plaisanterie. Dans le soleil du matin toutes les villas éclataient de blancheur, jetées comme des dés d'ivoire sur le tapis vert cru des pelouses et des golfs. C'était une villégiature de vacances, à la rigueur un lieu de retraite pour gros salaires. En tout cas, pas le genre d'endroit où l'on s'attendait à trouver une agence de renseignement.

À partir de Westerly Airport, Paul avait été un peu rassuré : le taxi l'avait emmené dans un arrière-pays couvert de bois sombres, plus conforme à l'idée que l'on se fait du travail. Au détour d'une route de campagne, ils étaient tombés sur une enceinte de sécurité ultra-moderne. Ils l'avaient longée sur près d'un demi-mile avant de découvrir une grille coulissante. Elle était surveillée par deux gardes munis de talkies-walkies. Le taxi ne fut pas autorisé à entrer. Paul dut effectuer à pied les cent mètres d'allée qui le séparaient du bâtiment principal. Sur quatre étages, la façade de l'immeuble était tout en verre et reflétait les bouleaux et les chênes du parc. Le porche était protégé par un auvent de béton brut.

Archie l'attendait dans le hall. Il se précipita à sa rencontre.

— Je suis heureux que vous soyez venu ! s'écria-t-il, en soldant par cette simple phrase le compte des effusions. Cela tombe bien que vous arriviez maintenant. J'ai réuni quelques-uns de mes collaborateurs. Je vais vous les présenter.

Il entraîna Paul vers les ascenseurs. Au dernier étage, ils débouchèrent dans un corridor aveugle et entrèrent dans une longue salle de réunion. Elle formait comme un pavillon de verre entouré de terrasses. Le bruit des conversations s'éteignit à leur arrivée. Archie reprit sa place et installa son visiteur à sa droite.

— Très chers amis, voici Paul Matisse. Le vrai, l'unique, le fameux dont je vous ai souvent parlé. Je vais devoir écourter notre réunion pour travailler avec lui. Avant de m'en emparer, j'aimerais que chacun se présente rapidement. Il se peut qu'il ait bientôt besoin de vous. Autant qu'il mette de vrais visages sur vos faux noms.

Autour de la longue table ovale, chacun annonça son identité de travail, sa fonction, et donna un court aperçu de ses origines professionnelles. Les hommes étaient un peu plus nombreux que les femmes. Pour la plupart, ils étaient assez jeunes. Pratiquement tous avaient fait leurs classes dans les grandes agences fédérales de renseignements, d'investigation policière ou de douane. Leurs compétences couvraient l'ensemble des fonctions d'un service secret opérationnel.

Tous s'exprimaient d'une façon simple et directe, très professionnelle. Cela tranchait sur les manières mondaines et faussement modestes d'Archie. Paul fut favorablement impressionné.

— Il me semble que cette présentation est assez complète, conclut Archie en posant ses deux mains à plat sur le verre qui couvrait la table. Si notre ami Matisse a besoin d'autres informations, il viendra vous voir directement.

Dans un grand bruit de chaises bousculées, les participants se levèrent et prirent congé.

— Vous avez vu ? dit Archie en tirant sur son gilet et en lissant sa cravate. C'est la Compagnie en plus petit mais en beaucoup mieux. Pas de gras, rien dans les placards, aucune branche morte.

Il attrapa une canne qu'il avait posée par terre près de son fauteuil et se leva prestement.

— Vous le découvrirez à l'usage : ils sont tous compétents et passionnés. Tenez, Martha par exemple, la fille qui était ici, près de la fenêtre. Elle s'occupe des filatures. Rien à voir avec la CIA de papa, tous ces types que personne ne pouvait virer et qui traînaient leurs guêtres dans les rues en se faisant repérer au bout d'un quart d'heure. Fini les simagrées d'autrefois, les trucs d'amateur. Martha, c'est la nouvelle génération. Elle vous organisera où vous voulez le repérage d'une cible et son suivi au mètre près avec GPS, mouchards satellites et autres gadgets. Et Kevin, le petit qui était au fond : un génie de l'informatique. Vous avez sans doute remarqué Clint aussi, avec sa chemise de cow-boy et ses boots. On dirait qu'il sort des *Sept Mercenaires*. Pour les interceptions, les écoutes, il est absolument fantastique.

La salle était vide et Archie désignait les chaises en désordre en les regardant avec tendresse.

— Allons déjeuner. C'est assez loin, nous aurons le temps de parler en route.

Une longue Jaguar vert wagon les attendait sous le porche. Ils s'installèrent à l'arrière sur des sièges en cuir crème. Le chauffeur ferma la porte d'Archie. Quand Paul tira la sienne, il reconnut la lourde résistance caractéristique des carrosseries blindées. Sans bruit, la voiture descendit l'allée jusqu'à la grille. Ils filèrent ensuite par de petites routes dans la campagne boisée.

— Pourquoi avoir choisi de vous installer au Rhode Island ?

— Oui, je sais, je sais, dit Archie avec coquetterie. Tout le monde pense que c'est un coin pour les vacances de riches. Le Rhode Island est un des États les plus chers d'Amérique. Dans un trou perdu comme l'Arizona, nous pourrions avoir quatre fois plus d'espace pour le même prix. Mais ici, voyez-vous, nous sommes à un jet de pierre de New York et de Boston. Pour mes rendez-vous à Washington ou à Langley, je prends l'hélicoptère et il me faut à peine une heure.

Archie jeta un coup d'œil subreptice à Paul. En le voyant sourire, il secoua la tête.

— Au fond, pourquoi ne pas parler franchement ?

Vous savez la vérité : je ne peux pas survivre en dehors de la Nouvelle-Angleterre. Voilà tout.

Ceux qui ont baigné longtemps dans les milieux du renseignement finissent toujours, tôt ou tard, par trouver leur vérité, c'est-à-dire par la choisir. La vérité d'Archie, c'était l'Angleterre. Une Angleterre mythique à laquelle il avait longtemps rêvé d'appartenir, et dont il avait fini sincèrement par se croire originaire. Malgré tout, cependant, il était américain et ne pouvait l'oublier. Il se consolait en se tenant au plus près de sa patrie de cœur, c'est-à-dire en habitant dans ces parages de la côte Est où les manières British semblent presque naturelles.

— Et puis, ajouta-t-il suavement, les terrains sur lesquels est construite notre Agence sont situés sur le comté de Providence. Il m'est assez agréable de penser que cette ville a été créée jadis par un homme libre. Il prêchait la tolérance religieuse à une époque où l'Amérique était la proie de tous les excités fanatiques.

Henry Williams, le fondateur de Providence, était surtout un fugitif. Sans se l'avouer, c'était à ce titre sans doute qu'il était cher au cœur d'Archie. Car avant de se découvrir anglais, le jeune Archibald avait débuté dans la vie comme un Italien né en Argentine dans une famille d'origine juive. Il avait émigré aux États-Unis avec ses parents quand il avait cinq ans.

— Alors, fit Archie en se calant au fond de son siège, que dites-vous de Providence, je veux dire de notre nouvelle agence ? Elle vous plaît ?

Paul savait qu'avec Archie mieux valait ne pas tomber dans le piège des compliments. À ce jeu-là, il battait tout le monde.

— J'aimerais surtout comprendre comment vous

arrivez à faire tourner votre organisation. Vous êtes une filiale privée de la CIA, c'est bien ça ?

— Pas du tout ! se récria Archie. C'est notre plus gros client, d'accord, mais je dirai presque que c'est par hasard. Au début, quand j'ai créé l'agence de Providence, c'était justement pour n'avoir plus rien à voir avec la Compagnie.

À l'époque où Paul avait quitté la CIA, Archie était le numéro trois de l'institution. Il y était entré au moment de sa fondation et semblait faire partie des meubles.

— Vous vous êtes fâché avec quelqu'un ?

— C'est vrai ! J'oubliais. Vous n'avez pas suivi ce qui s'est passé. Vous êtes coupé du monde, naufragé volontaire.

Paul haussa les épaules.

— Je vous résume tout ça en deux mots, dit Archie. J'ai quitté la CIA deux ans après vous. Il y a huit ans maintenant. Je ne me suis fâché avec personne. J'aurais pu finir tranquillement au poste où j'étais, et même prolonger comme conseiller spécial du nouveau directeur. Mais je n'ai pas voulu. Nous avons vécu l'enfer à cette époque-là. Personne ne pouvait prédire ce qu'allait devenir le renseignement après la disparition du communisme et il n'y avait pas de raison d'être très optimiste... Il y a eu la première guerre du Golfe, la Bosnie, la Somalie, tous ces cafouillages. Nous jouions à nous faire peur pour nous croire encore indispensables. Mais aucune de ces crises ne constituait une vraie menace pour l'Amérique. Nous cherchions désespérément un ennemi.

Paul hocha la tête. Il se rappelait bien le blues de ces années-là. Il sortait de sa formation gonflé à bloc. Il s'attendait à trouver un combat clair, et légitime, comme au temps de la guerre froide. Au lieu de cela, il ne rencontra que l'humiliation, l'échec et le sentiment d'être engagé dans une activité dérisoire et sale.

— Vous êtes parti à temps, poursuivit Archie. Vous avez échappé aux règlements de comptes. Les gens qui ne nous aimaient pas – et il y en avait beaucoup – en ont profité pour nous rogner les ailes : réductions budgétaires, commissions d'enquête, scandales publics. À l'intérieur de la Compagnie, tout le monde s'est mis à ouvrir le parapluie : plus de renseignement humain pour ne pas frayer avec des milieux dangereux. Plus d'action, d'action musclée, je veux dire. Priorité à la technologie ! Ceux qui avaient un peu de conscience professionnelle se sont dit qu'il était temps de s'en aller. Pour sauver ce qui pouvait être sauvé, il fallait l'exporter vers le privé.

— Et comme vous étiez le plus ancien dans le grade le plus élevé, vous avez été chargé de déménager les meubles, c'est ça ?

— Personne n'a été chargé de rien. Nous sommes partis en douce, chacun pour soi. Et on s'est débrouillé dans sa spécialité. Vous vous rappelez par exemple Ronald Lee ?

— Le patron des commandos ?

— Oui. Avec des gens de son département et quelques autres, des Sud-Africains notamment, ils ont monté une grosse agence de sécurité privée. Protection, contrôle des risques, interventions sur des prises d'otages, éliminations de menaces pour les industries américaines à l'étranger, ce genre de chose. Je vous cite celui-là parce que sa boîte a fait pas mal parler d'elle. Ils ont été assez stupides pour tenter d'organiser un coup d'État à São Tomé. Vous avez dû en entendre parler. Ils sont tous en prison là-bas. Mais il y en a beaucoup d'autres.

La voiture filait entre des collines de plus en plus construites. Bientôt, elle atteignit une partie escarpée de la côte d'où l'on dominait la mer. En contrebas, on pouvait voir des amas de roches noires ourlés d'une dentelle d'écume. Ils descendirent jusqu'au rivage et se garèrent près d'un phare en granit, peint d'un damier rouge et blanc.

Paul n'avait pas quitté Atlanta et ses fumées depuis longtemps. Il respira à pleins poumons l'air vif chargé d'odeurs de sel et de varech. Des mouettes piaillaient autour du phare. Archie l'entraîna vers une longue bâtisse en brique, percée de fenêtres blanches à guillotine. Sur une enseigne étaient peintes une tête de marin et une chaloupe de baleinier. À en juger par la date inscrite dessus, la maison servait d'auberge depuis près de trois siècles.

L'intérieur était composé de pièces basses aux poutres goudronnées de fumée. Sans attendre l'intervention du maître d'hôtel, Archie traversa tout le rez-de-chaussée. Il entra d'autorité dans un petit salon où était dressée une table de deux couverts. Par les carreaux de la croisée, on ne voyait que le ciel et l'eau. De temps en temps, une gerbe d'écume bondissait jusqu'au ras des vitres.

— On peut parler ici ? hasarda Paul, en jetant un regard circonspect sur les murs décorés d'assiettes en porcelaine bleue.

— Aucun problème. Nous connaissons bien l'établissement, dit Archie en dépliant sa serviette amidonnée. À vrai dire, il est à nous.

Il composa un menu, en accord avec Paul et selon les suggestions du maître d'hôtel.

— Et apportez-nous un bordeaux ! Quelque chose de bien… Château Beychevelle, par exemple. Un 95, surtout.

Quand le serveur eut quitté la pièce, il ajouta en souriant :

— L'année où vous nous avez abandonnés…

Ils déjeunèrent paisiblement. Archie eut la délicatesse de ne pas aborder tout de suite les questions professionnelles. Il s'enquit de la vie quotidienne de Paul, de ses projets. Il s'interrompit pour goûter le vin. Il ne le faisait pas à la française, avec le sourire et une expression de contentement. Il prenait l'air grave et offensé des Anglais qui font comparaître leur breuvage devant un véritable tribunal. On le sentait prêt pour requérir l'acquittement ou la mort.

Finalement, Archie prononça un non-lieu.

— Buvable, dit-il.

Ensuite, il évoqua tristement sa femme. Paul ne l'avait jamais vue. Elle était décédée deux ans auparavant. Sa disparition semblait l'avoir parée à titre posthume de toutes les vertus. Pourtant, de son vivant, Archie ne trouvait jamais de mots assez durs pour s'en plaindre. Ses quatre filles avaient pris la relève de leur mère. Il soupirait qu'elles le ruinaient. Elles semblaient ne s'être mariées que pour y parvenir plus vite. Tous ses gendres étaient au chômage et, pire, aucun n'était anglais. Archie ne manquait pas d'humour sur lui-même, mais sur ces sujets, il ne souffrait pas la moindre plaisanterie.

Le maître d'hôtel proposa des desserts qu'ils refusèrent. Avec les cafés, Archie commanda des alcools et choisit cérémonieusement un armagnac. Il fit toute une série de simagrées avec le verre ballon, le chauffa dans sa main, le tourna, le huma pour finalement avaler d'un trait une grande rasade, en grognant.

— Que disions-nous déjà, en arrivant ? Ah, oui, je vous parlais des nouvelles agences privées.

— Nouvelles, si l'on veut. Il en a toujours existé, me semble-t-il.

— Oui et non. Quelques affaires, bien sûr, vivotaient depuis longtemps. Elles étaient généralement ouvertes par des gens de la Compagnie que l'on avait remerciés et qui n'étaient pas bons à grand-chose. Ils décrochaient deux ou trois petits contrats avec des boîtes privées que leur esbroufe d'anciens agents secrets impressionnait. Ensuite, au mieux ils végétaient, au pire, ils écrivaient leurs Mémoires.

Paul, après son départ, s'était vu offrir quelques collaborations de ce genre et les avait poliment déclinées.

— Je vous avouerai que quand je me suis lancé, dit Archie, je pensais bien subir le même sort. Au lieu de ça, miracle ! Nous avons assisté à un renouveau complet de l'intelligence privée, une chance historique, un véritable âge d'or. La déliquescence de la CIA nous avait ouvert un boulevard.

— La Compagnie va toujours aussi mal qu'avant ? Il me semblait que depuis le 11 septembre, il y avait eu une reprise en main.

Paul n'osait pas avouer qu'au lendemain des attentats de New York, il avait failli tout plaquer pour revenir dans les services secrets. Il avait même appelé deux de ses anciens collègues pour les sonder sur cette possibilité. Mais la conversation avait dévié à chaque fois vers des questions d'ancienneté et de salaire. Il n'avait pas donné suite.

— Je croyais que vous ne lisiez pas les journaux, ironisa Archie. Vous avez tout de même entendu parler du 11 septembre ?

— J'ai deux de mes gamins à la clinique qui sont restés tétraplégiques dans les tours.

— Excusez-moi. Je ne fais pas toujours des plaisanteries de bon goût. En tout cas, vous avez raison. Depuis la tragédie du World Trade Center, le gouvernement s'est ressaisi et la CIA va mieux. Aussi bien en tout cas qu'elle puisse aller avec ses structures bureaucratiques et ses mauvaises habitudes. Mais cette amélioration nous rend plus indispensables que jamais.

Il n'y avait rien qu'Archie n'aimait savourer comme le mélange en bouche d'un bon mot et d'une fine liqueur. Les yeux plissés, il fit fondre sa dernière phrase dans une gorgée d'armagnac.

— Nous sommes indispensables parce que l'agence aujourd'hui a besoin de résultats.

Il marqua un temps puis ajouta :

— Comment obtenir des résultats alors que les entraves qui ont été mises pendant les années noires n'ont pas été levées ? C'est simple. La Compagnie est obligée de sous-traiter dans tous les domaines. La détention des suspects, par exemple. Avec les contrôles parlementaires, les règles de droit, les défenseurs des libertés, etc. Comment enfermer quelqu'un suffisamment longtemps pour le neutraliser et en tirer quelque chose ? Il faut sous-traiter à des États moins regardants. Tout le monde sait maintenant que la Compagnie dispose d'un large éventail de prisons secrètes, publiques ou privées à travers le monde. Et, bien sûr, il faut des agences privées pour gérer les transferts, les contrats, les relations avec les pays hôtes. Même chose pour les interrogatoires. De nos jours, on ne peut plus interroger un suspect aux États-Unis. L'interroger vraiment, vous voyez ce que je veux dire ? Là encore, il faut sous-traiter.

Paul commençait à se sentir enfermé et il aurait bien aimé se dégourdir les jambes. Il regardait avec envie les voiliers qui régataient dans la baie, gonflés d'air pur.

— Ça vous gêne si j'ouvre un peu la fenêtre ?

— Pas du tout. Dès qu'ils serviront les cafés, nous pourrons même faire un tour dehors.

Paul leva le panneau de la fenêtre, s'assit sur le rebord et reprit la conversation.

— Vous étiez en train de me parler de vos nouvelles activités : détention arbitraire, torture. Coups d'État, aussi, je suppose ?

— Vous êtes irrésistible, fit Archie en retroussant sa lèvre supérieure.

Il regarda tristement le reste de l'armagnac pleurer sur les parois de son verre.

— Non, voyez-vous, notre business est resté très classique. L'agence de Providence est une bonne vieille structure polyvalente. Du renseignement de qualité, un peu d'action si nécessaire, mais avec des méthodes modernes et du personnel de pointe. Au fond, j'ai continué à faire dehors ce que j'ai fait dedans pendant toute ma vie. Et l'histoire m'a rattrapé.

Une fois de plus, pensa Paul.

— Ce qu'il faut bien comprendre, souffla Archie en se penchant et en baissant le ton comme pour livrer un secret, c'est que la CIA n'a pu se relever qu'en mettant le paquet sur un seul dossier : celui de l'islamisme. Pour mobiliser un mastodonte bureaucratique comme celui-là, il faut un mot d'ordre simple. Autrefois, c'était la lutte contre les Rouges. Aujourd'hui, c'est la guerre aux Barbus. Les gens de la Compagnie ont dû faire un immense effort pour se mettre à niveau sur ces sujets. Cela supposait d'apprendre de nouvelles langues, de renouveler les fichiers et les profilages, d'assimiler une histoire différente. Ils sont en train d'y arriver. Et comme leur nouvel ennemi a des ramifications partout, on a l'impression qu'ils surveillent le monde entier. En réalité, c'est faux.

L'alcool lui avait déjà un peu anesthésié la bouche. Archie but d'un trait le café bouillant que le serveur venait à peine de lui verser.

— Dans le monde d'aujourd'hui, reprit-il avec une grimace d'amertume, il y a bien d'autres menaces que les barbus. La CIA ne peut pas les surveiller toutes. Elle ne peut pas non plus s'en désintéresser. On ne sait jamais ce qui peut être important demain. Après tout, Ben Laden a d'abord été pris pour un rigolo. Rien de ce qui paraît bizarre, un peu marginal, vaguement dangereux mais pas prioritaire, ne peut être négligé. Alors, plutôt que de classer une affaire tordue ou d'immobiliser des moyens publics pour pas grand-chose, on fait appel à nous.

— Comment faites-vous en pratique ? C'est vous qui choisissez vos sujets ou bien vous courez des lièvres quand on vous met sur leur piste ?

— Nous avons un département géopolitique avec des analystes. Mais nous ne pouvons pas rivaliser avec la Compagnie dans ce domaine. La plupart du temps, c'est tout à fait comme vous dites : nous courons des lièvres. On nous fait démarrer sur un indice, un détail bizarre, un bout de piste qui n'a pas l'air bien sérieux mais qu'on ne veut pas laisser au hasard. Alors, on tire le fil. Parfois il nous mène loin. Parfois il casse tout de suite.

— Et ça vous suffit pour faire vivre la boîte ?

— Les contrats sont assez généreux, vous savez. Et nous en avons beaucoup.

Paul sourit. Dans l'aveu d'Archie, il avait reconnu cette forme particulière de puérilité qui l'avait toujours frappé, par-delà les mots graves et les actions violentes. Dans l'univers du renseignement, tout le monde s'efforce de prendre l'air menaçant ou préoccupé. Mais, en réalité, ce qui domine c'est le plaisir assez enfantin de jouer. Archie n'appartenait plus à un service de l'État. Cela le dispensait désormais de chercher des justifications morales à ses actions. Il n'avait plus besoin de se faire passer pour un héroïque défenseur du monde libre. Sa motivation était clairement l'argent. Cette simplicité ôtait à son propos le vernis hypocrite qui altère d'ordinaire les vraies couleurs, crues mais assez gaies, de l'espionnage.

Dès que Paul eut terminé son café, Archie se leva et l'entraîna dehors. Ils sortirent par une petite porte du côté de la mer. L'eau n'arrivait pas tout à fait jusqu'à la maison. Ils rejoignirent les abords du phare, d'où partait une longue jetée.

— Tout au bout, là-bas, il y a un petit belvédère, dit Archie en désignant la jetée, allons-y pour nous dégourdir un peu les jambes. Et puis, j'ai une confidence à vous faire.

— Vous avez un lièvre pour moi.

— Dieu ! s'écria Archie en frappant le sol du bout de sa canne à pointe ferrée. Que vous êtes intelligent !

4

Providence. Rhode Island.

— L'an dernier, nous avons ouvert un petit bureau à Londres, dit Archie. Pas pour opérer en Angleterre, évidemment. Les Brits sont excellents pour le renseignement. Ils n'ont pas besoin de nous. En plus, ils sont assez hostiles à la sous-traitance pour leurs propres affaires. Notre bureau de Londres est juste une tête de pont pour explorer de nouveaux marchés sur le continent.

La jetée se rétrécissait à mesure qu'ils avançaient. Ce n'était plus qu'un étroit ruban de ciment déroulé sur les roches. L'éclaircie se confirmait. La mer, vers l'ouest, prenait la couleur du vieil étain.

— Il est trop dangereux aujourd'hui de dépendre d'un seul client. L'agence de Providence doit sans cesse diversifier ses sources de financement. Un peu comme votre clinique…

Paul tourna la tête pour voir si Archie plaisantait, mais il avait l'air tout à fait sérieux et suivait son idée.

— À terme, je lorgne évidemment vers l'Extrême-Orient, poursuivit-il. D'ailleurs, je vais bientôt partir pour une longue tournée là-bas. Mais en attendant, nous sommes d'abord allés au plus facile, c'est-à-dire en Europe. Pas tellement en Europe de l'Ouest. Les Hollandais et les Belges sont une chasse gardée de la CIA, l'Italie aussi. Les Français pourraient bénéficier de nos services s'ils étaient lucides sur eux-mêmes. Mais c'est un peuple bizarre. Il ne pense pas comme le reste de l'humanité. Cela dit sans froisser votre sensibilité, j'espère.

Paul ne releva pas l'allusion. C'était une vieille plaisanterie entre eux. Archie ne perdait jamais une occasion de le traiter de Français, parce qu'il était né à La Nouvelle-Orléans.

— Non, le vrai marché émergent c'est l'ancienne Europe de l'Est. Il y a là une vingtaine de pays qui sortent d'un demi-siècle de dictature. Leurs services secrets ne sont pas incompétents. Les dissidents en ont fait l'expérience. Mais ils continuent de fonctionner avec une tradition de brutalité un peu démodée. Ils ne sont pas très adaptés au monde actuel. Dès que les choses deviennent un peu complexes, ils sont désemparés.

Ils étaient arrivés au bout de l'ultime ponton, sur un petit promontoire de planches. Ils s'accoudèrent à la balustrade. De là, on avait l'impression d'être au milieu de la mer. Les grands voiliers tournaient les bouées devant eux. Ils passaient si près qu'on pouvait entendre claquer au vent les toiles et les cordages. Archie remonta le col de sa veste et prit soudain une expression que Paul aurait volontiers qualifiée de très « guerre froide ». Il avait beau se moquer des Polonais et de leur héritage de l'ère communiste, il avait été, lui aussi, formé aux écoles classiques. Un ponton désert, deux improbables promeneurs accoudés côte à côte, les yeux sur l'horizon, toute sa mise en scène était un vivant hommage à John Le Carré, le vestige assez ridicule d'un monde englouti. En remuant à peine les lèvres, il commença le récit qui avait motivé toute sa démarche.

— Les autorités polonaises ont récemment pris contact avec les services anglais pour leur demander conseil. Mon vieil ami Lord Brentham est toujours l'homme fort sur ces questions de sécurité à Whitehall. Il m'avait promis que, faute de pouvoir nous faire travailler directement, il rabattrait sur nous certaines des demandes d'assistance qui leur parviennent parfois de l'étranger. Il m'a appelé pour me transmettre le dossier polonais.

La brise thermique venue de la terre se renforça d'un coup. Les vagues se frisèrent d'écume. Les voiliers qui remontaient au vent prirent une forte gîte.

— Je vous résume l'affaire. La semaine dernière, dans la ville de Wroclaw, à l'ouest de la Pologne, un laboratoire de recherche biologique a été vandalisé. Le groupe qui a opéré appartenait apparemment à une mouvance écologiste radicale. Plus précisément, il semble s'agir de défenseurs des animaux. Les assaillants ont ouvert les cages du laboratoire et libéré les bêtes qui servent pour les expériences. Entre nous, on ne peut pas leur donner tout à fait tort. Quand on sait ce qu'ils font à ces pauvres êtres innocents...

Archie ne s'étendit pas plus longuement sur ses apitoiements. Il ne s'y mêlait à l'évidence aucune compassion personnelle. Paul n'avait d'ailleurs jamais vu Archie porter la moindre attention à une bête.

— Les Polonais ont fait une enquête policière classique, assez bien menée semble-t-il. Ils ont conclu qu'il s'agissait d'un commando d'au moins deux personnes. Elles sont très probablement venues de l'étranger. Wroclaw est proche des frontières allemande et tchèque. Les extrémistes polonais sont très surveillés et apparemment, les policiers sont formels, il n'y a aucun groupe chez eux qui projette de tels actes. Ils ont classé l'affaire du point de vue judiciaire. À titre de précaution, puisqu'il semble exister une implication internationale, ils ont transmis l'information à leurs services secrets. Ce sont ces services qui se sont inquiétés. Ils savent que dans beaucoup de pays d'Europe de l'Ouest et d'Amérique du Nord les groupes écologistes radicaux constituent une menace extrêmement préoccupante. Ces activistes n'hésitent pas à pratiquer des raids très destructeurs et vont parfois jusqu'à commettre des meurtres. Vous le saviez ?

— Vaguement.

— Bref, les Polonais se sont renseignés. Ils ont appris que l'Angleterre était la patrie d'origine des militants violents qui défendent la cause animale. Ils ont donc eu l'idée de demander aux Anglais d'évaluer la situation en Pologne. Ils veulent savoir pourquoi on les a visés et s'il peut y avoir d'autres cibles. Bref, ils cherchent à mesurer s'il existe un risque de contagion. Aimablement, Lord Brentham a tenu la promesse qu'il m'avait faite et il nous a mis le pied à l'étrier. Les services anglais nous ont renvoyé l'affaire. Ils ont affirmé aux Polonais que les États-Unis étaient au moins autant qu'eux victimes de ce type de terrorisme, ce qui est vrai. Et qu'à l'agence de Providence se trouvent les meilleurs spécialistes de ces questions.

— Ce qui est faux ?

— Évidemment. Nous n'avons jamais travaillé là-dessus.

Paul était venu d'Atlanta en veste légère et commençait à ne plus avoir très chaud.

— On pourrait peut-être rentrer doucement, suggéra-t-il.

Archie fit demi-tour sans rien dire, tout occupé par son sujet.

— Voilà comment nous avons hérité d'un contrat de consultance avec les Polonais. Il n'est pas encore très intéressant financièrement. Mais, si nous nous en tirons bien, ce sera un grand atout pour leur vendre une collaboration plus régulière. Ainsi nous pourrions entrer sur le marché européen du renseignement. Vous commencez à comprendre pourquoi j'ai besoin de vous.

— Je ne connais rien aux animaux, dit Paul avec un sourire en coin. Il vous faudrait plutôt un vétérinaire.

Archie rejeta un peu le buste en arrière et passa la main sur ses cheveux que le vent décollait de son crâne.

— Réfléchissez, Paul, siffla-t-il sans se donner la peine de sourire. Vous pouvez nous être infiniment précieux.

Le chauffeur avait rapproché la voiture du bout de la jetée. La Jaguar attendait, les portières ouvertes comme des voiles. On aurait dit un long bateau amarré au ponton du côté de la terre. Archie fit le tour de la voiture. Paul se retrouva côte à côte avec lui dans la chaleur de l'habitacle. Le vieillard soufflait sur ses mains pour les réchauffer.

— D'abord, reprit-il, vous devez savoir que les bons agents de terrain sont rares. Pour Providence, je n'ai eu aucun mal à trouver des officiers-traitants ou des techniciens. Mais les agents opérationnels, c'est autre chose. Nous en manquons cruellement.

— Cherchez mieux. Je ne suis pas le seul.

— Ce n'est pas tout. Dans ce cas précis, il faut quelqu'un qui cumule les compétences. Il devra pouvoir évoluer dans les milieux de la recherche médicale, en comprendre le vocabulaire, les enjeux. Il lui faudra aller voir sur place à quoi ressemble ce fameux laboratoire. Les services secrets polonais sont au courant de l'affaire, bien entendu, mais pas la police. Ils sont assez ombrageux, là-bas, en ce qui concerne la souveraineté nationale. Notre agent devra donc pouvoir se faire passer lui-même pour un médecin. Quoi de mieux pour y parvenir que de l'être vraiment ? Ensuite, s'il découvre une piste, il lui faudra se mettre sur la trace du groupe activiste qui a commandité l'affaire. Il devra s'en rapprocher, connaître ses intentions. Compte tenu de la dangerosité habituelle de ces groupes, il faut être rompu aux questions de sécurité et capable d'évoluer sous couverture. C'est une mission très complète. Vous êtes, mon cher Paul, la perle rare. Celui qui peut réunir toutes ces qualités.

— Ce que vous me décrivez là, c'est un an de travail au minimum. J'ai un autre métier maintenant. Il est hors de question que je l'arrête.

— Vous voyez trop grand, dit Archie en secouant la tête. Il n'est pas question d'assurer la sécurité de la Pologne. Nous ne sommes plus à la Compagnie. Nous faisons du business. Nous dispensons un service, dans les meilleures conditions d'efficacité et de coût. Nous devons en savoir assez pour rédiger un bon rapport qui cadre le problème et renvoie les services de l'État concerné à leurs responsabilités. Vous me suivez ?

La voiture avait repris le chemin de l'arrière-pays. En prévision du voyage, Archie se tortilla pour ôter son manteau.

— Croyez-moi. Vous en avez tout au plus pour un mois. Je m'y engage personnellement. Au bout de trente jours, vous arrêtez tout. Que vous dire de mieux ?

Il ne vous faudra peut-être même pas ce temps-là. À mon avis, l'affaire est tout ce qu'il y a de simple.

— Et si elle ne l'est pas ?

— Écoutez, Paul, vous avez toujours été un garçon inquiet. C'est ce qui vous fait avancer. Mais c'est aussi pour cela que vous avez besoin de l'amitié de gens raisonnables comme moi.

Après la vie qu'il avait eue, Archie osait se présenter comme quelqu'un de raisonnable ! Paul le regarda avec une telle expression de surprise qu'ils se mirent à rire l'un et l'autre.

— Allons, commencez par tirer ce fil, conclut Archie. Nous verrons bien ce qui vient derrière.

Atlanta. Géorgie.

L'ascenseur était un monte-charge muni d'une grille coulissante. Paul la fit claquer bruyamment sur le côté. Après tout, la nuit, il était seul dans l'immeuble. Il avait bien le droit de montrer sa mauvaise humeur. Archie l'avait fait raccompagner à JFK avec sa voiture. Mais, le temps d'attraper le dernier vol et de rentrer en taxi, il arrivait chez lui à deux heures du matin.

Paul laissa la porte d'entrée se refermer seule. Sans allumer, il alla s'affaler dans un vieux fauteuil en cuir. Les baies vitrées, sur six mètres jusqu'au plafond, brillaient de toutes les lumières de la ville. Il faisait encore chaud. Les vitres du haut étaient ouvertes. Par elles entraient le bruit de coquillage de la mégapole, le chuintement du trafic assourdi par la nuit. Au loin, à la limite de la perception, montait le mugissement à deux tons d'une ambulance.

Il était parti depuis moins d'une journée, mais cela suffisait pour qu'il se sente étranger chez lui. La vaine et irrésistible hystérie du monde secret, dont Archie était le vivant symbole, l'avait repris. Il s'en voulait.

L'ancien atelier qui lui servait d'appartement était formé d'un seul espace sans cloison, coupé par une galerie en mezzanine. Un énorme frigo à porte vitrée était installé en bas, au milieu de la pièce. Il en tira une canette de Coca. Toujours sans allumer, il fit le tour de cet univers familier. La table de ping-pong, les sacs de boxe, des livres en caisse, deux télés l'une au-dessus de l'autre qu'il regardait toujours en même temps. Et, dans un coin, pour cacher les toilettes qui n'étaient pas séparées du reste de l'espace, le piano dont il ne jouait jamais sauf pendant les huit jours qui précédaient ses voyages à Portland pour aller voir sa mère. Elle lui avait appris à en jouer depuis l'âge de quatre ans. Il ne s'était jamais tout à fait résolu à lui avouer qu'il avait abandonné cet instrument auquel elle avait consacré sa vie.

Paul s'était toujours demandé si c'était bien la mort de son père qui l'avait conduit à s'engager dans l'armée. La raison profonde aurait bien pu être aussi son envie de fuir à jamais les cours de piano… Il avait été longtemps dégoûté de la musique. Heureusement, il avait découvert la trompette et tout avait changé.

Il traversa la pièce et alla chercher son instrument sur le rebord de la fenêtre. C'était plus fort que lui : il avait le sourire dès qu'il le touchait. Il effleura les pistons, souffla machinalement sur l'embout. Puis il le posa sur ses lèvres et forma une gamme ascendante de plus en plus forte. La dernière note était à pleine puissance. On devait l'entendre de l'autre côté du parc qui faisait face à l'immeuble. Il avait choisi le lieu sur ce seul critère. Il se moquait de l'espace et du confort. Il voulait seulement pouvoir jouer de la trompette à n'importe quelle heure du jour ou de la nuit.

Il rebondit sur deux ou trois notes aiguës. Tout de suite, il glissa sur un air de dixie qu'il adorait, un vieil air de La Nouvelle-Orléans des années vingt. Il joua pendant une demi-heure et s'arrêta le front couvert de sueur, les lèvres brûlées, des larmes de bonheur dans les yeux. Maintenant, il se sentait le courage d'allumer la lumière. Il abaissa l'interrupteur général. Les plafonniers s'éclairèrent, les deux télés et une radio se mirent en marche. Toute une anarchie de vêtements de sport, de chaussures orphelines, de vélos démontés apparut aux quatre coins du loft.

Paul alluma le répondeur et se déshabilla pour prendre une douche. Il y avait une trentaine de messages. Il ne donnait jamais son numéro de portable. Ceux qui voulaient le joindre l'appelaient chez lui. Deux copains lui proposaient un jogging ; un couple d'amis l'invitait pour un anniversaire ; un associé de la clinique s'inquiétait pour le budget de l'année suivante (c'était avant la visite d'Archie) ; Marjorie pensait à lui ; le directeur de sa banque lui signalait un découvert ; Claudia pensait à lui ; quatre confrères fêtaient la nomination de l'un d'entre eux à un poste de professeur ; Michelle pensait à lui…

Une serviette roulée autour de la taille, il alla éteindre le répondeur.

Une sensation oubliée de sa vie passée d'agent de renseignements lui revenait : une sorte d'hygiène, un décapage, comme la douche. L'urgence, le secret agissaient en véritables détergents. Tout ce qui n'est pas essentiel s'en va instantanément, dès que l'esprit est entraîné vers l'ailleurs de l'action. Les amitiés reprennent leur place, relative. Les ennuis aussi, heureusement. Quant à Marjorie, Claudia, Michelle, elles s'étaient déjà éloignées à toute vitesse, comme des passagers tombés d'un paquebot en haute mer. L'expérience était troublante et dure. C'était à la fois l'épreuve de la liberté et celle du vide.

Il se rassit dans son fauteuil. La baie noire reflétait maintenant l'intérieur de son appartement et sa silhouette. Des images lui revinrent à l'esprit : Mogadiscio, la Bosnie, les montagnes tchetchènes, ses missions passées. Soudain, il pensa à celle dans laquelle il venait de s'engager. Quand il évoqua les souris blanches sorties de leur cage par des détraqués, il partit d'un grand fou rire.

Il retrouva sa canette, la but et se demanda s'il avait envie de dormir. À vrai dire, il se sentait filer doucement vers un état de rêverie qui remplaçait le sommeil.

Il ne parvenait pas à comprendre ce qui le travaillait. Il n'avait envie de répondre à aucun des messages qu'il avait reçus. Pourtant, il avait quelque chose à faire. L'idée se dégagea peu à peu. Il tendit la main pour attraper un agenda qui traînait par terre. En le feuilletant, il trouva le numéro. Elle lui avait dit que c'était sa ligne de bureau. Elle travaillait à la maison. Il se demanda un moment si la sonnerie pouvait s'entendre dans tout l'appartement. Mais, en même temps qu'il y pensait, il avait appuyé sur les touches. Il tressaillit en entendant la sonnerie. Au deuxième coup, le répondeur, à l'autre bout, s'enclencha. Il reconnut sa voix.

— Salut, Kerry, dit-il et il toussa pour donner plus

d'assurance à sa voix. Oui, il y a sept ans, je sais. Bon, la vie passe. J'espère que les gosses vont bien et Rob aussi.

Il marqua un temps. Après tout, il pouvait toujours s'arrêter là. Il se leva et coupa l'électricité. Quand il se rassit, la pénombre l'avait calmé. Au lieu de parler dans le vide, il regarda une petite lumière au loin, à travers la baie vitrée. Évidemment, Kerry était à Manhattan et non pas à Atlanta. Ce n'était pas *sa* lumière, mais peu importait. Au moins, il s'adressait à quelqu'un.

— Je pars en mission en Europe demain. Je voulais te l'annoncer. Oui, je repique un peu au jus. C'est bizarre, après tout ce que je t'avais raconté.

Il laissa passer un temps, but une gorgée de Coca.

— Je ne peux pas t'en dire beaucoup plus au téléphone. Mais il est possible que, voilà… les conditions soient réunies. Je n'en suis pas encore tout à fait sûr.

Il avait trop soufflé dans la trompette. Sa voix redevenait rauque.

— Si c'était le cas, ça me ferait vraiment plaisir… Il faudrait que ce soit possible pour toi aussi, bien sûr.

— J'ai l'air d'un imbécile, pensa-t-il tout à coup. Je me liquéfie carrément.

— Bon, je te rappellerai quand j'en saurai un peu plus. Si tu veux me joindre, je te laisse mon numéro…

Il énonça les chiffres puis se tut. Il cherchait quelque chose à dire de moins stupide. Et, évidemment il ne trouvait pas. Soudain, le répondeur émit deux bips et la communication se coupa. Un instant, il se demanda si Kerry avait pu écouter sans décrocher et interrompre le message volontairement. Non, c'était certainement le silence qui avait déclenché l'interruption de la ligne.

Il se leva et alla jusqu'à son lit. Il ramassa la canette qui était tombée par terre et se coucha. Il se sentait terriblement fatigué.

— Des souris blanches… pensa-t-il.

Il haussa les épaules et s'endormit.

5

Chaulmes. France.

Le bourg de Chaulmes est enfoui dans la campagne jurassienne. Pourtant la ville de Montbéliard, déjà, le rattrape, l'étouffe et le retire à la solitude à laquelle il paraissait d'abord destiné. Ramassé au fond d'une vallée froide, le village lui-même est un amas de grosses fermes en pierres percées de portails arrondis, assez hauts pour faire entrer les chars à foin. Dans leur hâte à se blottir frileusement les unes contre les autres, ces bâtisses n'ont laissé place qu'à une étroite chapelle et à la mairie, petit bâtiment carré qui a pour vis-à-vis le monument aux morts de 1914. Alentour, jusqu'aux flancs escarpés des montagnes, veille une garde austère de bois noirs.

Ce paysage sauvage et solitaire, du côté où la vallée s'élargit et devrait rencontrer l'horizon, est brusquement arrêté par la ceinture industrielle de la grande ville. Du perron de la mairie on aperçoit déjà au loin le cube gris d'un premier immeuble et autour de lui toute une toile de pylônes, de fils, la structure métallique d'un entrepôt.

À mi-chemin à peu près du bourg et de la banlieue qui monte à sa rencontre, sur un replat déboisé depuis longtemps car on y a capté une source, s'élève une bâtisse étrange. Elle paraît n'appartenir à aucun des deux mondes dont elle marque la frontière. On ne voit pas bien qui peut l'avoir construite : un fermier riche qui faisait un premier pas hors de sa glèbe ou un bourgeois désireux de se rapprocher de la terre ? Tout en hauteur, elle est ornée de colombages et de frises de bois qui reproduisent vaguement le style des maisons de Deauville. Bizarrement, elle ne présente presque aucune ouverture du côté de la vallée, tandis que deux larges baies prolongées par des balcons regardent absurdement vers la falaise. Un escarpement de roche noirâtre y barre la vue à quelques mètres.

Quand Juliette l'avait visitée, c'était ce détail qui lui avait plu. Située aussi loin que possible du bourg et de la ville, tournant méchamment le dos pour bouder, le nez contre la terre humide, cette bâtisse lui correspondait à merveille. Juliette était exilée dans cette campagne sinistre par une décision administrative : le collège de Montbéliard était son premier poste d'enseignante depuis sa sortie de l'université. Elle était arrivée dans le Jura avec l'humeur sombre qui lui était habituelle et que cet exil forcé ne faisait qu'aggraver. La maison de Chaulmes s'accordait avec sa mélancolie.

Elle demanda à en louer le rez-de-chaussée. La mairie s'entremit auprès des propriétaires, un vieux couple de frère et sœur. Ils habitaient une ferme dans le voisinage et désespéraient de jamais trouver preneur pour cet édifice austère que la légende du lieu disait maudit. Ils acceptèrent l'offre de Juliette et lui offrirent le tout, douze pièces, pour le prix qu'elle offrait de deux.

L'espace, dans ces contrées, n'est pas un cadeau. Juliette s'en rendit compte l'hiver venu. Le froid entrait partout. Une couche de gel feutrait le dedans des fenêtres. Elle se réfugia dans le hall, car il n'était percé d'aucune fenêtre. Au milieu était installé un vieux poêle Godin cylindrique près duquel elle se tenait pour corriger ses copies. Une petite pièce attenante, pas trop humide, lui servait de chambre. Le reste de la bâtisse restait abandonné à ses fantômes. Juliette finit par s'habituer aux volets qui claquent, aux pas dans le grenier, se plaisant même à mettre en scène pour elle seule la vie mystérieuse des revenants avec lesquels elle cohabitait.

Mais tout cela, la tristesse, le froid, les fantômes, c'était avant. Depuis une semaine, le printemps était revenu, avec le soleil et assez de chaleur pour pouvoir ouvrir les volets dans toutes les pièces. Depuis une semaine, les bois étaient pleins d'oiseaux et d'écureuils. Des biches approchaient de la maison à la tombée du soir et Juliette prenait des fous rires en essayant sans succès de les toucher. Depuis une semaine, surtout, il y avait en elle le souvenir de Wroclaw.

En marchant dans l'air froid de la nuit polonaise pour rentrer à sa voiture, elle avait redouté que le bien-être qu'elle ressentait fût éphémère. Mais il avait duré. Il s'était même amplifié. Une exaltation voluptueuse l'avait envahie quand elle avait brisé le verre de l'armoire. Elle soufflait toujours en elle et ce mistral intérieur avait chassé toutes les mauvaises humeurs. Elle était gonflée comme une voile, tendue, poussée en avant, sans savoir encore vers quoi. Elle se sentait frémissante, fragile, susceptible à tout instant de craquer, mais cette crainte, loin d'atténuer son plaisir, le décuplait. Depuis son retour, elle n'avait pas dormi plus de deux heures par jour. Elle n'était pas allée travailler. Elle passait son temps à aller et venir dans la grande maison, à ouvrir laborieusement les huisseries gonflées par l'humidité, à déplacer des piles de livres agglutinés par la moisissure. Elle les feuilletait au hasard, picorait une phrase, l'associait à d'autres qui lui revenaient à l'esprit. Elle riait, pleurait avec le même bonheur. Une idée chassait l'autre. Il lui arrivait d'entreprendre deux gestes en même temps et de n'achever ni l'un ni l'autre.

Dans un des greniers, elle avait retrouvé une malle de vieux vêtements de femme. Elle avait passé toute une après-midi à les déballer. Elle les étalait sur elle, en se regardant dans un vieux miroir. Il était posé par terre, un peu incliné contre le mur et la faisait paraître plus grande que son mètre soixante-cinq. Elle avait coiffé ses longs cheveux noirs de différentes manières : chignon, nattes, queue de cheval, raie, frange. Elle avait d'ordinaire horreur des miroirs. Mais, cette fois, il lui semblait y découvrir l'image d'une inconnue.

Derrière cette agitation et ces futilités, plus constant, plus profond, s'opérait un travail qui la mûrissait. Quand, au bout d'une semaine, sa solitude fut rompue par le bruit d'une moto qui montait la côte jusqu'à sa maison, elle sentit qu'elle était prête.

La moto se gara sur le côté du perron. Par la fenêtre, elle aperçut Jonathan qui enlevait ses gants et son casque. Elle lui laissa le temps d'entrer et de venir jusqu'à elle. Il connaissait le chemin. Elle avait beau s'être préparée à cette visite et l'attendre, elle sentit son corps frissonner : il fallait toujours le rassurer celui-là, contrôler les peurs qui venaient de lui. Une impression de froid la gagnait, la moiteur lui venait aux mains. Dès que son esprit aurait repris le dessus, elle savait que tout irait bien. Son corps était faible, mais il obéissait. À un certain degré de stress et de risque, il devenait même une parfaite machine, souple et docile. Elle l'avait encore constaté à Wroclaw.

Elle s'efforça de descendre calmement l'escalier. Au moment où elle posait le pied sur le carrelage en faïence du hall, Jonathan s'encadra dans la porte de la cuisine.

— Salut ! lança-t-il en souriant.

Il la suivit dans la pièce qui servait de salon, celle qui ouvrait sur les rochers humides. Il jeta son casque sur un fauteuil recouvert comme les autres d'une housse blanche. Ses cheveux étaient encore tout plaqués sur son crâne. Il défit sa veste en cuir et dénoua son écharpe palestinienne.

Les fantômes qui hantaient la maison de Juliette la nuit avaient souvent ce visage-là : un menton large, toujours couvert d'une ombre de barbe blonde tirant sur le roux ; des yeux aux paupières un peu tombantes qui donnaient à son regard un air blasé, troublant, presque hypnotique ; un nez busqué où se marquait, comme au flanc d'une bête trop maigre, la limite du cartilage et de l'os. Le mélange de tout cela, c'était Jonathan. Mais, comme tous les fantômes, il résistait mal à la lumière du jour, et surtout à la nouvelle lucidité de Juliette. Elle lui trouva l'air d'un dandy fatigué dont l'aisance cachait mal la faiblesse.

— J'ai apporté ce qu'il faut pour fêter ton exploit, annonça-t-il en lui lançant un clin d'œil.

Il posa son sac sur une pile de livres et en tira deux petites bouteilles de Corona, dans lesquelles flottaient des rondelles de citron. Il sortit un couteau suisse de sa poche, les décapsula et en tendit une à Juliette.

— *Cheers,* fit-il en levant sa bouteille. À ta mission parfaitement réussie !

Il but une grande lampée de bière et montra les dents pour en souligner l'amertume.

— J'ai regardé la presse polonaise sur Internet. Même sans comprendre leur foutue langue, on voit qu'ils ont mordu. Ça a fait de gros titres : libération animale, laboratoire saccagé, etc. Pas la une, bien sûr, mais les articles étaient quand même bien placés. Avec des photos de singes dans des cages, qu'ils ont été chercher je ne sais pas où.

Juliette s'était assise sur le rebord d'une des fenêtres. Jonathan s'approcha d'elle. Comme elle ne lui faisait pas de place à ses côtés, il recula jusqu'à une table en acajou contre laquelle il s'appuya.

— Pas mal, mes renseignements, hein ? dit-il. Je t'avais mitonné ça aux petits oignons.

Comme à son habitude, Jonathan se remettait vite à parler de lui. Juliette avait beau s'être préparée à cette visite, elle se sentait désemparée devant ce brusque retour de la réalité. Dans sa tête, les mots en engendraient d'autres, selon des associations d'idées saugrenues. Les petits oignons lui firent penser au pot-au-feu, au jardin et aux rosiers qu'elle voulait planter, les rosiers à son parfum. Elle dut se retenir pour ne pas traverser la pièce et aller jusqu'à la salle de bain s'asperger de Chanel N°19. Elle était consciente du caractère inadapté de ces pensées et restait là, la gorge nouée, ne sachant pas quoi dire. Heureusement, Jonathan, avec sa voix traînante, avait de la ressource pour deux. Il se mit à vanter le professionnalisme de l'opération, fit de l'autosatisfaction sur les choix qu'il avait faits lui-même : l'emploi d'une voiture, le fait que Juliette y soit allée seule, le créneau horaire.

— Tu sais, lui confia-t-il après un silence réfléchi, j'aurais bien aimé être avec toi.

Il s'était penché en avant et ce ton doux, cette intonation nasillarde la firent tressaillir. Elle eut l'impression qu'il voulait lui toucher la main. Instinctivement, elle se raidit et recula assez pour que le geste de Jonathan s'achève dans le vide.

Il sourit un peu de travers, comme un homme blasé dont rien ne peut entamer l'affection.

— Tu as dû prendre ton pied, tout de même. Raconte-moi. Quel effet ça fait de rendre ces bêtes à la liberté ?

Il n'était pas sincère. Elle en était certaine. Tant qu'elle était enfermée dans son humeur dépressive, il avait pu faire illusion sur elle. Maintenant, c'était impossible. Elle y voyait aussi clair que sous un soleil d'hiver, quand l'air glacial laisse passer le moindre détail avec une netteté impitoyable.

— Tout est allé très vite, dit-elle, sans reconnaître sa propre voix, trop rapide, trop forte. Je n'ai pas eu le temps de me rendre compte. Tu veux manger quelque chose ?

C'était incohérent. Elle le sentait, préféra s'arrêter. Pour ne pas se sentir coincée sur cette fenêtre, elle sauta soudainement à terre. Jonathan eut un mouvement en arrière et une mimique fugace de surprise et de crainte.

« C'est un lâche », pensa-t-elle.

Quelques rayons de soleil parvenaient à filtrer obliquement à travers les sapins. La forêt si noire d'ordinaire prenait des teintes appétissantes de caramel filé et de marrons.

— Oui, raisonna-t-il en regardant sa bière, je comprends ton émotion.

Un court instant, Juliette se demanda si elle n'allait pas céder à la tentation, lui raconter la jouissance du coup de masse dans la vitrine, le retour inattendu et durable cette fois de la plénitude, comme lorsqu'ils s'étaient connus, lors de son exclusion du mouvement. Elle avait une terrible envie de détailler cet émoi, cette métamorphose. Il était le seul à qui elle pouvait en parler. En même temps, tandis qu'elle le regardait de dos, penché en avant, le sommet du crâne un peu dégarni malgré ses trente ans, elle se dit qu'il était aussi maintenant le dernier à qui elle avait envie de le raconter.

— Je comprends, dit-il.

« C'est ça, pensa-t-elle, tu comprends… Comme d'habitude. » L'envie était passée et avec elle le trouble. Elle attendait la suite avec sérénité. Il se retourna, l'œil fixe et inquiet.

— La combinaison noire ?

— Je l'ai brûlée.

— Avec le masque et les bottes ?

— Oui.

— Pour mettre le feu, tu as trouvé le terrain vague, avant la frontière ?

— Sans problème.

Elle aimait les interrogatoires. Si elle était habile à quelque chose, c'était à se prêter aux jeux de l'autorité. Toute son enfance n'avait été que soumission docile. Dans la serre de l'humiliation, nul n'était plus habile qu'elle à faire pousser, fleurir, fructifier la plante salvatrice du rêve.

— Où as-tu dormi la deuxième nuit ?

— Au motel, près de Leipzig.

— Payé cash ?

— Oui.

— La frontière ?

— Aucun problème. Les flics m'ont un peu draguée.

— Pas au point de se souvenir de toi ?

— Ils étaient saouls.

— Quand tu as rendu la voiture, le vendeur t'a interrogée sur le nombre de kilomètres ? Deux mille en trois jours, ça fait un peu plus de six cents par jour. Il ne t'a rien dit ?

— Rien. Il s'en foutait. C'était un étudiant turc qui faisait ça le soir pour gagner du fric.

Jonathan posa encore quelques questions pratiques puis se remit à sourire en s'étendant en arrière.

— Magnifique ! conclut-il. Une pleine réussite.

Il posa sa bière sur la table de la cuisine et regarda sa montre.

— Faut que j'aille au Chipie's. C'est moi qui fais l'ouverture aujourd'hui.

Il travaillait dans un bar de nuit, à Lyon, quartier Saint-Paul. Il se présentait volontiers comme guitariste, mais, en pratique, le patron lui faisait faire un peu tout. La plus grande partie de la soirée, il servait à boire.

Juliette attendait la suite. Le fait qu'elle n'ait pas bougé lui cassa un peu sa sortie. Il avait l'air moins naturel en faisant mine de se raviser.

— Au fait, dit-il.

« C'est tout à fait ça, pensa-t-elle, venons-en *enfin* au fait. »

— N'oublie pas de me passer le flacon rouge.

Comme elle ne remuait toujours pas, il rougit :

— Tu l'as bien pris, n'est-ce pas ?

— Oui, je l'ai pris.

Juliette avait envie de crier, d'éclater de rire, de danser. Elle se cala sur sa chaise, replia une jambe sous ses fesses en agrippant son pied. Elle se tenait ainsi comme on entrave un cheval, pour éviter de voir son esprit et son corps s'enfuir en bondissant. « Vas-y, c'est maintenant. »

— J'ai bien réfléchi, Jonathan.

Il avait fait tomber ses clefs. Elle attendit qu'il les ait ramassées. Ne pas frapper dans le dos.

— Je reste dans le coup, dit-elle.

Il se figea. Son sourire disparut et il laissa paraître dans son regard un éclat dur. Il la dominait de toute sa hauteur.

« C'est drôle, pensa-t-elle, toujours incroyablement lucide comme si elle était une mouette qui surplombe la scène et la regarde de haut, il me fait peur, mais je ne le crains pas. »

Quand ils étaient étudiants, Jonathan l'avait influencée, mais l'avait-elle jamais pris au sérieux ? Elle se rendait compte que non. Ils étaient un moment sortis ensemble. Dans un lit, on apprend à ne plus craindre. Il y avait des faiblesses en lui qu'elle n'oubliait pas.

— Juliette, donne-moi ce flacon, s'il te plaît. Tu ne sais pas ce qu'il y a dedans. De toute façon, il ne peut te servir à rien.

— Tu dois le faire passer à quelqu'un, hein ?

— Ça ne te regarde pas. C'est mon affaire.

— Laisse-moi y aller à ta place.

— Aller où ? répéta-t-il en haussant les épaules. Tu es folle !

Au prix d'un effort visible, il se domina pour ne pas éclater. Il attrapa une chaise et s'assit devant elle. Il se força même à sourire.

— Juliette, ce que tu as fait a été bien fait. Mes commanditaires seront très contents. Ils te confieront sûrement autre chose, puisque tu veux rester dans le coup. Mais cette affaire-là est très sérieuse. Ton rôle là-dedans est terminé. Le mien le sera aussi dès que je leur aurai fait passer ce flacon.

« Mes commanditaires. » Pauvre Jonathan ! Elle eut pitié de lui tout à coup. L'onction avec laquelle il avait dit cela… Même pour faire des choses interdites, il avait besoin de respecter un ordre établi, une hiérarchie. Il avait transgressé, mais une fois la limite franchie, il s'était arrêté net. Il n'irait jamais plus loin. Elle, si.

— Je vais toujours jusqu'au bout de ce que j'entreprends.

— Jusqu'au bout ! Jusqu'à *quel* bout ? Tu ne sais même pas de quoi il s'agit. Moi non plus, d'ailleurs, et nous n'avons pas besoin de le savoir. Nous sommes des intermédiaires, des soldats, tu comprends ?

L'œil noir de Juliette posé sur Jonathan dissolvait ses paroles à mesure qu'il les prononçait.

— Arrange-toi comme tu veux avec tes « commanditaires », conclut-elle avec un calme, une sérénité qui la surprit elle-même. Dis-leur qu'il y a eu une mutinerie. C'est *moi* qui apporterai le flacon. Je veux les rencontrer.

— Sois raisonnable, plaida Jonathan en utilisant un autre registre, plus terre à terre. Tout cela t'entraînerait loin et pour longtemps. Tu ne vas pas abandonner ton poste, ta maison, ta vie ?

— J'ai demandé mon congé pour l'année scolaire qui vient. Mon bail ici s'arrête en juin. Et le collège ferme la semaine prochaine pour les vacances de Pâques.

Il comprit qu'elle avait tout préparé et sans doute depuis longtemps. Surtout, il prit conscience qu'elle était libre, sans famille, sans attache. Ce qui lui avait paru un atout au moment de lui confier cette mission était en fait un risque. La vie avait blindé cette fille contre la douleur et contre toutes les peurs, sauf peut-être celles qui venaient d'elle. Elle était complètement incontrôlable. En fait, il ne la connaissait pas.

— Quand est-ce que ça t'a pris, cette idée ? demanda-t-il.

— Depuis que tu m'as proposé d'aller là-bas. J'ai tout de suite compris que l'affaire des singes et des souris ne serait que le premier acte. Il se prépare quelque chose d'autre derrière. Quelque chose de plus important.

Il aurait pourtant dû se méfier d'elle. Son côté lymphatique, timide, mélancolique donnait bien le change. Elle pouvait facilement laisser croire qu'elle acceptait d'être manipulée. Mais, finalement, c'était elle qui menait la danse.

Un instant, il fut tenté par la violence. La frapper ? On ne cogne volontiers que ce que l'on craint. Question satisfaction, pas de doute, il aurait aimé. Mais le résultat ? Il la regarda, pelotonnée sur sa chaise, indestructiblement fragile. Cette fille avait traversé des déserts de mélancolie et d'abandon, sans doute. Mais maintenant, elle avait cette lueur ironique dans les yeux. Elle semblait bouillonner intérieurement. Par moments, elle riait sans cause. Elle était méconnaissable. Ou plutôt,

Jonathan reconnaissait une période ancienne, celle où ils s'étaient connus. Et qui s'était plutôt mal terminée.

Il se leva et saisit son casque.

— C'est ton dernier mot ?

La question était stupide, mais elle préparait une sortie honorable. Juliette jeta comme une aumône un « oui » charitable.

Jonathan ferma sa veste d'un geste énergique et traversa la pièce. Puis, en tentant de reconstruire un sourire blasé, il déclara :

— Tout ça était prévu aussi, crois-moi. Le cas a été envisagé. Il y a des réponses prêtes, tu vas vite t'en rendre compte.

Mais cette remarque, propre à rassurer sur la clairvoyance des fameux « commanditaires », s'adressait surtout à lui-même.

Il fit avec deux doigts un petit signe d'au revoir et quitta la pièce d'un pas chaloupé.

Juliette attendit que la moto se soit éloignée pour fermer la fenêtre. Une belle nuit s'annonçait, venteuse et sombre, sans lune, sans fantômes.

6

Wroclaw. Pologne.

Wroclaw est une ville mal placée : elle s'en rend compte à chaque guerre. La dernière a bien failli la faire disparaître. On ne sait d'ailleurs ce que les Soviétiques ont fait de pire : la raser ou la reconstruire.

À part quelques places du centre-ville, rebâties sur le modèle médiéval, Wroclaw est désormais un monstre de béton. Elle aligne des barres d'immeubles grises, à peine égayées par les taches de couleur des affiches publicitaires.

Ce n'est pas précisément l'endroit idéal pour passer ses vacances. Pourtant, Paul, en marchant le long des longues avenues sillonnées de tramways brinquebalants, se sentait une humeur de touriste. Ses associés avaient accepté sans problème de le remplacer pendant un mois et il comptait bien en avoir terminé avant. L'essentiel était qu'Archie avait tenu ses promesses. Le message de la direction d'Hobson et Ridge était arrivé le lendemain de son retour de Rhode Island. Il officialisait l'attribution d'un gros mécénat à la clinique pour cette année.

Paul avait pris le soir même l'avion pour Varsovie puis la correspondance intérieure. Il retrouvait les rythmes extrêmement rapides de l'école américaine du renseignement. Les services anglais étaient sans doute plus machiavéliques, les Russes plus retors, les Allemands plus systématiques. Mais personne n'arrivait à la cheville des Américains pour l'efficacité logistique et la rapidité d'exécution. Et cette tradition se transmettait heureusement au secteur privé.

Il était cinq heures moins dix quand le taxi le déposa devant le laboratoire. Le rendez-vous avait été pris directement depuis les États-Unis. « Commencez par faire un tour là-bas, lui avait dit Archie. Vous pourrez lire le dossier de la police polonaise dans l'avion. Vous n'avez pas besoin de refaire l'enquête. Contentez-vous d'aller humer un peu l'ambiance sur place. »

— Eh bien, humons, se dit Paul en regardant le bâtiment.

Le laboratoire occupait un immeuble encore plus sinistre que les autres. Des ferrailles rouillées, vestiges d'anciens escaliers extérieurs ou de balcons inachevés, dépassaient du crépi gris de la façade. Les fenêtres étaient exactement carrées, sans rebord ni moulure. Des stores en bois déglingués les obturaient en partie.

Un jardin entourait le bâtiment, un terrain vague plutôt, morne étendue de boue grisâtre sur laquelle traînaient des plaques d'herbe. Il servait au stationnement des voitures et était sillonné d'ornières. Comme il était un peu en avance, Paul en profita pour jeter un œil de ce côté. Il repéra facilement la sortie de secours décrite par le rapport de la police, par où avaient pénétré les assaillants. C'était la seule ouverture du rez-de-chaussée vers l'arrière.

Paul nota que, de ce côté, les façades des immeubles voisins étaient toutes aveugles ou constituées par des ateliers qui étaient certainement inoccupés la nuit. Ainsi s'expliquait le fait que personne n'ait rien vu.

Il revint vers l'entrée principale et poussa la porte de verre. Malgré la douceur du printemps, et sans doute pour d'excellentes raisons bureaucratiques, le chauffage central était toujours en marche. L'air avait une tiédeur lourde et sèche, assez écœurante. Des odeurs de linoléum et de café froid se mêlaient à d'indéfinissables relents de produits chimiques. Le hall était vide. Ses murs étaient recouverts d'affiches en polonais et en anglais qui annonçaient des concours scientifiques ou des conférences. Une inscription assortie d'une flèche semblait indiquer le secrétariat. Elle aboutissait à une pièce ouverte dans laquelle Paul pénétra timidement, après avoir fait mine de frapper. Le bureau était vide, confié à la garde d'une petite photo de Jean-Paul II accrochée au mur. Le pape était en soutane rouge et il souriait comme toujours de manière énigmatique.

Une autre porte donnait sur un bureau voisin, Paul entendit par là des bruits de froissement. Bientôt une silhouette s'encadra dans l'ouverture.

— Il me semblait bien avoir entendu… Vous êtes ?

— Paul Bainville.

C'était la première fois que Paul utilisait son nom de couverture, choisi à consonance française pour faciliter la construction de sa légende.

— Très heureux, monsieur Bainville. Je suis le professeur Rogulski. Nous avions rendez-vous…

— À cinq heures, je crois.

Paul suivit le professeur dans la pièce voisine. Ils s'assirent de part et d'autre du bureau encombré de dossiers.

L'homme avait largement dépassé la soixantaine, mais il était toujours vêtu comme l'étudiant qu'il avait été jadis : pantalon en velours côtelé, chemise à rayures des années soixante élimée aux poignets, chaussures de scout à semelle épaisse. Sa blouse était mal enfilée, le col replié d'un côté. Il avait le teint blafard et la peau translucide de ceux qui ont longtemps vécu dans des atmosphères confinées. Des cheveux clairsemés et envahis de gris gardaient le mouvement ondulant qu'il avait dû leur imprimer dans sa jeunesse. Paul avait côtoyé quelques professeurs de ce genre pendant ses études de médecine. Ces hommes entièrement absorbés par une autre réalité, celle des microbes, des molécules ou des cellules n'offraient plus au monde humain qu'une façade désaffectée dont les traits figés et les couleurs affadies semblaient annoncer : « Fermé pour travaux. »

La particularité, chez Rogulski, résidait dans ses petits yeux très mobiles et très noirs, agrandis par de fines lunettes de presbyte. Ils continuaient, eux, de bouger sans cesse dans tous les sens.

— Nous sommes vendredi : pas de secrétaire, pas de collaborateurs, soupira-t-il. Que puis-je faire pour vous monsieur Bainville ?

Le ton n'était pas celui de la politesse, plutôt un couplet obligatoire sur le manque de moyens et la misère de la recherche, plaintes qui constituent pour les universitaires du monde entier comme une seconde nature.

Paul jeta un coup d'œil à la pièce. La vétusté du bâtiment ne laissait pas imaginer qu'il était équipé d'un matériel aussi moderne. L'ordinateur de Rogulski était un modèle extrêmement récent dont Paul aurait rêvé pour sa clinique.

Il sortit une carte de visite de son portefeuille et la tendit au professeur.

— Ah, vous venez d'Atlanta ! Du CDC sans doute ?

Rogulski parlait un anglais excellent, sur le standard britannique, avec un fort accent slave.

— L'organisme pour lequel je travaille dépend en effet du Center for Disease Control, mais nous sommes indépendants.

— « Agence de Sécurité des Installations de Recherche ». Je ne connaissais pas. C'est nouveau ?

— L'agence a trois ans d'existence, dit Paul fermement.

À ce stade de la prise de contact, il ne lui fallait pas

manifester la moindre hésitation. Le professeur resta un long moment à contempler la carte de visite. Il la retourna, l'approcha de ses lunettes et même la plaça dans le faisceau de sa lampe, comme pour y déceler un filigrane.

Paul ne s'était pas attendu à cette méfiance. Le choix d'opérer sous couverture n'était pas destiné à tromper son interlocuteur, mais seulement à éviter que la police soit mise au courant.

La circonspection du savant était une surprise, un indice peut-être, en tout cas dans l'immédiat une menace. Lorsqu'il travaillait pour la Compagnie, Paul savait que les préparations de couvertures étaient excellentes. Dans le cas de Providence, il avait encore des doutes. Théoriquement, si le professeur décrochait son téléphone et appelait le numéro indiqué sur la carte de visite, il devait tomber sur un standard ad hoc installé à Rhode Island et capable de le rassurer. Il restait à espérer que tout fonctionne correctement.

Paul était entré dans cette mission avec nonchalance, exagérément confiant peut-être à cause de ce qu'Archie lui en avait dit. La méfiance inattendue de son interlocuteur le raidit. Il était replongé d'un coup dans l'univers pesant du secret, dans la purée de pois du mensonge, qui cache à la vue les obstacles et les dangers.

Finalement, le professeur reposa la carte.

— Cela vous dérange si je fume ? demanda-t-il.

Avant que Paul eût fait signe que non, il avait déjà sorti un Zippo et allumé une cigarette blonde sans filtre.

Un Américain ne se sent pas tout à fait à l'étranger tant qu'il n'a pas été mis en présence d'un individu qui lui souffle une épaisse fumée de tabac dans le visage, entre les quatre murs d'une pièce sans air. Pour Paul, c'était un peu le vrai début du voyage.

— Vous êtes biologiste ? demanda Rogulski.

— Médecin, avec une formation en biologie.

À tout hasard, pendant la traversée de l'Atlantique en avion, Paul avait révisé son cours de maladies infectieuses et de microbiologie. Il avait jugé peu vraisemblable que Rogulski lui fît subir un interrogatoire technique. Pourtant, en cet instant, la probabilité lui sembla moins réduite qu'il ne l'avait cru. Le silence se prolongea.

— Vous venez pour parler de l'attaque dont nous avons été victimes ?

— Exactement, confirma Paul.

— J'ai déjà répondu à la police.

— Bien sûr, mais notre travail n'a rien à voir. Nous faisons des enquêtes de routine – Paul insista sur le mot *routine* – partout où des centres de recherche ont pu subir des effractions. Nous nous intéressons au risque biologique, pas à la recherche des coupables.

— Je comprends. Que voulez-vous savoir exactement ?

— Peut-être pourrions-nous commencer par voir les lieux, pour que je puisse mieux me représenter ce qui s'est passé ?

— Suivez-moi.

Le professeur se leva et entraîna Paul dans le couloir par lequel il était arrivé.

— Cela s'est produit de nuit, n'est-ce pas ?

— À trois heures du matin.

— Le laboratoire n'est pas gardé ?

— Il y a des rondes, mais à l'extérieur du bâtiment

seulement, faute de moyens, bien sûr. D'ailleurs, pour faire des économies, nous partageons un contrat de surveillance avec la banque qui est au bout de l'avenue. Les vigiles se déplacent pour les deux immeubles. Ça revient moins cher.

— Ils n'ont rien remarqué ?

— De trois heures à quatre heures, ils ne passent jamais. C'est le moment du changement d'équipe.

— Vous avez une idée de qui a pu renseigner les assaillants sur ce point ? Vous ne vous êtes pas débarrassé d'un de vos collaborateurs ces derniers mois ?

Rogulski s'arrêta et se tourna vers Paul en le regardant fixement.

— Non, répondit-il enfin.

Paul se dit qu'il devait être plus attentif à rester dans son rôle d'enquêteur scientifique. Toutes les questions trop policières risquaient d'éveiller les soupçons.

Ils reprirent leur marche jusqu'au fond du couloir. Par une porte fermée à clef, ils pénétrèrent dans une vaste pièce vide. Les murs avaient été fraîchement repeints en blanc.

— C'est la partie du laboratoire qu'ils ont saccagée. Il y avait là-dedans pour deux millions de dollars d'équipement.

— Vous avez une liste ? Il faudrait que je la joigne à mon rapport.

— Celle de l'assurance, oui. Je vous donnerai une photocopie quand nous retournerons au bureau.

— C'est la seule salle qui ait été détruite ?

— La seule.

— Pourquoi celle-ci particulièrement, à votre avis ? Quel genre de recherches y meniez-vous ?

— Ils sont entrés dans cette pièce parce qu'elle

donne sur l'animalerie. Il était facile de briser la porte vitrée qui les sépare. Pour atteindre les autres salles, il aurait fallu s'attaquer à des portes pleines que nous fermons à clef chaque soir.

— Pour quelle raison ?

— À cause des vols de matériel informatique. Il n'y a pas grand monde en fin d'après-midi, souvent. Pour éviter que des inconnus ne puissent circuler partout, nous avons imposé que chacun ferme son labo ou son bureau en partant.

Tout en parlant, ils avaient traversé la salle. Ils se trouvaient devant la porte dont le verre avait été réparé. Rogulski l'ouvrit et fit passer Paul dans l'animalerie.

La pièce sans fenêtre était éclairée au néon. Les cages étaient vides. Sur les murs, qui n'avaient pas été repeints, on pouvait encore lire les slogans sur la libération animale. Paul, en regardant cette salle dénudée, eut l'étrange sentiment d'y voir pénétrer, au cœur de la nuit, une femme vêtue de noir. Il n'aurait pas su dire pourquoi il imaginait précisément une femme. Pourtant depuis qu'il avait eu connaissance de cette affaire, c'était comme une certitude, qui s'était imposée à lui contre toute logique.

— On attend que la porte extérieure soit renforcée avant de remettre des animaux, précisa Rogulski sur un ton morne.

Paul lisait les inscriptions sur les murs. Comme l'indiquait le rapport, il y en avait en effet deux sortes, certaines hautes, d'autres basses, les unes en capitales, les autres en cursives.

— C'est écrit en anglais, remarqua Paul.

— Oui, mais il paraît que ça ne prouve rien. Dans toute l'Europe, il y a des groupes militants, les altermondialistes par exemple, qui défilent avec des slogans en anglais. D'ailleurs, quand j'étais jeune, pendant la guerre du Vietnam, ici aussi on criait « US Go Home » !

Paul regarda Rogulski. Il avait du mal à l'imaginer en train de défiler en braillant contre l'impérialisme américain. Mais après tout, dans la Pologne communiste, avait-on vraiment le choix ?

— Que sont devenus les animaux ?

— Il nous a fallu trois jours pour régler le problème. Il y avait des souris dans tout le quartier. On les a fait empoisonner. Les rats ont provoqué une belle panique en se réfugiant chez un boulanger. Les singes ne sont pas allés très loin. Il y en a même un qui est mort ici, sans avoir franchi la porte. Finalement, seuls les chats ont disparu.

Paul parut soudain très intéressé. Il sortit un carnet de sa poche pour prendre des notes.

— Il y a donc des animaux qui n'ont pas été récupérés. Ils continuent à l'heure actuelle à se promener dans la nature ?

— Deux chats, oui, fit Rogulski en haussant les épaules.

— Professeur, excusez-moi, mais nous sommes là au cœur du sujet qui intéresse mon agence. La sortie dans la nature sans contrôle de produits ou d'animaux servant à la recherche est un événement qui peut avoir de graves conséquences. Dans le cas présent, il se peut que ces bêtes ne présentent aucun danger. Pour le savoir, il faut que vous me précisiez la nature exacte de vos travaux et les expérimentations auxquelles ces animaux étaient soumis.

Rogulski laissa paraître que ces précautions lui

semblaient ridicules. Mais il avait probablement été habitué pendant une grande partie de sa vie à obéir à des ordres absurdes. Aussi le ton d'autorité de Paul le convainquit-il de ne pas discuter ses questions. Ce petit incident avait eu au moins un mérite : il semblait lui avoir ôté ses derniers doutes quant à l'identité de Paul. Ces agences de contrôle en tout genre avaient décidément le chic pour être toujours à côté de la plaque…

— Que voulez-vous savoir exactement ? demanda le professeur, en prenant l'air vaincu.

— Quel genre de programme vous développez ici et ce que ce laboratoire contenait de dangereux.

Rogulski palpa ses poches et constata avec dépit qu'il n'avait rien à fumer.

— Allons dans mon bureau, dit-il, nous serons mieux pour parler.

Aussitôt arrivé, il fouilla dans ses tiroirs, sortit une grosse cigarette brune un peu boudinée et l'alluma goulûment.

Paul croisa les jambes et posa son carnet sur ses genoux, prêt à noter.

— Comme son nom l'indique, commença Rogulski, mon laboratoire est consacré à la génétique moléculaire, la biochimie du génome, si vous préférez. Ne nous jugez pas sur nos locaux : nous sommes à la pointe de ce qui se fait au niveau international.

Rogulski désigna les cadres sur les murs.

— Vous voyez ici quelques exemples des prix et des distinctions que nous avons reçus. Si cela vous intéresse, je vous donnerai des tirés à part de *Nature* ou du *Lancet* sur nos dernières publications.

Était-ce le fait d'être revenu à sa recherche ou d'être

rassuré sur l'identité de son visiteur, Rogulski avait le regard plus fixe, moins traqué, et il souriait.

— Je les lirai avec plaisir, dit Paul. En attendant, pourriez-vous me résumer en quelques mots votre axe de travail principal…

— Notre grand sujet, c'est la stabilité génétique, coupa le professeur, en balayant l'air avec le bout de sa cigarette. Nous cherchons pourquoi certains organismes vivants résistent au changement et pourquoi d'autres voient leur matériel génétique subir de fréquentes transformations. C'est un sujet fondamental. Il est à la base de nombreux problèmes médicaux : l'apparition des cellules cancéreuses, la résistance des bactéries aux antibiotiques, le changement de cible des virus.

— Sur quel matériel vivant travaillez-vous ?

— Nous ne nous occupons pas des virus. Il faudrait des équipements spéciaux de décontamination, etc.

Paul fit mine d'être soulagé et nota fébrilement.

— Nos supports de recherche sont de deux sortes : certaines cellules à renouvellement rapide comme les lignées souches de la moelle sanguine. Nous les prenons chez différentes espèces, chats, souris, rats, singes.

— Donc les animaux qui se sont enfuis servaient à fournir des cellules. Ils n'étaient porteurs d'aucune substance pathogène. Ils n'avaient pas subi de manipulation génétique non plus ?

— Non. C'est pour cela que je vous dis de ne pas trop vous inquiéter.

— Et l'autre matériel que vous évoquiez, quel est-il ?

— Ce sont des bactéries.

— Lesquelles ?

— Nous sommes très classiques : nous utilisons l'éternel colibacille. Nous avons aussi entamé un programme sur le vibrion cholérique.

Paul releva vivement la tête.

— Vous travaillez sur le choléra ?

— Vous savez sans doute que le vibrion cholérique est une bactérie d'une extrême stabilité. Il y a eu des pandémies gigantesques, le microbe s'est multiplié un nombre incalculable de fois. Pourtant, depuis le Moyen Âge, il n'a pratiquement pas changé. C'est cette stabilité qui nous intéresse.

— Maniez-vous d'autres microbes pathogènes ?

— Oui, nous avons des staphylocoques dorés. À cause, au contraire, de leur tendance à la mutation rapide. Quelques souches de shigelles… Rien de trop méchant, croyez-moi.

— Choléra, staphylocoques, shigelles, dit Paul en notant, vous ne trouvez pas ça méchant ? Passons. Enfin, c'est bien tout ? Vous êtes formel ?

— En matière de microbes éventuellement pathogènes, oui.

— Vous en avez parlé à la police ?

— On ne m'a rien demandé à ce sujet.

— D'où viennent les souches de choléra que vous utilisez ?

— De l'hôpital de Cracovie, tout bêtement. Ils ont des cas de temps en temps chez des migrants. À ma demande, ils m'ont transmis un échantillon.

— Que vous stockiez où ?

— Il était dans une armoire réfrigérante avec beaucoup d'autres produits.

Paul attendait, le stylo levé. Rogulski, toujours aussi calme, le regarda bien fixement pour dire :

— Cela fait partie des matériels qui ont été saccagés.

Paul releva la tête de son carnet et regarda le professeur avec un air extrêmement grave.

— Vous voulez dire que ces souches pathogènes étaient dans la salle que nous avons visitée ?

— Malheureusement.

— Dans une simple armoire ?

— Dans une armoire réfrigérante, oui. Il leur a suffi de donner un bon coup dessus pour tout faire exploser. On a retrouvé toute une purée de gélose et de verre cassé au pied de l'armoire.

— Les assaillants l'ont piétinée ?

— Certainement.

— Donc, ils ont pu entraîner ces produits au-dehors, voire se contaminer eux-mêmes ?

Rogulski, depuis quelques instants, avait retrouvé son air inquiet. Ses yeux se remettaient à bouger en tous sens. Il semblait réfléchir intensément pendant que Paul continuait à déblatérer sur les conséquences gravissimes de cette effraction de microbes. Enfin, le professeur se leva. Il tourna le dos à Paul, regarda par la fenêtre les mains derrière le dos.

— Quelle sorte de biologie avez-vous étudiée ? demanda-t-il.

— La neurochimie.

— Je vois.

Rogulski se retourna. Il avait complètement changé d'expression, toute trace de sourire ou d'affabilité avait disparu. Ses yeux semblaient vouloir s'enfuir de leurs orbites.

— Cela ne vous dispense pas de savoir que les shigelles et le staphylocoque sont présents partout dans la nature. Marcher dessus est notre lot commun toute la journée sans le savoir.

Paul comprenait trop tard qu'il s'était avancé sur un terrain qu'il ne maîtrisait pas.

— Quant au choléra, mon cher confrère, c'est un monstre que l'on terrasse en se lavant les mains. Nos étudiants de première année apprennent qu'on se contamine avec les déjections du malade *vivant* et non avec quelques bactéries dans un tube. Dans tous les laboratoires du monde, on range les échantillons de vibrion dans de simples placards.

Le professeur laissa s'attarder un instant sur son visiteur un regard méprisant et glacial. Puis il leva les yeux vers une horloge de cuivre accrochée au-dessus de la porte et haussa les sourcils.

— Déjà sept heures ! Pardonnez-moi, j'ai rendez-vous en ville. Si vous avez besoin d'autres documents, ma secrétaire vous les enverra volontiers. Je vous raccompagne.

Une fois dans l'avenue, Paul dut marcher un bon kilomètre avant de recouvrer ses esprits. Il était furieux d'avoir si mal préparé cette visite. Il était arrivé trop confiant, n'avait pas assez travaillé le sujet. Il s'était fié à ses souvenirs d'études, mais ils étaient déjà lointains et, de toute façon, il ne s'était jamais intéressé beaucoup aux maladies infectieuses.

Passé cette morsure d'orgueil, il se mit à réfléchir à la situation. Curieuse visite, en vérité. D'un côté, tout semblait en effet se réduire à une simple attaque de défenseurs des animaux. Il faudrait bien sûr vérifier cette affaire de choléra, mais Rogulski avait l'air sûr de lui et Paul se disait qu'il avait sûrement raison. Pourtant, d'un autre côté, quelque chose paraissait bizarre.

Le professeur ne semblait pas inquiet de ce que Paul risquait de découvrir ; en revanche, il était visiblement préoccupé de connaître sa véritable identité. De qui craignait-il donc de recevoir la visite ?

À l'hôtel, Paul appela Providence. Il apprit que, dès son départ, Rogulski avait pris contact avec le numéro qui figurait sur la carte de visite. On lui avait répondu de manière rassurante mais, s'il était vraiment déterminé, il ne s'arrêterait pas là. Il suffisait qu'il poursuive son enquête au CDC pour découvrir vite la vérité : l'« Agence de Sécurité des Installations de Recherche » n'existait pas. Il était inutile de chercher les ennuis avec la police polonaise que Rogulski n'allait sans doute pas manquer d'alerter. Paul jugea prudent de ne pas prolonger son séjour. « Après la Pologne, il faudra surtout que vous passiez voir nos amis anglais, lui avait dit Archie avant son départ. Leurs avis nous seront très utiles. » Paul confirma sa réservation pour le lendemain matin sur le vol Varsovie-Londres.

7

Londres. Angleterre.

Mike Bell était un géant de près de deux mètres, ghanéen d'origine, né à Leeds. Très noir de peau, ancien champion de basket, il dissimulait mal sa carrure athlétique sous un costume de tweed. En tant que correspondant de Providence à Londres, il était venu accueillir Paul à l'aéroport d'Heathrow. Sur le petit écriteau qu'il tenait devant lui était simplement inscrit le mot : Matisse. Paul se signala. Mike Bell le salua chaleureusement. Puis il saisit d'autorité le bagage du voyageur et le porta à deux mains, plaqué contre son ventre, comme pour aller marquer un panier.

— Je vous emmène à la maison, lança-t-il avec un clin d'œil.

Ce que Bell appelait familièrement « la maison » était un petit appartement dont disposait l'agence à Kensington. Équipé de systèmes de protection et de contre-mesures, il pouvait aussi servir de salle de réunion sûre. Il permettait surtout aux agents de passage de trouver un gîte confortable et discret à toute heure, et d'être hébergés sans laisser de trace.

— Tout était OK à Varsovie ?

— À Wroclaw. Oui, ça s'est bien passé.

Paul prit place dans la petite Ford bleue et regarda le géant se plier souplement derrière le volant.

— Quand doit-on voir le type ? demanda Paul.

— Ça n'a pas été très simple. Il a fallu qu'Archie rappelle lord Brentham plusieurs fois. C'est toujours la même histoire : les politiques prennent des engagements et, derrière, les services traînent les pieds. Ils n'aiment pas trop exposer leurs agents. Même si nous faisons partie du même monde, pour eux, nous sommes des étrangers. Ils ne veulent pas griller une couverture pour nous faire plaisir.

— Il n'était pas forcément nécessaire de me faire rencontrer un agent de terrain.

— Vous savez, avec ces excités de défenseurs des animaux, il n'y a pas que les agents de terrain qui soient menacés. Même les fonctionnaires qui traitent l'information à leur sujet au fin fond d'un bureau peuvent se faire abattre un soir en rentrant chez eux.

— Comment ça s'est réglé, finalement ?

— Ils s'en sont sortis par le haut, si on peut dire. L'homme que vous allez voir coordonne la lutte anti-FLA au plus haut niveau. En apparence, c'est une faveur qu'ils nous font. En réalité, ils l'ont choisi parce qu'il est déjà grillé. Vous verrez vous-même ce que je veux dire.

Mike Bell eut un petit sourire énigmatique et il jeta un coup d'œil à Paul.

— On a calé le rendez-vous aujourd'hui en fin d'après-midi. Je passerai vous chercher. Attendez-vous quand même à ce que ce ne soit pas très facile.

La planque était une simple pièce basse de plafond, en haut d'un escalier raide qui donnait sur la rue. Une deuxième issue débouchait sur un système de cours intérieures par lesquelles il était possible de rejoindre Holland Park et les grandes avenues qui mènent à l'ouest de Londres. La pièce était peinte en blanc et une moquette de sisal lui conférait un vague côté confortable. En dehors d'un grand lit bas et d'une table de chevet, elle contenait tout ce que les Anglais considèrent comme indispensable, c'est-à-dire rien sauf une bouilloire et du thé.

Paul s'installa par terre et consulta ses courriels. Tout allait bien à la clinique. Il n'y avait pas de message de Kerry. Il se demanda, pour se rassurer, si le répondeur ne s'était pas coupé pendant qu'il dictait son numéro de téléphone… Puis il se mit à réfléchir à sa mission. L'entrevue avec Rogulski l'avait stimulé. Quitte à avoir accepté ce travail, autant s'en acquitter le mieux possible. Il commençait à comprendre qu'il y avait dans cette affaire plus de zones d'ombre qu'Archie ne le pensait, ou ne l'avait avoué.

Les services de Providence lui avaient transmis en pièce jointe par Internet un gros dossier de documentation. Paul fit un tri dans les articles qu'il contenait et commença à les lire. Mais le silence de la pièce et le décalage horaire qu'il n'avait pas encore rattrapé lui firent bientôt fermer les yeux.

Mike Bell arriva à cinq heures. Il avait troqué son costume contre un jean large qui lui tombait au milieu des cuisses. Il était chaussé de Nike roses gonflées comme des oreillers et vêtu d'un maillot rouge sans manches qui dégageait ses énormes bras noirs.

— Les Anglais sécurisent la rencontre, dit-il. Le type est mieux gardé que la reine, vous verrez. Moi, je resterai en arrière pour vérifier que vous n'êtes pas suivi à l'aller ni surtout au retour.

Comme Paul regardait sa nouvelle tenue avec étonnement, Mike ajouta :

— C'est malheureux à dire, mais si je suis habillé en banquier de la City, tout le monde se retourne sur moi. Déguisé comme ça, je passe inaperçu.

Il donna à Paul quelques indications sur l'itinéraire à suivre. Ils calèrent leurs montres et partirent à trois minutes d'intervalle. Paul traversa Hyde Park à pied jusqu'à Marble Arch. Là, au péril de sa vie, il traversa la voie rapide pour rejoindre l'autre côté. Il se sentait toujours mal réveillé ou un peu saoul dans la circulation britannique avec sa conduite à gauche et ses interpellations inscrites dans le sol : regardez à droite ! Attention ! Danger ! Sens unique ! Comme beaucoup d'Américains de souche, il se sentait facilement chez lui en Italie ou en Grèce, en dépit des différences. Dans le monde britannique, malgré la trompeuse parenté de langue, il avait l'impression d'un abîme de singularités.

Le quartier de Mayfair, avec ses petites rues, était plus calme, d'autant que le péage dissuadait la plupart des conducteurs de s'y aventurer. C'est le genre de lieux d'où ont été bannis les enfants, les pauvres, les immigrés et plus généralement les habitants. Il n'y a plus de risque d'y faire de mauvaises rencontres. On est sûr de rester en vie, mais c'est parce que le quartier, lui, est mort. Paul suivit des alignements de maisons en brique. Les portes vivement colorées se faisaient une gloire, et sur plaques de cuivre s'il vous plaît, d'abriter des cabinets d'architecture à la mode ou des agences de publicité branchées. Il tourna deux fois à droite comme le lui avait recommandé Mike et déboucha sur Berkeley Square. Les platanes de la petite place étaient en bourgeons ; à leur pied, des jonquilles pointaient dans l'herbe clairsemée. Paul repéra une camionnette blanche déglinguée garée à un coin de rue. Il était certain que des barbouzes britanniques étaient planquées à l'intérieur. Il aurait bien lancé un clin d'œil au chauffeur qui faisait mine de se curer les dents en écoutant la radio. Mais, ce genre de gamineries était capable de tout faire capoter. Il prit l'air de celui qui n'avait rien remarqué et marcha comme convenu jusqu'au numéro 12.

C'était un immeuble moderne, grossièrement planté au milieu de petites maisons victoriennes toutes fardées de fleurs. Dans le hall, une hôtesse était dissimulée par le comptoir de marbre, comme une sentinelle en embuscade derrière des sacs de sable.

— Cinquième étage, lâcha-t-elle avant que Paul eût le temps d'ouvrir la bouche. Porte 22.

Il ne rencontra personne dans l'ascenseur. Dès qu'il arriva devant la porte 22, elle s'ouvrit et deux mains le tirèrent à l'intérieur. Mike l'avait prévenu et il se laissa faire. L'homme qui l'avait saisi était armé d'un 9 mm qu'il tenait pointé sur lui. De l'autre main, il le fouilla de haut en bas. Ensuite, sans un mot, il le poussa dans la pièce voisine où l'attendaient trois agents en civil qui le firent asseoir.

Une radio, qu'un des hommes portait à la ceinture, se mit à crachoter. Il la plaqua contre son oreille. Tout le monde se raidit. Paul se leva. Enfin, la porte située en face de celle par laquelle il était entré s'ouvrit. Il fut aspiré dans un bureau qui donnait sur le square par une longue baie vitrée. Un homme assis sur une banquette en Skaï noir lui fit signe de prendre place devant lui. Dès que Paul fut habitué à la forte lumière de la pièce, il eut un mouvement de recul.

Le personnage qui lui faisait face était vêtu d'un élégant costume de drap bleu. Il avait noué une cravate de soie en indienne rouge et jaune au-dessus de son gilet. Ses chaussures étaient impeccablement cirées. Mais ce qui dépassait de vivant hors de cette enveloppe matérielle était difficilement soutenable à la vue. C'était un individu d'une soixantaine d'années, petit et sec, dont on avait dû dire longtemps qu'il ne présentait aucun signe particulier. Ce n'était plus vrai, hélas. Désormais tout le côté droit de son visage était horriblement déformé, couturé de cicatrices et de greffes. Leur teinte rose et leur aspect enflammé donnaient à penser que l'accident datait tout au plus de deux ou trois ans. La peau, de ce côté, portait les stigmates d'une profonde brûlure qui avait formé des brides et des bourrelets en se refermant. Des cheveux raides, certainement postiches, recouvraient l'emplacement d'une oreille manquante. Son œil droit, rond et brillant, avait la fixité d'une prothèse. Seule la main gauche de l'homme apparaissait. L'autre manche était vide. Le bras devait être coupé un peu en dessous du coude.

— Major Cawthorne, annonça l'homme brusquement. Que puis-je pour vous ?

Il était difficile d'interpréter la mimique de ce visage défiguré, mais le ton était celui d'une profonde mauvaise humeur.

— Je vous remercie de me recevoir, commença Paul.

— On m'en a donné l'ordre, coupa Cawthorne sans laisser le moindre doute sur le désagrément que lui causait cette rencontre. Nous ne pouvons rien refuser à lord Brentham, n'est-ce pas ?

Paul toussa pour reprendre contenance.

— Voilà, je suis en mission pour une agence qui…

— Nous savons tout cela. J'ai assez peu de temps, docteur Matisse. Pourriez-vous aller au fait et me poser les questions auxquelles vous souhaitez que je réponde ?

Paul résuma le dossier polonais. Le major d'un geste impatient l'encouragea à abréger.

— Londres est le meilleur centre d'observation des mouvements violents de défense des animaux, conclut Paul. Nous avons pensé que vous pourriez peut-être nous donner quelques pistes sur cette affaire.

— Quelles pistes ?

— Par exemple, s'agit-il d'un groupe apparenté au Front de libération animale qui existe chez vous ?

Le major se raidit. Il crispa la partie indemne de son visage. Par contraste, cela eut pour effet d'accentuer l'effrayante immobilité de l'autre. Il attendit un moment avant de répondre.

— Le FLA, trancha-t-il enfin, n'existe pas. C'est une nébuleuse de groupes et même d'individus qui n'ont aucun lien entre eux, sinon qu'ils se revendiquent de la même cause. Voilà ce que vous pouvez répondre à vos mandataires. Cela vous permettra de justifier vos honoraires. Rien ne vous interdit de vous documenter un peu plus pour étayer votre rapport. Vous trouverez tout ce que vous voudrez sur Internet.

La brutalité de cette réponse révélait la frustration d'un agent contraint par des pressions politiques à sortir de son anonymat. Mais c'était aussi la haine ordinaire d'un fonctionnaire mal payé à l'égard d'un consultant privé, a priori incompétent mais grassement rémunéré.

Paul baissa la tête et accusa le coup. L'optimisme d'Archie quant à l'implantation de son agence sur le Vieux Continent était décidément très prématuré. En deux entretiens, avec Rogulski et maintenant avec le major, Paul avait eu à subir autant d'humiliants revers…

Pourtant, cette fois, il n'avait pas envie d'accepter son sort aussi facilement. Après tout, tant pis pour l'agence et tant pis pour Archie. Il ne supportait pas le mépris que ces Européens lui témoignaient. Il le prenait comme une insulte personnelle qu'il n'avait aucune raison d'encaisser. Quand il était gamin et qu'il jouait au football avec son père, il prenait des colères de ce genre. Il se recroquevillait comme un bouledogue et fonçait. Plus tard au collège et dans l'armée, il était connu pour ses coups de sang. Même ses camarades plus costauds avaient appris à le craindre. Quand il rentrait la tête dans les épaules et prenait ainsi son élan pour se jeter sur eux, il ne trouvait pas grand monde pour lui résister.

Paul se pencha en avant, posa les coudes sur ses genoux et tendit le cou pour que Cawthorne l'entende sans avoir à hausser le ton.

— Écoutez-moi bien, major, dit-il en prenant l'accent du Sud, celui qu'il avait appris à imiter quand il allait voir ses grands-parents dans la Louisiane profonde. Je suis un soldat, c'est tout. Pas autre chose. Comme vous, en somme. Je ne connais pas ce lord Brentham ni personne de là-haut. Et vous voulez que je vous dise ? Ce n'est pas mon affaire. Je ne fais qu'obéir aux ordres qu'on m'a donnés. C'est bien possible que d'autres s'en mettent plein les poches. Mais moi je ne gagne rien dans tout ça.

Le major eut un petit mouvement de recul, preuve qu'il avait bien perçu le changement de ton et la sourde menace que contenait l'attitude nouvelle de son interlocuteur. Paul avait réussi à casser une barrière. Pour forcer tout à fait l'entrée, il fallait maintenant exploiter le capital de sympathie dont un jeune militaire américain, a priori simple et naïf, dispose toujours dans l'esprit d'un de ses aînés anglais. Paul fit pétiller ses yeux, libéra tout le charme dont il était capable et continua dans le registre du bon gars du Sud, quintessence de ces milliers de jeunes hommes courageux, couchés sous la terre de Normandie pour avoir voulu délivrer l'Europe du nazisme.

— Moi, ce qui m'intéresse, major, c'est ma mission. L'important, pour des soldats, c'est de savoir qui est leur ennemi. Il me semble bien que nous avons les mêmes, vous ne croyez pas ? Si les salauds qui vous ont défiguré comme ça sont en train de s'implanter dans de nouveaux pays, s'ils préparent un mauvais coup et que des gens innocents doivent y laisser la vie, je pense que nous avons intérêt l'un et l'autre à leur barrer la route, pas vrai ? Il n'y a pas grand-chose d'autre qui compte, en face de ça, à mon avis.

Le major fit « hum », toussa, se leva d'un coup, avec une agilité étonnante compte tenu de ses blessures. Il se mit à déambuler dans la pièce, regarda par la fenêtre puis revint à Paul qu'il considéra longuement.

— OK, Matisse, fit-il sur un ton raide, celui que prend un militaire pour cacher son émotion et dissimuler l'affection qu'il peut avoir pour un subordonné. Vous êtes un agent loyal. Oublions tout cela et parlons de votre affaire sur le fond.

Paul se redressa et sourit. C'était tout ce qu'il attendait de Cawthorne. Libre à lui de continuer à le traiter avec condescendance, pourvu qu'un semblant de communication devienne possible.

— Vous devez savoir ceci, dit le major, toujours debout et qui regardait maintenant dans le vague en déambulant. Le FLA est l'une des premières menaces terroristes en Angleterre aujourd'hui. Les islamistes sont dangereux, bien sûr, mais ils frappent des cibles indiscriminées, massives et relativement rarement. L'Armée de libération animale, qui est la branche « combattante » du FLA, vise des objectifs spécifiques (industries, personnages politiques, leaders d'opinion) de façon sélective et continue. Il ne se passe pratiquement pas de semaine sans qu'ils commettent un acte hostile. Lutter contre ce terrorisme exige de notre part une forte prise de risque. Voilà pourquoi nous n'aimons pas qu'on nous expose inutilement.

Paul craignit un instant que le major n'en revînt à lord Brentham et à l'irresponsabilité des dirigeants. Mais il poursuivit.

— Nous nous réjouissons de voir de nouveaux pays comme la Pologne prendre conscience du danger que représentent ces mouvements. Malheureusement ou heureusement, je ne sais pas, l'affaire que vous m'exposez ne me paraît pas liée directement à l'activité du FLA telle que nous la combattons ici.

Implicitement, Cawthorne admettait donc que le FLA n'était pas seulement une nébuleuse spontanée mais un mouvement organisé.

— Est-ce que vous pouvez m'en dire un peu plus sur la structure de ce mouvement ?

Le major se raidit et fixa Paul d'un air outragé. Décidément la technique directe était la meilleure. Face à la robuste simplicité de la pensée américaine, Cawthorne se sentait désarmé. Il était réduit à mettre de côté les subtilités de ses raisonnements pour en tirer quelques conclusions directement compréhensibles par le rustre qu'il avait devant lui.

— Le Front de libération animale a été créé ici, en Angleterre, en 1979. Au début, leur cheval de bataille, sans jeu de mots, était l'interdiction de la chasse à courre. On a d'abord cru qu'il s'agissait du énième mouvement de défense des animaux comme la SPA, etc., en somme des gens plutôt sympathiques et complètement inoffensifs. En réalité, ce n'était pas ça du tout. L'apparition du FLA correspondait à une rupture idéologique complète. Avez-vous lu leur bible, le livre de Peter Singer, *Animal liberation* ?

— Non.

Cela faisait partie de la documentation sélectionnée par Providence. Mais Paul s'était endormi avant de la lire… Heureusement, dans la relation qui s'était installée avec Cawthorne, cette ignorance était plutôt un bon point : elle cadrait avec l'idée que l'Anglais se faisait du personnage inculte mais honnête qui l'interrogeait.

— Lisez-le. Vous verrez de quoi il s'agit. La libération animale, pour Singer, n'est pas un acte humanitaire. Il n'est pas question d'aimer les animaux ni de leur donner une valeur d'utilité. La libération animale, c'est un combat politique et philosophique qui s'inscrit dans le mouvement de l'Histoire. L'esclavage a été aboli, la tolérance religieuse conquise, l'égalité des races reconnue, le droit des femmes inscrit dans la loi. Maintenant, il est temps de passer aux gorilles, aux chiens, aux poissons.

Paul sourit, mais le major lui renvoya un regard infiniment triste. À l'évidence, ces idées n'étaient plus pour lui depuis longtemps un motif de plaisanterie.

— Dans la conception de ces théoriciens, l'homme, voyez-vous, n'est qu'une espèce parmi d'autres. Elle n'a pas plus de valeur que les autres et ne devrait pas avoir plus de droits.

— Un être humain n'a pas plus de valeur qu'un chien ?

— Pas plus, non. Pas moins non plus, remarquez.

— Une chance !

— Je comprends que cela vous choque. C'est d'ailleurs le point qui a valu le plus d'ennuis à Singer. Il a même dû s'exiler à cause de cela. Dans son ouvrage, il affirme en substance qu'un bébé humain déficient mental ne lui paraît pas plus digne d'être protégé qu'un gorille intelligent. Vous voyez l'esprit ?

Cawthorne énonçait ces idées sur un ton naturel. On reconnaissait là une particularité de l'esprit britannique qui respecte les opinions les plus extrêmes, au nom de la liberté d'expression. Quitte, dans le même temps, à les combattre sans merci.

— Mettre une race au-dessus des autres, reprit-il, est un crime raciste. De même, pour les militants du FLA, affecter l'être humain d'un prix particulier au regard des autres espèces est un crime spéciste. Chaque jour, les humains se rendent coupables à l'égard des animaux d'actes qui, appliqués aux hommes, s'appelleraient meurtre, torture, esclavage. On tue des bêtes pour les manger, on sacrifie des animaux de laboratoire pour la recherche, on enferme des singes dans des cages leur vie durant pour les montrer aux enfants. Ce sont des crimes spécistes particulièrement odieux. Tuer ceux qui s'en rendent coupables n'est donc pas un crime : c'est un acte légitime.

— Combien de gens franchissent ce pas, parmi les défenseurs des animaux ?

— Peu, nous sommes d'accord. La majorité des personnes qui se préoccupent des bêtes sont des militants à l'ancienne. Ils se battent pacifiquement pour améliorer le sort des animaux. Mais vous savez comme moi que le terrorisme n'est pas une question de nombre. Sa violence est souvent en proportion inverse de sa représentativité. Le noyau d'activistes du FLA est réduit mais extrêmement dangereux.

Cawthorne venait de faire l'aveu complet qu'existait bien le centre structuré dont il avait d'abord contesté la réalité. Paul jugea inutile de le lui faire remarquer.

— Les gens du FLA ne sont accessibles à aucune forme de compassion à l'égard de l'humanité et cela les conduit d'abord à se sacrifier eux-mêmes. Pendant la guerre au Kosovo, par exemple, vous vous souvenez que près d'un million de gens s'étaient réfugiés en Albanie pour fuir les bombardements de l'OTAN ? Eh bien, des militants du FLA sont entrés clandestinement dans les zones désertées pour aller s'occuper du bétail abandonné dans les fermes.

— Sous les bombardements ?

— Parfaitement. Ils n'ont pas hésité à risquer leur peau pour sauver celle des vaches...

Cawthorne eut une horrible grimace. Tout ce qu'il lui restait de sourire.

— Quand on fait si peu de cas de sa vie, on n'a pas plus d'égard pour celle des autres. Quand ils ont plastiqué ma voiture, cela n'a pas dû leur provoquer d'états d'âme...

— Vous étiez à leur contact ?

— N'entrons pas dans les détails. Il n'y a pas trente-six manières de surveiller des groupes terroristes. On n'apprend pas grand-chose sur eux en regardant des photos satellites.

Cette pierre dans le jardin des Américains n'atteignit pas Paul, car il partageait cette défiance à l'égard de la technologie.

— D'autres ont pris votre relais ?

Une telle question était encore une grossièreté et Paul le savait. Il avait un peu l'impression de violenter une vieille marquise. Cawthorne, passé un premier sursaut d'indignation, vint se rasseoir et dit d'une voix sans timbre :

— Il le faut bien.

— Quelle influence a le noyau secret du mouvement sur les opérations menées ? Est-ce lui qui les commandite, qui les oriente ?

— Les principales, celles qui donnent l'impulsion en désignant de grandes cibles. Par exemple, la campagne de harcèlement contre Rexho, la multinationale de cosmétiques, a été planifiée.

Un garde passa la tête par une porte, celle par laquelle Cawthorne avait dû entrer et qui menait sans doute à une autre entrée sur une autre rue. L'agent fit un signe vers la montre à son poignet. Cawthorne hocha la tête pour faire savoir qu'il était conscient de l'heure.

— Mais la particularité du FLA, reprit-il en parlant plus vite, comme s'il avait voulu maintenant pouvoir tout dire à Paul avant de se retirer, c'est sa démultiplication. Le groupe central diffuse des conseils par Internet pour mener des actions violentes. Comment s'y prendre pour fracturer une serrure, débrancher une alarme, pénétrer dans une installation industrielle ? Comment échapper aux poursuites ? Quelles cibles frapper ? Un peu partout, des inconnus captent ces messages et passent à l'acte sans informer personne. Parfois ce sont de petits groupes, parfois ce sont des individus seuls qui agissent. Le FLA « central » n'a plus ensuite qu'à collecter des informations sur toutes ces actions spontanées. Ils les mettent sur leur site, en les plaçant sous leur bannière.

— Vous ne pensez pas que l'affaire polonaise ait été directement téléguidée ? Selon vous, elle ne correspond pas à une ambition stratégique d'expansion du mouvement vers les pays émergents de l'Est ?

— J'en doute fort. C'est une action très classique, et de portée mineure. Si le FLA avait voulu commanditer quelque chose en Pologne, il aurait choisi une opération de plus grande envergure et plus cohérente.

— Comme quoi, par exemple ?

— Ils auraient pu viser une activité industrielle. Mais, surtout, ils auraient assorti cela de communiqués, de justifications et appelé à d'autres actions. Dans votre cas, j'ai fait vérifier, il n'y a rien eu.

— Quelle conclusion en tirez-vous ?

— À mon avis, c'est une initiative spontanée, un petit groupe local qui a été faire un tour sur les sites Web du FLA…

— Les Polonais sont formels pour dire que ça ne vient pas de chez eux.

— Vous croyez qu'ils sont compétents ?

— Pour fliquer leur population, ils ont hérité d'un certain savoir-faire.

— Vous avez sans doute raison.

— Ils pensent que l'opération a été lancée depuis l'étranger. Wroclaw est presque une ville frontalière. Ce n'est peut-être pas un hasard.

— Les postes-frontières n'ont intercepté personne ?

— Ni vers l'Allemagne ni vers la Tchéquie. Personne qui corresponde au signalement du commando. C'est ce qui donne à penser que la fuite a été rigoureusement préparée, comme toute l'opération d'ailleurs.

— Que disent les services allemands ? Ils sont bien renseignés sur ces milieux.

— Les Polonais ont interrogé le BND. Il n'a eu vent d'aucune opération de ce genre dans les groupes écologistes allemands. C'est pour cela que, finalement, ils ont pensé au FLA.

— Vraiment, cela me paraît très très peu probable.

— Mais l'action a été signée… Que faites-vous de ces inscriptions sur les murs ?

— Je ne sais pas, moi, c'est peut-être… une diversion.

— Que voulez-vous dire ?

— Je vous livre ce qui me passe par la tête. Tout est possible, dans ce genre d'affaires. Cette action pourrait avoir un tout autre sens. Elle n'est peut-être qu'une simple étape dans un projet différent, plus vaste. Et pour ne pas compromettre la suite des événements, on a voulu la maquiller en opération de libération animale…

Paul hocha la tête et ne put masquer son étonnement. Cawthorne était visiblement heureux d'avoir pu faire triompher finalement la pensée complexe sur la niaise simplicité d'outre-Atlantique.

— C'est une idée intéressante, dit Paul. Comment la vérifier ?

— Dans ce genre d'enquêtes, vous le savez bien, on ne peut compter que sur le hasard. Pour s'y retrouver dans les masses d'informations qui sont collectées sur ces milieux, il faudrait un indice, même ténu.

— Un indice venant d'où ?

— Je ne sais pas, moi : une écoute téléphonique, un recoupement avec un épisode similaire, une particularité de la cible.

Un long silence se fit. À son tour, Cawthorne regarda ostensiblement sa montre. L'entretien, pour des raisons de sécurité, devait prendre fin et il se leva. « Une particularité de la cible. » Paul tendit la main et la posa sur celle valide du major pour le retenir un instant.

— Est-ce que, dans ces milieux, vous auriez entendu parler… du choléra ?

Cawthorne avait l'air de tomber des nues.

— Le choléra ?

— Oui, je ne sais pas, moi, est-ce que dans les publications, les projets, les justifications philosophiques de ces groupes extrémistes, le choléra pourrait jouer un rôle ou être seulement mentionné ?

— Cela ne me dit absolument rien.

Il y eut un long silence. Paul devait paraître si dépité que Cawthorne le prit en pitié et le rassura d'une voix douce.

— Ne vous tournez pas les sangs pour cette affaire, mon garçon. Si le sujet vous intéresse, vous trouverez d'autres occasions de vous mettre sur les traces de ces types. Mais il faut se rendre à l'évidence : quoi qu'en dise la police, cette opération polonaise n'est sans doute qu'un petit cafouillage local. Deux ou trois excités qui se sont monté la tête tout seuls. L'ouverture des pays de l'Est a fait entrer là-bas toutes nos lubies. La protection animale comme le reste. Ce n'est ni très étonnant, ni encore très grave. Pour qu'un mouvement comme celui-là prenne de l'ampleur, il faudrait soit qu'il reçoive un important soutien de l'étranger, ce qui n'est pas le cas, soit qu'il corresponde à une forte tradition dans le pays. Je n'ai pas l'impression que les Polonais sont particulièrement réceptifs aux problèmes des animaux. Je me trompe ?

Paul haussa les épaules pour montrer son ignorance.

— En tout cas, vous en savez assez pour rédiger votre rapport, n'est-il pas vrai ?

Ils se séparèrent sur ces paroles presque amicales. Paul, une fois dans la rue, reprit le chemin par lequel il était arrivé. À la grille de Hyde Park, Mike Bell le rejoignit et ils rentrèrent ensemble vers Kensington.

— Alors, il vous a parlé ?

— Oui.

— Félicitations. Il a une sacrée réputation, vous savez. Je n'ai pas voulu vous inquiéter avant… Je ne pensais même pas que vous tiendriez trois minutes.

Et, en se dandinant sur ses baskets roses, il éclata d'un rire sonore auquel Paul ne put résister.

Archie n'aurait voulu manquer pour rien au monde le récit de l'entrevue avec les services anglais. Il appela l'appartement sûr à une heure du matin et Paul lui fit un récit succinct de sa rencontre avec le major Cawthorne.

— Hum, conclut Archie, c'est assez maigre.

— Je le pense aussi. Mais le type est sincère. Cette histoire polonaise est sans doute, comme il le dit, un incident isolé et parfaitement banal.

Archie resta un long instant silencieux. Paul l'imaginait en train de tripoter rêveusement sa boutonnière, là où il épinglait ses décorations, dans les pays où elles ont un sens. Aux États-Unis, il n'en portait pas.

— On ne pouvait pas avoir trop d'illusion, reprit Archie. C'était déjà bien gentil de la part de lord Brentham de nous avoir sous-traité une affaire. Il ne fallait pas espérer que ce soit un dossier de première importance. Mais c'est sans gravité. Nous allons répondre aux Polonais ce que les Anglais leur auraient répondu s'ils avaient gardé l'enquête pour eux. Vous allez nous mitonner un petit rapport basé sur ce que vous a dit ce loyal officier britannique. On ajoutera quelques annexes scientifiques auxquelles ils ne comprendront rien. Vous couvrirez tout cela de vos titres universitaires. Sous un faux nom, bien entendu. Et j'irai moi-même à Varsovie porter le rapport à leur ministre de l'Intérieur.

Paul s'était fait tirer l'oreille pour accepter cette mission. Mais, maintenant qu'il était lancé, il acceptait assez mal l'idée qu'elle tourne court.

— J'ai encore quelque chose à vérifier, à propos de ce que m'a raconté Rogulski, le chef du laboratoire.

— Il vous a paru comment celui-là ?

— Un peu bizarre.

— Un savant fou, commenta Archie.

Paul le voyait hausser les épaules. Parmi toutes les catégories sociales qu'il méprisait, le savant génial et misérable était une des icônes favorites d'Archie.

— Il n'est pas fou. Il a peur. Et je ne sais pas de quoi.

— Mais avez-vous trouvé des choses anormales ou suspectes, du point de vue scientifique ?

— Je ne crois pas. Pour tout vous dire, j'ai été un peu maladroit et le type s'est méfié. Je pense vraiment qu'il ne m'a rien caché d'important. Mais comme je ne suis pas un spécialiste de sa discipline, la microbiologie, j'aimerais faire un petit crochet par Paris, pour vérifier certaines choses qu'il m'a dites.

— Par Paris ! Vous ne pouvez pas vous renseigner aux États-Unis en rentrant ?

— Chez nous, ça paraîtra curieux que je m'intéresse tout à coup à des sujets comme ceux-là. Et à Paris, ils ont un des meilleurs chercheurs mondiaux dans le domaine.

Archie avait toujours considéré la France comme un endroit de plaisir et la patrie de la futilité. Il accepta l'idée que Paul y fasse un tour mais à titre de récréation.

— Si vous ne trouvez rien, rentrez tout de suite, conclut-il.

8

Genève. Suisse.

Au printemps, Thérèse n'aimait pas monter sa côte. À cette saison, le temps avait parfois de brusques hésitations. Il pouvait se remettre à faire froid, et le vent chargé de pluie rendait alors les petits pavés glissants. Pourtant, chaque jour et quoi qu'il lui en coûtât, Thérèse gravissait la pente raide jusqu'à Bourg de Four, la place de guingois qui couronne la vieille cité de Calvin. Malgré ses septante-cinq ans, elle n'aurait voulu, pour rien au monde, habiter ailleurs. Elle passait devant la fontaine ronde, le poste de police et les cafés en terrasse. Puis elle attaquait hardiment l'escalier de pierre ouvert à tous les vents qui menait à son appartement.

Depuis huit jours, elle était inquiète. Elle savait exactement ce qui allait se produire. Mais le fait d'ignorer où et quand cela surviendrait la mettait sur les nerfs. Aussi, ce matin-là, dès qu'elle aperçut le garçon assis sur la rambarde, à la hauteur du premier étage, elle fut moins terrorisée que soulagée. Au moins, l'attente prenait fin.

Pourquoi se l'était-elle imaginé brun, massif, patibulaire ? Celui qui tenait un casque de moto sur les genoux était au contraire assez élancé, blond, et il fallait reconnaître qu'il avait un visage sympathique. Il s'adressa à elle respectueusement.

— Madame Thérèse ? Bonjour. Voilà, c'est à propos de votre nièce.

Thérèse avait juré de bien jouer la comédie. Elle fit un effort pour marquer de la surprise.

— Ma nièce ? Ah, vous voulez parler de Juliette.

S'il n'avait tenu qu'à elle, elle aurait reçu ce garçon poliment. Elle l'aurait fait monter chez elle et lui aurait proposé une orangeade. Mais Juliette lui avait expressément demandé de ne le laisser entrer chez elle sous aucun prétexte. Thérèse regretta de manquer à toutes les politesses et continua la conversation debout sur le palier venteux.

— Que lui voulez-vous, à ma nièce ?

— Apparemment, elle a quitté Chaulmes la semaine dernière et son répondeur donne votre adresse. Pourriez-vous me dire comment je peux la joindre directement ?

— Elle n'habite pas ici. Mais elle m'appelle en effet chaque jour. Elle ne sort pas beaucoup et ne reçoit personne en ce moment. Elle est un peu souffrante, je crois. Si vous me laissez un message, je le lui transmettrai sans faute.

Le garçon tenait les yeux un peu clos quand il parlait. Il avait un air légèrement blasé, à la fois fatigué et sûr de lui, qui lui donnait un charme certain.

— Le message est simple. Dites-lui que Jonathan voudrait la voir. Voulez-vous que je vous le note ? Jo-na-than. Et ajoutez, s'il vous plaît, que ses conditions ont été acceptées.

Thérèse prit un petit air entendu. Quel bonheur,

pensait-elle, cet âge où l'on fixe des conditions à l'amour, pour avoir le plaisir de s'y soumettre !

— Dans ce cas, fit-elle, ravie de révéler qu'elle en savait plus long qu'elle ne l'avait laissé supposer, Juliette sera heureuse de vous retrouver cet après-midi à dix-sept heures. Vous pouvez ?

— Dix-sept heures. C'est noté. Et où cela ?

— Elle propose le café du Grütli, près du théâtre. Vous connaissez Genève ?

— Oui, oui, je vois très bien, dit Jonathan vivement. J'y serai sans faute.

Il prit aussitôt congé, très courtoisement au goût de Thérèse.

Elle finit de monter ses marches, ouvrit sa porte et déposa ses paquets. Elle s'assit dans son vestibule et sourit pensivement.

Sa nièce avait toujours suscité en elle un mélange de tendresse et de crainte. Depuis l'enfance, elle avait considéré la fille de sa demi-sœur comme sa propre enfant, d'autant qu'elle-même était restée veuve et sans descendance. Elle avait beaucoup souffert en voyant quelle éducation avait reçue la petite fille. Son père était âgé de près de soixante ans quand elle était née. C'était un homme d'affaires. Il avait hérité d'une petite fortune dans le fret maritime et l'avait fait fructifier. Aussi égoïste que riche, il ne supportait aucun bruit chez lui, interdisait à l'enfant d'inviter des amies, lui faisait subir des brimades perpétuelles. Sa mère n'avait pas eu la force de s'y opposer au début. Elle avait eu si peur de rester vieille fille… Elle n'en était encore pas revenue d'avoir déniché sur le tard un aussi beau parti. Ensuite, à mesure que son mariage se dégradait, elle avait reporté toute son amertume sur l'enfant et s'était jointe à son mari pour la tourmenter. Ils semblaient n'avoir plus en commun qu'une égale détestation pour la petite Juliette et ce qu'elle représentait : la jeunesse, le mouvement, la vie. L'enfant avait réagi en se recroquevillant. Elle subissait tout avec une passivité excessive. Elle restait immobile, inexpressive, silencieuse, au point qu'on aurait pu la croire simple d'esprit. Seule Thérèse pressentait les tempêtes intérieures que dissimulait cet air perpétuellement calme. Toutes les vacances, les parents de Juliette l'envoyaient chez sa tante pour s'en débarrasser et à force de patience, elle était parvenue à lui tirer quelques confidences. Deux ou trois fois à l'adolescence, elle l'avait recueillie dans des circonstances plus critiques.

Thérèse n'avait donc pas été surprise de recevoir un appel urgent de sa nièce la semaine précédente. Elle savait qu'elle n'avait personne d'autre au monde vers qui se tourner quand la vie allait mal. Juliette demandait si elle pouvait occuper pendant quelques jours un studio que Thérèse possédait à Carouge et qui était inoccupé. Selon son habitude, elle avait accepté en ne posant aucune question.

Thérèse était d'autant plus heureuse d'avoir rencontré Jonathan. Elle pressentait maintenant quelle était la vraie nature de cette petite tempête. Tout cela préludait plutôt à une heureuse issue. Elle espérait que Juliette serait assez raisonnable pour s'y résoudre. D'ailleurs, elle allait lui parler, lui répéter combien la vie est courte. Son souffle était revenu, son cœur calmé. Thérèse décrocha le téléphone pour appeler sa nièce.

Le palais du Grütli, près de la place Neuve et du théâtre, est un haut lieu du cinéma, fréquenté par tout ce que Genève compte d'intellectuels. L'ambiance gauchiste, libertaire, altermondialiste évoque les riches heures du Paris soixante-huitard plutôt que l'austérité de la Réforme. Mais, pour Juliette, l'intérêt de ce bâtiment était surtout de compter trois entrées indépendantes, donc trois possibilités de fuite.

Elle attendit dix-sept heures quinze pour pousser la porte en verre du côté de la place de Plainpalais. Avec ses cheveux raides tombant sur les épaules, son jean un peu passé et son pull à col roulé, elle était parfaitement dans le ton. L'endroit était toujours plein de jolies filles mais habillées comme des sacs. Juliette s'était maquillée pour passer le temps, en attendant nerveusement l'heure du rendez-vous. Dans son excitation, elle avait un peu forcé sur le gloss et le fond de teint. En entrant dans le hall, elle avait repéré Jonathan de loin. Il était seul à sa table devant un expresso trop vite bu et battait impatiemment du pied. Elle vérifia qu'il n'y avait dans le café que des habitués du lieu et aucune figure suspecte.

Depuis sa dernière entrevue avec Jonathan à Chaulmes, Juliette s'étonnait elle-même d'être restée aussi active et résolue. Elle dormait toujours très peu, sans ressentir de fatigue. Sa perception du monde avait cette acuité, cette rapidité qui lui semblait à la fois délicieuse et effrayante. Elle se sentait comme un enfant sur le grand huit dans une fête foraine. Les moments d'euphorie, d'accélération, étaient suivis de brusques vertiges, comme si elle allait s'écraser, loin en bas, sur le sol. Elle avait un peu peur, mais à aucun prix n'aurait voulu que cela s'arrête.

Elle avait quitté Chaulmes pour se rendre moins vulnérable à d'éventuelles pressions de Jonathan et de ses « commanditaires ». Mais surtout, le petit village, son immobilité, son silence, s'ils s'accordaient parfaitement à sa mélancolie passée, rendaient le nouvel état de Juliette tout à fait insupportable. Ses angoisses n'avaient pas disparu. Elles avaient pris un autre aspect, inconnu. C'était comme une trépidation intérieure, une exigence permanente de bruit, de mouvement, d'agitation. On pouvait rêver mieux que Genève pour la satisfaire, mais au moins c'était une capitale. Juliette arpentait les rues, de jour comme de nuit, sûre de trouver du monde, des lumières, des voitures. Elle se sentait dérisoirement fragile et pourtant indestructible. Rien n'aurait pu la faire revenir sur la décision quelle avait prise.

Elle fit encore trois pas, qui la conduisirent au seuil de la salle de restaurant. Jonathan la vit. Elle le rejoignit à sa table et s'assit sur une chaise design en tubes d'acier.

— Je suis un peu en retard, excuse-moi.

— Pas de souci. Je viens d'arriver.

Jonathan se força à sourire. Puis il essaya de recomposer un air indifférent et vaguement supérieur.

— Pourquoi tout ce cirque ? Tu m'expliques ?

Elle eut l'air surprise.

— Quel cirque ?

Il fit un geste de la main qui pouvait désigner aussi bien le bar que l'ensemble de l'univers.

— Te tirer de Chaulmes. L'histoire de la tante. Ces rendez-vous bizarres…

— On n'est jamais trop prudent.

Jonathan baissa les yeux. Dans la discussion avec ses

fameux commanditaires, toutes les hypothèses avaient en effet été évoquées pour forcer Juliette à livrer ce qu'elle avait pris à Wroclaw : l'enlèvement, l'agression physique, le cambriolage de sa maison, tout... Mais, finalement, ces solutions avaient été repoussées. Cette décision avait beaucoup surpris Jonathan. Il n'avait d'ailleurs pas caché qu'il était déçu.

Une serveuse érythréenne, ravissante mais vêtue d'une tunique sans forme et de godillots de montagne, s'approcha pour prendre la commande. Juliette choisit un café puis la rappela et prit plutôt une eau gazeuse. Elle était déjà assez énervée comme ça. Les idées continuaient de se bousculer dans sa tête. D'ailleurs, elle avait oublié de quoi ils parlaient.

— Je t'ai demandé pourquoi tu t'étais tirée.

— Ah, oui. J'avais besoin de la grande ville, voilà tout. Je me sentais un peu à l'étroit, à Chaulmes. Et puis, la nuit, il y avait des bruits bizarres. Comme si des gens avaient voulu me piquer quelque chose. Tu vois ce que je veux dire ?

Elle rit très fort, d'un rire qu'elle entendit comme si elle était en dehors d'elle-même et qu'elle jugea maladif. Plusieurs personnes se retournèrent dans le café. Ils crurent qu'elle avait fumé et sourirent avec indulgence. Mais Jonathan perdait contenance.

— Tu ne veux pas qu'on aille parler dehors ?

— Non, je suis très bien ici.

Elle le sentait terriblement mal à l'aise et cela la fit rire de plus belle. Il était de plus en plus pressé d'en finir.

— Bon, coupa-t-il en se penchant en avant, tu veux voir du pays ? Crois-moi, tu vas être servie.

Il tira une longue pochette cartonnée de sa veste et,

après un coup d'œil à droite et à gauche, la lui tendit. On le sentait au bord de l'écœurement. Il était totalement hostile à la décision qu'on lui avait demandé d'exécuter. Il s'y résolvait au prix d'un effort presque insoutenable.

— Tu pars après-demain, prononça-t-il, la bouche déformée par un rictus d'aigreur. Voilà ton billet d'avion.

Juliette saisit la pochette, un peu trop vite, pensa-t-elle. En essayant de se maîtriser, elle ouvrit plus doucement le rabat et sortit le coupon de vol.

— Johannesburg ! dit-elle en relevant vers Jonathan des yeux incrédules. C'est bien ça ?

— Tu sais lire ?

Il ne pouvait pas s'empêcher de laisser percer son amertume.

— Tu n'es pas du voyage ? demanda-t-elle sans mesurer toute la cruauté de sa question.

La réponse ne faisait pourtant aucun doute. Jonathan secoua la tête.

— Je ne m'impose pas, moi, précisa-t-il, vexé.

Derrière l'agressivité, on sentait toute la profondeur de sa déception. Juliette le prit un instant en pitié. Puis, aussitôt, elle pensa : « Il le mérite. C'est le prix de sa lâcheté. » La lecture du billet d'avion semblait l'avoir fait encore monter d'un cran dans le registre de l'excitation. Ses mains étaient agitées d'un tremblement. Elle avait l'œil brillant et un tressautement nerveux entre le coin de la bouche et le menton.

— Avec qui dois-je prendre contact là-bas ?

— T'en fais pas. Il y aura du monde pour t'accueillir.

Le ton de Jonathan comportait une vague menace.

Mais avec l'acuité de perception qui était la sienne en ce moment, Juliette eut l'intuition qu'il ne savait rien, qu'il n'exprimait que ses désirs personnels de vengeance. De toute façon, elle avait décidé d'aller jusqu'au bout. Et elle avait pris ses garanties.

— Bon, fit Jonathan, en tendant la main pour attraper son casque. Je te souhaite bonne chance.

— Qu'est-ce que tu vas faire maintenant ?

La question de Juliette était aimable. Elle exprimait maladroitement un reste de tendresse. Pourtant, elle fit sortir Jonathan de lui-même.

— C'est bien le moment de t'en préoccuper ! Alors que tu viens de me ridiculiser. « Qu'est-ce que tu vas faire ? » répéta-t-il en imitant son intonation. Qu'est-ce que je *peux* encore faire ? Voilà plutôt la question. Tu réfléchiras à la réponse dans l'avion.

— Excuse-moi, dit-elle.

Dans l'état d'esprit où elle était, le malheur autour d'elle la gênait, même si, dans le cas de Jonathan, c'était un malheur mérité et peut-être voulu. Heureusement, ses sentiments changeaient vite. Quelqu'un, à la table voisine, bouscula une tasse en se levant, et fit un mouvement brusque pour la rattraper. Juliette eut aussitôt envie de rire, bêtement, nerveusement.

— Et surtout n'oublie pas ce que tu dois emporter, ajouta Jonathan méchamment. Tu vois de quoi je parle ? Le flacon rouge.

Elle fit « oui » de la tête, en prenant l'air appliqué, comme si elle avait voulu calmer la rage de Jonathan. Mais à vrai dire, cela lui était déjà totalement indifférent.

Dans l'Eurostar, Paul rêvassait, en feuilletant mollement la documentation envoyée par Providence et qui risquait de ne lui servir à rien. Un garçonnet, assis en face de lui, guettait la nuit noire par le hublot. Son père avait fait une plaisanterie ridicule au départ de Waterloo, en lançant un clin d'œil à Paul pour qu'il ne révèle pas le pot aux roses.

— Quand on sera sous la Manche, tu le verras tout de suite.

— Pourquoi, papa ?

— Parce qu'il y aura des bulles le long du train et que des poissons défileront à toute allure devant la vitre.

L'enfant avait guetté les poissons et les bulles pendant tout le voyage. Son impatience puis sa déception touchaient Paul à un point qui l'étonnait lui-même. Il finit par se dire qu'il était tout à fait comme ce gamin. Il avait suffi qu'Archie lui fasse entrevoir une nouvelle traversée au milieu des poissons pour qu'il entre dans cette attente inquiète et délicieuse, jusqu'à être finalement déçu de ne rien trouver de tel.

Au moins cette expérience avait-elle le mérite de lui montrer clairement quels grossiers ressorts de l'âme humaine actionnent le monde secret. Il écrivit un long mail pour Kerry, dans lequel il lui racontait tout cela. Son ordinateur était équipé d'une antenne qui lui permettait de se connecter partout. Il chercha son serveur, entra dans sa boîte de courrier, mais décida finalement de ne pas envoyer le message.

Arrivé à la gare du Nord, il prit un taxi jusqu'à l'Institut Pasteur. Dans ce temple de la microbiologie, de brillants chercheurs construisent jour après jour le futur, en maîtrisant toutes les techniques d'avant-garde.

Mais, en même temps, le passé survit dans la géographie de ce campus exigu, situé au cœur de Paris, coupé par une rue que les voitures sillonnent à vive allure… Le Laboratoire du Choléra et des Vibrions occupe encore le bâtiment historique, là même où le grand Louis Pasteur secouait ses fioles lucifériennes, il y a un siècle et demi.

Paul avait demandé le rendez-vous sous sa véritable identité, avec le prétexte de préparer une communication sur les grandes pandémies pour une association médicale régionale basée en Géorgie.

Ces explications s'avérèrent inutiles. Le professeur Champel ne lui demanda même pas son nom, ni la raison de sa visite. Seul importait pour lui le plaisir rare de parler du choléra à une oreille complaisante.

Dans les couloirs déserts du laboratoire, on comprenait au premier coup d'œil que le choléra n'était plus une maladie à la mode. Les grandes pages de la recherche aujourd'hui s'écrivent sur d'autres fronts. Les monstres que sont le VIH, le virus de la fièvre Ebola ou celui de la grippe aviaire concentrent l'intérêt du public, des médias, des politiques. Ce sont eux qui captent les gros budgets et fabriquent les prix Nobel. Le vieux choléra fait figure d'ancien combattant. Il est le vestige de guerres meurtrières, certes, mais gagnées. Le professeur Champel ne se résolvait visiblement pas à ce changement des modes. Il restait intarissable sur son sujet. Il semblait même ne pas avoir d'autre satisfaction dans l'existence. Paul se dit que son amabilité, au moins, formait un agréable contraste avec la froideur de Rogulski et, *a contrario*, soulignait encore plus la singularité de comportement du savant polonais.

— Savez-vous ce qui fait du choléra la pathologie la

plus passionnante qui soit ? demanda Champel en guise d'introduction. C'est pourtant simple ! Le choléra est une maladie littéraire.

Le professeur, de petite taille, un visage rouge et rond encadré de bajoues flasques, se mit à déclamer des extraits en prose et en vers de grands auteurs principalement français consacrés au choléra. Il termina au comble de l'exaltation, presque perché sur l'étroit bureau derrière lequel il était confiné en déclamant un passage du *Hussard sur le toit* de Jean Giono. « Le choléra, mugit-il, c'est la peeeeur… » Paul eut toutes les peines du monde à le faire revenir à ses questions et au présent.

— Non, finit par avouer Champel, en rentrant sa chemise dans son pantalon, aujourd'hui le choléra n'est plus un problème médical. L'hygiène en vient à bout facilement.

Mais il s'empressa de tempérer cet aveu :

— Cela ne veut pas dire qu'il ne pose pas encore d'énormes problèmes. Le choléra reste une des grandes maladies des pays pauvres. Et plus encore « des pauvres dans les pays pauvres ».

— Autrement dit, le microbe n'est pas dangereux ici. Vous n'avez pas besoin de prendre des précautions particulières pour le manipuler ?

Le professeur saisit un petit pot en plastique sur son bureau.

— À l'état sec, le vibrion se conserve très bien dans des boîtes comme celle-ci. D'ailleurs, nous en recevons d'un peu partout par la poste.

— Par la poste ! Et si elles se cassaient ? Si elles étaient perdues ?

— Vous savez, mon cher confrère, il faut beaucoup

de conditions pour que le vibrion devienne dangereux. Quelques bactéries isolées ne suffisent pas. Elles doivent être en nombre très important, c'est-à-dire s'être multipliées dans un organisme malade par exemple. Il faut qu'elles soient véhiculées par un milieu aqueux favorable : température assez chaude, matières organiques en suspension. Et surtout, il faut qu'elles touchent une population vulnérable, mal nourrie, mal portante et surtout manquant d'hygiène. Le choléra est un monstre qu'on tue en se lavant les mains.

Les mêmes mots que Rogulski ! Ce devait être une formule célèbre, un autre avatar littéraire du choléra. Il n'y avait plus de doute : le Polonais avait dit la vérité. Pourtant, Paul voulait vérifier encore un dernier point.

— Ici même, professeur, où stockez-vous les souches de vibrion ?

— Venez avec moi.

Champel fit traverser le couloir à son hôte. Il semblait prendre garde à ne regarder que vers la gauche.

— Et par ici ? demanda Paul, en désignant les salles du côté droit.

— Ce n'est pas chez nous, avoua Champel amèrement. Depuis cinq ans, nous n'avons plus qu'une moitié de laboratoire. De l'autre côté, ce sont les listérioses, vous savez, ces microbes qu'on trouve dans les fromages et qui tuent les femmes enceintes.

Il y avait dans son ton beaucoup de mépris à l'égard de ces parvenus qui n'avaient pas encore inspiré les artistes.

Ils passèrent dans des pièces encombrées de machines où vaquaient quelques chercheurs. Champel expliqua que dans ces salles le choléra était partout : dans des armoires réfrigérantes, sous des hottes aspirantes, sur les paillasses. Pourtant, personne ne portait de masque ni de tenue particulière.

— Beaucoup de gens se trompent à propos du choléra. Ils le croient plus dangereux qu'il n'est. Je me souviens d'une stagiaire russe qui est arrivée ici un matin. Elle est entrée dans le couloir et s'est dirigée sans hésiter vers le placard que vous voyez là-bas.

Sur une porte était vissé un petit panneau « Défense d'entrer – danger ».

— C'est le local technique avec les fusibles électriques. Elle a attendu mon arrivée devant cette porte parce qu'elle était persuadée que le véritable laboratoire du choléra devait se trouver derrière !

Ils ressortirent et passèrent dans un hall, près des ascenseurs. Derrière se trouvait une petite réserve fermée à clef, mais la serrure était tout à fait banale et la porte légère.

— C'est ici que nous conservons la mémoire du choléra.

Dans de petits casiers jusqu'au plafond étaient classées les souches de vibrions collectées au cours des grandes pandémies depuis plus d'un siècle. Toute la terreur, tous les deuils semés par le fléau trouvaient leur origine dans ces petits casiers bien alignés qui auraient pu renfermer une collection de timbres. Champel expliqua que dans les boîtes étaient conservés les vibrions secs et dans des réfrigérateurs dormaient les souches congelées. Mais les unes comme les autres étaient vivantes et on pouvait à tout moment les remettre en culture. C'était à la fois émouvant et exaltant. Rien ne manifestait mieux la puissance de l'esprit. Dans cette petite prison, la science était parvenue à enfermer à vie les coupables qui, en leur temps, avaient été les plus dangereux ennemis du genre humain.

Ils ressortirent. Au fond du couloir, à quelques mètres de cette réserve, ils virent défiler derrière une porte vitrée tout un groupe d'enfants. Ils couraient, poussaient des cris, certains collaient le nez à la vitre.

— Une classe en visite, dit Champel.

— Vous voulez dire que ce côté-là est public ?

— Oui, c'est le musée Pasteur. Vous ne l'avez jamais visité ? C'est un tort.

Rogulski avait raison sur toute la ligne. Le choléra n'exigeait vraiment pas de protection particulière si on pouvait placer toutes ces souches vivantes à quelques mètres d'enfants en promenade. On ne pouvait décidément rien lui reprocher.

En retournant vers le bureau du professeur, Paul voulut s'assurer d'un dernier point.

— Est-il exact que le vibrion est très stable génétiquement ?

— Ah ! Vous savez cela ? En effet, c'est parfaitement exact. Il y a environ deux cents types de vibrions, la plupart ne causent pas de maladie. Seul celui que nous appelons « O1 » provoque le choléra. Vous avez vu notre collection, elle démontre qu'il n'a pas changé depuis des siècles. Un nouveau type dangereux est apparu il y a une dizaine d'années. Il a entraîné une pandémie grave car les populations qui étaient immunisées contre O1 n'étaient pas protégées contre cette nouvelle souche. Mais cette exception est là justement pour confirmer la règle : le choléra ne bouge pas.

Quand ils se rassirent, Paul rassembla ses notes. Il était temps de poser la dernière question, qui sous-tendait tout le reste, la question par laquelle l'enquête serait définitivement close.

— Pourrait-il y avoir un jour une utilisation volontaire du choléra ?

— Terroriste, vous voulez dire ?

— Oui.

Champel remua ses badigoinces. Il était difficile de ne pas voir qu'il cachait sa déception.

— Le choléra n'est pas un bon client pour le bioterrorisme. En théorie, il pourrait l'être. Après tout, il provoque une maladie épidémique sévère contre laquelle il n'existe pas de vaccin de masse efficace et bon marché. On entend parler de lui de temps en temps, à propos de recherches militaires secrètes. Mais ce ne sont que des rumeurs et on n'a jamais eu de preuve. La vérité, c'est que ce pauvre vieux vibrion ne convient pas vraiment à une utilisation terroriste. D'abord, il n'est pas très résistant, à la différence de bacilles comme le charbon qui forment des spores et peuvent survivre très longtemps en milieu hostile. Il n'est pas non plus difficile à combattre et la plupart des antibiotiques en viennent à bout facilement. Comme il est génétiquement stable, il finit par produire une immunité. Les gens fabriquent des anticorps, la maladie devient endémique, c'est-à-dire que le microbe est présent mais ne donne que rarement des troubles. Pour qu'il redevienne épidémique, il faut qu'éclatent une crise sociale, des inondations ou une guerre qui aggravent encore la situation d'hygiène.

Le professeur énonçait ces informations d'un air navré, comme s'il donnait des nouvelles d'un proche tombé dans la misère.

— Et puis, surtout, je vous l'ai dit, le choléra ne

touche que les pauvres. Sur les populations des pays industrialisés, il n'aurait aucun effet. Or, vous savez, les terroristes ne s'intéressent pas tellement aux pauvres…

Paul referma son bloc. Les notes puissantes de trompette du *Tuba mirum* retentirent à ses oreilles. Requiem pour le choléra. Fin du début du commencement d'une piste. L'affaire polonaise redevenait ce qu'elle n'aurait jamais dû cesser d'être : une péripétie sans importance.

Paul accepta poliment la volumineuse documentation scientifique que le professeur tint à lui remettre puis il prit congé, non sans difficultés. Il était huit heures et le jour commençait à s'obscurcir. En mettant les choses au mieux, il dormirait dans son lit, à Atlanta, le lendemain soir.

9

Atlanta. Géorgie.

Par la fenêtre du taxi, Paul regardait les gros nuages, empilés comme des jouets, qui encombraient le ciel. Il avait quitté son appartement en pensant ne pas le revoir avant plusieurs semaines. Personne n'avait troublé l'ordre que sa femme de ménage s'efforçait de remettre une fois par semaine. Le lit était fait, l'évier propre, le réfrigérateur débranché, ouvert et vide.

Paul sentait que sa mission avait duré suffisamment pour déranger ses habitudes, perturber l'existence qu'il s'était créée depuis sa sortie du monde secret. Mais elle avait été trop brève pour parvenir à un terme véritable, à un point culminant d'où il aurait trouvé l'énergie pour revenir à cette vie avec enthousiasme et plaisir. Il était tout simplement vidé. Le décalage horaire aidant, il se coucha sans défaire sa valise et s'endormit profondément.

La faim le réveilla à quatre heures du matin. Dans le ciel dégagé, les dernières étoiles brillaient avant que l'aube ne pointe. La ville était particulièrement silencieuse. Il pensa qu'on était dimanche. Au moins n'aurait-il pas à se demander s'il irait à la clinique. Le dimanche était le jour de visite des familles. Ses associés ne seraient pas là et le personnel très réduit.

Il s'habilla dans la perspective de traîner toute la journée chez lui : un survêtement, des baskets. Dans un placard, il dénicha quelques paquets de gâteaux, du café en poudre et du sucre, de quoi se faire un petit déjeuner passable. Il mangea en regardant le soleil se lever sur les toits plats de l'East Side. Puis il interrogea le répondeur et écouta ses messages en gardant les yeux fixés sur l'horizon qui rosissait.

En partant, il avait oublié de changer l'annonce d'accueil, si bien que la plupart des correspondants lui demandaient de les rappeler dès le lendemain. Toujours des histoires sans importance : la banque, des travaux à prévoir sur la colonne d'eau du palier, des voix de femmes mécontentes qu'il ne donne plus signe de vie, l'une d'elles en larmes. Paul avait le sentiment de faire irruption dans l'existence d'un inconnu.

Puis, tout à coup, la voix de Kerry. Cela faisait plus de sept ans qu'il ne l'avait pas entendue. Il avait cru l'oublier tout à fait, avant de se remettre à y penser depuis la visite d'Archie. Il posa sa tasse, se redressa dans le fauteuil, monta le volume du répondeur.

— Salut, Paul ! Bon, pas de chance. Tu es peut-être déjà parti. Ça m'a fait plaisir de t'entendre. Très plaisir même.

La voix était assourdie. Le ton était celui d'un monologue intime, à peine audible par moments. Paul imagina que Kerry avait dû l'enregistrer tard dans la nuit. Il se demanda dans quelle position elle se tenait pendant qu'elle parlait. Couchée sur le dos, sûrement, les yeux grands ouverts fixés sur le plafond. C'était ainsi qu'elle aimait se mettre autrefois pour faire des confidences, comme si elle cherchait l'inspiration dans un point infini situé exactement à la verticale.

— Il fait encore froid ici, à New York. Mais tout de même, c'est le début de printemps, et moi aussi, je dégèle. Depuis quelque temps, je me suis remise à faire des rêves. Figure-toi, je n'ai pas été étonnée que tu appelles. Comment disais-tu autrefois ? Nos pensées jumelles. C'est ça ?

Elle s'interrompait de temps en temps, comme si elle buvait par petites gorgées.

— Une belle paire d'imbéciles, plutôt.

Il l'imaginait en train de rire silencieusement. Elle se tut un long moment, reprit d'une voix plus grave.

— Oui, les enfants vont bien. Je suis très heureuse avec eux. Une fille, un garçon, ils sont comme je les voulais. Ils ne m'empêchent plus de dormir, mais ils se battent toute la journée. Leur père leur raconte des histoires. À moi aussi, d'ailleurs, probablement.

De nouveau le rire silencieux, à peine un souffle dans le téléphone.

— Mais je l'aime comme ça, Robin. Il faudrait que

tu le connaisses. Tu sais, c'est vraiment un génie du business. Il a le don pour faire du fric avec tout ce qu'il touche. En ce moment, il s'est lancé dans la bancassurance. Ne me demande pas ce que c'est ; tout ce que je sais, c'est qu'il transforme ça en dollars. Et en plus, il a du talent pour les dépenser. Tous les soirs, tu m'entends, il rentre avec quelque chose de nouveau et de beau. J'ai des dizaines de robes dans les placards. Oui, moi ! Notre appart à Manhattan est plein d'objets d'art et de tableaux. Autant te dire tout de suite que je m'en fous. Tu sais que l'argent ne m'a jamais intéressée. Mais, bon, disons que je suis heureuse, Paul. Très heureuse, même.

Le silence qui suivit fut si long que Paul crut, cette fois, qu'elle avait coupé. Assis sur le rebord du fauteuil, il s'était penché en avant, les mains déjà tendues vers le répondeur, quand la voix reprit :

— Et pourtant, tu vois, je te réponds.

Nouveau silence.

— Je n'ai pas oublié le marché qu'on a conclu, tous les deux.

La voix était si basse qu'elle se distinguait à peine du souffle de la ligne.

— Si tu m'affirmes que, cette fois, les conditions sont réunies… vraiment réunies comme on l'a dit… alors, il faut que tu saches…

Cette fois-ci, au bout d'un long silence, le haut-parleur se mit à siffler. Le message était terminé. Paul appuya fébrilement sur les touches. Aucune suite n'était enregistrée et il n'y avait pas d'autre message.

Le soleil était maintenant haut, bien au-dessus de la forêt des cheminées et des antennes. Paul se leva et curieusement la litanie d'une prière russe lui revint en mémoire. Sa mère la récitait avec lui le soir dans les coins aux icônes quand il avait cinq ou six ans. Il avait oublié les paroles, mais il se souvenait qu'elle parlait du lien immatériel qui existe entre les êtres. Quoique ni Kerry ni lui n'eussent rien de saints personnages, un souffle les reliait, qui était de la même essence que les anges. En tout cas, c'était ce qu'il pensait dès qu'elle était loin. Quand ils étaient ensemble, c'était autre chose.

Il saisit sa trompette et joua le vieil air d'Armstrong, bouilli à toutes les sauces, mais qui ne cessait pas pour autant d'avoir la même inimitable saveur : « *It's a wonderful world.* » Il le rejoua une deuxième fois, encore plus fort. Une troisième, en soufflant si puissamment qu'il finit par voir des étoiles. Puis il s'arrêta et, dans le silence épais qui fit suite au cri de la trompette, il entendit une voix intérieure, une voix qui, en vérité, était tout à fait celle de Kerry.

« Si les conditions sont réunies… », disait-elle.

C'était la phrase qui ruinait toutes les autres, le rappel d'une condition qui ne serait jamais réalisée. « Eh bien, non, Kerry, finalement les conditions ne sont pas réunies. C'était ni plus ni moins une mission foireuse et elle est déjà terminée. » Il resta debout, les bras ballants, et laissa tomber la trompette sur le tapis.

« Maudit soit Archie et ses idées imbéciles », pensa-t-il. Maudit soit-il lui-même d'avoir laissé entrevoir cette possibilité à Kerry.

Il saisit une bouteille posée sur le rebord de la baie vitrée et la jeta violemment vers le piano. Puis il se mit à déambuler dans l'appartement. Du regard, il cherchait quelque chose d'autre à casser, plus grand qu'une bouteille, à la mesure de sa colère. Le seul exutoire qu'il trouva fut son VTT. Il le mit sur l'épaule, prit l'ascenseur jusqu'à la rue et se lança dans les avenues vides où traînaient quelques sans-abri hagards.

Il revint en début d'après-midi, anéanti de fatigue, assoiffé, les cuisses en feu, mais calmé. Il prit une longue douche puis enfila un pantalon de karaté. Il avait dominé son émotion en se composant un programme simple et clair pour la semaine à venir. Le lendemain, il devait rédiger un premier jet de son rapport. Il irait à Providence pour remettre ses conclusions et clore sa mission. Ensuite, plus jamais on ne l'y reprendrait à dévier de la voie qu'il s'était tracée. Médecin il était devenu, médecin il resterait. Archie et tous les autres pouvaient payer le prix qu'ils voulaient, il ne serait plus jamais à vendre.

Il défit sa valise et mit ses papiers en ordre sur un bureau, pour commencer à préparer son rapport. Au bout d'une heure, il réécouta le message de Kerry très calmement cette fois. Il le repassa quatre fois puis, d'un coup, l'effaça. Ensuite, il s'allongea sur son lit et dormit.

Une sonnerie l'éveilla en plein milieu de la nuit. Il tituba jusqu'au téléphone fixe, mais, en décrochant, il comprit que l'appel était dirigé vers son portable. Personne ne le joignait jamais là-dessus. Il ne s'en servait que pour appeler. L'écran marquait deux heures trente-quatre du matin.

— Cawthorne à l'appareil.

Paul se souvint qu'il avait laissé exceptionnellement le numéro de son portable au major, puisqu'il était en déplacement.

— Si vous êtes toujours à Londres, j'aurais aimé vous voir aujourd'hui.

— C'est impossible, gémit Paul en se frottant le visage. Je suis rentré aux États-Unis.

— Oh, je vous croyais toujours en Europe. Mais, alors, pardon ! Ce doit être la pleine nuit chez vous. Je suis vraiment désolé, je rappellerai.

— Non, major, ne raccrochez pas. J'étais, heu, réveillé… Vous ne me dérangez pas. Nous pouvons parler maintenant.

— En ce cas, voici : je vous appelle à la suite de notre petite conversation…

— Oui ?

— J'ai repensé à ce que vous m'avez dit, vous comprenez ?

Paul se mit debout, le portable à l'oreille, et de sa main libre sortit une canette du réfrigérateur.

— Vous avez changé d'avis sur l'affaire de Wroclaw ? Il y a du nouveau, peut-être ?

— À vrai dire, ni l'un ni l'autre. J'ai seulement été intrigué par le détail que vous m'avez donné.

— Quel détail ?

— Vous m'avez interrogé sur le lien éventuel avec une maladie infectieuse, vous vous souvenez ?

— Bien sûr, je vois. Le choléra.

— Humm…

Il y eut un blanc au bout du fil. Paul imagina le major raide d'indignation devant cette nouvelle indélicatesse américaine, lui qui s'efforçait de tout désigner par périphrases.

— Par curiosité, reprit-il, nous avons injecté cette donnée dans nos ordinateurs, pour voir ce qui en sortirait.

Paul se demanda si cette référence à l'informatique était une manifestation d'ironie ou une occasion pour Cawthorne de faire prendre une revanche à la technologie britannique.

— Et qu'est-ce que vous en avez sorti ?

— Nous avons passé en revue la production de nombreux mouvements radicaux que nous observons régulièrement et nous avons cherché s'il pouvait y avoir une corrélation avec… humm… l'affection que vous avez mentionnée…

— Et vous êtes tombés sur quelque chose ?

— Oui. Et c'est assez inattendu, vous verrez. Il ne s'agit pas du tout du groupe à propos duquel vous étiez venu m'interroger.

— Ce n'est pas le FLA. Mais qui, alors ?

— Écoutez, grommela Cawthorne qui paraissait de plus en plus mal à l'aise. Nos lignes téléphoniques ne sont pas protégées. Je préférerais vous envoyer ces informations sur des terminaux codés.

— Je serai tout à l'heure à Providence.

— Plaît-il ?

— Je veux dire que je vais au siège de notre agence qui se trouve à Providence, dans l'État de Rhode Island. Ils ont tout ce qu'il faut là-bas comme lignes sûres. Mike Bell peut vous joindre dans l'heure qui vient pour vous donner les numéros.

— Qu'il m'appelle à mon bureau.

— Je le préviens tout de suite.

Le major devait sentir que Paul, au comble de l'excitation, était prêt à raccrocher. Il haussa la voix pour qu'il l'écoute encore un peu.

— Nous avons fait des recoupements, Matisse. À

mon sens, c'est une piste sérieuse. Vous savez que je n'aime pas en dire plus qu'il ne faut.

— Merci. Vraiment merci, vous êtes extraordinaire, major.

— Paul ?

— Oui.

— Faites attention si vous vous engagez dans cette direction. Par certains côtés, je crois que les gens en question sont encore plus dangereux que ceux dont nous nous occupons. Vous me comprenez ?

— OK, major. J'ai bien entendu. Nous serons très prudents.

À peine avait-il raccroché qu'il composait le numéro d'American Airlines. Le premier vol pour Boston partait à sept heures. Il prit une réservation, s'habilla en hâte et referma la valise qu'il n'avait pas défaite.

« Si les conditions sont réunies… », pensait-il.

Il chantait à tue-tête, en claquant sa porte.

DEUXIÈME PARTIE

1

Providence. Rhode Island.

C'était la même salle de réunion, mais en ordre de bataille. Toutes les chaises étaient occupées et Paul reconnut les personnages qu'Archie lui avait décrits lors de sa première visite : le petit génie de l'informatique, la spécialiste des filatures, etc. Cette fois, ils étaient là en chair et en os et s'y ajoutaient les directeurs.

En matière opérationnelle, les responsabilités, à Providence, se partageaient entre deux hommes, assis chacun à l'une des extrémités de la table de conférence. Ils étaient aussi différents que possible et ne paraissaient pas se porter une grande affection. C'était bien dans les manières d'Archie d'avoir choisi comme adjoints deux ennemis irréconciliables, histoire de mieux régner.

Barney, le directeur des opérations, était d'origine haïtienne par son père. Paul se souvenait de l'avoir croisé à la Compagnie. Mais Barney était plus âgé que lui et il évoluait déjà à l'époque dans les étages de direction. C'était un homme de haute taille au visage grave, élégant, soigné dans sa mise, mais qui se tenait toujours tassé sur son siège. Son expression était à la fois bienveillante et désespérée. Il semblait être allé au bout de la connaissance du genre humain, pour finalement en revenir bien décidé à se tenir prudemment à l'écart.

[illegible]wrence, qui lui faisait face, remplissait les fonc-[illegible] assez vagues de directeur de la sécurité. Le plus remarquable dans son apparence était une rougeur vineuse qui lui mangeait le nez et les deux joues. Pour tout observateur, médecin ou non, un tel visage ne pouvait que trahir un alcoolisme sévère. Or Lawrence ne buvait pas. Il était en quelque sorte une victime innocente. Il subissait la douleur du châtiment sans l'avoir méritée par le plaisir de la faute. Cette injustice le faisait bouillir d'une colère perpétuelle. Le monde en général et Barney en particulier étaient là pour lui permettre de l'assouvir.

À la demande d'Archie, Barney avait entrepris de présenter les documents adressés dans la nuit par Cawthorne.

— Visiblement, les Anglais tiennent à préserver leurs sources. Les renseignements qu'ils nous ont envoyés sont assez succincts.

Tous les participants étaient attentifs et concentrés. La plupart avaient ouvert des ordinateurs portables devant eux. Seul Lawrence pianotait nerveusement sur la table et regardait par la fenêtre.

— Les Anglais sont des pros, énonça sentencieusement Archie.

— Personne ne dit le contraire, précisa Barney d'un air las. Si je résume, ils nous alertent à propos de déclarations captées sur des forums Internet et des blogs. Ces textes émanent tous du même groupe d'activistes. Ils pensent que cela peut avoir un lien avec l'affaire de Wroclaw.

À cet instant, un petit homme chauve fit son entrée le plus discrètement possible. Hélas, faute de chaise libre, il dut ressortir et ramener un fauteuil d'un bureau voisin. Il était un peu trop large pour la porte, et deux personnes l'aidèrent à le soulever pour le faire entrer laborieusement de biais. Impatienté par cette interruption, Archie présenta le nouvel arrivant avec mauvaise humeur :

— Alexander, directeur de la stratégie, un vrai diplomate comme vous pouvez le constater.

L'homme prit un air de dignité offensée et s'assit sans dire un mot.

— Le groupe d'où émanent ces textes, poursuivit Barney, appartient à la mouvance écologiste radicale américaine.

— Américaine ? coupa une grande fille blonde qui prenait fébrilement des notes.

Paul crut se souvenir qu'Archie l'avait présentée au début de la réunion. Elle s'appelait Tara. C'était la spécialiste des couvertures, celle qui était chargée de créer des légendes pour les agents travaillant sous une fausse identité.

— Oui, c'est une des particularités des documents adressés par les Anglais : ils nous mettent clairement sur une piste américaine.

Quelques participants firent une grimace. Mais Barney eut un geste pour signifier que la discussion aurait lieu plus tard.

— Il semble s'agir de dissidents issus d'une association qui s'appelle One Earth. C'est une organisation tout à fait légale qui se donne des airs méchants mais qui recherche surtout les coups médiatiques spectaculaires et un peu bidon.

— À ma connaissance, ces types-là n'ont jamais tué personne ! intervint brusquement Lawrence.

Il avait plus d'ancienneté dans le métier et plus

d'expérience que Barney. Il estimait inacceptable de lui être subordonné. Mais les hiérarchies de Providence avaient leur logique et Barney, qui avait été recruté par l'agence juste après sa fondation, y faisait figure d'ancien.

— J'ai un de mes neveux qui a milité à One Earth, insista Lawrence. C'est un bon à rien, avec des idées creuses plein la tête. Mais personne ne peut le soupçonner d'avoir jamais fait du mal à ses semblables.

— Tu as raison, Lawrence, confirma patiemment Barney. C'est pour cette raison que certains militants ont jugé que One Earth n'allait pas assez loin. Ils ont décidé de créer leur propre groupe, beaucoup plus radical. Ils s'autodésignent sous le terme les Nouveaux Prédateurs, on ne sait pas très bien pourquoi. Il semble qu'ils avaient l'intention de forcer les dirigeants de One Earth à revenir à leurs principes fondateurs : la lutte contre les excès de l'être humain qui ruinent la planète et compromettent sa survie.

— Je ne vois vraiment pas en quoi ça nous concerne, marmonna Lawrence assez fort pour que tout le monde puisse l'entendre. J'ai l'impression que nos cousins brits sont en train de nous balader…

Il souriait à la cantonade pour recueillir des suffrages dans l'assistance. Archie lui jeta un regard glacial et il baissa le nez. Barney en profita pour poursuivre.

— Une des caractéristiques de ce groupe radical est sa virulence à l'égard des défenseurs des animaux. Ne me demandez pas l'origine de cet antagonisme, je l'ignore. Il y a des subtilités là-dedans qui nous échappent mais qui sont essentielles.

— Ça me rappelle les bagarres idéologiques d'autrefois entre trotskistes, maoïstes, anarchistes et autres imbéciles, grogna Alexander. On pensait que la fin de la guerre froide nous aurait débarrassés de toutes ces fadaises…

— Le fait est, reprit Barney d'une voix forte pour couper court à toute digression, que ce petit groupe s'en est pris à plusieurs reprises aux défenseurs des animaux. Ils ne ratent pas une occasion pour les traîner dans la boue sur Internet. C'est d'ailleurs comme cela que les Anglais les ont repérés. Leurs taupes les avaient informés que le FLA prenait ces menaces très au sérieux et envisageait une riposte.

On était loin des sujets habituellement abordés à Providence. Certains prenaient visiblement plaisir à cette escapade hors des sentiers battus de l'espionnage. D'autres, comme Lawrence ou Alexander, laissaient carrément paraître des expressions de stupeur et d'indignation.

— Le texte adressé par les Anglais fournit une illustration de la querelle idéologique qui oppose le groupe dissident de One Earth aux défenseurs des animaux. Les Nouveaux Prédateurs ironisent d'abord sur la sensiblerie ridicule – c'est leur terme – des défenseurs de l'animal. Et ils pointent un paradoxe assez évident : jusqu'où sont-ils prêts à descendre dans l'échelle des espèces quand ils se battent pour le droit des bêtes ? En d'autres termes, il est envisageable de protéger les intérêts des éléphants, des singes, des cochons. À la rigueur, on peut prendre la défense des poissons, des crabes, des fourmis. Mais que faire pour les éponges, les vers de terre, les moustiques…

— Bon Dieu ! s'écria Lawrence en levant les bras. Vous vous rendez compte de quoi on en arrive à parler ici ?

— Les algues bleues, intervint Tycen sans prendre garde à cette remarque. C'était un tout jeune homme et il rougit après avoir parlé.

Tous les regards se tournèrent vers lui.

— J'ai lu ça dans la documentation que vous m'avez demandé de préparer pour Paul. L'idéologue de la libération animale, Peter Singer, dit qu'ils sont prêts à protéger jusqu'aux algues bleues. En dessous…

— Il jette l'éponge, coupa Tara.

Tout le monde éclata de rire et quelques applaudissements fusèrent.

— On revient au sujet, s'il vous plaît, dit Barney en frappant la table avec son stylo. Peu importe la réponse que donne le FLA à cette question. L'essentiel, c'est ce que veulent dire ceux qui la posent. Or le texte continue en ironisant sur les microbes : on ne saurait être trop reconnaissant aux virus et aux microbes qui font mourir les hommes, puisque ceux-ci sont les agresseurs de la nature. Tous ces micro-organismes qui s'attaquent courageusement à l'être humain sont les prédateurs du prédateur suprême. Ils méritent donc bien d'être protégés, eux aussi.

— Ils sont cintrés, murmura Martha en secouant la tête.

— Par exemple, continua Barney en haussant la voix pour souligner ce moment du raisonnement, prenons le choléra. Ce pauvre vibrion qui a semé la terreur et fait des millions de victimes, n'est-il pas en train de disparaître ? – C'est toujours eux qui parlent – Ne faudrait-il pas se mobiliser pour le protéger ? Que font donc les bienfaiteurs de l'animal ? Le texte se termine sur une sorte de programme : il faut sauver le choléra pour sauver la nature !

Barney s'arrêta et le silence se fit dans la salle. Soudain, la chaise de Lawrence grinça parce qu'il s'était brutalement penché en arrière.

— Je crois simplement que tu te fous de notre gueule, Barney, dit-il.

— Attendez, intervint Martha qui voulait éviter un nouvel épisode de la permanente guerre des chefs entre les deux hommes. Où voulez-vous en venir avec ces documents, Barney ? Je ne vois toujours pas le lien entre cette histoire de choléra et l'affaire de Wroclaw.

— Je laisse la parole à Paul qui va vous expliquer.

Paul était le seul dans la salle à ne pas faire véritablement partie de l'agence. Chacun connaissait ses états de services et la haute opinion qu'Archie avait de lui. Aussi ses premiers mots furent-ils attendus avec une attention particulière.

— Il faut revenir à l'enchaînement des faits, commença-t-il prudemment. D'abord, je suis convaincu que le groupe qui a attaqué le laboratoire à Wroclaw arrivait bien de l'étranger. Il y a tout lieu de croire les Polonais quand ils disent qu'ils n'ont pas connaissance de ce type d'activistes chez eux. Le fait qu'ils n'aient retrouvé aucune trace du passage à la frontière de ce commando est à mon avis dû à une simple erreur de l'enquête. Dans le rapport de police, on lit que de nombreuses empreintes de pied ont été relevées sur les lieux. Deux pointures de chaussures ont été retrouvées, tailles 41 et 45. Les Polonais en ont conclu que les assaillants étaient deux hommes et les signalements aux frontières ont été faits dans ce sens. En étudiant le rapport de plus près, j'ai été frappé par un détail qui n'a retenu apparemment l'attention de personne : une trentaine de traces de la pointure 41 ont été retrouvées pour une seule de l'autre type. Il est possible qu'il se soit agi d'un artefact, voire d'une ruse grossière. Il n'y avait peut-être qu'un seul assaillant.

— C'est un truc vieux comme le monde, ricana Lawrence. La fausse empreinte de chaussure…

— Il faut croire que ça marche toujours, quand la police scientifique n'est pas trop rigoureuse. Dans un cas comme celui-là, où il n'y a eu ni vol apparent ni homicide, les enquêteurs n'ont pas dû aller chercher très loin.

— De toute manière, la Pologne est membre de l'Union européenne, dit Alexander. On peut en sortir librement.

— À la frontière allemande le contrôle reste assez rigoureux. Mais si on cherchait deux hommes et que l'opération a été menée par un seul…

— Ou par une femme, dit Tara. Quarante et un, c'est assez courant aujourd'hui chez les femmes.

Paul tressaillit. C'était la première fois qu'un indice, si faible qu'il fût, venait à l'appui de son intuition quant à l'identité de la personne qui s'était introduite dans le laboratoire polonais.

— Continuez, Paul, je vous prie, insista Archie pour le sortir de la rêverie où l'avait plongé la réflexion de Tara.

— Donc, admettons que le ou la personne venait bien de l'étranger. D'où, et dans quel but ? Les Anglais sont formels : ils excluent la piste « libération animale ». J'ai rencontré leur meilleur spécialiste et je lui fais confiance.

Il aurait eu du mal à expliquer pourquoi. Peut-être, après tout, était-il victime du même aveuglement à l'égard de Cawthorne qu'Archie vis-à-vis des

Britanniques en général. Heureusement, personne, dans la salle, n'osa faire ce parallèle.

— Réfléchissons bien, il n'y a que deux hypothèses possibles. Soit il s'agit d'une bande d'amateurs. Mais pour des amateurs, je les trouve très bien renseignés. Ils connaissaient parfaitement la disposition des lieux, la résistance des serrures, l'horaire des rondes de vigiles. Soit… il faut inverser la perspective.

La simplicité avec laquelle il s'exprimait avait acquis à Paul la sympathie de l'auditoire. Tara et Martha, assises en face de lui, n'avaient pas l'air de trouver désagréable que de telles paroles sortent d'une bouche aussi sensuelle. Seul Lawrence s'agitait sur sa chaise et secouait la tête d'un air sceptique.

— Laissons de côté ce qui est mis sous nos yeux : les slogans du FLA, la libération des animaux. Ce n'est peut-être que de la poudre aux yeux, une manière de faire accuser quelqu'un d'autre. Imaginons plutôt que le principal est ce qui paraît accessoire. C'est-à-dire ce qui s'est passé dans le reste du laboratoire. Mais, là encore, attention ! Ce qui nous est proposé n'est peut-être pas l'essentiel. On a voulu nous faire croire à une destruction aveugle. Ne pourrait-il pas s'agir d'un camouflage ?

— Camouflage de quoi ? siffla Lawrence.

— D'un vol.

Paul avait tourné vers Lawrence son regard pétillant et celui-ci avait baissé les yeux, en tripotant son stylo.

— Je sais que c'est une simple hypothèse. Mais, comme dans cette affaire rien n'est vraiment clair, elle mérite qu'on la considère. Imaginons que toute cette mise en scène n'ait eu qu'un seul but : maquiller une opération très simple. Voler des souches de choléra, par exemple. Le commando n'avait peut-être que cette seule mission.

Paul, quand il parlait, avait la manie de caresser la patte de cheveux et de barbe qui descendait sur sa joue droite.

— Mais d'où cela sort-il, cette histoire de choléra ?

— De ma visite en Pologne. À vrai dire, c'était juste une idée comme ça. Mon interlocuteur anglais s'était demandé si l'affaire ne pouvait pas être une diversion. J'ai réfléchi à cette idée. Une diversion pour quoi faire ? J'ai pensé à un concurrent qui serait venu dérober des résultats d'expérience. Mais les travaux du professeur Rogulski n'ont pas la moindre dimension commerciale et il n'a pas signalé la disparition de documents. Un vol de matériel ou d'argent ? Rien n'a été dérobé dans le labo et pourtant il est pourvu d'un équipement ultramoderne. Alors, j'ai eu l'idée du choléra. Je me suis dit que c'était la seule chose rare et dangereuse qui pouvait être convoitée par quelqu'un. Pour être franc, je dois avouer que c'est une pure intuition. Je n'ai rien trouvé d'anormal sur les lieux. Mon interlocuteur n'a rien dit qui puisse aller dans ce sens. Il s'est montré méfiant, mais j'avais mal préparé l'entretien. Toutes ses déclarations se sont d'ailleurs révélées exactes. Pourtant…

— Pourtant ? insista Tara.

— Pourtant, j'ai gardé l'impression que, s'il y avait une piste, elle était là, autour du choléra. J'en ai parlé aux Anglais sans croire qu'il y avait la moindre chance de découvrir quoi que ce soit. Et puis, voilà ces renseignements. Je suis très heureusement surpris que cette piste ait conduit quelque part.

Un silence un peu gêné accueillit ces déclarations. Visiblement, personne ne connaissait assez Paul pour lui dire carrément ce qu'il pensait. Mais on entendait beaucoup de monde marmonner.

— Humm. Combien de textes exactement nous ont-ils fait parvenir ?

Martha avait mis beaucoup de bienveillance et de douceur dans sa question, comme un procureur qui interroge un enfant battu. Elle la posait à Paul mais ce fut Barney qui répondit.

— Il y a deux textes complets, dont ils nous ont adressé copie. Mais, dans la note qu'ils ont jointe, les Anglais nous assurent qu'ils ont en leur possession une dizaine de déclarations de la même eau, soit sur des sites Internet, soit sur « d'autres supports ». Il s'agit probablement d'écoutes ou de renseignements humains. À chaque fois, cela émane de ces « Nouveaux Prédateurs » et le thème du choléra y revient très fréquemment.

— Et de quand datent ces documents ?

— De deux ans à peu près.

— Hiii ! s'esclaffa Lawrence. Deux ans !

— La communication de ce groupe sur le Web s'est interrompue il y a un an et demi assez brutalement, précisa Barney.

— Le groupe s'est dissous ? demanda Tara.

— On n'en sait rien. Ils se sont arrêtés sans explication. Selon les Anglais, c'est un argument de plus pour prendre ces déclarations au sérieux. D'après leur expérience, quand des extrémistes cessent de parler, c'est qu'ils commencent à mettre leurs idées à exécution.

Pendant le nouveau silence qui gagna l'assistance, certains regardèrent dehors et s'avisèrent qu'il faisait grand soleil sur le parc. On voyait briller les petites pousses vert clair du feuillage nouveau. Le long du parking pendaient les pompons mauves d'un grand lilas. Plusieurs personnes changèrent de position dans leur chaise, toussèrent, saisirent leur tasse de café ou des biscuits. Ce fut Alexander qui rompit le silence.

— Paul, vous avez fait un travail exceptionnel, vraiment. Vos hypothèses sont audacieuses et, avec ce que vous aviez à vous mettre sous la dent, il était impossible de faire mieux. Mais, franchement, vous me pardonnerez de vous le dire, tout cela ne paraît pas très consistant.

Alexander avait l'habitude en s'exprimant de soulever ses lunettes de presbyte et de les caler sur son front. Son regard alors devenait vague. Il penchait légèrement la tête comme s'il écoutait une voix intérieure et son élocution ralentissait.

Lawrence profita d'un de ces moments pour saisir la parole.

— C'est sympa les hypothèses, hein ? Surtout quand on commence dans le métier. Mais on a tous appris à s'en méfier. Là, ce qu'on nous présente, c'est un château de cartes, ni plus ni moins. Rien ne dit qu'il y ait eu un vol ; rien ne dit que des groupes américains soient impliqués – au-delà de vagues sornettes philosophiques qui datent d'il y a deux ans. Et si, par extraordinaire, ces types s'étaient en effet procuré ces microbes, rien ne dit qu'ils les auraient ramenés aux États-Unis. Si on travaille sur un échafaudage pareil, on va se casser la gueule. Et c'est pour le coup qu'on aura besoin de vous, Doctor Spy !

Tous les regards se tournèrent vers Paul. En l'agressant, Lawrence lui avait rendu un grand service. Les derniers scrupules qu'il pouvait avoir s'évanouissaient devant cette attaque. Dans un combat de boxe, c'est exactement le genre de coup qui réveille au moment où on allait flancher et donne l'énergie pour gagner.

— Il n'y a que deux solutions à ce stade, dit Paul calmement. Soit on considère que tous ces indices sont trop faibles et l'affaire s'arrête là, en effet. Pas de coupables. Pas de mobile. Même pas de crime. On fait un beau rapport qui conclut à un non-événement.

— Soit ? l'encouragea Alexander qui le voyait hésiter.

Paul respira profondément et rassembla ses forces pour lancer son uppercut.

— Soit on se dit qu'on ne peut pas prendre le risque de voir des fous furieux se balader avec un microbe dangereux qui a causé des pandémies meurtrières et tué des centaines de millions de gens. Des groupes américains, de surcroît. Et alors, on continue.

Il avait hésité à commettre cette légère malhonnêteté intellectuelle : éveiller en chacun des participants les vieilles terreurs à propos du choléra. Champel lui avait clairement dit que le vibrion était un mauvais outil pour le bioterrorisme. Mais il avait deux bonnes raisons de passer outre : l'insulte de Lawrence, et surtout l'envie que la mission continue. Avec Kerry.

Il sentit tout de suite que son bluff avait marché. Personne n'eut le courage de relever le défi moral tel qu'il venait d'être énoncé. Seul Alexander, au bout d'un temps assez long, émit une objection juridique mineure.

— N'oublions pas tout de même, dit-il en faisant redescendre ses lunettes sur son nez, que nous avons un client dans cette affaire : ce sont les services polonais. Ils veulent savoir ce qui se passe chez eux. Je ne pense pas qu'ils acceptent de nous financer longtemps pour aller traquer d'hypothétiques groupes américains.

Sur quoi, il s'arrêta. Chacun savait qu'il était de la seule responsabilité d'Archie de négocier les contrats de l'agence et de discuter avec les autorités politiques.

Celui-ci laissa durer un peu le silence et dit :

— Alexander a parfaitement raison. Comme je savais que vous feriez cette objection, vous ne m'en voudrez pas de l'avoir précédée.

Ayant annoncé son petit coup de théâtre, Archie s'employa à accroître l'impatience de l'assistance.

— Je veux d'abord réaffirmer ceci : je souscris totalement aux conclusions de Paul. Mon expérience hélas longue du renseignement m'a montré que les groupes extrémistes finissent *toujours* par faire ce qu'ils ont dit.

Il tira sur ses manchettes pour marquer un temps et souligner son effet.

— En 1915, on pouvait croiser un petit bonhomme chauve très poli dans les couloirs de la Société de lecture de Genève – un beau bâtiment, d'ailleurs, l'ancien palais du résident de France…

Quelques participants baissaient le nez, d'autres se regardaient en haussant les sourcils. Les tirades savantes d'Archie faisaient partie des corvées du métier.

— Les gens savaient que le petit bonhomme en question, un Russe nommé Oulianov, écrivait des choses assez effrayantes sur la révolution et la dictature du prolétariat. Mais ils ne pensaient pas qu'un jour Lénine ferait ce qu'écrivait Oulianov. Vous savez qu'ils avaient tort, puisque c'était le même homme.

Pendant qu'Archie retroussait sa lèvre supérieure

pour signifier élégamment son hilarité, plusieurs personnes autour de la table levèrent les yeux au ciel.

— Et en lisant *Mein Kampf*, qui aurait dit que Hitler irait jusqu'à mettre en pratique ses propres outrances ?

La main levée pour mettre un terme à l'énumération qu'il aurait pu poursuivre longtemps, Archie conclut :

— En ce qui concerne le groupe sur lequel les Anglais ont bien voulu attirer notre attention, il est clair qu'il n'en restera pas aux paroles. Il faut à mon avis et jusqu'à preuve du contraire le ranger dans la catégorie des extrémistes dangereux.

Un coup de vent, dans le jardin, soulevait les branches d'une rangée de peupliers et leur donnait une teinte argentée.

— La situation, ne nous le cachons pas, est compliquée. Dans ce cas précis, nous ignorons vers quoi ou vers qui se porte la menace. Ces gens ont l'air d'en vouloir à l'espèce humaine en général. Mais à qui plus précisément ? C'est une autre règle que la haine abstraite des idéologues finit toujours par se concentrer sur un groupe particulier d'êtres humains. Les Juifs sentent cela d'instinct. Le malheur a voulu que ce genre de foudre commence souvent par tomber sur eux. Dans l'affaire qui nous occupe aujourd'hui, nous n'avons aucune indication sur le type de population auquel ces extrémistes veulent s'en prendre. C'est une des choses qu'il nous faudra rapidement chercher à savoir. Seule certitude à ce stade : nous avons tout lieu de croire que le rayon d'action d'un tel groupe est mondial. Lawrence et Alexander s'étonnent à juste titre que des activistes américains aillent se procurer du choléra en Pologne. Il fallait bien le prendre quelque part ! Cette maladie n'est pas endémique chez nous, que je sache, et nos laboratoires, depuis le 11 septembre, sont probablement mieux protégés qu'ailleurs. Si ces gens sont capables de concevoir leur action à l'échelle du monde entier, c'est sans doute à cette échelle aussi qu'ils planifient leurs projets meurtriers. Nous devons nous habituer à l'idée que la scène du terrorisme est planétaire. C'est là que nous avons une carte à jouer.

Tara interrompit sa prise de notes pour changer la cartouche de son stylo. Archie eut la délicatesse d'attendre qu'elle ait terminé.

— Nos institutions, reprit-il, sont mal adaptées au suivi de tels groupes. Le FBI s'occupe des extrémistes qui opèrent aux États-Unis. Mais sa compétence est limitée à notre territoire. Ce que ces groupes font à l'étranger lui reste en grande partie inconnu. La CIA, elle, opère dans le monde entier, mais, dès lors qu'elle remonte une piste qui la ramène aux États-Unis, elle doit céder la main. Conclusion : les groupes américains opérant à l'étranger sont mal surveillés. J'ai eu l'occasion d'en discuter souvent avec le secrétaire à la Défense. Le Pentagone est bien conscient de cette lacune.

Paul regardait le vieil homme avec perplexité. Il y avait en lui un étrange mélange de frivolité apparente, de préciosité forcée et de professionnalisme brillant. L'affectation de ses manières pseudo-britanniques cachait mal une rare capacité à faire entrer en action ses idées et ses intuitions.

— Ces discussions avaient en quelque sorte préparé le terrain. Quand j'ai pu joindre ce matin mon ami Marcus Brown, je n'ai eu qu'à prêcher un convaincu.

Marcus Brown, directeur adjoint de la CIA, avait succédé à Archie dans ce poste. C'était un homme d'intrigues. Sa nomination avait été imposée par ses amis politiques très conservateurs. Il contrôlait la Compagnie avec une habileté florentine sans quitter son bureau. Il ne recevait presque personne. Seul Archie conservait un accès direct à son ancien subordonné.

— Nous sommes convenus que la Compagnie doit absolument saisir l'occasion de cette histoire polonaise pour resserrer sa surveillance sur les groupes américains opérant à l'étranger. Comme elle ne peut pas utiliser ses propres agents, sauf à entrer en conflit direct avec le FBI, le mieux est qu'elle nous mandate pour le faire à sa place. Nous allons commencer avec ces Nouveaux Prédateurs. Ça vaut ce que ça vaut, mais c'est un bon début. J'ai rendez-vous cet après-midi même pour régler les détails du contrat.

Un murmure admiratif parcourut l'assistance.

— Si je vous comprends bien, précisa Alexander, nous ne traitons plus avec les Polonais ?

— Nous allons leur adresser un rapport détaillé sur leur affaire à partir de ce que Paul a appris en Angleterre. Il est inutile de leur parler du choléra à ce stade. Nous mentionnerons simplement que nous lançons une recherche complémentaire aux États-Unis. Nous leur en communiquerons les résultats, pour autant qu'ils les concernent. Et s'ils paient, bien entendu.

— Nous ouvrons donc une autre procédure pour la piste américaine.

— Exactement.

— Avec quelle équipe ? demanda Tara.

— La même. Paul a bien voulu accepter de continuer.

C'est le moment que Lawrence choisit pour exprimer

sa mauvaise humeur. Il laissa tomber son stylo sur la table et souffla bruyamment.

— Je veux bien admettre qu'on est dans le privé et qu'il faut nous contenter des miettes. Mais là, c'est trop. On va aller se mettre à la traque d'un groupe de branquignols qui s'est peut-être déjà dissous, à cause de vagues intuitions et de quatre mots dans un vieux forum. Comme si les gens ne racontaient pas n'importe quoi sur Internet ! On ne me fera pas croire qu'il n'y a pas de menaces plus sérieuses aujourd'hui dans le monde.

Archie réagit vivement, en oubliant pour un instant toute son élégance britannique. Dans ces cas-là, son accent de Brooklyn revenait et il semait ses phrases de jurons.

— Tu as encore perdu une occasion de la fermer, Lawrence. On vit peut-être de miettes, mais les miettes du Pentagone, ça pèse encore assez lourd, figure-toi. Il suffit de voir le montant du contrat. Pour le reste, il serait temps que tu comprennes que la guerre froide est terminée. Les menaces, aujourd'hui, sont comme toi : elles ont des gueules bizarres. Qu'est-ce que tu aurais dit si on t'avait fait surveiller la secte Aoum avec son putain de gourou ? C'est pourtant bien elle qui a lâché du gaz sarin dans le métro de Tokyo ou je me trompe ? Et l'anthrax qui arrivait par la poste au début de la guerre d'Irak ? Ce n'était pas Saddam Hussein ni d'autres types sérieux comme tu les aimes qui l'ont envoyé. Seulement des groupuscules de dingues qu'on n'a jamais réussi à coincer.

Lawrence secouait la tête comme pour indiquer qu'il serait d'accord avec tout mais qu'il n'en penserait pas moins.

— Et Ben Laden, dans sa grotte avec sa djellaba et sa barbe jusqu'aux genoux ? Tu crois qu'il avait l'air d'une menace sérieuse ? On a perdu cinq ans avant de se rendre compte de ce dont il était capable. Cette fois-ci, peut-être, on a la possibilité d'agir avant la catastrophe.

Voyant que son contradicteur ne bougeait plus, Archie tint en respect l'ensemble du groupe puis se tourna vers Paul.

— À vous de vous organiser. Vous allez remonter la piste jusqu'à ces salopards. Il faudra essayer de comprendre ce qui les motive, qui les commande, d'où sortent leurs idées, qui les finance, à qui ils veulent s'en prendre. L'agence de Providence vous fournira tout ce dont vous aurez besoin en matière de documentation, de couvertures, de contacts. Et sans doute malheureusement aussi de protection.

— Comment comptez-vous organiser votre équipe opérationnelle ? demanda Alexander.

— Il me semble que nous devons rester discrets et légers. J'aurai besoin seulement d'une deuxième personne.

— Nous allons la recruter. Quel profil vous faut-il ?

— À vrai dire, je crois… eh bien… que j'ai déjà quelqu'un pour le job.

2

New York. États-Unis.

Quand il avait regardé par la fenêtre, Paul avait failli déplacer le rendez-vous. De sa chambre d'hôtel, en se tordant le cou, il avait réussi à apercevoir le ciel, entre les immenses buildings du Lower West Side. Il était noir. Avril à New York réserve des surprises de ce genre. La veille il faisait grand beau ; aujourd'hui, l'Atlantique s'apprêtait à jeter des seaux d'eau. Il reprit courage après le petit déjeuner. Les nuages porteurs de giboulées alternaient avec d'assez belles plages de ciel bleu. De toute façon, il était trop tard pour décommander. À dix heures, il partit à pied vers Central Park.

Devant l'entrée ouest, à la hauteur de la 75e Rue, il releva le col de son imperméable et attendit. Il avait dix minutes d'avance. Il savait qu'elle serait à l'heure ou qu'elle ne viendrait pas.

La pluie tombait maintenant fine, régulière. Il avait les cheveux trempés. Il s'abrita sous un arbre de l'avenue. L'entrée du parc se trouvait à peu près à la hauteur du consulat de France. Paul tua le temps en regardant flotter le drapeau sur la façade. Ces trois couleurs produisaient en lui des impressions contradictoires. Au fond, les plaisanteries d'Archie sur ses origines n'étaient pas tout à fait sans fondement. Deux siècles après la vente de la Louisiane, sa famille paternelle continuait à se sentir suffisamment française pour que son père se soit porté volontaire en 44. Ensuite, il n'avait plus quitté l'armée jusqu'à sa mort au Viêt Nam. Paul avait suivi la même voie à dix-huit ans, par chagrin, par provocation aussi. Il nourrissait à l'égard de la France des sentiments ambigus. C'était le pays qui avait profondément marqué l'histoire de sa famille. En même temps, à cause de lui, il avait choisi cette vie militaire dont il avait eu tant de difficulté à sortir. D'ailleurs, se demandait-il en regardant noircir les nuages de plus belle, en était-il vraiment sorti ?

À dix heures trente précises, il vit une silhouette passer la grille et marcher dans sa direction. Elle avait la tête cachée par un parapluie d'homme. Deux baleines cassées pendaient, et faisaient couler de petites rigoles d'eau sur ses épaules. Avant même qu'elle se plante devant lui et découvre son visage, il savait que c'était elle.

— Salut, Paul !

— Salut, Kerry !

Quand l'avait-il vue pour la dernière fois ? Lui aurait-on posé la question qu'il eût répondu sans hésiter : hier. En un instant, sept ans venaient de disparaître.

L'embrasser ? Mais comment ? Ils avaient l'un à l'égard de l'autre cette timidité qui procède d'une longue intimité. Se connaître si bien les empêchait d'avoir recours à ces petits effleurements par lesquels se saluent un homme et une femme étrangers l'un à l'autre. Elle fit un mouvement gauche avec son parapluie, comme pour le refermer, et les aspergea de l'eau qui stagnait sur sa coupole. Ils se reculèrent, agitèrent leurs manches pour faire tomber les gouttes. La question des embrassades était réglée pour cette fois.

— Toujours aussi doué pour choisir les lieux de rendez-vous !

— Une grande nageuse comme toi, tu ne vas pas avoir peur d'une averse.

Elle portait un trench-coat vert tilleul confectionné d'une matière légère et un peu brillante. Sans doute un de ces vêtements de prix dont ses armoires étaient pleines.

— Tu veux traverser le parc ou tu préfères qu'on se réfugie tout de suite dans un café ?

— Si on doit jouer les agents secrets, le parc me paraît plus approprié.

Ils s'engagèrent dans une allée incurvée, entourée de bosquets de charmes déjà bien verts. Les rares promeneurs qu'ils croisèrent marchaient d'un pas rapide, la tête baissée, et se dirigeaient vers les sorties du parc, comme des pêcheurs qui fuient le gros temps.

— Comment va la clinique ? demanda-t-elle. Vous allez racheter l'étage du dessous, finalement ?

— Qui t'a parlé de ça ?

Paul pensait qu'elle avait rompu tout contact avec leur ancienne vie, comme lui-même.

— On a fait le même métier, non ?

Paul s'était retourné et la regardait avec étonnement.

— Bon, arrêtons de faire des mystères. J'ai une amie qui travaille dans ta clinique. Elle a passé sa maîtrise de psycho en même temps que moi.

— Tracy ?

— Elle ne te l'a jamais dit parce qu'elle voulait respecter tes vœux perpétuels.

Elle avait prononcé « vœux perpétuels » en laissant pétiller ses yeux vert d'eau. Paul fixa son visage mince, sa bouche énigmatique. Il se dit que le temps avait dépouillé ses traits du dernier flou de l'adolescence pour leur donner la netteté nouvelle de la maturité. Il manquait pourtant quelque chose pour la reconnaître tout à fait.

— Tant mieux, dit-il, je ne vais pas avoir besoin de te faire un résumé des épisodes précédents. Où en es-tu restée au juste ?

— Tracy m'a appelée la semaine dernière. Elle m'a dit que tu avais pris un genre de congé sabbatique pour un mois. J'ai fait le rapprochement avec tes coups de fil. Tu as replongé, c'est ça ?

— Archie est venu me demander un service.

— Pour la Compagnie ?

— Archie ne travaille plus pour la Compagnie. Il a monté sa propre boîte.

— Une boîte de quoi ? Qu'est-ce qu'il sait faire d'autre ?

Soudain, Paul comprit : ses cheveux ! Elle était coiffée d'un chapeau irlandais qui dissimulait leur masse. Privé de leur énergie, son visage était affaibli, dénaturé, comme un opéra qu'on aurait joué sans orchestre.

— Il fait toujours la même chose. Simplement, il le fait à son compte, maintenant.

— Et toi, tu travailles pour lui...

— Je lui rends service pour quelque temps.

Ils passèrent sur un petit pont arrondi. L'eau d'une mare, au-dessous, était piquetée de pluie et les canards immobiles semblaient fixés sur une planche à clous.

— Je te raconte l'affaire ?

— Pourquoi crois-tu que je sois venue ? Tu sais ce que l'on a décidé ensemble, quand on a quitté le service.

— C'est drôle, je pensais que la famille, les enfants t'auraient éloignée de tout ça...

— Tu me connais mal, on dirait.

Ils étaient dans cette zone du parc où poussent des arbres hauts, au feuillage dense. Sous cette voûte d'ormes et de hêtres, la pluie pénétrait à peine. Kerry avait fermé son parapluie. Ils marchaient côte à côte en gardant les yeux sur le sol de l'allée, que traversaient par endroits des écureuils gris.

Paul exposa l'affaire de Wroclaw, la piste ouverte par les Anglais et conclut avec honnêteté par un résumé de toutes les incertitudes qui entouraient ces événements.

Kerry l'écouta sans l'interrompre.

— Encore une histoire de terrorisme bactériologique, dit-elle finalement. La tarte à la crème des thrillers que je n'achète jamais.

— Je ne crois pas que ce soit aussi clair que ça. Le choléra est une très mauvaise arme biologique. Il y a des choses là-dessous qu'on ne comprend pas encore et qui sont sans doute beaucoup plus intéressantes.

— Pourquoi m'as-tu dit au téléphone que les conditions étaient réunies ?

— Parce que je le crois. C'est une mission engagée. D'abord, nous ne pourrons pas compter sur la collaboration du FBI. Il ne faudra surtout pas qu'il sache que nous enquêtons et ça complique pas mal l'affaire. Ensuite, les milieux écologistes sont politiquement sensibles. Les gens ne font pas la différence entre les militants classiques et les extrémistes. Si on a l'air de surveiller les groupes modérés, on provoquera un scandale. Et si les extrémistes savent qu'on s'intéresse à eux…

Paul eut un instant la vision de Cawthorne et de ses brûlures. Il ne termina pas sa phrase.

— Il faut qu'on soit peu nombreux à aller au contact et que la confiance puisse être totale.

— Qui il y aurait dans l'équipe ?

— Nous deux, c'est tout.

Kerry marchait sans rien dire et Paul commençait à s'inquiéter de ce silence.

Au sommet d'une petite colline, près du centre du parc, ils tombèrent sur un kiosque en bois entouré d'une terrasse. Les tables et les chaises en métal brillaient d'eau de pluie. Le décor semblait abandonné, mais on distinguait le halo jaune de lampes allumées derrière les vitres embuées de la baraque. Ils entrèrent.

Un serveur attendait derrière le bar. Il regardait dehors l'eau tomber sur le gazon. Une odeur de café et de bière imprégnait l'atmosphère humide. Kerry se secoua et ôta son imperméable. Elle était vêtue d'un chemisier noir qui moulait sa poitrine et d'un jean à pinces. D'un coup, en jetant la tête un peu en arrière, elle ôta son chapeau et libéra ses cheveux. Leur masse était toujours aussi impressionnante. Finement bouclés, presque crépus, ils irradiaient comme ces auréoles d'or foncé qui entourent la tête des saints sur les toiles baroques. C'est un paradoxe que sur ces peintures, l'attribut visuel de la sainteté fait plutôt ressortir le caractère troublement humain, charnel et presque damné de ceux qui en sont gratifiés. De même, sur Kerry, l'explosion de ces flammes auburn et châtain clair donnait à ses traits réguliers et presque fades un relief nouveau, plein d'une énergie, d'une intelligence et d'une impudeur imperceptibles jusque-là.

Paul dissimula son émotion en s'adressant vivement

au serveur pour lui demander une table, ce qui était absurde puisqu'elles étaient toutes libres.

Ils prirent place et commandèrent deux cafés. Après un assez long silence que Paul n'osa pas troubler, Kerry dit en riant :

— Je suis un peu rouillée, tu vas voir. Arrêt du parachute avec les grossesses, évidemment. Mon dernier saut remonte à huit ans, juste avant la naissance de Julia. En athlétisme, je n'ai plus de points de repère mais je dois faire une bonne demi-heure au cent mètres et si je devais courir un marathon, il faudrait que j'emporte un sac de couchage.

Paul se souvenait des après-midi d'entraînement avec elle à Fort Bragg, sur le stade. Il y avait quelque chose du rêve grec des Olympiades dans le désir de Kerry de maîtriser toutes les disciplines. Sans atteindre nulle part des records, elle était capable d'afficher partout des résultats plus qu'honorables. Cet éclectisme, c'était elle. Son esprit n'embrassait jamais un seul parti, mais faisait cohabiter les contraires. Elle considérait toujours les réalités de la vie selon leurs différents aspects. Cette diversité, ces contradictions, ces ambiguïtés étaient tout ce qui lui plaisait dans l'existence.

— Tu as continué l'aïkido ?

— C'est ce qui m'a sauvée. J'ai trouvé un maître de dojo extraordinaire en arrivant à Manhattan. Il m'a autorisée à pratiquer jusqu'à la dernière semaine avant les accouchements. Je disais à Robin que j'allais au cinéma…

Elle rit en tournant la petite cuiller dans son café. Puis elle se pencha un peu en avant et dit sur le ton de la confidence :

— Je n'ai jamais arrêté le tir, non plus. Je continue à

mettre tout dedans à trente mètres, avec mon 9 mm. Va savoir si c'est seulement une impression mais il me semble que depuis les grossesses ma capacité de concentration a même augmenté.

— J'ai ressenti exactement la même chose.

— Crétin !

Ils rirent très fort. Kerry mit la main devant sa bouche en voyant l'air rogue du serveur qu'ils avaient fait sursauter.

— Ça va te paraître incongru, ce que je vais te demander..., reprit Paul. Mais, avec la famille, les enfants, la vie que tu as...

— Laisse les enfants tranquilles. Ils n'ont rien à voir là-dedans. D'ailleurs, tu sais pourquoi je ne les ai pas faits avec toi.

Kerry prit sa tasse dans le creux de ses mains pour les réchauffer. Elle sourit et Paul fit de même. Il ne s'était jamais demandé quelle attitude adopter avec elle. L'expression qu'il formait sur son visage était toujours fonction du regard qu'elle portait sur lui.

— Tu as parlé à Robin de cette mission ?

— Non. C'est inutile. Il connaît le contrat.

— Qu'est-ce qu'il en pense ?

— Écoute, je suis entrée à la Compagnie à vingt-deux ans et c'est à ce moment-là que j'ai pris le virus. J'ai raccroché provisoirement, mais je ne suis pas guérie. Je ne guérirai jamais. Robin le sait. Il peut différer les rechutes ; il ne les empêchera pas. Je suis peut-être un peu présomptueuse, mais je pense qu'il m'aime telle que je suis. Je ne renonce jamais à rien dans la vie et ça lui plaît.

D'autres clients, encore plus mouillés qu'eux en arrivant, vinrent s'installer à la table à côté. C'était un couple âgé avec un chien vêtu d'un imperméable écossais. Ils avaient l'air de mauvaise humeur et ne s'adressaient pas la parole.

— Dis-moi la vérité, Paul. Tu fais ça pour quoi ? Le fric ? Le frisson ? Tu y crois à cette histoire de choléra ?

— Je crois qu'il y a quelque chose à trouver derrière, oui. J'ai besoin de fric aussi. Mais si tu veux savoir…

Il tripota nerveusement son favori et elle sourit en observant qu'il avait toujours ce tic.

— … eh bien, ça me plaît de me lancer là-dedans avec toi.

— Espèce de sale Français dragueur.

Elle tenait toujours sa tasse dans ses deux mains devant le visage et, au-dessus, ses yeux fixaient ceux de Paul.

Depuis un moment, il avait l'impression que leurs voisins comptaient sur eux pour faire la conversation et ne laissaient rien échapper de ce qu'ils disaient. Il sentit que cela agaçait aussi Kerry.

— Il pleut moins, dit-il. Sortons. Puis, en jetant un coup d'œil mauvais vers le teckel des voisins, il ajouta : j'ai mon revolver dans la voiture. Si on allait faire quelques cartons sur les clébards de Manhattan, qu'est-ce que tu en penses ?

Le couple se mit à rouler des yeux affolés. Paul sortit un billet de dix dollars, le tendit au garçon puis sortit avec Kerry. Vers l'est, on commençait à distinguer la ligne des gratte-ciel au-dessus des arbres. Il y avait encore du noir du côté de l'Hudson. Un énorme cerisier du Japon laissait éclater ses pompons roses gorgés d'eau devant le café.

– Alors, chef, quand est-ce que je commence ?

— Tu peux être à Providence après-demain matin ?

— « Après-demain, à Providence », répéta-t-elle en riant. Ça commence pas mal. On dirait un poème d'Emerson.

3

Johannesburg. Afrique du Sud.

Juliette n'avait pas peur. Elle se sentait plutôt impatiente, comme un étudiant qui attend les résultats de ses examens. Il était trop tard pour revenir en arrière et elle n'en avait aucune envie. Dans l'Airbus de la British Airways, elle essayait de poser son bras sur l'accoudoir. Mais c'était peine perdue. L'homme assis à côté d'elle débordait de son siège et la repoussait près du hublot de toute sa masse.

Elle s'était d'ailleurs demandé si cet immense Sud-Africain blond aux cheveux coupés ras n'était pas placé là pour la surveiller et même déjà la retenir prisonnière. En engageant la conversation avec lui, elle avait mis peu de temps à s'apercevoir que c'était un inoffensif fermier en goguette. Il était simplement venu rendre visite à ses deux filles qui étudiaient à Paris. Juliette devait décidément se méfier de ses propres réactions. C'était un effet de son extrême nervosité que de lui faire interpréter les moindres signes en référence à elle-même. Sa carte d'embarquement s'était coincée dans la machine du contrôle ; le steward l'avait regardée avec un peu trop d'insistance ; les rangées devant et derrière elle étaient inoccupées : à chaque fois, elle avait pensé que ces phénomènes étaient dus à sa présence. Aucun pourtant n'était autre chose que l'effet du hasard.

Après le dîner, elle s'était déplacée vers les rangées vides et avait pu s'allonger. Le sommeil n'était pas venu pour autant. Son imagination tournait à grande vitesse, produisant alternativement volupté et terreur, masques et opposés d'une seule et même angoisse.

À l'arrivée à Johannesburg, elle n'eut pas à attendre de bagage. Elle avait tout apporté dans un sac qu'elle avait gardé à la main.

Dans la cohue qui accueillait les passagers après les portes coulissantes, elle repéra une petite pancarte portant son prénom. Un jeune Noir la tenait. Il se présenta dans un anglais un peu précieux et annonça qu'il se prénommait Roy. Il se montrait aimable mais évita de répondre aux questions qu'elle ne put se retenir de lui poser sur leur destination.

Malgré les circonstances, Juliette se sentait une âme de touriste. Il faisait encore grand beau temps, malgré la saison d'automne austral qui arrivait. Elle entrouvrit sa fenêtre et plissa le nez dans le vent chaud. Elle s'étonna de voir les voitures rouler à gauche dans ce pays qui ressemblait si peu à l'Angleterre. Quand ils approchèrent du centre et empruntèrent les avenues rectilignes plantées de flamboyants et d'eucalyptus, elle eut l'étrange sensation de pénétrer dans une ville occupée, fraîchement conquise. Le vieil ordre colonial était intact avec ses villas, ses jardins, ses murs surmontés de clôtures électriques. Mais dans les rues circulait une foule noire qui donnait l'impression de venir d'ailleurs. On ne la sentait ni craintive ni menacée ; elle ne semblait pas pour autant chez elle.

Un moment, ils aperçurent au loin les buildings du centre d'affaires et Juliette crut qu'ils allaient se diriger vers eux. Mais Roy bifurqua à gauche et ils remontèrent encore des avenues résidentielles. Enfin, ils approchèrent d'un autre aérodrome, réservé celui-là aux vols intérieurs privés. Les bâtiments avaient été construits dans les années cinquante, à l'époque où l'aviation était synonyme de luxe et de confort. Des peintures récentes et un sol de marbre s'efforçaient d'entretenir cette tradition. Les *happy few*, désormais, étaient constitués par des fermiers riches et des chasseurs d'éléphants vêtus de treillis délavés.

Roy prit le passeport de Juliette et la conduisit vers une grande entrée vide où ronronnait un tapis roulant. Elle posa son sac et le récupéra de l'autre côté de la machine à rayons X. Roy lui rendit son passeport dans lequel était glissée une mince feuille de papier. C'était, expliqua-t-il, sa carte d'embarquement. Elle n'indiquait aucune destination. Juliette prit place dans une salle d'attente vide, toujours flanquée de son ange gardien.

Deux aviateurs en chemise à manches courtes, un *pilot-case* à la main, traversèrent la salle et poussèrent une porte qui menait à la piste. Juliette les vit rejoindre un bimoteur stationné devant l'aérogare, au milieu d'autres petits appareils alignés comme une flottille de bateaux de plaisance.

Sur un signe de l'équipage, Roy saisit Juliette par le bras et la conduisit au-dehors jusqu'à l'avion. Le moteur droit était en marche et rendait un son grave, encore un peu hoquetant. Juliette comprit à cet instant qu'elle serait le seul passager. Roy la tenait toujours, pour la rassurer ou pour éviter qu'elle ne recule au dernier moment. Dès qu'elle fut à bord, le copilote tira le câble qui faisait remonter l'échelle et referma la porte. Il fit signe à Juliette de s'installer sur un des sièges de cuir, près d'un hublot. Il l'aida à nouer sa ceinture et partit vers l'arrière tandis que le pilote allumait le moteur gauche. L'avion était agité de soubresauts. Le copilote revint avec deux canettes de Coca, en tendit une à Juliette et trinqua avec elle. Après la chaleur de la voiture, elle était heureuse de se désaltérer et but une longue rasade.

Dans les minutes qui suivirent, l'avion se mit en marche dans un hurlement d'hélices. Juliette eut le temps d'apercevoir un grand hangar où un jet subissait une révision. Puis elle vit le copilote se tourner vers elle. Elle nota qu'il portait des lunettes de soleil et remarqua pour la première fois sa moustache blonde. Mais elle n'eut pas la force de répondre à son pouce levé. Une immense lassitude s'était emparée d'elle. Elle jeta un coup d'œil au Coca-Cola, eut un instant la pensée qu'il avait un goût plus amer qu'à l'ordinaire. Avant que l'avion n'ait quitté la terre, Juliette était déjà bien loin, dans les nuées d'un irrépressible sommeil.

La chaleur la réveilla. Une chaleur indiscrète qui fourrait ses doigts crochus dans sa gorge, soufflait son haleine sèche sur ses paupières.

Elle était allongée sur un lit de camp sans drap ni oreiller. La pièce où elle se trouvait avait des murs de ciment sans enduit, peints d'un grossier badigeon blanc. Au plafond, des baguettes de bois cachaient les joints entre des carrés d'Isorel. La fenêtre était obturée par des volets pleins. La porte entrouverte, en panneaux de bois massif, grinçait sur ses gonds, au gré d'un courant d'air qui apportait un surcroît de chaleur du dehors.

Juliette se leva, posa ses pieds nus sur un carrelage noir et rouge irrégulier et alla jusqu'à la porte en s'étirant. La pièce donnait sur une petite cour à l'arrière d'une grande maison. Des balais et des seaux étaient posés dans un coin. Sur un fil tendu séchaient des torchons à carreaux.

Elle comprit vite que cette cour n'était pas une ouverture sur la liberté. Tout autour, des murs en parpaings surmontés de barbelés clôturaient l'espace. Du côté de la maison, la porte de service était fermée à clef et les fenêtres obturées par des grilles. Au-dessus du petit périmètre de sa réclusion, elle vit que le ciel était d'un bleu uniforme, d'une sombre pureté, comme une tôle sortant d'un laminoir.

Juliette aurait préféré attendre et observer. Mais elle avait faim et surtout soif. Elle frappa au carreau de la porte de service. Une femme apparut. C'était une vieille servante à la peau très noire, les oreilles percées de trous si larges qu'on aurait pu y passer un doigt. Quand elle vit que Juliette était éveillée, elle retourna à la cuisine et sortit d'un frigo un plateau tout préparé. Elle ouvrit la porte et le lui tendit sans un mot. Juliette alla s'asseoir dans un coin de la cour qu'ombrageait un petit auvent. Elle but à même la carafe et la vida d'un trait. La vieille femme sourit avec attendrissement et reprit le broc pour le remplir de nouveau. Juliette mangea le jambon, les haricots verts et le riz, trempa le pain dans la sauce et l'avala goulûment. Elle termina par deux petites bananes très mûres. Elle n'avait aucune idée du temps qui s'était écoulé depuis son départ de Johannesburg. Si elle en jugeait par son appétit, il avait dû se passer au moins une journée. La femme repartit en emportant le plateau.

Juliette fit un petit bilan de sa situation. Il était clair que les affaires sérieuses allaient commencer. Elle se sentait plus que jamais d'attaque. Le somnifère lui avait procuré une détente qui lui avait manqué pendant ces dernières semaines. L'exaltation était restée, l'impression si rare d'être pleine de confiance en elle-même, d'énergie, d'optimisme. Mais l'angoisse, la vulnérabilité inquiète semblaient avoir disparu pour le moment, emportées par le sommeil.

Elle attendait de pied ferme ce qui allait suivre.

Il ne se passa rien jusqu'à la fin de l'après-midi. La chaleur commença à retomber, poussée dans les coins par l'avancée des ombres. Juliette crut percevoir, très loin, l'appel d'un muezzin, mais le silence faisait naître trop d'illusions dans son cerveau pour qu'elle en fût tout à fait sûre. Le crépuscule vint très vite. Des lumières s'allumèrent à l'intérieur et la porte s'ouvrit sur deux personnages masqués.

Ils l'introduisirent dans la maison selon un parcours qui avait dû être soigneusement préparé. Ils traversèrent des couloirs vides, un hall d'entrée dépouillé, enfin une pièce assez vaste aux volets fermés, meublée d'une table et d'une chaise. C'était exactement ce à quoi Juliette s'était attendue : tout était disposé pour un interrogatoire. Elle se sentait d'humeur à soutenir un long siège et elle s'assit en souriant. Ses deux interlocuteurs, un homme de haute taille et une femme svelte, grande, sportivement bâtie, portaient des cagoules de laine. La pièce n'était pas climatisée. La chaleur de la journée aurait rendu le port de tels accessoires insupportable. C'était sans doute une des raisons pour lesquelles ils avaient attendu la nuit pour l'interroger. L'homme et la femme intervenaient alternativement. Elle avait un accent américain très prononcé, avec les intonations de gorge caractéristiques du Texas. Lui parlait avec le phrasé rustique de la diaspora anglaise : il pouvait être australien, néo-zélandais, ou plus probablement sud-africain. Aucun d'eux ne prenait de notes : la conversation devait être enregistrée.

Juliette comprit vite qu'à ce stade ils cherchaient moins à recueillir des informations qu'à vérifier la solidité de celles dont ils disposaient déjà. Ils posaient des questions dont, à l'évidence, ils connaissaient la réponse et cherchaient sans cesse à la mettre en contradiction avec elle-même. Le premier train de questions portait sur ses origines, sa famille, ses connaissances. Il prit fin au bout de trois longues heures environ. Ensuite, ils la raccompagnèrent dans sa chambre – fallait-il dire cellule ? Puis ils vinrent la réveiller deux heures plus tard, la ramenèrent dans la maison et lui soumirent une synthèse qu'ils avaient rédigée a partir de ses déclarations. Elle était volontairement semée d'inexactitudes pour tenter de la piéger.

— Vous êtes née le 8 juin 1977 à Boulogne-sur-Mer, près de Calais, commença l'Américain en se tenant derrière Juliette, sans doute pour lire un papier. Votre mère, Jeanne-Hélène Pictet…

— Jeanne-Irène.

— Jeanne-Irène Pictet était suisse. Elle avait épousé à quarante-huit ans un Français originaire de Lorraine, Edmond Levasseur, lui-même âgé de soixante-sept ans. Vous êtes leur enfant unique. Vos parents s'étaient rencontrés par petites annonces. Ils se sont installés à Boulogne-sur-Mer où votre père possédait une compagnie de transit pour l'Angleterre.

Juliette ne pouvait s'empêcher de penser à l'étrangeté du destin. Qui aurait pu prédire que le nom de ses bourgeois de parents pourrait être un jour prononcé au fin fond de l'Afrique australe par une Texane cagoulée ?

— … votre enfance solitaire. Plusieurs fugues à l'adolescence vous ont conduite jusqu'en Belgique.

— Jusqu'en Suisse. J'avais douze ans la première fois.

— Vous avez appris l'anglais à la maison, par tradition familiale. Votre arrière-grand-père commerçait déjà avec la Grande-Bretagne.

C'était surtout le moyen qu'imposait son père pour étendre un peu plus encore sa domination sur la famille. Il était le seul à maîtriser parfaitement l'anglais. Juliette avait appris cette langue patiemment, comme on fourbit une arme, pour pouvoir se défendre et peut-être un jour contre-attaquer.

— Vous n'avez conservé aucune amitié d'enfance ni de jeunesse ?

L'homme avait rajouté cette question, qu'ils lui avaient déjà posée trois fois.

— Aucune.

— Votre père était enfant unique. La seule personne de votre famille à laquelle vous ayez fait confiance est votre tante, domiciliée à Genève.

Oui, pensait Juliette, la seule qui ait eu le courage de se dresser entre les humiliations et les coups que subissait l'enfant qu'elle était. C'était une étrange expérience que de voir revenir ainsi son passé. Elle le jugeait pour la première fois par l'extérieur. Ses aspects sordides, tragiques, insupportables lui sautaient aux yeux, maintenant qu'elle était adulte. Pourtant, à l'époque, elle avait toujours refusé de se sentir victime. Elle était seulement remplie de rage et de violence contenues. Sa résignation apparente était une ruse, comme les formes rétractées, pleines de piquants, que prennent certains animaux devant une menace.

— À dix-neuf ans, vous êtes partie comme jeune fille au pair aux États-Unis. À Chicago.

— À Philadelphie.

— Vous y êtes restée un an dans une famille de professeurs. Ils avaient deux enfants un peu plus âgés que vous.

C'était le mensonge principal. Il fallait redoubler d'attention. Elle confirma ces informations, fausses, mais conformes à ses réponses précédentes.

— L'aîné était un garçon nommé Roger. C'est avec lui que vous avez eu votre première expérience sexuelle.

On revenait à des faits véritables, sinon que ce Roger n'était pas le fils de ses patrons mais un sale petit voisin qui l'avait coincée un soir, au retour d'une discothèque. Elle avait hésité à employer le terme de viol. Après tout, malgré la brutalité des circonstances, elle avait eu sa part dans l'enchaînement des événements. La sexualité, à cette époque, était pour elle une des violences par lesquelles elle espérait libérer la rage qui était en elle. Roger avait été l'instrument agissant de cette initiation. C'était l'équivalent d'une fugue, en plus sordide.

— En rentrant en France, vous vous êtes inscrite en faculté de lettres, section langue anglaise, à Lyon III.

— Lyon II.

— Vous avez milité dans un syndicat étudiant pendant six mois. Puis vous avez rejoint le groupe écologiste Greenworld. Vous avez participé à plusieurs actions de protestation, notamment autour de la centrale nucléaire du Tricastin. C'est à cette occasion que vous avez fait la connaissance de Jonathan Cluses.

L'association avait décidé de bloquer les accès de l'installation pour empêcher la sortie d'un camion de matière radioactive. L'opération avait été déjouée par un énorme déploiement de CRS. Juliette était partie en pleine nuit avec un groupe de cinq personnes. Il s'était mis à pleuvoir au petit matin et ils s'étaient perdus dans les chemins creux qui bordaient la centrale. Une section de gendarmes les avait chargés alors qu'ils s'étaient approchés sans le savoir de la clôture électrifiée qui entourait l'usine. Juliette avait perdu son groupe. Trempée, affamée, elle avait trouvé refuge dans un café et c'est là qu'elle avait rencontré Jonathan. Il lui avait expliqué qu'il faisait aussi partie de l'expédition. Il prétendait avoir compris depuis le début qu'elle était vouée à l'échec. Il s'était installé au café en attendant de voir ce que tout cela allait donner. Juliette l'avait jugé prétentieux et arrogant. Son air blasé, la façon qu'il avait de garder les yeux mi-clos en tirant sur sa cigarette lui donnaient un faux air de dandy. Il lui avait proposé de la ramener sur sa moto. Elle avait refusé. Elle était rentrée à Lyon en car et avait oublié Jonathan.

— Vous n'aviez jamais rencontré ce garçon auparavant ? intervint l'homme à la cagoule.

— Non.

Les deux enquêteurs échangèrent un regard.

— Il était pourtant membre de Greenworld depuis un an, intervint l'Américaine.

— Je l'ai su seulement après. L'organisation est assez cloisonnée. On ne connaît pas tout le monde.

Juliette eut l'impression qu'en posant ces questions ils enquêtaient autant sur Jonathan que sur elle.

Ils en terminèrent là cette première nuit. Juliette eut du mal à trouver le sommeil. Elle passa toute la journée suivante à traîner dans sa cour et à rêvasser sur son lit de camp. Elle attendait la suite avec impatience. L'interrogatoire reprit à la tombée de la nuit.

— Que vous est-il arrivé exactement en juillet 2002 ?

— Greenworld avait organisé une campagne de protestation contre la venue de Bush à Paris. Tant que les États-Unis refusaient de ratifier le Protocole de Kyōto, il fallait les boycotter. C'était l'idée. On est allé en train à Paris et à six heures du matin, on a pris le métro jusqu'à la place de la Concorde. On s'est changé dans les couloirs. Quand on est sorti devant l'ambassade américaine, on était habillé comme pour Halloween avec des tee-shirts qui représentaient des squelettes et des masques têtes de mort.

C'était une action dérisoire. Elle jugeait tout cela très sévèrement aujourd'hui. Pourtant, c'était là qu'elle s'était véritablement découverte.

— La police a été assez brutale. Ils ont couru vers nous pour nous disperser.

— Vous avez été blessée ?

— Oui. Un concours de circonstances idiot. J'ai trébuché et je suis tombée au pied d'un flic. Ma cheville droite était cassée. Lui n'a pas compris. Il a crié pour que je me relève et finalement m'a saisie par les cheveux.

Il y avait des photographes sur place. Le lendemain, c'était à la une de tous les journaux. J'étais devenue une héroïne, une martyre.

— Et pourtant, deux mois après, vous avez quitté l'organisation.

Elle resta muette un long moment. Comment leur expliquer ce qu'elle avait ressenti ?

Elle qui avait été écrasée pendant si longtemps, elle que son père traitait de débile, de parasite, elle à qui sa mère n'avait jamais donné de tendresse, voilà que, tout à coup, en allant au fond de l'humiliation, en se traînant par terre au pied d'un homme casqué et botté qui la maltraitait, elle avait trouvé la revanche et la gloire. C'était un parcours digne des prophètes et des saints, une résurrection comme celle du Christ. Le monde lui rendait justice en la faisant passer de la dernière à la première place. Elle avait cru qu'elle n'en redescendrait plus jamais.

Pendant quinze jours, elle avait reçu la visite des plus hautes personnalités, répondu à des dizaines d'interviews. Au début, tout s'était bien passé. Greenworld était satisfait d'un tel retentissement médiatique. Mais, bientôt, il est apparu clairement que Juliette avait perdu tout contrôle sur elle-même. Elle entraînait l'organisation dans des prises de position vindicatives, déclarait la guerre au monde entier. Les cadres du mouvement avaient essayé de la raisonner. Elle dormait deux heures par nuit, couvrait des pages entières de proclamations, de notes, envoyait des messages tous azimuts.

— Qui a pris la décision de vous hospitaliser en clinique psychiatrique ?

— Je n'en sais rien. J'ai toujours cru que c'était Greenworld, mais je n'ai pas de preuve.

— Vous y êtes restée combien de temps ?

— Trois semaines.

— Ensuite ?

— Ensuite, je suis rentrée à Lyon.

L'automne était précoce et gris. Juliette était retombée dans un complet dégoût d'elle-même. Elle avait arrêté ses médicaments, était restée prostrée sur son lit.

— Vous n'avez plus eu de contacts avec Greenworld ?

— Ils m'ont exclue et je pense qu'ils ont donné des consignes pour que personne ne vienne me voir.

— Sauf Jonathan.

— Lui aussi, il avait quitté le mouvement.

Voyant les enquêteurs s'étonner, elle ajouta :

— C'est ce qu'il m'a dit, en tout cas.

— Il s'est installé chez vous ?

— Non, il avait une chambre dans le quartier Saint-Paul. Mais il était souvent à la maison. Nous sommes devenus amants si c'est ça que vous voulez savoir.

— Il vous plaisait ?

— Il était doux et me faisait rire. Il m'a secouée, surtout. C'est grâce à lui que j'ai pu passer mes examens et que j'ai trouvé un boulot de prof dans le Jura.

— Près de votre tante ?

— Peut-être.

— Et que vous a-t-il dit de ses activités, de son passé ?

— Il m'a parlé des États-Unis.

Parvenus à ce point, ils préférèrent s'interrompre et

la raccompagnèrent dans sa cellule. Elle sentit qu'ils venaient d'atteindre une phase où tout désormais était possible, même la violence.

4

Providence. Rhode Island.

Jusqu'au dernier moment, Paul s'était demandé si Kerry franchirait le pas. Et elle l'avait fait. Elle était arrivée en train de New York et il l'avait retrouvée sur le quai de la gare. Il ne pleuvait plus et ils n'avaient aucune raison de ne pas s'embrasser. Elle alla droit vers ses joues, un côté puis l'autre, raide, presque militaire.

Paul avait emprunté une voiture de service à Providence. Il mit le bagage de Kerry dans le coffre. C'était un sac en box-calf assez ordinaire mais probablement très cher. Elle ne pouvait y avoir mis qu'un minimum. Était-ce parce qu'elle s'apprêtait à rester peu de temps ? Ou bien jugeait-elle que dans l'action, il fallait en rester aux bonnes vieilles habitudes de l'armée : des tenues réglementaires et rien d'autre ? Il prit place au volant et, avant de mettre la clef de contact, il se tourna vers elle.

— Parée ?

— Parée.

— Pas de regret, d'hésitation. Il est encore temps, tu sais…

— Démarre, s'il te plaît. À partir de maintenant,

considère qu'on est en mission et essaie de ne pas dire trop de conneries. Je dis bien « essaie ».

Il sourit et acquiesça.

Ils n'eurent pas besoin de passer par la ville de Providence. De la gare, ils prirent directement la sortie vers la côte. Le paysage devint vite estival. Le temps, cette fois, était au beau.

— Pourquoi est-il venu mettre son agence ici, ce vieux porc ? Dis-moi la vérité : il a acheté une maison pour sa retraite et il nous a fait venir pour se distraire, c'est ça ?

Kerry n'avait jamais fait mystère de son antipathie pour Archie. Autant que Paul ait pu le savoir, Archie s'était pourtant bien comporté avec elle. Lui qui avait volontiers la main baladeuse ne s'était jamais risqué à la provoquer. Il était trop malin pour ne pas sentir qu'il n'y aurait gagné qu'une gifle, et probablement en public. Mais elle l'avait vu faire avec d'autres et elle l'avait rangé dans la catégorie détestée des vieux cochons.

Élevée avec cinq sœurs et une mère veuve, Kerry avait pris l'habitude en famille d'appliquer aux hommes un large vocabulaire emprunté à la charcuterie. Il y avait les vieux cochons et les gros lards, les jeunes pourceaux et les porcs vicieux. Le degré d'affection était signifié par l'adjectif : il lui arrivait autrefois de traiter Paul de gentil goret dans des circonstances qui ne laissaient pas douter de la tendresse sincère qu'elle voulait exprimer. Mais à Archie, elle n'avait jamais réservé autre chose que les qualificatifs vieux, sale, méchant.

— Tu sais qu'il aime bien la Nouvelle-Angleterre. Quand il sort du bureau, il prend sa Jaguar et va se promener à Newport au milieu des *yachtmen* britanniques. Ça lui suffit pour être heureux.

Kerry haussa les épaules.

— De toute façon, tu ne le verras pas. Il est parti ce matin pour une tournée de prospection en Extrême-Orient.

— Prospection ! Il ne peut pas dire massage thaïlandais, comme tout le monde ?

Arrivés à l'agence, l'attitude de Kerry changea d'un coup. Elle prit un air sérieux et modeste qui tranchait sur la décontraction qu'elle avait affichée pendant le voyage. Paul ne savait que trop ce que cela signifiait. Il s'amusait à l'observer. Décidément, malgré le temps passé, ses techniques n'avaient pas changé. Elle se présentait en sainte-nitouche, discrète et réservée. Mais Paul voyait les oreilles du loup dépasser sous cette cape de Petit Chaperon rouge. « C'est pour mieux te manger, mon enfant. »

Ils montèrent directement au bureau de Barney. Kerry avait pris soin de se le faire décrire pendant le trajet. Elle le connaissait vaguement de vue à la Compagnie, mais n'avait jamais travaillé dans son service. Elle alla droit vers lui :

— Je suis très heureuse de faire votre connaissance, lui dit-elle en tendant la main, ses yeux bien droits plantés dans ceux de Barney.

Elle avait discipliné ses cheveux, comme elle le faisait autrefois : ils lui pendaient sur la nuque en une natte dense, raide comme un totem africain. Elle portait un pantalon en serge verte d'aspect un peu militaire, mais qui moulait ses formes de façon très féminine. Évidemment, Barney était conquis. Pour un peu, il se serait presque tenu droit.

Il les fit asseoir devant son bureau. Kerry, avec discrétion mais ostensiblement, balaya du regard le mur couvert de diplômes encadrés et de photos de Barney. Il y en avait quelques-unes en toge et bonnet carré. Mais la plupart le représentaient en tenue de base-ball, le gant de cuir à la main.

— Je vais appeler Alexander et Tara.

D'un geste élégant, Barney appuya sur une touche de son standard personnel, instrument qui mettait en valeur son pouvoir. Paul ne l'aurait pas cru capable de cette petite vanité. Décidément, Kerry était très forte.

Il la regardait avec délices. Ce n'était pas seulement le bonheur d'être près d'elle. Mais il voyait que le choix qu'ils avaient fait était le bon : il avait préservé intacte leur complicité. Il sentait qu'il allait de nouveau et bientôt entrer dans une terrible rivalité avec elle. Mais il savait aussi ce que cette violence leur apporterait comme irremplaçable bonheur.

Alexander arriva très rapidement, à croire que, cette fois, il faisait les cent pas devant le bureau en attendant qu'on l'appelle. Kerry l'attaqua aussitôt avec son air humble et ses grands yeux loyaux. Mais Alexander était trop mal à l'aise avec les femmes pour mordre à cet hameçon. Il regarda l'appât d'un air à la fois terrifié et dégoûté. Une gêne aurait pu s'installer si Tara n'était pas entrée à cet instant. Elle avait travaillé quelque temps dans un service voisin de Kerry quand elle avait été recrutée à la Compagnie. Elle gardait d'elle le souvenir d'une gamine brillante, énergique, tendue, presque agressive. Elle regardait maintenant Kerry avec son sourire apaisé, son air de tranquille maturité et elle hésitait à la reconnaître. Ensuite, il y eut une bonne minute d'embrassades et de manifestations d'enthousiasme bruyantes, sous le regard attendri de Barney.

Finalement, il entraîna tout le monde dans un coin du bureau autour d'une table ronde qui servait pour les réunions en petit comité.

— Laissez-moi d'abord vous présenter votre agent de liaison. C'est un de nos brillants juniors. Il s'appelle Tycen. Pour les aspects stratégiques de l'opération, vous traiterez directement avec moi. Mais vous pourrez passer par Tycen pour obtenir toute l'aide logistique dont vous aurez besoin. En matière de documentation et d'analyse, vous pouvez vous adresser à Alexander. D'ailleurs, je lui passe la parole. Il va nous dire ce qu'il a déjà découvert.

— Merci. Malheureusement, je n'ai pas de très bonnes nouvelles. Je n'ai absolument personne dans mon service qui connaisse ces histoires d'écologie radicale. Et comme nous devons rester discrets, il est hors de question de recruter quelqu'un au-dehors.

Alexander ne semblait pas aussi désolé qu'il le prétendait. Diplômé de Harvard en Relations internationales, il affectait le plus parfait mépris pour tout ce qui sortait du cadre de la géopolitique, des questions stratégiques et de la macroéconomie. Il n'avait aucune intention de se déranger pour des histoires de chats sortis de leur cage et de choléra volé.

— On fait comment, alors ?

Paul n'avait pas de patience avec ce type. Le fait qu'Alexander ressemble vaguement à Napoléon n'était pas pour arranger les choses. Il n'avait certes pas vendu la Louisiane, mais Paul le soupçonnait d'en être capable.

— Nous vous fournirons la maigre documentation

dont vous disposez. Mais je pense que le mieux serait que vous meniez l'enquête vous-mêmes.

— C'est bien ce que nous avons l'intention de faire.

— En ce cas, tout est parfait.

— Sauf qu'on ne peut pas en même temps courir après les terroristes et nous occuper de leurs lectures.

— Quelles lectures ?

— Eh bien, précisa Paul, il faut savoir d'où viennent leurs idées, chercher tout ce qu'ils ont pu publier, voir qui a pu les influencer ou être influencé par eux. Bref, tout ce que vous feriez sans vous faire prier s'il s'agissait de barbus qui menacent des puits de pétrole au Moyen-Orient.

Le ton montait et, à l'air offensé que prenait Alexander, il cherchait des armes pour une contre-offensive.

— Ce n'est pas grave, intervint Kerry. J'ai du temps. Si vous voulez, je peux m'y mettre. Il faut centraliser les données sur ce groupe, servir d'analyste et interroger les différents services en fonction de ce que l'on veut savoir. C'est bien ça ?

— Exactement dit Alexander, soulagé d'être dispensé de livrer bataille.

— Parfait ! s'empressa Barney. C'est une excellente idée. On va vous installer ici, Kerry, dans un bureau. Vous formerez une cellule autonome et nous vous fournirons ce dont vous aurez besoin.

Après tout, c'était une bonne solution. Au moins, cette fois, ils auraient une vision complète de la scène, au lieu de devoir se contenter d'informations fragmentaires comme souvent y sont contraints les agents de terrain. Paul se tourna vers Kerry. Elle arborait toujours son air réservé. Elle avait même le culot de baisser les yeux. Pourtant, elle avait admirablement joué son premier coup et Paul savait ce que cela impliquait pour la suite. La bagarre commençait. Le plaisir aussi.

— De votre côté, Paul, vous avez du nouveau ? demanda Barney.

— Oui.

Cette fois ce fut Kerry qui se tourna vers Paul. Il avait visiblement décidé d'abattre une carte et elle attendait la suite.

— Vous vous souvenez du médecin de l'Institut Pasteur que je suis allé voir à Paris ?

— Le spécialiste du choléra.

Alexander avait une inimitable façon de prononcer le mot choléra, comme s'il venait de plonger le nez dans une fosse d'aisance.

— Voilà, j'ai eu l'idée de le rappeler, après le message des Anglais. Puisque ces Nouveaux Prédateurs ont disparu il y a à peu près deux ans, je lui ai demandé s'il s'était passé quelque chose de nouveau dans le monde à propos du choléra.

Il avait prononcé ce mot en simulant un haut-le-cœur, à la manière ridicule d'Alexander. Tout le monde se tourna vers lui en souriant.

— Il a réfléchi et il m'a parlé des îles du Cap-Vert.

Tara avait l'air de rechercher mentalement où pouvaient bien se trouver ces îles. Alexander saisit cette occasion pour intervenir et regagner un peu de considération.

— C'est un archipel au large du Sénégal. Anciennement portugais, indépendant depuis 1975.

Au moins, là, on était sur du sérieux.

— Et qu'est-ce qu'il se passe là-bas ?

— Il y a eu une épidémie de choléra l'année dernière.

— Je n'en ai pas entendu parler, dit Barney.

— *Personne* n'en a entendu parler. C'est un pays très touristique. Ils n'ont pas déclaré la maladie. Officiellement, il ne s'est rien passé.

— Et en réalité ?

— Pas grand-chose.

Alexander étouffa un petit rire. Barney le regarda sévèrement.

— Ils ont jugulé l'épidémie avec quelques mesures d'hygiène et l'isolement des malades.

— Beaucoup ?

— Quelques dizaines de malheureux qui vivent dans des cases sans eau courante ont eu un peu la diarrhée. Ils ont tous guéri sauf un pauvre vieux qui est mort. Mais apparemment, il était déjà au bout du rouleau.

— Décidément, dans cette affaire, nous collectionnons les révélations fracassantes, ironisa Alexander, en sortant un mouchoir de sa poche.

— Ce n'est pas fracassant, corrigea Paul hargneusement. C'est intéressant.

— Pourquoi ? demanda Barney.

L'effet de Kerry sur lui était en train de s'épuiser et il reprenait peu à peu son attitude voûtée et son air las.

— Parce que d'abord, selon le professeur Champel, le choléra est un peu en dehors de ses routes habituelles en s'arrêtant au Cap-Vert.

Prévenant un nouvel agacement d'Alexander, Paul se hâta d'enchaîner.

— Surtout, cette épidémie a démarré en même

temps en trois endroits différents de l'archipel, ce qui est statistiquement impossible.

— Vous en êtes sûr ?

— Champel est catégorique. Il a reçu un rapport confidentiel d'une équipe de recherche portugaise qui s'est rendue sur place. Leur enquête n'a pas été jusqu'au bout parce que le gouvernement n'a pas voulu qu'ils terminent et les a expulsés. Mais ils ont eu le temps de cartographier la distribution géographique des cas. Il y a bien trois foyers distincts.

— Quelle conclusion en tirez-vous ? demanda Tara.

— Il faut y aller, dit Paul.

Il sentit Kerry sourire. Elle avait vu sa carte et sans doute considérait-elle que le coup qu'il avait joué n'était pas dangereux.

— Il n'y a pas de problème matériel, intervint Barney. Le contrat qu'a signé Archie est très confortable et vous pouvez faire autant de déplacements qu'il le faudra.

— Je suis volontaire, souffla ironiquement Alexander. J'adore les îles.

Personne ne releva et Barney continua de parler à Paul.

— Quand comptez-vous partir ?

— Le plus tôt possible.

Il jeta un coup d'œil à Kerry.

— À vrai dire, à tout hasard, j'ai pris une réservation pour un vol qui part ce soir.

— C'est entendu, allez-y et tâchez de revenir le plus vite possible.

Il se tourna ensuite vers Kerry.

— Je vais faire libérer un bureau pour vous dès cet

après-midi. Où souhaitez-vous loger ? Si vous préférez habiter dans l'agence, nous avons des chambres pour les agents de passage. Sinon, prenez une voiture et on vous réserve un hôtel sur la côte.

— Non, coupa Kerry. Une petite chambre ici m'ira tout à fait. Je laisse le bord de mer à d'autres.

Elle envoya un petit sourire à Paul par-dessus son épaule.

« C'est parti, pensa Paul. Il va y avoir du sport. »

5

Quelque part en Afrique australe.

À mesure des interrogatoires, Juliette commençait à cerner la personnalité de ses geôliers. Ils avaient beau se donner des airs menaçants, elle ne les tenait pas en très haute estime du point de vue professionnel. L'Américaine était impulsive et émotive. Elle cachait mal ses réactions et ses questions étaient trop directes. Quant à l'homme, qu'il fût sud-africain ou autre, il était manifeste qu'il n'avait pratiqué que des interrogatoires musclés. Il avait envie de frapper et faisait de grands efforts pour se contrôler. Tout cela créait chez Juliette un sentiment d'inquiétude qu'augmentait encore son impatience. Elle était en permanence au seuil du rire et des larmes. En lançant son coup de poker, à Chaulmes, devant Jonathan, elle savait combien ses chances de réussite étaient minces. Et voilà qu'elle se retrouvait sur un continent inconnu, au cœur d'une affaire dont elle ignorait tout et face à des gens autrement plus menaçants que son ex-petit ami, dilettante et velléitaire.

Et encore les deux encagoulés n'étaient-ils que des exécutants assez frustes. Ils semblaient soumis à un plan élaboré par quelqu'un d'autre. Quelqu'un qui prenait garde à ne pas apparaître encore. Peut-être n'était-il même pas sur place. Jamais Juliette n'avait vu les enquêteurs sortir de la pièce pour consulter une ou plusieurs personnes qui se seraient tenues à proximité. Mais, à la fin de chaque interrogatoire, le couple avait l'air désemparé, comme si le stock de questions qu'on avait préparé pour eux était épuisé. Ils revenaient la nuit suivante avec une batterie de sujets renouvelée.

C'est exactement ce qui se produisit ce soir-là, quand ils remirent sur la table la question de Jonathan.

— Qu'est-ce qu'il vous a dit *exactement* à propos de sa vie ?

— Il m'a raconté qu'il avait vécu aux États-Unis comme moi et à peu près à la même époque.

— Vous a-t-il expliqué pourquoi ?

— Il était lecteur de français dans un collège.

— Lequel ?

— Brynmore, près de Washington. Un collège de filles. D'ailleurs, j'ai l'impression qu'il en a bien profité...

— Est-ce qu'il vous a parlé de son engagement militant ? coupa sèchement l'Américaine, qui ne paraissait pas vouloir laisser Juliette exercer son ironie toute française sur un des plus prestigieux collèges des États-Unis.

Avec l'habitude de ces nuits de confidence, Juliette prenait des libertés avec ses hôtes forcés. Parfois, elle ne répondait pas directement mais se lançait dans des digressions. Il lui suffisait de suivre le cours toujours chaotique et décousu des idées qui fuyaient dans sa tête. Cela agaçait ses interlocuteurs, mais, en même temps, ils n'en étaient pas mécontents. Ils pouvaient ainsi éviter de puiser trop vite dans la musette de questions avec laquelle ils devaient tenir toute la nuit.

— Vous savez, à cette époque, j'étais encore sous le coup de cette histoire avec Greenworld.

Et Juliette s'était mise à raconter de nouveau par le menu ses faits et gestes à Greenworld. Au bout d'un moment, l'Américaine finit par s'impatienter.

— Je vous ai demandé si Jonathan vous a parlé de son engagement *à lui* aux États-Unis.

— Il ne m'a pas donné de détails. Mais, indirectement, oui, il m'en a parlé.

— Indirectement ? grogna le Sud-Africain en serrant les poings.

— Il faut comprendre. À cette époque-là, j'étais tombée de haut. Après la gloire, l'exaltation momentanée, je voyais tout en noir. J'avais un dégoût complet pour le monde. Jonathan m'a dit les mots qu'il fallait. Et je pense que ces mots étaient tirés de son expérience américaine.

— Quels mots ?

— Il m'a dit que partout dans le monde et à toutes les époques de l'Histoire, les grands idéaux avaient été trahis par des gens qui prétendaient les défendre, mais ne se montraient pas à la hauteur. C'est comme ça que toutes les révolutions avaient fini par sombrer dans le réformisme bourgeois. L'écologie, pour lui, était le combat ultime. Celui qui ne défendait plus les intérêts d'une société ou même d'une espèce, mais qui déciderait du sort de la planète tout entière. Mais cette révolution-là ne faisait pas exception à la règle. Elle était en train de sombrer elle aussi dans les déviations et les compromis.

Depuis deux nuits, l'Américaine s'était munie d'un bloc-notes, peut-être pour se donner une contenance pendant ces longues heures assez vides. Elle paraissait très intéressée par les déclarations de Juliette et écrivait fébrilement sans lever le nez.

— Selon lui, la France est sans doute le pays du monde où le débat écologique est le plus mou. Les écolos français sont immergés jusqu'au cou dans le jeu politique. Ils ont pris goût au pouvoir et pratiquent le compromis de façon écœurante. Même ceux qui restent en dehors et se prétendent libres, comme les militants de Greenworld, sont effrayés dès que leurs actions les mènent un peu trop loin. C'était exactement ce que j'avais ressenti aussi. Après la manif où j'avais été blessée, je m'étais senti une âme de Jeanne d'Arc. J'avais voulu mener le combat aux extrêmes et finalement les apparatchiks avaient pris peur et s'étaient lamentablement dégonflés.

— Ne revenez pas encore sur la France. On vous demande ce qu'il vous a raconté sur les États-Unis.

— Justement. D'après ce que j'ai compris, là-bas, il y a des groupes écolos plus musclés, avec de vraies ambitions révolutionnaires. Jonathan avait adhéré à un groupe de ce genre qui avait une antenne assez active au collège de Brynmore. Le connaissant, je pense qu'il devait y avoir une ou deux filles là-dedans qui l'intéressaient…

— Vous ne croyez pas à la sincérité de son engagement ? coupa l'Américaine.

— Difficile de savoir. Il y a toujours chez lui ce petit fond de détachement, d'ironie.

Pendant ses longues heures de solitude entre les interrogatoires, Juliette avait beaucoup pensé à Jonathan. Elle sentait que ses sentiments à son égard commençaient à se décanter. Après la passion – brève – puis le mépris, venait le temps d'une forme de tendresse sans illusion.

— Comment s'appelait l'organisation pour laquelle il militait ?

— One Earth.

— Vous la connaissiez ?

— Non. Elle n'existe pas en Europe.

— Vous avez cherché à vous renseigner ?

— Non. D'après ce qu'il m'en a dit, One Earth avait été créée aux États-Unis pour rompre avec le train-train des associations classiques de protection de la nature, type Sierra Club. Sa vocation de départ était un militantisme plus direct, éventuellement violent. C'est ce qui l'avait attiré. Mais il s'était finalement rendu compte que l'organisation en question avait elle aussi trahi ses principes. Apparemment, ses dirigeants se sont embourgeoisés.

— Il vous a dit s'il avait quitté l'organisation ?

Juliette connaissait assez ses interlocuteurs pour sentir qu'ils en savaient aussi long qu'elle sur ce sujet. Pourtant leur intérêt était manifeste : le Sud-Africain la fixait intensément et sa comparse avait levé les yeux de son bloc.

— Il ne m'a pas donné de détail sur son départ. J'ai seulement compris qu'à la fin de son séjour il y avait des discussions serrées dans l'association. Tout un groupe de militants refusait la dérive réformiste et plaidait pour le retour à une action plus radicale.

— Laquelle ?

— Là-dessus, il est toujours resté très vague.

Elle marqua un temps, suivit dix images de cette époque qui se pressaient dans sa tête.

— Vous savez, on ne se disait pas de choses très précises. On communiait sur une base assez vague d'indignation et de généralités. On se gavait de mots creux, d'images de violence, de slogans de haine contre l'ordre industriel et ses flics, les criminels qui tuent la planète, ces trucs-là… Et ça me faisait du bien.

— Il vous a expliqué pourquoi il avait quitté les États-Unis ?

— Son stage était terminé, c'est tout. Ses parents voulaient qu'il finisse ses études.

— Vous n'avez pas été surprise que ce grand révolté rentre sagement chez ses parents ?

— J'ai compris plus tard. À ce moment-là, il ne m'a pas présenté l'affaire de cette manière. Il m'a dit que les membres du groupe radical auxquels il était lié avaient finalement fait sécession et l'avaient encouragé à rentrer. Ils gardaient des relations avec lui et il pensait leur être plus utile en leur servant de relais en Europe. Il m'a laissé entendre qu'une occasion se présenterait peut-être un jour d'agir pour eux. Je lui ai dit que si cela se produisait, j'aimerais beaucoup qu'il fasse appel à moi.

— Quand cela se passait-il exactement ?

— Il y a deux ans.

— Vous êtes restés ensemble pendant ces deux années ?

— Non j'ai réussi mes examens et je me suis installée

à Chaulmes comme professeur au collège de Montbéliard. Jonathan est resté à Lyon. On a commencé à moins se voir.

— Il vous était fidèle ?

En l'entendant poser cette question, l'Américaine jeta un regard furieux à son collègue.

— Ça m'était égal. Je n'étais plus amoureuse de lui.

— Pourquoi ? insista le Sud-Africain.

— J'avais repéré quelques mensonges qui m'avaient un peu écœurée.

— À quel sujet ?

— Sa vie, ses parents.

— Vous les connaissiez ?

— Non et il n'en parlait pas. Au début j'avais cru qu'il était quelqu'un de libre comme moi et que sa première révolte avait été de se détourner de sa famille. En fait, je me suis rendu compte petit à petit que c'était tout le contraire. Sa chambre était payée par ses parents et il allait régulièrement chez eux leur taper de l'argent.

— Vous lui avez demandé des explications ?

— Non. Je me suis éloignée de lui, c'est tout. Et comme peu de temps après j'ai trouvé ce poste dans le Jura, on s'est séparés en douceur.

— Vous savez ce que font ses parents ?

— Je l'ai découvert plus tard.

— Quand ?

— Quand il m'a demandé de l'aider pour Wroclaw.

— Et pourquoi avez-vous cherché à savoir qui étaient ses parents à ce moment-là ?

— Je n'ai pas cherché. J'ai découvert leur identité par hasard, en voulant le joindre, lui. Il m'avait donné un numéro de portable qui ne répondait jamais. J'ai essayé d'aller le voir là où il habitait. Mais l'adresse qu'il m'avait laissée était celle de ses parents. Je suis tombée sur leur nom, celui de son beau-père plutôt. Avec une petite recherche sur Internet, j'ai compris qui il était.

— C'est-à-dire ?

— Un gros industriel de l'armement. Un pollueur de première et un marchand de mort, de surcroît. Le genre de type que tout mouvement écolo se devrait de mettre en haut de ses listes noires.

— Mais ça ne vous a pas empêchée de faire ce que Jonathan vous demandait ?

— Non, dit Juliette pensivement. C'est bizarre, n'est-ce pas ?

Elle avait souvent repensé à leur première rencontre, lors de l'opération manquée contre la centrale nucléaire. Jonathan n'était pas au café parce qu'il s'était perdu – elle en était certaine maintenant. Il avait délibérément faussé compagnie aux autres militants pour éviter les heurts avec la police. C'était un lâche, incapable de prendre le moindre risque par lui-même.

Pourtant, à ce moment précis de l'interrogatoire, il lui sembla nécessaire de faire passer un message positif à propos de Jonathan. Elle ignorait exactement pourquoi, mais elle avait l'intuition que leurs destins, dans cette affaire, étaient liés. Affirmer la loyauté de Jonathan, c'était aussi se porter garant de la sienne propre.

— Bien sûr, dit-elle, il n'a jamais assumé sa révolte. Pourtant, à sa manière, il est sincère. Je suis persuadée qu'il est loyal au groupe qu'il a connu aux États-Unis.

Les deux enquêteurs fourrèrent avidement ces derniers mots dans leur besace et déclarèrent la séance levée pour cette nuit-là.

Juliette n'aimait pas ces interrogatoires mais au moins correspondaient-ils à son état d'esprit : ils la contraignaient à réfléchir vite, à anticiper les coups, à tenir sa conscience dans une hypervigilance permanente. Le cours précipité de ses pensées était canalisé par les questions et les réactions de ses interlocuteurs.

Elle supportait beaucoup plus mal les journées. Ses idées n'avaient plus rien pour retenir leur flot. Un torrent de souvenirs, d'images, de désirs volatils la submergeait. Elle passait son temps debout, à tourner dans sa chambre et dans la cour attenante, à faire n'importe quoi pour s'occuper les mains. Elle parvint à dilacérer fil à fil une pièce de toile tissée serré qui traînait dans la cour. Cette agitation l'empêchait de trouver le sommeil et elle n'en souffrait pas. Elle était comme un taureau de corrida parfaitement conscient du combat qu'il allait livrer. Dans le noir silence de son corral, elle rêvait déjà aux couleurs dorées de l'arène et aux acclamations de la foule venue voir couler son sang. Cette impatience s'accroissait à mesure que l'interrogatoire avançait et, elle le sentait, approchait de son terme. La nuit suivante, ces pressentiments révélèrent leur bien-fondé.

— Comment Jonathan vous a-t-il présenté *précisément* l'affaire de Wroclaw ? attaqua l'Américaine.

« Nous y sommes », pensa Juliette, raide sur sa chaise, l'esprit clair, tous les sens tendus comme des poings nus.

— Il m'a dit que le groupe dont il m'avait parlé l'avait contacté et qu'il projetait une opération en Europe.

— De quelle nature ?

Apparemment, l'Américaine, cette nuit, avait été préparée pour mener seule l'interrogatoire.

— Il m'a dit qu'il s'agissait de délivrer des animaux de laboratoire.

— Vous pensiez que le groupe auquel était lié Jonathan en Amérique s'intéressait à la libération animale ?

— Je savais qu'ils prônaient l'action directe pour protéger la nature.

— Comment a-t-il justifié le choix de la cible ?

— Il ne l'a pas fait. La vérité, c'est que je n'ai rien demandé. J'étais heureuse à l'idée d'avoir de nouveau un rôle actif à jouer.

— Rien ne vous a paru bizarre dans la description de l'opération ?

— Non. Ce qui aurait pu me surprendre, il me l'a expliqué.

— Par exemple ?

— Le fait de laisser des traces doubles, comme si deux personnes avaient participé au commando. C'était pour brouiller les pistes au passage de frontière et égarer les enquêteurs.

— Les destructions dans le laboratoire ?

— Jonathan disait qu'il ne fallait pas seulement libérer les animaux. Dans l'état où elles étaient, les malheureuses bêtes, de toute façon, n'iraient pas très loin. Il fallait punir ceux qui commettaient de tels actes. L'idée me plaisait beaucoup.

Un long silence suivit cette déclaration. Le Sud-Africain, qui se tenait un peu en arrière, vint se placer près de sa collègue, debout bien en face de Juliette. Il avait des auréoles de sueur autour de ses aisselles et tremblait un peu.

— Jonathan vous a-t-il dit pourquoi vous deviez rapporter un flacon fermé par un bouchon rouge ?

— Non.

« S'ils me frappent, c'est maintenant. » Juliette se raidit sur son siège.

— Vous n'avez pas cherché à savoir ce que c'était ?

— Non.

Le Sud-Africain prit la parole. Il sembla à Juliette que son intervention surprenait et irritait sa collègue.

— Et aujourd'hui, vous savez de quoi il s'agit ?

L'Américaine avait bien raison de s'alarmer. Par sa précipitation, l'homme révélait qu'ils étaient impatients et mal à l'aise en abordant cette phase cruciale de l'interrogatoire. Juliette se détendit, recula un peu et prit appui sur le dossier de sa chaise.

— Jonathan avait suggéré à demi-mot que cette opération s'intégrait dans un ensemble plus vaste. Qu'elle était une pièce dans un édifice.

Dans l'air chaud de la nuit venaient des coassements, des froissements de feuillage, peut-être, très lointain, un bruit de tambour.

— Le lien entre l'opération de Wroclaw et la suite ne pouvait être que ce flacon, dit Juliette. Ce n'était pas difficile à comprendre.

— À qui avez-vous fait part de vos déductions ?

— À personne.

— Qui vous a demandé de garder ce flacon ?

— Personne.

— Qui vous a donné l'idée de vous en servir pour faire un chantage ?

— Je ne fais pas de chantage.

— Alors pourquoi ne pas le remettre à ceux qui vous l'ont demandé ?

— Vous voulez saboter le projet ? ajouta avec hargne le Sud-Africain, en se penchant un peu en avant.

— Je veux seulement continuer.

Juliette les regardait bien en face sans ciller. Depuis Wroclaw, sa décision était prise. Elle avait tourné la page de la mélancolie. Elle avait retrouvé le bien-être exalté qu'elle avait découvert la première fois à la manif de Greenworld et qu'elle avait cherché en vain à reproduire pendant ces années de solitude. Que cela leur plaise ou non, elle continuerait. Personne, cette fois, ne se débarrasserait d'elle.

— Cet objet, quel qu'il soit, et moi, c'est pareil, prononça-t-elle fermement. Ce que j'ai fait pour vous à Wroclaw, je l'ai bien fait. Je continuerai. Personne n'est au courant. Personne ne me l'a demandé. J'ai décidé ça toute seule. Mais j'irai jusqu'au bout.

Après ces nuits d'interrogatoire, une forme d'intimité hostile avait fini par se créer entre elle et ceux qui la tenaient prisonnière. Elle avait appris à les connaître. Aussi obtus qu'ils fussent, ils n'avaient pas pu ne pas apprendre à lire en elle et à démêler le vrai du faux dans ses paroles.

Un silence s'éternisa. Quand l'Américaine reprit la parole, le ton avait baissé.

— Où est-il ?

— Quoi ?

— Ce flacon ?

Juliette savait qu'ils détenaient ses affaires et avaient dû les fouiller soigneusement. Elle était certaine aussi que sa maison de Chaulmes avait été visitée après son départ, ainsi que son studio à Genève et peut-être l'appartement de sa tante.

— En lieu sûr, répondit-elle.

— Où ?

— Aux États-Unis.

D'après les récits de Jonathan, il était clair que le centre de toute l'affaire se trouvait en Amérique. Juliette avait très logiquement anticipé la suite des événements en transférant l'objet là-bas. Elle avait été prise de court en voyant que sa destination était l'Afrique du Sud.

— Où aux États-Unis précisément ? À qui l'avez-vous transmis ?

Visiblement, cet aveu suscitait un véritable affolement chez ses interlocuteurs. Ils échafaudaient mentalement des hypothèses qui devaient toutes les effrayer beaucoup. Dans le monde paranoïaque des organisations radicales, toutes les trahisons sont à craindre. Jonathan lui avait suffisamment parlé de cela. Juliette avait fait le pari que ces peurs pouvaient jouer en sa faveur, si elle savait laisser planer un doute crédible sur ses contacts et sur ses intentions. Mais c'était un pari risqué.

— Il est inutile que je vous le dise. Ceux qui détiennent ce flacon ne le remettront qu'à moi-même et en ma présence.

Depuis le début de la soirée, Juliette regardait les mains de l'homme, des mains carrées au dos couvert de poils noirs. Elle se demandait quel usage il en ferait sur elle : la gifler, la frapper, l'étrangler ? De plus en plus impatientes, ces deux mains attendaient que soit terminé le temps des mots.

Le silence qui suivit ses dernières paroles était celui de tous les choix. Juliette avait clairement fixé les termes de l'alternative. Soit l'accepter comme membre du groupe et disposer pour la cause de son énergie, de sa loyauté. Soit entrer avec elle dans une épreuve de force incertaine. Des deux côtés existait un risque. Des deux côtés, il y avait elle. Il était impossible de l'éliminer, sauf à tout perdre.

Soudain, Juliette comprit, à un geste de l'Américaine, que l'option violente était pour l'instant écartée. Sans doute devaient-ils se concerter avec leurs mystérieux correspondants.

Sans un mot, ils la raccompagnèrent à sa chambre. Le Sud-Africain en claqua nerveusement la porte et ses mains durent se contenter de frapper le verrou avec brutalité. Pour la première fois depuis son arrivée, Juliette était enfermée dans l'étroit espace d'une cellule.

Le relâchement de la tension la fit plonger dans le sommeil. Elle se réveilla au milieu de l'après-midi suivant, la joue marquée par les plis de l'oreiller, un filet de salive sèche au coin des lèvres. En fait, c'était le bruit du verrou qui l'avait tirée du sommeil. Elle n'eut pas le temps de se demander ce qui allait arriver. La porte s'ouvrit sur deux Africains vêtus de tee-shirts bleus à manches courtes. L'un d'eux portait une valise que Juliette reconnut comme la sienne. Ils lui firent signe de les suivre. Avant de sortir de la cour, ils lui placèrent un bandeau sur les yeux.

Le trajet en voiture fut assez court. Par la vitre ouverte entrait un air sec et chaud que Juliette respira avec bonheur. Puis elle sentit des odeurs de kérosène, reconnut le contact des sièges en cuir du bimoteur qui l'avait amenée. Quelqu'un lui ôta son bandeau. Deux heures plus tard, elle était à Johannesburg, à l'aéroport international, un billet en main à destination de Miami.

En arpentant les couloirs en marbre noir de l'aérogare, elle se surprit à chanter toute seule. Elle avait gagné la première manche.

6

Archipel du Cap-Vert.

En volant vers Ilha do Sal, Paul se demandait si Lawrence n'avait pas raison. Ils avaient déclenché une enquête planétaire à partir d'indices bien ténus. Cette histoire de choléra était à l'origine une simple hypothèse de travail. Voilà qu'elle les aspirait maintenant tout entiers. La dépendance dans laquelle était tombé un homme a priori raisonnable comme le professeur Champel était décidément contagieuse. Il y avait vraiment quelque chose de fascinant dans cette maladie. Paul avait emporté une vaste documentation entièrement consacrée à ce sujet et l'avait dévorée pendant son voyage.

C'était pourtant une pathologie simple et sans guère d'intérêt. Ses symptômes étaient on ne peut plus basiques et pas très ragoûtants. En quelques minutes, le choléra peut transformer n'importe quel individu en une outre percée qui se vide par tous les bouts. Ce n'était certes pas cela qui pouvait le rendre passionnant. Alors quoi ? Son ancienneté à la surface du globe, peut-être ; son audace qui en faisait, avant l'heure, le premier véritable exemple de mondialisation ; sa familiarité perverse avec les humains qu'il a toujours accompagnés dans leurs souffrances, compagnon des guerres et de la pauvreté, des catastrophes exceptionnelles et du quotidien triste de la misère.

Le choléra est la face cachée de l'aventure humaine. À mesure que nous nous sommes répandus sur le globe, que nous avons conquis notre place dans le monde, domestiqué les éléments, le choléra est venu nous rappeler les limites de notre force et de notre courage. À ceux qui peuvent se croire quittes avec le progrès, il vient sans cesse en encaisser le prix. Il règne sur les laissés-pour-compte de la misère, sur les sacrifiés de nos batailles, sur toutes les victimes de notre audace conquérante. Le choléra, c'est la conscience de nos échecs, le témoin de nos faiblesses, le symbole de la terre à laquelle nous ne cessons d'appartenir, même quand notre esprit croit pouvoir s'envoler vers le ciel des idées, du progrès, de l'immortalité.

Quelqu'un aurait-il décidé de s'emparer d'un tel outil ? Que donnerait le mariage d'une conscience humaine avec cette part noire de notre existence ? L'idée qu'on pût manipuler le choléra, quelle que soit sa valeur supposée comme arme biologique, était, philosophiquement fascinante. Et c'était à la poursuite de cette chimère que Paul s'était lancé, avec bien peu de chance d'en retirer autre chose que le vil prix de ces idées creuses.

Il était saisi par cette évidence tandis que l'avion de la TAP amorçait un long virage au-dessus de la mer pour se placer dans l'axe de la piste. Et il se sentit encore plus accablé par l'énormité de ce malentendu en descendant la passerelle dans la touffeur moite de cet après-midi ensoleillé. Que faisait-il sur ces îlots perdus ? Qu'était-il exactement venu chercher ? La trace d'un crime perpétré à l'aide du choléra ? Il n'y avait presque pas eu de victimes. Le signe d'une alliance entre la maladie et une volonté humaine ? Mais comment établir ce lien plus d'un an après les faits ?

Il avait envie de déclarer forfait et de remonter dans l'avion. Mais Sal n'est pas une île dont on peut s'échapper aussi facilement. Les vols étaient pleins en cette période de printemps. La durée des séjours touristiques est aussi rigoureusement déterminée que celle des peines de prison. Paul marcha jusqu'au contrôle de police au milieu d'une petite foule de passagers joyeusement condamnés à huit jours, quinze pour certains récidivistes.

Il avait fait assez d'erreurs pendant ses premières étapes à Varsovie et à Londres. Cette fois, il s'était soigneusement préparé. Bermuda de surfer, casquette de base-ball arborant la griffe Nike, raquette de tennis en bandoulière et sandales aux pieds, il avait revêtu la panoplie complète du touriste conforme. Il ne s'était composé aucune autre couverture, mais celle-là semblait suffisante.

Champel lui avait transmis une copie du rapport des scientifiques portugais. Le document analysait les caractéristiques de l'épidémie de choléra récente. En préambule, il soulignait le risque encouru par toute personne surprise à enquêter sur un tel sujet. Les autorités politiques du Cap-Vert avaient clairement conscience de la dépendance de leur économie au tourisme. Le choléra n'est pas une bonne publicité. Et le gouvernement de l'archipel était bien décidé à ne laisser personne soulever publiquement ce sujet sensible. Les épidémiologistes portugais en avaient fait l'expérience. Au bout d'une semaine d'enquête, la police était venue les trouver. Après un interrogatoire déplaisant, on leur avait notifié leur mise en résidence surveillée puis leur expulsion. De là venait le caractère fragmentaire de leurs conclusions. Ils avaient seulement eu le temps de découvrir les indices qui avaient rendu l'épidémie suspecte à leurs yeux.

Les cas, comme l'avait expliqué Champel, se répartissaient en effet selon trois foyers différents répartis sur deux îles. Leur survenue en même temps, sans aucun contact entre les foyers, rendait très peu probable l'hypothèse d'une contamination naturelle. Le vibrion incriminé était une souche O1 banale et ne fournissait aucun indice quant à sa provenance. L'un des scientifiques portugais avait eu le temps d'enquêter sur les passagers entrant au Cap-Vert avant l'éclosion de la maladie. Aucun, même en transit, ne provenait récemment de zones d'endémie.

Tel était le maigre ensemble de données dont Paul disposait pour démarrer sa propre enquête.

Il se rendit en bateau à São Tiago et déposa ses bagages dans la pousada de Prahia, où une chambre lui avait été réservée. De sa fenêtre, il pouvait voir un morceau de l'océan entre deux rangées de maisons blanches. Il fit une petite promenade dans la ville et alla s'acheter des lunettes de soleil car il avait oublié les siennes.

Le Portugal a répandu partout dans le monde sa civilisation de porcelaine. Au Cap-Vert, le contraste est particulièrement saisissant. Dentelles de fer forgé, faïences blanches et bleues des façades, arabesques noires et blanches des sols de calades, les Portugais ont fait d'immenses efforts pour maquiller le cadavre de ces volcans refroidis. Avec amour, ils ont peint de délicats ourlets sur l'étoffe grise et plissée de ces sols de lave. Mais ces ornements ne retirent rien au tragique du décor, surtout si on le rapporte à l'Histoire. Le Cap-Vert a été pendant des siècles une sinistre étape sur la route maritime de l'esclavage. Pour Paul, c'était un rappel du destin de ses ancêtres noirs, sauvés en

Louisiane par des héros anonymes de cette grande chaîne de la liberté qu'on appelle le « chemin de fer souterrain ». Il n'y avait plus guère en lui de trace de ces lointaines origines, diluées dans de nombreux métissages, si ce n'est peut-être ces cheveux épais, ce teint un peu mat. Mais il ressentait une émotion intacte, comme si cet archipel avait été un souvenir privé de sa famille.

Grâce au rapport des épidémiologistes, il disposait d'une description assez précise de la localisation des cas de choléra observés. Le premier foyer se situait sur l'île de São Tiago elle-même, dans une zone résidentielle qui bordait la mer, au nord-ouest de Prahia. Il décida d'aller inspecter les lieux le lendemain matin.

Il prit un taxi pour se faire déposer aux abords de la zone concernée. Il comptait ensuite marcher comme un simple promeneur. Malheureusement, les lieux se révélèrent bien différents de ce qu'il avait imaginé. La côte était escarpée à cet endroit et la route passait très haut, presque au niveau des crêtes. Elle était étroite et ne comportait ni accotement ni trottoir. Les propriétés se succédaient sans interruption du côté du littoral. Elles étaient entourées de murailles en pierre que perçait, tous les cent mètres environ, un portail métallique plein qui ne laissait rien voir. Entrer dans un de ces domaines n'était pas impossible, mais cela exigerait une soigneuse préparation. Paul n'en avait pas le temps. De plus, il était peu probable que l'on pût apprendre quoi que ce soit en pénétrant dans ces havres de luxe. À un détour de la route, Paul avait pu apercevoir le rivage, du côté des propriétés. Il était couvert d'une végétation soigneusement entretenue qui tombait jusqu'à la mer. Les maisons étaient dispersées, presque invisibles dans cette verdure. Des escaliers en pierre ou en bois dégringolaient jusqu'à de petites criques privées, où étaient amarrés des bateaux de sport. Rien n'était moins conforme à l'image que l'on pouvait se faire d'une épidémie de choléra que cette thébaïde luxueuse pour milliardaires.

Paul avait d'ailleurs noté dans les comptes rendus des épidémiologistes que les populations touchées dans ce premier foyer n'étaient pas les « maîtres », à l'exception d'un jeune adolescent à l'hygiène douteuse. Les cas, traités et facilement guéris, concernaient tous des domestiques, des gardiens, de simples employés qui pour la plupart ne devaient pas séjourner dans les maisons mais dans des annexes de service.

La question fondamentale était de savoir comment avait pu se faire la contagion dans un habitat aussi dispersé et aussi morcelé : les murs qui séparaient les propriétés rendaient peu probables les échanges de l'une à l'autre. La première hypothèse, pour qui disposait comme Paul d'une culture minimale à propos du choléra, concernait évidemment l'eau.

— Qu'est-ce qu'ils boivent dans ces maisons ? demanda-t-il au chauffeur de taxi.

C'était un grand Noir jovial au crâne rasé qui conduisait couché sur son volant. Il attendait depuis longtemps une occasion de plaisanter avec ce passager peu communicatif. Dès le départ, pourtant, il avait fait valoir qu'il parlait anglais.

— Ce qu'ils boivent ? Ces riches-là ? Eh bien, du whisky, du porto, du vin, pardi. Ils auraient tort de se priver.

— Je veux dire : qu'est-ce qu'ils boivent comme eau ? Ils ont des sources d'eau douce sur cette côte ?

— Rien !

Le chauffeur s'était redressé, le bras pendant à la portière. Il était dans son élément : répondre aux questions naïves d'un touriste, en parlant de son île.

— Quand j'étais petit, vous me croirez si vous voudrez, il n'y avait rien, ici. Rien du tout. Avec mon frère, on venait pêcher des petits crabes rouges en suivant les rochers. Si on oubliait de prendre une gourde, on crevait de soif. Voilà ce que c'était.

— Mais ces arbres…

— Ils ont mon âge, un peu moins. Ils datent du jour où ils ont fait le forage là-haut.

Il désignait le côté gauche de la route, celui qu'aucun mur ne cachait à la vue. Le sol par là était sec, noir, dénudé en dehors de broussailles. On distinguait, non loin de la crête, la silhouette arrondie d'un gros réservoir.

— Il doit y avoir une jolie vue, de là-haut. Vous pourriez vous arrêter un peu pendant que je vais me dégourdir les jambes ?

Le chauffeur de taxi donna un coup d'œil au rétroviseur. Il n'y avait aucune voiture derrière ni sur la route devant.

— Allez-y. J'en grille une en vous attendant.

Il sortit un paquet de tabac tout fripé, une fine liasse de papier à cigarette et commença à rouler.

Paul monta entre les pierres et les buissons jusqu'en haut de la crête. Ce n'était que le contrefort d'un piémont qui rebondissait jusqu'au pied du Pico de São Antonio, visible dans le lointain. Les propriétés, du côté de la mer, avaient, plus nettement encore que de la route, l'air de jardins. Malgré l'habileté des paysagistes, on pouvait remarquer une certaine régularité dans la plantation des essences, qui trahissait l'intervention humaine.

On comprenait que le choléra n'avait aucun moyen de s'introduire dans un tel bastion de luxe, à moins d'y avoir été amené volontairement. Deux hypothèses s'imposaient à l'esprit pour expliquer cette contamination et elles étaient toutes les deux localisables depuis le point où se tenait Paul.

La première était l'infestation du village des domestiques. En effet, à l'arrière de la crête, caché à la vue de la route et des villes, s'étendait un petit rassemblement de cases. Il devait s'agir des maisons de serviteurs. Les familles des nombreux membres du personnel qui entretenaient les villas devaient vivre dans cette annexe indigène. Il se pouvait que la contamination ait eu lieu par là. Vu de loin – Paul n'avait pas le temps d'y descendre –, le hameau semblait très pauvre et ses baraques couvertes de tôles étaient construites en torchis. Cette première hypothèse était toutefois contredite par une observation du rapport. Les épidémiologistes avaient noté que tous les cas observés concernaient des personnes travaillant dans les propriétés et presque aucun les habitants du village de cases. Il fallait donc plutôt en conclure que le contact avec le vibrion s'était fait dans les demeures de luxe et non dans la promiscuité du hameau.

Restait la seconde hypothèse : celle du réservoir d'eau. C'était un édifice cylindrique posé à même le sol et couvert d'une coupole de béton très aplatie. En faisant mine de photographier la mer, Paul prit quelques clichés de l'ouvrage. Puis il redescendit.

Le chauffeur lui confirma que l'eau pompée et stockée dans le château d'eau était exclusivement destinée aux domaines. Les gens du village de cases allaient puiser la leur à près d'un kilomètre de là.

Il se fit ensuite ramener à l'hôtel, non sans s'être laissé traîner dans d'autres points admirables de l'île, où il remplit consciencieusement son rôle de touriste.

Le lendemain en début de matinée, il prit un bateau qui faisait la navette avec l'île d'Agosto. C'était un îlot situé au sud-est de l'archipel, le plus près des côtes du Sénégal. Les deux autres foyers répertoriés s'y trouvaient. Les terres émergées dessinaient le contour d'une ancienne caldera qui plongeait à pic dans la mer.

Paul, en mettant le pied sur le petit débarcadère, comprit que la partie serait difficile dans cet endroit. Il était impossible de passer inaperçu. Tout était minuscule : l'appontement, le quai, le village autour. Un ennui épais figeait une troupe d'hommes désœuvrés sur le port, à la terrasse d'un café. Les touristes étaient rares et faisaient l'objet d'une véritable chasse. Trois porteurs tentèrent de saisir la petite valise de Paul, qu'il dut défendre énergiquement. Des conducteurs de motos-taxis entreprirent bruyamment de le traîner jusqu'à leur véhicule. Plusieurs jeunes garçons, vêtus de ce qui avait dû être autrefois des complets-veston, se présentèrent comme guides et lui conseillèrent des hôtels.

Heureusement, Paul, cette fois encore, avait fait procéder à une réservation depuis Providence. En levant le nez, il vit, face à lui, au fronton d'une des maisons du quai, l'écriteau qui annonçait « Hôtel Tubarão ». C'était là qu'une chambre l'attendait. Il s'engouffra dans l'établissement et ses poursuivants s'arrêtèrent à la porte.

Autoproclamé sur une affiche « Premier hôtel de l'île », le Tubarão jouait sur l'ambiguïté du terme. Il était probable en effet qu'il avait été construit avant tous les autres car ses murs épais, son patio entouré d'arcades et ses sols de pierre avaient à l'évidence traversé plusieurs siècles. On avait cependant du mal à croire qu'il fût le premier en confort, si l'on en jugeait par le couvre-lit mité, l'interrupteur de bakélite en forme d'olive qui pendait au-dessus de la table de nuit et l'émail fendu du lavabo. Mais, après tout, il était bien possible que les autres établissements fussent pires. Agosto est une île assez à l'écart du reste de l'archipel et peu de touristes s'aventurent jusque-là.

Paul comprit tout de suite que la principale difficulté viendrait de la sollicitude intéressée qui l'entourerait en permanence. S'il s'en tenait au rôle de touriste ordinaire, il risquait de ne pas pouvoir quitter les sentiers battus. La moindre demande originale de sa part pourrait éveiller les soupçons. Le choléra était certainement l'événement majeur survenu sur cette île depuis longtemps. Même si personne n'en parlait, chacun devait y penser et ramener à ce sujet les comportements et interrogations des étrangers trop curieux. Paul décida donc de prendre les devants et de servir au senior João, le patron de l'hôtel, une version de sa présence dans l'île qui puisse justifier de libres pérégrinations.

Un mensonge est d'autant plus facile à fabriquer qu'il met en jeu des stéréotypes. Il est plus naturel pour un Russe de se faire passer pour un prince déchu ou un mafieux que pour un honnête chef d'entreprise. Un Français n'aura aucune peine à expliquer les actes les plus rocambolesques en invoquant une affaire d'adultère. Aux Américains, il échoit d'inventer des histoires mettant en jeu un défi technologique, un grand idéal un peu niais et beaucoup d'argent.

— J'appartiens à un bureau d'études qui travaille pour la NASA, exposa Paul dans un anglais appliqué, propre à être compris par n'importe quel hôtelier du monde. Votre île est située exactement à la verticale de la nouvelle zone choisie pour réintroduire les navettes spatiales dans l'atmosphère. Je vous en parle mais, pour l'instant, c'est assez… confidentiel.

Dans le regard de l'hôtelier s'alluma cette clarté si particulière que provoque dans une rétine avide la vision nette du dollar. De masses de dollars. Le senior João bondit à la porte de son bureau, la referma et s'appuya dessus.

— Et alors ?

— Alors, la NASA envisage de construire ici une base d'observation. Je suis chargé de définir les meilleurs lieux pour son implantation.

— Au Cap-Vert ?

— Non, à Agosto précisément.

João était un métis clair de peau. Il avait passé dix ans au Portugal et trois en Angleterre avant d'investir ses économies dans cet hôtel. Il affectait des manières d'Européen suant sous les Tropiques et cherchait à se distinguer de ceux qu'il n'hésitait pas à appeler avec mépris « les nègres ». La nouvelle que lui annonçait Paul était l'espoir de toute une vie. Il imagina son hôtel rempli d'Américains en mission qui feraient couler l'argent à flot. Il mesurait les immenses possibilités que lui donnait la possession de ce secret avant quiconque. Il achèterait des terres pour une bouchée de pain, les revendrait à la NASA, construirait des villas pour les ingénieurs. Il ressentait un véritable vertige. Paul le vit s'appuyer à son bureau en s'épongeant le front.

— Vous vous sentez mal ?

— Très bien, très bien. Ne vous inquiétez pas. Vous avez parlé à quelqu'un d'autre de ce projet ? Les autorités sont au courant ?

— Non. C'est le problème. Si nous les avertissons trop tôt, vous savez comment cela risque de se passer. Il y aura des querelles politiques. La corruption va se déchaîner. Nous voulons d'abord pouvoir définir librement le lieu qui nous convient.

— Vous avez parfaitement raison ! s'écria João. Ne parlez à personne. Vous êtes tombé sur moi, c'est une chance. Je vous aiderai de façon désintéressée. Mais il n'y en a pas deux autres dans l'île qui réagiraient ainsi.

Pleinement rassuré sur le désintéressement de João, Paul lui laissa organiser ses déplacements pour les journées suivantes. L'hôtelier le convoierait lui-même partout, en le présentant comme un parent éloigné auquel il ferait visiter l'île. Le lendemain matin, dans le gros 4 x 4 climatisé de l'hôtelier, ils partaient par une mauvaise piste pour le premier village où avaient été découverts l'année précédente des cas de choléra.

C'était un petit ensemble de cassines éparpillées sur un plateau sec. Le sol de lave grise était quadrillé de murets de pierre et d'épineux. À ce détail seul on comprenait qu'il s'agissait de champs. Les maisons étaient construites en claires-voies de bois et les interstices mal obturés avec du torchis. Quelques-unes étaient peintes, mais les couleurs avaient coulé. Il devait donc de temps en temps y avoir des pluies, mais elles étaient certainement brèves et torrentielles. Paul arpenta le village. La présence de João tenait les habitants en respect.

— Il y a de l'eau, ici ?

João appela le chef du village et lui traduisit la question avec rudesse.

— Il dit qu'ils ont creusé un réservoir un peu plus haut.

— Qui ça « ils » ?

João répercuta la question.

— Des Suédois ou quelque chose d'approchant. À mon avis, c'est un programme de développement.

— Fait par une ONG ?

— Une quoi ?

— Une association privée.

João se renseigna. L'échange avec le paysan dura longtemps et l'hôtelier s'irritait de son ignorance.

— Il dit que c'étaient des jeunes. Mais je crois me souvenir que le programme était financé par la Banque mondiale.

— Il date de quand, ce réservoir ?

— Cinq ou six ans.

Ils allèrent le voir. C'était une sorte de mare qui, à cette saison, était presque vide. Quelques centimètres d'eau boueuse croupissaient au fond. Deux femmes piétinaient pour remplir des seaux.

— Ils n'ont pas d'eau douce à part ça ?

— Si. Il y a un puits, mais il est loin, à l'entrée d'un autre village. Quand le réservoir est vide, ils sont obligés d'aller jusque là-bas pour se servir.

Ils remontèrent en voiture et Paul demanda à visiter l'autre versant de la caldera. C'était là que se situait le deuxième foyer de la maladie.

La route serpentait sur le plateau aride. Elle gagnait

ensuite un col, entre deux arêtes moussues qui menaient aux deux points culminants de l'île. Passé le col, la surprise était totale. Le relief dénudé et sec laissait place sans transition à une luxuriante végétation tropicale. Tout devenait vert, dense, humide. La chaleur elle-même prenait une autre qualité. Elle était moite, gluante, pleine d'exhalaison d'humus et de palmes.

Paul ne voulut pas demander tout de suite à visiter le village touché par l'épidémie, de crainte que João ne fasse le lien. Mais il savait que ce côté de l'île comptait seulement trois hameaux. S'il demandait à les voir tous, il tomberait nécessairement sur celui qui l'intéressait.

En vérité, les trois villages étaient assez semblables et celui qui avait été infesté, qu'ils visitèrent en dernier, ne se distinguait pas des autres. À la différence des hameaux du versant aride qui s'étalaient librement dans l'espace vide, l'habitat de la forêt était concentré. Les maisons semblaient vouloir se blottir les unes contre les autres et faire bloc contre les esprits des bois. La pauvreté, à en juger par l'état des maisons, n'était pas moins grande que du côté désertique. La misère humaine au milieu de la luxuriance végétale n'était que plus criante.

— Au moins, ici, ils n'ont pas de problème d'eau, hasarda Paul.

— Il y a des sources un peu partout sur ce versant. La plupart sont des eaux chaudes et gazeuses. Mais il y en a beaucoup qui sont imbuvables à cause des substances volcaniques qu'il y a dedans. Les gens font avec. Ils sont habitués.

Au milieu du village, un petit cours d'eau issu d'une source située un peu plus haut serpentait sur un replat. D'étroits canaux alimentaient des citernes en terre, à côté des maisons. On y puisait l'eau pour les humains et les bêtes. Il ne subsistait évidemment aucune trace du passage du choléra. D'après ce que Paul avait lu, la maladie avait fait neuf malades dans le village et le seul mort de l'épidémie. La victime était décrite comme un vieil homme pauvre qui habitait à l'écart. Si l'on en jugeait par l'état misérable des autres villageois, on pouvait imaginer dans quel dénuement devait vivre un tel paria. On comprenait que des doutes aient été émis quant à la responsabilité du choléra dans son décès. Peut-être serait-il mort de toute manière.

Il n'y avait décidément pas grand-chose à tirer de cette visite. Paul sacrifia à quelques gestes rituels destinés à étayer ses mensonges aux yeux de João. Il prit des photos des différents sites, mesura une clairière à grandes enjambées, considéra le ciel comme s'il avait pu repérer à l'œil nu la trajectoire des navettes spatiales.

Il était sept heures quand ils arrivèrent à l'hôtel. Paul eut un rendez-vous téléphonique avec Providence. Kerry n'était pas joignable. Toutes les personnes auxquelles il essaya de parler se montrèrent évasives et affairées. Visiblement l'enquête tournait à plein. En comparaison, il se sentait un peu en dehors du sujet dans son exil touristique. Il déclina l'offre de João qui souhaitait l'inviter à dîner. Il se fit monter un affreux sandwich au pâté dans sa chambre et s'installa sur le balcon pour réfléchir.

Il lui semblait parfaitement clair, à l'observation du terrain, que le choléra n'avait pas pu pénétrer simultanément dans ces trois zones sans que quelqu'un intervienne pour l'y introduire. On ne pouvait imaginer endroits plus isolés, moins reliés au monde. C'étaient trois foyers distincts, trois microcosmes dans lesquels la maladie n'avait pu arriver – de façon rigoureusement simultanée – que par le fait d'une décision humaine.

Mais dans quel but ? Qui aurait eu le moindre intérêt à rendre malades ces quelques personnes ? Dans la zone résidentielle, on pouvait, à l'extrême rigueur, imaginer une vengeance. Mais sur l'île d'Agosto ? Il n'y avait pas d'endroit plus inoffensif, plus abandonné des dieux, en un mot plus insignifiant.

La nuit était tombée sur le port. Faute de moteurs pour emplir l'air de leur vrombissement, l'espace était occupé par les voix des passants, de lointains accords de guitare venus d'un café voisin et, entourant la ville, par les aboiements d'innombrables chiens qui se répondaient de mur en mur à travers les champs. Paul s'étendit sur son lit, déclenchant une cacophonie de ressorts. Une grande tache jaunâtre, au plafond, témoignait d'une inondation passée. Elle dessinait comme une île avec ses criques, ses caps et même, par ses variations de teinte, ses reliefs. Soudain, Paul se redressa. Une phrase du professeur Champel lui était revenue à la mémoire :

— Les îles, lui avait-il dit, sont de véritables petits laboratoires.

De véritables laboratoires pour observer les épidémies, leur diffusion, leur évolution dans le temps, leur effet sur les populations.

Si l'on regardait l'introduction du choléra au Cap-Vert comme une action terroriste, elle était incompréhensible et dérisoire. Mais si on la considérait comme une expérimentation, elle prenait tout son sens. Les trois foyers correspondaient à trois modes différents de diffusion du vibrion. Dans la zone résidentielle de São Tiago, la contamination s'était sans doute faite dans un réservoir fermé. À Agosto, l'agent infectieux avait été dispersé dans un réservoir à ciel ouvert (en zone sèche) et dans le flux d'une eau de source chaude (en zone tropicale). La variété de ces situations et de ces milieux avait sans doute permis aux auteurs de cette contamination de recueillir des informations quant aux différents effets du vibrion selon les contextes.

Mais qui pouvait opérer une telle expérimentation, et dans quel but ?

L'affaire était bien antérieure au vol de Wroclaw et ne pouvait en être la conséquence. Il fallait donc que le groupe responsable de cette opération soit déjà en possession du vibrion. Mais alors, pourquoi être allé en chercher de nouveau, et pourquoi en Pologne ? Tout cela était à la fois suspect et insuffisant. Des liens et des correspondances s'offraient à l'esprit, mais rien ne collait.

Paul pensa à l'exposé de Providence. Il se demanda s'il pouvait éventuellement découvrir la trace d'Américains sur l'île d'Agosto au moment de l'épidémie. Si tel était le cas, peut-être retrouverait-on parmi eux des membres du groupe radical qu'ils soupçonnaient. Il se promit de demander à João le lendemain s'il pouvait consulter les registres de son hôtel, et peut-être même des autres, en inventant une petite histoire pour ne pas l'inquiéter.

Après ses voyages et sa journée en 4 x 4, Paul sentit que le calme du lieu était en train de briser ses dernières résistances. Il s'endormit malgré lui au creux du lit mou, sans avoir le courage de se déshabiller.

Le lendemain, João ne réapparut qu'en milieu d'après-midi. Il avait pris le bateau du matin pour une visite éclair à São Tiago. Paul le trouva moins aimable que la veille, plus méfiant. Cette impression se confirma quand l'hôtelier le prit à part pour l'inviter à boire une bière dans la cour.

— Je sais que vous m'avez demandé le secret sur vos travaux, commença João sans quitter Paul des yeux, comme s'il épiait ses réactions, mais voilà, j'ai un frère de lait à Prahia avec qui nous nous racontons absolument tout. Lui c'est moi, vous comprenez. Je lui fais une confiance aveugle. Il ne dira rien.

— Que lui avez-vous révélé exactement ?

— Ce que vous m'avez expliqué vous-même. Vos projets, votre bureau d'étude.

En parlant, João ne quittait pas ce regard sournois qui avait alerté Paul dès le retour de l'hôtelier.

— Je n'aime pas trop ça mais si vous dites que votre frère de lait est discret… Qu'est-ce qu'il fait au juste, dans la vie ?

— Fernando ? Il est dans la police.

Nous y sommes, pensa Paul. En homme avisé, João avait su prendre assez de distance avec son propre enthousiasme pour chercher quelques garanties. L'alliance avec le dénommé Fernando, frère de lait ou pas, était habile. Si l'affaire se révélait authentique, un homme de la capitale, bien introduit dans l'administration, pouvait être utile. Et si Paul était un menteur, Fernando serait le mieux placé pour réunir les preuves de son imposture.

La seule conclusion qui importait à Paul pour le moment était que l'hôtelier concevait des soupçons. L'affaire du choléra était assez lointaine, mais, dans le temps ralenti de l'île, elle devait avoir laissé des traces. Les consignes officielles à l'époque étaient de dénoncer immédiatement tous ceux qui viendraient fouiner autour des zones infestées. Paul ne tenait pas à subir le sort des épidémiologistes portugais qui avaient été tenus en garde à vue pendant quinze jours avant d'être expulsés.

— Fernando viendra ici après-demain, dit João. Vous pourrez discuter directement avec lui.

À son ton, on comprenait que le policier devait être un homme coriace. Paul savait que son mensonge hâtivement bricolé ne tiendrait pas la route, même avec l'aide de Providence, devant quelqu'un d'un peu rigoureux. Tant pis pour la liste des touristes. Il essaierait de l'obtenir autrement. Mieux valait qu'il parte dès le lendemain, s'il ne voulait pas rester bloqué ici et passer complètement à côté de l'enquête.

Paul déclara à l'hôtelier qu'il avait besoin de fournitures à Prahia et qu'il devait passer à une banque pour effectuer des opérations – il n'y en avait pas à Agosto. Il acheta sur le port un aller-retour, avec départ par le bateau du lendemain matin. Pour ne pas éveiller les soupçons, il laissa ses affaires étalées dans la chambre et ne prit qu'un petit sac à dos de ville qui contenait son ordinateur et ses papiers. Un appel à Providence lui avait permis de réserver de haute lutte la dernière place sur le vol qui partait le lendemain soir. Sitôt à Prahia, il embarqua sur une navette pour Sal puis dans l'avion, comme prévu. C'était un vol pour Chicago. Il espérait qu'il y ferait déjà assez chaud. Il avait en tout et pour tout sur le dos un bermuda et une chemise hawaïenne.

7

Providence. Rhode Island.

Paul n'était pas surpris. C'était exactement ce qu'il s'attendait à trouver en rentrant à Providence. L'agence, pour ainsi dire, n'existait plus. Elle était devenue ni plus ni moins le secrétariat de Kerry.

Cela avait commencé dès la grille d'entrée. Le garde, avec sa coupe de cheveux à la cadet de Westpoint, s'était penché à la portière de Paul et lui avait lancé, entre deux crachotements de sa VHF :

— Ah ! Vous venez voir Kerry.

Ensuite, au rez-de-chaussée, les hôtesses lui avaient fait un clin d'œil :

— *Elle* est au troisième.

Dans l'ascenseur, Paul s'était serré pour laisser entrer deux filles dont une portait une brassée de feuilles.

— Faut que je me dépêche, disait à l'autre celle qui était la plus chargée, c'est urgent. Kerry attend ces documents.

Au troisième, Paul n'avait pas tardé à comprendre que tout l'étage était colonisé par Kerry. Officiellement, elle occupait un petit bureau dans un angle. Barney l'avait mise là sans se méfier, en s'excusant presque. Il ne savait pas qu'il introduisait un virus dans un corps sans défense.

Elle avait commencé par annexer la salle de conférences qui jouxtait son bureau. Elle y tenait réunion sur réunion de sept heures du matin à minuit. Ensuite, elle avait suscité quelques permutations de façon à avoir autour d'elle les collaborateurs indispensables. Tycen s'était transformé en chevalier servant, page, valet de pied, on ne savait trop. En tout cas, sa fonction s'apparentait plus au registre de la domesticité médiévale qu'au profil habituel d'agent de liaison. Kerry s'était également acquis les services inconditionnels de Tara, que Paul n'aurait pourtant pas cru si facile à fasciner, et d'un petit bataillon de documentalistes. Ils avaient été obligeamment prêtés par Alexander qui pensait sans doute acheter la paix par ce moyen. S'étaient également installés dans les parages Kevin, l'informaticien, et deux cow-boys habillés sur le même modèle que Clint, spécialistes des transmissions.

Quand Paul finit par découvrir Kerry, elle était penchée sur une liste informatique, entourée par quatre jeunes garçons et filles, groupés autour d'elle, guettant ses paroles, tendus, passionnés. Il était évident qu'elle avait réussi à leur faire abandonner toute autre préoccupation. La traque des Nouveaux Prédateurs était devenue pour eux la grande affaire de leur vie. « Et le pire, pensa Paul, c'est qu'elle aurait été capable de les mobiliser de la même manière sur *n'importe quoi.* »

Quand Kerry remarqua la présence de Paul, elle lui lança un regard amusé, celui qu'elle prenait pour compter les points. Surtout quand c'était elle qui les marquait.

— OK, lança-t-elle à sa petite cour. Réunion générale dans dix minutes. On fait un topo à Paul sur ce qu'on a trouvé. Proposez à Alexander de venir, s'il n'a rien de mieux à faire.

La remarque provoqua une petite salve de rires. À l'évidence, il était difficile pour ces gamins fascinés d'imaginer qu'on pût avoir « mieux à faire » que d'être auprès de Kerry dans son enquête.

En attendant la réunion, Paul suivit Kerry dans son bureau « officiel », un minuscule cagibi où elle n'entrait plus que pour se maquiller.

— Ça n'a pas l'air de trop mal se passer, commença Paul avec un petit sourire.

Kerry n'avait pas l'intention de le suivre sur ce terrain. Paul avait vu ce qu'il fallait qu'il voie et elle ne voulait pas lui donner l'occasion d'exprimer ses sarcasmes.

— Je suis surtout contente que ça s'arrange bien pour mes gosses. Rob les a emmenés chez son frère Burt. Tu sais qu'il est d'origine canadienne. Burt a un ranch tout près du lac Ontario. Mes gamins jouent avec les siens, ils font du bateau et vont traire les vaches.

À mesure qu'elle prenait pied à Providence, Kerry avait relâché sa tenue. La natte était remplacée par un gros chignon qu'elle refaisait tout le temps et dans lequel elle plantait un feutre vert. Elle portait un tee-shirt ample qui dessinait à peine le relief de ses seins, suffisamment en tout cas pour affoler les garçons qui tournaient autour d'elle.

— Et toi, ces vacances sous les tropiques ?

— Magnifiques. *Sea, sex and sun.*

— Ouaoh ! *Sex* ?

— Il y avait un jeune couple dans la chambre à côté et ils ont braillé toute la nuit.

— OK. Tu vas nous raconter ça. On y va ?

Ils rejoignirent la salle de réunion. La grande table était encombrée de dossiers. Tycen se précipita pour dégager le fauteuil de Kerry et l'aida à y prendre place.

— Wilburn, tu peux commencer, dit-elle. Puis, se tournant vers Paul, elle ajouta à voix basse : Wilburn est un paroissien d'Alexander. Très doué. Très prometteur. Avant d'en arriver à ce que nous avons appris sur les Nouveaux Prédateurs, il va faire un petit rappel sur l'état des mouvements écologistes radicaux en Amérique.

Le dénommé Wilburn appartenait à la génération du *Power Point*. Très naturellement, il alluma le projecteur et passa la première vue. Sur fond bleu, elle comportait un seul mot : introduction. Paul se dit que décidément le progrès était une grande chose.

— Pour situer le groupe des Nouveaux Prédateurs, il faut dire d'abord quelques mots sur l'histoire du mouvement écologique aux États-Unis.

Wilburn avait une voix plus grave que son physique fluet ne l'aurait laissé supposer. Ses intonations rugueuses dénotaient une probable origine australienne.

— Chaque pays a créé une écologie qui lui est propre et qui, à certains égards, lui ressemble. En Angleterre, tout s'est cristallisé autour de l'amour des bêtes et contre la chasse à courre. Au Canada, l'intérêt s'est plutôt concentré sur la mer : les essais nucléaires sous-marins, la protection des baleines. La France, ça n'étonnera personne, est entrée en écologie en suivant une jolie femme. C'est Brigitte Bardot qui les a convertis.

Il y eut des petits rires nerveux dans la salle et Kerry fit mine d'apprécier l'allusion. Paul comprit que pour entretenir la flamme de ses admirateurs, elle devait sans doute encourager ces plaisanteries vaguement sexuelles.

— Aux États-Unis, la question centrale, c'est celle des grands espaces, les forêts, la vie sauvage, les paysages de l'Ouest. L'association One Earth à partir de laquelle s'est constitué le groupe dissident des Nouveaux Prédateurs a joué un rôle pionnier dans la structuration de cette écologie spécifiquement américaine. One Earth a été créée en 1980 par Elmet Sloan, un ancien bûcheron qui avait été GI au Vietnam et avait milité ensuite à l'aile droite du Parti républicain.

— Je croyais que ce genre d'organisations écolos étaient plutôt composées de gauchistes, intervint Paul.

— Pas toutes. Il y a différentes tendances. One Earth a été créée à Seattle. C'est proche du Canada et de la Colombie Britannique, où est née Greenworld. Mais les deux organisations représentent à certains égards des frères ennemis. Greenworld et sa mouvance, c'est la mer, la défense des baleines, des phoques. C'est l'extrême gauche aussi. One Earth, c'est plutôt la montagne, la forêt, les rivières. C'est l'Amérique conservatrice des trappeurs et des coureurs des bois. Mais finalement ces deux extrêmes se rejoignent.

— En quoi ?

— Les uns et les autres pensent que les organisations conservationnistes classiques sont à côté de la plaque. La protection de la nature, selon eux, ne devrait pas rester une affaire de notables. La nature mise en réserve comme les Indiens, les kermesses au profit des ours, les sorties éducatives pour faire des herbiers, tout ça leur paraît complètement ringard. Ils veulent renouer avec l'esprit des Pères fondateurs, avec la révolte sacrée d'un John Muir ou d'un H. D. Thoreau. D'ailleurs, leur bible, c'est un livre écrit par une espèce de prophète du désert qui s'appelle Edward Abbey.

— Quel bouquin ?

— Un roman qui s'intitule : *The Monkey Wrench Gang.* C'est l'histoire d'un groupe de fêlés qui mettent du sable dans les réservoirs des caterpillars pour les empêcher de construire des routes et qui brûlent les panneaux publicitaires le long des routes.

— C'est ce qu'ils ont fait ?

— Exactement. Au début, les militants de One Earth ont même pour ainsi dire copié le livre. Ils ont saboté des engins de chantiers ; ils ont déployé sur le flanc d'un barrage une bande de tissu, qui représentait une gigantesque fissure. Des scènes prises directement dans le roman. Après, ils se sont mis à innover.

— Comment ?

— Par exemple en plantant des clous dans le tronc des grands arbres pour casser les chaînes des tronçonneuses et interdire ainsi qu'on les abatte. D'autres sont allés se cacher dans le lit des rivières pour empêcher qu'on construise des barrages.

— Et ça a marché ?

— Pas mal. Il y a eu quelques belles bagarres, mais leur notoriété en a bénéficié. Ils ont réussi à bloquer un énorme projet de barrage dans le Colorado. Maintenant, One Earth est une organisation qui s'est beaucoup développée. Ils ont la réputation d'être des rebelles, mais raisonnables. Ils collectent pas mal de dons. Des milliardaires leur laissent des legs très importants et des fondations d'entreprise les financent pour se donner une « image citoyenne », comme on dit. À Seattle, ils ont tout un building aujourd'hui, des salariés en masse. Malheureusement pour eux, dans ces milieux-là, la réussite pose problème. C'est eux maintenant qui sont accusés d'être devenus des notables. Il y a de nouveau des militants pour critiquer l'embourgeoisement du mouvement et réclamer un nouveau retour aux sources.

— Vous pensez que c'est ce qui s'est passé avec les Nouveaux Prédateurs ?

— Exactement. Mais il faut tout de suite relativiser nos informations. Une organisation comme One Earth est assez opaque. Le grand public ne peut pas pénétrer très loin. Quand on adhère, on peut tout au plus recevoir des journaux internes et se voir proposer la participation à des manifs. Du point de vue informatique, c'est assez protégé aussi, n'est-ce pas, Kevin ?

— Oui, confirma celui-ci, avec une voix qui terminait sa mue et savonnait sur chaque mot. Leurs ordis sont bien verrouillés. On arrive à entrer, bien sûr. Ouais, on y arrive. Mais on ne trouve pas grand-chose. Vraiment pas grand-chose, j'dirais. C'est comme s'ils ne mettaient rien d'important dans leurs fichiers. Comme s'ils n'avaient pas confiance dans l'informatique, quoi.

Kerry fit un signe de tête encourageant en direction de Kevin pour saluer ce bel effort d'expression. Tara prit charitablement le relais.

— C'est seulement à partir de données très fragmentaires qu'on peut reconstituer les débats internes à One Earth et la naissance des Nouveaux Prédateurs.

— Comme au bon vieux temps de la kremlinologie, commenta Alexander, qui s'était assis près de la porte et écoutait distraitement.

— Résume-nous l'affaire, demanda Kerry en relançant la balle à Wilburn.

Tout démarre il y a environ quatre ans. Les premiers signes de tiraillement sont perceptibles dans des articles publiés par le journal interne de One Earth, une publication destinée aux adhérents et qui reste très convenue. Au début, il semble que les dirigeants n'aient pas vu venir le coup : ils ont laissé s'exprimer ces voix discordantes. Très vite, pourtant, ils ont compris le danger et ils ont décidé de reprendre l'organisation en main. À partir de là, on ne retrouve plus rien dans les journaux internes. Seulement des éditoriaux émanant de la direction du mouvement qui font mention de contradictions, d'objections combattues comme de véritables hérésies.

— Mais sur quoi portait exactement le débat ?

— Sur la place de l'être humain dans la nature, dit Wilburn.

Occupé à tirer une petite peau autour d'un ongle, Alexander poussa un bruyant soupir. Kerry fit signe à Wilburn de ne pas se laisser déstabiliser.

— Il y a toujours eu deux courants dans l'écologie américaine. L'un, qu'on peut appeler humaniste, considère qu'il faut protéger la nature pour faire le bonheur de l'homme. C'est une perspective morale dans laquelle l'essentiel reste l'être humain et son avenir.

— C'est la version modérée, « raisonnable » si l'on veut, de l'écologie, précisa Kerry, qui tenait à montrer qu'elle considérait ce débat comme essentiel.

— L'autre courant, au contraire, est anti-humaniste. Il a toujours existé et il revient périodiquement au premier plan. Pour les tenants de cette conception, l'être humain n'est qu'une espèce parmi d'autres. Il s'est approprié indûment tous les pouvoirs et tous les droits. Il faut le remettre à sa place. Défendre la nature suppose de donner des droits à toutes les espèces et même aux végétaux, aux roches, aux rivières. La nature est un tout en elle-même et pour elle-même. Elle peut vivre sans l'homme tandis que l'inverse n'est pas vrai.

— Et alors ?

— Alors, les conséquences sont énormes. Pour les

anti-humanistes, l'écologie doit se faire *contre* les hommes. On trouve cette tendance dès les débuts du XIXe siècle. John Muir, le fondateur du Sierra Club, l'inventeur de l'écologie moderne, a écrit par exemple : « Si une guerre des races devait survenir entre les bêtes sauvages et sa majesté l'Homme, je serais tenté de sympathiser avec les ours. » Et John Howard Moore surenchérit : « L'Homme est la plus débauchée, ivrogne, égoïste, la plus hypocrite, misérable, assoiffée de sang de toutes les créatures. »

— Il dit l'Homme, plaisanta Kerry. Je ne me sens pas concernée.

— Toute la question est donc : jusqu'où faut-il aller dans la lutte contre l'homme ? One Earth, sur ce point, occupe une position fragile. L'association a été créée sur des bases violentes : elle a décidé, au nom des arbres, des rivières, des paysages, de s'en prendre aux entreprises humaines en pratiquant des sabotages, etc. Parmi ceux qui l'ont rejointe, il était fatal qu'un jour certains veuillent aller plus loin et s'attaquer non plus à *l'activité* humaine, mais à *l'espèce* humaine.

— C'était là-dessus que portaient les dissidences, il y a quatre ans ?

— Précisément. Après les grandes bagarres avec les bûcherons, certains ont commencé à dire : « il faut finir le travail. Les meurtriers de la nature ne méritent aucune pitié. Il ne suffit pas de mettre du sable dans le réservoir de leurs engins. Il faut supprimer ceux qui les conduisent. »

— Carrément.

— One Earth n'a pas été la seule organisation à connaître ce type de tension. Chez les gauchistes défenseurs des baleines, il y a eu la même évolution. On a vu des militants juger Greenworld trop modérée. Certains d'entre eux ont acheté un bateau, armé la proue avec du béton et sont allés éperonner un baleinier portugais pour le couler.

— Sérieux ?

— Absolument authentique. Quand ils ont vu ça, les dirigeants de One Earth ont pris peur, évidemment, et ils ont tracé une ligne rouge : on ne touche pas à la vie humaine.

— Ça a marché ?

— Dans un premier temps, reprit Tara. Pendant six mois, on ne retrouve plus aucune trace de contestation interne. Mais les violents n'avaient pas désarmé pour autant. Ils n'étaient sans doute pas très organisés et la contre-offensive de la direction les a pris de court. Après, ils ont commencé à se structurer et on les a vus réapparaître.

— Quand ça?

— Il y a deux ans et demi, à peu près. À ce moment-là, on a vu les thèmes anti-humanistes revenir en force à One Earth, ou plutôt sur les forums Internet.

— Les Nouveaux Prédateurs.

— En effet. Ils avaient eu le temps d'affirmer leur idéologie et ils revenaient avec des idées plus claires. Ils prônaient toujours la violence, et même le meurtre, mais pas n'importe lesquels. Ils étaient opposés aux formes classiques du terrorisme. S'en prendre à des individus n'a pas de sens pour eux. Cela leur paraît aussi ridicule que les actions des défenseurs des animaux quand ils vont libérer tel chien ou tel chat. À leurs yeux, la question n'est pas là. Ce qu'ils veulent, ce n'est pas protéger ou condamner des *individus,* quelle que soit l'espèce à laquelle ils appartiennent. Ce sont les *équilibres* qu'il faut préserver. Dans la nature, l'individu ne compte pas. Entre les êtres vivants et leur environnement, entre animaux et végétaux, l'essentiel, ce sont les équilibres. Dans le monde vivant, le système des prédateurs est le garant de ces équilibres. Chaque espèce est limitée dans son expansion par ses ennemis naturels. Et eux-mêmes sont limités par d'autres prédateurs. La faute suprême de l'espèce humaine est là : elle s'est affranchie de ses prédateurs. Elle a donné à chaque individu le droit de vivre, alors que ce privilège ne devrait lui être accordé qu'en fonction de l'équilibre naturel. Le résultat est qu'elle prolifère et détruit tout.

— C'est bien compliqué, tout cela, souffla Alexander en s'épongeant le front. Vous ne voudriez pas résumer un peu ?

Kerry le foudroya du regard et prit la parole d'une voix forte.

— C'est compliqué parce que nous n'utilisons pas leurs mots. Dans leurs textes, surtout au début, il y a toute une poésie qui rend ces idées concrètes et accessibles à chacun, tout en préservant une certaine ambiguïté. Par exemple, ils disent qu'il faut rendre à la terre sa respiration. L'espèce humaine ruisselle sur les continents comme un déluge. Elle recouvre toutes les autres formes de vie. Il faut refouler ces flots, construire des digues contre l'humain, pomper cette eau en excès…

Paul admirait comment en moins d'une semaine, arrivée au milieu du scepticisme général, Kerry avait réussi à prendre de facto les commandes de l'agence. Chacune des personnes présentes et, par leur intermédiaire, tous les centres névralgiques de Providence étaient profondément convaincus que la chose la plus importante au monde était de démêler les querelles théologiques entre factions rivales au sein de l'association One Earth. Même Alexander semblait sinon conquis, du moins intéressé.

— Mais quel est leur programme ? demanda-t-il.

— Oui, renchérit Martha, qu'est-ce qu'ils veulent faire, exactement ?

— À mon avis, rien eux-mêmes. Je pense qu'il ne faut surtout pas les prendre au pied de la lettre comme l'ont fait les Anglais.

En disant cela, Kerry jeta un petit coup d'œil malicieux à Paul.

— Mais enfin, s'impatienta Alexander, empêcher le ruissellement de l'espèce humaine, si je comprends encore l'anglais, cela veut dire tuer.

— Pas nécessairement, objecta Kerry. Il y a longtemps que l'écologie résonne de déclarations de ce genre. J'en ai trouvé une chez le grand philosophe Ehrenfeld, qui n'a rien d'un criminel, et dont les écrits sont au programme des meilleures facultés. Je le cite : « L'humanisme doit être protégé contre ses propres excès. »

— Désolé, s'entêta Alexander. Je n'ai pas dû faire assez d'études. Mais je ne comprends pas ce que ça veut dire.

— Si vous voulez des exemples, vous en trouvez plusieurs dans les textes des Nouveaux Prédateurs. Ce sont des idées choquantes, mais il faut bien rappeler qu'elles n'ont rien d'original. Par exemple, ils se félicitent de la mortalité infantile élevée dans les pays pauvres. Selon eux, cela réduit d'autant la pression démographique. On a déjà entendu semblable déclaration dans la bouche d'un dirigeant des Verts européens. De même, ils sont hostiles aux programmes humanitaires d'urgence car ils diminuent la mortalité dans des zones où la natalité reste très élevée. Ce faisant, ils aggravent encore le déséquilibre dont souffrent ces régions. Fidèles à la tradition malthusienne, ils rendent hommage aux grands fléaux qui rééquilibrent les populations lorsque leur accroissement dépasse les ressources disponibles. Ainsi, ils soulignent le caractère positif des guerres civiles, des famines et des grandes épidémies. La pandémie de sida, qui était alors à son apogée, est citée par eux comme une contribution utile à la prédation de l'espèce humaine.

— C'est absolument ignoble.

— Oui. Et par leur caractère excessif, ces propos se discréditent tout seuls. Les mouvements écologiques ont été traversés par ce genre d'outrance depuis leur fondation. Dans les textes des Nouveaux Prédateurs, on reconnaît le vieux courant anti-humanitaire, anti-nataliste, hostile au progrès, en particulier médical, tout cela au nom de l'intérêt supposé de la nature. Il faut rendre cette justice aux grandes organisations écologistes qu'elles ont toujours su y résister. C'est ce qu'a fait One Earth. Avec succès, apparemment.

Après cette longue démonstration, le silence se fit. Paul lui laissa le temps de bien emplir la pièce avant de le rompre en posant une question.

— Et le choléra ? demanda-t-il.

— En effet, concéda Kerry, les Nouveaux Prédateurs citent souvent le choléra. Mais dans aucun texte ils n'ont dépassé cette description vague et générale. Dans l'état actuel de nos renseignements, il n'est pas possible de savoir s'il s'agit d'un simple exemple ou si le choléra tient une place plus importante dans leur pensée.

À son ton, il était clair que, pour elle, le choléra avait peut-être été le prétexte de cette enquête ; il n'en constituait pas pour autant le point essentiel. Paul eut la sensation qu'était venue se loger là aussi une pointe de rivalité. Réduire l'importance du choléra, c'était, pour Kerry, une manière d'affirmer que le principal était ailleurs et qu'elle en était chargée. Paul ne voulait pas se lancer dans une passe d'armes sur ce point. Il s'efforça de dire ce qu'il avait à dire de la façon la moins polémique et la plus honnête.

— Si cela peut contribuer au débat, précisa-t-il, j'ai eu la confirmation qu'au Cap-Vert il s'agissait bien là-bas d'une contamination volontaire.

— C'est une donnée très importante, s'enthousiasma Martha.

— Bien sûr, confirma Paul. Mais je veux être tout à fait objectif : je suis incapable pour l'instant de tirer des conclusions claires de ce que j'ai constaté. Cette histoire du Cap-Vert, si vous voulez mon avis, est très paradoxale. D'un côté, bien sûr, elle confirme qu'il se passe quelque chose du côté du choléra et que des gens peuvent vouloir s'en servir pour provoquer une épidémie. Mais de l'autre, les résultats sont absolument minables – quelques malheureux ont été malades et le seul mort était un vieillard qui n'aurait de toute façon pas passé la semaine. Si quelqu'un a eu l'intention d'utiliser le choléra à des fins terroristes, cette expérience grandeur nature n'a pas pu l'encourager beaucoup. On a peine à croire que six mois après un échec pareil le même groupe se soit donné du mal pour aller jusqu'en Pologne chercher des souches du même vibrion.

Un silence perplexe recouvrit l'assemblée.

— En plus, dit Kerry, il n'y a strictement rien dans tous ces faits qui nous permette de les raccrocher à l'activité des Nouveaux Prédateurs.

— Non, concéda Paul. Je n'ai pas retrouvé la trace des auteurs de la contamination. Il faut dire qu'on ne m'en a pas laissé le temps et que j'ai dû repartir… précipitamment.

— Si je résume, intervint Alexander en se redressant sur sa chaise, on a fait le tour du problème. La piste du choléra ne donne rien. Quant à ce groupe d'apprentis-exterminateurs, ils n'ont écrit toutes ces horreurs que pour mettre les bourgeois de One Earth en difficulté. Lesquels bourgeois, comme d'hab', se sont débrouillés pour foutre tout le monde à la porte. Conclusion : on s'arrête là et on va déjeuner.

— Non, objecta Kerry. Il n'est pas question de s'arrêter là. Choléra ou pas, nous avons pour mission d'enquêter sur un groupe dangereux. Au stade où nous en sommes, nous pouvons en effet assurer qu'ils ont quitté One Earth. Mais nous ne savons absolument pas ce qu'ils sont devenus. Rien ne nous dit qu'ils n'ont pas décidé d'agir par eux-mêmes. Nous devons continuer les investigations.

Paul comprit que la manœuvre était achevée. Kerry avait relativisé l'importance du choléra, c'est-à-dire l'avait marginalisé lui, Paul, en tant que principal défenseur de cette piste. En même temps, elle affirmait la nécessité de poursuivre l'enquête et donc, à la tête de toute la machine Providence, d'y prendre le premier rôle. Elle lui lança un regard plein de malice.

— Comment est-ce qu'on peut continuer les investigations, demanda Tara, alors que le groupe en question a disparu, que vous avez exploité tous les documents et qu'il est impossible d'entrer à One Earth ?

— Le groupe a disparu, mais on connaît l'identité d'un de ses membres, et non le moindre. Il est possible d'essayer de savoir ce qu'il est devenu. Martha, tu résumes ?

— Ce sera vite fait. En effet, dans tous les textes produits par le groupe qui nous intéresse, nous n'avons trouvé mention que d'un seul nom. Il figure aussi dans les diatribes de la direction de One Earth lorsqu'elle récuse les attaques du groupe et cherche à le discréditer. Il s'agit d'un certain Ted Harrow, qui apparaît comme le chef de ces Nouveaux Prédateurs.

— Il existe ?

— Harrow existe. Mais on a perdu sa trace depuis deux ans.

— Qu'est-ce qu'on a sur lui ?

— Naissance en 1969 dans le Connecticut. Un dossier militaire : il a été objecteur et s'est probablement enfui au Canada. Quelques condamnations après son retour pour des bagarres. Il y a quatre ans, agression d'un conducteur d'engin qui défrichait une zone forestière dans le Wisconsin. Il a déclaré faire partie de One Earth à ce moment-là. Mais l'association ne l'a pas couvert. L'action avait été très violente et il semble que ses dirigeants n'aient pas voulu en endosser la responsabilité. C'était en plein pendant la polémique avec les dissidents radicaux.

— Vous avez une adresse pour ce Harrow ?

— Trois. Disparu dans les trois. Ni femme ni enfant, aucun ami, pas de compte en banque, pas d'assurance, pas d'employeur.

Tout le monde réfléchissait sans rien dire.

— La première tâche est d'essayer de mettre la main sur Harrow, dit Kerry, puisque c'est le seul que nous ayons pu identifier. Pour l'instant, on s'est contenté de téléphoner à droite, à gauche. Mais il faut vraiment se mettre sur sa piste. Cela m'étonnerait qu'il arrive à échapper longtemps à notre rusé docteur Paul.

Et voilà le travail ! Paul se gratta la tête pendant que tout le monde lui adressait des sourires. Deux à zéro, pensa-t-il. Kerry le mettait élégamment sur une voie de garage. Il attendait de voir maintenant quel atout elle allait abattre pour elle.

— Et toi ? lui demanda-t-il.

— Moi, je pense qu'il y a beaucoup de choses que les gens de One Earth sont les seuls à connaître. Quels étaient les autres membres du groupe des Nouveaux Prédateurs ? Pourquoi et comment a-t-il disparu ? Et surtout, ont-ils l'intention et les moyens d'agir par eux-mêmes, en dehors de l'association ? Pour le savoir, il faut entrer à One Earth, au cœur du réacteur…

À partir de là, Paul s'attendait exactement à la suite. Quand Kerry annonça d'un air humble qu'elle avait réussi à se faire engager comme stagiaire bénévole au siège de One Earth à compter de la semaine suivante, il n'eut même pas besoin de l'écouter. Il observa l'étonnement admiratif d'Alexander, la joie chaleureuse de Tara, la pâmoison de Tycen devant ce nouvel exploit de sa Dame. Et il se dit qu'il avait de nouveau toutes les raisons de la haïr. Et donc, autant l'aimer.

8

Colorado. États-Unis.

Juliette roulait depuis quatre heures. Elle avait quitté Denver en direction de l'ouest. Une succession d'autoroutes se frayaient un chemin à travers des banlieues défigurées. Soudain, elle avait été délivrée de ces traces humaines et avait rencontré une nature d'une puissance inattendue. La route, presque droite jusqu'à Boulder, était encadrée par des falaises rouges et dominée au loin par de véritables montagnes encore enneigées. De petits nuages d'un blanc pur restaient parfaitement immobiles dans le ciel, comme s'ils avaient été posés sur un socle plat.

Depuis son arrivée aux États-Unis, Juliette sentait qu'une puissance invisible veillait sur elle. Elle avait l'impression de participer à un mystérieux jeu de piste qui égrenait ses signes devant elle et la menait à une destination inconnue mais certaine. À la sortie de l'aérogare de Miami, un chauffeur de taxi l'avait abordée « de la part de Jonathan ». Il l'avait conduite jusqu'à une voiture stationnée un peu à l'écart des autres. Une chambre était réservée à son nom dans un hôtel proche de l'aéroport. De sa fenêtre elle voyait un dépôt de carburant et le toit plat d'un centre commercial. Des lampes orangées éclairaient un immense parking vide. Le lendemain matin, un message l'attendait à la réception. Il lui recommandait de retirer un billet prépayé à son nom au comptoir American Airlines. Il était à destination de Denver, Colorado. Sur la même réservation figurait une location de voiture, chez le concessionnaire

Hertz à l'arrivée. En prenant possession de la voiture, un 4 x 4 flambant neuf, Juliette avait découvert une enveloppe sur le siège du conducteur. Son itinéraire était surligné au feutre jaune sur la photocopie d'une carte routière de la région.

À Green River, elle contourna la ville par le sud et suivit comme indiqué sur le plan une série de routes de plus en plus étroites. L'air du printemps était encore frais le matin, mais le soleil le réchauffait vite. En ce début d'après-midi, elle roulait les vitres ouvertes. La bousculade de ses pensées n'avait pas cessé, mais elle prenait un tour moins angoissant, plus euphorique. Elle avait l'étrange impression que la réalité s'adaptait au désordre de son esprit. À l'accélération des idées et des émotions répondait l'accélération des événements et de la vie même. Depuis son départ de France, il lui semblait que le sol s'était ouvert sous ses pieds et qu'elle était entraînée, dans une délicieuse apesanteur, vers des mondes obscurs. Les yeux plissés dans le vent chaud elle chantait à tue-tête. La route montait, toujours rectiligne, puis se mettait à serpenter entre des collines rocailleuses plantées de buissons d'euphorbes et de taillis d'épineux. Des pancartes sur les côtés indiquaient parfois l'entrée d'un ranch au bout d'une piste de terre. Et, finalement, la route elle-même cessa d'être asphaltée et se transforma en un mauvais chemin de cailloux.

La carte lui indiquait de poursuivre encore sur deux miles. Juliette engagea la voiture sur le chemin en soulevant un nuage de poussière. Enfin, elle arriva sur une esplanade sablonneuse bordée de quatre grands ormes. Les sentiers qui en partaient étaient trop étroits pour une voiture. Elle se gara et descendit. Il faisait carrément chaud maintenant. Elle retira son pull et le déposa sur la banquette arrière. En inspectant les lieux, elle remarqua vite qu'un des chemins était signalé par un panneau « Jonathan's Rock ». Elle le suivit. Depuis le début, les messages portaient mention de Jonathan. Elle avait d'abord pensé que c'était un signe de reconnaissance. Elle finissait par se demander si ce n'était pas bel et bien sur lui qu'elle allait tomber au bout du parcours.

Dans cette solitude, elle aurait certes été heureuse de retrouver quelqu'un de familier. Pourtant, c'était vers l'inconnu qu'elle voulait se diriger. Si tout cela devait aboutir à Jonathan, elle aurait eu l'impression d'avoir été volée et aurait ressenti une déception qu'elle ne lui aurait pas pardonnée.

Au bout d'une heure de marche, elle atteignit une de ces hautes collines qui portent le nom de mesa. Elle distinguait son rebord plat assez loin au-dessus d'elle. Le chemin rusait avec les énormes marches qui entaillaient le flanc de la montagne. Il dessinait de grands lacets d'une extrémité à l'autre de cet escalier de géant. En contrebas, invisible à cause de l'escarpement, coulait le torrent qui avait sculpté ces reliefs. L'air sec et chaud donnait soif. Juliette commençait à regretter de ne pas avoir emporté une bouteille d'eau. Soudain, parvenue à mi-pente, sur une terrasse large qui dominait les canyons, elle découvrit une pierre plate disposée comme une table. Dessus était posée une gourde en métal rouge cabossée. Juliette l'ouvrit, renversa un peu de son contenu : c'était de l'eau fraîche. Elle en but une longue rasade au goulot.

Elle avait encore la tête en arrière quand elle sentit un bras enserrer son cou. La gourde tomba à terre. Le canon d'une arme s'enfonçait dans sa nuque.

Juliette resta immobile. Le glouglou de l'eau qui s'écoulait dans la poussière semblait un bruit intense dans le silence du désert. Étrangement, elle ne ressentait aucune crainte. Son pouls, passé la première réaction de surprise, n'avait pas accéléré. Pendant son voyage, elle avait longuement réfléchi à ce qui l'attendait. Il lui semblait improbable qu'on lui eût fait faire un si long chemin pour la supprimer. Il était plus facile de la faire disparaître en Afrique du Sud.

Cet accueil brutal ne la surprenait pas non plus. Les ruminations solitaires de son enfance lui avaient beaucoup appris. Elle savait que la faiblesse et la peur sont plus souvent du côté de ceux qui exercent la violence que de ceux qui la subissent. Elle se dit que, cette fois encore, celui qui la tenait sous la menace de son arme devait se sentir plus vulnérable qu'elle. Aussi prit-elle l'initiative de parler la première.

— Je ne suis pas armée. Et je suis seule. Personne ne m'a suivie.

Elle distinguait maintenant dans le silence le souffle de l'homme qui la retenait prisonnière de son bras.

— Je peux te tuer, dit-il.

Il avait une voix rauque, profonde, quoiqu'il la maintînt basse et presque murmurée. À pleine puissance, ce devait être une de ces voix graves de baryton qui s'accordent au vaste espace des théâtres ou des forêts.

— Je ne l'oublierai pas, dit Juliette. Vous pouvez retirer votre arme.

Elle sentit le canon pénétrer plus profondément dans ses muscles et imprimer son dessin sur sa peau. Comme si, avant de la lâcher, l'homme avait voulu faire entrer dans sa chair le souvenir d'un danger, graver une marque d'allégeance, voire de propriété. Elle en fut troublée, non sans plaisir.

Soudain, l'étreinte se relâcha. Juliette ne se retourna pas. Tout en continuant à braquer l'arme sur son dos, l'homme se mit à la fouiller méthodiquement. Sa large main, avec rudesse, la frôla de haut en bas, séparée de sa peau par le mince voile de son tee-shirt et de son pantalon de toile. Il prit son portefeuille. Quand il sortit les clefs de la voiture qui avaient glissé au fond de sa poche droite, il chatouilla son aine. Elle ne put s'empêcher de rire.

Il lui fit mettre les mains sur la tête et lui ordonna d'avancer. Il la dirigea vers un sentier qui partait entre deux rochers. Il s'enfonçait dans un étroit vallon rocailleux, invisible depuis le bas. Des pins bordaient ses rives. Leurs racines, excavées par l'érosion, ressemblaient à de gigantesques pattes d'araignée immobiles et desséchées. Ils remontèrent ce vallon jusqu'à ce qu'il formât une gorge aux parois escarpées. À un endroit, une longue échelle de corde pendait le long de la muraille. L'homme commanda à Juliette de grimper la première et la suivit. En haut, l'échelle traversait un trou de rocher et débouchait sur une terrasse suspendue, en partie naturelle, en partie égalisée par des murets de pierre sèche. Une habitation troglodyte occupait le fond de la terrasse. La moitié de ses parois étaient constituées par une grotte, l'autre par des murs crépis d'ocre percés de petites fenêtres carrées. Malgré l'étroitesse de la gorge, la terrasse était suffisamment en hauteur pour recevoir les rayons chauds du soleil de l'après-midi. Quand Juliette se retourna, elle vit l'homme en train de ramener l'échelle de corde et de refermer la trappe par où ils étaient entrés. Il avait placé son revolver à la ceinture. Il lui fit signe de s'asseoir autour de la table en planches mal équarries qui occupait une grande partie de la terrasse. Et il prit place en face d'elle.

C'était un homme de haute taille, large d'épaules, avec d'énormes mains, un cou long et osseux. Il était bien accordé à la végétation de ces régions arides. Sa peau épaisse, sombre et tannée, ses doigts noueux, la maigreur de ses membres formaient l'exact pendant des arbres secs, des plantes succulentes et des haies rugueuses qui survivaient sur ces sols hostiles. Mais au-dedans, de même qu'on sentait les végétaux gorgés de sève et d'eau, tendus d'une vie indestructible et proliférante, de même la souplesse, la force, la résistance de cet homme étaient apparentes dans chacun de ses mouvements. Seule tranchait, dans l'harmonie de ces deux natures accordées, l'humaine et la végétale, l'étrangeté de son regard. Deux yeux pâles, d'un bleu froid d'horizon marin, d'aube boréale, trouaient son visage. Au-dessus d'eux, un front très haut courait à la rencontre de ses cheveux noirs et raides, laissés longs et coiffés en arrière. Le reste du visage était sans grand relief. Ni le nez étroit ni la bouche aux lèvres minces ne constituaient de sujets bien remarquables. Le regard de l'homme captait toute l'attention. Juliette n'aurait pas su dire ce qu'elle y lisait. Ce n'était ni un regard triste ni un regard menaçant. Il semblait tout simplement être dirigé non pas vers elle mais au-dedans. C'était comme une fenêtre ouverte vers une réalité qui n'appartenait pas au monde, vers un absolu, un rêve, un ciel intérieur plein de créatures abstraites, de folie.

Il était inutile qu'il braque sur elle un revolver. Ce regard suffisait.

— Tu es arrivée, dit-il.

Elle n'avait l'air ni surprise ni effrayée et cela parut rassurer son interlocuteur.

— Je m'appelle Ted Harrow.

— Moi, c'est Juliette.

— Je sais.

À cet instant précis, Juliette fut traversée par une évidence. L'homme qu'elle avait en face d'elle était la source ultime de toutes les décisions qui la concernaient. C'était lui qui avait conçu l'affaire de Wroclaw, donné ses ordres à Jonathan, servi de guide à ses geôliers sud-africains pendant leurs interrogatoires. Pourquoi en était-elle si sûre ? Elle n'aurait pas su le dire. Peut-être était-il simplement inconcevable qu'un personnage comme celui-là rendît des comptes à qui que ce fût. Il était, de tous ses interlocuteurs, le premier qui lui parût « souverain ».

— Je vous remercie d'avoir accepté, dit-elle.

— Accepté quoi ?

— De me faire continuer l'aventure avec vous.

— Tu me remercies… répéta l'homme sur un ton songeur.

Quand il parlait, il ne bougeait aucun muscle et ses yeux restaient fixes. L'émotion ou la réflexion se marquait seulement par un long clignement de paupières. Il abaissait un rideau devant son monde intérieur, sans doute pour dissimuler à son interlocuteur les mouvements qui pouvaient s'y opérer. Il rouvrait ensuite la scène sur le bleu serein d'un horizon vide. Juliette commit l'erreur d'interrompre ce silence.

— Je sais bien que je ne vous ai pas laissé le choix, pérora-t-elle. Il ne faut pas m'en vouloir.

Un éclair dur jaillit des yeux de l'homme, quand

cette intervention le força à les rouvrir un peu trop tôt.

— Tu crois vraiment que nous n'avions pas le choix ? siffla-t-il.

Juliette sentit qu'elle avait eu tort de prononcer ces paroles. Elle avait relâché sa tension trop tôt. Toute familiarité était prématurée et peut-être impossible avec un tel être.

— Ton petit chantage était dérisoire. Nous pouvions parfaitement nous passer de toi. Ta mission était terminée.

Elle nota qu'il était le premier à ne pas sembler préoccupé de ce qu'elle avait fait du flacon rouge dérobé à Wroclaw. Cela aussi tendait à prouver que lui seul maîtrisait l'ensemble de l'opération et disposait d'informations auxquelles n'avaient accès ni Jonathan ni ses geôliers d'Afrique du Sud.

— Alors, pourquoi ne m'avez-vous pas supprimée ?

Ted referma un instant les yeux puis, en les rouvrant, se leva. Il alla jusqu'au mur de la maison. Sur une console de guingois était empilée de la vaisselle en terre cuite. Il revint avec une cruche et deux bols.

— Parce que tu peux nous être encore utile, dit-il en versant de l'eau.

— C'est exactement ce que je désire, s'écria-t-elle et, une fois de plus, elle s'en voulut d'avoir été si spontanée.

Cet homme était un mélange déroutant de force et de froideur. On avait à la fois envie de le suivre passionnément et la certitude que toute manifestation d'enthousiasme déclencherait sa colère, peut-être même sa haine. Mais c'était plus fort qu'elle. Dans l'état d'excitation où elle se trouvait, il lui était impossible de garder ses émotions pour elle.

— Je veux continuer à me battre avec vous, dit-elle en s'efforçant de prendre un ton posé. Je veux servir la cause.

— Quelle cause ? coupa Harrow en posant vivement son bol de terre sur la table.

Quelques gouttes d'eau en tombèrent, qu'ils regardèrent l'un et l'autre comme le signe d'une immense fureur qui avait dépassé les digues de son impassibilité. Il reprit d'une voix sourde :

— Tu crois que notre cause se résume à libérer des chats et des singes ?

— Je me doute que c'est plus ambitieux que ça, dit Juliette, l'air un peu vexé.

Ted se leva, déambula un peu sur la terrasse et revint se planter devant elle. Un sourire, pour la première fois, se formait sur ses lèvres, un sourire sans chaleur, comme un objet dépourvu de grâce qui ne tire sa valeur que de sa rareté.

— Tu vas apprendre, dit-il. Tu as quelque temps encore pour apprendre.

Juliette se refusa à considérer la vague menace qui était contenue dans ces paroles. Elle s'en tenait à l'essentiel : elle avait franchi tous les obstacles et, contrairement à Jonathan et à sa ridicule soumission à ses « commanditaires », elle était enfin parvenue à quitter le monde obscur des exécutants pour approcher enfin celui de la maîtrise et de la décision.

— Tu vas t'installer ici, fit Ted avec sérieux, comme s'il réglait un point de tactique avant une bataille. Quand je m'absenterai, tu resteras avec Raul.

Il désigna du menton un homme accroupi dans un

recoin de la terrasse. Juliette n'avait pas remarqué sa présence. Elle se demanda s'il s'était glissé là sans bruit ou s'il avait assisté à tout. C'était un Indien au nez camus dont les cheveux noirs étaient retenus par un bandeau de toile. Il portait une chemise à manches longues sur laquelle étaient brodés des motifs de vaches. Juliette fut frappée par une ressemblance avec Ted. Mis à part les yeux – ceux de l'Indien étaient très noirs –, ils avaient l'un et l'autre les mêmes crins sombres et une teinte identique de peau. Juliette se demanda de quel étrange mélange Ted pouvait bien procéder.

En entendant son nom, l'Indien se glissa sans bruit jusqu'à la porte en bois de la maison et disparut dans la pénombre.

— Tu as des affaires dans la voiture ? demanda Harrow.

— Un sac.

— Raul te le ramènera quand il ira la rendre.

Sur ces mots, il se leva et fit signe à Juliette de le suivre à l'intérieur de la maison. Il dut se pencher pour passer sous le linteau de la porte.

La première pièce était étonnamment vaste, en comparaison de ce que l'habitation laissait deviner de l'extérieur. Son plafond était formé par le toit nu de la grotte. Le sol était constitué de la même pierre brute mais aplanie au ciseau, lustrée par les pas. Un curieux contraste opposait les meubles en bois brut et les appareils électroniques disposés un peu partout dans la pièce. Un téléviseur à écran plasma, deux ou trois ordinateurs portables de dernière génération, des imprimantes, un scanneur faisaient luire leurs coques argentées sur le fond assourdi des tapis de laine indiens et des canapés en planches recouverts de cotonnades.

Personne n'avait sans doute cherché à ordonner l'endroit selon des critères esthétiques. Le résultat était pourtant digne d'un reportage dans un magazine de décoration branché.

— C'est ici que tu travailles ? demanda Juliette qui s'essayait enfin au tutoiement.

— Je ne travaille pas, répondit Ted machinalement. C'est ici que je vis. Entre autres.

La grotte était profonde et, passé la première pièce qui servait de salon, ils entrèrent dans un dédale de petits couloirs, de salles de bain et de chambres.

— C'est un rêve pour milliardaire qui fait son trip nature ! s'écria Juliette.

Le regard glacial de Harrow lui ôta toute envie de faire encore des commentaires frivoles.

Il lui présenta la chambre qui était réservée pour elle. C'était une des dernières, si profondément située dans l'intérieur de la roche qu'on pouvait se demander comment l'air y pénétrait. Deux ouvertures, dans le plafond, devaient communiquer avec des failles de la montagne. On sentait souffler un courant d'air frais qui répandait une odeur surie de caverne.

— Je dois aller en ville aujourd'hui, dit Ted. Tu vas m'attendre ici.

— Dans cette grotte ?

Elle avait encore en mémoire les interminables heures de réclusion en Afrique du Sud.

— Je serai de retour demain et nous commencerons.

En revenant vers la terrasse, Juliette remarqua deux autres Indiens qui vaquaient dans la maison, silencieux comme des chasseurs.

L'arrivée dans ce lieu lui avait fait l'effet curieux

d'une détente. L'endroit était encore plein de mystères, et avait toutes les apparences d'une étape provisoire. Pourtant, elle avait le sentiment d'être enfin parvenue à bon port. Elle se sentait moins nerveuse, ses pensées ralentissaient un peu. Ce fut elle-même qui, spontanément, retourna s'enfermer dans sa chambre. Elle se coucha sur le lit et s'endormit aussitôt en contemplant le plafond de pierre.

9

Seattle. État de Washington.

Le siège de One Earth était une ancienne école située dans le quartier nord de Seattle. À pied, on l'atteignait en passant sous un immense pont en ferraille qui emportait les trains et les voitures de l'autre côté de la baie. L'ouvrage retentissait du sifflement des convois ferroviaires et de la vibration de tôles mal jointes sur lesquelles roulaient les camions. Un groupe de sans-abri, particulièrement courageux ou sourds, avait élu domicile sous cette porte de l'enfer. Au-delà, on parvenait à un quartier sans âme, jadis dédié à la petite industrie et au commerce de gros, désormais déserté au profit de la banlieue. Plusieurs organisations alternatives avaient tiré profit de cette décadence. Attirées par les loyers bon marché, elles s'étaient installées dans d'anciens bâtiments sans les transformer. On trouvait une radio communautaire dans ce qui avait été une boucherie industrielle – les chambres froides avaient été transformées en studios ; un club oriental où l'on donnait des cours de danse du ventre avait recouvert de tapis et de tentures l'ancien hall de réception d'une compagnie d'assurances. Les locaux de One Earth étaient situés dans un bâtiment de brique à trois étages entouré de hauts grillages. Cette barrière avait été érigée pour ceinturer les cours de récréation et empêcher les ballons de rebondir sur la rue, du temps où l'immeuble était une école. Elle donnait maintenant au site l'allure d'un camp retranché. Une caméra avait été installée au-dessus de l'entrée principale. Il fallait s'expliquer en détail, puis attendre un assez long moment, avant qu'un grésillement n'indique que la targette était ouverte.

Le hall était couvert d'affiches et de présentoirs sur lesquels les publications de l'association étaient empilées. À l'évidence, le public n'était pas admis au-delà de cette zone limitée. Un jeune standardiste au visage couvert de taches de son s'affairait derrière un comptoir. Personne n'entrait ni ne sortait par les portes qui donnaient sur le hall. C'est la preuve, se dit Kerry, que le bâtiment doit comporter une autre entrée pour le personnel.

Elle resta un long moment à contempler les affiches et à lire des brochures. Le mouvement mettait plus que jamais l'accent sur son côté hors la loi, viril, directement dédié à l'action. Des images de militants barbus bataillant dans la forêt avec d'ignobles bûcherons s'étalaient sur le dernier numéro de la revue *Green Fight*, l'organe de propagande de l'association. Cette imagerie guerrière était d'autant plus nécessaire que la ligne de l'association était solidement ancrée dans la modération, depuis le départ des groupes extrémistes dissidents, comme les Nouveaux Prédateurs.

Kerry avait obtenu ce stage par l'entremise de Dean, un ancien du FBI qui travaillait au bureau de Barney. Il avait conservé des relations personnelles avec une de ses anciennes sources. L'homme militait maintenant pour One Earth, sans que Dean fût certain qu'il continuait à renseigner la police. Kerry réussit à convaincre Dean de lui demander un service personnel, après lui avoir expliqué que ce geste ne contreviendrait en rien aux consignes de discrétion données par Archie.

L'ami de Dean vint interrompre Kerry dans sa lecture des prospectus et, à l'aide d'un badge électronique, il l'entraîna vers les coulisses. C'était un garçon d'une trentaine d'années, déformé par une obésité qui se répartissait sur tout son corps, élargissait son cou, le bas de son visage et jusqu'à ses poignets. Il marchait en se dandinant car il devait souffrir des pieds.

— Je m'appelle Roger, commença-t-il. Dean m'a raconté ce qui vous est arrivé. C'est affreux. Je suis content de pouvoir vous aider.

Kerry lui jeta un bref regard avant de caler son attitude sur ce qu'elle percevait de lui. Tout informateur de la police fédérale qu'il ait été – et qu'il était peut-être encore –, ce Roger semblait sincère. Dean lui avait demandé de dépanner une amie dont le mari et les deux enfants s'étaient récemment tués en avion au-dessus de l'Atlantique. En apprenant cela, Kerry, même si elle n'était pas superstitieuse, avait été furieuse. C'était vraiment une légende de très mauvais goût et qui risquait de lui porter la poisse. Elle devait pourtant reconnaître que Dean avait choisi le bon angle d'attaque. Roger adhérait complètement à cette version des faits. Kerry se demanda s'il était dupe ou pas. En tout cas, elle n'avait plus le choix : il lui fallait jouer le jeu.

Elle avait pris garde de se présenter les cheveux en désordre, sales et pendant en lourdes mèches sans grâce. Elle avait usé du maquillage, mais afin d'accroître sa mauvaise mine et ses cernes. Comme quelqu'un qui flirte avec la dépression, elle s'était habillée de frusques mal repassées. Elle accueillit les condoléances de Roger avec un pâle sourire et le remercia mollement.

Il lui expliqua le travail qu'on attendait d'elle. C'était extrêmement simple : il s'agissait d'expédier les documents de propagande que demandait le public. Pour ceux qui souhaitaient une documentation générale, il fallait mettre sous pli une sélection standard de brochures et de bulletins d'adhésion. D'autres correspondants formulaient des demandes plus précises, par exemple tel ancien numéro du journal interne ou des publications (payantes) spécialisées. One Earth avait une petite activité d'édition. Le catalogue était scotché sur un mur, avec des croix pour indiquer les titres épuisés. Les best-sellers restaient *Technique du sabotage vert* ou *L'Autodéfense du combattant vert.* Le terme de combattant, Kerry l'avait déjà noté dans sa petite revue de presse à l'entrée, remplaçait le terme de militant.

Les livres et les brochures étaient disposés sur des étagères en fer qui exigeaient, pour les plus hauts rayonnages, l'usage d'un escabeau. L'entrepôt avait été installé dans l'ancien gymnase de l'école. On voyait encore au mur un panier de basket et le parquet était sillonné de lignes peintes.

Quand Roger eut terminé d'expliquer ce qu'il y avait à faire, Kerry secoua la tête et demanda sur un ton de voix presque inaudible :

— Je serai seule ?

— Oui mais tu verras : il n'y a pas tant de travail. Un

peu plus cette semaine, bien sûr. On n'avait personne depuis un mois… Mais dès que tu auras rattrapé le retard…

Kerry baissait la tête.

— Ce n'est pas ce que je voulais dire.

Sa poitrine était agitée de spasmes. On la sentait au bord des larmes.

— Quoi donc, alors ?

— C'est la solitude. Je ne peux plus. Il faut que je voie du monde. J'espérais qu'ici…

Ce Roger était visiblement un très brave type. Kerry s'en voulait un peu de le faire marcher. En même temps, plus elle lui mentirait, moins il aurait à subir les conséquences de ce qu'elle allait faire.

— Tu n'es pas obligée de rester dans l'entrepôt toute la journée ! s'écria-t-il. D'abord, il y a les pauses pour le café et les repas. On a une cafétéria assez sympa. Je te la montrerai à midi. Et puis tu peux venir me voir. Je suis au fond du couloir, au rez-de-chaussée. Il y a parfois des commandes un peu difficiles. N'hésite pas à venir m'en parler.

Kerry était satisfaite. Elle avait un excellent prétexte pour circuler dans le bâtiment. Elle forma un sourire moins désespéré, et laissa briller un peu ses yeux. Roger était tout heureux d'être la cause de ce progrès. Kerry se demanda s'il n'était pas déjà un petit peu amoureux d'elle. Cela pouvait constituer une complication. Il ne fallait pas qu'il se mette à la surveiller avec trop de passion. Comme elle le craignait, il passa une partie de la matinée à l'aider, quoiqu'elle eût parfaitement compris ce qu'il fallait faire. Vers onze heures, voyant qu'il s'affairait toujours près d'elle, elle prit les devants.

— Écoute Roger, il faut que tu m'excuses. Je suis

pleine de contradictions. Je crains la solitude, je te l'ai dit. Mais j'en ai besoin aussi. J'aimerais...

Il leva vers elle ses bons yeux.

— ... J'aimerais rester un peu tranquille maintenant. Il faut que j'assimile tout cela. Tu ne m'en veux pas ?

Roger rougit de confusion et se retira en bredouillant des excuses maladroites.

Une fois seule, Kerry consulta sa montre. Il lui restait une heure. Elle se mit à remplir des paquets rapidement, pour prendre de l'avance. En même temps, elle se repassait tous les détails du plan qu'elle avait élaboré avec l'aide de Tara et des autres services. C'était le fruit d'un travail énorme, exécuté en un temps record. L'organisation de Providence avait fait là preuve de son excellence.

La méthode choisie pour opérer était simple. Dans les milieux de l'espionnage, elle aurait été impossible. La technique était trop connue et aurait éveillé immédiatement les soupçons. Mais, dans une association du type de One Earth, on pouvait encore miser sur l'effet de surprise. De toutes les manières, dans les délais courts dont ils disposaient, il n'y avait pas d'autre solution.

Kerry bâilla. Elle s'était couchée à trois heures du matin pour achever les dernières répétitions avec l'équipe de Providence, en vidéoconférence depuis sa chambre d'hôtel avec un portable et une Webcam. Maintenant, c'était à la grâce de Dieu, comme autrefois.

À midi, elle quitta l'entrepôt et monta dans les étages. Elle avait pris soin d'emporter une liasse de brochures qui lui donnait un air affairé. Les couloirs étaient presque déserts. Les rares personnes qu'elle croisait lui faisaient machinalement un petit signe de tête en guise de salut. Tout le monde était loin de se connaître et sa présence ne suscitait pas une curiosité particulière. À ce stade de l'opération, elle n'avait pas encore véritablement besoin de déambuler seule dans l'immeuble. Mais il était important pour la suite de savoir le plus tôt possible si c'était techniquement envisageable.

Kerry constata qu'une fois franchies les portes de la réception le reste du bâtiment était librement accessible. Elle arpenta les trois étages sans être inquiétée. Aucune mention ne distinguait les bureaux, mais le décor changeait d'un service à l'autre. Il donnait quelques indications sur le travail qu'on y faisait : piles de journaux à la communication, cartes épinglées au mur chez les responsables de projets – One Earth, malgré son titre, avait découpé le monde en zones géographiques pour y suivre les menaces sur l'environnement –, liasses de factures à la comptabilité. L'ensemble paraissait bien ordonné. Les employés eux-mêmes avaient des airs studieux, compétents et sages. Ils contrastaient par leur discrétion sympathique avec les barbus vociférants que l'association mettait en avant dans ses publications. On aurait pu se croire dans n'importe quelle petite entreprise de service. La seule différence, qui trahissait le caractère associatif et non lucratif de l'organisme, était l'absence d'un étage de direction digne de ce nom. S'il existait des chefs dans le mouvement, ils avaient à cœur de ne pas se distinguer des autres. Les moquettes épaisses, les parois en teck, les tableaux soigneusement encadrés, signes habituels des repères directoriaux, étaient totalement bannis dans ce monde de l'action directe. Le seul indice qui permît à Kerry de supposer, en passant au troisième étage, qu'elle traversait sans doute les bureaux des hauts responsables était leur désordre et la modification subtile de la faune qui les peuplait. Par une porte grande ouverte, elle aperçut un type vêtu d'un gilet de cow-boy et de bottes mexicaines qui parlait en étendant les jambes sur un bureau. Dans d'autres salles, elle remarqua en passant des personnages plus âgés et plus bruyants que la moyenne de ceux qui travaillaient dans les services techniques. Les baby-boomers qui avaient fondé One Earth contrôlaient toujours l'association. Ils étaient aujourd'hui des hommes aux cheveux grisonnants, mais, dans tout leur être, ils continuaient d'exprimer leur appartenance à une génération dominante.

Kerry termina son inspection des lieux en redescendant par un escalier en béton, construit assez large pour permettre à des classes entières de s'y précipiter au moment des récréations. Au premier étage, elle tomba nez à nez avec Roger. Il marqua un instant son étonnement et peut-être un léger soupçon lui traversa-t-il l'esprit. Mais Kerry sut le dissiper en se jetant littéralement sur lui.

— Je te trouve enfin ! gémit-elle. Impossible de savoir où est la cafétéria. Il n'y a personne dans les couloirs.

— Ce n'est pas dans ce bâtiment. Il faut ressortir et traverser la cour.

— Je ne pouvais pas le deviner.

Elle était si veuve en prononçant ces mots que Roger s'attendrit. Il la prit par le bras et la conduisit jusqu'à la cafétéria. Elle occupait un petit bâtiment de plain-pied mal aéré, dont les baies vitrées étaient rendues opaques par la buée. Le carrelage au sol et sur les murs rendait la pièce très sonore à cette heure d'affluence.

Les conversations se faisaient à haute voix, presque en criant. Des rires aigus venaient d'une tablée féminine.

Roger alla saluer quelques personnes et Kerry en profita pour localiser celle qu'elle cherchait. Elle déjeunait un peu à l'écart avec trois autres personnes, une femme et deux hommes. Par leur tenue et leurs manières, ils s'apparentaient plus à la caste des employés qu'à celle des chefs, conformément à ce que Kerry avait décelé pendant sa visite des étages.

Roger proposa de s'asseoir à une table qui venait de se libérer. Kerry se plaça de telle manière qu'elle se trouvât en face de la personne qu'elle ciblait, à cinq mètres d'elle à peu près. À peine installée, Kerry commença à regarder sa proie avec insistance. C'était une femme brune d'une trentaine d'années, aux cheveux ondulés et longs. Elle avait de grands yeux très maquillés. Sur son visage, la peau tendue s'altérait déjà de fines rides au coin de la bouche. Kerry revint si souvent à elle que même Roger finit par s'en apercevoir et se retourna.

— Qui est-ce que tu regardes comme cela ? Tu connais quelqu'un ici ?

— C'est curieux. On dirait une de mes amies d'enfance.

Roger se retourna de nouveau.

— Je me trompe peut-être, marmonna Kerry en secouant la tête. Il y a si longtemps… Puis, à voix basse, comme pour elle seule, elle ajouta : elle s'appelait Ginger.

— Ah ! C'est Ginger que tu regardes ?

Kerry laissa tomber sa fourchette.

— Comment ?

— Je disais. . je disais que la fille là-bas s'appelle

aussi Ginger. Enfin, je dis aussi, mais après tout c'est peut-être la même, finalement...

Kerry était pâle. Elle fixait maintenant la fille si intensément que l'autre l'avait remarqué et la dévisageait à son tour.

— Il faut que j'en aie le cœur net, dit Kerry en se levant.

Elle alla jusqu'à la fille, approcha une chaise et s'assit près d'elle, l'obligeant ainsi à tourner le dos à ses compagnons de table.

— Excuse-moi, je suis nouvelle ici, commença Kerry. C'est peut-être stupide et dans ce cas tu m'excuseras mais il me semble que... nous étions en classe ensemble à l'école primaire Mark Twain de...

— Des Moines !

— Tu es Ginger, c'est bien ça ? s'écria Kerry d'une voix aiguë. Tu ne me reconnais pas ?

La fille émit un gloussement approbateur. Au fond d'elle pourtant, on sentait une hésitation. Elle ne parvenait pas à mettre un nom sur la personne qui surgissait de son passé. La réaction était normale. Tara avait mis Kerry en garde sur cette première phase. Un doute sur la personne n'était pas grave ; l'essentiel était d'évoquer d'abord de façon convaincante leur passé commun. C'était le moment d'injecter de nouveaux détails.

— Je m'appelle Kerry. J'étais surtout une amie de ta sœur Lindsay. En fait, je crois que je suis entre vous deux, du point de vue de l'âge. Tu es de 75, n'est-ce pas ?

— De juin 75, en effet.

— Je m'en souviens parce que tu as exactement un an de plus que moi. À l'époque, ça nous paraissait énorme. J'étais une petite. Tu ne me regardais pas.

Elles rirent toutes les deux.

— Donc tu avais seulement huit mois d'écart avec Lindsay ? dit Ginger.

— Exactement. Au fait, qu'est-ce qu'elle devient ? Tu sais que je n'ai plus de nouvelles d'elle depuis au moins dix ans.

— Elle s'est mariée avec un Canadien. Ils ont trois enfants. Elle vit dans la région de Chicoutimi, tout au nord.

— Il faudra que tu me donnes son adresse. Je lui écrirai. Et tes parents, ils sont toujours dans le Kansas ?

— Non, ils ont acheté un petit appartement à Fort Lauderdale et ils y passent les trois quarts de l'année. L'été, ils viennent ici.

Roger les avait rejointes et il expliquait l'affaire aux voisins de table de Ginger.

— Elle me fait : « On dirait Ginger. » Et moi, comme un crétin, je réponds : « Celle-ci *aussi* s'appelle Ginger ! »

Son témoignage venait authentifier encore un peu plus la spontanéité de la rencontre.

Il alla chercher des cafés pour toute la tablée. Quand il revint, les deux copines avaient fait le tour de leurs souvenirs : Des Moines, où Kerry avait vécu trois ans, sa piscine où elles allaient le dimanche, son petit centre-ville, un drugstore proche de l'école où l'on vendait des friandises…

Authentifier une enfance est une des choses les plus simples à réaliser, avait insisté Tara. L'excès de précisions est suspect. Il suffit d'évoquer un cadre, une ambiance, un ou deux détails dépourvus de sens et dont l'autre, en général ne se souvient pas. L'ensemble est absolument incontestable.

Ensuite venait l'évocation du reste de l'existence, depuis leur séparation supposée, survenue au terme de l'enfance. Cette phase-là ne faisait plus appel aux souvenirs connus, elle était donc plus facile à mener. Il fallait seulement se garder des éventuelles vérifications ou les avoir bien préparées, comme dans une couverture ordinaire.

— Qu'est-ce que tu fais maintenant ? demanda Ginger.

— C'est une histoire assez longue, dit Kerry en reprenant l'air abattu que Roger lui avait connu depuis son arrivée. Tu as sans doute du travail…

— Oui, il faut que je remonte dans mon bureau. Mais viens avec moi, on peut continuer à bavarder là-haut. Au fait, toi aussi tu travailles à One Earth ?

— Depuis ce matin…

— Tu vas me raconter ça.

Elles sortirent bras dessus bras dessous comme deux copines qui se retrouvent. Roger les regardait d'un air attendri, bien content d'avoir participé si peu que ce fût à la renaissance de Kerry.

Arrivées au troisième étage, elles s'étaient déjà presque tout dit. Le deuil de Kerry, les grandes étapes de sa vie avant le drame. Ginger lui avait parlé de son mari, de sa fille qui avait maintenant dix ans. « Notre âge quand on s'est connues. » Quant au sujet du travail, Ginger l'avait abordé à contrecœur, en poussant un soupir.

— Figure-toi que je suis dans cette boîte de fous depuis quinze ans.

— C'est dur ?

— J'en ai marre, mais il y a des avantages.

— Qu'est-ce que tu fais exactement ?

« Ne pose de questions que si elles accréditent l'idée que tu ne sais rien », avait dit Tara.

— C'est difficile à expliquer. Je suis la charnière, disons.

— La charnière entre quoi et quoi ?

— Entre le board et les employés.

— Le board ?

— Les chefs, si tu veux. Mais ils ne veulent pas qu'on les appelle comme ça. La plupart sont les membres fondateurs de l'association. Une bande de types géniaux mais tous plus fous les uns que les autres. C'est des bourgeois maintenant. Ils ne foutent plus rien, mais, en dessous, ils veulent que ça bosse. Et entre les deux, il y a moi.

— Tu sais, je débarque. Je ne sais pas du tout comment ça fonctionne ? Il y a un président, un chef des chefs, quelqu'un qui dirige ?

— Il y a eu des bagarres épiques ici, comme toujours dans ce genre d'associations. Depuis deux ans à peu près, les choses se sont calmées. Les excités sont partis. C'est un petit groupe de trois personnes un peu plus raisonnables que les autres qui a pris les choses en main.

Ginger arrivait presque trop rapidement au sujet. Kerry jugea prudent de ne pas pousser cet avantage. Elle resta dans le plan fixé.

— Il faut que je retourne à mon travail, dit-elle.

— Qu'est-ce que tu fais exactement ?

Kerry expliqua son rôle.

— Ah ! Je vois. Tu remplaces un handicapé qui faisait les expéditions jusqu'à maintenant. Le pauvre, il ne va pas trop bien, paraît-il. Le boulot te plaît ?

— C'est un peu… disons… simple.
— Qu'est-ce que tu as fait comme études ?
Kerry haussa les épaules.
— Je suis archiviste.
— Non ! C'est un métier, ça ?
— Assez compliqué, même. J'ai fait six ans d'études supérieures, un mémoire de maîtrise.
— Sur le rangement ?
— L'archive, ce n'est pas seulement le rangement. C'est la mémoire collective. C'est l'identité des institutions. C'est la trace du temps sur une société.
— Dis donc, tu as l'air passionnée ! Pourquoi tu ne travailles pas là-dedans, alors ?
— C'est ce que je faisais jusqu'à la mort de mon mari. Et puis, j'ai pété les plombs. On m'a virée.

« Pas de détails récents », avait insisté Tara. Sa fausse identité était fragile. Dans le métier, on appelait cela une couverture jetable. Elle était destinée à ne durer que quelques heures ou jours. Ses références n'étaient pas aussi solides que dans une couverture ordinaire. En cas de vérifications, le subterfuge serait vite découvert. Heureusement, la durée brève de l'opération ne laisserait pas assez de temps pour procéder à des recoupements approfondis. C'était toujours un pari risqué. Il était particulièrement important de ne pas permettre des vérifications faciles, en évitant de donner des détails sur des faits trop proches dans le temps.

Ginger jeta un coup d'œil sur sa table de travail encombrée de papiers. Tous les murs du bureau étaient tapissés de classeurs en carton. Certains étaient bourrés à craquer. D'autres, vides étaient écrasés par leurs voisins. Elle réfléchit un instant et dit :

— Tu pourrais peut-être nous être plus utile que là où l'on t'a mise. Faudrait que je te parle de nos archives à nous.

— Qui s'en occupe ?

— Personne, évidemment. On est toujours le nez dans le guidon.

Le téléphone sonna et Ginger partit dans une longue discussion à propos d'une réunion qui devait être déplacée. Quand elle raccrocha, elle avait totalement oublié la question des archives.

— Je dois te laisser, dit-elle à Kerry. J'ai plein de choses à régler. Va bosser, on se reverra demain midi. Je vais essayer d'organiser une bouffe à la maison un de ces soirs.

Kerry eut un bref moment d'hésitation. Elle pesa rapidement le pour et le contre. Malgré le danger, les impératifs de l'urgence commandaient d'agir tout de suite.

— Tu étais sérieuse ? demanda-t-elle.

— À quel propos ?

— Pour tes archives. Tu sais, je serais vraiment heureuse de travailler avec toi. Et ça me plairait plus que de rester dans mon entrepôt. En quinze jours, j'aurais tout mis au net.

Ginger s'arrêta et regarda Kerry fixement. Le silence se prolongea.

— À Des Moines … commença Ginger, le regard soupçonneux. Je me demande …

Kerry sentait la sueur couler sous ses aisselles. Mais elle était étonnamment à l'aise dans ces situations extrêmes. Pour la première fois, depuis son retour à l'action, elle ressentait cet émoi particulier que jamais elle n'avait pu oublier. Elle pensa à Paul.

— Oui, je me demande... si tu n'étais pas la petite amie de Jerry Knobe ?

L'équipe de Tara, en une semaine, avait accompli de véritables prodiges : identifier Ginger à partir de documents produits par One Earth ; vérifier qu'elle était toujours la secrétaire du board de l'association ; retrouver son état civil ; localiser le lieu où elle avait été élevée ; y envoyer quelqu'un pour recueillir discrètement quelques témoignages. Bref, réunir tous les éléments pour bâtir une couverture jetable... Ils s'étaient admirablement tirés de tout cela et Kerry avait appris son rôle en un temps record. Mais personne, jamais, ne lui avait rien dit de Jerry Knobe. Kerry n'eut qu'un court instant pour se décider. Ginger la regardait d'un air énigmatique. Il fallait trancher et c'était à pile ou face.

— Oui, avoua Kerry en redressant la tête. J'étais bien la copine de Jerry Knobe.

Ginger se leva d'un coup et poussa un cri. Elle fit le tour du bureau et embrassa Kerry avec fougue sur les deux joues.

— Pourquoi tu ne m'as pas dit ça plus tôt ? Je te reconnais maintenant ! Vois-tu, depuis tout à l'heure, c'est bête, mais j'avais un doute. C'était évident que nous avions été aux mêmes endroits, mais je ne te voyais pas. Maintenant, ça y est !

Kerry se leva et Ginger l'accompagna jusqu'au couloir en lui caressant le dos.

— C'est drôle, les souvenirs, dit-elle. Je retrouve tout, maintenant. Viens me voir demain, je te raconterai plein d'autres choses...

Kerry allait partir quand Ginger la retint et à voix basse elle ajouta :

— Jerry Knobe… Tu sais, moi aussi, l'année suivante…

Elle mit un doigt sur la bouche et pouffa comme une gamine.

TROISIÈME PARTIE

1

Désert du Colorado. États-Unis.

Harrow était revenu tard la veille au soir. Il avait l'air épuisé et s'était couché presque aussitôt. Il avait juste eu le temps de demander à Juliette si elle savait monter à cheval. Elle avait répondu que oui. En fait, sa pratique de l'équitation se résumait à quelques leçons dans un manège militaire à douze ans. Son père, toujours avide de méthodes disciplinaires, l'avait inscrite d'autorité, en recommandant à l'instructeur la plus grande sévérité. Quand sa mère s'était aperçue que l'enfant, malgré tout, y prenait goût, elle s'était arrangée pour qu'elle ne puisse pas continuer. Juliette en savait quand même assez pour tenir assise sur une selle américaine large et rembourrée.

Au petit matin, les chevaux étaient prêts. Juliette ignorait la destination du voyage et jugeait naturel de ne pas poser de question. Elle avait la conviction de faire désormais partie du groupe. Elle devait se soumettre à la discipline de l'action ; la première était l'obéissance et le silence.

Dans le vallon sec, en contrebas de la maison troglodyte, deux chevaux pie attendaient tout harnachés, tenus par un des Indiens. Un petit paquetage, derrière les selles et dans des sacoches, indiquait que la chevauchée durerait sans doute plusieurs jours. La crosse ouvragée d'une carabine dépassait d'une des fontes de la selle de Harrow.

Ils commencèrent par remonter un peu la gorge jusqu'à un chaos de rochers qui dégringolaient de l'une des berges. Un étroit sentier poussiéreux se dessinait à peine entre les pierres. Les chevaux semblaient bien le connaître car ils l'escaladèrent seuls et d'un pas sûr. Harrow montait un étalon à l'encolure large. Juliette suivait sur une jument placide et confortable. Ils arrivèrent ainsi sur le rebord de la mesa à l'heure où le soleil commençait à se dégager de la ligne d'horizon. Le pas de l'entier était plus allongé. Juliette restait un peu en arrière et devait parfois trotter pour rattraper son retard. Cet écart ne lui déplaisait pas et Harrow semblait aussi le maintenir volontairement. Il les contraignait à rester silencieux. Rien ne troublait la contemplation du spectacle qui s'offrait à eux.

À mesure que le soleil se levait, ils assistèrent d'abord à l'embrasement des lointains. C'était le contraire d'une aube ordinaire où le paysage pâlit à mesure qu'augmente la lumière. Ici, le rouge ne venait pas du ciel mais de la terre. Plus le soleil s'élevait et plus le sol s'assombrissait. À perte de vue, les tables de rochers creusées par les eaux et le vent prenaient des teintes soutenues d'ocre et de carmin.

Le soleil, en montant, sculptait d'abord le relief en lignes horizontales. Entre l'éclat du ciel et l'obscurité de la terre, les berges des canyons dessinaient des niveaux rectilignes à différentes hauteurs. Plus l'astre s'élevait et jetait sa lumière obliquement vers le sol, plus il dévoilait cette fois des reliefs verticaux : les gerçures aux lèvres des mesas, un drapé subtil sur leurs flancs, des piliers de rocs qui émergeaient solitaires au milieu de vallées aplanies. Les chevaux n'étaient pas ferrés. Ils foulaient la poussière avec un bruit sourd qui rythmait ce spectacle.

L'émotion de Juliette la faisait frissonner. C'était la première fois, depuis son entrée dans cet état étrange d'excitation, d'accélération et d'angoisse, que le monde extérieur lui semblait assez vaste pour contenir l'exaltation de son âme. D'où pouvait venir l'étrange puissance de ce panorama ? Il était aride, désertique, hostile. Mais il rendait comme nulle part ailleurs une impression d'infini. L'horizon semblait plus loin, et pas seulement parce qu'ils cheminaient sur des hauteurs. La terre elle-même contenait plus d'espace qu'ailleurs. Le cours sinueux du canyon conduisait le regard au-delà des limites habituelles. Une quantité improbable de reliefs, des premiers plans jusqu'aux lointains, occupait le champ de vision, comme si la terre l'avait dilaté à sa mesure. Et, chose étrange, le ciel, loin d'en être réduit, paraissait lui aussi plus vaste. Une foule de cumulus, posés sur des socles plats, dessinait dans l'espace céleste les mêmes vallées tourmentées, les mêmes piles instables que sur le sol. Jamais Juliette n'avait éprouvé semblable impression dans la nature.

Harrow, à quelque distance devant Juliette, ramenait pour elle ce paysage à une échelle humaine et lui conférait un sens. L'homme semblait être le miroir intelligent de ce monde inerte. Il lui donnait sa valeur et, en le contemplant, révélait la beauté qu'il contenait.

Ils avaient atteint le rebord du plateau et devaient maintenant plonger vers les profondeurs du canyon que brouillait une vapeur de poussière et de chaleur. Harrow fit signe à Juliette de passer la première. Il tenait à rester en arrière pour pouvoir la secourir au cas où sa jument aurait trébuché. Le résultat fut que bientôt Juliette dut s'accoutumer à avoir sous les yeux un paysage vide de tout être humain. Et sa perception peu à peu s'inversa. Loin d'être ordonnée par et pour les hommes, cette nature écrasante lui parut à l'évidence ne laisser qu'une place infime, insignifiante au spectateur humain. Écrasée par cette beauté, il était clair pour Juliette que la nature vivait d'une existence propre et ne devait rien à l'homme sinon sa destruction.

Elle pensa au livre qu'elle avait trouvé dans sa chambre le jour précédent et qu'elle avait lu en attendant le retour de Ted. L'auteur, un certain Aldo Leopold, était un ancien gardien de parc naturel. Le titre de l'ouvrage était *Almanach d'un comté de sable*. Il parlait des montagnes, des rivières, des paysages comme de véritables personnes sur lesquelles l'être humain n'a pas de droit. Jonathan avait mentionné ce livre autrefois, pendant leurs discussions d'étudiants. Il présentait pompeusement ce texte comme l'acte de naissance d'une nouvelle relation entre l'homme et la nature, une relation dans laquelle l'être humain n'est qu'une – minuscule – partie du tout et ne saurait s'en prétendre propriétaire.

Pour des Européens, les images de ce livre étaient bien difficiles à comprendre. La nature n'existe plus vraiment dans les pays du Vieux Continent. Il n'y a pas un mètre carré qui ne soit cadastré, possédé, travaillé et transformé. Les paysages américains conservent au contraire une force native, indomptée. Ils font comparaître l'homme devant eux comme un étranger contraint de se plier à leurs lois. C'était le sentiment qu'exprimait Aldo Leopold et Juliette le partageait à son tour.

Toute la journée, Harrow resta silencieux ou presque.

À l'heure du déjeuner, il tendit à Juliette deux sandwiches et une gourde d'eau tirés de son paquetage. Ils mangèrent sans descendre de leurs montures. Vers cinq heures du soir, ils mirent pied à terre sur un replat, au flanc d'un canyon secondaire qu'ils suivaient déjà depuis plusieurs heures. Dans les parages poussaient des buissons secs et des touffes d'acacia. Harrow ramena des brindilles et découpa un tronc mort. Puis il fit du feu et installa un petit campement avec les couvertures qu'ils portaient roulées derrière leurs selles. Ils firent griller du maïs qu'il avait apporté et un peu plus tard des saucisses et des côtelettes.

Harrow continuait d'impressionner Juliette par son air taciturne et la distance qu'il mettait entre lui et quiconque. Pourtant, elle se sentait de plus en plus en confiance. Elle ne savait pas où il l'emmenait mais elle n'avait pas peur.

— Tu es né par ici ? lui demanda-t-elle pendant qu'ils picoraient les épis grillés du maïs.

— Non. J'ai grandi plus au nord, dans les Rocheuses.

Avec la nuit, ses yeux bleus perdaient leur éclat troublant. Il semblait plus familier, plus humain.

— Tu as l'air de bien connaître la région. Comment fais-tu pour retrouver le chemin ? Je me serais perdue dix fois.

— Il y a des signes.

— Des signes ! Depuis qu'on est partis, je n'ai vu aucune trace humaine.

Harrow haussa les épaules et, pour la première fois, sourit.

— Ici, tu es en territoire indien. Les Indiens ne blessent pas la terre. Quand ils tracent des signes, ce sont de petites choses : une branche cassée, une plume attachée à un arbre, trois pierres disposées en triangle... Il faut que tu regardes mieux.

— Et toi, comment as-tu appris à lire les signes indiens ?

Il tourna la tête vers elle et ses traits, un instant, furent éclairés par les courtes flammes. Ses cheveux raides, son nez busqué, ses hautes pommettes, teintés de cuivre par le feu, composaient un ensemble sans équivoque.

— Tu es indien, c'est ça ?

Harrow émit un grognement et secoua la tête, sans qu'on sache bien s'il acquiesçait ou non. Juliette n'osa pas insister. Il se recula et s'allongea en arrière, les bras appuyés sur le sol. Il regardait le ciel noir où ne manquait aucune étoile.

— Je n'ai vu aucun Indien depuis qu'on est parti, hasarda Juliette.

— On en a sûrement croisé, mais ils ne se sont pas montrés. Sur le territoire où ils vivent, ils ne se comportent pas comme des maîtres. Ils ne transforment rien, n'abîment rien. La terre les tolère, et ils la respectent. Jamais ils n'oseraient se l'approprier, la découper en parcelles comme une viande morte. La terre, pour eux, est vivante. Ils ont conscience de faire partie d'un tout. Ce que l'on apprend avec eux, c'est l'équilibre de toutes choses.

Ted parlait des Indiens, mais son propos le décrivait lui-même. C'était exactement l'impression qu'il faisait à Juliette. Une force, mais qui se fondait aux autres forces, un homme nourri du vent, de la terre et de l'espace.

— Mais de quoi peuvent-ils vivre, par ici ?

— Jamais un Indien ne se poserait cette question, rétorqua vivement Harrow. Pour eux, la nature pourvoit à tout en abondance. C'est la civilisation des Blancs qui a créé le manque.

Malgré le ton cassant de son interlocuteur, Juliette était heureuse que s'engage enfin une conversation. Et elle persista à lui tenir tête.

— L'abondance… ! Dans ce désert… ? Si on n'avait pas apporté des côtelettes… !

— On trouve tout ce qu'il faut dans la nature, même ici. À condition de ne pas être trop nombreux.

— Voilà !

— Oui, dit Harrow, en tisonnant le feu. C'est le grand secret. C'est cela qui caractérise les sociétés traditionnelles. Elles se sont adaptées à la nature et non l'inverse. Les combats rituels, les sacrifices, toutes les interdictions avaient pour but de limiter la taille du groupe. Ainsi, le milieu naturel pouvait toujours le nourrir en abondance.

Sur ce sujet, Harrow devenait presque volubile. Il continuait de parler lentement, mais on sentait qu'il était au cœur de son sujet.

— Mais un jour, les hommes ont cessé de voir des dieux partout et ils ont placé au sommet de toutes choses un Dieu unique. Chaque homme, reflet de ce Dieu, est devenu sacré. L'individu a acquis plus de valeur que le groupe et l'espèce humaine s'est mise à proliférer. La nature n'y a plus suffi. L'équilibre était rompu. L'abondance était devenue pauvreté.

Une minuscule bulle de gaz dans une braise se mit à chuinter. Harrow parut écouter cette fragile mélodie, comme si elle lui délivrait un message. Puis le feu se tut et il reprit la parole.

— L'être humain s'est mis à torturer la terre pour qu'elle produise toujours plus. Il l'a couverte de bornes, de clôtures. Il l'a lacérée avec des charrues, poignardée avec des pioches, éventrée avec des bulldozers et des explosifs. Et tout cela pour permettre à toujours plus d'hommes de s'y multiplier. Et d'en recevoir toujours moins.

Dans cette nuit claire du désert, peuplée d'une assemblée d'ombres sorties des reliefs, il semblait que cette voix sourde et grave exprimait la pensée même de la terre.

Derrière le silence de cette nature vierge, Juliette distinguait comme un imperceptible grondement lointain. En d'autres circonstances, elle aurait dit que c'était simplement le sang qui battait dans son oreille. Mais maintenant elle savait d'où provenait cette rumeur. C'étaient les villes en marche avec leur avant-garde d'asphalte et d'ordures ; le filet des autoroutes jeté sur la terre pour la capturer ; le pas lourd des légions humaines qui, par milliards, déversaient leur multitude dans les plaines sans défense, le long des côtes, et jusqu'au flanc des montagnes... C'était le bruit des forêts abattues, des bêtes sauvages massacrées, des rivières étouffées d'immondices, du ciel empesté de fumées, des mers polluées de pétrole. Ces images se bousculaient dans l'esprit en alerte de Juliette. Elle aurait pu crier tant l'impression qu'elles produisaient sur elle était douloureuse et forte. Aucun livre, aucun article de journal, aucune propagande n'aurait pu donner corps à ces menaces comme le faisait cette immensité déserte et silencieuse.

En même temps, par son existence même à l'écart de toute souillure, ce lieu grandiose et pur proclamait que le combat n'était pas encore perdu. Il restait sur le globe suffisamment d'endroits inviolés, de zones arides, de montagnes, de forêts vierges pour que la marche de la nature vers sa mort puisse connaître un sursis et qu'un jour, même pour le monde sauvage, vienne une revanche.

Harrow avait sans doute senti qu'il fallait laisser Juliette au travail de son imagination. Enroulé dans sa couverture, il lui souhaita bonne nuit et se retourna pour dormir. Elle resta longtemps allongée sur le dos, rôtie de côté par le feu, à rêver au combat qu'elle commençait d'apercevoir et dans lequel il lui semblait qu'elle allait trouver sa place.

Le lendemain, ils reprirent leur chemin à l'aube. À plusieurs reprises, ils durent mettre pied à terre et marcher devant leurs chevaux, tant le sentier se faisait étroit. Ils passèrent sur un pont de bois branlant qui surplombait les eaux bouillonnantes d'un torrent. Ils longèrent ses berges vers l'amont. Un peu plus loin, le cours d'eau s'étalait pour former des bras morts, bordés de plages, d'herbes et de gravillons. Un léger vent soufflait de face, masquant sans doute leurs bruits et leurs odeurs. Tout à coup, à cinquante pas d'eux, ils aperçurent un groupe d'antilopes qui continuait de boire sans prendre peur. Harrow fit signe à Juliette de s'arrêter. Il l'entraîna derrière un bouquet de saules. Entre les branches, ils distinguaient parfaitement la tête des animaux, leurs nasaux frémissants, leurs oreilles mobiles qui balayaient l'espace comme des radars. Juliette remarqua soudain que Harrow, à côté d'elle, avait armé sa carabine et qu'il la pointait vers les animaux.

Elle ne comprenait pas comment un défenseur de la nature pouvait s'en prendre directement à une bête libre. Elle eut le réflexe de détourner l'arme, mais il l'en empêcha d'un geste ferme.

— Pourquoi veux-tu tuer ces antilopes ? chuchota-t-elle.

— Tu penses qu'il faut les protéger ? murmura Harrow sans quitter la petite harde des yeux.

— Oui.

— Que chacun d'eux est un être sacré ?

La voix était si basse qu'on ne pouvait rien déduire de son ton. Juliette jeta un coup d'œil vers les animaux, hésita.

— Oui, dit-elle. Je le crois.

— Alors, tu es comme ces imbéciles de défenseurs des animaux.

— Pourquoi imbéciles ? Ils se battent pour protéger la nature.

Harrow avait calé la crosse sur son épaule.

— Ils ne défendent pas la nature ; ils l'achèvent.

Il clignait un œil, ajustait l'autre dans la mire.

— Le respect de l'individu, qui a fait tant de mal à la nature, murmura-t-il, ils le poussent jusqu'à l'absurde. Ils veulent étendre les droits de l'homme aux bêtes. Et ça ne peut produire que des catastrophes. Par exemple, en protégeant les phoques, ils les font proliférer, comme l'homme a proliféré. Et les phoques menacent maintenant plusieurs espèces de poissons.

Une antilope avait dû percevoir le discret écho de ces mots chuchotés. Elle leva la tête et ses yeux explorèrent la berge. Mais elle ne distingua pas d'autre mouvement que celui du soleil réverbéré à la surface tremblante du torrent et elle se remit à boire.

— La nature, ce n'est pas le respect de la vie. C'est l'œuvre de la mort. Chacun tue et est tué. L'équilibre, c'est l'harmonie des prédateurs. Protéger la nature, c'est savoir qui il faut faire mourir.

En disant ces mots, Harrow tendit la carabine à Juliette. Elle la regarda sans comprendre. Puis, presque machinalement, elle la saisit. Jamais encore elle n'avait touché une arme, même pas en jouet. Elle fut étonnée par son poids, sa densité. D'un seul coup, elle comprit comment on peut être rassuré par un tel objet. Harrow continuait d'observer les animaux à travers les buissons. Elle sentit qu'il était inutile d'attendre de lui un ordre ou même une parole. Il la laissait libre de son choix. Il se passa un long instant pendant lequel les pensées les plus confuses se bousculèrent dans son esprit. Finalement, elle mit l'arme en joue et visa.

La mire, un peu au hasard, accrocha une jeune bête qui avait terminé de s'abreuver et attendait, un peu au-dessus des autres, immobile sur le haut de la berge.

Juliette sentit que Harrow s'était maintenant tourné vers elle. Jamais elle n'aurait cru pouvoir concentrer autant de troublant désir dans son œil et dans un doigt crocheté sur la gâchette froide. Ses pensées tournoyaient à une vitesse jamais atteinte. Elle se sentait comme sur un manège emballé. Il fallait arrêter cela, disperser ces idées comme des corbeaux. Elle pressa la détente.

Le clic de l'arme retentit seul, émettant une vibration aiguë que perçurent les animaux. Toute la troupe s'enfuit d'un coup en bondissant. Juliette attendit un long instant sans bouger, comme si la déflagration allait survenir avec retard. Puis elle se rendit à l'évidence et abaissa le canon. Elle regarda l'arme et tourna la tête vers Harrow. À voir son léger sourire, elle comprit que la carabine ne s'était pas enrayée. Il ne l'avait tout simplement pas chargée.

Harrow tendit la main et reprit l'arme.

— Il ne faut pas tuer les antilopes. Ce n'est pas que chacune d'elles soit sacrée. S'il y en avait beaucoup, on pourrait en abattre. Mais il y en a de moins en moins et l'espèce entière est menacée.

Juliette le regardait avec hébétude. Un double sentiment se disputait sa conscience. Elle était heureuse d'avoir épargné la bête. En même temps, elle était étonnée de sentir au fond d'elle une terrible frustration. Elle éprouvait comme un manque douloureux : celui de ne pas avoir tiré.

— Protéger la nature, souffla Harrow en se relevant et en retournant vers les chevaux, c'est savoir *qui* il faut faire mourir.

Puis il ajouta à haute voix, en glissant la carabine, canon en bas, dans son fourreau :

— Il vaudrait mieux s'en prendre aux types qui viennent braconner en Jeep.

Ils chevauchèrent encore plusieurs heures avant de camper et Juliette eut le temps de méditer cet incident. Elle eut d'abord l'impression que Harrow s'était moqué d'elle et elle bouda en silence. Au gré du paysage, sa pensée changea. Elle finit par se dire qu'il lui avait plutôt fait subir une sorte de rituel d'initiation. C'était au fond l'histoire d'Isaac mais à l'envers. Abraham allait égorger un être humain quand Dieu lui envoya un mouton à sacrifier à sa place. Elle allait sacrifier une bête et Harrow, tout-puissant auprès d'elle, lui avait plutôt commandé d'immoler des braconniers. C'est-à-dire des hommes.

Elle sentait, elle avait la certitude physique que si, par miracle, un chasseur était apparu au lieu de l'antilope, elle n'aurait pas hésité à le tuer.

Était-ce cette marche solitaire qui la troublait ? Harrow avait-il su révéler en elle des pulsions qu'elle avait cherché trop longtemps à se dissimuler à elle-même ?

Le lendemain, ils reprirent leur voyage dans le désert. Harrow n'avait toujours donné aucune indication sur leur direction. Mais Juliette, maintenant, parvenait à s'orienter. Le paysage lui devenait familier. Elle prenait garde à la position du soleil, aux axes des cours d'eau, à l'enchaînement des reliefs. Elle eut même la fierté de découvrir seule des signes indiens disposés sur des branches à un endroit où il fallait changer de direction. Elle acquit la certitude qu'ils avaient suivi une grande boucle à travers les canyons et que leur chemin les ramenait à la maison troglodyte. Ainsi n'allaient-ils nulle part. Le but de leur voyage était le voyage lui-même. Harrow l'avait prévenue qu'elle devait apprendre. Elle comprenait que cet enseignement ne passait pas par des mots mais par une expérience plus concrète, qui mettrait en jeu le corps et l'esprit. Il imprimait sa marque en elle plus profondément que ne l'auraient fait des paroles.

Bercée par le pas du cheval, enveloppée dans un silence que Ted respectait d'autant mieux qu'il lui était naturel, Juliette revisita ses souvenirs et médita sur ses engagements.

Elle avait longtemps cru que son entrée à Greenworld avait été le seul fruit du hasard. Elle avait été entraînée à la fac par un groupe bruyant qui partait pour une manif. C'était à Lyon, par un bel après-midi de soleil. Elle ne savait pas trop pourquoi elle défilait, mais elle était heureuse de sortir et de crier. Elle vivait une époque de solitude douloureuse. Plusieurs fois cet hiver-là, elle avait pensé à mourir. La joyeuse bousculade sur les quais du Rhône, les slogans hurlés bras dessus bras dessous, la forte lumière sur les toits de tuiles du quartier Saint-Paul l'avaient à leur manière sauvée. Cette médecine inattendue s'appelait Greenworld. Peu importait, en vérité. L'essentiel était qu'elle lui faisait du bien.

Maintenant, tandis qu'elle chevauchait dans le désert, Juliette revenait sur cette version des faits. Même à ces époques de dépression et de désespoir, elle n'aurait pas adhéré à n'importe quel combat. Quelque chose de plus profond l'avait séduite. Elle détestait les concepts abstraits ; la politique suscitait en elle une indifférence absolue. Si les thèses écologiques avaient fait exception, c'était parce qu'elle recueillait un écho plus intime.

Et, en effet, ce que Greenworld prenait pour cible, c'était exactement l'idéal bourgeois de ses parents. Son père, en plus d'être égoïste et pervers, était un homme lancé dans un combat sans merci non seulement contre ses semblables mais contre la nature. Cette haine de la nature avait laissé à Juliette de douloureux souvenirs. Elle se rappelait par exemple ce terrain que ses parents avaient acheté au-dessus d'Aix-en-Provence. Une petite maison y était bâtie dans un coin et le reste était une merveilleuse pinède. Tout un été, Juliette s'était promenée là. Elle s'était adossée au tronc chaud des arbres, avait cherché les cigales à quatre pattes sur le sol couvert d'aiguilles de pin et d'écorce douce. Le deuxième été, d'énormes engins jaunes arrachaient les souches coupées à ras du sol et les grumes reposaient en tas dans un coin. Le père de Juliette avait fait abattre la vieille maison pour construire une villa neuve. Il avait vendu le reste du terrain pour édifier deux immeubles en béton entourés de pelouses, ignoblement dénommés « Résidence des pins ».

Plus grave mais plus abstrait était cet aveu qu'avait fait un jour son père en sa présence : il avait raconté, en riant sous cape, comment il donnait l'ordre à ses pétroliers de dégazer à la limite des eaux territoriales et comment il faisait couler dans des baies tropicales les vieux cargos mangés de mazout et de rouille pour toucher l'assurance.

Il y avait aussi ces pauvres gens qu'il avait fait expulser d'un appartement qu'il possédait à Calais. Juliette était à l'arrière de la voiture quand il s'était garé au coin de la rue pour observer les gendarmes vider les matelas et les jouets sur le trottoir. Elle s'était cachée au moment où étaient sortis les enfants en pleurs.

Tout cela aurait pu nourrir en elle une conscience sociale, la conduire à un militantisme d'extrême gauche. Mais elle n'avait jamais été convaincue par ces idées révolutionnaires. Il lui semblait que la méchanceté humaine était également répartie et que les pauvres n'en étaient pas dépourvus, bien au contraire.

L'idée de nature était plus féconde que celle de classe sociale. Ses parents étaient dénaturés. C'était le mot. C'est ce reniement de la nature qui rendait son père inaccessible à la pitié, insensible à la beauté des arbres, avide de détruire, de construire, de posséder, ce qui était au fond la même chose. Et sa mère était dénaturée de préférer le confort matériel à l'amour d'un enfant ; elle avait pris la pauvreté en haine et reniait la robuste simplicité de ses ancêtres campagnards.

Dans ce désert, Juliette ressentait intensément que la violence, le mépris dont elle avait été victime pendant son enfance avaient la même origine que celle subie par la nature. Cette idée lui faisait du bien. Elle donnait un sens à ses souffrances passées et une cohérence à sa révolte. Il lui semblait qu'elle atteignait un accomplissement.

De plus, Harrow l'aidait à y voir plus clair dans les voies que devrait prendre cette révolte. Jusque-là, et comme beaucoup de sympathisants écolos, elle n'avait qu'une très vague idée de ce qu'il était possible de faire pour préserver la planète. Cela se résumait essentiellement à nourrir un sentiment humanitaire à l'égard de tout ce qui est vivant. Aussi avait-elle trouvé naturel de participer à une action de défense des animaux quand Jonathan le lui avait demandé. Elle ne s'était guère interrogée sur la finalité et les paradoxes d'une telle action. Elle était assez reconnaissante à Harrow de lui en avoir démontré le côté dérisoire. Elle comprenait que le véritable objectif était de se mettre en travers de l'homme dans sa destruction de la nature. Pour cela, il fallait des moyens à la mesure de l'enjeu, des moyens qui n'excluaient ni la violence ni peut-être le meurtre. C'était exactement ce courage, cette audace qu'elle avait regretté de ne pas trouver à Greenworld, surtout après son agression. Cette fois, elle était avec des gens qui parlaient le même langage qu'elle.

Quelle forme prendrait exactement cette action ? Et quel rôle lui serait réservé ? Elle n'en savait rien. Ted ne lui avait livré aucun détail. Ce qu'il lui avait fait partager était autrement plus précieux : c'étaient des principes, une direction, un état d'esprit. Pour le reste, elle lui faisait confiance. Elle saurait en temps utile ce qu'on attendait d'elle et dans quel projet était engagé le groupe.

L'essentiel était qu'elle avait désormais le sentiment d'en faire pleinement partie.

En arrivant à la tombée du soir dans la maison troglodyte, elle alla se coucher pleine de courbatures, épuisée. Le sommeil prit possession de ses rêves, sans les interrompre.

2

Seattle. État de Washington.

Ginger traversait une crise. Mark, son mari, avait une liaison et elle l'avait découvert. Après plusieurs explications violentes, il était finalement revenu à la maison, mais elle était certaine qu'il continuait à voir « l'autre »... Elle avait un immense besoin de conseils et de confidences.

Cette circonstance faisait bien l'affaire de Kerry. Sa pseudo-amie d'enfance avait trouvé un arrangement avec Roger dès le lendemain afin que Kerry ne passe que ses matinées dans le stock. Dès l'heure du déjeuner, elle pouvait monter, en théorie pour aider Ginger, en pratique pour écouter ses bavardages.

La principale difficulté venait d'une perception différente du temps. Kerry en avait peu. Sa couverture n'était pas très solide et pouvait s'effondrer à tout moment. La sœur de Ginger devait venir à Seattle dans moins d'une semaine. Elle avait « reconnu » Kerry d'après les descriptions téléphoniques de sa sœur, mais, une fois en sa présence, il était à craindre qu'elle ne forme de grands soupçons.

Ginger, au contraire, n'était pas pressée. La période semblait un peu creuse à One Earth. Plusieurs administrateurs étaient malades ou en voyage, et aucune grande campagne d'action n'était prévue avant l'été. Son envie de confidences passait devant tout le reste. Kerry eut toutes les peines du monde à la faire revenir à la question des archives sans éveiller ses soupçons.

— Ah, oui ! Les archives… J'avais oublié, mais, toi, tu t'en souviens ! Ça ne m'étonne pas. Déjà à Des Moines, tu étais du genre bonne élève.

— On pourrait numériser pas mal de choses, suggéra Kerry. Tu gagnerais de la place.

— Tu as raison. On ne peut plus se retourner ici. Le courrier entrant et sortant, les convocations aux réunions, les procès-verbaux des séances du board, les listes d'adhérents, c'est pas croyable ce qu'on arrive à accumuler en quelques années. En plus, depuis cette histoire avec Mark, j'ai une espèce d'allergie. Les papiers ou la poussière peut-être. Le fait est que je suis tout le temps en train de larmoyer. Et cet imbécile qui croit que c'est à cause de lui…

Kerry craignait que Ginger ne revînt tout de suite à ses affaires de cœur. Elle la remit fermement sur le sujet des archives.

— C'est comme si c'était fait ! Dès demain matin, je commence à scanner tout ça. Il faudra seulement que tu m'expliques un peu plus en détail comment vous fonctionnez pour que je puisse dessiner un arbre de classement, avec des degrés de confidentialité, des dates, différentes entrées pour retrouver les données stockées…

Ginger fit une grimace.

— Doucement, dit-elle. Tu ne peux pas prendre tous ces papiers comme ça et les mettre sur informatique. Ces messieurs mes chefs ne font pas confiance du tout aux ordinateurs. C'est la génération gomme-crayon, tu sais. Ils pensent qu'à partir du moment où des informations sont dans un disque dur, il y a toujours des petits malins qui peuvent se débrouiller pour mettre leur nez dedans.

Kerry sentait qu'elle était là au cœur du sujet.

— On peut mettre des codes pour protéger l'accès...

— Nan ! Tu les convaincras pas. Ils sont un peu paranos. Il faut les comprendre aussi. One Earth ne s'est jamais beaucoup embarrassée de légalité. Ici, on considère qu'il y a la Loi d'un côté et de l'autre la Justice. La Loi est faite pour protéger les intérêts des plus forts. Nous, on est souvent obligés de passer outre, si on veut défendre la nature. Tu comprends ?

Ginger parlait sans enthousiasme, comme si elle récitait une leçon trop rabâchée. Visiblement, cela la passionnait moins que ses affaires privées.

— Nous, on ne se réclame pas de la Loi mais de la Justice, C'est-à-dire de ce qui nous semble *moralement* bien.

— Le rapport avec ces papiers... ?

— Justement. Certains de ces documents servent seulement à montrer qu'on respecte la loi. Ils sont destinés à être produits à l'extérieur, en cas de contrôle par exemple. Si tu prends les comptes rendus des séances du board, dans ces classeurs là-bas, tu verras qu'on n'y dit pas grand-chose. C'est la partie destinée à l'exportation.

— Cela veut dire que d'autres documents sont confidentiels.

— Exact.

Ginger fit rouler sa chaise jusqu'à un petit meuble fermé à clef et l'ouvrit. Une série de classeurs y était alignée.

— Ici par exemple, je mets des papiers qui ne regardent pas les fouineurs. Renseignements personnels sur les adhérents, verbatim des réunions importantes, etc. Encore, ceux-là, j'ai eu le temps de les trier. Mais il y en a beaucoup d'autres qui sont mélangés avec le reste.

— Alors, comment je fais pour savoir ce qui peut être scanné et ce qui ne peut pas ?

— Tu me demandes, c'est tout.

Elles en restèrent là pour la matinée, sur ce sujet du moins. Le reste du temps, Kerry dut écouter les bavardages de la secrétaire, en riant quand il le fallait. Elle en profita pour observer comment s'organisait son emploi du temps.

Ginger n'était ni méthodique ni régulière. Elle courait d'une affaire à une autre, passait un temps disproportionné avec un interlocuteur pour le plaisir qu'elle avait à lui parler. Ensuite, elle bâclait les affaires importantes, si elles la contraignaient à voir des gens ennuyeux. Elle se rendait à un grand nombre de réunions, mais il était difficile de prévoir combien de temps elle y resterait. Si elle n'avait plus envie de parler à ses voisins ou si le sujet ne l'intéressait pas, elle faisait mine de recevoir un appel urgent et disparaissait en prenant un air important. Elle devait sa place à l'ancienneté et la conservait en raison de l'étendue des informations confidentielles qu'elle détenait. Mais si elle s'était présentée à l'embauche aujourd'hui, elle aurait tout de suite été cataloguée comme une très mauvaise assistante de direction.

Kerry ne pourrait donc pas savoir de combien de temps elle disposerait pour rester seule dans le bureau. Il fallait qu'elle prépare minutieusement l'opération afin qu'elle dure le moins longtemps possible.

Providence lui avait remis un dossier qui résumait ce qu'elle devrait avoir en tête au moment de l'action. Kerry avait appris ces données par cœur et cela lui avait fait très plaisir. La vie « normale » donne rarement l'occasion de retenir quoi que ce soit par cœur. Le muscle de la mémoire, surentraîné chez l'agent secret, s'atrophie douloureusement quand il quitte le métier. Kerry, les premiers temps, s'était contrainte toute seule à apprendre des articles entiers de journaux pour ne pas ressentir de manque. Ensuite, petit à petit, elle s'était laissé aller. Revenir à la discipline passée lui faisait du bien.

Et maintenant, pendant qu'elle traînait dans le bureau de Ginger pour « prendre un peu la mesure du rangement à faire », elle procédait à des vérifications que guidait sa mémoire. Les comptes rendus officiels des réunions du board, librement accessibles sur les étagères, étaient très succincts. Ils ne donnaient aucune information sur le fond des débats. Mais, simplement grâce à la liste des présences et des absences à chaque réunion, ces documents permettaient de situer avec précision la disparition de Harrow. Pour approcher déjà un peu la composition de son groupe, elle consulta, à la fin des comptes rendus suivants, la liste des adhésions et des radiations car ces actes étaient soumis à l'approbation du board. Elle nota mentalement les noms des quinze personnes qui avaient été radiées au cours des trois réunions suivantes. On pouvait raisonnablement penser que ces radiations étaient liées à l'affaire des « Nouveaux Prédateurs ».

Restait à entrer dans le détail des faits. Pour cela, il fallait se procurer les comptes rendus complets et les fiches personnelles correspondant aux membres radiés. Kerry savait maintenant précisément quels renseignements elle cherchait et où ils se trouvaient. Il ne restait plus qu'à passer à l'action.

Elle avait loué une chambre dans un hôtel anonyme situé au nord de la ville. Chaque matin à sept heures, elle avait un rendez-vous téléphonique avec Providence. Elle en profitait pour bavarder un peu avec Tara. Le matin du jour J, elle apprit que Paul, en enquêtant sur Harrow, avait été amené à voyager dans l'ouest. Elle avait d'abord pensé faire un saut à New York après l'opération pour embrasser les enfants. Mais la veille au soir, elle avait reçu un message de Rob. Les gosses se plaisaient tellement chez leurs cousins qu'ils voulaient y rester une semaine de plus. Leur oncle avait organisé cette semaine une sortie dans leur maison des lacs. Ils étaient probablement en train de jouer les trappeurs sur un canoë. Elle avait tout son temps. Elle demanda à Tara de proposer à Paul de la retrouver dans la région une fois qu'elle en aurait terminé avec One Earth.

Ensuite, elle alla faire un jogging dans le parc qui longeait la baie. Dans un recoin du jardin, elle trouva assez de tranquillité pour consacrer vingt minutes à des exercices d'arts martiaux. Tandis qu'elle lançait des manchettes à un ennemi invisible, elle se rendit compte qu'un vieux monsieur la regardait, terrorisé. Il l'observait sans doute silencieusement depuis un long moment.

Elle lui fit une grimace et se mit en garde dans sa direction. Il s'enfuit, affolé, en tirant sur la laisse de son chien. Elle se sentait parfaitement bien. La proximité du danger l'emplissait d'énergie et de gaieté.

Le jour choisi était un mardi. De toute la semaine, la soirée du lundi était celle qui se terminait le plus tard pour Ginger. Elle avait appris que sa rivale était libre ce jour-là, aussi faisait-elle tout pour que son homme infidèle n'ait pas une minute à lui de toute la nuit. Chaque lundi, Ginger invitait des amis à dîner ou traînait son mari au cinéma, en discothèque, n'importe où. Elle finissait la soirée en lui demandant de donner les preuves les plus vigoureuses possibles de sa passion. Même après ce sabbat, Ginger continuait à ne pas fermer l'œil, au cas où le traître aurait eu encore la force d'appeler « l'autre » tard dans la nuit...

Le mardi matin accommodait les restes et ce n'était guère brillant. Ginger arrivait toujours vers onze heures, la mine à la fois réjouie, épuisée et inquiète car, après tout, ce n'était qu'une semaine de plus de gagnée.

Kerry avait vérifié la veille au soir que l'agenda de Ginger était vierge pour ce mardi jusqu'en début d'après-midi. Dans l'association, le petit matin était propice à une action. Les bureaux restaient à peu près déserts jusqu'à neuf heures. En contrepartie, toute présence devenait suspecte et il fallait pouvoir la justifier. Roger avait fourni un badge d'accès à la nouvelle manutentionnaire. Cela permettait à Kerry de passer par la porte de derrière, celle du personnel qui n'était pas surveillée. Il lui fallait seulement prendre garde que quelqu'un soit déjà dans le bâtiment car elle ne connaissait pas les codes de l'alarme. Elle ne devait donc arriver ni trop tôt ni trop tard. Neuf heures moins le quart lui parut raisonnable.

Les jours précédents, Kerry avait pris soin de s'habiller conformément à sa légende. Elle portait des vêtements négligés et amples comme quelqu'un qui n'a plus de goût pour son apparence et n'a pas envie d'attirer les regards, encore moins le désir. Mais ce matin, ces précautions n'étaient plus de mise. Il lui fallait d'abord se sentir bien et en cas d'urgence, ne pas être gênée dans ses mouvements. Kerry avait gardé ses chaussures de jogging. Elle portait une chemise de golf et un jean élastique qui lui collait à la peau. Elle n'avait ni veste ni portefeuille ni sac, rien qui risquât de rester derrière elle. Elle avait coiffé ses cheveux en deux nattes, rabattues de chaque côté, ce qui lui donnait un air vaguement vénitien. À cause de cette tenue et surtout de l'aisance et de la joie qui émanaient d'elle, les gens se retournaient sur son passage. Elle s'en alarma, mais il était trop tard pour quelle puisse rentrer se changer.

En arrivant à One Earth, elle s'efforça d'éteindre son regard, de se voûter un peu, mais cela ne l'empêcha pas d'attirer l'attention. Un garçon qui ne lui avait jamais parlé et travaillait, croyait-elle, au département Afrique, lui proposa un café. Elle refusa, mais il la suivit.

— Tu es bien matinale, hasarda-t-il gauchement, histoire d'engager la conversation.

— Il faut que je communique avec le Laos.

C'était le prétexte arrangé en accord avec Providence pour justifier sa présence si tôt au bureau.

— Ah ! Oui, le décalage horaire, je comprends.

Il la suivait toujours. Il était lourd, ce gros cochon, mais c'était à elle-même qu'elle en voulait. Elle avait négligé le facteur de séduction qui était une donnée relativement nouvelle de sa personnalité. Autrefois, quand elle était encore à la Compagnie, elle gardait un côté gamine poussée trop vite, boule de nerfs qui amuse, fascine même, mais suscite une certaine méfiance. On la sentait capable de réactions imprévisibles. L'âge, la maternité, une forme d'épanouissement et de bonheur avaient ajouté à cela une force qui attire d'autant plus les hommes qu'ils sont faibles. Celui-là l'était beaucoup, ce qui le rendait collant. Bien sûr, un froncement de sourcils en viendrait à bout, mais en attendant, elle s'était fait repérer. Première règle de l'action : être quelconque…

Au milieu du couloir, devant la porte de Ginger, elle s'arrêta et dit avec un grand sourire :

— Désolée, mon vieux ! Mais au Laos, je dois transmettre un message confidentiel du board. On se verra plus tard.

Ces derniers mots étaient une antiphrase totale. Leur sens véritable et à peine caché était : « Casse-toi, goret ! »

Elle entra dans le bureau de Ginger et referma derrière elle. Elle respira profondément et oublia ce stupide incident. Le reste du plan était là, clair, devant ses yeux.

D'abord, verrouiller la porte.

Ils en avaient débattu longuement. Tara était contre. Après tout, si quelqu'un la surprenait, Kerry était autorisée à faire du rangement. Pourquoi s'enfermerait-elle à clef ? En même temps, si c'était Ginger qui débarquait… Finalement, Kerry avait tranché. Elle tourna doucement la clef dans la serrure, pour qu'on ne l'entende pas du dehors.

Ensuite, elle tira de sa poche un passe-partout. Elle s'accroupit près du petit meuble qui contenait les dossiers confidentiels et l'ouvrit sans difficulté.

Il était neuf heures et demie. Elle disposait d'une demi-heure pour trouver ce qu'elle cherchait. Au-delà, les allées et venues dans les bureaux rendaient la probabilité d'une intrusion trop forte. Elle commença par les classeurs consacrés aux délibérations du board. La bonne surprise était qu'apparemment Ginger réservait tout le soin dont elle était capable au rangement de ces documents. C'était sans doute les seuls que les administrateurs consultaient eux-mêmes et elle voulait qu'ils aient une bonne opinion d'elle. Kerry n'eut aucun mal à retrouver le compte rendu de la dernière séance à laquelle avait participé Harrow. Méthodiquement, elle plaça le classeur sur le bureau et photographia les pages à l'aide d'un petit appareil que lui avait fourni Providence. Chaque séance tenait en quatre ou cinq feuillets. Elle enregistra aussi les deux séances suivantes et les deux précédentes, puis remit le classeur en place.

Elle se saisit alors d'un carton d'archives vert dans lequel étaient rangés les renseignements confidentiels concernant les adhérents. Un rapide examen lui montra qu'il ne contenait pas les fiches concernant le groupe des « Nouveaux Prédateurs ». En se reportant aux autres classeurs, elle en découvrit un qui était exclusivement consacré aux membres radiés après le départ de Harrow. Pour chaque personne figuraient des renseignements sur son parcours à One Earth (date d'entrée, fonctions, radiation, etc.), ainsi qu'une biographie assez détaillée. Ce n'était pas le moment de compulser ces documents sur le fond. Kerry devait seulement les reproduire. Les informations seraient dépouillées plus tard à Providence.

Elle posa le classeur à plat sur le bureau et commença à photographier les pages. Il y en avait une trentaine en tout, ce qui ne devait pas prendre plus de trois à quatre minutes.

Elle en était à la moitié de ce travail quand la poignée de la porte s'abaissa.

Tout le monde savait que Ginger ne fermait jamais son bureau à clef. Elle jugeait les précautions de sécurité suffisantes pour n'avoir rien à craindre des gens qui circulaient dans le bâtiment. C'était tout à fait la philosophie des membres du board. Ils étaient favorables aux contrôles les plus stricts à l'égard de l'extérieur. Mais ils aimaient bien cultiver cet aspect de démocratie interne qui consiste à permettre de déambuler librement partout, une fois qu'on a montré patte blanche à l'entrée.

La personne qui essayait d'entrer dans le bureau de Ginger était en train de mesurer le caractère inhabituel de la situation. Kerry s'était figée, espérant que son silence laisserait croire que le bureau était vide et que Ginger elle-même l'avait fermé pour une raison inconnue. Mais l'intrus ne se laissa pas abuser par cette explication. La poignée s'abaissa de nouveau, de façon plus vigoureuse cette fois. Kerry sentit que l'on essayait d'éprouver la solidité de la fermeture en imprimant des secousses à la porte.

Il lui fallait tout remettre en ordre rapidement, refermer le meuble et ouvrir la porte en expliquant qu'elle passait un coup de fil confidentiel. Tel était le scénario prévu avec Providence. Malheureusement, il se révélait impossible à exécuter. La personne qui essayait d'entrer avait maintenant lâché la poignée pour taper du plat de la main sur la porte. Dans le silence matinal, le bruit était énorme. Il fallait l'interrompre au plus vite. Kerry referma le classeur et donna un coup de pied en passant aux portes du petit meuble resté ouvert. Elle bondit derrière la porte, tourna doucement la clef dans la serrure et ouvrit d'un coup. Elle tomba nez à nez avec une femme qu'elle avait déjà croisée les jours précédents à cet étage mais qui ne lui avait jamais parlé. Elle était nettement plus âgée que la moyenne du personnel. Une grosse verrue lui déformait le menton. Kerry se souvenait vaguement d'avoir entendu dire que c'était une militante historique du mouvement qui travaillait maintenant comme bénévole. Elle regarda Kerry avec un air mauvais. Il était clair qu'aucune explication ne la satisferait. Inutile aussi d'essayer de recourir à la séduction. Ce n'était ni Roger ni le nigaud qui l'avait entreprise le matin.

Dans quelques secondes, la femme allait se mettre à hurler pour donner l'alarme. Kerry ne lui en laissa pas le temps. D'une main, elle l'empoigna et la tira vers le bureau, de l'autre elle referma la porte et tourna la clef. La femme était à peine revenue de son étonnement que Kerry lui administra du plat de la main un coup sur l'épigastre qui la fit s'évanouir immédiatement. Elle l'allongea par terre derrière la porte.

Elle se sentait absolument calme. Les quelques instants dont elle disposait avant de s'enfuir lui parurent aussi paisibles que des vacances en famille. Elle alla tranquillement jusqu'au bureau, tira l'appareil photo de sa poche et termina l'enregistrement des dernières fiches. Elle allait replacer le classeur dans le meuble et le refermer à clef quand elle se ravisa. Au hasard d'une page, elle ouvrit le classeur qu'elle venait de photographier et le posa bien en évidence sur le bureau de Ginger.

Son raisonnement était simple. L'irruption de la femme l'avait contrainte à commettre une agression physique. Si cet acte restait sans motif, One Earth ne manquerait pas de se poser en victime, d'alerter la presse, la police, la justice, bref, de donner une énorme publicité à l'affaire. Au contraire, s'il était clair qu'à l'origine de tout cela, il y avait la volonté de consulter les dossiers secrets de l'association, les administrateurs de One Earth y regarderaient peut-être à deux fois avant de porter l'affaire sur la place publique. Ils n'auraient pas envie que les auteurs de l'effraction quels qu'ils fussent, une organisation rivale – celle de Harrow peut-être – ou le FBI, révèlent leurs petits secrets. Mieux valait donc laisser une trace sans équivoque.

Kerry eut même un instant l'idée d'emporter avec elle un des dossiers, notamment celui qu'elle avait repéré au passage et qui portait la mention « comptabilité ». Il contenait sûrement des informations propres à calmer les ardeurs des membres du board. Mais elle pensa que, si elle devait courir ou se dissimuler, elle serait encombrée avec un poids comme celui-là dans les bras. Elle décida finalement de tout laisser sur place.

La femme commençait à se réveiller et à gémir. Kerry l'enjamba, sortit et referma la porte derrière elle. Elle marcha calmement jusqu'au bout du couloir, passa près d'une photocopieuse devant laquelle se tenait le garçon qui l'avait abordée. Sans doute s'était-il mis là en embuscade. Il eut juste le temps de lui sourire. Elle lui fit un petit signe de la main et disparut dans l'escalier.

Au rez-de-chaussée, elle croisa Roger qui arrivait. Il lui tint la porte et elle sortit en criant :

— J'ai oublié quelque chose chez moi.

Heureusement, elle n'avait pas le dossier dans les mains. Il était formellement interdit de sortir des documents sans autorisation.

En un instant, elle se retrouva dans la rue. La journée avait mis du temps à se décider entre grisaille et soleil. Finalement, il faisait beau. L'air venu du Grand Nord était vif et le ciel très bleu. Kerry marcha d'un pas rapide jusqu'à deux blocs de One Earth. Dès qu'elle fut hors de vue, elle se mit à courir. Sa tenue pouvait laisser croire qu'elle était une sportive du matin, comme on en croise beaucoup.

C'était un vrai bonheur de laisser son corps exprimer sa force et sa santé. Paul avait bien raison : les conditions étaient réunies. Elle se demanda avec une légère anxiété si les relais allaient fonctionner. Quand elle distingua, à l'emplacement convenu, la voiture envoyée par Providence et le chauffeur qui l'attendait, Kerry eut la sensation délicieuse d'être le rouage ciselé d'une belle et grande horloge qui marquait ses heures sur un invisible cadran. Elle entra dans la voiture. Le chauffeur était un jeune garçon du service de Lawrence qui mâchait un chewing-gum. Il démarra en trombe et prit comme prévu la direction de l'Est.

3

Cœur d'Alène. Idaho.

L'Idaho, au printemps, ressemble à la Belle au Bois dormant. La léthargie de l'hiver fait place au réveil de la verdure. Des langues de neige traînent encore sur les versants à l'ombre. Des gens hirsutes et pâles s'aventurent prudemment dehors sans savoir encore quelle tenue porter : le soleil est déjà chaud, mais le vent reste glacial pour peu qu'il tourne au nord.

La nature sauvage mange un gros tiers de l'État. Le reste du territoire est consacré à la culture de la patate. Les hommes ont sans doute été trop occupés à chasser l'ours ou à sarcler la terre pour avoir le temps de construire des villes dignes de ce nom. Boyse doit son titre de capitale à l'absence d'autres concurrentes sérieuses.

En roulant dans sa vieille Chevrolet de location, Paul s'amusait à retrouver des noms français sur les villages. Il avait beau être à plus de trois mille kilomètres de La Nouvelle-Orléans, c'était toujours la Louisiane achetée par Jefferson qu'il arpentait. L'énorme territoire français plongeait alors jusqu'à ces étendues sauvages et rejoignait l'antique Oregon des trappeurs.

Ted Harrow avait été élevé à Cœur d'Alène, dans le nord-ouest de l'Idaho. Il avait été environné dès son plus jeune âge par ces mots français qui avaient traversé les siècles. Cela créait un lien entre Paul et lui. Quoiqu'il fût à peu près certain de ne pas le trouver là, Paul avait l'impression de s'approcher de celui qu'il traquait.

Il avait passé plusieurs jours à Providence à compiler les documents réunis sur Harrow et à approfondir toutes les pistes. Il avait obtenu les concours qu'il souhaitait, avec efficacité et rapidité. Il avait bénéficié de la mobilisation générale imposée par Kerry car elle survivait à son absence. Tous les services continuaient d'être représentés aux réunions du troisième étage et l'affaire des Nouveaux Prédateurs constituait toujours le centre des préoccupations de l'agence. Cependant, la machine restait en priorité au service de Kerry. Pendant la communication qu'elle avait chaque matin avec Providence, toutes les équipes s'agglutinaient autour du haut-parleur du téléphone. Paul s'irritait un peu de voir avec quelle sympathie un peu apitoyée on le traitait. Il n'en était que plus décidé à prendre sa revanche. Il tenait absolument à ce que la piste Harrow le mène quelque part.

Malheureusement, plus il progressait et plus il se rendait compte que le personnage était insaisissable. Non seulement Ted Harrow avait disparu, mais il avait soigneusement effacé ses traces. Effacer ses traces : c'était chez Ted comme une seconde nature. Tout son parcours, bien avant même qu'il ne quitte One Earth, était marqué par la discrétion, l'obscurité, la mobilité. On ne retrouvait pas dans sa vie le sillage d'objets, de lieux, de relations que la plupart des êtres abandonnent derrière eux. Chaque fois que l'on parvenait à savoir ce que Harrow faisait, on ignorait où il vivait. À l'inverse, à chaque résidence que l'on parvenait à lui retrouver ne correspondait aucune activité connue. Ce mystère durait depuis longtemps. Il était une caractéristique non de lui seul mais de toute sa parentèle.

Pourtant, dans un passé lointain, il ne semblait pas

toujours en avoir été ainsi. Dans le Connecticut où Harrow était né, sa famille était honorablement connue. Par sa grand-mère paternelle, il descendait même de la prestigieuse lignée des pèlerins du *Mayflower*. Le déclin était survenu dans les années vingt. La branche de son père avait fait de mauvaises affaires et s'était retrouvée carrément ruinée. Les autres avaient coupé tout lien avec ces incapables tombés dans la pauvreté. Voilà pourquoi, quand on les interrogeait sur Ted Harrow, aucun de ses lointains parents et homonymes ne prétendait le connaître. Dans les registres fiscaux, on retrouvait des traces de son père pour des petits emplois dans l'hôtellerie sur la côte Est. Il disparaissait ensuite complètement deux ans seulement après la naissance de son fils.

Faute de temps, l'équipe de Providence n'avait pas retrouvé de dossier scolaire à propos de Ted : il aurait fallu les chercher sur tout le territoire des États-Unis et peut-être même à l'étranger. Harrow ne réapparaissait qu'en 1991, au moment de son service militaire, mais c'était pour disparaître encore. Il était comptabilisé parmi les « draft-dodgers », ces insoumis qui voulaient échapper à la guerre du Golfe. On pouvait penser que, comme beaucoup, il avait fui au Canada. Les vérifications opérées par Providence avaient permis de confirmer cette hypothèse et même de retrouver certaines des personnes qu'il avait connues là-bas. Aucune n'avait malheureusement gardé de contact avec lui. Plusieurs preuves de son implication dans des actions écologistes en Colombie-Britannique avaient été réunies. Mais là encore il ne semblait pas qu'il ait cherché à maintenir un lien avec ces milieux.

Finalement la période la mieux documentée était

celle qu'il avait passée à One Earth. Il avait rejoint l'organisation en 1995 et y avait connu une ascension fulgurante : moins de deux ans plus tard, il était coopté parmi les membres du board. Il le devait à son amitié avec Jerry Metcalff, un des dirigeants historiques du mouvement. Metcalff refusait toutes les interviews : il était impossible de lui demander sa version des faits. On devait se contenter du livre de Mémoires qu'il avait publié l'année précédente. Il y prétendait que Harrow et lui s'étaient connus par hasard au cours d'une opération musclée contre un chantier de déboisement. Il l'avait recruté pour One Earth à cause de son courage physique. Il admirait sa connaissance des Indiens et jugeait qu'il avait contribué à nourrir l'action écologique en lui apportant ces références à la pensée indienne. Mais il avouait que Harrow était toujours resté pour lui un mystère et qu'il ignorait tout de sa vie antérieure. Même en faisant la part de la mauvaise humeur – le livre avait été écrit après la crise avec le groupe des Nouveaux Prédateurs –, l'aveu semblait sincère et cadrait bien avec le personnage de Harrow.

Rien de tout cela ne donnait une piste consistante et Paul commençait à se décourager. Heureusement, Barney lui avait donné une idée. En discutant de l'avancement de l'enquête, il avait fait une remarque de bon sens, mais qui, jusque-là n'avait frappé personne.

— Et sa mère ? Avait-il demandé.

Parmi toutes les absences qui peuplaient la vie de Harrow, une, en effet, était particulièrement étonnante : c'était celle de sa mère. Paul en avait déduit qu'elle avait dû disparaître pendant la petite enfance de son fils. Après la remarque de Barney, il décida d'aller y voir d'un peu plus près. Sur le bulletin de naissance de

Ted, à côté du nom du père, avec son parfum distingué de Nouvelle-Angleterre, figurait pour la mère un patronyme étrange : Marie Rosaire, et une mention de naissance non moins singulière : le 1.1.1946 à Boyse, Idaho. Il existe certes des personnes nées un 1er janvier. Cependant, la plus grande partie de ceux qui portent cette date de naissance sont des enfants à l'état civil inconnu. Certains ont été abandonnés sans renseignements précis ; d'autres proviennent de zones où l'enregistrement des nouveau-nés n'est pas systématique. C'était le cas après guerre dans beaucoup de réserves indiennes.

Paul orienta donc son enquête vers les missions catholiques de Boyse et de l'Idaho. Le patronyme de Marie Rosaire pouvait avoir été attribué par les religieuses à une enfant indienne née dans une réserve et convertie. Deux stagiaires du département de Barney consultèrent tous les monastères de l'État à propos des enfants recueillis dans les années quarante et cinquante. Une sœur tourière confirma l'existence d'une petite fille portant ce nom sur les registres d'une mission située dans le comté de Clearwater, sur les pentes des Rocheuses. Chez les religieuses, elle avait appris le métier de blanchisseuse. À l'âge de dix-huit ans, elle était partie tenter sa chance dans le monde, en répondant à une offre d'emploi sur la côte Est. Les dates concordaient : il pouvait s'agir de la mère de Harrow. En se reportant aux registres d'état civil de l'Idaho, sur lesquels le monastère avait dû faire régulariser l'adoption, ils retrouvèrent la trace de Maire Rosaire ainsi que la mention de deux mariages. Le 7 juin 1968, elle avait épousé Edgar Harrow, déclaré décédé trois ans plus tard. De cette union était né un enfant prénommé Edward. Ensuite, elle s'était remariée avec un certain

Miller, dont elle était séparée de corps depuis dix ans. Elle devait certainement utiliser désormais le nom de Miller, ce qui expliquait qu'elle ne soit jamais apparue dans l'enquête. La dernière adresse connue de Marie Rosaire était à Cœur d'Alène, dans le nord de l'Idaho.

Cette région est surtout célèbre pour son lac, aussi grand qu'une mer et très poissonneux. La ville de Cœur d'Alène elle-même vit essentiellement du tourisme. Elle apparaît au visiteur telle qu'il s'attend à la trouver : artificiellement authentique, rattachée d'un côté à la tradition des trappeurs par ses maisons en rondins et ses vendeurs de peaux tannées, mais d'un autre solidement ancrée dans la civilisation américaine avec son Kentucky Fried Chicken et ses énormes stations-service Chevron. C'est aussi la région où fleurissent les groupes paramilitaires d'extrême droite, adeptes du suprématisme blanc.

Paul prit une chambre dans un hôtel du centre-ville où séjournait tout un car de retraités équipés pour la pêche à la mouche. Il posa ses affaires et se mit immédiatement en quête de Marie Rosaire.

Elle vivait dans les coulisses de ce décor exotique. Sa résidence était un mobile home monté sur cales, qui avait perdu tout souvenir du bitume. Il était entouré de buissons et des cordons de lierre grimpaient jusqu'à son toit. Un désordre de tonneaux, d'auvents de planches, de cages vides agrandissait la caravane d'origine. Il lui donnait des airs de campement nomade, quoiqu'il eût été plutôt le signe d'une longue sédentarité.

Paul finit par découvrir l'entrée : une porte arrondie aux quatre angles, comme dans un bateau. Il frappa et attendit. Une minuscule enfant vint lui ouvrir. C'était une petite Indienne vêtue d'une robe en toile rouge d'où dépassaient deux jambes grêles et des pieds nus.

— Je viens voir Marie Rosaire, annonça-t-il.

Une forte voix vint du fond de la caravane, faisant trembler les frêles parois.

— Qui diable peut encore m'appeler comme ça ?

La femme qui venait de parler était étendue sur un lit recouvert d'un édredon mauve. Sa tête reposait sur un oreiller carré entouré d'une frange de dentelle. Elle fixait Paul de toute l'intensité de ses petits yeux noirs. Ils étaient si brillants, presque pointus, qu'ils faisaient oublier tout le reste : l'énorme corps avachi sur le lit, les pieds nus aux orteils difformes au bout de jambes cabossées de varices, les bras flasques aux mains malpropres.

— Approchez-vous. Vous avez peur ?

Paul vint près du lit.

— « Vent du Matin » vous écoute, mon ami. C'est mon nom désormais et il vaut mieux oublier l'autre. Si vous venez me vendre quelque chose, vous pouvez vous en retourner tout de suite. Je n'ai pas d'argent. J'accepte les dons et encore à condition de ne rien signer. Vous dites ?

— Je viens pour Ted, annonça Paul d'une voix douce, comme s'il parlait à l'une de ses patientes.

— Il lui est arrivé quelque chose ?

Un spasme avait presque soulevé la lourde poitrine de la femme. Mais la gravité avait eu le dessus et elle était retombée sur l'oreiller.

— Je n'en sais rien. Je le cherche.

Paul avait compris depuis le premier instant qu'il n'avait aucune chance de rencontrer Harrow ici.

— On vient souvent demander après lui ?

— Jamais. Je ne sais pas comment vous m'avez dénichée. Même lui, il ne me trouve plus.

À ces mots, la femme saisit un mouchoir calé derrière son dos et le porta sous son œil.

Paul regardait ce lieu encombré de misères baroques, lampes sourdes, chats en porcelaine, fleurs en plastique. Il lui semblait avoir pénétré dans une de ces tombes égyptiennes où le défunt trône au milieu des objets qu'il destine à l'éternité. Ce qui rendait malgré tout ce lieu précieux, c'était qu'aucun pillard ne l'avait atteint avant lui. Le FBI apparemment n'avait pas poussé ses investigations jusque-là. Si faibles qu'elles fussent, cela augmentait tout de même les chances de découvrir un indice, un signe, un souvenir qui le mettrait sur la voie.

— Il est en danger, n'est-ce pas ?

— C'est possible, dit Paul.

Il s'était assis sur le rebord du lit et la femme, en le voyant de plus près, semblait seulement le découvrir.

— Montrez-vous. Ils sont bien noirs, vos cheveux. Et crépus ma parole ! Vous êtes portoricain peut-être ?

Elle ouvrit de grands yeux affolés.

— Un nègre ! Un nègre, pardi, voilà ce que vous êtes !

La petite fille accourut en entendant ces éclats de voix. Elle regarda Paul d'un air désapprobateur.

— Calmez-vous. Vous voyez bien que je suis blanc. Et puis, qu'est-ce que ça peut vous faire ?

— On n'aime pas les noirs, ici. Et je vous préviens, Ted les aime encore moins que moi. Apporte-nous des Coca, petite.

L'enfant à qui cet ordre s'adressait disparut.

Marie Rosaire, le front couvert de sueur, était retombée sur son oreiller. Elle se mit à divaguer.

— Vous avez déjà vu ses yeux ? Quand il est né, il m'a fait peur. Chez son père, j'étais habituée à voir des yeux comme ça. Dans sa figure de Gallois distingué, ça paraissait naturel. Mais imaginez-vous une couleur pareille sortie de *moi*...

— Comment avez-vous connu votre mari ?

Elle regardait au plafond, déroulant les plis blafards de son cou.

— Vous aussi, ça vous étonne, hein ? La pauvre Indienne orpheline et le bellâtre racé.

Elle se redressa avec une vigueur qui sembla l'étonner elle-même et se retrouva assise sur son séant, presque nez à nez avec Paul.

— Il m'a aimée, figurez-vous. Et je l'ai aimé aussi. Sa famille n'en voulait plus mais avec son éducation, il n'avait pas de mal à trouver du travail. Rien de tel qu'un riche pauvre pour savoir parler aux riches riches. Il était chef de réception à l'hôtel Majestic de Baltimore. Un cinq-étoiles, sans compter celle qu'il valait à lui tout seul.

Elle lampa le Coca que lui tendit la petite fille, avec des bruits d'abreuvoir. Paul déposa le sien sur un guéridon près du lit.

— Moi, j'étais blanchisseuse dans l'hôtel. Voilà. Je ne crois pas qu'il soit nécessaire de vous faire un dessin.

— Ted a des frères et sœurs ?

— Grands dieux, non ! Déjà que pour sortir celui-là, j'ai cru que j'allais mourir. Je suis un peu ronde aujourd'hui. Mais si vous m'imaginez sans la graisse, il ne reste pas grand-chose.

— Vous avez habité longtemps à Baltimore ?

— Le temps que la direction de l'hôtel découvre l'affaire. Après l'accouchement, ils nous ont jetés dehors. Pauvre Harrow ! Vous savez, dans ces grands hôtels, ils se refilent des listes noires. Du jour au lendemain, plus personne n'a voulu de lui nulle part. C'était un homme qui était fait pour travailler. De se voir chassé de partout comme ça, il s'est mis à boire. Il est devenu de moins en moins présentable. Ensuite, il est allé supplier sa famille. Et ces ordures de Blancs, tous plus riches les uns que les autres, lui ont claqué la porte au nez.

Tout à coup, Marie Rosaire s'arrêta et fixa Paul.

— Pourquoi me faites-vous raconter tout ça ? suffoqua-t-elle. En trois ans, mon pauvre Edgar a crevé comme un chien. Et voilà tout.

Elle étouffa un sanglot puis avala de nouveau du Coca. La boisson semblait remettre ses idées en place.

— Maintenant, dites-moi pourquoi vous cherchez Ted.

— Pour lui proposer un travail.

Paul avait décidé d'improviser. La réponse de Marie Rosaire montra qu'il avait touché juste.

— Bien payé ? dit-elle, les yeux brillants.

— Très.

— À la bonne heure.

Elle souriait maintenant paisiblement.

— Il a besoin d'argent ? demanda Paul.

— Ted ? Il n'a jamais eu un rond. Pourtant il a la même classe que son père. En plus sauvage, peut-être. Il est incapable de travailler régulièrement. Je ne sais pas ce que vous voulez lui proposer mais je vous préviens, il ne faut pas que ça dure trop longtemps.

— Vous pensez qu'il pourrait se cacher par ici ?
— Sans venir me voir ?
— Quand est-il passé pour la dernière fois ?
— Il y a deux ans.
— Qu'est-ce qu'il vous a dit ?
— Des bêtises, comme d'habitude. Il ne parle pas beaucoup, Ted, mais c'est toujours pour dire des choses énormes.
— Quel genre de choses ?
— Je ne sais pas, moi. Qu'il avait enfin trouvé sa voie... Il a déblatéré sur la Terre, la Vie, la Nature, tout ça avec des majuscules. Si vous ou moi nous parlions de cette manière, nous serions grotesques. Mais lui, non. Comment dire ? Ce sont des mots qui vont bien avec ses yeux.

Elle mit son poing devant sa bouche et eut une quinte de toux caverneuse.
— Il a dû prendre ça des Indiens.
— Quoi donc ?
— Ces grands mots.
— Vous voulez dire qu'il a appris cela avec vous ?

Marie Rosaire haussa les épaules.
— Je ne suis pas indienne.

Devant l'air étonné de Paul, elle précisa :
— Je suis *née* indienne, d'accord. Mais ensuite, les bonnes sœurs m'ont passée dans leur moulinette... Ted, lui, il a fréquenté de vrais Indiens. Il y a une grande réserve pas loin d'ici. Déjà à douze ans, il lui arrivait de traîner là-bas pendant plusieurs jours. Je les connais, ces Peaux-Rouges : ils ne sont pas tellement plus indiens que moi, finalement. Mais, eux, ils s'y sont remis. Ils en rajoutent même un peu pour montrer qu'ils sont sérieux. Ils sont capables de passer la nuit à regarder la

lune et de ne dire que trois mots pendant tout ce temps. Mais ces trois mots-là, ils ont l'air de les avoir mâchés et remâchés et ils vous les présentent comme si c'étaient des reliques sacrées. Moi, je n'ai jamais gobé leurs histoires. Je les prends tous pour des farceurs. Mais Ted, lui, il y croit.

— Il y a longtemps que vous vous êtes installée par ici ?

— On est arrivés quatre ans après la mort d'Edgar. Ted avait sept ans. Je ne sais pas pourquoi j'ai eu l'idée de revenir dans ce trou. Je crois que j'avais trop galéré sur la côte Est. Blanchisseuse, vous savez, on ne gagne rien. J'aurais pu faire quelques extras avec des hommes. Ce n'est toujours pas les bonnes sœurs qui m'en auraient empêchée. Mais il y avait Ted. On vivait dans une seule pièce, la plupart du temps. On a fait tous les quartiers pourris de Philadelphie et je suis montée jusqu'à Detroit pour essayer d'être mieux payée. C'était chaque fois pire. Alors, je suis venue ici. J'ai emprunté trois ronds et j'ai ouvert une cantine près du lac. Quelque temps plus tard, je me suis mariée avec Miller. C'était un type qui louait des barques. Il m'avait fait le coup de la promenade à la rame.

Elle souffla comme un vérin à vapeur et Paul se rendit compte que c'était un rire mêlé à un soupir, apparemment une spécialité qui lui avait valu le nom de « Vent du Matin ».

— Miller ne s'est jamais entendu avec Ted. C'est même à cause de ça que le gosse a fait ses premières fugues chez les Indiens. Quand j'ai finalement réussi à le mettre dehors, c'était trop tard. Ted n'est plus jamais rentré à la maison.

— Qu'est-ce qu'il vous a annoncé exactement, il y a deux ans ?

— Je vous l'ai dit : qu'il avait trouvé sa voie et d'autres foutaises du même genre.

— Mais quoi *précisément* ?

— Qu'il allait beaucoup voyager. Et puis un truc du genre que « le monde serait meilleur ».

— Vous n'avez rien noté de particulier dans son attitude, ses vêtements ?

— Non.

Elle réfléchit.

— Si, peut-être. Il avait une montre neuve. Une grosse montre, vous savez, avec plein de cadrans et un beau bracelet en cuir.

— Vous ne l'aviez pas remarquée avant.

— Avant, il n'avait jamais eu de montre. Il disait que les Indiens lui avaient appris à lire l'heure en regardant les ombres sur le sol. Le résultat, c'est qu'il était toujours en retard. Tu parles d'une bande de jobards !

— Vous avez eu l'impression qu'il avait gagné de l'argent, c'est ça ?

— En tout cas, pour une fois, il était bien habillé. Et il m'a apporté des fleurs. Un énorme bouquet qui a dû lui coûter dans les cent dollars.

— Il vous a parlé d'un travail ?

— Non.

— Alors, d'où lui venait cet argent ? Est-ce qu'il a des amis qui auraient pu lui en donner ?

Marie Rosaire allait répondre quand elle s'interrompit et tourna la tête vers Paul, dardant vers lui ses yeux noirs.

— Vous seriez pas un peu de la police, vous, espèce

de Black ? Qu'est-ce que ça peut vous faire qu'il ait des amis ou pas ?

— Je veux le retrouver. Si je connaissais quelqu'un qui soit en contact avec lui, ça pourrait m'aider.

— Non, gémit-elle en s'allongeant et en fermant un peu les yeux. Il n'a pas d'amis, enfin je ne crois pas. Je ne lui en ai jamais connu, figurez-vous. C'est quelqu'un qui reste à distance, vous comprenez ça ?

Marie Rosaire émit un gros bâillement qui découvrit un instant sa denture cariée.

— Laissez-moi, maintenant, le flic. Allez chercher Ted où vous voudrez, mais laissez-moi tranquille. Ça m'a fait du bien d'en parler, mais ça suffit. Je vais rêver de lui.

Paul se leva, déplissa son pantalon et s'éloigna un peu du lit. Dans un angle de la caravane, la petite Indienne veillait. Elle avait dû tout entendre. Paul lui sourit, mais elle garda un visage grave.

— Une dernière chose, dit Paul en faisant un pas vers le lit. Pourquoi déteste-t-il autant les Noirs ?

Marie Rosaire était déjà presque assoupie. Les ailes de son nez battaient au gré de son ample respiration.

— Ça date de son père, peut-être, quand il a commencé à boire, grommela-t-elle sans ouvrir les yeux. Ou peut-être d'après, quand on était dans l'Est.

Paul crut qu'elle avait fini. Il s'était déjà retourné quand elle ajouta, avec la voix de conque du dormeur :

— En fait, c'est pas les Noirs qu'il déteste, c'est les pauvres. Vous me direz que de nos jours, c'est pareil. Mais pas toujours. En tout cas, peu importe. Ouais, c'est les pauvres qu'il déteste.

Paul eut le réflexe de saisir un des montants de la

caravane. Ces mots avaient produit en lui un vertige, un choc dont il mit quelques instants à analyser l'origine. Il courut jusqu'à son hôtel et noircit deux pages de notes, pour fixer ses idées dans leur nouvelle clarté.

4

Odessa. État de Washington.

Dans la vie, Paul connaissait les penchants de Kerry. On s'approche, on se mordille, on s'égratigne, on se provoque, mais, si longues que soient ces agaceries, elles finissent toujours par céder la place à l'essentiel. Il suffisait d'attendre. Paul avait attendu. Quelque chose lui disait que sa patience allait être récompensée. Le temps des préliminaires était en train de passer. Il allait falloir s'expliquer. Kerry en était certainement consciente aussi. C'était elle qui avait proposé qu'ils se rencontrent dans l'Ouest, seule à seul, dans un huis clos qui serait celui de toutes les vérités.

Tycen était chargé d'organiser cette rencontre et, comme il ne connaissait pas ces régions, il était allé demander conseil à Barney. Quel lieu pourrait-il convenir, à égale distance de Seattle et de Cœur d'Alène – deux villes distantes d'environ 700 miles – ? Barney eut un petit sourire et lâcha ce simple mot : Odessa.

Tycen était tombé dans le panneau. De retour à son bureau, il avait cherché tous les vols à destination de l'Ukraine. De Seattle, c'était encore envisageable. Mais relier la Crimée depuis Cœur d'Alène constituait un véritable exploit, avec pas moins de trois correspondances. Il se demandait si Barney avait bien compris la question. Ensuite, il pensa à la ville d'Odessa au Texas. Il allait se lancer dans de nouvelles recherches quand, vers onze heures, en consultant son courrier électronique, il trouva un message de Barney. Il précisait simplement : « Maison Ipatieff, Odessa, Washington. »

En cliquant sur son Encarta, Tycen découvrit en effet une Odessa située dans le nord-est de l'État de Washington.

Comme sa voisine Moscou dans l'Idaho, la petite ville d'Odessa a été fondée par des Vieux-croyants russes émigrés au XIXe siècle. Paul et Kerry pouvaient chacun rallier ce lieu en quelques heures de voiture. Un peu à l'écart de la ville, la Maison Ipatieff était un ancien domaine transformé en hôtel. La vaste propriété était boisée de bouleaux et d'ormes, trouée de clairières où paissaient des chevaux de selle. La bâtisse principale n'apparaissait qu'au dernier moment, au détour d'un virage du chemin de terre. C'était une longue maison simple, qu'un péristyle peint en blanc déguisait en palais. Un fronton triangulaire surplombait l'entrée, et lui donnait un air protocolaire.

Le grand avantage de l'endroit était d'être situé à l'écart de tout. Les hôtes étaient logés dans de petits pavillons disséminés dans le parc. Tycen réserva pour Kerry et Paul une isba de quatre pièces entourée d'une terrasse de bois. Elle donnait sur une pelouse en pente qui dégringolait jusqu'à un étang couvert de nénuphars. C'était un lieu dont il était possible de tout obtenir : il pouvait servir au loisir le plus romantique.

Mais il constituait aussi un cadre de travail idéal, relié au monde par d'excellentes lignes Internet.

Kerry arriva la première. Elle n'avait eu qu'à se laisser conduire. Le chauffeur qui l'avait récupérée à sa sortie de One Earth l'avait d'abord emmenée hors de Seattle. À trente miles de la ville, ils s'étaient arrêtés dans une station-service pour déjeuner et envoyer à Providence les photos numériques prises dans le bureau de Ginger. Ensuite, ils avaient repris l'autoroute, direction plein est. Les trois premières heures, Kerry et le chauffeur s'étaient relayés au volant. Ensuite, elle avait dormi. Ils étaient arrivés à la Maison Ipatieff un peu avant l'aube.

Après une douche et un petit déjeuner, Kerry s'était mise immédiatement en communication avec Providence. L'équipe de Tara avait eu le temps de dépouiller les comptes rendus du board de One Earth ainsi que quelques-unes des biographies des membres du groupe de Harrow. Ces premiers résultats mirent Kerry dans une grande excitation.

Paul arriva à dix heures. Il avait pensé faire le trajet d'un seul trait, mais il était trop épuisé. Il avait dormi sur un parking jusqu'à six heures du matin. Il n'avoua pas à Kerry qu'il s'était arrêté aussi dans la forêt, juste après la frontière du Washington. Il avait repéré un petit promontoire de rochers au milieu des chênes et s'était installé là pendant une bonne heure pour jouer de la trompette.

Il rejoignit Kerry sur la terrasse de l'isba. Elle avait laissé ses cheveux libres, dorés par le soleil de midi, et elle était vêtue d'un chemisier bleu clair dont elle avait relevé les manches et ouvert le col sur sa gorge. Elle avait, pensa Paul, son corps souple et bondissant des moments de traque.

Mais elle prit l'air affairé et fit signe à Paul de s'asseoir en face d'elle.

— On fait le point tout de suite. Il y a des décisions urgentes à prendre.

Paul, en passant à la réception, avait commandé des gâteaux et du thé. Un serveur à la mine grave apporta un plateau noir sur lequel était posé un service en porcelaine bleu de Lemonossov.

— Je t'écoute, dit Paul en posant ses pieds nus sur la balustrade de bois.

Son heure de trompette l'avait détendu. Il se sentait bien. Il laissa Kerry présenter ses résultats. Il savait qu'il tenait dans sa besace de quoi jouer cette dernière partie et même sans doute la gagner.

— Providence est en train de dépouiller les documents que j'ai pu photographier à One Earth.

Kerry avait dit ces mots rapidement, sans insister, comme s'ils constituaient une simple introduction. Paul la félicita sincèrement, presque tendrement, d'avoir réussi son coup à Seattle. Elle parut en être surprise et touchée.

— Raconte-moi comment tu as fait.

— Vraiment ? Ça t'intéresse ?

Mais elle ne se fit pas prier pour décrire Ginger, les couloirs de One Earth, la femme qui l'avait interrompue pendant qu'elle prenait les photos. Ils rirent beaucoup. Paul sentait que le temps de la rivalité était en train de passer. Kerry, quand elle revenait vers l'action, avait besoin de ce petit jeu. À chaque fois, il semblait qu'elle devait faire de nouveau ses preuves, se montrer à la hauteur, à ses propres yeux. Kerry se confiait peu et

Paul ne savait pas grand-chose de son enfance, au milieu de toutes ses sœurs. Sa famille était originaire d'Europe centrale, plus précisément de ce qui était à l'époque la Tchécoslovaquie. Faute d'autre point de comparaison, Paul avait établi un parallèle avec sa propre mère et son caractère russe. Il en avait déduit que Kerry, dans son enfance, avait dû être accoutumée au mélange inquiétant de l'affection et de la compétition. Elle avait probablement été beaucoup aimée, avec force démonstrations de tendresse, pleurs, cris, embrassades. En même temps, elle était sommée de mériter cet amour en se montrant partout la meilleure. C'est le genre de contradiction qui génère une angoisse profonde. Chaque fois qu'elle retrouvait Paul et se relançait dans l'action, Kerry éprouvait de nouveau ce malaise et devait s'en débarrasser. L'intrusion à One Earth avait apparemment eu cet effet. Paul se dit que les choses difficiles pouvaient bien commencer : ils les affronteraient ensemble.

— J'ai eu Tara tout à l'heure pour les premiers résultats. Elle nous rappellera dans la journée dès qu'ils auront terminé l'examen des documents et les vérifications. Je te résume ?

— Vas-y !

Elle se leva, alla s'asseoir sur la balustrade de bois. Paul la voyait à contre-jour sur le fond ensoleillé de la pelouse et des arbres.

— D'abord, une nouvelle qui va te faire plaisir. Nous avons probablement découvert le chaînon manquant dans ta théorie.

— Entre quoi et quoi ?

— Entre le groupe de Harrow et l'Europe. Figure-toi que, parmi les Nouveaux Prédateurs, figure un

Européen. Un seul. C'est un jeune étudiant français du nom de Jonathan Cluses. Il était venu aux États-Unis pour un stage. C'est par l'intermédiaire d'une de ses petites amies qu'il a été amené à One Earth. Il avait un goût prononcé pour les discours extrémistes, ce qui l'a rendu immédiatement sensible au côté prophète de Harrow.

— Qu'est-ce qu'il est devenu ?

— Au moment de la crise avec Harrow, la direction de One Earth avait envisagé de l'exclure. Mais il avait déjà quitté les États-Unis.

— Pourquoi ?

— Officiellement, son stage avait pris fin. On peut se demander si ce cochon de Harrow ne l'avait pas plutôt encouragé à filer.

— Il est rentré en France ?

— Apparemment. On est en train de vérifier ses activités là-bas.

— Tu penses que l'étudiant en question pourrait être responsable de l'affaire de Wroclaw ?

Sans l'exprimer, Paul se sentait un peu déçu. L'idée que l'auteur de ce cambriolage fût une femme s'était peu à peu imposée à lui, sans qu'il eût clairement le souvenir des indices qui l'en avaient convaincu. Comme dans toutes ses missions précédentes, il avait inconsciemment « incarné » sa cible, sous des traits assez vagues, mais que sa rêverie rendait parfois assez nets. Il imaginait une jeune femme mince, de petite taille, sportive et souple, et il aurait été malheureux de devoir se séparer d'elle.

— Il n'a pas nécessairement agi lui-même. En tout cas, cela prouve que Harrow dispose bel et bien d'un relais en Europe. Avec son aide, il paraît déjà moins impossible qu'il ait pu lancer une opération sur ce continent.

Kerry n'avait jamais été tout à fait convaincue qu'il y ait eu vraiment un lien entre l'histoire polonaise et les dissidents de One Earth. Cette concession aux opinions de Paul était donc un gage de paix, la garantie d'un véritable armistice. Cela préjugeait bien de la discussion qui allait suivre.

— Qu'est-ce que tu as découvert d'autre ?

— Tous les comptes rendus des séances du board de One Earth pendant la période de rupture avec Harrow.

Nouveau signe de tête admiratif de Paul…

— Un premier dépouillement montre que les événements se sont déroulés en trois temps. Le premier, c'est la constitution du groupe des Nouveaux Prédateurs, il y a deux ans et demi. À l'époque, il s'agissait seulement d'un courant dissident, réuni autour de son gourou (Harrow). La direction de One Earth s'en plaint parce qu'elle n'aime pas être contestée. Mais rien n'est encore bien grave.

— Deuxième temps ?

— Deuxième temps, juste avant la rupture, le mois précédent, exactement. C'était il y a deux ans. On a le compte rendu exact de la crise. Harrow, d'un seul coup, a changé de ton. Il a informé les membres du board d'un projet secret et il somme One Earth de passer à l'action sur ce programme. Il fait un chantage direct : soit vous me suivez, soit j'agirai seul. Il affirme qu'il en a les moyens. La direction s'affole. Les débats sont vifs. Il y a ceux qui prétendent qu'il bluffe. Pour eux, il ne faut rien faire et les gesticulations de Harrow s'arrêteront toutes seules, faute de moyens. En face, il y a ceux qui pensent qu'il dit la vérité. Le compte rendu fait état de plusieurs témoignages troublants. Harrow aurait loué des bureaux ultramodernes dans le Kansas, il aurait multiplié les déplacements à ses frais dans plusieurs villes d'Amérique ainsi qu'en Chine, en Inde et au Brésil. Lui qui n'avait jamais mis un sou de côté, il semblait disposer d'une source de financement nouvelle et très généreuse.

— Qu'est-ce qu'ils décident, finalement ?

— Les partisans du statu quo l'emportent. On choisit d'ignorer l'ultimatum de Harrow. On ne prononce pas non plus son exclusion car tous jugent que ce serait lui faire une publicité inutile.

— La troisième phase vient de Harrow, alors ?

— Exactement. C'est lui qui prend l'initiative. Un mois plus tard, il annonce sa démission de One Earth. La direction, dans une nouvelle réunion convoquée deux jours avant la date prévue, entreprend alors de vider l'abcès. Elle charge un des membres du board d'établir une liste de tous les sympathisants de Harrow et décide de les exclure.

— Ça ne servait plus à rien, puisque Harrow était parti…

— En fait, ils craignaient qu'il n'entraîne One Earth dans son projet grâce aux taupes dont il pourrait encore disposer dans l'association.

Kerry attendit un instant, pour donner plus de poids à sa conclusion.

— Tout ceci confirme nos craintes : le groupe de Harrow a bel et bien l'intention d'agir en dehors de One Earth. Et il en a la capacité. Il a reçu le concours de quelqu'un qui leur a apporté d'importants moyens.

— Tu as des pistes sur ce « quelqu'un » ?

— Tout ce que l'on a appris, en dépouillant les fiches concernant les membres du groupe de Harrow, c'est qu'aucun d'eux n'est assez riche ou influent pour fournir de tels moyens. Il s'agit donc nécessairement d'une personne ou d'un organisme extérieur à One Earth.

Paul hocha la tête et réfléchit longuement. Puis il se leva à son tour et avança jusqu'aux marches de bois qui permettaient de rejoindre la pelouse. La description de Kerry comportait une lacune essentielle. Elle le savait et sa présentation était une manière d'ouvrir le débat, de reconnaître ses limites et d'accepter d'examiner les suggestions de Paul.

— Nulle part dans ces comptes rendus il n'est fait mention de la nature exacte du projet de Harrow ?

— Non, confirma Kerry. Il semble que Harrow ait toujours communiqué oralement sur ce sujet avec ses collègues du board. Ils ont pris soin de ne rien faire figurer de précis dans leurs documents, même confidentiels. Ils ne voulaient sans doute pas être accusés, sinon de complicité, au moins de non-dénonciation de crime. Car il n'y a aucun doute que le projet de Harrow est un projet criminel. C'est la conséquence directe de l'idéologie anti-humaniste qu'il prône.

— Bien sûr, insista Paul. Le principe est clair. Mais quand on veut passer à l'acte, il faut définir des moyens, des objectifs, un calendrier... Quel était, selon toi, le projet *précis* de Harrow, ce qu'il a été proposer à One Earth. Qu'est-ce qui a pu leur faire si peur ?

Kerry secoua la tête. Elle n'avait rien à ajouter. La position défensive n'avait jamais été sa préférée et elle choisit de retourner la question.

— Tu as des idées là-dessus, toi ? Raconte-moi un peu ce que tu as découvert sur Harrow.

— Viens, dit-il en tendant la main, on va réfléchir en se promenant.

C'était une de leurs vieilles habitudes. Elle datait de cette époque pourtant proche mais déjà préhistorique où l'on apprenait aux espions à se défier des micros fixes. Les affaires sérieuses devaient se traiter en mouvement et dans des espaces découverts. Mais, pour Kerry et Paul, ces promenades étaient vite devenues des moments de plaisir. C'était le meilleur moyen de pouvoir s'échapper des contraintes et des indiscrétions du service.

— Il faut qu'on reprenne tout le raisonnement depuis le début, dit Paul, en faisant descendre sur le nez les lunettes de soleil qu'il avait gardées au-dessus du front.

Ils prirent pied sur la pelouse et commencèrent à descendre vers l'étang en contrebas.

— Je commence. Le père de Ted Harrow est le rejeton d'une grande famille de Nouvelle-Angleterre. Il s'est ruiné et a fini ses jours de façon misérable à la suite d'une mésalliance. La mère de l'enfant est une Indienne arrachée à sa culture. Je l'ai retrouvée. Elle vit près d'ici dans l'Idaho. C'est une femme blessée par la vie qui vomit toute l'espèce humaine. Elle hait les Indiens parce qu'elle les juge dégénérés ; les Blancs parce qu'ils l'ont rejetée. Mais plus que tout au monde elle déteste les Noirs parce qu'ils sont, pour elle, le symbole de la misère. Tout donne à penser qu'elle a communiqué ces sentiments à son fils. Le jeune Harrow fricote avec les Indiens d'une réserve. Il se bricole une vision du monde à lui, comme d'autres ramassent n'importe quoi pour se construire une cabane. Pour ne pas faire la guerre dans le Golfe, il s'échappe au Canada. À Vancouver, il fréquente une faune de militants écolos. Ils lui parlent de la nature. Ils lui font lire des livres, l'entraînent dans des bagarres avec la police. Il croit avoir trouvé ce qu'il cherche. Quand il rentre aux États-Unis, il s'adresse à One Earth où sa brutale simplicité fait merveille.

— Il me semble qu'on savait déjà tout ça.

— D'accord, mais je t'ai dit que je reprenais l'ensemble.

Ils étaient parvenus près de l'étang. Une trace, dans la boue noire de la berge, formait comme un sentier entre les roseaux. Il devait permettre de faire le tour du plan d'eau à pied sec. Paul les y engagea tout en continuant de parler.

— À One Earth, il y a quatre ans, Harrow assiste à une première fronde. Des membres de l'association jugent qu'elle s'embourgeoise. Il trouve qu'ils n'ont pas tort. La direction reprend les choses en main. Harrow reste à One Earth, mais sa réflexion est engagée. Avec ses idées simples et son expérience de l'action, il élabore une synthèse radicale. Son charisme est énorme, son intégrité évidente. Ses idées sont terrifiantes. Il propose ni plus ni moins que de déclarer la guerre à l'espèce humaine. Mais il les formule avec la tranquille rudesse d'un homme à demi sauvage. Il laisse planer une certaine ambiguïté sur les méthodes qu'il compte employer. Tu avais noté toi-même que ses premiers textes ont une tonalité très poétique. Ils empruntent presque toutes leurs images à la symbolique indienne.

Kerry commençait à comprendre que Paul, pendant

le temps qu'il avait passé à Providence, avait repris tout le travail qu'elle avait fait. Il avait vérifié les lacunes de ses hypothèses, les faiblesses de son raisonnement. Ce qu'il présentait était ni plus ni moins une relecture des conclusions qu'elle avait présentées à la dernière réunion.

— Au début, quand il crée le groupe des Nouveaux Prédateurs, Harrow se contente de disserter sur le caractère nuisible de l'espèce humaine et sur sa prolifération. Il n'a pas encore d'idée d'action claire. Il énumère tout ce qui lui passe par la tête, tous les procédés qui permettraient de réduire la pression démographique. Vive le sida, la mortalité infantile et les guerres… Le choléra figure déjà parmi ces fléaux, mais, à ce stade, il n'a pas de valeur particulière. Cette maladie est utilisée comme une simple métaphore. Une métaphore intéressante. Le choléra, c'est la maladie des pauvres. Or, pour Harrow, la pire prolifération humaine est celle des pauvres. À la différence de la plupart des écologistes radicaux, ce n'est pas tellement l'activité industrielle de l'être humain qu'il redoute. Sa grande peur, c'est la prolifération des misérables. Ce n'est pas le fruit d'un raisonnement, mais plutôt d'une expérience. Voilà ce que sa mère m'a permis de comprendre. Le petit Ted a connu la pauvreté lui-même. Elle lui colle à la peau, bien qu'il soit parvenu à la fuir. Il hait les pauvres avec toute la force que l'on peut mettre à se haïr soi-même.

Paul ne cherchait plus à dissimuler son intérêt pour le sujet. Il parlait plus vite et plus fort. Kerry, de son côté, suivait ce raisonnement avec attention. Ils avaient dépassé le stade de la rivalité pour en atteindre un autre qui leur réserverait de plus grandes joies : celui de la pensée en partage, de la complicité intellectuelle et de l'action commune.

— OK, enchaîna-t-elle. On est d'accord : à ce premier stade, Harrow n'a pas encore vraiment de projet. Il veut surtout influencer la ligne de One Earth et peut-être même s'y emparer du pouvoir. Les dirigeants de l'association ne sont pas très inquiets. Et puis, tout à coup, comme on le voit dans les comptes rendus, il se passe quelque chose.

— D'abord, il reçoit de l'argent. Les gens de One Earth l'ont noté et sa mère me l'a confirmé. Harrow, qui n'avait jamais un rond, se met à porter des montres de prix, à louer des bureaux, à voyager. Dans le même temps, les communiqués de son groupe deviennent plus académiques, plus complexes, comme s'il avait reçu un soutien intellectuel autant que financier.

— Je n'avais pas fait le rapprochement. Mais ça peut coller.

— Chronologiquement, j'ai vérifié : les textes sophistiqués sont ceux qu'ils publient dans le mois et demi qui précède la disparition du groupe.

— C'est-à-dire exactement au moment où on commence à voir apparaître les signes d'un soutien financier extérieur.

— Maintenant, regardons bien la transformation idéologique qui s'opère. Le propos des Nouveaux Prédateurs s'épure. Leurs déclarations intempestives sur la mortalité infantile dans le tiers-monde disparaissent, par exemple. De même, la mention du sida comme un facteur utile de régulation démographique. Mais il y a une constante, un sujet qui ne disparaît pas et prend même toute la place dans les derniers communiqués, ceux qui nous ont été transmis par les Anglais.

— Le choléra, dit Kerry de mauvaise grâce.

— Juste ! Le choléra. Mais d'une époque à l'autre, on peut penser qu'il ne remplit plus dans l'esprit de Harrow la même fonction. Le choléra, dans ses premiers textes, était une simple illustration de ses délires théoriques à la mode indienne. Mais maintenant il a de puissants associés ; il est en mesure d'agir. S'il met toujours en avant le choléra et rien que lui, ce n'est plus seulement comme une métaphore gratuite. Il pense qu'il est une arme concrète, une menace ou un espoir, tout dépend de quel point de vue on se place. En tout cas, un objet que notre ami Harrow se propose bel et bien d'utiliser.

Paul invita Kerry à s'asseoir sur un tronc d'arbre. Devant eux, les mélèzes qui entouraient le lac se reflétaient dans ses eaux immobiles.

— Tout ceci nous amène à une première conclusion. Si le choléra est resté le principal élément de la rhétorique de Harrow après sa rencontre avec ses nouveaux partenaires, cela signifie qu'ils partagent une même hypothèse fondamentale. Pour eux comme pour lui, l'ennemi, en tout cas le danger, ce sont les pauvres. Il ne s'agit sans doute donc pas de terroristes ordinaires : leurs cibles habituelles sont plutôt les pays développés, leurs superstructures industrielles et leurs populations vulnérables à la terreur. Dans le cas des partenaires de Harrow, il s'agit de gens qui sont intéressés à répandre une maladie de pauvres dans les pays pauvres.

— Qui pourrait bien avoir intérêt à ça ? Harrow, à la rigueur, on le comprend : c'est un idéaliste et un fêlé. Mais quelle puissance financière et intellectuelle, comme tu dis, pourrait avoir envie d'exterminer des pauvres ?

— Ce n'est pas parce qu'une chose est monstrueuse qu'elle n'existe pas. Je ne suis pas capable de répondre à ton objection. Mais elle ne contredit pas mes hypothèses.

— Il y a tout de même un problème, reprit Kerry, décidée à avancer sur un autre front. Tu as été le premier à dire que le choléra est un très mauvais agent de la guerre biologique, qu'il crée des résistances et qu'il devient endémique un peu partout dans le monde.

— Le choléra est un mauvais agent biologique, en effet. Dans sa forme actuelle.

— Il en existe d'autres ?

— Le labo de Wroclaw travaille sur la transformation du vibrion.

— Tu veux dire que ce Rogulski aurait mis au point un choléra plus efficace, qui provoquerait moins de résistances.

— Pour répondre, j'admets que nous devons entrer dans le domaine des hypothèses. Il faudra les vérifier auprès du professeur Champel, à l'Institut Pasteur. Mais, d'après la documentation qu'il m'a donnée, je crois qu'il est tout à fait possible de bricoler un vibrion nouveau. Il provoquerait une maladie plus grave, serait moins facilement détruit quand il se promène dans la nature, plus résistant aux traitements antibiotiques de masse.

— Donc, le savant polonais est complice.

— Allons-y doucement. Tout ce que l'on peut dire est que, dans son cadeau de mariage avec ses nouveaux partenaires, Harrow a peut-être reçu l'assurance qu'il pourrait disposer d'un choléra transformé. Il garderait ses caractéristiques de maladie des pauvres, mais il serait considérablement plus dangereux. Savoir si

Rogulski a trempé là-dedans activement ou a été lui-même manipulé est une autre affaire. Je pense qu'on ne peut pas trancher pour le moment.

— Et le Cap-Vert ?

— Comme nous le pensions : une répétition générale. Dans un milieu clos, avec un vibrion classique, histoire de comparer différentes méthodes de contamination.

Kerry se leva et reprit le sentier dans la direction de l'isba. Paul la suivit silencieusement. Tous les deux étaient entraînés dans des pensées chaotiques, faites de doute, de conviction, de volonté d'agir et de sentiment d'impuissance et de dégoût.

— Si on est dans le vrai, murmura Kerry, je comprends la trouille des gens de One Earth quand Harrow est venu leur proposer un tel projet. Ça explique pourquoi ils n'ont même pas pu en faire une mention explicite dans leurs comptes rendus.

Ils étaient revenus pas à pas jusqu'à la pelouse qui s'étendait devant leur isba. Le soleil dépassait maintenant la cime des arbres et faisait crier le vert tendre de l'herbe drue.

— C'est un projet monstrueux, inouï, dit Paul, la plus grande opération d'extermination qu'on ait jamais conçue, une catastrophe planétaire.

Puis il eut un pâle sourire et ajouta, presque dans un souffle :

— Personne n'a jamais eu à relever un pareil défi…

Kerry était ébranlée par la certitude passionnée de Paul. Elle le regarda longuement. Ses cheveux noirs étaient ébouriffés et il avait tressé ses favoris à force de les triturer en parlant. C'était exactement comme cela qu'elle l'aimait : la pensée en alerte, convaincu d'avoir identifié l'ennemi, prêt à engager tous les combats. Elle s'approcha de lui. Un instant, ils restèrent l'un devant l'autre à sentir leurs souffles se mêler. Puis elle appuya sa tête sur sa poitrine et posa ses deux mains à plat sur son dos. Il lui caressait doucement les cheveux. Toute la tension de ces derniers jours avait disparu. Ne restait plus que la tendresse qu'ils avaient l'un pour l'autre.

— Tu sais, murmura-t-elle, je suis vraiment heureuse de te retrouver.

Ils se tenaient ainsi quand apparut dans la clairière un vieux serviteur russe qui portait une blouse à col rond boutonnée sur le côté. Dès qu'il les aperçut, il s'éclipsa en hochant sévèrement sa grosse tête ridée, encadrée d'une barbe blanche.

Longtemps auparavant, Paul et Kerry avaient été des amants.

Leur passion avait débuté comme souvent : par son contraire. Dans leur promotion à l'école de formation, Kerry avait vu arriver avec agacement un jeune militaire trop discipliné qui tirait gloire d'avoir été appelé dans les services spéciaux en raison de sa bravoure et de son sens de l'obéissance. Et lui s'était senti humilié par les remarques ironiques de cette gamine aux cheveux de feu qui affichait un perpétuel air de défi et ne laissait passer aucune remarque machiste sans répondre.

À l'époque, Paul avait sur les femmes des idées assez simples et assez vagues, tirées de l'observation de sa mère, austère et rigoriste, et de la fréquentation distraite de quelques bordels en Asie. À ses yeux, le personnage libre et insolent de Kerry ne cadrait ni avec le respect qu'on devait à une femme sérieuse ni avec le désir que peut susciter une fille vendue. La plupart des hommes de la promotion – ils étaient encore une écrasante majorité – pensaient de même et la tenaient à l'écart de leurs discussions et de leurs sorties. Kerry feignait d'y être indifférente. Mais pendant un week-end où – comme d'habitude – elle était restée seule au camp, Paul la surprit en train de pleurer sur son lit. Il se retira sans qu'elle l'ait vu et il ne lui en parla jamais.

Elle n'avait pas eu la même délicatesse. Un soir, elle était entrée dans le mess des élèves, et l'avait trouvé désert car tous s'étaient rendus à une soirée organisée par une autre unité. Seul Paul traînait là, chargé d'assurer la permanence. Par désœuvrement et sans doute sous l'effet d'une nostalgie douloureuse qui lui faisait penser à sa mère, il s'était assis au piano. Lui qui détestait cet instrument n'y touchait jamais et n'avait signalé à personne qu'il savait en jouer, s'était mis à caresser les touches. Emporté par sa mémoire, le contact du clavier et les souvenirs de son enfance, il s'était mis à jouer des nocturnes de Chopin et des pièces de Bach adaptées pour le piano. Il se croyait seul. Quand Kerry battit des mains à la fin d'un morceau, Paul referma bruyamment le couvercle du clavier et se leva, rouge, tremblant, comme s'il avait été pris en faute. Elle lui avait demandé de poursuivre, mais il avait refusé méchamment et était sorti de la pièce en claquant la porte.

Trois mois passèrent sans qu'ils s'adressent la parole autrement que pour les nécessités du service. Puis était venu le temps des affectations. Au hasard du classement de sortie, ils s'étaient retrouvés ensemble à Fort Bragg, dans la même unité opérationnelle dépendant de la 18e Airborne. La première mission pour laquelle ils avaient été désignés avait pour théâtre la Bosnie. Il s'agissait d'infiltrer un groupe d'agents en zone serbe et d'effectuer des repérages pour préparer les bombardements de l'OTAN. La couverture choisie par le commandement consistait à utiliser un groupe d'agents en prétextant une mission humanitaire. Il avait été décidé, pour accroître la crédibilité de ce camouflage, de préparer une équipe mixte composée de deux hommes et d'une femme. Paul fut nommé pour cette mission avec un dénommé Tibor, Américain d'origine hongroise, dont les parents appartenaient à la minorité de Voïvodine et qui parlait serbo-croate. Kerry avait tout à fait l'âge et le physique – surtout si elle laissait ses cheveux libres – de figurer une volontaire humanitaire jeune, idéaliste et passablement turbulente. Dotés de fausses identités – des passeports australiens et finlandais – ils devaient entrer en zone serbe en accompagnant un convoi de camions chargés de vivres. Sitôt franchi le mont Igmam, ils avaient ordre de quitter le convoi de nuit et de marcher jusqu'à la zone où ils devaient effectuer les repérages. Leur paquetage, camouflé dans des sacs à dos de sport, contenait le matériel nécessaire à un bivouac de plusieurs jours, à des observations nocturnes et à une radiotransmission cryptée. Ils avaient appliqué les techniques de camouflage qu'ils maîtrisaient parfaitement et s'étaient installés dans un bois au-dessus de Palè, la capitale provisoire de la République serbe de Bosnie. De là, il était prévu qu'ils travaillent dans deux directions. Tibor, grâce à ses aptitudes linguistiques, pouvait circuler librement habillé en milicien. Son rôle consistait à repérer le domicile et les planques nocturnes de plusieurs chefs de l'armée bosno-serbe. Kerry et Paul, eux, devaient sous camouflage, tenter d'observer les mouvements nocturnes de blindés et d'artillerie dans une colline où le renseignement américain suspectait l'existence d'un arsenal souterrain. Le premier incident survint le lendemain de leur arrivée. Tibor ne rentra pas.

Par contact radio, ils apprirent qu'il avait juste eu le temps d'actionner sa balise de détresse pour signaler qu'il avait été capturé.

Selon le plan initial de l'opération, l'exfiltration du groupe devait avoir lieu trois jours plus tard, par hélicoptère, en un point convenu à l'avance. Une procédure de secours avait été prévue, mais elle comportait beaucoup de risques. De plus, les Serbes avaient certainement mis en place un dispositif de surveillance renforcée depuis la capture de Tibor et il serait sans doute impossible de gagner la clairière assez éloignée où devait se poser l'hélicoptère.

Commença alors une période d'une intensité que Paul n'avait pas connue, même dans les moments les plus chauds de sa formation militaire. Jusque-là, quel que soit l'effort qu'on avait exigé de lui, à la limite de la résistance parfois, il avait toujours agi dans un cadre. Il obéissait à des ordres, rassuré, malgré l'épuisement, la peur ou la douleur, par la présence d'une hiérarchie, même s'il la supportait mal. Cette fois, ils étaient seuls. Intensément, totalement seuls. Et, à la différence de Tibor qui avait été capturé en civil et sans doute traité en espion, c'est-à-dire en otage politique, ils risquaient, eux, d'être considérés comme des combattants et abattus sans sommation s'ils étaient découverts.

C'est dans ces circonstances que Kerry se révéla. Sans effort, avec un naturel surprenant, elle avait pris la situation en main et décidé d'un plan d'action qu'ils mirent à exécution le soir même. Non seulement elle envisageait assez sereinement de tenir jusqu'à la date normale de l'exfiltration, mais elle était déterminée à ce que, pendant ce temps, ils collectent les renseignements prévus. La difficulté semblait l'électriser. Elle gardait un calme impressionnant. L'absence de tout encadrement lui procurait un évident plaisir. Ainsi organisèrent-ils sous sa direction leur vie de naufragés en pleine terre.

Ils aménagèrent un abri souterrain soigneusement camouflé, placèrent des capteurs d'alerte aux alentours, se relayèrent pour une garde constante de jour comme de nuit avec leur viseur infrarouge. Dès le lendemain de la capture de Tibor, ils entreprirent d'explorer les abords du bois où ils se cachaient. Les constatations qu'ils firent étaient assez rassurantes. Les Serbes n'avaient apparemment pas connaissance d'une autre équipe sur place. La vie dans la zone restait celle d'une campagne ordinaire avec passage de tracteurs chargés de foin, de piétons, de voitures déglinguées, de vieux autobus. De nuit, ils notèrent le mouvement d'un convoi de troupes et d'un transport de chars. Les blindés serbes ne paraissaient plus en état de bouger par eux-mêmes. La plupart étaient utilisés comme des pièces d'artillerie fixes et déplacés en camions. Ils rentrèrent dans leur planque à l'heure où montait la lune. Ils se sentaient moins traqués, presque libres. La détermination de Kerry avait gagné Paul. D'une manière quasi mécanique et selon un processus qu'ils auraient ensuite longtemps l'occasion de voir à l'œuvre, l'audace et le courage de l'un stimulaient l'autre. Sans être une véritable compétition car elle n'était ni déclarée ni encadrée par des règles, une forte émulation s'était installée entre eux et décuplait leurs énergies. C'était une émulation secrète dont ils n'avaient garde de parler entre eux. Elle était à la fois implicite et permanente, magnifique et calculée. Chaque point marqué était salué par l'autre avec fair play et ce jeu les rapprochait plus qu'aucune confidence, aucune déclaration n'aurait pu le faire. Dès le deuxième jour, la compétition débuta ouvertement. Kerry avait décidé que l'un d'entre eux devait garder l'abri et les instruments de communication pendant que l'autre irait, à trois kilomètres de là, tenter de repérer l'arsenal souterrain pour lequel la mission avait été montée. Paul annonça si vite qu'il partirait qu'il se sentit tout heureux d'avoir pris Kerry de court. Mais, plus tard, il se demanda si la surprise de cette diablesse n'était pas feinte et si elle ne lui avait pas simplement tendu cette perche pour le mettre au défi.

Il rentra de son expédition avec deux heures de retard et constata avec un plaisir certain qu'elle était inquiète et soulagée de le voir arriver. Il avait pu réaliser des photographies très précises des accès de l'arsenal et avait découvert plusieurs systèmes d'aération camouflés. Il était même parvenu à prendre des clichés d'un convoi de camions militaires au moment où il franchissait l'un des accès.

Le lendemain, c'était Kerry qui avait assuré la responsabilité de la nouvelle patrouille d'observation. Elle avait décidé de contourner la zone d'observation en faisant un long crochet vers le nord, de façon à pouvoir disposer d'une vue de l'autre versant de l'arsenal souterrain. Paul, resté seul au campement, eut tout loisir de réfléchir et d'examiner ses sentiments. Ce qu'il éprouvait, en attendant le retour de Kerry, était plus que l'inquiétude normale et simplement fraternelle que suscite l'absence d'un camarade engagé dans une mission dangereuse. Il y avait en lui une angoisse douloureuse, la crainte non seulement d'un incident mais d'une perte, qui l'aurait profondément affecté. Cette impression de manque s'accentua au fil de la journée et plus encore avec la tombée de la nuit. Neuf heures passèrent. La lune se leva, presque pleine. On y voyait comme en plein jour. Il savait que pour rejoindre la colline où ils étaient camouflés, Kerry devait traverser une route et longer des fermes. Dans ces conditions, si elle n'était pas déjà passée, cette portion du chemin de retour risquait d'être extrêmement dangereuse. Et en effet, vers onze heures, il entendit au loin des aboiements, des cris, et, un peu plus tard, le claquement mat de coups de feu tirés vraisemblablement avec des armes de chasse. Instinctivement, il se mit à rassembler les affaires et à les fourrer dans leurs sacs à dos, au cas où ils devraient quitter les lieux en catastrophe. Il n'avait pas encore terminé quand Kerry surgit de l'obscurité. Elle était en nage, le visage griffé par les branches, haletante. Mais elle ne montrait aucun signe de peur ni de perte de contrôle d'elle-même. Très calmement, elle l'informa qu'elle avait été accrochée, que les paysans avaient donné l'alerte et qu'un groupe de miliciens était à ses trousses. Paul termina en un instant de boucler les sacs. Ils les mirent sur leur dos et s'enfoncèrent dans la forêt.

La traque dura toute la nuit, mais ils parvinrent à échapper à leurs assaillants. En remontant une gorge humide encombrée de ronces et d'arbustes, ils atteignirent une petite terrasse herbeuse invisible du bas. Pendant toute la durée de leur fuite, ils rivalisèrent de sang-froid et d'endurance. Mais sitôt allongés sur le gazon sauvage de leur retraite, ils se jetèrent l'un vers l'autre. Toute leur angoisse, leurs douleurs, leur fatigue se fondirent en un long baiser avide. Ensuite, ils firent l'amour en se dévêtant à peine, avec la brutalité de bêtes et la familiarité physique de deux êtres qui se seraient toujours connus.

Ainsi débuta l'histoire de leur passion, sur un repli de falaise, dans une terre hostile d'où ils n'étaient pas certains de ressortir vivants.

Le lendemain soir, après de longues heures de course haletante dans les bois, ils rejoignirent leur point d'exfiltration. L'hélicoptère se posa à l'heure prévue et les transporta jusqu'à Split. Un C-130 les déposa ensuite à la base d'Aviano. Deux jours plus tard, ils rentraient à Fort Bragg.

Les circonstances de cette première rencontre amoureuse auraient pu être anecdotiques, fortuites et sans conséquences. Il se trouva qu'elle marqua pour toujours leurs relations. Chaque fois qu'ils se revirent dans des conditions « normales », dans la routine de leur vie de caserne en dehors des missions, leur union physique était moins complète, la rivalité prenait le pas sur la complicité. Ils en venaient vite à se déchirer, presque à se détester. Au contraire, chaque fois qu'ils étaient réunis par l'urgence et le danger, et cela leur arriva plusieurs fois au cours d'autres opérations dangereuses pour lesquelles ils se portèrent volontaires ensemble, ils retrouvaient le bonheur absolu de leur première rencontre. Ils étaient comme des drogués qui, après avoir tâté de substances hautement toxiques, n'éprouvent aucun plaisir et même une intolérable frustration à user de produits plus inoffensifs.

L'idée de quitter l'armée leur vint ensemble mais pour des raisons différentes. Paul ne se voyait pas d'avenir dans la répétition de ces missions excitantes mais qui laissaient, en se terminant, une impression de vide. Cette vie lui semblait une agitation dérisoire et stérile, un divertissement au sens pascalien, qui l'éloignait de l'essentiel. Il lisait beaucoup à cette époque et mettait à profit les longues périodes de désœuvrement que leur laissait le commandement entre deux opérations. Il avait l'occasion de considérer plus attentivement les raisons qui l'avaient poussé à entrer dans l'armée. La fidélité à l'engagement et au sacrifice de son père était incontestablement le premier sinon le seul motif qui l'avait conduit à s'engager. Mais ce qu'il avait longtemps considéré comme une audace apparaissait de plus en plus comme une lâcheté et une fuite devant des choix plus personnels. À dix-huit ans, l'idée d'étudier la médecine, de construire avec les autres une relation plus humaine, plus durable. et plus profonde, l'avait habité pendant des mois. Impulsivement, il avait mis fin à ces hésitations en se réfugiant dans la facilité de l'armée. Il y repensa et se sentit mûr pour reprendre cette réflexion là où il l'avait laissée. Il était encore temps pour lui de revenir sur ses pas et de s'engager sur la voie de la médecine qui l'attirait profondément.

Kerry partageait les mêmes doutes, pour d'autres raisons. Elle avait choisi l'action secrète par provocation et par défaut, peut-être pour rester conforme à la réputation d'originalité et d'insoumission qui avait toujours été la sienne au milieu de ses sœurs. Mais, au fond, elle n'avait agi que sous la pression du petit groupe que constituait sa famille et au sein duquel lui était dévolu, malgré elle, le rôle de garçon manqué. Elle avait envie de reprendre des études et son attirance pour la psychologie lui semblait mériter mieux que la lecture désordonnée d'articles de vulgarisation ou d'ouvrages grand public. Surtout, dans ce monde d'hommes où son engagement l'avait plongée, elle regardait autrement sa condition de femme. Au milieu de ses sœurs coquettes et futiles, elle avait été poussée à rejeter sa féminité, à n'en faire qu'un instrument parmi d'autres comme l'intelligence, la performance sportive ou le sens de l'humour. Aujourd'hui, elle y voyait quelque chose de plus essentiel et de plus grand. Elle avait le désir d'une vie de femme, d'une relation de couple. Elle voulait une famille.

Paul et elle discutèrent longuement de leur commune décision et des voies qui les y avaient conduits. La tentation de rester ensemble dans cette nouvelle vie était forte. Mais une dernière mission les en dissuada. C'était dans le Caucase, aux côtés de factions tchétchènes auxquelles les États-Unis, tentaient d'apporter une aide secrète. Rien ne s'était passé d'extraordinaire pendant cette opération relativement simple quoique éprouvante physiquement. Mais dans ces montagnes sublimes, au milieu de ce peuple sacrifié, incroyablement rude, ils avaient vécu des moments d'une telle intensité amoureuse que l'idée même de les compromettre par une vie paisible et banale leur était apparue intolérable. À vingt kilomètres de Grozny bombardée, dans une casemate en rondins, sous la neige qui commençait à couvrir les reliefs, ils avaient décidé ensemble de mettre fin à leur relation, de l'arrêter sur ce sommet et d'en conserver le souvenir pur. Ils s'étaient redonné leur liberté comme des voyageurs qui, après une halte, décident qu'ils repartiront chacun de son côté.

Mais ils s'étaient prêté deux serments : le premier était qu'ils préserveraient toujours une indéfectible affection. La sexualité n'y prendrait plus de part, mais elle garderait la force du désir, la beauté de leurs souvenirs, l'intensité de l'admiration qu'ils avaient l'un pour l'autre. Quant au second, c'était un vœu : ils se reverraient si, un jour, la vie leur réservait de partager ensemble des moments intenses comme ceux qui les avaient réunis. Il était peu probable que cela advînt jamais. Au moins s'étaient-ils juré de répondre l'un à l'autre présent si par extraordinaire de nouveau « les conditions étaient réunies ».

À Odessa, ils étaient maintenant certains qu'elles l'étaient.

Née dans l'urgence du service et la clandestinité de l'action la relation de Paul et de Kerry avait des exigences de feu. Leur affection se nourrissait de danger, de mouvements, de décisions. Elle se serait asphyxiée elle-même en les conduisant à y renoncer. Sitôt passé ce moment de tendresse, dans la clairière de la maison Ipatieff, ils avaient continué de travailler.

Ainsi, le soir même, ils avaient immédiatement traduit leurs conclusions en objectifs opérationnels. Le premier était de retrouver coûte que coûte la trace des souches de choléra volées en Pologne. Pour cela, ils ne disposaient que d'une piste : Jonathan Cluses et ses éventuels complices. Le second était de tenter d'identifier l'origine des soutiens financiers dont avait bénéficié Harrow. Cela supposait de mettre Providence sur cette piste. Ils rédigèrent un message pour demander que soit vérifiée la location de bureaux dans le Kansas et qu'on tente d'identifier l'origine des fonds qui en auraient permis le règlement. D'autre part, ils demandèrent à Tycen d'approfondir les recherches sur Rogulski. Qu'il soit complice ou innocent, il était probable qu'il avait été de près ou de loin en contact avec le mystérieux groupe qui apportait son soutien à Harrow.

Il était neuf heures du soir quand ils en eurent terminé. Ils étaient allés à pied jusqu'au bâtiment principal pour prendre un dîner servi dans des dentelles de Crimée et des verres en cristal apportés par le Transsibérien jusqu'au détroit de Behring. Puis ils étaient rentrés à l'isba.

Debout au petit matin, ils avaient fait un jogging dans le parc à peine éclairé par la lumière blanche de l'aube. Avec le décalage horaire, ils purent communiquer avec tous les services de Providence qui travaillaient pour eux. À dix heures, ils firent un dernier point avant de repartir. Le service de Tara avait bien avancé pour ce qui concernait la liste des membres du groupe de Harrow. Il se confirmait que tous ceux dont on avait retrouvé la trace avaient bel et bien disparu depuis deux ans. Pour certains, on était même sûr qu'ils s'étaient volatilisés avant même de recevoir notification de leur exclusion de One Earth. Les recherches pour les retrouver prendraient du temps. Seuls quatre avaient été localisés. Deux d'entre eux, un homme et une femme, travaillaient comme enseignants dans une high-school de Baltimore. Ils avaient pris un vol aller simple pour l'Afrique du Sud, pays dont lui était originaire. On ne connaissait pas leur adresse sur place.

Un garçon d'une vingtaine d'années, qui avait rejoint le groupe de Harrow récemment était décrit comme ayant des « compétences autodidactes en construction ». Avant de rejoindre One Earth, il avait apparemment travaillé dans le Grand Nord canadien. Providence était parvenu à le localiser depuis son départ de l'association. Il était entré comme logisticien à Médecins sans frontières et il était parti en mission en Afrique, dans la région des Grands Lacs.

S'agissant de Jonathan, Providence avait déniché une adresse dans la région Rhône-Alpes, mais sans garantir qu'il y habitait toujours. Un rendez-vous était pris grâce à Dean avec un inspecteur de la DST à Paris qui suivait plus particulièrement les groupes d'extrême gauche.

La ville la plus proche d'Odessa était Spokane, d'où un vol American Airlines partait pour New York en début d'après-midi. Une correspondance commode les mettrait à Paris le lendemain soir. Ils préparèrent leurs valises et consultèrent leurs montres.

À quinze heures, ils décollaient de Spokane.

5

Paris. France.

— « Paul Matisse », c'est français, ce nom-là ?

L'inspecteur Lebel, que ses parents avaient étourdiment prénommé Philippe, était un petit homme malingre au long nez. Il avait ce teint particulier aux vrais Parisiens qui s'accorde à la couleur de leurs pavés et peut varier, au gré des émotions qu'ils expriment, du blanc des façades en pierre au gris plombé des toitures de zinc.

Paul et Kerry se serraient en face de lui sur la banquette en moleskine rouge. Dans ce café bruyant de la rue des Saussaies, en face du siège de la DST, même le patron, avec sa grosse moustache, faisait mine de dissimuler des secrets d'État.

— C'est un nom d'origine française, oui, dit Paul. Mais lointaine. Quand Napoléon nous a vendu la Louisiane… vous voyez ?

— Si je vois ? 1804 ! Une belle connerie ! On n'en serait pas là aujourd'hui. Enfin, bref… Et vous, chère madame, puis-je savoir comment vous vous nommez ?

Pour s'adresser aux femmes, Lebel prenait cet air ironique que les Américaines, selon leur âge et leur expérience de la vie, jugeaient soit absolument charmant soit insupportablement lubrique. Kerry, à qui l'idée d'être séduite par ce petit bonhomme aux doigts jaunis de nicotine ne traversait pas l'esprit, était plutôt tentée de le trouver rigolo et, à sa manière, sympathique. De toute façon, elle était heureuse d'exercer son français. Elle le parlait moins couramment que Paul, mais c'était une langue qui l'avait toujours intéressée à cause de ses sonorités.

— Mon nom est Kerry. Mais méfiez-vous, ajouta-t-elle en riant, je suis le danger incarné : la vraie femelle américaine. L'emmer-deuse.

Elle avait prononcé ce mot avec un fort accent. Lebel éclata de rire. Mais à voir ses yeux quand il reprit son sérieux, on pouvait comprendre qu'il avait saisi le message et se tiendrait à carreau.

— Comment se porte sir Archibald Morton ? demanda-t-il d'une voix pleine d'onction.

— Archie va très bien, fit Paul. Il termine une longue tournée en Extrême-Orient. Il doit rentrer cette semaine et nous le rencontrerons en Italie.

Ils avaient communiqué avec lui sur un réseau de Providence et Archie, sans leur donner de détail, avait insisté pour les voir de toute urgence en Europe avant de rentrer aux États-Unis.

— Présentez-lui mes respects, je vous prie, dit l'inspecteur. J'ai beaucoup d'admiration pour cet homme.

On sentait Lebel plutôt porté à la médisance. Un tel compliment prenait ainsi la valeur d'une distinction rare, un peu comme s'il lui avait personnellement décerné la Légion d'honneur. Il n'en dit pas plus. Kerry et Paul supposèrent qu'Archie avait dû se rendre utile à Lebel à un moment ou à un autre de sa carrière, et s'assurer ainsi sa reconnaissance.

— Donc, lança l'inspecteur, vous vous intéressez au jeune Jonathan ?

Voyant que ses interlocuteurs regardaient autour d'eux, il ajouta :

— On peut parler ici, ne vous inquiétez pas.

— Oui, dit Kerry, nous travaillons sur un groupe d'écologistes radicaux américains, auquel il aurait appartenu…

— C'est vrai que les écologistes peuvent être dangereux chez vous, fit Lebel pensivement. Ici, ce sont plutôt de braves gens qui ne rêvent que d'être ministre. Je ne sais pas si c'est mieux, d'ailleurs.

Ils allaient devoir s'accoutumer aux humeurs philosophiques du Français, digne représentant de sa nation. Paul soupira.

— Vous prenez autre chose ? demanda Lebel tout à

trac. Puis, au patron : « Un demi, Raymond, s'il te plaît. »

— Ce garçon est rentré en France il y a environ deux ans, reprit Kerry, et depuis lors, nous aimerions savoir ce qu'il est devenu.

— C'est ce que m'ont laissé entendre vos services. Au fait, Monsieur Archibald est à son compte maintenant ?

— Il a monté une agence privée. À Providence.

— Providence ! fit Lebel en joignant les mains comme s'il se mettait en prière. Il n'y a que les Américains pour trouver ça...

Voyant qu'il ne faisait pas rire ses interlocuteurs, il toussa bruyamment et reprit :

— J'ai jeté un coup d'œil à la fiche de votre client juste avant de venir.

Paul sortit de sa poche un petit bloc et un feutre.

— Ça vous dérange si je prends des notes ?

— On se sert encore de ces trucs-là, en Amérique ? fit Lebel, l'œil pétillant. Je vous croyais tous accros à l'ordinateur de poche...

Paul se força à émettre un petit rire qui parut satisfaire l'inspecteur.

— Il y a longtemps que nous le suivons, votre gars.

— Pour son engagement ?

— Non, d'abord à cause de son beau-père.

Paul et Kerry se regardèrent. Aucun n'avait rien entendu à ce sujet.

— Sa mère a divorcé il y a une quinzaine d'années et son père est mort peu après d'un cancer. Je dis bien un cancer. N'allez pas chercher midi à quatorze heures.

Ses interlocuteurs le regardèrent avec perplexité et il traduisit l'expression dans un anglais scolaire.

— Je veux dire : ne voyez pas le mal où il n'est pas. Le type est mort de mort naturelle. Ensuite, la mère de votre Jonathan s'est remariée avec un certain Hervé de Bionnay, un brillant énarque – l'ENA, vous connaissez ? une spécialité nationale, moins bonne que les escargots de Bourgogne et beaucoup plus toxique. Il a quitté la fonction publique pour devenir patron d'industrie.

— Quel genre d'industrie ?

— Justement. Il est PDG de Bêta-Technology, numéro un en Europe pour la construction de missiles militaires.

— Un marchand d'armes.

— Si vous voulez. Le moins que nous puissions faire, c'est de surveiller un peu son entourage. Il n'a pas d'enfant de son côté. Sa femme est sans histoire. Le seul qui ait posé quelques problèmes, c'est le jeune Jonathan.

— Des problèmes de quelle nature ?

— Pas grand-chose, en vérité. Crise d'adolescence, rejet du beau-père, ce genre de bêtises.

— Qui se manifestaient comment ?

— À vrai dire, ce qui est intéressant chez ce gamin, c'est qu'il flirte avec le danger, mais ne fait jamais de graves conneries lui-même. Il n'a jamais travaillé en classe, mais, finalement, à coups de boîtes privées, ils ont réussi à le tenir jusqu'au bac. Il a traîné avec des musiciens – lui-même joue de la guitare, je crois –, des types drogués jusqu'à l'os, mais personnellement il n'a pas dépassé le stade du joint.

— Pas de trafic non plus ?

— Si, justement. Il s'est fait repérer une fois par un indic des Douanes dans une histoire de livraison de cocaïne avec la Colombie.

— Quand était-ce ?

— Il y a quatre ans.

— Il a été jugé ?

— Non, on a prévenu discrètement le père, enfin le beau-père. Il a fait intervenir le ministre de l'Intérieur. Quand le coup de filet a eu lieu, le gamin avait disparu. Évidemment, les autres ont pensé que c'était lui qui les avait donnés. Mais ce n'était pas trop grave puisqu'ils ont tous été coffrés, ici et en Colombie.

— Et après, ses parents l'ont envoyé aux États-Unis pour un stage.

— Exact.

— Donc, vous avez un dossier sur lui ?

— Qui pourrait l'envoyer en cabane pour un bon moment. Mais on n'a pas donné suite et on le garde sous le coude au cas où.

— Vous savez ce qu'il a fait aux États-Unis ?

— Tout ce que l'on a su, c'est que le FBI le pistait. Il s'était mêlé à un groupe écolo radical et quand il est rentré en France, vos collègues là-bas nous ont conseillé de garder un œil dessus. Il s'est installé en région Rhône-Alpes. On a missionné notre équipe régionale pour faire des contrôles de temps en temps. Ça vous gêne si j'en grille une ?

Lebel avait sorti un paquet de Marlboro et regardait avec affection le rectangle familier où était écrit : « Fumer tue. »

— Oui, dit Kerry et, devant l'air de dépit de Lebel,

elle ajouta : je vous avais prévenu que j'étais une emmerdeuse.

— Je suis l'esclave des désirs de madame, répliqua-t-il avec un large sourire qui découvrit ses petites dents jaunes.

Il remit les cigarettes dans sa poche.

— Donc en Rhône-Alpes ? reprit Paul.

— Votre fils à papa s'est inscrit dans une association écologiste. Il faut croire qu'il y avait pris goût chez vous. Il a choisi l'organisation la plus activiste que nous ayons ici, ce qui ne va pas très loin : des manifs antinucléaires principalement.

— Pas sympa pour le beau-père…

— Oui et non. Parce qu'à côté de ça, le garçon est très gentil. Il vit toujours aux crochets de maman et de beau-papa. Je crois qu'en fait ils ne le prennent pas au tragique. Ils se disent qu'il jette sa gourme. D'ailleurs, c'est plutôt un dilettante, un play-boy. Toutes ces pseudo-révoltes sont surtout l'occasion de se taper des petites nanas. Sauf le respect que je dois à madame, ajouta-t-il en s'inclinant.

Kerry haussa les épaules et sourit.

— Il milite toujours chez les écolos ? demanda-t-elle.

— Non. Il en est parti, il y a un peu plus d'un an.

— On sait pourquoi ?

— Sans raison. C'est juste une coïncidence peut-être, mais une fille avec laquelle il était sorti a eu des problèmes assez sérieux avec l'association à ce moment-là.

Lebel regardait tristement le fond de son verre de bière. Visiblement, il n'osait pas en commander un troisième.

— Vous reprendrez quelque chose ? demanda Paul pour l'aider.

— Tiens, pourquoi pas ? Disons... un demi par exemple.

— Et deux cafés, cria Paul en faisant signe au patron.

— Oui, reprit Lebel avec un enthousiasme renouvelé, au cours d'une manif, cette fille a été bousculée par la police. Pas grand-chose, mais on en a beaucoup parlé. L'association a monté l'incident en épingle : répression aveugle, brutalité policière, les conneries habituelles... La fille a été interviewée partout. Malheureusement pour eux, elle s'est mise à tenir des propos un peu gênants pour l'association.

— Des critiques ?

— Non, pas du tout. Elle avait eu la tête un peu tournée par l'incident. Elle appelait au soulèvement général, à l'action violente, au meurtre de flics. Bref, elle délirait à pleins tuyaux et les écolos étaient très emmerdés.

— Une pasionaria ?

— Pas vraiment. Il semble que c'est venu comme ça, d'un seul coup. Avant, c'était une gamine sans histoire. Elle était même timide, réservée. Ses parents sont de vieux notables du Pas-de-Calais... Finalement, les choses ont pris une telle tournure qu'il a fallu la mettre quelques semaines dans une clinique psychiatrique.

— Comment s'appelle-t-elle ?

— Juliette Descombes.

— Et Jonathan l'a suivie ?

— Non. Il est resté à Lyon. Elle, quand elle est sortie de l'hosto, elle a pris un poste d'enseignante dans un collège du Jura.

— Quel est le rapport avec le départ de Jonathan de l'association, alors ?

— Le rapport est purement chronologique. Il a quitté l'association au moment de cet incident. Point barre. Il n'y a peut-être aucun rapport. Quand même, il est venu la voir à la clinique alors que tous les membres de l'association avaient prudemment pris leurs distances.

Paul termina de noter. Lebel restait silencieux et attendait les questions.

— Quelqu'un vous a-t-il parlé de Wroclaw ?

— Succinctement. On m'a dit que vous vous intéressiez à des dates en mars dernier, à cause d'un casse de laboratoire à l'étranger, c'est ça ?

— Vous avez pu vérifier l'emploi du temps de ce Jonathan à cette période-là ?

— Ce n'est pas un assez gros poisson pour qu'on le piste tous les jours. Nos équipes se contentent de sondages à intervalles réguliers. Cela dit, vous avez de la chance. Je ne sais pas si c'est un hasard, d'ailleurs. Dans notre métier, on ne croit guère aux hasards, n'est-ce pas ? En tout cas, le jour où a eu lieu cette histoire en Pologne, le Jonathan a grillé un feu rouge avec sa moto sous le nez de deux gardiens de la paix. On lui a retiré trois points de permis de conduire et il a eu une amende.

— Ça se passait où ?

— Dans le quartier Bellecour, en plein centre de Lyon.

Kerry et Paul échangèrent un regard : une piste venait de tomber.

Lebel laissa se prolonger le silence. Il tapota sa poche, ressortit son paquet de cigarettes et en prit une.

— Je ne l'allume pas. Mais ça me calme de la tripoter.

— Allez-y, va, fit Kerry que le découragement rendait accommodante.

— Merci.

Lebel alluma sa cigarette et inspira une énorme bouffée. Paul l'observait avec fascination, attendant que la fumée ressorte. Mais ses poumons devaient ressentir un tel manque qu'ils la retinrent complètement. Avec la nicotine, les couleurs revinrent sur le visage de l'inspecteur. Une roseur de jambon au torchon teinta légèrement ses joues.

Il se mit à sourire en regardant ses interlocuteurs désemparés. Visiblement, il ne lui déplaisait pas de venger l'honneur sans cesse compromis de la police française. Il abattit sa dernière carte :

— Il y a seulement une journée que votre agence nous a contactés, commença-t-il. Nous n'avons pas pu enquêter beaucoup. Toutefois…

Il prit un air modeste et s'arrêta pour ménager son effet :

— … j'ai quand même fait vérifier l'emploi du temps de ladite Juliette aux dates qui vous intéressent.

Paul se mordit la lèvre : c'était évidemment la chose à faire. Le décalage horaire le mettait décidément dans le potage et lui ôtait tous ses réflexes professionnels.

— Et alors ?

— Alors, elle s'est absentée de son collège pendant quatre jours au moment de votre affaire polonaise : partie l'avant-veille, rentrée le lendemain. Motif : maladie. Pas de certificat médical.

Une vive émotion saisit Paul en cet instant. Ainsi son intuition était-elle justifiée, alors qu'il s'était résigné à la voir démentie. L'auteur du cambriolage était bien une femme et il venait maintenant d'apprendre son nom.

— Juliette, murmura-t-il.

— Vous avez ses coordonnées ? demanda vivement Kerry. Il est possible de l'interroger ?

— Ses coordonnées *habituelles*, oui, dit Lebel en prenant l'air finaud. Mais pas les actuelles. Et pour cause !

— C'est-à-dire ?

— La belle Juliette a disparu sans raison depuis trois semaines.

Kerry et Paul ne prirent pas le temps de passer par leur hôtel, dans le quartier de Saint-Germain-des-Prés. Ils se firent conduire directement en taxi à l'Institut Pasteur.

Le chauffeur cambodgien les regardait sans arrêt dans son grand rétroviseur intérieur et s'obstinait à vouloir leur faire visiter Paris. Ils passèrent tout le trajet à l'éconduire et n'eurent pas la possibilité d'évoquer les révélations de Lebel.

Paul avait pris rendez-vous la veille par téléphone avec le professeur Champel. Celui-ci n'avait fait aucune difficulté pour le recevoir du jour au lendemain. Pour ne pas limiter ses questions en fonction de sa couverture, Paul avait décidé qu'il allait annoncer cette fois sa véritable fonction. Il y avait un risque que Champel se braque et ne veuille pas collaborer à une enquête secrète. Mais s'il acceptait, cela permettrait d'aller beaucoup plus vite et surtout beaucoup plus loin.

En vérité, l'annonce un peu embarrassée de Paul ne

provoqua aucune réaction chez le vieux professeur. Il semblait se moquer complètement de savoir qu'il s'adressait à un agent secret plutôt qu'à un conférencier mondain. Il parut surtout enchanté de la présence de Kerry. Grâce à elle, le nombre d'oreilles complaisantes qui l'entendraient discourir de son sujet favori allait doubler. C'était tout ce qui comptait pour lui.

— Il faut absolument que nous entrions plus dans le détail de ce que vous m'avez dit la dernière fois, commença Paul.

— Très volontiers. Sur quel point en particulier ?

— Nous avons parlé de la stabilité génétique du vibrion cholérique.

— Elle est remarquable en effet.

— Est-elle absolue ? N'avez-vous jamais observé l'apparition de souches radicalement nouvelles.

— Il m'avait semblé vous l'avoir pourtant dit, objecta le professeur en fronçant le sourcil comme s'il réprimandait un étudiant. Depuis 1992, il existe un nouveau vibrion. À la différence de tous ceux qui l'ont précédé pendant des siècles, il n'est pas reconnu par les sérums 01 habituels. On lui a donné le nom de 0139.

— Où est-il apparu ?

— Au Bangladesh. On s'est douté de quelque chose parce que l'épidémie qui a commencé là-bas en 1992 touchait des adultes. Or, dans des pays où le choléra est endémique, les adultes sont en général immunisés. En étudiant le nouveau microbe, on s'est rendu compte que les anticorps contre le choléra 01, le vibrion habituel, ne protégeaient pas contre cette nouvelle souche. Elle a donc fait des ravages.

— Et d'où provenait ce nouveau vibrion, à votre avis ?

— Il s'est formé par incorporation au microbe habituel de morceau de matériel génétique emprunté aux nombreuses souches de vibrion non pathogène. Cet emprunt l'a rendu plus solide : il est entouré d'une capsule, ce qui lui permet de mieux résister aux conditions extérieures et de se transmettre plus facilement par contact. Cela lui donne aussi la possibilité de passer dans le sang. On a ainsi observé un cas de septicémie, chez un sujet affaibli, alors que cela n'existe jamais avec le choléra habituel.

— Professeur, intervint Kerry en regardant fixement le vieux savant, pouvez-vous affirmer que cette mutation a été... spontanée ?

— Je comprends votre perplexité, mademoiselle. Il est vrai que cela peut paraître étonnant qu'un microbe reste stable pendant des centaines d'années et soudain change. Pour être tout à fait honnête, je ne peux rien exclure. Il est possible que cette mutation soit naturelle. Il est possible aussi qu'elle ait été... préparée.

— Et dans le cas où elle l'aurait été, poursuivit Paul, pourrait-on imaginer que ce ne soit qu'une étape ?

Le professeur se recula sur sa chaise et prit l'air étonné.

— Précisez ce que vous voulez dire.

— Mettons que vous laissiez divaguer votre imagination. Pourrait-on provoquer d'autres transformations pour rendre ce vibrion plus... dangereux encore ?

— D'autres croisements génétiques sont certainement possibles avec les souches de vibrion non pathogène. On en connaît plus de cent cinquante aujourd'hui. Chacune a son profil, je dirais presque ses qualités. Certaines sont très contagieuses, d'autres passent facilement dans le sang et provoquent des septicémies. C'est un peu comme pour l'élevage des chiens ou des chevaux, on peut sélectionner certains caractères pour modifier une race.

— Avec tout cela, on pourrait concevoir de créer un supercholéra ?

— Un microbe ayant d'autres propriétés, peut-être. Plus résistant, plus pathogène, c'est certainement possible. Mais on ne peut pas le changer du tout au tout. Même transformé, le choléra resterait toujours une maladie des pauvres.

— Pourquoi ?

— Parce que, de toute façon la contagion resterait liée au manque d'hygiène, c'est le cas pour tous les vibrions. Et aussi parce que la maladie cholérique ne peut affecter que des sujets mal nourris, en mauvaise condition physique.

Paul était assis sur le rebord de sa chaise. Il était visible que le mouvement des idées dans sa tête, l'excitation de découvrir une piste le tendait vers les paroles du professeur.

— Donc, dit-il, on peut imaginer que cette même maladie de pauvres soit rendue plus contagieuse par un vibrion immunologiquement nouveau, qu'elle soit plus foudroyante, plus souvent mortelle, par exemple en associant une septicémie au syndrome digestif et qu'enfin elle soit plus résistante à l'action des désinfectants et des antiseptiques ?

— Une sorte d'effet Bangladesh à la puissance 10 ? renchérit Kerry.

— Oui, convint le professeur, c'est parfaitement concevable. Je ne vois pas cependant qui aurait intérêt à ce qu'une telle…

— Les grandes pandémies cholériques traditionnelles ont fait combien de victimes ?

— La dernière, la sixième, a tué plusieurs centaines de millions de personnes en une trentaine d'années.

— Un vibrion modifié pourrait certainement atteindre le même chiffre dans un délai beaucoup plus court ! Quelques mois ? Peut-être seulement quelques semaines ?

Paul avait mis tant d'enthousiasme dans ces paroles qu'un doute traversa l'esprit du vieux professeur. Il regarda ses interlocuteurs alternativement d'un air soupçonneux et un silence gêné s'installa.

— Hum, fit Paul qui se rendait compte de son erreur, vous nous avez décidément transmis votre passion pour cette maladie.

— J'en suis heureux, dit Champel en essuyant ses lunettes avec le bout de sa cravate.

Il les rechaussa et dit d'un air sévère :

— J'espère seulement que cette passion est au service d'une bonne cause.

C'était la première fois qu'il semblait se préoccuper des intentions de ses interlocuteurs.

Paul jugea utile de faire une mise au point immédiate.

— Écoutez, professeur, dit-il, nous avons des raisons de penser que certains groupes, disons terroristes, pourraient trouver un intérêt à un organisme comme le choléra, justement à cause de sa cible particulière.

— Le seul avantage du 11 septembre, soupira le professeur, est d'avoir rendu vraisemblables les plus inconcevables folies.

Il secoua la tête comme s'il désapprouvait le choix d'un lointain cousin pour son mariage.

— Auriez-vous eu connaissance de recherches menées quelque part sur le choléra, même de façon marginale ou incertaine, à des fins de bioterrorisme ?

— Non. Au temps de la guerre froide, il y avait des rumeurs, et bien sûr, on ne prêtait qu'aux riches : on soupçonnait les Russes de mener des recherches à partir de tout ce qui existait comme cochonneries. Le choléra était parfois cité. Mais beaucoup moins que la variole, la peste ou la tularémie. Et sans aucune preuve formelle.

— Et aujourd'hui ? N'assiste-t-on pas à une privatisation de l'arme biologique ? On dit que n'importe qui, avec une simple Cocotte-Minute…

— C'est très juste, mais ces bricolages aisément reproductibles par des amateurs sont des opérations relativement simples, sur des micro-organismes biens connus tels que l'anthrax ou le botulisme. Ce que vous évoquez avec le choléra, la transformation génétique d'un vibrion par recombinaison avec d'autres espèces, est un processus complexe qui ne pourrait être réalisé que par des équipes hautement compétentes dans des laboratoires spécialisés.

— Je vous ai parlé la dernière fois d'un laboratoire à Wroclaw… dit Paul.

— Oui, coupa Champel, et vous m'avez intrigué avec ça. Je suis allé y voir de plus près, figurez-vous, et j'ai compulsé la littérature scientifique. Je ne connaissais pas ce centre. Ses travaux, comme je vous l'avais dit, se situent dans le domaine fondamental, alors que je fais, moi, de la recherche appliquée. Cependant, je dois admettre qu'ils sont de très bon niveau.

— Sur quoi portent-ils exactement ?

— Ils ont analysé les particularités génétiques

du 0139. Ils ont montré notamment quelle séquence de gène permet à cette souche de posséder une capsule et chez quels autres vibrions se retrouve cette séquence.

— En somme, tout ce qu'il faut pour continuer à « améliorer » le choléra.

— Vous pensez que… se récria le professeur. Mais il s'agit de recherches fondamentales… et publiées dans de grandes revues internationales.

On sentait à sa voix que ce démenti était sincère mais que, pourtant, le doute s'était installé en lui.

Paul et Kerry recommandèrent la plus grande discrétion à ce stade de l'enquête et le professeur s'en porta garant. Ils promirent de le tenir au courant des développements futurs de leurs investigations.

— Une dernière chose, demanda Paul tandis qu'ils prenaient congé. Dans la région africaine des Grands Lacs, le choléra est endémique, n'est-ce pas ?

— En effet.

— Mais il y a un an et demi, à la suite des troubles politiques, n'a-t-on pas assisté à une recrudescence épidémique ? Il me semble avoir lu ça quelque part.

— En effet. J'y suis allé moi-même pour un voyage d'études.

— Pourriez-vous nous dire qui prenait en charge les malades du choléra ?

— Il n'y a plus guère de structure de soins dans la région. L'État est en déliquescence complète. Sans les ONG, rien n'aurait été fait pour ces malheureux.

— Quelles ONG ?

— Les plus actives dans cette zone quand j'y suis allé étaient les équipes de Médecins sans frontières.

L'organisation où travaillait un des membres du groupe de Harrow… Paul et Kerry se regardèrent. Ils savaient maintenant d'où provenait la souche « ordinaire » essayée au Cap-Vert. Et ils avaient reçu confirmation de leurs hypothèses concernant les recherches menées à Wroclaw. C'était plus qu'ils ne pouvaient en espérer. Il était temps de rentrer à leur hôtel.

En espérant que Jonathan aurait le bon goût d'attendre tranquillement qu'ils récupèrent de leur jet lag.

6

Lyon. France.

Les ruelles du vieux Lyon sont des endroits typiques, la cause est entendue. La municipalité s'en est bien rendu compte et elle les a fait restaurer, pavé après pavé. Tout est resté vieux, mais impeccable. La foule des badauds circule dans ces venelles comme le font les substances toxiques dans des tuyaux inoxydables.

De la fenêtre de sa chambre, Jonathan dominait une ruelle en pente, avec sa rigole centrale désormais inutile et ses échoppes médiévales transformées en antiquaires et en cybercafés. Plus loin, le clocher de Saint-Paul dépassait des toits de tuiles romaines. Cela le rassurait, d'habitude, de se poster là et d'observer la rue. Quand il avait un peu trop fumé, il se faisait des films tout seul. Il imaginait que des escouades de flics se faufilaient par les traboules et cernaient sa maison. De son pigeonnier, il les tirait comme des lapins les uns après les autres, en ricanant. Mais aujourd'hui, il était bien loin de ces petits jeux de rôles.

La rue était à peu près déserte. Quelques couples qui sortaient des bouchons faisaient une dernière promenade pour s'attendrir avant l'amour et surtout laisser un peu descendre le saucisson à l'ail. Rien de suspect. Pas l'ombre d'un guetteur sous les portes cochères et pourtant, en plein dimanche après-midi, il avait reçu ce coup de fil…

Au téléphone, l'Américaine lui avait dit qu'elle s'appelait Ruth. Elle prétendait l'avoir croisé à One Earth. À la fin d'un tour en Europe, elle était de passage à Lyon pour deux jours. Elle était embêtée de lui demander ça, mais, voilà, tu comprends, je suis à sec. Si tu avais pu me loger pour un soir ou deux… La voix tremblait un peu, adorable. Elle avait ajouté qu'elle pouvait dormir dans un fauteuil et Jonathan avait carrément rigolé au téléphone. Quelque chose, pourtant, lui disait de se méfier. Il n'avait aucun souvenir d'une Ruth, mais ça ne prouvait rien. Il avait essayé une fois de faire une liste de toutes les filles qu'il avait eues et franchement, c'était complètement impossible. Alors, pourquoi se priver d'une chance comme celle-là ? Elle avait vraiment une jolie voix et si le reste était à l'avenant… Il lui avait proposé un rendez-vous dans un café de l'avenue de la République. Elle préférait passer directement chez lui, c'était plus simple, non ? Elle était assez chargée. Jonathan tressaillit. Là, c'était bizarre, carrément anormal : elle connaissait son adresse. Pourtant, il la donnait à très peu de gens et il était absolument certain de ne pas l'avoir laissée à One Earth. Il lui demanda comment elle l'avait eue. Elle répondit que c'était par une suite de hasards. Elle lui raconterait quand ils se verraient…

Jonathan ressentait un violent désir : la voix de cette

inconnue l'excitait. Il s'était planté la semaine précédente dans un tissu de mensonges qui lui permettait de mener de front trois histoires avec des filles différentes. Elles lui avaient toutes claqué dans les doigts en même temps. Vaches maigres ; il était en manque.

— Dans combien de temps peux-tu être là ?

— Une heure, ça va ?

Il jeta un coup d'œil à ses deux pièces : vaisselle sale, chaussettes, canettes de Buck sur le plancher. Il lui fallait une demi-heure tout au plus pour tout ranger.

— OK. Tu auras dîné ?

Il était déjà sept heures et demie.

— Ne t'inquiète pas pour moi.

Elle avait l'air tout heureuse. Ça l'avait un peu rassuré. Il s'était mis au boulot tout de suite. En vingt minutes, son deux-pièces était à peu près présentable. Il restait juste ce qu'il fallait de désordre pour conforter son personnage de marginal et d'artiste révolté.

Et maintenant, il était là, qui attendait, à regarder les réverbères jeter sur les façades leur lumière orange. Et à s'inquiéter de nouveau. Un vieux type remontait la rue en tirant son chien. La pauvre bête reniflait partout. Avec les balayeuses municipales qui arrosaient les trottoirs deux fois par jour, elle ne devait pas trouver grand-chose d'intéressant.

Soudain, Jonathan se figea. Il l'avait vue. Elle avait tourné le coin de la rue de la Ferronnerie en regardant à droite et à gauche, égarée comme le sont toujours les touristes. Puis elle avait entrepris courageusement de gravir sa côte malgré l'énorme sac qu'elle portait sur le dos et deux besaces de toile en bandoulière. D'où il était, Jonathan ne pouvait pas distinguer son visage, d'autant plus qu'elle était coiffée d'un bob en jean.

Malgré le gros pantalon de randonnée et les croquenots de marche, la silhouette lui plut : svelte, sportive, prometteuse. Il alla se placer dans le coin de la pièce le plus éloigné de la porte d'entrée. Quand elle frapperait, il traverserait l'appartement à pas lents pour ne laisser paraître aucune impatience. Son charme zen était à ce prix.

Il pouvait prendre son temps car elle devait encore monter les cinq étages de son escalier. C'était un colimaçon de pierre contenu dans une tourelle splendide du XVIe siècle, classée monument historique. Le fait que l'appartement fût au cinquième sans ascenseur permettait de faire un peu oublier qu'il était situé dans un des quartiers les plus chers de la ville. Quand ses parents l'avaient acheté pour lui, Jonathan avait soigneusement choisi cet emplacement. Le côté bourgeois du lieu était heureusement racheté par l'effort qu'il fallait faire pour y monter. Les affiches de Che Guevara, les grands posters rapportés du sommet altermondialiste de Durban et tous les attributs de la contre-culture écolo étaient moins incongrus dans ce pigeonnier sous les toits. Le prix au mètre carré restait pourtant sensiblement le même à cette altitude qu'aux étages dits nobles.

Enfin, on frappa. Jonathan, comme prévu, prit son temps pour aller ouvrir. La fille un peu essoufflée qui se tenait sur le seuil le figea sur place. Elle avait enlevé son bob et libéré une énorme chevelure bouclée, extrêmement sensuelle. Au contraire de ce qu'il avait pensé en entendant sa voix au téléphone, elle avait passé la trentaine et dégageait une impression de maturité et de plénitude. Il avait toujours adoré les femmes plus âgées que lui. Il aimait les séduire, les prendre mais surtout les abandonner. Dans son expérience, la rupture avec ces femmes accomplies les entraînait à des extrémités inouïes dans l'abaissement et la supplication. Rien ne lui donnait plus intensément le sentiment de sa propre puissance. Il fit un gros effort pour se contrôler, garder à son visage cet air las et un peu blasé qui, disaient-elles, le rendait irrésistible. Ruth l'embrassa sur les joues. Elle sentait l'amande douce et n'était pas maquillée. C'était courant chez les filles qui fréquentaient One Earth.

Elle posa son sac à dos à côté de la porte et entra. La pièce principale était un peu mansardée. Deux futons repliés en canapés la meublaient. Ils étaient disposés en L autour d'un kilim à tons d'automne.

Jonathan avait maintenant la certitude qu'il ne s'agissait pas d'une ancienne copine. Il n'aurait pas oublié une fille pareille. Mais il se pouvait qu'il l'ait croisée à One Earth. Tellement de monde passait par là. En tout cas, elle s'était souvenue de lui et cela le flattait.

— Je fais du café ?

— Du thé, plutôt, merci.

Il disparut dans sa petite cuisine sans fenêtre et se mit à fourrager dans les placards pour dénicher des sachets de Lipton.

Pendant ce temps-là, la fille faisait une brève inspection de la pièce.

— Je peux visiter ? demanda-t-elle. C'est vraiment mignon ici.

Tout en disant cela, elle avait déjà repéré le téléphone fixe et, discrètement, d'un geste rapide, coupé le fil.

— Fais comme chez toi, cria Jonathan pour couvrir le bruit de la bouilloire.

Elle passa dans la chambre pour vérifier si un autre

poste s'y trouvait. Il n'y en avait pas. Elle retourna dans la pièce principale, où Jonathan était déjà en train de disposer un plateau chinois en bambou tressé, avec deux tasses en grès et une théière rouge.

— Assieds-toi, Ruth, dit-il en laissant une place à côté de lui sur le même canapé. C'est bien Ruth, ton nom ?

— Exactement, fit-elle en souriant.

Elle était toujours debout.

— Excuse-moi, j'ai un médicament à prendre.

Elle retourna vers le petit vestibule où étaient posés ses bagages et tout se passa très vite. Au lieu de se pencher vers son sac à dos, elle déverrouilla rapidement la porte d'entrée et l'ouvrit. Paul était sur le palier. Il s'engouffra dans la pièce et se posta devant les canapés. Kerry avait refermé la porte et sorti un flash-ball.

Jonathan était en train de verser le thé quand Paul était entré. Il l'avait découvert au dernier moment, quand l'autre le dominait déjà de toute sa hauteur.

— Lève-toi doucement, commanda Paul.

La panique vida Jonathan de son sang et le fit trembler au point qu'il lâcha la tasse. Il regarda stupidement le thé brûlant se répandre entre les nœuds du kilim. Tous les muscles de ses épaules et de son dos étaient tétanisés par la peur, au point qu'il eut du mal à se mettre debout. Paul le fouilla à deux mains.

La palpation médicale cherche les anomalies dans la profondeur du corps : la fouille de sécurité s'intéresse plutôt à la surface. Mais à part cette différence, ce sont deux activités voisines et Paul sourit intérieurement à la pensée de cette parenté inattendue entre ses deux métiers.

Il prit le téléphone portable qu'il trouva dans la poche de Jonathan, en ôta la batterie et le jeta dans un coin. Quand il lui fit signe de se rasseoir, Jonathan s'affala d'un coup dans le canapé, comme un épileptique qu'une crise abat sur le sol.

— Qu'est-ce que vous voulez ? réussit-il à articuler.

— Te parler.

— De quoi ?

Paul sourit, alla chercher tranquillement un tabouret octogonal en osier, retira les objets éparpillés dessus, le plaça en face de Jonathan et s'assit.

— Détends-toi. On n'est pas là pour te faire du mal.

C'était à peu près ce qu'il disait à ses patients. Après la palpation, l'interrogatoire. Décidément la consultation continuait.

— Qu'est-ce que c'est que ces méthodes ? grommelait Jonathan.

Le calme de son interlocuteur lui avait fait reprendre un peu confiance. Il s'était redressé dans le canapé et jetait des coups d'œil mauvais du côté de Kerry.

— Et d'abord, vous êtes sûrs que vous avez le droit d'entrer chez les gens comme ça ? Vous êtes flics ou quoi ? Vous avez des insignes ? Une carte ?

— Disons plutôt qu'on est des médecins et qu'on est venus voir ce qui n'allait pas chez toi.

Jonathan haussa les épaules. Pourtant le ton de Paul et la fermeté tranquille avec laquelle il le considérait l'empêchaient de prendre ces affirmations tout à fait à la légère.

— Tu as milité à One Earth quand tu étais aux États-Unis, commença Paul.

— Et alors, c'est un crime ?

— Pourquoi es-tu revenu en France ?

— Parce que mon stage était fini. Vous êtes du FBI ?

Jonathan dévisageait ses interlocuteurs, cherchait à distinguer dans les intonations américaines de Paul de quelle région il provenait. Il avait désespérément envie de découvrir de qui il s'agissait. Moins pour se rassurer que pour trouver le moyen de le séduire et éventuellement, grâce aux relations de sa famille, de l'intimider.

— On aimerait que tu nous parles de Ted Harrow.

— Connais pas.

— Les Nouveaux Prédateurs ?

— Non plus.

Quand il travaillait pour la CIA, Paul n'aurait pas mené l'interrogatoire de cette manière. Il aurait immédiatement « cadré le sujet ». Quitte à opérer sous la contrainte, il aurait montré à Jonathan le sérieux de la situation en lui administrant quelques coups bien placés. Mais entre-temps, il avait étudié la médecine et ses méthodes d'examen avaient changé. Il savait que, pour palper un abdomen, il faut commencer par les régions les moins douloureuses et, en cas de réaction, ne pas insister, chercher ailleurs, revenir doucement.

— Tu as gardé des liens avec Seattle ?

— Aucun.

— Pourquoi t'es-tu inscrit à Greenworld en rentrant en France ?

— Pour continuer à militer. Ça vous étonne, hein, qu'on puisse croire à quelque chose ?

Jonathan s'était maintenant tout à fait redressé. Il creusait même le dos pour se tenir plus droit. Sa mèche blonde et cassante pointait au-dessus de son front comme une crête de coq. Il y avait dans son attitude l'arrogance et la honte de celui qui a été contraint de révéler un instant sa faiblesse la plus intime.

— Où est Juliette ? demanda Paul.

Visiblement, Jonathan ne s'attendait pas à une question aussi directe. Il cilla.

— Juliette comment ?

Kerry, toujours le dos contre la porte d'entrée, fit un mouvement d'un pied sur l'autre et déplaça son arme. Jonathan se tourna vivement vers elle. Soit qu'il eût mal interprété son geste, soit que l'ineptie de ses dénégations lui soit apparue clairement, il reprit un faciès apeuré et se tassa un peu sur lui-même.

— Je ne sais pas où elle est, dit-il. Vous êtes allé voir dans son bled ?

C'était une défense stupide. Il le sentait. Et c'est moins pour l'intimider que pour lui donner un prétexte honorable pour se lâcher que Paul, en soupirant, se résolut à utiliser l'arme qu'il tenait en réserve, grâce aux tuyaux fournis par Lebel.

— Tu as déjà revu Pepe Guzman ?

Cette fois, Jonathan resta bouche bée et un tremblement le reprit. Il saisit de la main gauche la bague en argent qu'il portait à l'annulaire et murmura quelque chose, comme un pénitent qui prononce une formule rituelle.

— Tu sais qu'il est libérable cette année ?

Paul laissa Jonathan s'égarer dans des déductions, toutes plus effrayantes les unes que les autres. Puis il le rattrapa vigoureusement, pour lui éviter la noyade.

— Ne t'inquiète pas. On ne vient pas de sa part.

— Alors pourquoi me parlez-vous de lui ?

— Pour que tu saches ce que tu risques. Si nous

t'avons retrouvé, ton ancien associé colombien pourra le faire aussi. Surtout si quelqu'un le met sur la voie.

Ils échangèrent un long regard silencieux. Paul prit soin de mettre dans ses yeux toute la bonté navrée du médecin qui propose, à regret, un traitement douloureux mais efficace.

— Alors, tu ferais mieux de nous parler.

— Qu'est-ce que vous voulez savoir ? concéda Jonathan en laissant retomber ses épaules.

Sur Harrow, il n'avait pas grand-chose à dire. Il avait fait partie de son groupe de fidèles mais de façon assez distante, à sa manière : discret, enthousiaste, prudent.

— Qu'est-ce qui te plaisait chez Harrow ? Pourquoi l'as-tu suivi ?

Jonathan s'arrêta un instant à contempler sa bague. Il la tripotait toujours, comme une coquetterie cette fois, et il regardait le serpent enroulé dessus. Le principe de l'interrogatoire lui déplaisait, mais, maintenant que ses défenses étaient vaincues, il prenait plaisir à faire l'intéressant.

— Les écolos, dit-il enfin, je les ai fréquentés un peu par hasard. Et j'ai toujours trouvé que c'était une bande de couilles molles. Harrow, c'est autre chose. Il dit ce qui est. Et il en tire toutes les conséquences.

Il parlait de lui comme s'il s'était agi d'un grand sportif.

— Tu connaissais son projet ?

— Je connaissais ses idées en général.

— Et dans le détail ?

— Quoi, dans le détail ? Je ne vois pas ce que vous voulez me faire dire.

Il jeta un regard par en dessous à Paul, pour vérifier s'il était cru.

— Quand tu es rentré en France, Harrow ne t'a chargé de rien ?

— Il m'a demandé de venir le voir avant de partir.

— À One Earth ?

— Non, il n'y mettait déjà plus les pieds.

— Tu es allé chez lui ?

— Personne n'est jamais allé chez Harrow. Non, il m'a donné rendez-vous dans l'arrière-salle d'un café Starbucks, à Seattle. Il y avait un bruit fou parce qu'on était assis à côté des portes battantes qui menaient aux cuisines. Comme il a une voix très grave, je ne comprenais pas la moitié de ce qu'il disait.

Paul souleva un sourcil.

— Vrai, je vous jure. J'ai compris l'essentiel mais pas tout.

— C'était quoi, l'essentiel ?

— Il voulait que je constitue une antenne ici.

— Pour qui ?

— Pour lui, pour son groupe.

— Pour son projet.

— Il voulait des contacts, c'est tout.

— Une organisation relais.

— Il n'aime pas les organisations. La plupart de ces boîtes sont des ramassis d'impuissants qui s'effrayent de tout.

Jonathan s'était redressé pour dire cela, façon, sans doute, de ne pas être confondu avec les couards.

— Pourtant, tu t'es inscrit à Greenworld en rentrant.

— Je ne me faisais aucune illusion sur l'assoss

elle-même. Mais si vous voulez rencontrer des gens un peu motivés, il faut bien les chercher quelque part.

— Au fond, ton boulot, c'était de recruter des déçus de l'écologie classique.

— Mettons.

— C'est à Greenworld que tu as trouvé Juliette ?

— Oui.

— Et qu'est-ce que tu lui as fait faire ?

Nouveau coup d'œil inquiet de Jonathan.

— Je ne te parle pas de vos relations, intervint Paul. Je veux savoir ce que tu lui as fait faire *pour Harrow*.

— Rien.

Paul soupira, mit les deux mains sur le rebord du tabouret et sauta pour le faire avancer un peu.

— On parle de Wroclaw ?

— De quoi ?

Depuis le début de l'interrogatoire, Paul n'avait pas cessé de penser à Juliette. En voyant le garçon qu'elle avait connu, aimé peut-être, en observant cette chambre où elle avait sans doute dormi avec lui, l'image qu'il se faisait d'elle se complétait, comme un puzzle auquel on vient d'ajouter plusieurs pièces. Mais à cette satisfaction se mêlait un bizarre sentiment de jalousie à l'égard de Jonathan. Sans avoir aucune idée précise de ce qu'elle pouvait être, Paul avait le sentiment que Juliette valait mieux que ce gosse de riche, trouillard et veule.

— Écoute-moi, dit-il en se penchant un peu en avant. Il y a pas mal de choses à visiter à Lyon le week-end. Mon amie et moi, on a hâte d'en finir avec cette corvée et toi aussi. Alors, je vais te résumer les épisodes précédents et on va passer à l'actualité. Ta copine Juliette est allée faire un casse dans un centre de recherche à Wroclaw, en Pologne. Vrai ou faux ?

— Vrai.

— C'est toi qui l'as envoyée là-bas ?

Jonathan hocha la tête. Bizarrement, le fait qu'il sache que Paul n'était pas un flic facilitait ses aveux. Il ne risquait pas une inculpation pour complicité et n'avait à craindre que sa colère.

— Ouais, grogna Jonathan, je l'ai envoyée là-bas.

— Tu n'y es jamais allé toi-même ?

— Non !

— Ni cette fois-là ni auparavant ?

— Jamais.

— Donc quelqu'un t'a donné les plans du site. On t'a indiqué la marche à suivre et tu l'as répercutée sur Juliette.

— Oui.

— Qui ? Harrow ?

— Je vous ai dit que je ne l'ai pas revu depuis que je suis rentré.

— Mais tu es resté en contact.

— Pas avec lui.

Jonathan s'était de nouveau crispé. Effleurer la zone douloureuse. Y revenir plus tard. Paul continua dans une autre direction.

— Que devait exactement faire Juliette à Wroclaw ?

— Libérer des animaux torturés. De pauvres chats avec des électrodes plein la tête. Des souris transformées en monstres. Des singes…

— Épargne-moi ça, tu veux bien. On veut savoir ce qu'elle devait faire *en plus* ?

Selon son habitude, Jonathan fit rouler un œil vers Paul pour évaluer furtivement son degré d'intérêt et de bluff. Mais Paul était prudent et Jonathan ne pouvait pas savoir s'il restait volontairement en deçà de ce qu'il savait. Il tenta de refuser l'obstacle.

— En plus ? Je ne vois pas…

La gifle l'atteignit sans qu'il s'en rendît compte. Il se retrouva couché sur le côté gauche, la lèvre en sang. Paul semblait ne pas avoir bougé. La peur physique anéantissait totalement Jonathan. La douleur, à l'évidence, n'y était pour rien. C'était plutôt une panique archaïque, venue des tréfonds de son être, née d'instants d'enfance enfouis et qui s'apparentait plutôt à une incontrôlable phobie.

— Une fiole, articula-t-il en se tenant la mâchoire.

— Une fiole qu'elle devait prendre où ?

— Dans une armoire réfrigérante.

— Et qui contenait… ?

— Je n'en sais rien.

Jonathan avait hurlé puissamment, la lippe pendante, les yeux fous, les doigts griffant la commissure sanglante de ses lèvres. C'était le cri de l'aérostier qui a lancé son dernier sac de sable, n'a plus rien à larguer que lui-même et sent que son ballon va tout de même s'écraser au sol. Paul le crut et lui fit la grâce de lui fournir encore un peu de lest à jeter par-dessus bord.

— Où est partie Juliette ?

— Aux États-Unis.

Jonathan, dans son supplice, avait égaré le fil de ses mensonges. Il se mit à sangloter en silence. Il n'avait pas le courage d'en inventer un nouveau.

— Tu as son adresse là-bas ?

Le garçon en larmes secouait la tête. À ce degré de déliquescence, Paul sentait qu'il avait atteint une zone stable de sincérité.

— Qui est ton contact avec le groupe de Harrow ?

Sans changer d'attitude, Paul s'était détendu. Jonathan, avec sa sensibilité extrême et l'intuition qui lui permettait toujours d'échapper à la force, de ne jamais se laisser coincer, le remarqua. Il eut la conviction que le pire était passé, que l'interrogatoire touchait à sa fin et qu'il pourrait se faufiler hors du piège où il était tombé. Il suffisait d'un dernier mot. Mais ses conséquences étaient immenses. Il se mit à réfléchir intensément sans cesser de renifler et de geindre. Il se redressait, gagnait du temps. Enfin, il désigna un petit classeur en métal.

— Regardez là-dedans.

Paul ouvrit le classeur. Des dossiers étaient fourrés verticalement entre des cloisons cartonnées.

— Le premier en partant de la gauche.

Paul saisit une mince chemise bleue et la tendit à Jonathan.

— Je ne connais pas l'adresse par cœur. Elle est marquée là.

Il tira du dossier deux feuillets agrafés et les tendit à Paul. Sur la première page était écrit « Règles du jeu de base-ball » et dans le coin en haut étaient griffonnés un nom, une adresse et un code de courriel.

Paul plia la feuille et l'empocha.

— Navré de t'avoir dérangé.

Il se leva, rejoignit Kerry dans le vestibule. En un instant, ils étaient dehors.

Jonathan resta longtemps immobile dans la pénombre, la tête dans les mains. Puis il replaça la batterie de son portable et lentement forma le numéro qu'il avait appris par cœur.

7

Turin. Italie.

Mikhaïl Gorbatchev, le général Jaruzelski, Benazir Bhutto, Giulio Andreotti et John Major étaient assis tranquillement côte à côte. On aurait pu se croire dans une variante italienne du musée Grévin, à un détail près : ils bougeaient. L'un d'eux, de temps en temps, clignait des paupières comme un saurien ou se penchait discrètement pour dire un mot à l'oreille de son voisin. La longue table de conférence vernie était parsemée de dossiers, tous identiques, portant le logo de la « Fondation pour la Paix ».

Rien de tel que des retraités du pouvoir pour parler de paix, pensait Paul. Dommage qu'ils ne s'y soient pas consacrés plus tôt… Il était assis au deuxième rang derrière les conférenciers dans la longue salle. Kerry, à côté de lui, bâillait. La réunion se tenait à Turin, c'est-à-dire dans la géographie assez sommaire d'Archie « à côté de Lyon ». Ils l'avaient rejoint là-bas en sortant de chez Jonathan. Archie avait seulement oublié que la liaison ferroviaire directe était en construction. Il leur avait fallu six heures pour arriver.

Archie avait tout organisé pour que Kerry et Paul soient admis dans le cénacle des spectateurs de ce show très fermé. Il aurait très bien pu attendre le soir pour les rencontrer tranquillement dans un restaurant de la ville. Mais il n'avait pas résisté au plaisir d'avoir dans l'assistance deux personnes qui le verraient siéger à la même table que toutes ces anciennes divas de la politique mondiale et témoigneraient de sa gloire en rentrant à Providence.

Archie était assis à côté d'un parlementaire britannique qui aurait pu tout aussi bien représenter une ligne de vêtements de luxe ou une marque de whisky. Le député avait harmonisé avec soin la teinte de sa pochette de soie avec son nez strié de veinules mauves. Ses yeux fatigués indiquaient une longue pratique du confort, des chevaux et de la trahison. Il marqua son approbation par de graves hochements de tête lorsque ce fut au tour d'Archie d'éclairer l'assistance sur « Les institutions privées et leur contribution à la paix ».

Encouragé par l'élégante présence de son voisin, Archie redoubla d'intonations britanniques, d'onomatopées grognantes, de « *hum* », de « *well* », de « *indeed* » qui transformèrent son discours en une pelouse bien écrasée et bien rase. Chacun se fit un plaisir de la piétiner en chuchotant sans vergogne et en ne lui prêtant pas la moindre attention.

Gorbatchev ne se donna même pas la peine de tourner la tête. Quand Archie eut terminé, il applaudit machinalement en continuant de parler à son voisin.

Tout de suite après, le programme prévoyait une pause. Kerry et Paul laissèrent l'orateur se faire congratuler et descendirent l'attendre dans le hall de l'hôtel où se tenait la conférence.

C'était un immense cube de verre ultramoderne, soutenu par une structure arachnéenne en acier poli. Des plantes tropicales meublaient l'espace et embuaient les plus hautes vitres de leur haleine humide. Dans tout le hall voletaient de ravissantes jeunes femmes en tailleur et de beaux garçons à lunettes qui serraient des dossiers dans leurs bras. C'étaient les habituelles starlettes de la politique, assistants de tout poil, qui gravitent inévitablement autour des puissants, fussent-ils déchus. Au milieu d'eux, postés à des endroits stratégiques près des entrées ou des ascenseurs, des gardes du corps se tenaient aux aguets, à l'écoute de voix célestes qui leur parvenaient par de petites oreillettes. Comme on était en Italie, leurs lunettes noires étaient signées de grands couturiers, leurs costumes bleu marine impeccablement coupés.

Au bout d'une demi-heure, Archie parvint à s'extraire de la petite foule de tous ceux qui ne le retenaient pas. Il rejoignit ses deux invités, en se recoiffant du plat de la main. Il s'assit à côté de Kerry et en face de Paul sur un canapé rouge aux lignes épurées.

— Quelle bousculade ! commenta-t-il en toussant dans sa main.

Kerry n'avait jamais apprécié Archie. Il ne la faisait pas rire et ses manières avec les femmes l'agaçaient. Pourtant Paul s'étonna de son ton agressif quand elle demanda :

— Qu'est-ce que c'est que cette conférence ?

— La plus belle opération de blanchiment que j'aie jamais vue. Une fondation internationale avec la crème de la crème. La Mafia qui paie tout. L'Église catholique qui pousse ses pions. Vous savez qu'ils sont en train de convertir Gorbatchev. Depuis la mort de sa femme, il tourne bigot.

— Et ça profite à qui, un événement de ce genre ?

— Je n'en sais rien, mais ça n'a aucune importance. Tout le monde est content. Pendant deux jours, on est logé comme des princes. Ensuite on s'en va. L'année prochaine, ce sera à Venise, je crois.

Devant l'hôtel, une longue ligne d'Alfa Roméo noires déposait des personnalités et en embarquait d'autres.

— C'étaient les anciennes usines FIAT, ici, vous le saviez ? Ils les ont transformées en quartier d'affaires et en centre de conférences. Beaucoup de chic, ces Italiens.

Dans la hiérarchie personnelle d'Archie, après les grands prix réservés aux Anglais et à leurs dérivés, subsistaient quelques accessits pour les peuples latins, dans ces disciplines mineures qu'étaient la cuisine, la décoration ou l'amour.

— Sans indiscrétion, Archie, intervint Paul, qu'est-ce que vous faites ici ? Depuis quand êtes-vous devenu un spécialiste de la paix ?

Archie prit l'air offensé.

— Comment ? Vous ne savez pas que je suis président d'honneur d'une grande ONG humanitaire ?

— Vous !

— Oui, moi. Qu'est-ce que cela a de bizarre ? Frères de l'Humanité est une organisation splendide. Ils parrainent des associations de veuves au Liberia, des projets pour les orphelins au Pérou... À moins que ce soit en Équateur. Peu importe ! Je ne m'occupe pas du détail.

Devant le sourire narquois de ses interlocuteurs, il préféra changer de sujet.

— De toute façon, l'essentiel, ce sont surtout les contacts qu'on peut nouer en coulisse. C'est pain bénit pour Providence, un endroit pareil... Bien, venons-en plutôt à nos affaires.

— Ici ?

Le hall était un vaste espace ouvert. Des groupes de conférenciers ou d'invités étaient assis à quelques mètres d'eux sur d'autres canapés.

— Il n'y a absolument aucun risque, dit Archie. Personne n'aurait l'idée de venir écouter qui que ce soit ici.

C'est bien ce que regrettent tous ces *has been,* pensa Paul.

— Ce que j'ai à vous dire est extrêmement urgent. Il fallait que je vous voie le plus vite possible. J'ai une décision importante à vous annoncer.

— Qui concerne notre enquête ?

— En effet.

— Alors, intervint Kerry, il faut peut-être qu'on vous résume d'abord les résultats provisoires auxquels nous avons abouti ?

— Inutile ! Providence m'a tenu régulièrement au courant de vos faits et gestes pendant mon voyage. Nous n'avons pas besoin de revenir là-dessus.

— Il y a eu de nouveaux développements hier, insista Kerry. Vous ne pouvez pas en être informé puisque nous n'avons même pas eu le temps d'en rendre compte à l'agence.

— L'étudiant français, insista Paul. Nous l'avons rencontré. Chez lui à Lyon. Il est bien le chaînon manquant entre le groupe américain et l'affaire polonaise. La fille qu'il a téléguidée pour aller à Wroclaw est partie pour les États-Unis.

— Et il a confirmé que le but du casse était bien de s'emparer d'un échantillon de laboratoire et pas du tout de libérer des chiens et des chats.

Archie dispersa ces arguments d'un large geste de la main.

— Magnifique, magnifique. Cela ne fait que confirmer ce que vous aviez déjà trouvé. Personnellement, je n'avais aucun doute. C'est un excellent travail. Vraiment excellent, je vous félicite. Un cappuccino, oui.

Le serveur albanais enregistra la commande d'un air fatigué et traîna les pieds jusqu'à un autre groupe.

— En moins de trois semaines, vous avez bouclé l'affaire. C'est admirable.

— Comment ça, bouclé l'affaire ?

Kerry avait réagi la première, peut-être parce qu'elle se tenait sur ses gardes.

— Vous avez confirmé les intuitions des Britanniques, poursuivit Archie. C'est bien un groupe américain qui est à l'origine de ce vol. Il s'agit de fanatiques de la pire espèce qui, pour des raisons aussi abstraites que ridicules, ont décidé de s'en prendre à leurs semblables.

Archie saisit la tasse que lui tendait le serveur et la posa devant lui en faisant déborder sur la soucoupe un peu de mousse saupoudrée de cacao.

— Notre devoir, conclut-il, est de remettre immédiatement ce dossier entre les mains des autorités fédérales américaines.

Kerry et Paul se regardèrent. Ils partageaient la même surprise et la même indignation.

— Remettre le dossier ! Mais notre enquête n'est pas terminée.

Paul comprit pourquoi Archie s'était assis à côté de Kerry : cela lui permettait de ne pas la regarder. Il avait du mal à soutenir la pression de ses yeux verts où brillait une violente colère.

— C'est la nouvelle règle du jeu, soupira-t-il en se frottant les mains, prenant plus que jamais son ton de prêtre philosophe. Les agences privées telles que les nôtres peuvent enquêter dans des affaires de sécurité, *mais jusqu'à une certaine limite.* Toute la subtilité de notre nouveau métier est là : sentir cette limite et ne pas la franchir.

— Foutaises ! s'écria Kerry, d'autant plus fort qu'elle voulait forcer Archie à la regarder en face et qu'il continuait de se dérober. Le problème n'est pas là. On est sur la piste de quelque chose d'extrêmement grave. Ces types sont des fous dangereux. Ils vont mettre leur projet à exécution et on ne sait pas où ils vont frapper. Chaque jour compte. On ne va pas se défausser sur une administration fédérale qui n'en aura probablement rien à secouer et qui classera ça en trentième priorité.

Archie plissait le visage comme s'il avait été incommodé par un vacarme passager. Puis il reprit d'une voix encore plus douce :

— Si je résume, grâce aux éléments que vous avez découverts, je dirai que cette affaire est finalement assez simple : il s'agit d'une alerte bactériologique de plus sur le territoire des États-Unis.

— Comment ? intervint Paul. Pourquoi dites-vous cela ?

— Je m'en tiens aux faits. Une substance biologique dangereuse se balade en Amérique, entre les mains d'un groupe décidé à en faire un usage terroriste. Je me trompe ? Peu importe qu'il s'agisse d'écologistes, de néonazis ou d'islamistes : tout cela, c'est de la fioriture, du verbiage.

— Nous sommes convaincus que le plan de Harrow est mondial et que ses cibles ne seront pas aux États-Unis, objecta Paul.

— Pourquoi ?

Paul se troubla : ces questions simples et directes étaient les pires.

— Eh bien… sa vision du monde le conduit à vouloir supprimer les pauvres.

Archie ricana.

— Et il n'y en a pas aux États-Unis, peut-être ? Il me semblait pourtant qu'à La Nouvelle-Orléans, au moment des inondations…

À cet instant, un petit homme très brun traversa le hall, suivi à distance par une cour d'assistants empressés. Archie se leva pour le saluer.

— C'est ce Costaricain, vous savez, le prix Nobel de la Paix, dit Archie en se rasseyant. Son nom m'échappe… Un type très bien.

Puis il revint à la conversation avec l'air las d'un homme d'affaires qui termine une négociation importante pour retourner à l'essayage d'un pantalon.

— Je ne sais pas ce que pensent vos écolos. En revanche, ce que je vois, c'est que, pour l'instant, tout converge vers les États-Unis. Votre fille y est partie, sans doute avec ce qu'elle a dérobé en Pologne. Le groupe terroriste, jusqu'à ce qu'on me démontre le contraire, s'y trouve toujours et le contact de votre étudiant français est là-bas. Par conséquent, l'affaire est claire. Il s'agit d'une priorité de sécurité pour les États-Unis et nous ne pouvons pas continuer à jouer dans notre coin.

Comme il sentait Kerry prête à émettre de nouveau une objection, il s'empressa d'ajouter :

— De toute façon, la CIA veut qu'on arrête tout.

— Quoi ?

Archie baissa le nez, fit mine d'épousseter sa cravate et reprit, un ton plus bas.

— J'ai reçu un coup de fil de Langley, il y a deux jours. Une intervention venue, hum, du plus haut niveau de la Compagnie. Ils veulent récupérer le dossier et nous interdisent formellement de continuer. À mon avis, c'est votre petite opération à Seattle qui a dû faire des vagues.

Kerry tressaillit.

— Je ne vous reproche rien. Il fallait le faire et vous vous en êtes tirée au mieux. Mais l'affaire est certainement revenue aux oreilles du FBI et il a dû y avoir une explication sérieuse entre les deux organismes. Toujours est-il que la CIA m'a appelé à Singapour pour me demander de tout arrêter et de transmettre vos conclusions.

— Vous avez accepté ? demanda Kerry.

— Rassurez-vous, fit Archie, comme si c'était le sujet de sa préoccupation, ils vont honorer l'intégralité du contrat. Et je suis certain qu'ils sont très satisfaits de notre job. À l'heure qu'il est, ils doivent déjà avoir pris connaissance de la note de synthèse que je leur ai fait envoyer par Providence.

Paul sentait qu'il n'y avait plus rien à faire. Il voulait seulement éviter que Kerry ne livre un combat d'arrière-garde inutile, par dépit, par amertume. Il savait qu'elle supportait plus mal que lui ces rappels à la discipline. À vrai dire, elle aurait dû y être habituée. Ils n'avaient jamais connu que cela dans ce métier et c'est pour cette raison qu'ils l'avaient quitté. Tout commence dans l'enthousiasme ; après un démarrage tambour battant arrivent les premiers résultats. Mais au moment d'encaisser les dividendes de ces efforts, un coup de laisse et couché !

Il regarda intensément Kerry. Un instant, il crut qu'elle allait se jeter sur Archie, le gifler, faire un scandale. Pourtant, à son grand étonnement, elle ne tenta rien et se calma. Elle trouva même la force de se tourner vers le vieil homme et de lui sourire.

— Ce sont mes enfants qui vont être contents, dit-elle d'une voix étrangement posée. Ils vont me revoir plus tôt que prévu.

Archie rit finement en tournant la petite cuiller dans sa tasse pour se donner une contenance. Il n'était pas encore tout à fait certain qu'elle était sincère et qu'elle n'allait pas bondir sur lui.

— D'ailleurs, je vais les appeler tout de suite. Ils doivent être en train de se réveiller.

Kerry se leva, le portable à l'oreille, et s'éloigna dans le hall.

— Une femme extraordinaire, dit Archie en secouant la tête.

Il aurait bien poussé un peu le commentaire et interrogé Paul sur la vraie nature de leur relation. Mais le moment était mal choisi. Il préféra faire profil bas.

— Avec deux amis sénateurs, dit-il, nous avons affrété un vol spécial pour Washington ce soir. Nous pouvons vous rembarquer, si vous voulez ?

Paul était sous le coup de cette fin brutale et prématurée. Il ne se rendait pas encore bien compte de ce que cela signifiait. Il se sentait comme un alpiniste qu'on interromprait brusquement dans son ascension pour le ramener au pied de la paroi.

Pendant ce temps-là, Kerry avait replié son portable et revenait vers eux en secouant la tête :

— J'avais oublié, dit-elle. Les mômes sont en vacances et leur père les a emmenés dans sa famille à Sacramento pour la semaine.

Paul écouta cela sans attention puis tout à coup, il sursauta et la regarda intensément. Rob ! À Sacramento ?

Pour ce qu'il en savait, le mari de Kerry était originaire de Toronto et du Saskatchewan. Elle lui avait d'ailleurs dit qu'il les emmènerait au Canada.

— Je proposais à Paul de vous rembarquer ce soir dans mon avion.

— C'est une bonne idée. Allez-y tous les deux. Moi, puisque je ne suis pas pressée, je vais pousser jusqu'à Milan pour faire un peu les boutiques.

Archie se leva, tout au plaisir de retrouver devant lui une femme selon son goût, futile et gracieuse, quand il avait craint de devoir affronter une pasionaria hystérique. Il saisit la main de Kerry et la porta galamment à ses lèvres.

Elle rit de manière charmante quoiqu'un peu niaise, au gré d'Archie.

— Je rentre à l'hôtel, dit-elle à Paul. Tu passes chercher tes bagages ?

— Tout de suite, dit-il, toujours abasourdi. Je t'accompagne.

— Faites, faites, les encouragea Archie. Je ne pars pour l'aéroport qu'à dix-huit heures. Prenez votre temps, mon cher Paul. Je vous attendrai ici, dans ce hall.

Déjà, près du grand couloir qui menait aux salles de conférences, Archie avait aperçu la chevelure argentée de lord Landby, qu'il tenait à saluer absolument. Cette affaire réglée, il tourna les talons et s'éloigna prestement, en reprenant l'air distingué qui convient pour aborder enfin des gens bien élevés.

8

Désert du Colorado. États-Unis.

Pendant la semaine qui avait suivi sa chevauchée dans le désert avec Harrow, Juliette avait vu se prolonger la transformation mentale qui s'était opérée en elle. Elle était revenue de ce court voyage apaisée, plus calme, moins sujette aux variations d'humeur et aux crises d'angoisse. L'euphorie était toujours là, ainsi qu'une tendance à l'hyperactivité qui, dans le calme de la maison troglodyte, virait souvent à l'impatience. Mais, au total, elle se sentait beaucoup mieux.

Par contraste, elle se rendait compte à quel point elle avait traversé toutes ces semaines depuis Wroclaw dans un état inquiétant. Au début, elle avait encore pris quelques médicaments. Mais, rapidement, l'exaltation avait produit son effet aveuglant. Plus elle allait mal, plus elle se sentait bien et moins l'idée de se soigner lui traversait l'esprit.

Maintenant qu'elle mesurait mieux ce qui s'était passé, elle prenait peur. Elle était assez lucide pour voir qu'elle était encore fragile. L'idée d'une rechute la hantait. Or il fallait à tout prix que l'on puisse compter sur elle. Elle voulait se montrer digne de sa mission aux yeux de Ted.

Il ne lui avait toujours rien dit de ce qu'il attendait précisément d'elle. C'était la règle du jeu et elle l'acceptait. Mais, du coup, elle se prenait à imaginer des épreuves surhumaines. Elle aurait peut-être à affronter des conditions hostiles – inconfort, manque de sommeil, peur, peut-être serait-elle torturée… Sa fragilité, son instabilité lui permettraient-elles de résister ? Elle redoutait que non.

Cela la conduisit à reprendre des médicaments. Elle avait emporté avec elle quelques boîtes de neuroleptiques. C'était le reste du traitement qui lui avait été prescrit après son hospitalisation. Elle connaissait l'effet de ces drogues. Elles lui donnaient l'impression d'être un navire qui ralentit et s'enfonce peu à peu dans l'eau. Au bout de ce processus, il y avait le risque inverse : le virage vers la dépression, le pessimisme, le dégoût de soi et du monde.

Entre deux maux, Juliette décida d'affronter plutôt celui-là. Auprès de Harrow, elle ne craignait plus de se voir gagnée par la mélancolie douloureuse qui l'avait si souvent accablée pendant ses années d'études ou dans la solitude de Chaulmes.

Elle se rendait compte qu'elle avait placé en Ted des espoirs énormes et peut-être disproportionnés. Le voyait-elle comme il était ou s'en était-elle fait une image idéale, dangereusement fausse ? Était-elle amoureuse de lui ?

Il était souvent absent et pendant les heures à la maison troglodyte, elle restait longtemps allongée sur le dos dans sa chambre à penser à tout cela. Elle était parvenue à la conclusion que ses sentiments à l'égard de Harrow n'étaient pas de l'amour, en tout cas pas de la sorte qu'elle avait connue jusque-là. Elle n'avait aucune envie d'abolir la distance qui existait entre eux. Son admiration, sa confiance naissaient de cette distance. Harrow et tout ce qu'il représentait aurait déchu si avait dû se mêler à leur relation une composante charnelle. Peut-être en serait-il allé autrement si l'initiative était venue de lui. Elle n'aurait sans doute pas eu la force de lui résister. Mais Ted restait aussi distant et taciturne qu'au début. Il allait et venait, passait des heures devant les ordinateurs ou au téléphone. Il avait des rendez-vous qui le tenaient absent des journées entières. Il partait avec un des Indiens et probablement disposait d'une voiture quelque part pour ses déplacements.

Un jour, il avait laissé l'ordinateur ouvert et la liste de ses courriels s'affichait. Juliette s'était gardée de les ouvrir. Elle avait trop de respect pour commettre un acte aussi méprisable. En aurait-elle eu envie que la présence silencieuse de Raul dans la maison, toujours tapi dans l'ombre là où on ne l'attendait pas, l'en aurait dissuadée. Cependant, sans s'approcher, Juliette avait regardé l'écran. Les messages provenaient du monde entier : de Chine, d'Afrique, d'Europe. Elle se demanda si Harrow n'avait pas finalement fait exprès de laisser l'appareil ouvert sur cette page. C'était bien dans sa manière efficace et discrète. Peut-être avait-il voulu lui faire savoir par ce moyen que l'organisation à laquelle elle était liée désormais avait une dimension mondiale.

Cela laissait également supposer que l'opération qu'ils planifiaient était de grande envergure, complexe et requérait de la patience.

Dans les rares moments qu'ils passaient ensemble et où il n'était pas occupé, Harrow interrogeait Juliette sur ce qu'elle avait lu. Il lui faisait observer les étoiles avec la lunette astronomique qui restait en permanence montée sur un trépied dans un coin de la terrasse. Il ne parlait pas de l'opération à venir et elle se faisait une règle de ne pas l'interroger. Un jour seulement, elle lui demanda s'il ne craignait pas que leur cachette soit découverte. Il y avait des allées et venues qui pouvaient être suspectes dans ce coin sauvage. Et tout le matériel qui était stocké là, en plein désert… Et ces communications avec le monde entier ?

Ce n'était pas tellement l'expression d'une curiosité. Plutôt l'effet d'une sincère préoccupation pour le bien de Ted, avec en toile de fond la crainte que leur plan échoue et que tous ses espoirs d'action soient ruinés.

Harrow avait écouté sa question en restant impassible et la réponse avait nourri la méditation de Juliette toute la journée suivante.

— On ne surveille que ce dont on a peur, dit-il.

Et, clignant ses yeux bleus un long instant, comme il en avait l'habitude quand il voulait dissimuler ses sentiments, il ajouta :

— On n'a pas peur de ce qu'on ne peut pas imaginer.

C'était, comme toujours, une phrase décalée. Elle ne répondait pas à la question de Juliette. Après tout, la surveillance dont ils pouvaient faire l'objet n'avait pas nécessairement à voir avec leur projet. La police aurait pu penser qu'il s'agissait de malfaiteurs ou d'un groupuscule terroriste étranger.

Mais Harrow avait compris que la question de Juliette était un moyen détourné de l'interroger sur l'opération en cours. Et il avait tenu à lui donner cet indice qui ne compromettait pas le secret, mais soutenait son enthousiasme et son impatience. L'opération qu'ils allaient mener n'était pas quelque chose de connu ni de déjà vu. C'était un projet totalement nouveau et qui dépassait l'imaginable.

Cela avait produit l'effet recherché. Pendant deux jours Juliette avait tourné cette idée dans sa tête. Elle n'avait pas posé d'autre question.

Cette routine paisible, tendue par l'attente et propre à la rêverie, prit fin brutalement un matin. En se levant, Juliette trouva Harrow assis sur la terrasse, l'air sombre. Elle s'assit à la table devant lui et, contrairement à son habitude, il l'interrogea immédiatement.

— Tu as parlé à quelqu'un avant de partir ?

— Avant de partir d'où ?

— De France.

Elle le dévisagea un long instant.

— L'interrogatoire ne va pas recommencer ! J'ai l'impression d'être encore en Afrique du Sud. Qu'est-ce qu'il y a de nouveau ?

— Des gens te cherchent.

— Quelles gens ?

— Je ne sais pas.

Elle haussa les épaules et saisit la théière pour remplir son bol.

— Des gens qui sont bien renseignés, apparemment. Ils connaissent Jonathan et ils savent que c'est toi, Wroclaw.

— Des flics ?

— C'est peu probable.

— Français ?

— Américains.

— Sûrement le FBI. Ils doivent bien vous surveiller, non ?

— Ça, nous en sommes sûrs : ce n'est pas le FBI. Nous avons quelques amis là-bas qui nous renseignent. Ils nous laissent tranquilles depuis qu'on a quitté One Earth.

— Tu crois que ces types peuvent remonter jusqu'à nous ?

— Peut-être. Mais il y a encore quelques filtres.

Harrow parlait doucement, il n'y avait rien d'hostile dans sa voix. Pourtant Juliette sentait qu'il considérait cette affaire comme extrêmement grave.

— Il va falloir lancer l'opération plus tôt que prévu, dit-il.

— Quand ?

— Demain matin. Et ce sera à toi de jouer. Tu vas aller chercher le flacon là où tu l'as déposé.

Turin. Italie.

Kerry et Paul, en quittant Archie, avaient hélé un taxi qui maraudait dans la rue. C'était une Giulietta Ti des années soixante-dix et son chauffeur s'y accrochait comme à la vie. Il avait à peu près quatre-vingts ans, des lunettes noires et enfilait des gants de box-calf pour la conduire, en dérapant dans les virages. Ce genre de spectacle enchantait Paul d'habitude. Mais, cette fois, il restait prostré sur la banquette en cuir et regardait tristement défiler les façades rouges de Turin, que faisait luire un rideau de pluie.

— Qu'est-ce que tu as ? finit par demander Kerry, qui était, elle, souriante et détendue.

Paul haussa les épaules.

— Je devrais me réjouir de la fin minable de cette histoire, sans doute ?

— Quelle fin ?

Il fixa Kerry un instant pour voir si elle se moquait de lui, mais elle avait l'air parfaitement maîtresse d'elle-même.

— Qu'est-ce que tu veux dire ?

Elle se tourna vers lui. Elle avait choisi, pour jouir du

printemps piémontais, une robe légère très décolletée et s'était fait le matin une coiffure compliquée qui entourait sa tête de tresses arrondies. Tout Kerry était là, dans cette possibilité de capter les influences du lieu et du milieu, de devenir plus italienne que les Italiennes et, l'instant d'après, s'il le fallait, de sauter en parachute, vêtue d'un treillis militaire. Aucun de ces mille visages n'entamait la robuste unité de sa personne. Ce n'était pas une quête douloureuse d'identité, mais seulement un jeu, une joie, le signe d'un appétit généreux pour tous les plaisirs et toutes les parures de la vie.

— Notre contrat est terminé. Nous sommes libres. C'est bien ce que nous a dit Archibald the pork ?

Paul opina, attendant la suite.

— Cette liberté qu'il a voulu nous rendre, poursuivit-elle, nous ne l'avions jamais perdue, que je sache. Nous ne sommes pas ses employés, nous ne l'avons jamais été. Nous avons accepté *librement* de l'aider dans une enquête difficile. Il nous congédie, c'est son affaire.

Comme ils débouchaient dans un vrombissement de moteur sur une place octogonale entourée de colonnades, un rayon de soleil était venu fendre la pluie. Les pavés fumaient et des taches bleues s'étendaient dans le ciel.

— Mais c'est à nous seuls de choisir ce que nous voulons faire.

— Tu veux dire qu'on continue malgré tout ?

— Tu as décidé d'arrêter, toi ?

— Non.

— Tant mieux, moi non plus.

Ils se regardèrent et éclatèrent de rire.

Ils étaient devant l'hôtel. Le chauffeur arrêta la

voiture dans un dérapage. Il ne regarda pas d'abord le compteur mais la montre, pour vérifier son temps. Malgré le soleil qui teintait le fond de la place, la pluie livrait une bataille d'arrière-garde, en lâchant de grosses salves tièdes. Paul ouvrit son imperméable et fit une place à Kerry. Ils coururent jusqu'à l'hôtel et montèrent à leurs chambres. Ils prirent chacun une douche et se changèrent. Kerry, vêtue d'un pantalon blanc et d'un chemisier élégant, noué savamment autour de la taille, vint rejoindre Paul dans sa chambre. Elle alla s'asseoir sur un fauteuil tandis que lui, confortablement enveloppé dans le peignoir blanc en tissu-éponge épais et doux de l'hôtel, l'écoutait allongé sur le lit, les bras derrière la tête.

— La priorité, commença Kerry, c'est de retrouver cette fille. Il faut aller voir à l'adresse que ce Jonathan nous a indiquée à New York. On n'a pas eu le temps de mettre Providence sur cette piste et maintenant c'est trop tard. Il faut faire le boulot nous-mêmes.

— Je me demande à quoi correspondent ces coordonnées : un particulier ou une association écolo ?

— Attention, c'est peut-être un piège. Il faudra se bricoler une petite couverture pour les aborder. Et il vaut mieux que je reste à l'écart parce qu'on me connaît maintenant dans ces milieux-là.

— À One Earth.

— Ailleurs aussi, peut-être. Les nouvelles vont vite dans ces groupes.

En parlant, Kerry tripotait négligemment les pans de son chemisier. Paul, malgré lui, pensait à cette Juliette dont il sentait la mystérieuse présence autour d'eux, de plus en plus proche, détentrice des clefs de l'affaire. À moins qu'elle n'eût été, elle aussi, qu'un jouet entre d'autres mains.

— Ce soir Sir Archibald te ramène à New York, reprit Kerry. Dès qu'il t'a lâché, au lieu de prendre ta correspondance pour Atlanta, tu te fais déposer en taxi à Manhattan.

— Et toi ? demanda Paul.

— Moi, je n'ai qu'une envie, c'est de rester avec toi. Mais je vais quand même devoir faire un petit détour en Europe avant de te rejoindre.

— Du lèche-vitrines à Milan…

— Pas vraiment. Tant mieux d'ailleurs. Non, écoute, cette nuit, pendant que tu dormais, j'ai eu une petite insomnie et j'ai trié les courriels que nous a envoyés Tycen ces derniers jours. Il y avait un truc très intéressant sur le professeur polonais de Wroclaw.

Paul venait de comprendre qu'une fois de plus Kerry avait pris une longueur d'avance, mais maintenant cela lui était égal.

— Figure-toi que ce Rogulski n'a pas seulement travaillé à l'Est. En 1972, il a obtenu une bourse pour une université autrichienne pendant deux ans.

— Et alors ? grogna-t-il.

— Alors, devine ce qu'il a étudié : la philosophie. Auprès d'un certain Conrad Fritsch. Ça te dit quelque chose ?

— Rien.

— À moi non plus. C'est qu'on ne fait pas assez de philo, je pense.

Paul était prêt à l'admettre, mais il avait moins que jamais envie d'y remédier.

— Je suis allé voir sur le Net et qu'est-ce que j'ai trouvé ? Ce professeur Fritsch est un des papes de la philosophie de l'environnement. On lui doit plusieurs livres fondamentaux sur ce qu'il appelle l'écologie profonde. Il a exercé une influence intellectuelle majeure sur les cercles universitaires du monde entier.

— Donc ?

— Il faut essayer d'en savoir un peu plus sur les fréquentations de Rogulski et aller voir ce brave professeur Fritsch – il a quatre-vingt-huit ans. Peut-être est-il le lien qui nous manquait entre le savant polonais et les écolos américains. Si ce lien existe, bien entendu.

Le raisonnement était impeccable. Elle avait raison sur toute la ligne.

— Donc, tu vas en Autriche ?

— Je vais y rester le moins possible. À mon avis, dans trois jours au plus tard, on se retrouve à New York.

Philadelphie. Pennsylvanie.

Être flic à Philadelphie n'est pas, en général, un destin enviable. C'est une ville faussement tranquille : tout le monde croit que vous vous la coulez douce alors qu'il y a autant de travail sinon plus qu'à Miami ou Chicago. Heureusement, en fin de carrière, on pouvait encore trouver quelques planques. Et Burton Hopkins, à soixante-deux ans, avait réussi à décrocher la plus convoitée de ces planques : garder le Mémorial.

Cela voulait dire arpenter tranquillement une petite place plantée d'arbres où, en fait de violence, tout se résumait aux tendres disputes que de vieilles dames pouvaient avoir avec leur chien. Burton était souvent pris en photo par des touristes devant le monument, au point qu'il pouvait avoir l'impression parfois de faire partie du patrimoine. Avec son air bonhomme, son ventre qui dépassait au-dessus du ceinturon et une grosse moustache pour faire peur aux enfants, il appartenait à une époque révolue : celle où les flics étaient respectés, connus et parfois aimés.

En plus, il n'habitait pas loin et se rendait au Mémorial à pied en goûtant l'air de la rue, le parfum des saisons. Le printemps était celle qu'il préférait. En Pennsylvanie, il vient tard mais tout d'un coup, comme un ami qui débarque sans prévenir quand on ne l'espérait plus.

Avec l'âge, Burton n'avait plus besoin de guetter les infractions. Il gardait le nez en l'air, pour observer le ciel pâle entre les buildings de verre. Aussi ne prêta-t-il aucune attention ce matin-là à une Chevrolet arrêtée devant une entrée de garage. Une fois que Burton eut dépassé la voiture, la portière s'ouvrit et une femme en sortit. Brune, très mince, serrée dans un manteau un peu trop large, elle marcha d'un pas rapide et, en moins d'un bloc, rattrapa le vieux policeman.

— Burt, appela-t-elle doucement.

Il se retourna, le sourcil froncé, avec cette expression bourrue, indignée et bon enfant qui marquait pour lui la pose de l'autorité.

— Juliette !

Il la saisit par les épaules et l'embrassa sur les deux joues. Tout de suite après, il jeta des coups d'œil inquiets aux alentours pour voir si personne n'avait été témoin de cette entorse à la dignité de sa fonction.

— Qu'est-ce que tu fais à Philadelphie ?

— Je vous avais écrit que je passerais. Vous avez bien reçu mon courrier ?

— Et ton paquet ! Que je garde précieusement à la maison. Combien de temps restes-tu ?

— Je repars ce soir.

— Aïe ! Et Louise qui est chez sa tante à Baltimore pour la semaine. Tu aurais dû nous prévenir.

— Je n'étais pas sûre du jour où j'arriverais, bredouilla Juliette en baissant les yeux.

— Ah, tu ne changes pas, dit Burton, la voix étranglée par un sanglot de nostalgie.

Quand Juliette était arrivée la première fois à Philadelphie, elle avait tout juste dix-huit ans. Elle avait bataillé jusqu'au bout avec ses parents pour qu'ils la laissent partir. Elle avait dû se contenter des dernières places que proposait l'association qui organisait les séjours au pair. On l'avait prévenue qu'elle tombait mal. Elle était affectée chez un policier sans envergure. Sa femme était impotente et il élevait Louise, sa petite-fille, depuis le divorce violent de ses parents. Voilà ce que Juliette avait soigneusement caché aux enquêteurs sud-africains : cette relation américaine avec un vieux flic qui la considérait comme sa fille.

Car le séjour de Juliette à Philadelphie avait été sa première expérience de la tendresse. Louise était une enfant de dix ans très gaie malgré les drames qu'elle avait vécus. Et Burton tempérait la rigueur quaker héritée de sa mère par le sang irlandais du côté paternel. Il lui avait donné une vraie chaleur humaine et un goût bienvenu pour le whisky, mais seulement après le coucher du soleil.

— Accompagne-moi jusqu'au Mémorial. Tu vas me raconter un peu ta vie, tout de même.

— Non, Burt, je suis désolée. Je repasserai sûrement le mois prochain pour trois ou quatre jours, mais je dois reprendre un avion tout à l'heure. On est au printemps et cet ami jardinier dont je vous ai parlé doit faire ses semis maintenant. Je viens seulement récupérer mes graines. On se reverra plus tard.

Burton fronça le sourcil.

— Si tu veux mon avis, cette affaire de semences ne tient pas debout.

Juliette tressaillit. Elle allait parler quand le vieux policier s'approcha et pointa son doigt sur elle.

— Il y a une histoire d'amour là-dessous. Pas vrai ?

Elle eut une expression de soulagement qu'il prit pour de la gêne.

— Ça t'en bouche un coin, hein ! On ne peut pas me mentir à moi, sur ces choses-là. Je n'ai pas passé trente ans dans la police sans avoir appris comment confondre un coupable.

Juliette battit des paupières comme sous l'effet d'un choc puis baissa les yeux.

— Allez, tu es en état d'arrestation. Viens avec moi jusqu'au Mémorial. D'ici là, je t'aurai tout fait avouer. Comment s'appelle-t-il ?

Burton passa son bras par-dessus celui de Juliette et démarra un peu de côté, comme pour danser un quadrille.

— Heu… Simon.

— Et où habite-t-il ?

— Dans… le Wyoming.

— En ce cas, je comprends : la saison de culture est courte là-bas. Il fait froid tard. Dépêche-toi de lui porter ses semences.

Tout à coup, Burt s'arrêta et la regarda d'un air sévère.

— Quand je pense que tu m'as fait violer la législation fédérale.

— Je suis désolée. Mais avec toutes ces histoires de grippe aviaire, de vache folle…

— … et de fièvre aphteuse, oui, je sais, ils sont devenus fous avec l'importation de produits biologiques.

Puis il se ressaisit :

— Mais c'est pour le bien de tous. Et en plus, la loi c'est la loi.

Il reprit sa marche en maugréant.

— Ethel n'est plus à la maison, tu sais. J'ai dû la mettre dans un établissement médical. Bien sûr, j'y vais tous les soirs. C'est à une heure d'autobus.

Il soupira.

— Mais à la maison tu trouveras Mme Brown, la femme de ménage. Je vais l'appeler pour la prévenir que tu vas passer. Elle te remettra ton paquet.

Juliette lui sauta au cou et l'embrassa.

— Merci, Burt. Vous êtes un amour.

Le vieux flic ajusta sa casquette et se retint, cette fois, de jeter un coup d'œil aux alentours. Après tout, ce n'était pas un crime de se faire frotter le museau par une si jolie fille.

— Tu as de la chance que ça soit pour du houblon, grommela-t-il.

— Mais pas n'importe lequel, Burt, je vous l'ai expliqué. Une espèce rare qui donne un malt des Flandres de première qualité. Simon va faire la meilleure bière de tous les États-Unis avec ça. Et je vous en apporterai un tonneau.

Burton haussa les épaules.

— En tout cas, crois-moi, bougonna-t-il, je n'aurais pas marché aussi facilement pour des oignons de tulipe.

QUATRIÈME PARTIE

1

Hochfilzen. Autriche.

La neige traînait dans les vallées du Tyrol. Le printemps n'arrivait pas à la chasser. Sur les versants nord-est, jusqu'au bord des routes, subsistaient des croûtes sales et glacées entourées d'une herbe déjà verte.

Kerry avait loué une voiture à Salzbourg, ce qui lui avait valu un après-midi de cauchemar mozartien. Wolfgang Amadeus était partout, sur les boutiques, les chocolats, les panneaux publicitaires. Elle avait pris la fuite dans sa Ford Fiesta, mais il l'avait poursuivie : le porte-clefs qui se balançait sur le contact représentait encore, de profil sur fond rouge, l'enfant prodige.

Le bourg où habitait le professeur Fritsch était situé dans la montagne, à une vingtaine de kilomètres en lacets de la plus proche sortie d'autoroute. Kerry traversa plusieurs villages presque déserts, avec leurs églises baroques inutilement vastes. L'Autriche est un pays avec un passé trop grand pour lui.

La journée avait commencé sous un ciel bas. À mesure que Kerry approchait de sa destination, l'horizon s'était éclairci. Quand son regard se portait vers les hauteurs, elle distinguait, dans une mêlée de blancs, un entrelacs de glaciers et de nuages. Finalement, à son arrivée, il faisait tout à fait beau. Les cimes des Kaisergebirge brillaient au loin.

La maison du professeur Fritsch était un peu à l'écart du village. Elle embrassait tout le panorama, des hauts sommets voisins jusqu'à Kitzbühel et Sankt Johann in Tirol, au fond de leurs vallées embrumées. Des vaches brunes zigzaguaient entre les langues de neige pour se goinfrer d'herbe tendre. Aux balcons de la maison, les géraniums réglementaires, comme dans tout le pays, avaient été récemment plantés et alignaient leurs petits pompons rouge vif.

Kerry gara la voiture sur un terre-plein déneigé qui jouxtait la maison. Elle remonta l'allée de gravier jusqu'à une entrée en saillie sur le jardin. Des bruits de clarines étaient apportés de loin par une légère brise. Les grands bois de pins qui noircissaient les pentes au-dessus de l'alpage mettaient dans l'air un parfum de résine. Kerry se dit qu'en rentrant elle devait absolument emmener les enfants passer quelques jours dans les Rocheuses.

Elle n'eut pas besoin de pousser le bouton de la sonnette. La porte s'ouvrit quand elle atteignait la dernière marche. Une grosse femme vêtue d'une blouse de travail mauve à fleurs l'accueillit avec un large sourire. Son épaisse chevelure d'un blond clair était soigneusement plaquée autour de sa tête, si raide de laque qu'on aurait dit un casque en acier brossé.

— Vous journaliste, venir voir professeur ?

L'anglais de la femme ressemblait à une cabane d'alpage : un empilement de rondins à peine équarris sans clous ni vis.

Kerry acquiesça et la femme la fit entrer. La maison sentait l'encaustique et le détergent. Si quelques grains de poussière avaient jamais eu l'intention de s'installer dans ces hauteurs, ils n'avaient aucune chance de faire halte à cet endroit. Kerry suivit la femme dans un salon où tout était à la fois obscur et brillant. Le bois verni, les cuivres briqués, des tableaux représentant des fontaines sylvestres et des biches captaient la maigre lumière qui entrait par les fenêtres à petits carreaux et la renvoyaient en éclats jaunes. L'hôtesse fit asseoir Kerry sur un canapé chargé de coussins brodés.

— Professeur venir suite. Je quoi peux servir à boire vous ?

Kerry était perplexe quant à l'identité de cette femme hommasse à la large mâchoire carrée. Était-elle l'épouse de Fritsch ou sa gouvernante ? Le fait qu'elle l'appelle « le professeur » ne signifiait rien dans ces civilisations germaniques où les maris sont parfois capables d'appeler leur femme « maman ». Kerry n'eut pas le temps de s'interroger longtemps. Le professeur fit son entrée presque aussitôt.

Fritsch était ce qu'il est convenu d'appeler un beau vieillard. On ne pouvait deviner au premier abord qu'il approchait des quatre-vingt-dix ans. Il n'y avait rien là de très étonnant s'il avait passé toute sa vie dans ces lieux. De même que, dit-on, le saucisson corse se parfume de toutes les herbes odorantes que les cochons ont avalées dans leur île, de même on ne pouvait séjourner près d'un siècle dans ces vallées sans finir par s'incorporer leurs vertus et jusqu'aux éléments de leurs paysages. L'ample crinière bouclée de Fritsch était d'un blanc de neige ; son nez avait des reliefs anguleux de roc, comme ses arcades sourcilières et son menton. Ses yeux grands ouverts, directs et naïfs, avaient la même teinte bleu pâle que prend la glace dans ses profondeurs et qui lui donne, paradoxalement, un aspect chaud, presque soyeux.

Chez toute autre personne que Kerry, l'impression aurait été favorable. Fritsch était l'incarnation de la bonté et de la sagesse, le patriarche que chacun aimerait avoir pour grand-père. Mais elle avait hérité de sa mère une méfiance instinctive à l'endroit des hommes d'Église en général et des pasteurs luthériens en particulier. Cette méfiance prenait sans doute racine dans les lointaines querelles religieuses de l'Europe centrale dont elle était originaire. Face à Fritsch, Kerry se sentit tout de suite sur ses gardes.

— Vous venez de New York, madame. Je vous souhaite la bienvenue. Et je suis très honoré que vous ayez fait un si long chemin pour me voir.

D'après sa biographie sur Internet, Fritsch avait été trois ans *visiting professor* à l'université de Charleston. De là lui venait, en anglais, cet accent traînant. La diction germanique lui donnait un débit monotone et lent, fréquent chez les pasteurs réformés, tant qu'ils ne parlent pas du péché.

— Si vous le voulez bien, nous serons mieux dans mon bureau pour l'entretien. Hilda, tu as entendu ? Nous allons dans mon bureau. Je ne vous ai pas présenté mon ange gardien. Hilda veille sur moi depuis deux ans avec un grand dévouement. Elle a la bonté d'empêcher que je fasse trop de bêtises.

Le cabinet de travail de Fritsch était au même étage. Donnant sur l'alpage par de grandes baies vitrées, il était baigné de clarté. En quittant l'obscurité du salon, on avait l'impression, en y pénétrant, d'arriver à l'extérieur. Les murs du bureau qui n'étaient pas occupés par des vitres étaient tapissés de livres. Sur une grande table, au centre, étaient posés de nombreux dossiers rangés soigneusement en piles.

— Je n'écris plus beaucoup, mais j'essaie de lire et de classer, confia Fritsch, comme s'il voulait faire excuser un acte répréhensible.

Kerry s'assit sur un fauteuil recouvert de velours bleu et Fritsch prit place derrière son bureau.

— Je vous écoute, madame. De quoi souhaitez-vous que nous parlions ?

Kerry évitait de le regarder dans les yeux. C'était un truc que lui avait appris sa mère : se dérober à ces regards de saints pour ne pas se laisser abuser par leur prétendue pureté.

— De vous, professeur. Je rédige un dossier sur les grands penseurs de l'environnement et bien sûr, à ce titre, je me devais de vous rencontrer... Je suis journaliste indépendante et je vais proposer le sujet à *Time Magazine*.

Elle tendit une carte de visite. Fritsch saisit une grosse loupe dont le manche était constitué par une corne de chamois et scruta la carte.

— Deborah Carnegie. Enchantée.

Il posa la carte sur la table et plaça la loupe dessus.

— Je ne croyais pas intéresser encore grand monde aux États-Unis. Au début, mon œuvre a été un peu pionnière, c'est possible. Mais l'Amérique a pris le relais désormais.

— Votre influence philosophique a marqué la plupart des grands écologistes d'aujourd'hui. Et vous avez formé beaucoup d'entre eux.

— C'est vrai ! s'exclama Fritsch.

Il avait une façon naïve et charmante d'accueillir les propos de l'autre. Ses rapports avec le monde, malgré la longue expérience qu'il en avait, semblaient marqués par un étonnement bienveillant, une curiosité respectueuse, un émerveillement perpétuel devant les innombrables figures de la vie. Mais il en fallait plus à Kerry pour se laisser séduire.

— Avec le temps, savez-vous en effet ce dont je suis le plus fier ? Les séminaires que j'ai dirigés, tous ces jeunes gens qui pendant des années sont venus de loin pour travailler avec moi et écouter ce que j'avais à leur dire.

— C'est exactement ce qui m'intéresse, confirma Kerry. Pour votre œuvre, je peux me référer à vos publications. Mais j'aimerais recueillir quelques souvenirs sur votre enseignement et comprendre comment il s'est transformé à mesure que votre pensée évoluait.

— Oh, c'est ce qui pouvait me faire le plus plaisir !

On aurait dit que Kerry venait de lui offrir un cadeau pour Noël. Sa pureté de grand vieillard s'accordait à merveille avec ces expressions naïves de petit enfant.

— Quand avez-vous commencé ces séminaires ?

— Au moment où j'ai quitté l'université de Vienne, en 59.

— Vous l'avez quittée… de votre plein gré ?

— Oui et non. C'était un milieu étouffant. Il faut se souvenir que l'Autriche a été occupée jusqu'au milieu des années cinquante par les armées alliées. L'université était sous surveillance étroite. Il y avait beaucoup de sujets que l'on ne pouvait pas aborder. Moi, je voulais parler de la nature. Et la nature, pour ces gens-là, c'était un thème nazi. On me jetait sans cesse à la figure le Tierschutzgesetz de Hitler…

— Vous étiez plutôt un homme de gauche, pourtant…

— Et cela n'a pas arrangé les choses parce que d'autres m'ont au contraire soupçonné de sympathie pour les communistes… Non, je vous dis, il vaut mieux ne plus parler de cette époque. Pour un esprit libre, c'était l'enfer.

Fritsch secoua sa belle tête comme pour s'ébrouer des dernières gouttes de cette boue. Puis il reprit son sourire pur.

— Finalement, je me suis dit : ne gardons que ceux qui savent écouter. Et j'ai ouvert un séminaire ici même.

— Dans cette maison ?

— Non, dans la précédente. Elle était plus près de Salzbourg et un peu plus vaste. Il y avait une grande pièce qui servait aux banquets de chasse. C'est là que nous tenions nos réunions.

Le vieil homme se leva prestement et saisit une photo au mur, qui représentait son ancienne demeure.

— C'était là.

Il regardait le cadre avec attendrissement.

— Depuis que ma mère m'a offert mon premier appareil, un Kodak en 1925, je n'ai jamais cessé de prendre des photographies. À mon âge, cela remplace la mémoire.

— Sur quoi portaient vos séminaires ?

— Au début, je venais de la philosophie des sciences et toute ma réflexion est partie de là. J'avais été frappé par une découverte des paléontologues. À l'époque, ils avaient réussi à déceler dans l'histoire du monde cinq périodes pendant lesquelles les espèces vivantes ont régressé. C'est ce qu'ils appellent les cinq extinctions. La plus célèbre est la période qui a vu s'éteindre les dinosaures. Or, ces mêmes scientifiques ont commencé à comprendre à ce moment-là – je vous parle du milieu des années cinquante – que nous étions entrés dans la sixième extinction : celle qui, aujourd'hui, voit disparaître de nombreuses espèces animales ou végétales. La grande différence est que les cinq premières extinctions étaient d'origine naturelle tandis que la dernière, celle que nous vivons aujourd'hui, est d'origine humaine. C'est une espèce – la nôtre – qui détruit toutes les autres. C'était le thème de mon premier séminaire : les six extinctions. Cela sonnait comme un programme du président Mao !

Fritsch parlait distinctement, en donnant le temps d'assimiler chaque phrase, chaque idée, comme quelqu'un qui a passé sa vie à enseigner.

Kerry connaissait bien cette façon butée, pesante, redoutablement efficace d'avancer dans les concepts pas à pas. Il est très difficile de s'opposer à ce type de progression logique même si l'on a la conviction qu'elle mène à des conclusions erronées. En fuyant la philosophie allemande et la lourde rhétorique marxiste, la famille de Kerry avait opté pour la mobilité ironique d'un Diderot ou d'un Voltaire. Elle-même les avait retrouvés dans la liberté intellectuelle des campus américains. L'humour, la vitesse, l'intuition étaient devenus des armes, pour elle, face à la brutalité pachydermique du monde communiste, c'est-à-dire de ses origines.

— Aujourd'hui, ces idées-là sont devenues assez banales, continuait le professeur, mais à l'époque, j'étais à contre-courant. S'interroger sur la sixième extinction, c'était aboutir tout de suite à une critique de l'individualisme et de la liberté laissée à l'homme de détruire son environnement. Il y avait cette équation un peu gênante que j'ai formulée dans mon premier livre : « Certes, la déclaration des droits de l'homme de 1789 libère les êtres humains de l'arbitraire et du pouvoir absolu. Mais, en même temps, elle leur confère un pouvoir absolu et arbitraire sur tous les autres êtres et plus généralement sur la nature entière. »

— C'est à ce moment-là que vous avez réhabilité Spinoza contre Descartes…

— Descartes, cet ignoble apôtre de la raison ! Il voit dans l'animal une simple machine et ne donne pas de limite aux œuvres de l'esprit humain… C'est lui le grand fautif, je dirai même le grand criminel !

Fritsch était capable de prendre des mimiques très expressives. Quand il disait Descartes, son visage criait : Satan ! Il haussait le ton et son débit s'accélérait.

— Spinoza, au contraire, c'est l'harmonie du Tout, c'est l'idée d'un dieu diffus, présent dans chaque être, dans chaque chose, dans toute la nature. C'est la nécessité pour l'homme de rester à sa place.

— Vous aviez beaucoup d'élèves au départ ?

— Très peu. Quelques fidèles seulement m'avaient suivi depuis l'université. Mais ensuite, j'ai publié le contenu de mes séminaires. Pas en Autriche, bien sûr. Curieusement, les États-Unis se sont montrés beaucoup plus ouverts, quoique mes travaux aient été très critiques à propos du capitalisme. Je suis parti là-bas trois ans. En Caroline du Sud, un État attachant, meurtri par la guerre de sécession et très résistant quant aux idées productivistes introduites par les Yankees. Quand je suis revenu en Autriche, il y avait un véritable engouement pour mes idées. Je recevais jusqu'à cinquante demandes d'inscription chaque année. Mais je n'ai jamais accepté plus de vingt étudiants par session.

— J'ai retrouvé un certain nombre d'entre eux pour mon enquête, fit Kerry en fouillant dans ses papiers. J'irai les voir pour recueillir aussi leur témoignage.

Elle fit mine de tirer la feuille qu'elle cherchait.

— C'est un sacré travail. Il y en a vraiment dans le monde entier. Par exemple, tenez, la semaine prochaine, je dois aller en Pologne – j'en profite tant que je suis en Europe centrale.

— En Pologne ? Je n'ai pourtant pas eu beaucoup de disciples dans ce pays.

— Ro-gul-ski, lut-elle laborieusement. Ce nom vous dit-il quelque chose ?

— Pavel Rogulski, parfaitement. Un garçon remarquable et courageux. C'était un des rares qui venaient d'un pays communiste. En 67, il fallait le faire. Vous savez ce qu'il est devenu ?

— C'est un grand professeur de biologie, maintenant.

— Ah oui ?... Cela ne m'étonne pas. Il n'était pas expansif, mais c'était un esprit brillant. D'ailleurs, tout le groupe, cette année-là, était exceptionnel.

Fritsch se leva et alla jusqu'au meuble à colonnettes qui se dressait au fond du bureau. Il ouvrit un des panneaux sculptés : des divisions verticales permettaient de classer des dossiers. Il sortit de l'un d'entre eux un grand tirage en noir et blanc et plissa les yeux pour lire une date tracée à l'encre au bas du document.

— Année 67, c'est bien ça. Vous voyez que le rangement a du bon.

Il apporta à Kerry un cliché rectangulaire du format 21x29,7 et resta debout près d'elle pendant qu'elle le regardait.

— Le voilà, Rogulski, une cigarette à la main. Comme toujours.

La photo était prise devant une grande maison de pierre ornée des inévitables géraniums, mais cette fois-ci en fin de saison, buissonnants et piquetés de pétales fanés. Une vingtaine de jeunes hommes étaient alignés sur deux rangs, ceux du premier plan avaient mis un genou à terre. Fritsch avait dû actionner un retardateur pour prendre la photo. Il était arrivé à sa place un peu trop tard. Il était pris de biais et l'une de ses mains était floue.

— C'était très cosmopolite, dites-moi.

Parmi les élèves figuraient un Asiatique, deux étudiants au teint très mat et au faciès d'Indiens. Parmi les Blancs, on trouvait toutes les nuances de traits qui renvoyaient inconsciemment au stéréotype de l'Espagnol, de l'Anglais, du Français et de l'Américain.

— Ils venaient d'où, tous ceux-là ?

— Pas tant que ça, dit Fritsch qui en était encore à considérer la question précédente. Il y a eu des années où le recrutement était encore plus international.

Quand il reprit la photo, Kerry s'aperçut que des noms étaient inscrits au dos. Mais déjà le professeur se dirigeait vers le meuble pour la ranger.

— Vous ne pourriez pas... me la prêter pour que j'en fasse une photocopie. Ce serait idéal pour illustrer mon article.

Le vieil homme fit comme s'il n'avait rien entendu. Il replaça le cliché dans son dossier, referma le meuble et revint à sa place.

— Madame, j'ai toujours respecté un principe. Il me vaut aujourd'hui d'avoir ma collection au complet. Je ne prête jamais mes photos. Il n'y a pas de copieur dans cette maison. Vous seriez obligée de l'emporter et de me la renvoyer. Cela, pardonnez-moi, je ne l'ai jamais permis.

Les matériaux dans lesquels était fabriqué Fritsch,

robustes comme les montagnes, témoignaient assez du sens qu'avaient pour lui les mots « toujours » et « jamais ». Kerry n'insista pas, mais prit l'air déçu.

— Ne vous inquiétez pas, la consola Fritsch en lui tapotant la main. Je vais me faire un plaisir de vous en faire un tirage. J'ai un petit laboratoire dans le garage. Cela ne me prendra pas longtemps. Je vous l'enverrai la semaine prochaine. Où en étions-nous de notre entretien ?

— Au programme de vos séminaires. Vous étiez parti en Amérique.

— Voilà ! Je suis donc rentré en 66 et j'ai repris mon séminaire l'année suivante. Le groupe que je viens de vous montrer a été le premier de cette ère nouvelle. C'est pour cela aussi que je m'en souviens si bien. Précisément cette année-là, en 67, j'ai renouvelé mon enseignement. J'ai ouvert des pistes inconnues ; c'était exaltant et les étudiants le sentaient. Ils avaient un peu l'impression de tout découvrir en même temps que moi. Et au fond, c'était peut-être vrai. Sans eux, j'aurais été moins stimulé, moins audacieux.

Hilda, toujours casquée, fit irruption dans la pièce avec des rafraîchissements que Kerry ne se souvenait pas d'avoir demandés.

— Aux États-Unis, j'avais rencontré le grand philosophe Herbert Marcuse et cela m'avait beaucoup influencé. A priori, nous étions aux antipodes : il plaidait pour une complète libération de l'être humain tandis que moi je ne cessais de dénoncer les méfaits de l'individualisme. Il y avait une seule idée commune entre nous : le rejet de la société industrielle, productiviste et capitaliste. Mais ce qui m'a le plus fortement impressionné, c'était l'écho que recueillait sa pensée dans la jeunesse. Peu importait ce qu'il disait, l'essentiel à mes yeux était qu'il pensait pour l'action. Sa critique philosophique débouchait sur un programme, même s'il ne le formulait pas lui-même. Quand je suis rentré, j'ai décidé moi aussi d'aller au-delà du simple constat et de commencer à penser des solutions.

Kerry prenait des notes, mais elle était trop accaparée par l'observation des lieux et la réflexion sur toute l'opération pour inscrire en détail ce que lui disait Fritsch. Elle comptait pour cela sur son enregistreur miniature et espérait qu'il fonctionnait bien.

— Le thème de mon séminaire, cette année-là, était la démographie. Il m'était apparu que c'était le pivot de la question du rapport homme/nature. L'homme ne pose pas un problème écologique en lui-même : après tout, les sociétés primitives vivaient en équilibre avec la nature et la nature leur prodiguait tout d'abondance. Mais la clef de cette harmonie, c'était le nombre. Pour qu'ils vivent dans l'abondance, il fallait que les membres de ces tribus restent en nombre limité et stable. D'où les rites pour supprimer tous les excédents : exposition de nouveau-nés, sacrifices humains, castration des ennemis, anthropophagie rituelle, célibat forcé pour une partie de la population. À partir du moment où cet équilibre a été rompu, l'homme a proliféré et il est devenu le meurtrier de la nature. Il n'a cessé de lui demander plus qu'elle ne peut donner. Il a quitté l'abondance et a découvert la rareté. Pour la dépasser, il a inventé l'agriculture, l'industrie. Il a mis la terre en coupe réglée. Je résume, bien sûr, mais vous savez tout cela aussi bien que moi.

Kerry avait pris l'air studieux. Elle se souvint qu'elle

était journaliste et non étudiante. Il lui fallait pousser Fritsch un peu plus loin.

— Ce que vous me dites là, professeur, n'est toujours qu'un constat. Vous parliez d'action tout à l'heure…

— Précisément. Tout le séminaire était orienté vers une question pragmatique et programmatique. Comment limiter la pression que les êtres humains imposent à la nature ?

Fritsch lampa une grande gorgée d'un liquide trop rouge pour être autre chose qu'un sirop de fraise ou de grenadine. Il sortit un mouchoir de sa poche et s'essuya méthodiquement la bouche.

— Les étudiants se sont passionnés pour la question. Il s'est établi un dialogue intellectuel extraordinaire entre nous. On se serait cru dans une école philosophique de l'Antiquité…

À cette évocation, le grand homme avait discrètement étouffé un spasme de sanglot, comme en ont les vieillards que trouble une émotion.

— C'est sans doute ce qui a fait que nous sommes allés si loin dans nos conclusions. Elles étaient véritablement révolutionnaires.

— Auquel de vos ouvrages cela correspond-il ?

— Non, se récria Fritsch. Ces travaux-là, je ne les ai jamais publiés. Heureusement ! Il faut se replacer dans le contexte de cette fin des années soixante. La pensée écologique était encore en pleine structuration. Si j'avais défendu des thèses aussi extrêmes, je serais devenu un marginal.

— Mais en quoi vos travaux cette année-là étaient-ils si révolutionnaires ?

Un coucou, quelque part dans la pièce, sortit de sa

niche pour annoncer l'heure, en chantant dix fois d'une voix éraillée.

— Dire que je ne vous ai même pas fait visiter la maison ! s'écria Fritsch.

— Ce n'est pas la peine, vraiment. Nous sommes très bien ici.

— Si, si, venez, nous pouvons continuer à parler en marchant.

Il avait à peine dit cela qu'il était déjà debout.

Hilda, sur le seuil, tenait un chapeau de feutre et un manteau que le professeur enfila. Kerry se rendit compte qu'en fait de courtoisie, il s'agissait surtout pour lui de ne pas changer ses habitudes. Tous les matins à dix heures, il devait faire un tour et rien n'aurait pu l'en empêcher. Ainsi, sous la surface étale de son amabilité, affleuraient les récifs d'un égoïsme destructeur pour quiconque approchait trop près.

— C'était la maison de mes parents. J'y suis né, le quatrième de six, expliqua Fritsch tandis qu'ils traversaient le salon pour gagner une terrasse puis un petit jardin. Avec l'âge, on prend l'habitude de faire des comptes. Je me suis aperçu qu'à part mes années américaines et un ou deux brefs séjours à l'étranger, j'ai passé toute ma vie ici, entre cette maison et l'autre dont je vous ai parlé.

Toute une vie hors du monde, rythmée par le coucou et distraite par les vaches, pensa Kerry. Pourtant ça ne l'empêche pas de proposer sa vision du monde. Mais peut-être, après tout, est-ce le lot de tous les philosophes, en tout cas de la plupart. Kant non plus n'a pas quitté sa ville natale…

Fritsch l'emmena visiter sa serre où il était fier de faire pousser des fuchsias et des citronniers. Ensuite, il lui montra ses lapins, ses dindons et les oies apprivoisées qu'il avait l'air d'aimer passionnément. Comme le craignait Kerry, il avait perdu le fil de la conversation. Elle eut beaucoup de mal à le faire revenir à son sujet.

— Vous ne m'avez toujours pas dit quelles idées vous aviez découvertes en 67. Vous savez, celles qui auraient fait de vous un marginal.

Ils étaient dans la basse-cour. Fritsch, debout, les mains tendues, offrait ses doigts aux jeux de becs de deux oies. Il prit un air extatique, les yeux plus pâles que jamais.

— Oui, c'était exactement ici, dit-il. J'étais venu voir mes parents. C'est pendant cette visite que l'idée m'est venue. J'étais habité par mon sujet, vous comprenez ?

— Quel sujet ? La démographie ?

— Oui, cette catastrophe que nous, les humains, représentons pour la nature qui nous a engendrés. J'ai pensé à ma propre mère. Je pense toujours à ma mère quand j'évoque la nature. C'est normal, elles nous portent, elles nous nourrissent. Mère nature !

Les oies se dandinaient autour de Kerry en espérant qu'elle leur abandonnerait aussi ses mains. Mais elle avait ces bestioles en horreur et devait se retenir pour ne pas botter leur croupion gras. Heureusement, Fritsch ne s'apercevait de rien, tout à sa vision.

— Une image m'est venue : celle de deux fils ingrats, qui dépouillent leur pauvre mère, la ruinent par leurs caprices. C'est un peu nous avec notre mère-nature, n'est-ce pas ? Mais voilà, j'ai imaginé que l'un d'eux se servait de ce qu'il tirait de sa mère pour se rendre autonome, devenir indépendant et riche. L'autre restait brouillon, parasite et misérable. Eh bien, lequel fait le moins de mal à sa mère selon vous ? Le riche. Au moins lui s'en va un jour et peut aider sa mère en retour. Le pauvre sera toujours à sa charge.

Kerry ne savait pas de quoi elle était le plus excédée : de piétiner les crottes des oies qui jonchaient le sol ou d'entendre ces paraboles écologiques.

— Excusez-moi, professeur, mais j'ai un peu froid. Peut-être pourrions-nous rentrer ? Et cela vous donnerait tout loisir pour m'éclairer sur le sens de votre métaphore. Le fils pauvre, le fils riche, je ne vois pas très bien…

— Comment ! Vous ne comprenez pas ? dit le professeur en refermant à regret le portillon en grillage de la basse-cour. Le fils enrichi, c'est le monde développé, la civilisation industrielle. Le fils pauvre, c'est le tiers-monde.

Ils approchèrent d'une petite porte vitrée, sur l'arrière de la maison et décrottèrent leurs chaussures sur un paillasson en forme de hérisson. Puis ils traversèrent toutes les pièces et reprirent place dans le bureau, un peu essoufflés.

— En rentrant ce jour-là, j'ai fait exactement comme cela : je me suis dépêché d'aller à mon bureau et j'ai noté toutes mes idées. J'ai appelé cela l'aporie du développement.

— Aporie ?

— C'est un terme philosophique qui désigne un problème sans solution, une contradiction indépassable. L'aporie du développement, c'est ceci : la civilisation technique et industrielle est destructrice de la nature, c'est entendu. Mais en même temps, elle apporte des solutions aux problèmes qu'elle pose. Par exemple, toutes les sociétés développées ont une croissance démographique faible, voire négative. Au contraire, les pays sous-développés, le fils pauvre, ne cessent de s'accroître en nombre. Et ce grouillement sans aucune évolution technique, a des conséquences dramatiques : déforestation massive, désertification, progression de mégapoles anarchiques. Et quand cette prolifération humaine a atteint de tels degrés, il n'y a plus *aucune* solution. Conduire ces pays vers le développement industriel serait un désastre. Regardez quel désordre provoque la Chine depuis qu'elle s'est mise sur cette voie. Imaginez ce que deviendrait notre mère-nature si tous les Chinois, tous les Indiens, tous les Africains consommaient autant, voire seulement la moitié, de ce que consomme un Américain.

— Quelles conclusions en tiriez-vous ?

— Justement, c'est ce qui a provoqué une ébullition extraordinaire dans mon séminaire et des débats passionnés. Si l'on va jusqu'au bout de cette logique, l'écologie ne devrait pas prendre pour cible le fils riche mais le fils pauvre.

Kerry voyait se mettre en place les pièces du puzzle. C'était exactement la thèse des Nouveaux Prédateurs dans sa forme ultime. Comme si quelqu'un était venu insuffler dans la fruste pensée de Harrow la subtilité philosophique de Fritsch…

— Que voulez-vous dire par « prendre pour cible le fils pauvre » ?

— Tout simplement que la priorité de l'écologie n'est pas de lutter contre la société industrielle productiviste, même si elle est blâmable. Si mauvaise qu'elle soit, elle ne concerne qu'une part réduite de la population du globe, et n'occupe qu'une faible proportion des terres émergées. Elle fait de constants progrès dans sa maîtrise des rendements, de la pollution, du recyclage. La plus grande part de la production concerne aujourd'hui les industries du virtuel, qui n'entraînent aucun dommage écologique ou presque. Au fond, à condition qu'il ne s'étende pas à d'autres civilisations, notre modèle industriel est un moindre mal. Au contraire, le danger mortel, ce sont les pays pauvres. Qu'ils utilisent des énergies traditionnelles ou des technologies rudimentaires, leur rôle dans l'émission de gaz toxiques est prépondérant. Avec leurs populations immenses et des moyens de culture rudimentaires, ils défrichent les derniers endroits préservés du globe. Ils massacrent la faune sauvage, asphyxient les rivières, trafiquent les espèces protégées, coupent les bois précieux, souillent des centaines de milliers de kilomètres de côtes. Leurs vieux diesels émettent chaque année dans l'atmosphère l'équivalent de leur poids en poussières de carbone.

Hilda pointa discrètement sa silhouette de grenadier dans l'encadrement de la porte et Fritsch échangea un petit signe avec elle.

— Vous restez déjeuner ? C'est mercredi, il doit y avoir des canederlï au fromage. C'est une spécialité du Sud-Tyrol.

— Je ne veux pas vous déranger, bredouilla Kerry.

Mais rien d'autre n'aurait pu déranger le professeur que de ne pas manger à l'heure. Il fit un hochement de tête approbateur vers Hilda.

— Voilà, reprit-il en souriant avec indulgence. C'était l'ambiance cette année-là, avec ces diables d'étudiants. On en venait à conclure que l'urgence était surtout d'empêcher l'explosion mondiale du modèle industriel. C'est toute l'ambition du développement que nous remettions en question. Faire suivre aux pays du tiers-monde la même voie que les pays développés était peut-être humainement justifié, mais, du point de vue de l'environnement, c'était un suicide.

Un chat gris, que Kerry n'avait pas encore remarqué, vint se frotter entre les jambes du vieil homme. Le silence dans la maison était tel qu'on pouvait entendre le frottement soyeux de sa toison contre le tissu rêche du pantalon.

— La vraie priorité, disions-nous, c'était de maîtriser la prolifération humaine des pays pauvres.

— Maîtriser… mais comment ?

— Ah, les débats sur ce point étaient passionnés, croyez-moi. Certains parmi nous étaient très en pointe sur ce sujet, très radicaux. Leur idée était qu'il fallait à tout prix maintenir les structures sociales traditionnelles dans le tiers-monde, les chefs tribaux, les coutumes ancestrales, les méthodes de culture à bas rendement, etc. Il leur semblait criminel de lancer des programmes médicaux car ils réduisent la mortalité sans toucher à la fécondité et ils emballent la croissance démographique. De même, il ne fallait pas chercher à intervenir dans les innombrables guerres locales, ne pas s'opposer au rôle régulateur des pandémies, ne pas contrarier les crises malthusiennes liées, ici ou là, à un excès de population par rapport aux ressources alimentaires. Bref, faire que, dans ces régions du monde où la raison n'a pas encore tout bousculé, l'espèce humaine soit un peu moins humaine et un peu plus une espèce avec ses équilibres, ses fragilités, ses prédateurs. Dans les années soixante, c'était encore envisageable. Le tiers-monde était encore assez proche de son aspect primitif et on pouvait imaginer de l'y maintenir.

— C'était quand même assez... audacieux. En pleine période des indépendances, prendre position contre le développement...

— Oui, c'est pour cela que je les ai un peu calmés. Dès la fin du séminaire, je leur ai dit que tout cela était très spéculatif, très passionnant mais un peu prématuré. Il fallait continuer à réfléchir. L'opinion publique internationale n'était pas mûre pour entendre cela. Je suis un penseur reconnu et on me pardonne mes outrances, mais à condition qu'elles ne rompent pas un certain consensus.

— Qu'ont-ils dit ?

— Au fond, je crois qu'ils le savaient. De toute façon, ils avaient du respect pour moi. Ils ne se seraient pas permis de contester mes choix.

— Vous avez revu des étudiants de cette promotion 67 ?

— Hélas, non. Certains m'ont écrit. Je crois qu'ils ont gardé des liens entre eux. L'expérience de cette année avait été très forte. Le fait que nos travaux n'aient jamais été publiés leur donnait l'impression peut-être de protéger une sorte de secret.

Le coucou, avec sa voix rauque de vieille chanteuse, prévint qu'il était midi. L'horloge interne du professeur avait dû déjà l'en avertir. Il était debout avant le premier appel. Ils passèrent dans le salon. Un angle était aménagé en salle à manger avec des banquettes en bois le long des murs. Sur la nappe blanche attendait toute une liturgie d'assiettes en porcelaine et de petits objets en argent que Fritsch mania avec aisance.

— Prendrez-vous du vin blanc ? Il vient d'ici. C'est un de mes cousins qui le fait dans la vallée d'à côté et il a bien du mérite, avec ce climat.

Ils mangèrent en silence.

— Et les années suivantes ? demanda Kerry quand elle eut avalé laborieusement ses dernières bouchées au fromage.

— J'ai donné un contenu plus classique à mon séminaire. Toujours en cherchant le côté pratique mais en des termes plus réalistes. Nous avons travaillé notamment sur les dangers de la civilisation industrielle. On l'avait un peu oublié en parlant du tiers-monde, mais les sociétés dites développées ne sont pas si bienveillantes que cela pour l'environnement : il y a le nucléaire, l'effet de serre, les déchets toxiques... Dans ces années soixante-dix, le mouvement écologique achevait sa structuration. Il était déjà clair qu'il prendrait prioritairement pour cible la société industrielle et ses méfaits. Hans Jonas lui a donné une base philosophique mondialement célèbre, avec *son Principe de responsabilité.* Le sens commun est devenu la peur du progrès technique. C'est ainsi que la question des risques liés au sous-développement et à la prolifération des pauvres est passée au second plan. Un tabou moral très fort interdit de porter la moindre accusation contre le tiers-monde. Le séminaire 67 est bien loin. On peut le regretter mais c'est ainsi. Je me suis adapté et j'ai rallié, en tentant de l'approfondir, la pensée écologique telle qu'elle était en train de s'élaborer.

Fritsch s'étendit longuement sur cette phase de ses travaux. Mais Kerry l'écoutait à peine.

— Pardonnez-moi de revenir un peu en arrière. À l'époque de Rogulski, auriez-vous eu comme étudiant un certain Ted Harrow ?

— Un Anglais ?

— Américain plutôt. D'origine indienne par sa mère.

— Ted Harrow. Non, je ne vois pas. J'aurais bien aimé, pourtant, avoir quelqu'un qui aurait pu nous parler des Indiens d'Amérique. C'est un des grands modèles que j'ai toujours utilisés dans mes travaux pour illustrer le thème de la responsabilité écologique.

Il réfléchit encore en remuant les lèvres, comme s'il se répétait pour lui-même le nom de Harrow.

— Il faudrait me montrer une photo. Les noms ne me disent rien. Ce sont les visages qui me restent.

Un peu plus tard, Kerry revint à la charge sur une autre aile.

— Ma question vous paraîtra peut-être bizarre... mais est-ce que le choléra a joué un rôle particulier dans votre réflexion ?

— Le choléra ? fit Fritsch avec une grimace de dégoût. Pourquoi diable voudriez-vous que je m'intéresse à des horreurs pareilles !

Décidément, le professeur, malgré la parenté de sa pensée avec celle des Nouveaux Prédateurs, semblait tout ignorer d'eux et de ce qui constituait le cœur de leurs propositions d'action. Il était difficile de mettre en doute sa sincérité sur ce point car ses réponses ne laissaient aucune place à la dissimulation ni au mensonge. On devait donc en conclure que l'influence de ses idées s'était effectuée à son insu. Mais par qui ?

Après le déjeuner, Kerry sentit que le programme du professeur devait comporter une sieste. Il se montrait un peu nerveux et pressé d'en terminer. Elle rangea ses notes et le remercia.

Il l'accompagna sur le seuil de sa maison. Un grand soleil était sorti au-dessus des sommets et faisait éclater le vert des alpages. Le vieux professeur plissa les yeux pour contempler le panorama.

— Parfois, maintenant que tout est presque fini, je me dis que j'ai eu tort. J'ai manqué d'audace pendant ces années-là.

Kerry mit un temps à comprendre qu'il revenait sur le fameux séminaire 67.

— C'étaient eux qui avaient raison. Mes étudiants. J'en suis sûr maintenant.

Tout à trac, il se tourna vers Kerry.

— Vous connaissez le commandant Cousteau ?

— Je sais qui il est.

— Un homme extraordinaire. Je l'ai rencontré en 85 dans un colloque. Il nous a bouleversés en nous parlant de la souffrance des océans. Eh bien, Cousteau m'a dit, et je crois qu'il a eu le courage de l'écrire, que la terre ne devait pas porter plus de deux cent millions d'être humains. J'ai lu des évaluations qui préconisaient cent millions, d'autres cinq cents. En tout cas, c'est cet ordre de grandeur qui paraît raisonnable. Mais nous sommes six milliards ! Comment maîtriser la prolifération humaine ? Ce que nous n'osions pas dire en 67 est devenu aujourd'hui la première question pour la survie de la planète.

— Un détail, professeur : comment passe-t-on de cinq milliards à cinq cents millions ?

Kerry regretta d'avoir posé sa question. Les traits de Fritsch s'affaissaient, il avait les yeux un peu rouges. L'heure de la sieste était sans doute légèrement dépassée et il perdait toute son affabilité.

— Je ne me prononce, dit-il méchamment, que sur

des principes philosophiques. Ne comptez pas sur moi pour régler des questions de détail.

Il salua aussi poliment qu'il le pouvait et rentra. Kerry aperçut Hilda dans le vestibule qui lui tendait une robe de chambre.

2

New York. États-Unis.

La voix, au téléphone, était aimable, sensuelle, mais un discret tremblement laissait deviner l'appréhension, peut-être même la peur. Paul, pour autant, n'avait pas l'impression que c'était lui que craignait sa correspondante. De temps en temps, elle se taisait au milieu d'une phrase, comme si elle avait guetté un bruit extérieur.

Paul s'était présenté comme un ancien ami de Juliette, au temps où elle séjournait aux États-Unis. Il revenait d'un voyage en France, avait essayé sans succès de la contacter à Chaulmes. Un voisin lui aurait confié un paquet de lettres arrivées là-bas pour elle, ainsi que ce contact à New York pour la trouver.

C'était une couverture assez misérable qui, à vrai dire, prenait l'eau de partout. Sans le soutien de Providence, Paul ne pouvait espérer faire mieux. Il eut beau débiter son couplet avec conviction, à mesure qu'il parlait, il se sentait à côté de la plaque. Mais, à son grand soulagement – et à sa grande surprise – la correspondante inconnue dont le numéro avait été donné par Jonathan mordit à l'hameçon. En effet, lui dit-elle, elle avait vu Juliette. Non, hélas, celle-ci n'était plus à New

York. (C'était bien préférable pour la couverture de Paul.) Pouvait-elle alors lui donner de ses nouvelles, indiquer où la trouver ? Avec plaisir, mais il était préférable de se voir pour en parler, n'est-ce pas ? Elle dit qu'elle s'appelait Natacha. Tout se déroulait mieux que Paul ne l'avait craint.

Natacha hésita pour choisir le lieu de leur rendez-vous. Elle habitait chez ses parents à Long Island, mais ils étaient âgés et n'aimaient pas trop les visites, surtout de garçons. Cela ne servait à rien de leur expliquer… Bien sûr, ils auraient pu se retrouver dans un café, mais, voilà, elle était un peu agoraphobe et ne supportait pas ce genre d'endroits pleins de gens. Le mieux était encore que Paul passe la voir à son bureau. Elle était chimiste et travaillait comme expert pour une organisation écologique.

— Vous connaissez Juliette depuis longtemps ?

— Je l'ai rencontrée il y a quelques années à Lyon, quand elle était encore à Greenworld. Moi, à l'époque, je faisais un stage là-bas. Chez l'ennemi.

— L'ennemi ?

— Pechiney ! dit-elle en riant.

— Et maintenant ?

— Je bosse pour une vieille dame vénérable : la Société américaine pour la conservation de la nature. Vous connaissez ?

Paul avait lu quelque chose là-dessus dans les dossiers de Providence : la SACN était un des fleurons de l'écologie réformiste. Fondée à la fin du XIXe siècle, elle constituait une des principales forces de lobbying auprès de différents ministères. Les pouvoirs publics la considéraient comme un interlocuteur quasi officiel, au même titre que la Croix-Rouge ou l'American Rifle Association.

— À quelle heure voulez-vous que je passe ?

— C'est-à-dire… On est quatre dans mon bureau et les autres n'aiment pas trop les conversations personnelles.

Voilà pourquoi, sans doute, elle semblait si mal à l'aise au téléphone.

— Il vaudrait mieux que vous arriviez en début de soirée quand mes collègues seront partis.

Ils fixèrent vingt heures.

— Attention ! Je ne suis pas au siège de la société, sur la 4e Avenue. Le service scientifique pour lequel je travaille est logé dans un petit building sur la rive ouest de l'Hudson. Vous viendrez en voiture ?

— En taxi.

— Alors, appelez-moi sur mon mobile quand vous arrivez.

Elle lui dicta le numéro.

— La porte principale sera fermée à cette heure-là. Je vous ouvrirai celle du garage.

Paul passa la journée à traîner sur son lit dans la chambre d'hôtel qu'il avait louée. Il lut les messages de Providence qui s'étaient accumulés au fil des jours. Il ouvrit toutes les pièces jointes, ce qu'il aurait dû faire bien avant, s'il avait voulu rester dans la compétition avec Kerry. Mais depuis leur dernier entretien avec Archie, les messages avaient cessé et quand Paul avait essayé d'appeler Tycen, celui-ci lui avait parlé de la pluie et du beau temps.

Il n'y avait rien de nouveau dans les messages, excepté une liste complémentaire qui donnait des informations sur les membres du groupe de Harrow.

Outre les quatre premiers qu'il connaissait déjà, Providence avait réussi à suivre la trace de six autres. Deux étaient journalistes dans des grands médias télévisés, un autre travaillait à l'export pour Nike à Pékin, deux occupaient des emplois de bureau sur la côte Est. Et une avait été engagée à la SACN…

Elle ne s'appelait pas Natacha mais Clara, et n'était pas chimiste mais agronome. Paul eut néanmoins la conviction que c'était bien la même personne que celle qui venait de lui donner rendez-vous. Il n'en était que plus impatient d'entendre ce qu'elle avait à lui dire. C'était la première personne du groupe de Harrow qu'il lui serait donné de rencontrer directement.

En se séparant à Turin, Kerry et lui avaient acheté deux téléphones portables sous de fausses identités. Eux seuls en connaissaient les numéros et ils en avaient gardé chacun un. Il prit la carte SIM dans son portefeuille, l'adapta à son mobile et appela Kerry. Mais ils avaient prévu le contact à vingt-deux heures, heure de New York, et il était trop tôt. Il tomba sur une messagerie et annonça qu'il rappellerait après son rendez-vous. Il lui dit que tout allait bien.

Il trouva un taxi avec difficulté. Il pleuvait un peu et les New-Yorkais les prenaient d'assaut. Celui qu'il arrêta était conduit par un Haïtien passionné de foot. Sitôt la conversation engagée, le chauffeur ne quitta plus des yeux le rétroviseur, jetant de temps en temps par sécurité un coup d'œil à travers le pare-brise. Paul dut l'interrompre au beau milieu d'une tirade sur Ronaldino pour appeler Natacha. Il approchait de l'immeuble et la prévint pour qu'elle descende lui ouvrir. Il se fit déposer à un bloc de là, pour laisser le temps à Natacha de descendre au garage. Il en profita pour désintoxiquer ses oreilles du zouk qu'il avait ingurgité à fond pendant tout le trajet.

Le building de la SACN était encore très éclairé malgré l'heure. Paul eut un instant de doute. Pourquoi lui avait-elle dit que le hall principal serait fermé, si tant de gens travaillaient tard ? Il crut même apercevoir quelqu'un sortir par la grande porte vitrée qui donnait sur la rue. Puis il se dit que Natacha devait avoir ses raisons pour être discrète. Il n'eut pas le temps de s'interroger beaucoup car il entendit aussitôt le store métallique du garage s'enclencher et une petite lumière jaune se mit à clignoter. En bas de la rampe d'accès, une silhouette féminine se détachait sur le fond sombre du parking. Elle lui fit signe. Il s'engagea dans l'entrée obscure, en regardant le sol pour ne pas glisser sur les taches d'huile qui parsemaient la rampe. Il était à mi-chemin de la descente quand il remarqua un renfoncement sur le côté, un local à poubelles sans doute. Il luttait, depuis son entrée, contre le sentiment irrationnel qu'il était en train de commettre une erreur, qu'il n'avait pas pris les précautions de prudence les plus élémentaires, et pourtant il continuait d'avancer. Ce qui se passa alors en un éclair, au lieu de le terrifier, lui apporta le soulagement paradoxal d'avoir eu raison. Mais trop tard. Deux silhouettes cagoulées avaient bondi sur lui. Il sentit le canon d'une arme sur sa nuque. Du côté gauche quelqu'un repliait son bras dans le dos et le poussait en avant. La fille, au sous-sol, avait disparu. La minuterie s'était éteinte. Il marcha, sous la contrainte de ses deux assaillants, à la lueur verdâtre des sorties de secours. Ils le poussèrent jusqu'à un 4 x 4 garé le nez vers la sortie. Le coffre arrière était ouvert. Ils le bâillonnèrent et le poussèrent à l'intérieur. Il se recroquevilla pour ne pas être écrasé par le hayon. Puis il entendit claquer les portières. La voiture démarra, une tôle heurta le sol en franchissant l'angle de la rampe. Paul vit un instant clignoter la lumière jaune de l'entrée. Il distingua encore des lueurs de néons, puis des halos orangés de réverbères, des éclats de phares. La voiture filait sur une voie rapide.

Tyrol. Autriche.

En sortant de chez Fritsch, Kerry avait choisi de rejoindre Innsbruck par les vallées du Tyrol. Elle avait dû enfiler des dizaines de virages en faisant crisser les pneus sur l'asphalte humide. De grandes trouées de soleil au-dessus des sommets alternaient avec de soudaines giboulées. L'herbe des alpages était d'un vert d'absinthe et presque aussi enivrant.

Les gestes automatiques et répétitifs de la conduite libéraient son esprit. Elle pensait à ses enfants, à Robin, à sa vie bourgeoise, aux amies qu'elle croisait à la sortie de l'école et qui n'auraient même pas pu imaginer ce qu'elle était en train de vivre. Ensuite, elle revenait à l'excitation de cette traque, à la satisfaction d'avoir découvert ce qu'elle pensait être l'épicentre de tout, la racine cachée de l'affaire : ce Fritsch, sa bonté et ses paroles d'exterminateur. Puis elle pensait à Paul, à leurs retrouvailles à Odessa, à toute l'opération, à Providence. Cette autre réalité de sa vie, comme un fouet, faisait bondir sa conscience assoupie, transformait la routine en exception, le bien-être en bonheur, les êtres proches en entités lointaines qu'elle désirait passionnément retrouver et qu'elle aimerait encore plus à son retour, quoiqu'en partant elle ne l'eût pas jugé possible.

À Innsbruck, elle décida de descendre dans un vieil hôtel très cher et très chic du centre-ville. Elle s'était dit qu'une Américaine seule attirerait moins l'attention dans cet univers de luxe que dans une pension modeste peuplée de familles en week-end. La vérité était qu'elle avait envie de se faire plaisir ; de prendre un long bain, de s'allonger sur un lit épais, aux draps soigneusement repassés. Elle fit exactement ce qu'elle avait prévu et s'assoupit.

La faim l'éveilla vers neuf heures du soir. Elle se fit monter une omelette-salade dans sa chambre. Ce simple plat, avec ses accessoires, assiettes, salières, pain, beurre, couverts, condiments, serviette, etc., occupait toute une desserte à tambour. Une femme de chambre dodue la poussa jusqu'au milieu de la pièce. Ensuite, elle tapa vigoureusement la couette et les oreillers, tira les rideaux, posa un petit chocolat enveloppé dans un papier doré sur le lit, et disparut sans avoir dit un mot.

Kerry regarda quelques chaînes de télévision, s'arrêta un instant sur les titres de CNN : l'Irak, une fusillade dans une école à Newark, un nouvel État qui mariait les homosexuels. La routine, en somme. Elle éteignit.

Avec le décalage horaire, elle pouvait recevoir d'un moment à l'autre un appel de Paul. Elle se mit à réfléchir aux décisions qu'ils devaient prendre. Elle attendrait d'abord de savoir ce qu'il avait découvert de son côté. Soit Paul parvenait à retrouver cette Juliette et elle le rejoindrait pour la suivre. C'était la meilleure hypothèse, celle qui les réunirait au plus vite dans l'action. Soit c'était une impasse et il faudrait donner la priorité à la piste entrouverte par sa rencontre avec Fritsch.

Il y avait encore de nombreux points d'ombre de ce côté-là. Il était certain que le groupe de Harrow était relié intellectuellement et peut-être directement aux idées de Fritsch et à ce fameux séminaire de 67. Le contact avait dû nécessairement être fait par un ancien étudiant puisque ces idées n'avaient jamais été publiées. Le plus suspect était évidemment Rogulski. Kerry commençait à se dire que Paul avait sans doute raison de voir dans le casse de Wroclaw une opération de diversion. Si Rogulski était bel et bien mêlé à l'affaire, le cambriolage de son laboratoire était un moyen de le mettre hors de cause en apparence et de transformer le coupable en victime.

Pourtant, Rogulski à lui seul ne pouvait donner la clef de toute l'affaire. Son soutien avait peut-être été décisif auprès de Harrow et de son groupe en termes intellectuels. Il avait pu également leur fournir l'agent infectieux qui correspondait à leur projet. Mais sa biographie montrait qu'il disposait de moyens financiers modestes. À un certain moment, après l'effondrement du communisme, il avait même tiré le diable par la queue. Il ne pouvait pas remplir les fonctions de mécène auprès des Nouveaux Prédateurs. Il manquait donc des pièces dans le puzzle.

Remonter la piste Rogulski serait délicat. Ils ne disposaient d'aucune charge directe contre lui. Retourner en Pologne risquait d'être une perte de temps et une prise de risque inutile. Mieux valait finalement se concentrer sur l'opération en cours. Si Harrow était bel et bien en possession de ces souches de vibrion dangereux, la priorité était de l'empêcher d'en faire usage.

Les questions essentielles étaient simples : où et quand ? Quand allait-il agir ? Il était impossible de le dire, à moins que Paul n'arrive à retrouver la fille. Où préparait-il la dissémination de son agent de mort ? Kerry était convaincue que la réponse était chez Fritsch. Elle se souvenait du Chinois, des deux visages aux traits indiens ou pakistanais, du petit groupe latino-américain sur la photo du séminaire 67. Une clef essentielle de l'énigme était là. Elle s'en voulait de ne pas avoir retourné la photo tout de suite et lu les noms. Elle était entraînée à retenir des mots entrevus quelques secondes. Avec un seul, elle aurait peut-être pu remonter jusqu'aux autres. Mais elle ne l'avait pas fait. Il fallait maintenant attendre de recevoir le cliché. Fritsch avait promis de l'envoyer par DHL sous trois ou quatre jours, à l'adresse qu'elle lui avait donnée (sa copine Tracy, qui travaillait à la clinique avec Paul). Il ne restait décidément qu'une chose à faire. C'était malheureusement ce qu'elle détestait le plus : attendre.

Sans s'en rendre compte, toujours assise dans le fauteuil devant son assiette, Kerry avait peu à peu sombré de nouveau dans le sommeil. La sonnerie d'un téléphone la ramena brutalement à elle. Elle avait gardé à côté d'elle le portable sur lequel Paul était supposé l'appeler ce soir-là. Or c'était l'autre qui sonnait : celui de Providence. Depuis la fin officielle de l'opération, il n'était plus censé servir. Elle avait été étonnée qu'il sonne deux fois dans l'après-midi sans qu'il y ait aucun correspondant au bout du fil.

Elle regarda le numéro appelant : comme l'après-midi, il était masqué. Elle répondit sans parler, s'attendant de nouveau à ne capter que le silence. Mais, cette fois, il y avait quelqu'un au bout du fil.

— Levez-vous et allez jusqu'à la fenêtre.

C'était la voix d'Archie, sa voix de Brooklyn sans la moindre trace d'affabilité britannique. Il devait être au comble de la rage.

— Mais…

— Allez-y, nom de Dieu. Vous y êtes ? Vous voyez la rue ?

Kerry se leva et écarta le lourd double rideau. Par la fenêtre, elle voyait les quais de l'Inn en contrebas. Les pavés mouillés luisaient sous les réverbères jaunes. Un parapet en métal longeait la berge et se détachait sur le scintillement noir de l'eau.

— Vous êtes à la fenêtre, oui ou non ?

— Oui.

— Il y a un type avec un chapeau au bord du quai, vous le voyez ?

À cette heure de la nuit, les berges étaient presque désertes. Un couple passait en se tenant par la main. Un petit homme promenait son chien.

— Non.

— Regardez mieux…

En se penchant un peu vers la gauche, Kerry remarqua un grand type avec une gabardine et un feutre, tout droit sorti du *Troisième Homme.*

— Ça y est, fit Kerry.

— Il va vous faire signe.

Elle crut entendre un bip à l'autre bout du fil. Sans doute l'homme était-il lui aussi à l'écoute d'un portable. Elle le vit relever la tête, soulever le bord de son chapeau et agiter la main en regardant vers sa fenêtre.

— Vous l'avez vu ?

— Oui.

— Maintenant, asseyez-vous et écoutez-moi.

Kerry revint lentement jusqu'à son lit et s'appuya sur le bord. Elle comprenait mieux les coups de fil de l'après-midi : ils l'avaient localisée avec le portable. Au premier appel, elle était encore sur la route. Ils avaient rappelé au moment où elle entrait à Innsbruck.

— Il y a d'autres types à moi dans le hall et à l'arrière de l'hôtel. Je vous conseille de ne pas bouger sans m'avertir. Qui êtes-vous allé voir en Autriche ?

Kerry se demandait si Tycen avait parlé à Archie de son message à propos de Rogulski et de Fritsch. Au point où elle en était, en tout cas, elle ne perdait rien à jouer les idiotes.

— Répondez. Qui avez-vous vu en Autriche ?

— Mozart.

À l'autre bout du fil, elle sentait que la colère, après avoir privé Archie de l'anglais d'Oxford, était en train de lui ôter jusqu'à son argot new-yorkais. Il n'émettait plus qu'un souffle rauque. Peu à peu, les mots lui revinrent.

— À partir de maintenant, vous ne faites plus rien. Compris ? Plus rien du tout. Les gars en bas ont ordre de vous en empêcher. N'essayez pas de ruser avec eux. Ils m'ont été prêtés par une compagnie locale de sécurité et ils sont dressés à frapper avant de discuter. C'est pas votre jolie gueule d'ange qui les retiendra.

— Merci pour le compliment. Je suis dans un hôtel très confortable et je n'ai pas l'intention d'en bouger.

— Tu parles ! grommela Archie. Compte tenu de ce qu'a fait votre petit copain, ça m'étonnerait fort que vous ayez raccroché les gants.

À la mention de Paul, Kerry tressaillit.

— Qu'est-ce qu'il a fait ?

— Vous vous foutez de moi ? « Qu'est-ce qu'il a fait ? »

Archie avait répété ces mots en imitant l'intonation de Kerry, ce qui eut le don de la faire sortir de ses gonds.

— Suffit, espèce de vieux porc. Allez-vous me dire oui ou non ce qui est arrivé à Paul ?

Malgré l'insulte ou peut-être à cause d'elle, Archie revint à lui et aussitôt son langage se teinta d'accent britannique.

— Hum, eh bien, en fait, après m'avoir quitté à l'aéroport, il n'est pas rentré à Atlanta. Il est allé fouiner chez les écolos de New York. Et pas n'importe lesquels, figurez-vous : la plus vénérable, la plus respectable, la plus influente des sociétés de protection de l'environnement américaines. Alors qu'il m'avait promis, comme vous d'ailleurs, de laisser tomber l'enquête. Il avait promis…

— Que s'est-il passé exactement ?

— Je me demande même s'il n'avait pas juré, donné sa parole…

Archie se remettait à brailler. Kerry l'interrompit en faisant claquer une question à ses oreilles.

— Il lui est arrivé quoi, vous allez le cracher ?

— Il s'est fait prendre. *En plus,* il s'est fait prendre.

On sentait qu'il devait lever les yeux, prendre le ciel à témoin.

— Par qui ?

— Par le service de sécurité de la Société américaine de conservation de la nature, dans laquelle il était entré clandestinement et qu'il était en train de fouiller. Vous vous rendez compte ? On lui fait promettre d'arrêter l'enquête sur les écolos extrémistes et qu'est-ce qu'il fait ? Il s'en prend aux écolos modérés, à des gens qui ne feraient pas de mal à une mouche et qui vendent chaque année leurs tickets de tombola à tout ce que l'Amérique compte de plus huppé !

— C'est impossible !

— Comment impossible ? Vous allez nier les faits, peut-être ?

— Paul avait rendez-vous avec quelqu'un. Un rendez-vous tout à fait officiel.

— Tiens, la mémoire vous revient.

— Une fille que nous avait indiquée l'étudiant de Lyon.

— Il aura changé d'idée une fois qu'il l'aura vue. Ou avant. Et il aura profité de son rendez-vous pour fouiner. Allez savoir ce qui lui est passé par la tête. Jamais je n'aurais dû lui faire confiance. Ce type est incontrôlable et vous aussi !

Kerry resta silencieuse un long moment.

— Vous êtes toujours là ? s'enquit Archie.

— Oui. Qui vous a annoncé sa capture ?

— La CIA, figurez-vous. Pour couronner le tout ! Et vous savez comment ? Parce qu'ils ont une source dans la boîte privée qui assure la sécurité de la SACN. Un ancien de la Compagnie qui est toujours content de faire remonter un tuyau.

— Et la police ? Le FBI ?

— Pour l'instant, d'après ce que nous savons, il n'a pas encore été présenté à la police.

— Donc, il est toujours détenu par la sécurité de l'association… Vous ne trouvez pas ça bizarre ?

— Vous pouvez être sûre que le service de communication de la SACN doit être en train de préparer une jolie petite campagne de presse pour accompagner sa présentation à la police : ils vont crier à l'atteinte aux libertés et se présenteront comme les victimes d'affreuses persécutions. Ils feront défiler des chanteurs et des stars de cinéma à la télé pour les défendre.

— Mais contre qui ?

— C'est probablement ce qu'ils essayent de savoir. Les types de la sécurité qui ont mis la main dessus doivent être en train de le cuisiner. S'il ne dit rien, ils accuseront les autorités fédérales, qui m'en voudront à mort. Et s'ils remontent jusqu'à nous, ce sera une mise en cause de l'espionnage privé et autres conneries, je ne vous fais pas de dessin... Dans les deux cas, c'est la mort de Providence.

— Donc, à l'heure qu'il est, Paul est toujours détenu par la sécurité de l'association ?

— Apparemment.

— Vous ne pouvez pas entrer en contact avec eux discrètement ?

Archie eut un petit rire méprisant.

— Je me suis renseigné, qu'est-ce que vous croyez ? Il se trouve que le patron de cette boîte de sécurité privée est un de mes anciens collaborateurs. Ça remonte loin, mais je suis sûr qu'il n'a pas oublié...

— Magnifique !

— Il n'a pas oublié... qu'à l'époque, je l'ai foutu à la porte pour détournement de fonds.

— Alors, qu'est-ce que vous allez faire ?

— Attendre, pardi. Votre cher Paul a été capturé hier soir, ça ne fait pas tout à fait dix heures. Demain matin, d'après moi, ils vont le présenter à la police. À moins qu'ils attendent l'après-midi pour faire l'ouverture des journaux télévisés du soir. Dans l'ambiance préélectorale où l'on est, il ne faut pas oublier que les écolos sont parmi les principaux soutiens du candidat démocrate. S'ils se débrouillent bien, ils peuvent faire un joli petit coup politique, un genre de Watergate vert.

Seul un bon mot pouvait arrêter la fureur d'Archie. Il se concentra un long instant sur le plaisir que lui procurait sa formule.

— Oui, conclut-il pour avoir le plaisir de la répéter, un Watergate vert.

Puis il revint à lui et à sa rage.

— Tout ça parce qu'il n'a pas voulu exécuter mes ordres !

Kerry ne disait rien. Archie devait avoir envie de trouver d'autres victimes, plus fraîches et plus proches, pour subir sa colère car il conclut :

— Restez où vous êtes. On vous tiendra au courant pour la suite.

Et il raccrocha.

3

Innsbruck. Autriche.

Kerry traînait dans sa chambre, de son lit à son fauteuil. Elle allait à la salle de bain, se regardait dans la glace puis passait devant la fenêtre, soulevait le rideau, constatait que l'homme au feutre était toujours là.

Avec le temps, elle avait idéalisé dans son souvenir l'action secrète. Elle n'en avait conservé que les moments exaltants, l'excitation qui naît de la peur et de l'action. Ce qui se passait maintenant la ramenait à la réalité. La plupart du temps, les obstacles dressés devant les agents secrets ne le sont pas par des ennemis et pour des raisons nobles : ce sont plutôt de microscopiques entraves administratives, des querelles entre réseaux, des atermoiements de chefs, en concurrence les uns avec les autres. Presque à chaque fois que Kerry avait participé à des opérations, tout s'était terminé ainsi, par des contrordres frustrants, d'incompréhensibles reculades. Autrefois, la rivalité Est-Ouest fournissait des explications commodes. Il fallait ménager des susceptibilités politiques, laisser place au compromis, à la négociation, éviter toute escalade militaire. Mais maintenant la guerre froide était loin et Kerry comprenait que ces pratiques n'avaient rien à voir avec elle. C'étaient seulement les usages détestables d'une profession où les pleutres et les ratés commandent aux gens courageux. Seuls des maîtres en diplomatie et en lâcheté survivent dans ce milieu et Archie en était la quintessence.

Vers deux heures de l'après-midi, elle appela ses enfants à la maison. La petite Julia avait une nouvelle copine et son frère Dick commençait le base-ball. Rob était à San Francisco pour deux jours et elle discuta avec Sue, la baby-sitter.

En raccrochant, Kerry resta longtemps à rêver sur le lit en regardant les frises en stuc du plafond. Elle pensait à Paul, s'inquiétait pour lui, cherchait tous les moyens pour l'aider. En même temps, cette tendresse débordait sur tous ceux qu'elle aimait. Elle était là quand elle avait parlé avec ses enfants ; elle lui donnait envie d'entendre la voix de Rob. Kerry pensa qu'il y avait en elle une planète du sentiment, comme il y en avait une de la peur, du mépris ou de la haine. Et sur cette planète aimée se dessinaient des continents différents, celui de Paul, celui de Rob, celui de Julia et de Dick, de ses amis, de ses parents, chacun avec ses reliefs, ses contours, ses golfes et ses isthmes qui les reliaient à d'autres. Mais le destin de cette planète était un et indivisible. Que l'un souffre et c'étaient tous les autres qui étaient secoués de convulsions.

Elle dut s'assoupir car elle mit un temps assez long à comprendre que le grelot qu'elle entendait était la sonnerie d'un téléphone. Archie, sans doute. Elle prit son temps. Puis, tout à coup, elle saisit que c'était le portable qu'elle avait acheté avec Paul qui sonnait. Or lui seul connaissait le numéro. L'appareil était dans la poche de son jean, jeté sur une chaise. Elle le sortit et le regarda clignoter pendant qu'il sonnait. Était-ce Paul ou ses geôliers ?

Des hypothèses contradictoires lui passèrent par la tête en un instant. Elle décrocha et attendit :

— Kerry ?

C'était bien la voix de Paul.

La vigilance de Kerry ne diminuait pas pour autant. Pouvait-elle parler ? Appelait-il sous le contrôle de ceux qui le retenaient prisonnier ?

— Kerry, tu m'entends ?

— Oui.

— Écoute, je n'ai pas le temps de tout te raconter, mais j'ai eu un petit problème.

— Quoi ?

Elle restait encore sur ses gardes.

— J'ai appelé le contact de l'étudiant français. C'était une fille, qui m'a fixé un rendez-vous. Quand j'y suis allé, un groupe de gros bras m'est tombé dessus et m'a kidnappé.

Kerry sourit à ce malentendu : Paul ne lui annonçait pas qu'il était libre parce qu'il ignorait qu'elle était au courant de sa capture.

— Tu es libre ? coupa-t-elle.

Elle l'entendit rire à l'autre bout du téléphone.

— Ils n'étaient pas très professionnels. Comme ils voulaient me cuisiner avant de me remettre à la police, j'en ai profité pour leur fausser compagnie.

C'était stupide, mais Kerry avait envie de pleurer. Tout le continent de son cœur venait de s'illuminer après un long orage.

— Où est-ce qu'ils t'avaient emmené ?

— Au fin fond du Bronx. Quand j'ai réussi à me retrouver dehors, j'ai dû marcher deux heures en évitant les patrouilles de flics. J'aurais eu du mal à leur expliquer ce que je faisais là en pleine nuit.

— Ils t'avaient laissé ton portable ? demanda Kerry soudain suspicieuse.

— Non, je ne l'avais pas pris. Je suis repassé à mon hôtel et je l'ai récupéré avec ma carte de crédit et deux chemises.

— Où es-tu maintenant ?

— Sur un parking, dans une voiture que j'ai louée, à la sortie de New York, côté New Jersey.

Il avait l'humeur exaltée des hommes en cavale, aiguillonnés par le danger et la traque, maîtres encore de leurs mouvements, mais sans savoir pour combien de temps, et qui ressentent cette liberté comme une ivresse.

— On est sur la bonne voie, Kerry. Le contact que nous avait donné Jonathan, c'était bien quelqu'un du groupe de Harrow.

— Comment le sais-tu ?

Il lui raconta la fille au bout du fil, le rendez-vous à la SACN, le recoupement avec le message de Providence.

— On n'a jamais été aussi près du but, Kerry. Ils le sentent et ils ont peur. On les gêne. Sinon, ils n'auraient pas monté ce traquenard pour se débarrasser de moi.

Kerry imaginait l'aube sur le New Jersey, la cime des saules déjà verte et leur pied encore dans l'obscurité. Elle voyait Paul penché sur le volant, plus lutteur que jamais, la tête un peu baissée, avec ce sourire de défi qu'il prenait quand il devait se battre.

— Leur plan, c'était de me remettre au FBI en prétendant que j'étais en train de fouiner dans les locaux de la SACN. Pas mal trouvé, qu'est-ce que tu en penses ? Mais avant, ils voulaient m'interroger. D'après leurs questions, j'ai compris qu'ils savent à peu près tout de notre enquête : ma rencontre avec Rogulski, ma visite à la mère de Harrow, l'expédition chez Jonathan. Ils ont même l'air d'avoir compris qu'on a démêlé l'affaire du choléra. Ils sont vraiment très bien renseignés. Je pense qu'ils savent précisément qui nous sommes et pour qui nous travaillons.

— Alors, pourquoi voulaient-ils t'interroger ?

— J'ai l'impression qu'ils voulaient en savoir plus sur Providence. Ils cherchaient à me faire dire qui nous avait persuadés de continuer l'enquête, malgré l'ordre de la CIA de tout arrêter. Ils ne m'ont pas parlé d'Archie, mais je me suis demandé si ce n'était pas sur son compte qu'ils voulaient se renseigner.

— Comment as-tu fait pour leur échapper ?

— J'ai gagné du temps. Visiblement, ils ne disposaient que de quelques heures. Pour que leur plan fonctionne, il fallait qu'ils me ramènent à la SACN avant la réouverture des bureaux et qu'ils alertent la police. Je le savais et j'ai tenu bon pendant l'interrogatoire. Vers quatre heures du matin, ils ont arrêté les questions et ils m'ont préparé pour me rembarquer. Je suis resté seul pendant une demi-heure et j'en ai profité pour me libérer. Et j'ai disparu dans la nature.

Kerry essayait d'alerter Paul sur sa propre situation depuis le début de leur conversation, mais il était si volubile qu'il ne lui en laissait pas le temps.

— Maintenant que je leur ai échappé, ils vont sûrement accélérer leurs plans. Je suis persuadé qu'ils vont déclencher leur opération le plus vite possible. Il faut mettre les bouchées doubles sur l'enquête. Je vais essayer de retrouver la trace de cette Juliette par un autre moyen. Où en es-tu de ton côté ? Qu'est-ce que tu as appris chez Fritsch ?

— Je suis sûre qu'il y a une clef, là-bas. Beaucoup d'indices convergent vers un petit groupe de gens qui ont étudié autrefois autour de Fritsch. Mais…

— Génial. Tu as les noms ?

— Je sais où les trouver. Mais, je t'en prie…

— Vas-y. Fonce. Si tu as une piste, suis-la.

— Paul ! Calme-toi un instant et laisse-moi parler.

— Je t'écoute.

— Je suis bloquée à Innsbruck. Prisonnière, si tu veux, sauf que c'est dans mon hôtel. Il y a des gardes armés en bas dans la rue. Ils surveillent toutes les issues.

— Qui est-ce qui… ?

— Archie. Il m'a téléphoné hier soir. Il était au courant que tu allais être remis au FBI.

— Qui l'avait prévenu ?

— Il m'a dit que c'était la CIA.

— La CIA, mais comment pouvaient-ils savoir ?

— Ils ont quelqu'un dans le service de sécurité de la SACN.

— C'est ce qu'il t'a dit ? Archie t'a affirmé qu'ils avaient infiltré les vigiles de la SACN ?

— Oui.

Paul se tut. La ligne était assez mauvaise, pourtant Kerry l'entendait respirer bruyamment, comme un petit taureau prêt à charger.

— Qu'est-ce qui ne va pas, Paul ?

— Ce qui ne va pas, c'est simplement que les gens qui m'ont enlevé n'étaient *pas* des membres du service de sécurité de la SACN.

— Tu en es sûr ?

— Il n'y a pas de vigiles sur place à cette heure-là à la SACN. Ils ne viennent que si on les appelle ou si l'alarme se déclenche. Le plan était de me faire entrer dans les bureaux par la porte du garage. Natacha, le contact de Jonathan, l'a ouverte avec son badge. Les types qui l'accompagnaient, d'après ce que j'ai compris, ne travaillent pas sur place. Elle avait dû les faire entrer avant et les cacher. Ils sont repartis aussi sec en voiture, avec moi dans le coffre. Je crois savoir que leur intention était de me ramener à la SACN vers six heures et demie du matin. Natacha aurait alors appelé le service de sécurité en prétendant qu'elle était venue travailler tôt, accompagnée par un ami, et qu'ils m'avaient trouvé en train de fouiller. Peu importe. L'essentiel, c'est que les vigiles n'avaient aucun moyen de savoir ce qui se passait pendant mon interrogatoire, puisqu'ils n'avaient pas encore été alertés.

— Tu veux dire que si la CIA a appris ta capture, c'est qu'elle a infiltré… le groupe de Harrow ?

— C'est une explication, en effet.

— Ce serait donc pour ça qu'ils ont demandé à Archie d'arrêter l'enquête ! Ils traquent déjà Harrow et ils n'ont pas envie qu'on vienne piétiner leurs plates-bandes.

Paul réfléchit un long moment.

— Cette hypothèse-là est la meilleure.

— Tu en vois une autre ?

— L'autre, énonça Paul pensivement, ce serait... que quelqu'un à la CIA cherche à protéger Harrow.

L'énormité de cette affirmation les tint silencieux pendant qu'ils en mesuraient les implications. Toute trace d'abattement avait maintenant disparu en Kerry. L'énergie de Paul s'était communiquée à elle. Elle déambulait, nue, dans la chambre, le téléphone à l'oreille.

— On n'a plus le choix, dit Paul. Il faut absolument continuer. On ne peut faire confiance à personne d'autre qu'à nous-mêmes pour empêcher ce qui se prépare.

— Donne-moi jusqu'à demain soir. J'en saurai plus sur ce noyau des élèves de Fritsch dont je t'ai parlé. C'est notre meilleure chance.

— Je croyais que tu étais bloquée dans ton hôtel.

— Tu oublies qu'on a suivi la même formation. Et que sur les techniques de survie en milieu hostile, j'ai eu de meilleures notes que toi.

— OK, fit Paul. Je te rappelle demain soir.

— Et toi, qu'est-ce que tu vas faire ? Chercher la fille ?

— Oui, mais, dans l'immédiat, j'ai l'impression que l'urgence, c'est d'essayer de savoir ce qui se passe à Providence.

— Le premier qui débouche sur quelque chose demande à l'autre de le rejoindre. J'ai envie d'être avec toi, Paul. Très envie.

Le ballet des préliminaires était bien terminé et cette séparation était de trop. L'un et l'autre n'avaient qu'un désir : être ensemble, tout partager. Et ce manque leur donnait une immense énergie.

Quand Paul raccrocha, il faisait tout à fait jour. Il démarra dans un crissement de pneus et fit demi-tour, cap au sud, vers les côtes de Rhode Island.

Rhode Island. États-Unis.

Barney s'était marié tard. Il avait passé la quarantaine quand il avait épousé Salehwork, une Éthiopienne de quinze ans sa cadette. Il l'avait rencontrée au cours d'un séminaire de la Banque mondiale. Pendant cinq ans, après avoir quitté la CIA, il avait travaillé à Washington au service de Sécurité de l'institution financière internationale. C'était là qu'Archie était venu le recruter, au moment où il s'était lancé dans l'aventure de Providence.

Salehwork était une jeune économiste de la Banque spécialisée dans les questions d'ajustement structurel. Elle était arrivée aux États-Unis avec ses parents qui avaient fui la terreur rouge en Éthiopie après la révolution de 1974. Barney n'aurait pas su dire pourquoi, mais il se sentait plus en sécurité depuis qu'il l'avait épousée. C'était comme si cette union avait mis fin à une souffrance, à un mal-être lié au questionnement identitaire des Africains d'Amérique. Grâce à elle, il ne flottait plus entre des origines contradictoires : il avait pris racine dans une Afrique qui n'avait rien à voir avec la traite esclavagiste ni avec la colonisation, une Afrique vierge, impériale et fière, ancrée dans l'éternité.

Salehwork elle-même symbolisait dans toute sa personne l'indépendance hautaine de son Abyssinie natale. Barney aimait la voir vêtue de la toge blanche traditionnelle. Elle la portait chaque fois qu'elle se rendait à une cérémonie copte. Ce matin-là, il l'avait conduite à Rhode Island avec leurs deux filles âgées de huit et dix ans. Les enfants portaient le même costume de lin blanc finement brodé d'or. Barney les avait regardées s'éloigner avec attendrissement. Toutes les trois s'étaient retournées et avaient agité leurs mains en grimpant les marches de l'église orthodoxe, mêlées à la foule des fidèles. Par respect, peut-être aussi en raison d'une secrète culpabilité qui lui aurait fait craindre de les contaminer avec le dangereux virus du doute et du mal-être, Barney ne s'était pas converti. Il ne participait pas à ces cérémonies et se contentait de les y accompagner.

Comme chaque fois en pareille circonstance, il était encore tout ému quand il regagna sa voiture. Il s'était garé assez loin de l'église car elle était située au milieu d'une zone piétonne. Un vigile, avachi dans une guérite, surveillait vaguement la sortie du parking. Il regardait un film de kung-fu sur un petit lecteur de DVD portatif et ne répondit pas au salut de Barney. Celui-ci fit deux fois le tour des voitures en stationnement avant de retrouver sa Ford qu'il avait garée étourdiment en arrivant. Il monta à bord, tourna la clef de contact, dut s'y reprendre à trois fois pour faire démarrer cette vieille mécanique. Il sortit du parking et prit la direction de l'ouest. On avait beau être dimanche, il avait l'intention de passer à son bureau. Les nouveaux contrats qu'Archie avait rapportés de sa tournée en Extrême-Orient commençaient à produire leurs effets. Le département Opérations était surchargé de travail.

Barney mit la radio sur une station musicale. Il ouvrit la fenêtre car la climatisation de la voiture n'était plus très efficace et il aimait siffloter en regardant défiler le paysage de campagne. Il avait fait vingt miles depuis la sortie de Rhode Island quand il sentit une présence sur le siège derrière lui.

— Salut Barney.

Dans le rétroviseur s'encadrait le visage calme et souriant de Paul.

— Je suis obligé de te dire que je suis armé, reprit Paul. Et comme il vaut mieux qu'on évacue ce sujet tout de suite, j'aimerais que tu sortes ton 7.65 et que tu le poses sur le siège du passager.

Archie insistait pour que les agents de Providence ne portent pas d'armes, sauf en mission. Une exception était faite toutefois pour le directeur des opérations, en raison des risques de ses fonctions.

Barney s'exécuta et Paul récupéra le pistolet.

— À quoi tu joues, Paul ?

— Tu vas peut-être pouvoir me rassurer. Mais, pour l'instant, excuse-moi, je n'ai confiance en personne.

— Où veux-tu aller ?

— Sors de l'autoroute. On va s'arrêter au premier café qu'on trouvera. Il faut qu'on s'assoie et qu'on discute sérieusement.

Barney continua de rouler mais plus doucement. Il referma la vitre pour atténuer le bruit et pouvoir parler normalement.

— Tu as l'air fatigué, dit-il en jetant des coups d'œil dans le rétroviseur.

— Crevé. Je n'ai pas dormi de la nuit.

— Comment va la clinique ?

— Il y a une semaine que je ne les ai pas appelés. Cette saloperie de mission m'a complètement bouffé.

— Tu as eu des nouvelles de Kerry ?

Paul haussa les épaules.

— Tu dois savoir aussi bien que moi où elle se trouve ?

— Tu te trompes, Paul. Archie nous a tous débarqués de votre opération la semaine dernière et depuis, c'est le silence radio.

— C'est justement de ça que je veux te parler.

Ils avaient quitté la route principale et roulaient maintenant dans une campagne semée de maisons blanches, entourées de pelouses manucurées. Le premier village qu'ils traversèrent était désert. Tous les paroissiens devaient être enfermés au temple pour l'office. À la sortie du bourg, sur un petit parking, ils trouvèrent un marchand de hamburgers. Sa boutique était abritée dans un ancien conteneur posé sur des briques et découpé au chalumeau sur un côté. Trois ou quatre tables avec des parasols attendaient les consommateurs. Barney gara la voiture et ils s'installèrent à la place la plus éloignée du conteneur et de ses odeurs d'huile de friture. Un Latino jovial vint prendre la commande. Il parut un peu déçu qu'ils dédaignent ses hot-dogs et ne commandent que des Coca.

Le fait qu'ils se retrouvent maintenant face à face mit Paul mal à l'aise. Il avait honte d'avoir marqué une telle défiance à l'égard de Barney et de l'avoir abordé si brutalement.

— Il ne faut pas m'en vouloir, mon vieux. Je suis un homme traqué, pour le moment.

— Ça ne m'empêche pas de te dire que je suis ton ami. Je ne sais pas si tu peux me croire, mais j'attendais ta visite à un moment ou à un autre.

— Qu'est-ce qui te faisait penser que j'allais venir ?

— La manière dont les choses se sont passées à Providence. Tu sais, on est un certain nombre à ne pas avoir compris la décision d'Archie. D'un jour à l'autre, sans explication, arrêt de l'enquête. Kerry et Paul ne font plus partie de l'agence. Il faut cesser tout contact avec eux.

Barney passa sa grosse main à plat sur ses cheveux coupés ras, comme s'il venait de recevoir un coup sur la tête.

— Pourtant, pas mal de gens étaient sceptiques, au début, sur cette affaire, moi le premier. Mais depuis que vous vous y êtes mis, l'équipe a marché à fond derrière vous. On s'est mobilisés, on a reconstitué l'histoire du groupe de Harrow et on est tous absolument certains qu'il prépare un coup énorme, un défi planétaire.

Paul reconnut bien là l'effet de persuasion de Kerry qui avait réussi à fédérer l'équipe autour d'elle, pendant son séjour à Providence. Il sentit une légère morsure de jalousie. Seul, il ne serait certainement pas parvenu à les convaincre de cette manière.

— Moi, j'en ai fait une affaire presque personnelle, poursuivit Barney. Je suis certain, comme vous, que ces types vont s'attaquer aux pays du tiers-monde, aux plus pauvres, et que l'Afrique va trinquer en premier. C'est le nouveau nazisme, ces gars-là. Ils ne veulent plus supprimer des populations pour leur race, ni pour leurs opinions ou leurs croyances… Ils veulent les supprimer simplement parce qu'ils sont en trop. Cette idéologie-là, je l'attendais. Je la craignais depuis des années pour mon peuple, les Africains, qu'ils soient là-bas ou ici. À force de souffrir, on devient détestable, on gêne le progrès, on est une tache sur la société des riches. Et un jour, des gens viennent et déclarent que vous êtes en trop, que vous n'êtes pas dignes de vivre.

Des camions se croisaient sur la route, rendant des passages de cette confidence presque inaudibles. Mais Paul avait compris l'essentiel. Barney était viscéralement à son côté. Il avait frappé à la bonne porte en s'adressant à lui.

— Écoute, dit-il, il faut que nous sachions ce qui se passe autour d'Archie. Pourquoi a-t-il brusquement changé d'idée au sujet de cette enquête ? Qu'est-ce qui l'a décidé à nous débarquer ? Est-ce vraiment la CIA qui le lui a demandé ? Et si c'est le cas, qui, à la Compagnie, a pris cette responsabilité ?

Barney réfléchit en buvant une longue gorgée de Coca. Il avait plus que jamais la mine grave, mais son verre, haut et étroit, était décoré d'un grand Mickey jovial.

— J'ai vérifié quelque chose, après la décision d'Archie, dit-il. Discrètement, grâce aux contacts que j'ai gardés à la Compagnie, je me suis renseigné pour savoir s'ils avaient effectivement pris votre relève sur cette affaire.

— Et alors ?

— À ma connaissance, personne à Langley n'a été chargé d'une enquête sur Harrow.

— Tu veux dire qu'ils nous ont virés sans mettre personne à notre place.

— Personne. Un véritable enterrement. Dossier classé.

Ils se regardaient intensément et chacun pouvait voir l'autre réfléchir à toute allure.

— Ça confirme exactement ce que je pense, dit Paul. Quelqu'un à la CIA protège Harrow.

Il raconta à Barney l'épisode de la SACN et le rôle ambigu joué par un correspondant de la Compagnie auprès d'Archie à cette occasion.

— Sais-tu avec qui exactement Archie est en relation là-bas ?

— Non. Il est très hermétique dans ses contacts. La vieille habitude du cloisonnement. Hiérarchiquement, Archie doit être branché très haut, au niveau de la direction de la boîte.

— Sûrement pas avec le directeur général. Il change tout le temps. En plus, c'est un politique et il ne prendrait jamais seul des initiatives opérationnelles.

— Archie m'a souvent parlé de Marcus Brown, le directeur adjoint… Malheureusement, il paraît que c'est un mystère, ce type. Personne n'a jamais affaire à lui directement.

— J'ai entendu ça, moi aussi. Si tu veux, je peux essayer de vérifier. Je vais aussi me rancarder sur les autres hommes forts de la direction.

— Tu ferais ça ?

— Bien sûr.

C'était le point essentiel qui préoccupait Paul : Barney acceptait de les aider. Peu importait pour l'instant les résultats. Déjà, ils n'étaient plus seuls. Paul tendit la main par-dessus la petite table et lui serra le coude.

— Merci !

Barney hocha la tête sans sourire. Il avait l'expression déterminée de celui qui agit en fonction de sa propre conviction et ne mérite le remerciement de personne.

— Comment ça se passe dans ton équipe ? Tu penses que certains de tes gusses accepteraient encore de nous aider ?

— Tous. Tycen, Tara, Kevin, même Alexander, tous sont avec vous. Je réponds d'eux. Quand tu as des demandes qui les concernent, fais-les moi passer. Il faut seulement rester discret.

— À cause d'Archie ?

— De Lawrence, surtout. Quand Archie vous a débarqués, Lawrence a pavoisé. C'était un point marqué contre moi. Il faut l'entendre ironiser sur notre traque des souris de laboratoire, etc. Grâce à cette histoire, il s'est fait quelques alliés nouveaux, les obscurs, les jaloux, les planqués qui n'ont jamais supporté qu'Archie me fasse confiance. Mais ça ne va pas très loin, heureusement.

Le patron du bar rôdait autour d'eux depuis un moment. Il n'avait pas renoncé à leur vendre des hamburgers. Il était temps de prendre la fuite.

— Je suis sûr qu'Archie a dû charger Lawrence de vous retrouver coûte que coûte, conclut Barney. Ce sont probablement des hommes à lui qui retiennent Kerry prisonnière en Autriche.

— J'aurai besoin de ton aide d'ici peu sur un point précis. Kerry devrait me faire passer bientôt une liste de gens qu'il faudrait retrouver et profiler. Des noms qu'elle est en train de se procurer en Autriche. Ce ne sera pas très simple, je crois : les renseignements dont elle peut disposer remontent aux années soixante.

— Envoie toujours. Je vais te donner un contact pour me joindre discrètement. Tu pourras m'adresser ce que tu veux, sans que les sbires de Lawrence voient rien.

Il inscrivit sur un bout de papier un numéro de téléphone mobile et un code de courriel.

— Dernière chose, dit Paul. Tu te souviens de cette Française qui aurait été impliquée dans le casse de Wroclaw ? La fille que nous avait indiquée l'inspecteur de la DST ?

— Très bien.

— Je me suis fait prendre à New York en la cherchant.

— C'est bizarre, mais quand tu m'as dit que l'étudiant vous avait donné un contact, j'ai tout de suite pensé à un piège.

— Moi aussi. Mais je n'avais pas le choix. Cette fille, il faut à tout prix arriver à mettre la main dessus. Est-ce que tu pourrais récupérer des éléments sur elle en France, vérifier les listes de passagers des compagnies aériennes, retrouver les numéros appelés de son mobile et localiser ses déplacements... N'importe quoi pourvu que je puisse redémarrer la traque.

— Je vais voir ce que je peux faire.

Ils étaient debout, au milieu de ce sordide décor de bord de route, et se serraient chaleureusement la main sous l'œil attendri du serveur mexicain. Il aurait été bien étonné d'apprendre qu'à leur arrivée l'un tenait l'autre sous la menace de son revolver.

— Merci, Barney.

— Je te raccompagne ?

— Pour l'instant, tu sais, ma maison, c'est ma voiture. Je l'ai laissée à la sortie Ouest de Newport.

— Je vais te déposer. Tu vas mettre des lunettes et

un bob. Il vaut mieux que personne ne nous voie ensemble dans ces parages.

4

Innsbruck. Autriche.

L'Hôtel de l'Inn est un établissement fréquenté essentiellement par des touristes, mais d'un genre particulier. Le gros de la clientèle internationale se déverse sur Vienne et Salzbourg. Aller jusqu'à Innsbruck suppose un intérêt plus profond pour l'Autriche, surtout en été. Les visiteurs appartiennent donc essentiellement à la catégorie germanique. Ils explorent leur proche voisinage, apprécient les variations sur un même thème, familier de surcroît : églises baroques, maisons à colombages, inscriptions en lettres gothiques sur les enseignes. Une majorité de voyageurs est constituée de couples âgés, quelques veuves se mêlent à eux, quant aux rares hommes seuls, ils sont généralement tenus à l'écart et se consacrent à la boisson.

La présence dans ce milieu respectable d'une Américaine solitaire, outrageusement belle et d'une décontraction frisant l'indécence, déclencha dans l'hôtel une vague de commérages d'autant plus providentielle que le temps était revenu à la pluie. Il était presque inutile de poster des hommes en armes pour garder Kerry : tous ses faits et gestes étaient épiés, commentés, notés peut-être, par les autres pensionnaires de l'hôtel.

Après avoir reçu le coup de fil de Paul, elle modifia discrètement sa conduite et se mit à son tour à observer. Elle descendit prendre son petit déjeuner dès l'ouverture de la salle à manger. Placée sous un lustre en andouillers de cerf, Kerry détaillait les clients qui défilaient devant les tambours chauffants du buffet. Les premiers levés étaient à l'évidence des cadres en mission ou des voyageurs de commerce. Ensuite venaient des échantillons d'un troisième âge actif. À huit heures du matin, ils étaient habillés de pied en cap, mêlant avec recherche loden traditionnel et Gore-Tex dernier cri.

Kerry se déplaça ensuite vers le hall afin d'observer le départ des promeneurs. Certains partaient à pied, sans doute à destination d'une randonnée urbaine. D'autres, munis de sacs à dos, avaient visiblement pour intention de rayonner plus loin dans les montagnes et ils comptaient s'avancer en sortant de la ville en voiture. Le parking de l'hôtel, situé dans une cour, était visible depuis la véranda qui prolongeait les salons. Kerry repéra un couple qui montait dans sa voiture et sortait par une rue parallèle au quai. Deux hommes d'Archie étaient postés dans cette rue, de part et d'autre de la porte cochère.

Elle passa la journée à aller et venir, dans sa chambre et au rez-de-chaussée. Elle acheta des vêtements autrichiens dans la petite galerie de boutiques qui ouvrait sur le lobby, puis écrivit des cartes postales à ses enfants. Elle les jeta ensuite dans une immense boîte aux lettres en cuivre, gravée aux armes des Habsbourg. À partir de cinq heures, elle se plaça de nouveau en faction dans le hall. Le couple de promeneurs qui avait quitté l'hôtel en voiture revint peu après. L'homme était très rouge et, en vainqueur, portait son chapeau tyrolien un peu en arrière.

Une grande carte de la région était affichée près des ascenseurs et Kerry avait pris soin de s'asseoir à proximité. Sitôt rentrés, les deux promeneurs s'approchèrent de la carte cependant que d'autres clients de l'hôtel les entouraient avec curiosité. Ils parlaient en allemand, mais il n'était guère difficile de comprendre qu'ils se pavanaient devant les autres, en désignant un petit sommet situé à quelques kilomètres de la ville. Kerry se leva et se mêla au groupe. L'homme qui racontait son exploit l'aperçut le premier et bomba le torse, traçant du doigt sur la carte l'itinéraire qu'ils avaient suivi. Kerry demanda poliment si le couple de promeneurs parlait anglais. Ils le comprenaient assez bien. Kerry les interrogea sur leur programme du lendemain. Le couple annonça fièrement qu'à huit heures et demie on les trouverait en voiture avec un objectif considérable : un glacier situé à trente kilomètres.

Kerry leur souhaita très poliment bonne chance et s'éloigna.

Le reste de la soirée fut, comme d'habitude, morne et silencieux. Les promeneurs allèrent se coucher tout de suite après le dîner et les joueurs de canasta s'épuisèrent sur de minuscules enchères à un centime d'euro le point.

Le lendemain matin, les deux conquérants du sommet de la veille, descendirent déjeuner à sept heures et demie. Une heure plus tard, ils déposaient leur sac à dos sur la banquette arrière de leur Passat et quittaient l'Hôtel de l'Inn en direction du Hochgleitcher qu'ils comptaient atteindre avant dix heures du matin. Ils prirent soin de garer la voiture à l'ombre, au fond du parking d'où partait le sentier. Ils mirent leurs petits sacs en cuir sur le dos, saisirent leurs Alpenstock et partirent en sifflotant.

Dix minutes plus tard, après avoir pris la précaution de scruter les bruits alentour, Kerry sortait du coffre de la Passat. Elle avait eu le temps d'étudier la carte la veille au soir. Du parking, il lui suffisait de marcher un kilomètre pour rejoindre la grande route qui reliait Innsbruck à Munich. Ensuite, ce serait une question de chance. Mais en Autriche comme ailleurs, une jolie fille n'a pas à attendre longtemps avant qu'un automobiliste ne la prenne en stop.

De Philadelphie, Juliette était revenue vers Salt Lake City à bord d'un vol United Airlines. Elle avait placé le flacon rouge dans sa petite valise et l'avait enregistrée pour éviter les contrôles.

Pendant le vol, elle avait avalé deux comprimés de neuroleptique avec un Coca light. Comme elle le craignait, le stress lié au démarrage de l'opération avait relancé son excitation. Elle se sentait de nouveau euphorique, invulnérable, curieuse de tout, à la limite de la franche agitation. À tout instant, elle pouvait perdre le contrôle d'elle-même. Mais elle s'était donné pour règle de prendre ses médicaments quoi qu'il arrivât, même si elle se sentait bien. Surtout si elle se sentait bien.

Harrow l'attendait sur le parking de l'aéroport, au volant d'une Nissan Patrol beige immatriculée dans l'Utah.

Juliette était très émue de le revoir, quoiqu'elle ne l'eût quitté que depuis l'avant-veille. Elle était fière d'avoir accompli sa mission. Il y avait une jouissance presque militaire dans ce plaisir de l'obéissance. Elle était adoucie par la pensée que Ted était désormais toute sa famille.

Elle l'observa pendant qu'il conduisait sans dire un mot. Dans la maison du Colorado, elle était sincère en se disant qu'elle n'éprouvait pour lui aucun attrait physique. Maintenant, dans cette intimité particulière qui naît d'un secret partagé, un désir inattendu montait en elle. Elle sentit un léger dépit de le voir concentré sur sa conduite, si peu intéressé par elle. Puis elle enfouit ces pensées au fond de son esprit. Elle se dit que cette légère frustration ne pouvait que lui donner plus d'énergie encore pour accomplir ce qui allait être exigé d'elle.

Harrow la conduisit jusqu'à un immeuble banal de la périphérie de Salt Lake City. Ils montèrent par un escalier métallique extérieur jusqu'au deuxième étage. Là, ils empruntèrent un couloir sombre aux murs couverts de tags, jusqu'à une porte anonyme à laquelle Harrow frappa trois fois. L'appartement était quasiment vide, à l'exception de deux lits en fer et d'une table. Un grand gaillard blond, qui leur avait ouvert la porte, annonça que leur départ était prévu à minuit et demi. Il leur montra deux sacs en toile de marin posés sur le sol et leur dit que tout était prêt à l'intérieur. Sur la table, des sandwiches et des bouteilles de soda étaient préparés pour eux. Harrow le remercia et l'homme sortit en leur donnant rendez-vous à onze heures au pied de l'immeuble.

Ils s'allongèrent chacun sur un lit et firent la sieste en prévision d'une nuit sans sommeil. Juliette se retournait et faisait couiner le sommier en fer.

— Ted...
— Oui.
— Tu ne dors pas ?
— Pas encore.
— Je voulais te demander...

Il attendait sans bouger. Les lits étaient tête-bêche, elle voyait les semelles pointues de ses bottes mexicaines.

– Qu'est-ce qu'il y a dans ce flacon ?

Les bottes s'écartèrent et le visage furieux de Harrow apparut.

— Contente-toi de ta mission et ne pose pas de questions.

Il avait répondu sur un ton agressif et sa phrase ne souffrait aucune réplique. Juliette se tut. Sa déception ne venait pas de la rudesse avec laquelle Harrow lui parlait. Après tout, elle avait choisi cet engagement en connaissance de cause et n'espérait pas être traitée autrement. Ce qui la mettait mal à l'aise, c'était l'idée qu'il ne lui fasse pas confiance. Elle se préoccupait de savoir ce que contenait ce flacon dans l'intention d'être encore plus motivée pour agir. Sa question n'était pas la marque d'un manque de foi, mais plutôt un moyen de renforcer encore sa dévotion à la cause.

Elle réfléchit longuement à ce que devait être l'obéissance. Finalement elle parvint à la conclusion qu'Harrow avait raison. La foi n'a rien à voir avec la raison. Quand apparaît un saint Augustin, c'est que déjà le feu sacré des premiers chrétiens est refroidi. Les grandes choses ne se font que dans la soumission aveugle, une fois passée la première illumination de la conversion.

Elle s'étonna elle-même de rouler des pensées aussi

religieuses et finit par se dire que la cité des Mormons devait exercer sourdement son influence sur son esprit. Puis elle s'endormit.

À onze heures, comme prévu, une voiture vint les chercher au pied de leur immeuble. Elle était conduite par un homme silencieux, peut-être muet. Il ne leur adressa pas la parole pendant les deux heures que dura le trajet. L'endroit où il les déposa n'était signalé par rien de particulier. C'était une simple courbe de la route toute proche du Lac Salé. De là, on pouvait prendre pied sur la surface plane du lac en traversant un simple talus de pierrailles. La voiture repartit aussitôt.

C'était une nuit sans lune et sans nuages, constellée d'étoiles qui projetaient leur lueur froide sur le miroir argenté du sol. À l'horizon, la ligne sinueuse des sommets ne se distinguait du ciel que par l'absence d'étoiles et une obscurité plus profonde encore. Un léger vent d'est apportait une fraîcheur venue des gorges froides des Rocheuses. Assis sur leurs sacs, Juliette et Harrow attendirent près d'une heure. Soudain, à quelques centaines de mètres d'eux et sans que rien l'eût laissé prévoir, s'allumèrent deux lignes de lumières blanches. On aurait dit des guirlandes de Noël posées sur le sol. En regardant attentivement, Juliette distingua des ombres qui s'affairaient autour des lumières et perçut le bruit saccadé et assourdi d'un petit générateur.

Cinq minutes étaient à peine passées qu'apparaissaient à l'horizon les phares d'un avion. Quand il approcha, Juliette reconnut un bimoteur léger, pourvu de trois hublots sur les côtés. C'était le même avion qui l'avait transportée depuis l'Afrique du Sud vers une destination inconnue. Quand il fut proche d'atterrir entre la double ligne de lumières posées au sol, elle put lire les lettres inscrites sur les ailes. Elles étaient différentes de l'immatriculation du vol sud-africain qu'elle avait mémorisé malgré elle.

Avant même que l'avion se soit posé, Harrow avait saisi son sac et l'avait balancé sur son épaule. Il fit signe à Juliette et tous deux s'élancèrent en courant vers la piste improvisée.

Les silhouettes qui avaient préparé l'atterrissage se tenaient à distance et n'étaient pas reconnaissables. Le vent des hélices obligeait Harrow et Juliette à avancer en se courbant et à aborder l'avion par l'arrière. Au mépris de toute précaution de sécurité, les moteurs restèrent allumés pendant qu'on ouvrait la porte latérale. Harrow lança d'abord les deux sacs puis poussa Juliette et la suivit à bord. L'appareil décolla immédiatement.

Il était vide à l'exception des deux pilotes. Juliette se demanda un instant si on allait de nouveau tenter de la droguer. Mais Harrow ne lui proposa aucune boisson suspecte.

Étendu sur les sièges en Skaï, il paraissait soulagé, heureux. Pour la première fois depuis le lancement de l'opération, Juliette le voyait sourire. C'était un sourire sans destinataire, il ne la concernait pas en propre. Pourtant, elle en recueillit sa part, comme l'expression d'un bonheur qui comble quelqu'un qu'on aime.

Ils volèrent longtemps dans la nuit et elle s'assoupit. Quand l'aube rosit le côté droit de l'horizon, elle en conclut qu'ils volaient vers le sud. Ils firent deux escales. Pendant la première, en rase campagne, ils restèrent à bord de l'avion et virent des inconnus faire le plein à partir de gros barils de kérosène. La seconde escale les amena sur un petit terrain d'aviation civil. Aucun nom de lieu n'y figurait. Ils descendirent pendant qu'on refaisait le plein et traversèrent la piste jusqu'à un bâtiment blanc couvert de tuiles romaines. Trois hommes étaient assis dans cette minuscule aérogare. Ils avaient des visages mexicains et parlaient en espagnol. La chaleur était intense. Juliette se demanda s'ils avaient déjà quitté le territoire des États-Unis, mais ne posa aucune question. Tout le monde, y compris Harrow, semblait faire comme si elle n'existait pas. Elle devenait experte en qualité de silence et celui-ci lui apparut ne procéder ni du mépris, ni de la défiance, plutôt d'une anxiété partagée par tous. Elle seule restait dans l'ignorance de ce qui se passait et en concevait un calme complet. Les médicaments avaient un peu ralenti ses pensées, si bien qu'elle sentait comme une ivresse à cultiver une expression détachée et à composer sur son visage un sourire doux, comme une Madone qui dispense alentour sa miséricorde bienveillante, universelle et gratuite.

Ils remontèrent dans l'avion que son arrêt en plein soleil avait transformé en four. Après le décollage, le paysage devint uniformément aride. Jusque-là, des nuages bas avaient caché le sol. Désormais, ils volaient dans un air sec qui révélait des collines ravinées et des routes rectilignes. Leur dernière escale eut lieu à la tombée du jour sur un petit aéroport situé à l'écart d'un gros village. Juliette comprit qu'ils étaient parvenus au Mexique, car pour la première fois les pilotes se retournèrent vers leurs passagers en souriant. Harrow lui-même, tout avare qu'il fût d'expression, montrait son soulagement. Une voiture portant des plaques mexicaines les attendait. Deux chambres leur étaient réservées dans un motel crépi de blanc. Ils dînèrent d'un plat de pâtes dans une petite salle peinte en ocre derrière la réception. À quatre heures du matin, la même voiture vint les chercher et les mena par des routes de montagne jusqu'à un aéroport un peu plus grand constitué par une piste asphaltée au bout de laquelle les attendait un petit jet. Le nouvel équipage était plus loquace que le premier. Le capitaine était un gaillard roux à l'accent britannique qui affichait son goût de la vie sous la forme d'une énorme moustache soigneusement peignée et relevée en crocs. Il se retournait sans cesse pour commenter le vol. Il expliqua qu'ils allaient traverser la péninsule du Yucatán puis survoler plusieurs îles des Caraïbes. Ensuite, ils mettraient le cap sur la côte sud-américaine.

Au moutonnement bleu de la mer succéda, sans autre transition que la ligne d'une plage, l'étendue verte de la forêt amazonienne. Rien ne distinguait la Guyane du Brésil et le capitaine haussa les épaules en désignant du doigt la ridicule frontière qui prétendait séparer l'inextricable continuum de la canopée.

Ils firent le plein vers midi à l'aéroport de Santarèm. À l'évidence, la clandestinité du départ n'était plus de rigueur. Un policier en tenue vint même saluer les pilotes et discuter amicalement avec eux. Après un dernier trajet qui leur fit survoler encore un peu d'Amazonie puis les zones montagneuses du Minas Gerais, ils atterrirent en fin d'après-midi à Rio de Janeiro.

Juliette, abrutie par le voyage, se sentit fondre dans la chaleur moite et respira avec incrédulité ce parfum de mer et de sucre qui donne à l'air brésilien son inimitable qualité.

Sans réfléchir, elle confia son passeport à l'homme qui était venu les accueillir. Il leur fit traverser les guichets de police par un passage spécial. Quand il lui rendit son passeport, elle se souvint qu'il fallait sans doute un visa pour séjourner au Brésil et elle en fit la remarque à Harrow.

— Un visa ? intervint leur guide. Mais vous l'avez !

Et il lui montra la page où l'officier de police venait de l'apposer.

Juliette n'eut pas le temps de s'inquiéter de ce que pouvait signifier ce passe-droit. Il lui évitait des complications administratives et lui permettrait de dormir un peu plus tôt. Rien ne lui paraissait plus désirable.

5

Hochfilzen. Autriche.

Tous les cambrioleurs se sont un jour ou l'autre posé la question : vaut-il mieux opérer dans une zone très peuplée, le centre d'une ville avec ses immeubles bondés, ou bien est-on plus en sécurité dans un lieu désert ? Dans le premier cas, on risque de tomber sur des voisins indiscrets, des témoins gênants. Dans le second, c'est le silence qui est dangereux. Le moindre bruit est inhabituel et signale la présence d'un intrus.

Kerry, en collants et polaire noirs, gantée et cagoulée, faisait l'expérience de ce danger en approchant de la maison Fritsch. Elle avait garé sa voiture de location à un kilomètre dans un bois : au-delà, le terrain d'alpage n'offrait plus aucun camouflage. La nuit était claire et l'air froid portait le moindre bruit avec une netteté effrayante. Elle craignait d'alerter des chiens en passant. Aucune lumière ne filtrait par les fenêtres des chalets, mais cette obscurité, au lieu de rassurer, inquiétait. Il semblait que des êtres sans sommeil se tenaient dans l'ombre de ces fenêtres, occupés à épier la nuit.

La maison Fritsch, comme les autres dans le minuscule village, était obscure. Elle paraissait beaucoup plus petite que dans la journée car la montagne sombre prenait avec la nuit une ampleur gigantesque. Après son évasion de l'Hôtel de l'Inn, Kerry avait pris le temps de se remémorer les lieux. Dans une petite *weinstube* située en face du loueur de voitures, elle avait griffonné un plan de la maison sur la nappe en papier.

Le bureau du professeur était au rez-de-chaussée, à égale distance de la porte principale et de celle de derrière. Il était donc possible de l'atteindre en entrant par-devant et en traversant le salon. Elle préféra toutefois l'option arrière, par le jardin. Peut-être était-ce inconsciemment pour éviter de se trouver à découvert, offerte à l'observation d'éventuels voisins pendant qu'elle crochèterait la porte. Ce type de serrure à aiguille pouvait demander un peu de temps. Kerry ne disposait pas d'un matériel complet pour ce travail. Elle avait acheté les instruments de base dans une grande surface, mais elle n'avait évidemment pas pu y trouver d'articles spécialisés comme des micro-explosifs.

Elle se glissa à l'arrière de la maison. Le bâtiment, heureusement, ne disposait pas de ces équipements radars, courants aujourd'hui, qui allument des halogènes extérieurs dès qu'ils repèrent un mouvement dans leur champ.

La serrure de la porte était d'une robuste qualité germanique. En d'autres circonstances, Kerry aurait peut-être pris plaisir à s'attaquer à un tel problème. À l'école d'instruction, c'était un des exercices auxquels elle excellait. Mais dans cet alpage silencieux et noir, l'affaire n'avait rien de stimulant intellectuellement. Elle ne ressentait aucune peur consciente. Des spasmes dans son ventre indiquaient pourtant que son corps, lui, éprouvait une frayeur instinctive.

Derrière elle, dans l'obscurité de leur enclos, elle entendait s'agiter les bêtes. Des pieds palmés battaient le sol et des froissements d'ailes inquiets indiquaient que les oies étaient en alerte. Les oies ! Kerry les avait oubliées. Meilleurs gardiens que des chiens, elles avaient sauvé Rome et allaient peut-être la perdre.

Il n'y avait, de toute façon, rien à faire. Elle se concentra sur la serrure, appuya de toutes ses forces sur le foret qu'elle avait introduit dans le canon. D'un coup bref de perceuse à main, elle fit voler en éclats les petites aiguilles de la combinaison. La voie était libre.

Elle s'arrêta pour écouter. Sa courte opération lui semblait avoir produit un vacarme énorme, mais le silence s'était refermé aussitôt. Aucun bruit, à l'étage, n'indiquait que quiconque se fût éveillé. Elle entra.

Décuplée par l'obscurité, elle retrouva l'odeur particulière de bois ciré, de détergent et de choux cuit qui l'avait frappée pendant sa première visite. En se dirigeant dans le faisceau de sa petite torche, elle monta deux marches jusqu'à un palier, puis longea le couloir et atteignit le bureau de Fritsch. La porte était fermée et, en abaissant doucement la poignée, Kerry constata qu'un tour de clef avait été donné. Ce n'était pas à proprement parler une mesure de sécurité. La serrure était de ce modèle simple qui équipe toutes les portes intérieures. Il ne fallait probablement voir là qu'un geste d'ordre, une discipline comme celle qui tenait chaque objet et chaque papier à sa place dans l'univers maîtrisé du savant. Kerry pensa tout à coup qu'il était à la fois cocasse et effrayant qu'une des entreprises les plus meurtrières contre l'humanité puisse procéder du cerveau d'un être aussi doux, aussi soumis, aussi inoffensif en apparence.

Elle crocheta la petite serrure sans autre difficulté que de devoir éviter tout bruit métallique. Quand elle ouvrit la porte, elle découvrit le bureau rangé dans un ordre géométrique, les chaises placées à angle droit par rapport à la table, le plumier, le sous-main, la petite horloge disposés selon un ordre rigoureux et probablement immuable.

Kerry observa un instant les angles du plafond pour voir si des faisceaux lasers y auraient été disposés mais elle n'en repéra aucun. Elle s'avança alors vers le meuble à colonnettes où étaient rangées les archives de Fritsch. Il était lui aussi verrouillé, mais la clef était sur la porte, décorée par un petit gland de passementerie. Kerry ouvrit le meuble. Les tiroirs portaient la mention des années de séminaire. Décidément, le professeur lui avait facilité le travail. Elle alla jusqu'à l'année 67 et ouvrit le casier. Des cavaliers placés sur les séparations verticales indiquaient le type de documents stockés. Elle avait envie de tout prendre. Une partie s'intitulait « Cours ». Elle contenait des notes sur l'enseignement dispensé par Fritsch cette année-là. Une autre portait la mention : « Exercices », une autre « Bibliographie ». L'ensemble était assez volumineux. Kerry préféra ne pas se charger avec tous ces feuillets. Elle alla jusqu'à la section « Notes » et choisit une feuille qui récapitulait tous les résultats de l'année. Seuls les prénoms y étaient mentionnés. Juste à côté, une autre section indiquait « Photo de classe ». Kerry l'ouvrit et s'arrêta avec stupeur : le dossier était vide.

Il lui sembla que le silence, d'un coup, se peuplait de bruits suspects. Elle frissonna. Les obstacles précédents étaient prévus et elle les avait anticipés. Mais elle n'avait pas imaginé cela. Elle resta un moment à balayer la pièce avec le faisceau de sa lampe sans que naisse dans son esprit la moindre piste. Aucun papier ne traînait ni sur le bureau, ni sur les petits guéridons qui supportaient des lampes.

Soudain, elle se souvint que le professeur lui avait promis de faire un tirage du document. Il l'avait certainement porté jusqu'au laboratoire photo dont il avait mentionné l'existence dans le garage. Comment y accédait-on ? Elle retourna dans le couloir. Tout était redevenu silencieux, mais d'un silence épais, immobile, qui n'avait rien de rassurant. Devant elle s'ouvraient le salon et la terrasse aux vitraux jaunes et blancs qui servait de salle à manger : inutile de chercher de ce côté-là. Elle tourna plutôt à droite, revint sur le petit palier par lequel elle était entrée. En bas de trois marches, une porte pleine devait ouvrir sur un appentis ou une cave. Elle était fermée par un verrou dont la serrure était curieusement à l'intérieur. Il y avait de bonnes chances pour que ce soit la tanière où le professeur s'enfermait pour ses travaux photos. Kerry manœuvra doucement la porte ; elle débouchait sur un escalier en ciment. L'air exhalait une humidité tiède et l'on entendait le ronronnement de la chaudière. Elle descendit et parvint jusqu'à un vaste garage occupé par une vieille

Audi gris métallisé. Aux murs, étaient pendues des pelles à neige, deux luges, une échelle en aluminium. Kerry fit le tour du garage, ouvrit plusieurs petites portes qui donnaient sur des resserres et finit par tomber sur le local photographique. Une odeur piquante de révélateur emplissait l'air. Des étagères étaient tapissées de boîtes Agfa en carton. Sur une haute table en mélaminé trônait un agrandisseur Zeiss. À son grand soulagement, Kerry découvrit la photo de classe du séminaire 67 posée sur la table. Deux tirages accrochés par des pinces métalliques séchaient sur un fil au-dessus de bacs à révélation en plastique rouge. Elle chercha l'original au dos duquel figuraient les noms des élèves. Il se trouvait dans un tiroir placé sous l'appareil. Elle allait le saisir quand la lumière s'alluma dans le garage.

Elle se retourna vivement et sortit du local. D'un pas lent, quelqu'un descendait l'escalier. Kerry retourna un instant jusqu'au laboratoire, prit la photo de classe, la plia pour la glisser dans la poche arrière de sa polaire puis ressortit et se faufila derrière la voiture. Accroupie, elle vit, à travers les deux vitres arrière, une silhouette s'immobiliser sur la dernière marche de l'escalier. Elle n'en distinguait qu'un bras jusqu'à l'épaule. L'extrémité d'un tube noir semblait explorer la pièce d'un long mouvement circulaire. Enfin, la personne s'avança. En chemise de nuit rouge, son casque de cheveux brillant sur la tête, tenant un fusil à pompe dans les mains, Hilda avançait lentement dans la direction du laboratoire.

Kerry s'était préparée à la fuite mais pas au combat. Elle avait pour seule arme une pince multifonction qui disposait entre autres d'une lame de couteau. Elle le sortait de sa poche quand retentit une énorme détonation dans le garage. Hilda avait fait feu en direction du labo photo. L'agrandisseur était pulvérisé et toutes les boîtes de tirages dégringolaient en prolongeant le vacarme.

La gouvernante scrutait maintenant le fond du garage. Kerry, toujours cachée, capta un instant son regard. Il n'y avait rien d'apeuré dans l'expression de ce visage. Le sang-froid dont elle faisait preuve, la familiarité avec laquelle elle tenait son arme et l'avait rechargée, en la plaçant verticalement sur le côté, montraient que la prétendue matrone était en réalité un agent parfaitement entraîné. Kerry se demanda par qui elle avait pu être placée aux côtés du professeur. Était-elle là pour le protéger ou pour le surveiller ? Une seconde détonation fit voler en éclats les vitres de la voiture. Kerry sentit un morceau de verre lui frôler la joue. Elle plongea à terre.

Un double déclic indiqua que Hilda avait réarmé son fusil. Une douille tomba à ses pieds avec un petit bruit métallique. Il n'y avait aucun doute : elle tirait pour tuer, consciente d'être protégée par la légitime défense. Kerry pensa que le bruit devait s'entendre des chalets voisins et n'allait pas tarder à ramener d'autres chasseurs dans le garage. Il lui fallait se dégager au plus vite.

Plaquée contre le sol, elle vit les pas de la gouvernante se diriger à l'avant de la voiture. Aussitôt, Kerry rampa vers l'arrière, s'accroupit le long du pare-chocs. En tendant la main, elle trouva le bouton d'ouverture du coffre, le pressa et sentit céder la molle résistance d'un ressort. Le hayon, dans un léger chuintement hydraulique, se redressa lentement. Hilda, en alerte, cherchait d'où venait le bruit. Quand elle vit le hayon se lever au-dessus du toit, elle tira. Une pluie de verre s'abattit dans le coffre.

Kerry en profita pour bondir jusqu'au mur, détacher la pelle à neige et frapper la gouvernante d'un coup sec, au moment où celle-ci levait son fusil pour le recharger. Elle trébucha en arrière mais sans lâcher son arme. Retournant la pelle, Kerry lui en enfonça le manche dans le ventre. Au moment où Hilda cogna contre le mur, son casque de cheveux blonds sauta et laissa apparaître un crâne chauve. La prétendue Hilda était un homme.

Il était maintenant assis par terre dans un désordre de rouleaux de fil de fer et de bâches en plastique. Kerry aurait déjà dû s'enfuir, mais l'individu tenait toujours le fusil. Elle craignait qu'il ne l'abatte avant qu'elle n'atteigne l'escalier. Elle lui administra quelques coups de pied empruntés à sa formation de boxe française. En cognant sur ses mains, elle parvint à lui faire lâcher le fusil. Elle s'en empara, bondit vers l'escalier, bouscula Fritsch qui se tenait, apeuré, en haut des marches. Les oies caquetaient tant qu'elles pouvaient.

— Trop tard mes jolies ! leur lança Kerry.

Elle descendit la route en courant. Au premier fossé qu'elle distingua dans l'obscurité, elle jeta l'arme. Il faisait délicieusement frais. Elle se sentait souple et légère.

Les lumières s'étaient allumées à l'étage d'un chalet. Cependant personne n'en était encore sorti. Elle rejoignit la voiture sans faire de mauvaise rencontre et n'eut pas l'impression d'avoir été poursuivie. Fritsch devait être en train de faire connaissance avec celui qu'il avait si longtemps pris pour une honnête cuisinière. À moins qu'il eût été au courant depuis longtemps de sa véritable identité.

Cela n'avait guère d'importance. Kerry tapota dans sa poche la surface cartonnée de la photo : l'essentiel était là. Elle démarra et conduisit en faisant crisser les pneus dans les virages de montagne, jusqu'au col du Brenner. Elle passa la frontière peu avant l'aube et entama sa descente vers le lac de Garde. Avant midi, elle arriverait à Venise.

6

Rio de Janeiro. Brésil.

Dans le quartier de Laranjeiras, plein de manguiers, de flamboyants et de bougainvillées, la petite pousada où Juliette et Harrow s'étaient installés dominait une forêt de toits et de terrasses qui descendait jusqu'à la mer. On leur avait attribué deux chambres contiguës qui donnaient sur le même balcon à colonnades métalliques. Ils avaient pris leur petit déjeuner dans le minuscule jardin de l'hôtel, un lieu encombré de feuillages en pots, de fleurs multicolores et rafraîchi par une petite fontaine de rocailles.

La chambre de Juliette avait été enregistrée à son nom, tandis que Harrow s'était inscrit sous le nom de Patrick Hull, né à Aberdeen, Écosse. Elle n'avait vu là qu'une conséquence du passé trouble de son compagnon de voyage. Il ne pouvait certainement pas franchir les frontières sous sa véritable identité.

Au rez-de-chaussée de l'ancienne villa, plusieurs pièces couvertes d'azulejos jusqu'au milieu des murs servaient de salons. L'une d'elles leur était réservée. Ils y établirent un véritable quartier général, réquisitionnant le guéridon pour y placer un ordinateur portable, pliant à l'écart les napperons de dentelle de la commode galbée pour y empiler des dossiers. Et sur les fauteuils à pattes de lion recouverts de velours rouge, ils donnèrent audience aux visiteurs qui se succédèrent pour les voir.

Le premier était un Brésilien d'une quarantaine d'années, mince et jovial, vêtu d'un complet strict qui l'aurait rendu parfaitement banal. Mais le teint mat de sa peau, un certain relief des pommettes et des yeux noirs brillants faisaient rougir leurs braises sous les cendres de son costume et rappelaient la mystérieuse présence de l'héritage indien sous cette apparence européenne. Il dit s'appeler Ubiraci. Son rôle consistait à prendre livraison du flacon de Wroclaw. Il laissa entendre à mots couverts qu'il allait se charger avec son équipe de la préparation du produit final à partir de cette matière première. Il assura Harrow que moins d'une semaine serait nécessaire pour l'opération. À une question de l'Américain, il répondit que la livraison définitive se ferait sous la forme de bidons de dix litres et qu'il y en aurait quatre.

Juliette était heureuse de participer à ces entretiens. Cela prouvait qu'elle faisait désormais partie intégrante de l'équipe. Toutefois, elle sentait bien qu'Ubiraci jetait de temps à autre des coups d'œil inquiets dans sa direction. Sa présence l'empêchait certainement d'aborder tous les sujets. Il utilisait certains mots cryptés pour qu'elle n'en comprît pas le sens.

Plus tard, ils reçurent un autre visiteur, brésilien lui aussi, mais d'un type bien différent. Sur une charpente naturellement forte, il portait un embonpoint viril fait de muscle et de graisse mêlés. Son énorme ventre quand il était assis, lui servait à poser ses bras croisés, comme sur le plateau d'une table. Il suait abondamment et s'épongeait en permanence avec un mouchoir blanc. Les initiales qui étaient brodées dans un coin ne correspondaient pas au nom sous lequel il s'était présenté à eux. Le prétendu Zé-Paulo Albuquerque utilisait du linge marqué R.B. Très probablement, il utilisait une couverture.

Zé-Paulo était venu avec une carte de Rio qu'il déplia sur le guéridon. On y distinguait la baie de Guanabara, au centre, avec la passe d'entrée sous le pain de sucre, les quartiers historiques de Flamengo, Botafogo, Graças, puis la coulée résidentielle le long de l'Atlantique avec Copacabana, Ipanema, Leblon, São Cristovão, enfin la zone industrielle d'outre-baie, reliée par le pont de Niteroi. Toutes ces zones étaient hachurées et représentées en bleu.

Autour d'elles, un archipel de zones coloriées en rouge montait le long du relief des mornes et s'étendait vers la périphérie, en particulier au nord.

— En rouge, ce sont les favelas, dit Zé-Paulo en promenant sur la feuille un doigt épais à l'ongle soigneusement manucuré. Les plus anciennes sont ici, autour des quartiers historiques. Les plus récentes s'étendent chaque jour, notamment dans la grande plaine qu'on appelle la Baixada Fluminense.

Harrow, penché sur la carte, était extrêmement concentré.

— Ça représente combien de gens, à peu près ?

— Sur toute l'agglomération de Rio, on recense à peu près huit millions d'habitants. Pour ce qui est des quartiers en dur, le chiffre est précis car on dispose de statistiques fiables et on peut les recouper avec le paiement des impôts, etc. Deux millions de personnes sont régulièrement enregistrés. Les autres, on ne sait pas exactement.

— Les autres... ? demanda Juliette.

Zé-Paulo tourna vers elle un œil inquiet, mais se fit un devoir de répondre à sa question.

— Ceux qui vivent dans des habitations sans titre de propriété, les favelas, si vous voulez. Les plus anciennes, celles du centre-ville, ont fini par se construire en dur. Il y a des rues, des trottoirs, des maisons à peu près dignes de ce nom. Même si, à chaque saison des pluies, des quartiers entiers continuent d'être entraînés par la boue. Mais en périphérie, la création de nouveaux bidonvilles est un phénomène continu. Chaque année, plusieurs centaines d'hectares sont envahis. Dans ces zones d'invasion plus récentes, les cabanes sont construites en tôles, en bois de caisses, en branches même, parfois. Les gens s'entassent dedans sans qu'on contrôle rien et surtout pas leur nombre. Je vous y conduirai demain pour que vous voyiez à quoi cela ressemble.

Harrow scrutait toujours la carte, comme un aviateur qui reconnaît le terrain qu'il va survoler.

— Et ces longues flèches noires, au milieu des zones en rouge... ?

Zé-Paulo jeta un nouveau coup d'œil inquiet en direction de Juliette et réfléchit un peu avant de lui répondre.

— Ce sont… les collecteurs d'eau des zones à traiter. Comme vous le voyez, il y en a trois.

— D'eau usée ou d'eau potable ? demanda Juliette.

— Justement, on ne peut établir cette distinction. En zone d'urbanisation sauvage, il faut bien comprendre que tout est volé : la terre, d'abord, mais aussi l'électricité et l'eau. Il n'y a aucun équipement collectif ou presque. Le rejet des déjections et des eaux usées se fait sur des canaux que d'autres utilisent comme eau de lavage, de cuisine et même de boisson. Ce sont soit d'anciens canaux construits pour évacuer les eaux usées des zones résidentielles, soit des cours d'eau naturels. Ce sont aujourd'hui des cloaques, cela va sans dire.

— Combien de personnes sont intéressées par ces trois axes ?

— Je vous le répète, Monsieur Hull, on ne le sait pas précisément. On peut seulement faire une estimation : je dirai entre trois et quatre millions.

De toutes les hypothèses qu'elle avait formées à propos de l'action qu'ils allaient entreprendre, la plus vraisemblable aux yeux de Juliette était qu'ils projetaient une vaste opération de stérilisation. À plusieurs reprises, Harrow avait souligné, dans quel engrenage diabolique s'était engagé le monde en voulant faire baisser partout la mortalité sans toucher à la fécondité. Ses arguments paraissaient assez convaincants. Il savait en faire une présentation presque humanitaire. Il décrivait avec une réelle force de persuasion à quelle extrême misère on condamnait des enfants à naître dans des conditions telles que leur plus élémentaire subsistance n'était pas assurée. Il devenait clair, en entendant les explications de Zé-Paulo, que le groupe de Harrow avait décidé de prendre ce problème à bras-le-corps, grâce au produit qu'elle avait dérobé à Wroclaw.

Pourtant, Juliette se sentait particulièrement nerveuse. Son anxiété était d'une nature assez différente de celle qui pouvait accompagner ses périodes d'excitation. Elle sentait comme la tension d'un dilemme inconscient sur lequel elle n'aurait pu ni voulu mettre un nom. Confusément, elle avait le sentiment que ce malaise était lié à ce qu'ils allaient accomplir. Elle sentait qu'elle aurait dû poser plus de questions, tenter de connaître le détail de ce qui était en gestation. Elle était préparée à l'idée de combat, et même de sacrifice, pourtant quelque chose lui laissait supposer qu'il ne s'agissait pas de cela.

Rien dans ce qui les entourait ne constituait à proprement parler un adversaire, c'est-à-dire quelqu'un qui soit capable de répondre aux coups. Alors, qui allaient-ils frapper ? Elle pouvait sans doute le savoir, peut-être même le deviner. Mais elle craignait ce qu'elle allait découvrir. Elle n'acceptait pas l'idée d'un divorce avec l'action et ses conséquences. Elle faisait de grands efforts pour se convaincre que tout cela était utile, nécessaire à la nature et charitable pour des êtres humains sans espoir.

Quand un doute l'effleurait, elle faisait le vide en elle et tentait de se remémorer la nuit de bivouac dans les savanes du Colorado, la perception quasi animale de la terre et de sa souffrance.

Quoique les médicaments fussent apparemment sans effet sur son état, elle en absorbait double dose. Au moins, la bouche sèche, l'impression de rigidité et la somnolence qu'ils provoquaient constituaient-elles autant de diversion à son malaise.

Zé-Paulo avait poursuivi son long exposé en signalant à Harrow plusieurs points, en divers endroits de la carte, sans préciser à quoi ils correspondaient. Moitié à cause du malaise qu'elle ressentait, moitié par une politesse intuitive, Juliette s'était absentée mentalement et avait même quitté la pièce plusieurs minutes pour de bon. La seule indication claire qu'elle eût retenue, c'était la mise en garde de Zé-Paulo à propos du climat. Il avait particulièrement insisté sur la nécessité absolue d'attendre la saison des pluies. « Pour donner toute son ampleur au projet », avait-il dit.

Harrow voulait obtenir une date précise, mais Zé-Paulo s'y refusait. Il expliquait que le climat n'était pas prévisible au jour près. Les pluies, selon les années, pouvaient commencer dans deux à quatre semaines. Certaines saisons, elles étaient parfois plus tardives. Le seul espoir qu'il laissa à Harrow était qu'elles pouvaient aussi être plus précoces.

— Peut-être serez-vous favorisés et dans huit jours d'ici, verrons-nous arriver les premiers orages.

Sans comprendre pourquoi, Juliette, pour la première fois, eut le cœur soulevé par une terrible nausée.

Cinquième partie

1

Newport. Rhode Island.

Située à l'ouest de Newport, au bord d'un bras de mer encombré de voiliers à quai, la boutique de Somerset Brown s'est imposée au fil du temps comme le meilleur *shipchandler* de la côte. Le magasin ne cherche pas à attirer le chaland en couvrant ses murs de maquettes de bateaux ou de nœuds de marin encadrés. Si les winchs et autres compas sertis de cuivre sont beaux, tant mieux, mais c'est seulement parce qu'ils sont robustes et précis que Somerset les dispose sur ses étagères. Le bas du magasin, tout en longueur, s'ouvre sur le quai par une vitrine étroite, presque entièrement obturée par des cartes marines. À l'arrière, une porte de service donne sur une ruelle qui sent la marée. Plusieurs restaurants du quai y ont leurs cuisines et de grandes poubelles en plastique remplies d'arêtes et de coquilles attendent là le ramassage matinal.

Barney était entré sans se cacher, par la vitrine et le quai. Après tout, il allait voir son cousin et personne ne pouvait y trouver à redire. Somerset était le fils de la tante de Barney, une Haïtienne à la peau claire, et d'un marin de Nantucket, fils d'immigrants suédois. Il était aussi blême et blond que Barney était noir et les deux cousins ne se ressemblaient pas du tout. Ils s'étaient pourtant toujours très bien entendus. Barney avait tout de suite pensé à Somerset quand il s'était agi d'organiser un rendez-vous clandestin avec Paul.

Le *shipchandler* habitait au premier étage de sa boutique. Son appartement, tout en longueur comme le magasin, était aussi dépouillé que celui-ci était encombré. Sur les murs blancs étaient accrochés des objets provenant de son père et qui se rattachaient tous à la chasse à la baleine. Un énorme tableau représentait un harponneur dans une barque à rames guettant l'écume rouge, tandis qu'un cachalot s'éloignait, l'arme plantée sur son dos. L'ensemble était à la fois violent, romantique mais surtout équilibré : la coque de planches de la barque avait la teinte, la forme et le galbe de la baleine elle-même et le câble du harpon reliait les deux masses sans qu'on sache quel destin serait le plus tragique, celui du chasseur ou de sa proie monstrueuse. Une longue table en acajou entourée de tabourets constituait tout l'ameublement de ce salon. Barney y prit place, seul, à onze heures vingt-cinq. Somerset servait les clients dans la boutique et les autres n'étaient pas encore arrivés.

À onze heures trente, Martha se glissa par la porte de derrière, dont le verrou avait été laissé ouvert. Elle rejoignit Barney à l'étage.

— Pas de problème ? demanda-t-il.

— Mon métier, ce sont les filatures, dit-elle en riant. Ce gros balourd de Lawrence peut toujours s'accrocher pour suivre ma trace !

Deux minutes plus tard, ils entendirent tinter sourdement à l'étage en dessous le grelot chinois du magasin. Des pas résonnèrent dans l'escalier et ils virent arriver Paul habillé d'un ciré, coiffé d'un bonnet de jersey à rayures, une barbe noire de trois jours lui mangeant les joues, les yeux dissimulés par des lunettes de soleil carrées : un client typique de Somerset et qui ne risquait pas d'attirer l'attention.

Dans le quart d'heure qui suivit arriva Tara. Elle était entrée dans un grand magasin de Newport et en était ressortie discrètement par une autre issue pour semer d'éventuels poursuivants. Enfin, à la grande surprise de Paul, avec une dizaine de minutes de retard qui fit peser un lourd silence sur le groupe, apparut Alexander. Diplomate, homme d'analyse, il n'avait pas reçu de véritable formation à l'action secrète. Il était le maillon faible du dispositif, le plus susceptible de se faire repérer par le service de sécurité de Lawrence. Mais Martha l'avait pris en main la veille au soir. Le petit scénario qu'elle avait monté pour lui (une visite chez sa mère malade, un départ matinal en voiture, plusieurs demi-tours et contrôles d'une éventuelle filature sur des routes désertes, un changement de vêtement sur un parking et finalement son arrivée en touriste sur les quais de Newport) avait parfaitement fonctionné. Personne ne l'avait suivi.

Quand ils furent au complet, Barney annonça que Tycen se joindrait à eux par téléphone. En tant que junior, il disposait de moins de liberté de mouvement que les autres. Comme tous les agents-traitants, il était tenu à une stricte présence sur place, à Providence. Il appellerait d'un portable vers midi et ils le brancheraient sur haut-parleur.

Chacune des personnes présentes avait été informée par lui de sa conversation avec Paul. Toutes étaient conscientes de la dangerosité du groupe de Harrow et de l'imminence d'une action meurtrière de grande envergure de sa part. Et toutes, malgré leur loyauté, étaient convaincues qu'Archie avait commis une grave erreur en acceptant de mettre fin à cette enquête.

— Kerry m'a téléphoné, compléta Paul. Elle a pris le vol Swiss Air qui est arrivé à New York à six heures trente. Elle devrait nous rejoindre d'ici une heure ou deux.

— Nous n'avons pas besoin de l'attendre, trancha Barney. Elle nous montrera l'original de la photo, mais je ne crois pas que cela changera grand-chose par rapport à la copie JPG qu'elle a envoyée.

Barney tendit à Paul une photocopie du cliché. Tous les autres avaient sorti leur exemplaire et scrutaient les visages figés du séminaire 67.

— Je suis convaincu que Kerry a raison, reprit Barney. La clef de cette affaire se trouve sur cette photo. Il y a là les hommes qui constituent le groupe de soutien derrière Harrow. C'est par leur identité que nous pouvons découvrir qui finance l'opération et surtout dans quel pays elle doit se dérouler.

— Je propose que nous passions tout de suite à l'étude des résultats de vos recherches. Martha, tu veux commencer ?

— Pourquoi pas !

Elle posa sur la table le Palm qu'elle était en train de consulter et se redressa sur son siège.

— Je rappelle d'abord, surtout pour Paul, que nous nous sommes partagé le travail d'identification. Chacun de nous ici présent a coordonné l'enquête pour un ou plusieurs personnages repérés sur la photo du séminaire 67 de Fritsch. Les cellules d'analyse d'Alexander nous ont donné un gros coup de main, mais tout n'était pas dans les archives. Il a fallu fouiner un peu ailleurs aussi.

Paul hocha la tête pour indiquer qu'il avait enregistré cette mise au point méthodologique.

— Moi, poursuivit Martha, j'ai hérité des deux Asiatiques, au premier rang.

Barney avait tendu à Paul une photocopie du cliché. Tous les autres avaient sorti leur exemplaire et le fixaient.

— Pour l'identification, nous disposions, à part la photo, d'une série de prénoms figurant au dos et sur un relevé de notes que Kerry a trouvé dans le même dossier. En regroupant ces données, on obtient ceci.

Machinalement, tout le monde regarda du côté du mur, mais, cette fois, ils étaient privés des commodités de Providence. Il n'y avait pas de Power-Point, pas d'écran, seulement la chasse à la baleine et l'œil affolé du cétacé qui roulait dans l'eau rougie par son sang.

— Le premier des deux visages « chinois » correspond à un Sud-Coréen nommé Kim Rae. C'est aujourd'hui un entrepreneur en bâtiment de Séoul. Il n'y a aucun élément compromettant sur lui si ce n'est qu'il serait proche de la secte Moon. En tout cas, il a réalisé plusieurs chantiers pour elle.

Martha n'avait pas mis beaucoup de conviction dans cette description. L'assistance émit quelques grognements, signe que tout le monde attendait mieux.

— L'autre correspond bel et bien à un Chinois. Il se nomme Teng Lui Cheng. Âge : soixante-dix ans. Membre du Parti depuis 1960. Originaire de Chine du Nord, d'ascendance mongole du côté de sa mère.

— Qu'est-ce qu'il foutait en Autriche dans les années cinquante ?

— C'est un linguiste. Il parle allemand et russe. À l'époque, il était en Europe comme étudiant, probablement une couverture pour espionner les Russes. Il a apparemment atterri chez Fritsch à la suite d'une erreur. Les universités avaient refusé de lui ouvrir leurs portes et, comme il avait désespérément besoin d'une inscription, il s'est adressé à Fritsch.

La plupart des assistants autour de la table tordaient le nez pour montrer leur scepticisme. Mais Martha ménageait son effet : elle les réveilla en haussant brutalement le ton.

— Il est arrivé chez Fritsch par hasard, mais finalement il s'est pris au jeu. À son retour en Chine, il s'est illustré comme un des maîtres d'œuvre du programme de réduction de la population. Pas plus d'un enfant par famille, vous connaissez… Il a défendu ces idées inlassablement jusqu'au plus haut niveau de l'État puisqu'il est maintenant membre du Comité central du PCC. Et ses deux fils…

— Deux ! s'écria Tara. Il mériterait d'être mis en tôle pour ça, non ?

— Il les a faits avant la campagne « Un enfant par famille ». De toute façon, elle ne s'est jamais appliquée aux hauts dirigeants.

— Ben voyons !

Martha préférait ignorer ces remarques et les ricanements qui les accompagnaient, pour arriver à l'essentiel :

— Je disais que ses deux fils ont suivi des voies qui me paraissent particulièrement intéressantes pour notre affaire. L'aîné est directeur de l'aéroport de Shanghai, ce qui le met en position de faire entrer à peu près n'importe quoi légalement ou illégalement en Chine.

À l'évidence, l'assistance n'était pas encore

convaincue par l'intérêt de cette piste, aussi Martha réserva-t-elle un temps avant d'enfoncer le dernier clou.

— Quant au plus jeune, il est biologiste, spécialisé dans la faune sauvage. Il a fait un stage de deux ans… à Seattle. On a la preuve qu'il a fréquenté les cercles écologiques radicaux et notamment l'organisation One Earth.

— Il ne figure pas dans la liste des membres du groupe de Harrow, objecta Barney.

— Non, mais il avait quitté les États-Unis depuis six mois quand Harrow a été débarqué de One Earth, il était donc inutile de l'exclure.

Tout le monde réfléchissait intensément. Alexander se grattait l'oreille, Paul tripotait son crayon.

— Une belle piste, en effet, Martha, conclut Barney.

Belle et redoutable car chacun savait la difficulté que constituerait une enquête de ce genre en Chine…

— Quelqu'un a-t-il mieux à proposer ? Oui, Tara ?

— J'ai enquêté sur quatre personnes. Je ne sais pas lequel d'entre vous a réparti le boulot mais visiblement, on a classé nos clients par couleur de peau : j'ai eu tous les basanés.

— C'était une manière comme une autre de vous faire travailler sur des origines communes : les Asiatiques, etc.

Barney avait mis un peu trop de vivacité dans cette réponse. On le sentait mal à l'aise sur ce sujet.

— Pour ce qui me concerne, reprit Tara, ça n'est pas très bien tombé. Mes clients étaient Albanais, Libyen, Indien et Kanak de Nouvelle-Calédonie…

— En effet, toussa Barney en tentant un sourire.

— J'irai vite sur l'Albanais, décédé sans descendance il y a quatre ans, et sur le Néo-Calédonien, devenu un paisible océanographe de Nouméa, à la retraite aujourd'hui et tout à fait hors de cause.

— Le Libyen ? interrogea Alexander, imprégné malgré lui de la géopolitique de l'administration Bush, dans laquelle la Libye constituait l'un des piliers de « l'axe du Mal ».

— Je suis désolée de vous décevoir, mais ce Libyen-là n'est apparemment pas suspect. Je sais bien que dès qu'un crime se commet, on a tendance à tourner les yeux vers ce pays. La contrepartie, c'est que nous savons pas mal de choses sur ce qui s'y passe, depuis trente ans qu'on le surveille. Le Libyen en question a été professeur à l'université de Benghazi jusqu'à sa retraite l'an dernier. Il s'est illustré, si je puis dire, par un conformisme scientifique affligeant. Et, pour ce qui concerne notre affaire, je vous rappelle que nous soupçonnons Harrow de vouloir s'en prendre à des populations pauvres et pléthoriques. Or la Libye est plutôt peuplée de gens riches et peu nombreux…

— L'Indien ?

— J'y viens. Ce Rajiv Singh est un homme discret mais très influent dans son pays sur les questions de population. Lui aussi est resté marqué par les conceptions de Fritsch. Il a occupé des fonctions politiques au sein du Parti du Congrès. Professionnellement, il est enregistré comme biologiste et se pare du titre de professeur. En réalité, il vient d'une grande famille du Rajasthan. Après la mort de son père, en 74, il a hérité du domaine familial et n'a jamais travaillé. On lui doit pourtant plusieurs articles et contributions à des colloques sur le thème de la population indienne. On le caractérise généralement comme un malthusien orthodoxe.

— C'est-à-dire ? demanda Barney.

— Selon lui, le développement économique ne peut être atteint que si la population est stabilisée et pour y parvenir, il ne faut pas fausser les mécanismes naturels de régulation. Cela veut dire donner une priorité absolue aux investissements productifs, favoriser les riches et réduire au maximum les dépenses à caractère social en direction des plus pauvres. Tout à fait les idées du séminaire 67.

Le soleil avait tourné. Il entrait maintenant par les fenêtres qui donnaient sur le port et éclairait directement le tableau baleinier. Du coup, le geste du harponneur devenait presque gracieux. Ses traits s'illuminaient d'une joie inattendue tandis que le cétacé, dans son bain rose, adressait un clin d'œil malicieux au spectateur.

— J'espère vous convaincre du sérieux de cette piste en vous disant que ce type a été marié pendant deux décennies avec une Américaine qui est retournée aux États-Unis après son divorce, il y a cinq ans. Or *elle* figure sur la liste du groupe Harrow. Ce n'est pas tout. Après son expulsion de One Earth, elle est rentrée… à Delhi. J'attends confirmation par quelqu'un de notre ambassade, mais il semble qu'elle ait été vue régulièrement depuis en compagnie de son ancien mari. On peut même se demander s'ils ont jamais été séparés. Monsieur Singh est donc relié à tous les pôles de l'affaire, de Fritsch à Harrow.

— Tu dis qu'il est très riche, hasarda Paul. Selon toi, il pourrait être le mystérieux financier de l'opération ?

— Il n'est pas *très* riche. Il est seulement prospère et

de bonne famille. Je ne crois pas qu'il dispose de moyens suffisants pour soutenir une opération de cette envergure.

Stimulée par ces découvertes, une excitation joyeuse régnait dans la pièce. La discussion allait s'engager quand Kerry arriva, ajoutant encore à la bonne humeur générale. Soit qu'elle n'ait pas eu le temps de se changer, soit qu'elle voulût rappeler à tous ses exploits autrichiens, elle portait encore la polaire noire qui lui avait servi à entrer chez Fritsch. Elle pâlissait son visage et lui donnait l'air d'un mime. Sa grosse natte était plus serrée que jamais. Ses yeux fatigués brillaient de fièvre et de désir d'action.

Barney résuma les exposés précédents. Avant de laisser une discussion s'engager, il insista pour entendre d'abord les autres enquêteurs.

Tycen, joint par téléphone, prit la parole à partir d'un haut-parleur placé au centre de la table. Il avait, lui, remonté la piste de deux hommes aux traits amérindiens situés au deuxième rang sur la photo du séminaire 67. Le premier était un Colombien assassiné peu après son retour chez lui, probablement à la suite d'un règlement de comptes crapuleux. Le deuxième était un Brésilien.

— Je n'ai pas eu à me donner beaucoup de mal. Son nom est connu de tout le monde dans son pays. Oswaldo Leite est un homme politique du centre-droit, assez corrompu, mais qui s'est toujours tiré de tous les mauvais pas. D'après la rumeur, il est le bras politique du puissant lobby de la canne à sucre.

— Les anciens esclavagistes ? demanda Martha.

— Les fazenderos les plus conservateurs en tout

cas. L'aile radicale des milieux d'affaires et des grandes familles de latifundiaires.

— C'est ça que tu appelles le centre-droit ? intervint Paul.

— Au Brésil, les étiquettes ne correspondent pas à grand-chose, rétorqua doctement Alexander. C'est une politique de clientèle, plutôt.

Des crachotements, dans le haut-parleur, indiquaient que Tycen voulait parler. Barney fit taire la discussion.

— Oui, Tycen ?

— Je voulais simplement ajouter un détail : aujourd'hui, le type en question est ministre de l'Intérieur… Il contrôle la police, en particulier, et il a beaucoup de relations dans tous les milieux. On peut dire que, sans apparaître au premier plan, il est un des hommes forts de son pays en ce moment.

Un silence plein de concentration gagna toute l'assistance. Kerry le rompit avec autorité.

— Est-ce que tu sais, Tycen, ce qu'un type comme lui faisait chez Fritsch en 67 ?

— Bonne question, même si je ne sais pas qui me l'a posée.

— Kerry.

— Bravo, Kerry. C'est le point. Au Brésil, le début des années soixante est marqué par un grand bouillonnement politique. Les forces de gauche tiennent le haut du pavé. On construit Brasilia, la grande utopie des temps nouveaux. Les milieux les plus conservateurs s'inquiètent de la montée en puissance de la populace. Oswaldo Leite a dix-huit ans. Il est le rejeton d'une famille de planteurs ruinés. Sa mère est dépressive, son père est parti chercher un petit emploi à São Paulo. Il est élevé par sa grand-mère à Récife. C'est un garçon rêveur – j'ai lu ça dans sa biographie – qui s'intéresse aux poissons, aux plantes. Il fait des études de biologie. Il lit beaucoup. Un jour, il tombe sur un article de Fritsch. C'est le coup de foudre. La grand-mère casse la tirelire pour qu'il suive son séminaire. Et là-bas, il découvre la politique. Les idées de Fritsch sur les pauvres, le danger démographique, le respect de la nature, tout ça coagule dans sa tête. Du milieu naturel au milieu social, pour préserver ce qu'il aime, il comprend qu'il faut s'engager.

— En 67, au Brésil, c'est déjà la dictature militaire, intervint Alexander.

— En effet. Le coup d'État encouragé par nous va faire le ménage dans le pays. Oswaldo est à l'étranger. Malgré la sympathie que sa famille a pour la junte, il reste prudemment en Europe. Il est malin. Il comprend que les militaires se chargent du sale boulot : éliminer les forces de gauche et préserver les privilèges des riches. Il les laisse faire. Il se donne une posture d'opposant. Quand le pays revient à la vie civile, il rentre et continue à défendre les mêmes valeurs, mais en costume-cravate.

— Tu m'as l'air passionné par ton sujet, ironisa Martha.

— Il y a de quoi, coupa Kerry, les joues empourprées par l'excitation et la chaleur. C'est une piste extrêmement sérieuse. Si ce type est resté fidèle aux idées de Fritsch, il a le moyen de les mettre à exécution chez lui…

— Attention, intervint Paul, il n'y a aucun indice qui permette de penser qu'il a été en contact avec Harrow…

Barney leva les deux mains pour établir le silence.

— Attendez, s'il vous plaît ! Avant d'entamer une discussion, je tiens beaucoup à ce que nous entendions tout le monde. Alexander ?

— Moi, j'ai hérité des Européens de la photo. Ceux qui ont une apparence européenne, je veux dire.

— Les Blancs, en somme, fit Barney, l'air las.

— Voilà, les Blancs. Rogulski d'abord. Vous le connaissez tous, puisqu'il est à l'origine de l'affaire. Pourtant, j'ai découvert quelques faits nouveaux, grâce aux contacts que j'ai gardés dans les milieux de feu la soviétologie. Dans les années soixante, il a fait un séjour de trois ans en Russie. Nous n'y avions peut-être pas prêté assez d'attention. Il nous semblait logique qu'un Polonais fasse des allers-retours chez le grand frère soviétique. En y regardant de plus près, j'ai trouvé un détail intéressant. Pendant ces trois ans, Rogulski était au bord de la mer d'Aral. Or, à cet endroit, l'Armée rouge entretenait un centre de recherches sur les armes non conventionnelles, essentiellement chimiques et bactériologiques.

— Tiens, tiens…

— Oui, Paul, cela vient incontestablement à l'appui de votre thèse. Rogulski était bien placé pour savoir comment faire évoluer un agent pathogène de façon à le transformer en arme. Il est à craindre que le vibrion dont dispose aujourd'hui Harrow soit en effet une forme redoutablement améliorée.

— Ça ne nous avance pas beaucoup sur la question qui nous occupe, objecta Kerry. Nous cherchons surtout à savoir où l'attaque va se produire.

— Désolé de te décevoir, répliqua Alexander d'un ton pincé.

— Continue, mon vieux, tout est utile, à ce stade, fit

Barney qui ne tenait pas à subir une nouvelle crise d'amour-propre d'Alexander.

— Merci, Barney. J'ai encore un dernier sujet à aborder. À vrai dire, j'ai gardé pour la fin le personnage qui me paraît le plus digne d'intérêt.

Il saisit le cliché du séminaire devant lui et pointa le doigt sur un homme jeune, debout à l'extrémité gauche du groupe. Il souriait dans le vague, avec un air doux, absent, inquiétant toutefois car il semblait appartenir tout entier à un monde de rêves et de chimères.

— Allistair McLeod, annonça Alexander. Un destin exceptionnel. Au départ, pourtant, c'est un jeune Écossais assez banal. Il naît dans une famille ouvrière de Glasgow. Le père est pasteur épiscopalien. Allistair est le huitième enfant d'une fratrie de douze. Excellent élève, il bénéficie d'une bourse royale et va étudier l'agronomie à Manchester puis à Oxford. Toujours avec des bourses, il se fait envoyer en Allemagne pour des stages. On ne sait pas très bien comment il se retrouve chez Fritsch. McLeod est si pauvre que notre généreux professeur l'accepte sans frais d'inscription. Sur les listes de notes, son nom figure à part, comme s'il était une sorte d'auditeur libre.

La diction monotone d'Alexander avait fait retomber l'enthousiasme. Le soleil avait tourné et un gros nuage emplissait la pièce de pénombre. L'exposé prenait des allures d'épitaphe pour une action défunte.

— Je t'en prie, Alexander, accouche ! pressa Kerry qui tenait à sauver l'entreprise.

— Écoutez-moi tranquillement jusqu'au bout. Vous allez voir : ça vaut la peine. En sortant de son année chez Fritsch, McLeod, contre toute attente, ne rentre pas en Angleterre. Il part pour l'Afrique du Sud et disparaît pendant près de dix ans. Sa biographie officielle affirme qu'il a fait fortune dans le commerce des engrais. C'est la vérité, mais beaucoup ont la conviction qu'il a dû commencer par un mauvais coup. On parle d'un concurrent qu'il aurait fait empoisonner... La seule certitude est que depuis son stage en Autriche il n'était plus le même. Le petit Allistair rêveur, le fils de pasteur élevé dans la morale, avait fait place à un homme enragé de réussite, bien décidé à ne plus jamais être pauvre.

Était-ce les mots employés – « ne plus jamais être pauvre » –, Paul commençait à dresser l'oreille.

— La suite appartient à la légende d'une des plus grandes fortunes mondiales, classée par Forbes selon les années entre le 10e et le 14e rang.

— Tu penses qu'il pourrait être la source de la récente prospérité de Harrow ? demanda Barney.

— Je ne pense rien. Je vous laisse penser, si vous me laissez finir.

— Vas-y.

— Le déploiement des activités de McLeod s'est fait de façon assez logique. D'abord les engrais. Ensuite, les transports : il rachète une entreprise de camions pour livrer ses engrais.

— Toujours en Afrique du Sud ?

— Au départ, oui. En 73, il passe au transport aérien avec une petite compagnie d'aviation qui est toujours restée son fétiche : Groose Airlines. C'est l'époque des révolutions marxistes en Angola et au Mozambique. Il semble que Groose Airlines ait servi à pas mal d'opérations secrètes et de coups tordus pour les services spéciaux sud-africains. En quatre ans, McLeod avait gagné tellement d'argent qu'il pouvait se payer une compagnie privée aux États-Unis. Ensuite, il s'est étendu aux Caraïbes, à l'Amérique latine. Dans les années quatre-vingt, il a lancé une compagnie de charters, puis le premier *low-cost* : Fun Jet.

— Ah ! c'est lui, s'écria Tara. Je n'avais pas fait le rapprochement avec le McLeod de la révolution des tarifs aériens. J'ai vu une émission de télé à son sujet. Il est incroyablement riche à ce qu'il paraît.

— C'est bien lui. Il a toujours su prendre le vent. Sa plus remarquable qualité est le sens de la diversification. Il ne s'est pas contenté de gagner de l'argent dans l'aviation. Il a immédiatement pris des participations dans d'autres secteurs : l'énergie, avec un avitailleur aérien ; l'immobilier avec des réalisations énormes sur les côtes caraïbes, à Rhodes et au Mozambique depuis la fin de la guerre…

— OK, Alexander, coupa Barney. Je crois qu'on a compris. Il est devenu milliardaire. Maintenant, dis-nous quel est le lien avec notre affaire, à part le fait qu'il ait étudié chez Fritsch.

— J'ai travaillé avec Tycen sur le dossier de la fille qui a cambriolé le labo Rogulski.

— Juliette ?

— Oui. J'ai demandé à Tycen de procéder à certaines vérifications. Elle a quitté la France le 23 mars. Or, d'après les documents de l'immigration américaine, elle n'est arrivée aux États-Unis que le 6 avril. Pour savoir où elle avait pu aller entre-temps, nous avons repris les listes de passagers des compagnies aériennes. Nous avons découvert qu'elle n'a pas atterri à New York en provenance d'Europe mais d'Afrique du Sud, de Johannesburg très exactement.

Un sourire se dessinait sur toutes les lèvres. Pour ces

agents de terrain, Alexander avait toujours été un bureaucrate, un type tout juste capable de classer du papier. Et voilà qu'il révélait un vrai talent d'enquêteur.

— En Afrique du Sud, il était difficile de savoir rapidement où elle avait pu se rendre. Les possibilités étaient innombrables. Nous avons donc fonctionné à l'intuition et nous avons regardé du côté des compagnies privées opérant à partir de Johannesburg. C'était un pari. On l'a gagné : le 24 mars au matin, Juliette a été enregistrée sur un vol Groose Airlines à destination de Chimoyo, dans le Mozambique. Avec un retour le 5 avril au matin. Aucun autre passager sur ces vols.

Quand Alexander termina sa phrase, il fut honoré par une acclamation.

— Il faut aller interroger ce McLeod ! s'exclama Kerry.

— Où habite-t-il maintenant ?

Alexander avait fait un gros effort pour contenir l'expression de sa satisfaction. Pour reprendre contenance et cacher une buée qui lui venait aux yeux, il ôta ses lunettes et les essuya sur sa cravate.

— Attendez, prononça-t-il la gorge un peu nouée. Je ne vous ai pas tout dit.

Il remit ses lunettes et fouilla ses papiers.

— Depuis trois ans environ, McLeod s'est retiré des affaires. Il a confié la gestion de sa fortune à des collaborateurs de confiance. Il a une fille unique, Carlotta, qu'il adore. Elle est née d'un mariage avec une comtesse italienne qui n'a duré qu'une paire d'années. Elle vit sur un grand pied à Houston, Paris et Saint-Pétersbourg. Il la tient soigneusement à l'écart de ses affaires, mais lui verse une généreuse pension et cède à tous ses caprices. Elle se montre assez ingrate avec lui et ne veut même pas porter son nom. Elle se fait appeler la baronne de Castelfranco, du nom d'une propriété de sa mère. Mais McLeod continue de lui vouer une passion déchirante.

— Et lui, où est-il ? répéta Kerry.

— À côté de Genève, reclus dans une villa. Il n'a plus aucun contact avec le monde extérieur.

— Depuis combien de temps ? demanda Paul.

— Fin 2003, il a fait une sorte de dépression. Il a commencé à brader plusieurs affaires. Des articles alarmistes sont parus dans la presse économique. Ensuite, il s'est ressaisi, a pris des dispositions pour que tout marche sans lui et c'est à ce moment-là qu'il s'est retiré en Suisse.

— Cela fait donc à peu près deux ans qu'il est hors circuit insista Paul.

— À peu près, oui.

— Le moment où Harrow a quitté One Earth pour mettre son plan à exécution.

— Je vous ai laissé conclure ça vous-même, concéda Alexander avec un air modeste.

— Et depuis, plus personne n'a accès à lui ?

— Il est injoignable, ne prend aucun rendez-vous, ne reçoit strictement aucune visite. Les seuls à être en contact avec lui sont ses gardes.

— Il a donné une raison pour ce retrait du monde ? demanda Barney.

— Aucune. La seule chose que l'on sache est qu'il souffre d'une maladie chronique. Ce serait une forme de cancer des os à évolution lente. Il est stabilisé par un traitement chimiothérapique qui l'affaiblit beaucoup. Cela dit, ce ne sont que des rumeurs.

Ces révélations avaient produit sur l'assistance une sorte de sidération. Chacun réfléchissait intensément. Alors qu'au début tout le monde voulait apporter son commentaire, quand Barney ouvrit la discussion, personne ne demanda la parole.

— Ce McLeod, résuma Barney, est sans doute le mécène de l'opération mais personne ne peut approcher. Mais pour répondre à la question : où ? nous ne sommes pas très avancés. Nous avons au moins trois pistes solides : Inde, Chine et Brésil. C'est trop.

— À moins qu'ils aient décidé de frapper aux trois endroits en même temps, hasarda Martha.

— Si nous disposions des moyens de la CIA, nous pourrions mettre tous ces types sous surveillance, dit Tara, en exprimant leur désarroi commun. Mais c'est loin d'être le cas…

— Ce n'est pas le cas, en effet, coupa Barney avec irritation. Et, en plus, nous ne savons pas quel jeu joue vraiment la Compagnie dans cette affaire. Donc, on doit se débrouiller par nous-mêmes.

Le silence revint dans la pièce. Tous pensaient à la précarité de la situation. Ils regardaient les murs du petit logement et ressentaient soudain un grand découragement. Non seulement ils n'appartenaient plus à une grande institution gouvernementale, mais ils étaient en rupture de ban avec l'organisation privée qu'ils avaient contribué à créer. Ils étaient convaincus de se battre pour une cause juste, mais seuls contre tous. Ils étaient parvenus aux extrêmes limites de ce qu'il était possible d'accomplir dans de telles conditions.

Enfin, Paul rompit le silence.

— La clef est chez McLeod, dit-il.

Il était plus ramassé que jamais, la tête rentrée dans

les épaules, les avant-bras pliés comme un boxeur en garde.

— C'est lui qu'il faut interroger coûte que coûte. L'interroger vraiment, je veux dire, de manière à ce qu'il ne puisse pas éviter de nous répondre. S'il a financé l'opération et fourni la logistique, il sait où est Harrow.

— Je répète qu'il est totalement impossible d'approcher McLeod, précisa Alexander d'un ton pincé. Et tout moyen de force pourrait s'avérer désastreux. Ce type a des relations au plus haut niveau, aux États-Unis comme ailleurs. On dit qu'il est très proche des néoconservateurs et qu'il a financé plusieurs de leurs campagnes.

Mais tout à coup, face à la détermination de Paul, Alexander était redevenu le gratte-papier timoré qu'il avait un court moment cessé d'être. Personne n'aurait parié un cent sur ce qu'il disait.

— On a compris, grogna Paul. C'est sûrement difficile, mais je suis convaincu que ce n'est pas impossible.

Et il conclut d'une voix sourde, incroyablement volontaire :

— Laissez-moi faire.

Ces mots et l'air de dépit d'Alexander déclenchèrent des sourires dans tout l'auditoire.

Paul laissa un temps pour enregistrer la muette approbation du groupe puis ajouta :

— Dommage, Kerry, tu as fait un détour. Pour aller en Suisse depuis l'Autriche, il n'est pas nécessaire de passer par Rhode Island.

Il croisa son regard brillant.

— Tycen, cria-t-il en direction du haut-parleur, tu es toujours en ligne ? Prends-nous deux billets pour Genève dès que possible, d'accord ?

2

Rio de Janeiro. Brésil.

La voiture de Zé-Paulo roulait doucement depuis qu'elle avait quitté l'autoroute. Le paysage avait changé d'un seul coup, au point qu'il semblait appartenir à un autre pays. Le Brésil des plages, des grands hôtels, des voies rapides avait cédé la place à une étendue grise, uniformément plate, couverte à perte de vue de baraques rampant au ras du sol.

La Baixada Fluminense ne conserve aucun souvenir de son ancienne vocation agricole. Le soleil ne fait rien monter d'autre que la poussière le long des murs en terre. Les enfants jouent dehors pieds nus. Ils ne sont pas trop mal nourris. On peut penser que la plupart d'entre eux ne sont pas orphelins. Ils sont seulement pauvres, pauvres à un point que nul ne peut imaginer car leur misère n'est pas le fruit d'un cataclysme, d'une chute, mais leur condition profonde et probablement éternelle. Ils sont nés pauvres comme d'autres êtres naissent renard ou cheval. La misère n'est pas leur état mais leur espèce. À leur manière, ils s'y adaptent. Autour d'une balle en chiffon, dans la chaleur ensoleillée de l'immense favela, on les voit sourire, rire et l'on ne sait ce qu'il faut penser de cette inconscience. Est-elle la forme ultime du désespoir, ou une manière paradoxale de bonheur ?

Juliette, à l'arrière de la Ford, écrasait son nez sur la vitre. Elle avait beau humer de toutes ses forces, elle ne sentait que le parfum boisé de l'air climatisé. Et cette misère sans odeur lui paraissait encore plus troublante.

Au passage de la voiture, les visages se tournaient vers elle. Certains gamins se précipitaient, tapaient sur les vitres en faisant d'horribles grimaces édentées. À l'avant, Harrow se tenait droit, crispé, regardait bien loin comme quelqu'un qui passe près d'un serpent en craignant de le réveiller et qu'il l'attaque. Zé-Paulo faisait son possible pour éloigner les petits mendiants qui couraient à côté de la voiture, mais ses grands gestes provoquaient seulement le rire des gamins.

— Ce sont des malheureux, expliquait-il, tout en dirigeant la voiture au pas à travers les nids-de-poule de la route. Des malheureux et des monstres. Parce qu'ici, c'est comme ça : on passe directement de l'innocence à la criminalité. L'innocence, c'est jusqu'à cinq ans. Après, ils commencent à fumer, à sniffer, à trafiquer. Et à tuer.

Avec leurs tee-shirts en haillons, leurs trognes tannées par le soleil, leurs cheveux ras pleins de gale, les enfants continuaient de courir. Juliette croisait leurs regards et y lisait tout ce que disait Zé-Paulo : l'innocence brûlée, une dureté qui faisait mal à voir, des éclats de haine presque animale et, l'instant d'après, un rire attendrissant.

— Par ici, les baraques sont les plus anciennes de la favela. Vous voyez, avec un peu d'imagination, on dirait presque qu'elles ressemblent à des maisons. Bien sûr, c'est infesté de vermine. Tous les ans, on retrouve des gamins défigurés dans leur berceau par des morsures de rats. Mais enfin, il y a des portes, des fenêtres. Quand un alcoolique bat sa femme, il peut au moins le faire hors de la vue des voisins.

La voiture suivait une sorte de large avenue au milieu de la Baixada.

— Plus on va vers là-bas, plus les baraques sont rudimentaires, continuait Zé-Paulo en désignant l'horizon poussiéreux, entre les charrettes à bras et d'incompréhensibles rassemblements de désœuvrés. Tout au bout, il y en a même qui s'abritent avec des morceaux de branches, des vieux sacs, des bouts de plastique. C'est le coin des nouveaux arrivants.

— Il en vient encore beaucoup ?

Le Brésilien tordit le cou pour répondre à Juliette.

— Des milliers par mois. Des dizaines de milliers peut-être. Ils ruissellent de tout l'intérieur, surtout du Nord-Est.

Il fit un détour avec la voiture pour éviter un corps allongé en travers de la rue. Il était impossible de dire si c'était un cadavre ou simplement un homme saoul qui dormait là.

— Nos villes sont devenues des monstres. Les gens viennent s'y agglutiner du dehors. Ils croient que c'est mieux ici. En fait, ils ne trouvent rien de ce qu'ils espéraient. Ils survivent dans la misère et le crime.

— Peut-être que là d'où ils viennent, ils n'auraient pas survécu.

Zé-Paulo jeta à Juliette un regard étrange par-dessus son épaule.

— En effet. Ils n'auraient pas survécu là-bas. Dans les campagnes, il existe un équilibre entre le nombre d'êtres humains et les ressources de la terre. Quand la limite des ressources est atteinte, le nombre des hommes stagne ou diminue. C'est la loi de Malthus. Mais, ici, il n'y a plus de loi. Le gouvernement ne peut pas se permettre d'affamer ses villes. Alors, il les nourrit. Plus rien n'arrête la prolifération des pauvres. Leur taux de fécondité reste énorme.

Ils avaient tourné à un moment dans l'avenue et remontaient maintenant une voie plus étroite, toujours en terre. À l'ombre, devant les baraques, des femmes lavaient du linge dans des bassines en plastique coloré.

— Nous comptons sur vous pour inverser cette tendance, dit Zé-Paulo en regardant du côté de Harrow. C'est tout ce que nous espérons de votre mission : inverser le courant. Briser cet attrait mortel pour les villes. Rendre les gens à l'équilibre de leurs campagnes.

Un silence gêné s'installa dans la voiture. Juliette eut le sentiment qu'elle en était involontairement la cause. Il lui semblait qu'ils attendaient une réaction de sa part. Et en effet, la question qui tournait dans sa tête depuis quelques jours était bien près de parvenir à ses lèvres : « Comment ? » « Comment allons-nous faire pour inverser le courant ? » « Qu'est-ce que nous allons ôter ou ajouter à cette misère pour en changer le cours ? »

Mais à chaque fois que cette interrogation venait, Juliette ressentait une migraine, une nausée qui l'en détournaient. Elle avait un peu forcé sur les médicaments ces jours-ci. Elle se sentait figée, blindée, protégée comme par une digue contre ces déferlements d'inquiétude. Et elle se tenait rigoureusement à cette attitude de soumission. Quoi qu'on attendît d'elle, elle obéirait, sous peine de sombrer de nouveau dans la médiocrité des jours sans idéal.

— Le canal est là-bas, annonça Zé-Paulo, en rompant heureusement le silence et la gêne.

La voiture sautait sur des trous et sa suspension molle accentuait les cahots. Par les portes béantes des cabanes, on apercevait des silhouettes d'hommes amaigris et hagards, sortant de leur nuit d'alcool. Zé-Paulo avança encore un peu, puis arrêta le véhicule au beau milieu d'une petite place que bordait un grand talus de terre.

— Nous allons juste faire quelques pas, pour que vous voyiez bien le réseau d'eau.

Ils sortirent de la voiture et d'un coup la chaleur les frappa au visage. C'était une moiteur épaisse et lourde, emplie d'odeurs colorées comme des teintures poisseuses, odeur de terre souillée, de déjections, de viscères.

Harrow se tenait raide, les poings serrés. Juliette, derrière lui, avait envie de le prendre dans ses bras. Une grande pitié, une tendresse inattendue l'envahissaient à cet instant. Elle le revoyait dans le désert du Colorado et elle imaginait ce qu'il pouvait ressentir dans un endroit comme celui où ils se trouvaient maintenant, un endroit d'où toute nature avait disparu et où ne restait que l'humanité dans sa forme la plus sordide. L'être humain, ici, c'était la destruction et la mort. Elle effleura la main de Harrow. Il eut un mouvement de recul et la pitié de Juliette s'accrut d'autant.

Ils marchèrent vers le talus. Le sol était infiltré d'objets divers : des lambeaux de sacs en plastique, des bouts de ferraille, des os brisés de poulet ou de mouton. Tout cela avait dû être mêlé à la boue pendant la saison des pluies. En séchant, la terre laissait affleurer ces vestiges comme s'ils provenaient d'elle et avaient été mis à nu par l'érosion.

De petits sentiers de terre plus tassée sillonnaient le talus et leur permirent de s'y élever rapidement. Des femmes allaient et venaient de haut en bas en portant des bidons d'eau. Arrivés en haut, ils virent qu'ils étaient en fait sur la berge d'un canal qui traversait toute la Baixada. Zé-Paulo écarta sans ménagement un groupe de gamins qui s'était approché d'eux. Il avait mis un panama et s'épongeait le front avec son mouchoir, tout en faisant de grands gestes vers l'horizon.

— Ce canal vient du fleuve et il rejoint la baie. C'est à la fois un adducteur d'eau et un collecteur.

Au fond du canal, en contrebas de ses parois cimentées, stagnait un fond d'eau vert-brun. On voyait des femmes accroupies au bord, certaines en train de faire du lavage, d'autres puisant l'eau.

— Ils boivent ça ! dit Juliette.

— Ils n'ont pas le choix. Quand ils le peuvent, ils chauffent l'eau. Ça n'arrange rien pour l'environnement, d'ailleurs, parce que bien sûr, leur seule énergie, c'est le bois.

Comme ils dominaient de quelques mètres la Baixada, ils pouvaient voir monter les fumées sombres des foyers qui se regroupaient en un nuage beige, stagnant au-dessus de la plaine.

— À la saison des pluies, l'eau monte beaucoup dans le canal. Il y a même des gosses qui s'y noient, parfois. Comme la pente est pratiquement nulle, il sert plutôt de réservoir.

— Il n'y a pas de courant ? intervint Harrow.

— Si, très léger.

— Il faudrait essayer de l'évaluer. C'est important pour nos calculs. Dans la simulation que nous avons faite au Cap-Vert, nous avons mesuré la relation entre la dose et la diffusion en fonction du flux. Il faut être précis, si on veut que ça marche.

Revenu à ce terrain technique, Harrow semblait plus

à l'aise. Zé-Paulo sortit un petit calepin et prit quelques notes.

— Je vous trouverai l'inclinaison moyenne du canal. Avec ça, vous pourrez faire vos calculs.

En marchant de long en large sur la berge, ils entamèrent une discussion sur diverses questions techniques, et notamment sur l'opportunité d'un ou plusieurs points de diffusion. Juliette n'écoutait plus. Elle ressentait de nouveau le vertige qu'elle attribuait à la chaleur et aux médicaments. Elle les avertit qu'elle allait les attendre à la voiture. En bas du talus, derrière le véhicule s'était groupée une petite foule d'hommes, de femmes et d'enfants. Sans doute à cause de la présence des adultes, les enfants ne chahutaient pas. Il y avait, dans les regards, une lueur violente, une expression menaçante, comme une demande d'explication, un reproche muet.

Juliette commença par dévisager le groupe, en cherchant un visage plus ouvert, un sourire à rendre, une possible sympathie. Mais tous les traits restaient figés dans la même expression hostile.

— Ne vous inquiétez pas, cria Zé-Paulo du haut du talus. Ils ne bougeront pas.

Juliette s'avisa alors, en suivant certains regards, qu'à une centaine de mètres sur sa gauche était stationnée la voiture d'une patrouille de police. Cinq hommes en armes étaient assis sur les bancs du plateau et deux autres se tenaient debout, adossés au capot.

Elle se retourna vers les habitants de la favela. Harrow et Zé-Paulo étaient descendus du talus et s'approchaient d'elle. C'est alors qu'elle croisa, un peu à l'écart des autres, le regard d'une petite fille. Elle était vêtue d'une sorte de sac de toile rouge déchiré. Son visage était sale et sous son nez coulait un filet de morve dans lequel elle trempait un doigt. Pourtant, dans la gangue de ce visage souillé, brillaient deux yeux d'un bleu de saphir. Ils disaient le miracle de l'intelligence, le besoin de tendresse, la force du rêve.

Juliette lui sourit. Le visage de l'enfant s'éclaira un instant, puis elle s'enfuit.

Cependant, Zé-Paulo, confiant dans la garde policière qui se tenait à distance, contourna la voiture en plastronnant, obligeant même le groupe de faveleros à reculer pour lui laisser le passage. Harrow reprit place dans la voiture et Juliette les suivit.

Pendant le trajet de retour, ils laissèrent pérorer le Brésilien, tandis qu'il leur faisait faire, sans descendre de voiture cette fois, un périple aux abords des principales favelas de la ville.

À cinq heures, l'ombre creusait déjà les contrastes dans les manguiers de Laranjeiras. Juliette et Harrow montèrent dans leurs chambres pour prendre une douche. Quand ils redescendirent au salon, la nuit était déjà tombée. D'un café ouvert sur la rue voisine venaient des éclats de guitare. Chacun restait silencieux, assis à une table dans le jardin, devant une moqueca de crevettes et une bouteille de bière.

Bizarrement, cette visite à la Baixada avait changé la façon dont Juliette voyait Harrow. Il lui avait découvert un instant sa fragilité. C'était comme si elle avait pénétré jusqu'au lieu secret d'où étaient commandées toutes ses actions, un lieu où était déposé un trésor fragile : le sens de l'harmonie du monde, la souffrance née de la souffrance, une conception exigeante de l'humain qui ne pouvait se résoudre à sa dégradation.

Du moins était-ce ce qu'elle pensait avoir trouvé.

Car, au juste, rien n'avait changé. Il était toujours aussi taciturne et fermé.

Quant à elle, ces pensées ne l'illuminaient guère. La bière, ajoutée à ses médicaments, la faisait trembler légèrement. Elle restait silencieuse, figée, inquiétante.

Il n'y eut pas trois mots d'échangés, seulement un accord implicite. Ils gravirent le petit escalier extérieur en se tenant à sa rambarde de fer forgé, puis, au moment de rejoindre leurs chambres, entrèrent ensemble dans la première, qui était celle de Juliette. La fenêtre était ouverte et donnait tout : la tiédeur de la nuit, une lumière de lune et quelques notes de samba. Ils firent l'amour silencieusement.

Dans l'obscurité, en regardant Ted dans les yeux, Juliette crut reconnaître leur couleur : c'était la même que celle de la petite fille de la favela. Elle s'endormit dans ce bleu pur et, en s'éveillant, le retrouva dans le ciel.

3

Genève. Suisse.

En choisissant vingt ans auparavant d'habiter quai du Rhône, le docteur Charles Jaegli n'avait pas seulement cédé au snobisme. Bien sûr, c'était le quartier le plus cher de la ville et y résider constituait en soi un signe de réussite sociale. Jaegli n'y était pas insensible, mais ses pairs et amis auraient été étonnés d'apprendre qu'il avait d'abord choisi sa résidence pour des raisons poétiques. Il aimait par-dessus tout le spectacle du lac au printemps, quand le Rhône donne à ses eaux une pureté glaciaire. Rien ne remplaçait pour le vieux médecin les petits déjeuners dans sa salle à manger, seul à table et placé de sorte à voir se balancer les mâts dans le port de plaisance. Le soleil irisait le toit des serres, en face, sur l'autre rive. Et cette toile vivante, entièrement composée sur une palette bleue, s'encadrait dans la baie vitrée de cinq mètres de haut de la salle à manger. Elle était si robuste, si épaisse qu'elle ne laissait passer aucun des bruits du quai et donnait au Léman la paix qui convenait à ses lignes douces.

Sans cette paix, le docteur Jaegli n'aurait peut-être pas résisté aux assauts de la mort. Peut-être aurait-il perdu pied, cinq ans plus tôt, quand sa femme avait disparu, emportée par une thrombose cérébrale. Peut-être ne se serait-il pas consolé de la perte de leur fille unique, à dix-neuf ans, d'une hépatite foudroyante au retour d'un voyage en Sicile. Peut-être, surtout, n'aurait-il pas trouvé la force de fréquenter au quotidien la mort de ses patients. Mort réelle, car beaucoup d'entre eux décédaient sous les coups de leur maladie ; mort imaginaire, car tous y pensaient sans cesse, dès que le mot de cancer avait été prononcé à leur sujet.

Or le cancer, avec le lac, était l'autre passion du docteur Jaegli. Depuis qu'il avait vu mourir sa mère, à trente-cinq ans, d'une tumeur du sein, il s'était consacré à cette maladie. Il l'avait fait au plus haut niveau, dans des centres de recherches prestigieux aux États-Unis et en Suisse. Professeur à l'université de Genève, il était maintenant retraité, à sa grande satisfaction. Le corps professoral était devenu, à ses yeux, d'une affligeante médiocrité. Il se consacrait désormais à ses consultations. Son cabinet était situé Grande Rue, dans la vieille ville, et il s'y rendait à pied. Sa renommée internationale attirait vers lui des patients fortunés et célèbres. À de rares exceptions près, il ne faisait pas de visites à domicile, encore moins pour des inconnus. Alors, pourquoi avait-il donc cédé, la veille au soir ?

Un jeune confrère américain inconnu était passé au cabinet à la fin de ses consultations et l'avait raccompagné à pied jusqu'à sa porte, quai du Rhône, sans cesser de lui parler. Le vieux professeur avait été conquis par l'enthousiasme de ce gamin, surtout quand il avait parlé de ses maîtres, aux États-Unis. Un grand nombre d'entre eux, avait-il raconté, tenaient à se présenter comme des « élèves du docteur Jaegli ». Ces grands noms de la cancérologie le tenaient toujours, lui, l'humble praticien suisse, – c'était ainsi qu'il aimait à se définir –, comme une référence mondiale dans cette spécialité. Il lui avait été bien agréable de l'apprendre.

Pour le dire simplement, avec son air énergique de petit bouledogue, son nez de travers, ses cheveux noirs en bataille, ce diable de jeune confrère lui avait paru bien sympathique. Les hommes sans fils sont sujets à ce type de séduction. Jaegli se sentait incapable de refuser quoi que ce soit à ce docteur John Serrano. Ce que voulait ce dernier n'était pas, de surcroît, exorbitant. Il tenait tout simplement à ce que le vieux ponte examine sa femme et se prononce sur le meilleur schéma thérapeutique à lui appliquer.

— Qu'elle passe demain matin à mon cabinet, avait concédé Jaegli, dont les carnets de consultation étaient pourtant pleins pour les trois mois à venir.

— Pardonnez-moi, professeur, avait répondu Serrano, j'abuse, je le sais. Mais mon épouse ne connaît pas la nature de son mal. Sur la porte de votre cabinet, le mot cancérologie est écrit en grand. Si vous aviez pu venir la voir à notre hôtel…

Jaegli s'était récrié. Sauf en phase terminale ou pour des raisons bien spécifiques – de sécurité, notamment, pour certains patients impliqués dans des affaires délicates –, il avait pour règle de ne jamais se déplacer.

— C'est bon pour cette fois, s'était-il pourtant entendu répondre. Je ferai un saut à votre hôtel demain matin à sept heures, avant mes consultations.

Quel regard pitoyable avait pu lui lancer ce gamin pour qu'il acceptât si facilement ?

En tout cas, maintenant, il était l'heure. Le docteur Jaegli posa sa serviette blanche amidonnée à côté de son coquetier en argent. Il but une dernière gorgée de café dans une tasse en porcelaine si fine qu'un pincement de lèvres l'aurait brisée. Puis il se leva, mit son pardessus et sortit pour aller examiner cette Mme Serrano.

En trois jours, il avait fallu accomplir des miracles. Paul se félicitait de pouvoir de nouveau compter sur l'assistance de Providence – même si cette assistance restait clandestine et passait par des canaux un peu plus longs qu'à l'ordinaire. Sans la mobilisation de toute une équipe, il n'aurait jamais été possible de monter si vite une opération d'une telle complexité.

Comme l'avait dit Alexander, atteindre McLeod était apparemment impossible. Sa maison à Morges était une véritable forteresse. Le jardin couvrait environ deux hectares et descendait en pente vers le lac. À première vue, il respectait l'esthétique discrète de la région.

Les murs étaient d'une hauteur normale et les dispositifs de sécurité restaient peu visibles. Pourtant, quand on observait le site à la jumelle, on distinguait nettement un système de filets électriques doublant les murs et un réseau de vidéosurveillance extrêmement élaboré. La berge du lac était arpentée en permanence par des maîtres-chiens. Un peu en arrière, une bande de terre nue était entourée de piquets fluorescents, indiquant la présence de capteurs et sans doute de mines.

Pour faire ces observations, Paul et Kerry avaient loué un voilier et tiré des bords à un demi-mille environ devant la maison. Cette simple présence avait suffi à déclencher une alerte, preuve que les gardes de McLeod surveillaient également le lac. Une vedette de la police suisse, sans doute informée par le service de sécurité privé de l'homme d'affaires, avait arraisonné le voilier. Le brigadier monté à bord se laissa convaincre sans peine qu'il avait affaire à de paisibles amoureux, mais il les pria d'aller s'ébattre plus au large.

Un passage en voiture dans la rue qui longeait la propriété avait suffi à les convaincre que toute planque traditionnelle était impossible. Deux véhicules de surveillance étaient en faction jour et nuit devant le portail.

Mais en étudiant la carte d'état-major, Paul et Kerry avaient repéré un château d'eau situé au nord-ouest de la maison de McLeod. Il pouvait constituer un point d'observation de son entrée. La nuit même, ils s'équipèrent pour y pénétrer. Ils revêtirent une tenue de camouflage, prirent quelques outils et un petit sac à dos chargé de boissons et de victuailles. Le château d'eau était un ouvrage ancien en forme de champignon.

Ils y entrèrent par une porte métallique dont la serrure était facile à crocheter. Un escalier étroit en colimaçon leur permit de gagner le toit. Des bruits de ruissellement résonnaient dans la paroi de béton creuse et leur donnaient le sentiment d'explorer une grotte verticale. Arrivés en haut, ils s'installèrent à plat ventre sur le toit plat en pavés de verre. Les jumelles à infrarouge leur permirent de constater qu'ils avaient une vue excellente de la propriété. Ils prenaient en enfilade la rue qui la desservait. Ils apercevaient le perron de la maison et observaient directement la façade ouest sur laquelle donnaient les cuisines et une entrée de service.

Ces observations faites, il restait encore toute la nuit à passer. Avec leurs collants noirs, leurs cagoules, ils avaient l'air de deux extraterrestres découvrant une nouvelle planète. Le quartier autour d'eux était absolument calme. Ils sentaient la présence immobile et inquiétante du lac, avec ses chapelets de lumières le long des golfes. Les glouglous du château d'eau résonnaient dans leurs ventres. Malgré tout ce qu'ils avaient eu le temps d'accomplir, ils n'étaient arrivés que du matin précédent. La fatigue du voyage, le décalage horaire, la tension de l'attente et du risque vidaient leurs consciences et rétractaient leur être vers les couches archaïques du cerveau, celles qui sont le siège des élans animaux tels que la peur, la faim et la soif. Sur leur terrasse tiède rafraîchie par la brise du lac, ils passèrent toute la nuit à somnoler et à manger les sandwiches qu'ils avaient emportés dans leur sac à dos.

Au petit matin, ils recommencèrent leurs observations. Rien ne bougeait dans la maison elle-même. Sa façade dépouillée, ses fenêtres aux rideaux tirés ne permettaient pas de deviner la disposition des pièces ni leur destination. Les seules allées et venues étaient celles des gardes. Ils étaient en civil et paraissaient nombreux, une bonne vingtaine au moins.

Une entrée pour les fournisseurs menait à une petite cour située sur le côté du bâtiment principal. Vers huit heures, une camionnette y pénétra. Deux femmes de cuisine vinrent aider à décharger des cagettes de légumes et de fruits, puis tout redevint calme.

Un peu avant dix heures, Kerry, qui était de faction aux jumelles, remarqua une certaine agitation autour de l'entrée principale. À dix heures pile, une Volvo gris anthracite déboucha dans la rue et, lentement, roula jusqu'au domicile de McLeod. Deux gardes, qui s'étaient placés en faction derrière le portail, l'ouvrirent au même instant. La voiture n'eut pas à ralentir pour entrer dans la cour. Elle s'arrêta devant le perron. Un homme raide en sortit. Il ôta les gants qu'il avait mis pour conduire et les jeta sur le siège de cuir. Ensuite, il ouvrit la portière arrière, sortit une trousse de médecin d'un modèle traditionnel, revu et stylisé par un maroquinier de grand luxe, puis gravit cérémonieusement les marches du perron.

— C'est lui, murmura Kerry.

Paul saisit à son tour les jumelles. D'où ils étaient, la plaque minéralogique était bien lisible. Paul la nota sur son portable et rédigea aussitôt un SMS pour Barney. Grâce aux connexions de Providence, ils reçurent la réponse tandis que le médecin était encore dans la maison.

À onze heures trente, quand il ressortit, l'homme n'était déjà plus anonyme pour eux. Un inconnu était arrivé quatre-vingt-dix minutes plus tôt, mais c'était le professeur Charles Jaegli, 37, quai du Rhône, troisième étage, qui ressortait et son curriculum s'affichait en pièce jointe sur l'écran de Paul. Il ne restait plus qu'à faire entrer en scène le docteur Paul Serrano.

Quand il se fit annoncer à la réception de l'hôtel Astrid, rue de Lausanne, Jaegli eut un instant d'hésitation. Un signal inconscient lui commandait de fuir. Mais il y avait longtemps qu'il n'obéissait plus à ce genre d'intuition et il s'en félicitait. La dernière fois qu'il y avait cédé, c'était trente ans auparavant : il avait déchiré le billet de train qui le conduisait à Paris et était parti vers Neuchâtel pour demander sa future femme en mariage. Il ne le regrettait pas. Mais, avec le recul du temps, il se disait qu'il aurait aussi bien pu l'épouser en rentrant.

Serrano le tira de ses pensées. Il bondit sur lui avec son franc sourire et l'entraîna vers les ascenseurs. L'hôtel Astrid est un énorme bâtiment moderne qui étale ses façades sans charme le long d'un parc. Au septième étage, la coursive est impressionnante, bordée par des portes de chambres toutes identiques devant lesquelles stationnaient parfois un plateau de petit déjeuner, un chariot de femme de chambre ou des chaussures.

Ils entrèrent au n° 739. La chambre disposait d'un sas qui ouvrait sur la salle de bain, les toilettes et un dressing. Serrano referma la porte du sas dès que Jaegli eut pénétré dans la chambre proprement dite. Une superbe jeune femme à l'épaisse chevelure bouclée accueillit le professeur avec une amabilité qui ne le trompa pas : elle était en pleine santé. Toute l'affaire était un piège et quand il se retourna, ce fut pour voir le prétendu docteur Serrano appuyer le dos contre la porte du sas et braquer vers lui un pistolet.

Jaegli avait déjà subi un cambriolage violent et une attaque à main armée, dix ans plus tôt, à son cabinet. Il savait comment se comporter dans ces cas-là : tout donner, ne faire aucun geste brusque, ne pas dévisager ses interlocuteurs. Cette fois, pourtant, il sentait que la situation était différente. On n'en voulait apparemment ni à sa bourse ni à sa personne. Alors, à quoi ?

— Pardonnez-nous cette méthode un peu brutale, professeur, dit Kerry. Mais nous n'avions pas le choix. Si vous voulez bien vous asseoir, nous allons tout vous expliquer.

Elle désigna un fauteuil crapaud recouvert de tissu jaune arlésienne. Jaegli s'y laissa tomber avec reconnaissance.

— Voilà, reprit Paul qui avait quitté les intonations un peu niaises du personnage Serrano, nous n'avons pas l'intention de vous faire du mal. Une seule chose nous intéresse : vous êtes le médecin personnel d'Allistair McLeod.

Le visage de Jaegli s'éclaira. Il regarda ses assaillants d'un air entendu et légèrement méprisant. C'était donc cela : un montage crapuleux pour s'en prendre à un milliardaire. Le cas était assez courant sur cette rive du Léman. En général, ces tentatives étaient vouées à l'échec. La Suisse est mieux organisée pour sa défense qu'on ne le croit. Et les tycoons conservent rarement chez eux plus qu'il ne leur faut pour payer leur coiffeur. Jaegli attendit donc sereinement la suite.

— Vous savez qui est McLeod ? demanda Kerry.

— Un patient, madame.

— Cette neutralité vous honore. Elle est bien dans le goût de votre pays. En ce qui nous concerne, nous n'avons pas cette délicatesse. Appelons les choses par leur nom : McLeod est une ordure.

Jaegli était assez désarçonné par cette entrée en matière. Les truands ordinaires sont comme les médecins ou les banquiers : le client, pour eux, est sacré. Ils se donneront du mal pour le voler, mais n'iront pas perdre leur temps à porter sur lui un jugement moral. Où voulaient-ils donc en venir ?

— Nous ne vous parlons pas de l'origine de sa fortune, reprit Paul. Peu nous importe comment il l'a acquise. Ce qui nous intéresse, c'est ce qu'il fait aujourd'hui et ce qu'il programme pour demain.

— Il me semble, hasarda le professeur auquel cette discussion redonnait un peu d'assurance, qu'il n'est pas en état de faire grand-chose de mal, le pauvre homme.

— Il l'est assez, en tout cas, pour organiser la mort de millions d'hommes.

Jaegli partit d'un éclat de rire, expression qui le portait en arrière, plus raide que jamais, et lui faisait émettre une série de sons aigus séparés d'un ton.

— Ha ! Ha ! McLeod ! Mais il ne quitte pas sa maison et à peine sa chambre…

— Il a noué suffisamment de fils pour qu'il lui suffise d'en tirer un seul, coupa Kerry, agacée par cette suffisance. Et tout explosera.

Le vieux professeur secouait la tête pour montrer combien il jugeait ces propos absurdes. Lui qui aimait les procédures bien réglées avait décidé d'en appliquer une autre, tirée de sa culture psychiatrique : ne pas contredire le patient, quelque délirants que fussent ses propos.

— Soit, madame ! Dites-moi donc simplement qui vous êtes et en quoi je puis vous être utile.

— Nous menons une enquête sur les agissements de McLeod.

— Pour le compte de la CIA, sans doute ? suggéra le praticien.

Les thèmes d'espionnage sont fréquents dans les délires paraphréniques. Jaegli ne fut pas autrement étonné d'entendre Kerry répondre très sérieusement :

— Pour une agence privée sous contrat avec la CIA.

Il ne doutait désormais plus du diagnostic : il s'agissait bien de fous. Il se demandait seulement s'il fallait y voir une bonne ou une mauvaise nouvelle pour lui.

— Et quel rôle me destinez-vous dans cette affaire ?

— Vous vous êtes rendu chez McLeod hier matin, n'est-ce pas ?

— En effet, pour ses soins.

— Quand devez-vous y retourner ?

— J'y vais trois fois par semaine, toujours à dix heures, comme vous devez le savoir si vous avez observé mes habitudes.

— Votre prochaine visite est donc demain ?

— Exactement.

Paul avait quitté son poste initial contre la porte du sas. Il était venu s'asseoir sur le bord du lit. Ses genoux touchaient presque ceux de Jaegli.

— Nous voulons tout savoir sur la maladie de McLeod, son traitement, les procédures que vous suivez, geste après geste. Nous voulons que vous le préveniez personnellement de votre absence et que vous vous portiez garant de celui qui va vous remplacer demain.

— Et qui, pourrais-je le savoir, me remplacera demain ?

— Moi, dit Paul.

Le professeur forma sur son visage une moue offensée de chameau dérangé pendant sa sieste. Il n'avait, à l'évidence, que mépris pour ces élucubrations. Toutefois, fidèle à la ligne de conduite qu'il s'était fixée, il décida de jouer le jeu et d'entrer dans la logique dévoyée de ses agresseurs.

— C'est impossible, rétorqua-t-il. Vous n'êtes pas médecin.

— Détrompez-vous, je le suis. Je tiens à votre disposition, pour que vous puissiez les faire passer à McLeod, mes diplômes ainsi que des certificats décrivant mes états de services.

— Oh, les papiers… On sait ce que ça vaut.

— Professeur, dit doucement Paul en posant la main sur le genou du vieil homme, je suis médecin, avec ou sans papiers. Parlez-moi comme vous le feriez à un confrère : vous verrez rapidement que ce que je vous dis est vrai.

— Et… si je refuse ?

— Je n'arrive pas à croire que vous feriez cela, dit Paul en secouant tristement la tête.

Kerry, au même instant, déplaça le long canon de son silencieux, le posa dans sa paume, et de l'autre main, avec un bruit lugubre d'os cassé, arma la détente.

La société de sécurité qui gardait McLeod avait bien fait son travail. Un appel à la clinique universitaire Nancy Reagan à Buffalo avait vérifié les références du docteur John Serrano. Le numéro figurant sur son CV aboutissait à Providence et le service de Tara avait parfaitement donné le change. Le portable de sa logeuse supposée à Genève était tenu par Kerry dans sa chambre d'hôtel. Compte tenu que McLeod nécessitait des soins le lendemain matin, ses gardes n'avaient pas pu pousser les vérifications plus loin. De toute façon, l'appel personnel du professeur Jaegli avait produit l'effet escompté. En annonçant qu'il prêterait sa propre voiture à son collaborateur pour se rendre chez McLeod, le vieux cancérologue avait donné un gage décisif de confiance.

Pourtant, à dix heures moins trois, quand Paul déboucha dans la rue qui bordait la propriété au volant de l'Audi grise de Jaegli, il fut accueilli par un dispositif tout à fait inhabituel.

Les gardes, cette fois, s'étaient postés à l'extérieur du mur d'enceinte et ils étaient ostensiblement armés de petites mitraillettes Uzi. Un barrage de chevaux de frise immobilisa la voiture. Derrière elle, un garde déroula une herse mobile qui interdit toute marche arrière. Paul sortit de la voiture et se prêta avec un air godiche à la fouille minutieuse du véhicule, de sa personne et de ses effets. Il avait revêtu une veste de tweed qui portait des pièces de cuir au coude. Ses poches étaient pleines de dépliants publicitaires concernant des médicaments. Des numéros de téléphone étaient griffonnés dessus. En vidant ses poches, ils avaient découvert tout un petit fatras professionnel : une lampe maglite, une règle à ECG, deux stylos, une seringue sans aiguille, une épingle à nourrice. « Pour tester le réflexe de Babinski… » expliqua-t-il aux gardes.

Passé ce premier barrage, Paul avait été admis à entrer, à pied, dans la maison. Le perron donnait sur un vestibule haut de plafond dans lequel débouchaient deux volées symétriques d'escalier. Un carrelage en marbre à cabochons noirs donnait au lieu un air d'apparat, quoiqu'on ne dût jamais y recevoir personne.

Paul portait avec lui la mallette de médicaments et d'instruments que lui avait confiée Jaegli. Elle avait déjà été fouillée dehors. Un détecteur à rayons x semblable à ceux des aéroports était installé dans le hall. Un garde y fit passer la mallette ainsi que le portefeuille de Paul, son téléphone portable et ses chaussures. Ce contrôle passé, il monta au premier étage par l'escalier de droite. Le palier était aussi dépouillé et triste que le hall. Un garde s'y tenait en faction sous un tableau de Klimt qui avait tout l'air d'être authentique. Paul attendit debout pendant un bon quart d'heure. Il se calma en repassant dans son esprit les différentes étapes du plan qu'ils avaient élaboré. Il se récita mentalement les dernières données du dossier McLeod, telles que Barney les leur avait adressées la veille pendant la nuit.

Enfin apparut un majordome indien qui lui fit signe de le suivre. L'homme était âgé, il avait l'air blasé et presque endormi. Son accent se mêlait d'intonations africaines. « Peut-être un Indien de Madagascar, pensa Paul. McLeod l'aura à son service depuis ses premiers exploits en Afrique du Sud. »

À la suite du majordome, Paul emprunta d'étroits corridors au sol tapissé de moquette verte. Ils arrivèrent à une petite antichambre où se tenait un autre garde.

Paul posa sa mallette sur une table et, répondant à l'invitation de l'Indien, sortit ce dont il aurait besoin pour le traitement du jour. Conformément aux indications de Jaegli, il sélectionna un flacon de sérum glucosé à 5 %, deux ampoules de NaCL et de KCL pour équilibrer la solution, une tubulure en plastique pour perfusion, deux ampoules d'antimitotiques, une seringue, un tensiomètre, un stéthoscope, une paire de gants en latex. Enfin, malgré la réticence du majordome, il insista pour ajouter une ampoule de Tranxène.

— Le changement de médecin peut inquiéter le patient, expliqua-t-il. Il faut pouvoir faire face à une crise d'angoisse pendant la perfusion.

L'Indien décrocha un téléphone mural et parla à un correspondant inconnu en couvrant le combiné avec sa main. Quand il raccrocha, il dit à Paul que c'était d'accord pour le Tranxène.

Tous ces produits avaient été déposés sur un plateau émaillé blanc. Le majordome le saisit à deux mains, l'air digne et légèrement absent, et le porta comme s'il se fût agi d'un service à thé. Le garde ouvrit une porte à deux battants. Le majordome passa en premier et Paul le suivit.

Dans la pièce vaste et claire où ils avaient pénétré, un homme se tenait assis dans un fauteuil à bascule en bois verni et leur présentait le dos. Il se retourna lentement. Paul tressaillit car il eut du mal à le reconnaître. Pourtant, il n'y avait aucun doute. C'était bien McLeod.

4

Morges. Suisse.

L'adolescent svelte et blond, l'élève rêveur de Fritsch, était d'abord devenu un homme mûr plein d'assurance. Sur les magazines, il s'affichait volontiers avec des actrices, des politiques, des banquiers. Il avait le teint hâlé, une calvitie combattue par des implants hors de prix, une denture de carnassier, détartrée tous les mois aux ultrasons. Paul avait vu beaucoup de clichés de McLeod dans sa période de gloire. Mais il ne disposait d'aucune photo récente. Tout portait à croire que le milliardaire malade et reclus ne ressemblait guère à ce qu'il avait été dans le passé.

Aussi Paul s'était-il efforcé, en étudiant les images que lui avait adressées l'équipe d'Alexander, de dégager la quintessence du personnage McLeod : une forme de mâchoire un peu carrée ; une courbe du nez qui ne dépendait ni de la mimique ni de l'éclairage ; un éclat inquiétant dans le regard ; une manière de tenir la tête un peu penchée, en sorte que le limbe inférieur de l'iris sorte de la paupière, comme un disque solaire qui affleure la terre au début du crépuscule.

Tout cela demeurait incontestablement présent chez le vieillard que Paul découvrait sur son rocking-chair. Mais le reste était méconnaissable. Ses cheveux étaient tombés, à l'exception d'une demi-couronne grise et cassante qui enserrait son crâne à l'endroit où les empereurs romains se ceignaient de lauriers. Il avait grossi, d'un embonpoint maladif où se reconnaissaient les effets de la cortisone : cou de buffle, adiposité du tronc tandis que les membres étaient au contraire amaigris. Curieusement, le gonflement de son visage lui redonnait un aspect lisse, lunaire qui n'était pas sans rappeler l'expression du jeune idéaliste photographié pendant le séminaire 67.

Le majordome posa sur une desserte le plateau émaillé où étaient disposés les instruments nécessaires au traitement du jour. Comme Jaegli l'avait décrit, McLeod lui fit signe de sortir. Il recevait toujours son médecin seul. C'était un des points clefs de l'opération et Paul en fut soulagé.

— Bonjour, docteur, asseyez-vous, je vous prie.

Une chaise était disposée en face du fauteuil à bascule et à proximité de la desserte.

— Ainsi, vous êtes un élève du professeur Jaegli ? C'est un grand privilège, je suppose.

McLeod parlait d'une voix un peu cassée, très douce. Il n'y avait pas trace d'autorité dans sa diction. Paul se demanda s'il en avait toujours été ainsi ou si c'était un effet de la maladie.

— La renommée du professeur Jaegli est mondiale, en effet, confirma-t-il, en s'éclaircissant la gorge. Même aux États-Unis, nous n'avons pas de praticiens d'une telle expérience.

— Il vous a tenu informé de mon mal, n'est-ce pas ? Vous avez consulté mon dossier ?

Paul savait que McLeod souffrait depuis quatre ans d'une maladie de Kalher, encore appelée myélome multiple, avec d'importantes localisations vertébrales. Le traitement chimiothérapique, après quelques tâtonnements, avait fini par en stabiliser l'évolution. Le pronostic de ces formes est assez incertain. À moins de complications subites et avec les contraintes d'une surveillance régulière, il pouvait encore compter sur plusieurs années de vie.

Ils parlèrent un peu de la maladie et Paul s'efforça de ne montrer aucune impatience, malgré le sang qui lui battait douloureusement les tempes. Il était surpris par le tour presque amical que prenait la conversation. Cette circonstance, au lieu de le rassurer, provoquait en lui de nouvelles inquiétudes. Comment allait-il pouvoir provoquer le brusque changement de registre qu'ils avaient planifié ? Au bout d'un moment, il se calma. Après tout, il fallait qu'il s'accommode de la situation. Il était même plutôt agréable que tout se déroule ainsi, dans l'ambiance calme d'une partie d'échecs.

Paul commença à préparer le matériel de perfusion, tout en continuant de répondre à des questions sur la recherche scientifique américaine. McLeod montrait une foi inébranlable dans le progrès. Selon lui, il n'y avait aucun problème technique que la science ne fût en mesure de résoudre, à plus ou moins long terme.

Avec des gestes précis, Paul piqua la veine radiale et fixa la tubulure à l'avant-bras à l'aide de sparadrap. Un pied à sérum restait à demeure dans la pièce. Il l'approcha du fauteuil et y suspendit le flacon de perfusion. McLeod observait chacun de ses gestes. Le moment délicat était arrivé. Paul, calmement, joua un coup de diversion.

— Le plus effrayant dans les progrès de la science, dit-il, c'est de penser qu'un jour ils pourraient être appliqués à toute l'humanité. Vous imaginez six milliards d'hommes vivant jusqu'à cent ans ?

McLeod mordit à l'hameçon.

— Votre remarque est très pertinente, docteur. Je ne sais si vous en mesurez toutes les conséquences.

— Sans doute pas, concéda Paul.

Il avait saisi la seringue et la remplissait à l'un des flacons, en s'efforçant de fixer le plus possible le regard de McLeod.

— Ce que vous venez de dire sur les limites de la science marque tout simplement une petite révolution dans l'histoire de l'espèce humaine.

Paul acquiesça et, en même temps, fit disparaître dans sa paume le flacon d'antimitotique dont il était supposé avoir transféré le contenu dans la seringue.

— Oui, s'animait McLeod, cela veut dire simplement que le progrès, désormais, ne peut plus s'appliquer à tous. Il y a une partie de l'humanité qui ne devra pas monter dans la barque sinon elle risque de la faire chavirer.

— C'est effrayant, dit Paul. Cela veut dire que des milliards d'hommes sont condamnés à la souffrance et à la misère.

Il avait approché la seringue du petit raccord en caoutchouc situé sur la tubulure et qui permet d'effectuer des injections. En terminant sa phrase, il piqua le raccord. McLeod parut tout à coup se rendre compte de quelque chose. Il fixa la tubulure, la seringue, puis ses yeux remontèrent jusqu'à ceux de Paul. L'ambiance était toujours calme, feutrée et la tension s'exprimait par d'imperceptibles signes dans les regards.

— Ce n'est pas… ? fit McLeod.

— Non, en effet.

Paul ouvrit la main gauche : dans sa paume roulait le flacon d'antimitotique. Il était plein. Les yeux du milliardaire revinrent à la seringue, il haussa les sourcils en signe d'interrogation.

— Du potassium, dit Paul. Si je l'injecte dans la

tubulure, votre cœur se mettra immédiatement en fibrillation et vous mourrez.

McLeod ne disait rien. Ses yeux allaient de la seringue à Paul. Il restait très calme.

— Vous êtes vraiment médecin ?

— Oui.

— Et vous n'avez pas honte d'utiliser de telles méthodes ? Vous abusez de la faiblesse d'un patient. C'est contraire au serment d'Hippocrate, il me semble ?

— Vous avez parfaitement raison. Mais il est des cas où il faut savoir transgresser les règles. Quand la vie d'un grand nombre de gens peut être sauvée, par exemple. Vous ne nous avez pas laissé le choix.

Ils parlaient l'un et l'autre à voix basse, comme s'ils continuaient de s'affronter autour d'un jeu dont chaque coup méritait d'être pesé.

— Je n'ai pas l'intention de vous tuer, reprit Paul, sauf si vous m'y contraignez. Je veux seulement que nous puissions parler tranquillement pendant la durée de votre perfusion.

Le goutte-à-goutte était réglé, selon les instructions de Jaegli, pour durer environ une heure.

— Considérez que cette seringue est simplement un revolver braqué sur vous.

McLeod était resté légèrement penché en avant dans son fauteuil. Tout à coup, il se détendit, s'appuya sur le dossier et pencha la tête en arrière.

— Je vous écoute, prononça-t-il.

— L'agence pour laquelle je travaille enquête sur vous depuis quelque temps. Nous avons acquis la certitude que vous êtes au cœur d'un vaste programme d'extermination d'une partie de l'humanité.

McLeod eut un grand sourire, voulut dire quelque chose mais se contint, attendant la suite.

— Nous pensons que l'ordre de déclenchement de ce cataclysme, directement ou indirectement, viendra de vous. Nous attendons que vous nous en livriez les détails. Nous voulons que vous nous disiez où et quand l'opération doit commencer.

— Ce que vous avancez est très grave, murmura McLeod sans cesser de sourire. J'espère que vous disposez d'assez de preuves pour étayer vos accusations.

— Peut-être pas devant le FBI, surtout compte tenu des relations dont vous disposez.

McLeod ferma lentement les paupières avec un air navré de vieux sage chinois.

— C'est très dommage.

— Toutefois, je crois que nous en savons largement assez pour convaincre la baronne de Castelfranco.

C'était le levier qu'Alexander et Barney avaient recommandé d'utiliser pour conduire McLeod à parler. Mais cette option reposait sur une hypothèse fragile : que la fille de McLeod ignore tout des projets de son père et qu'il tienne absolument à ce qu'elle reste à l'écart de l'affaire. Paul était réticent à utiliser ce moyen. De manière générale, il n'aimait pas proférer de menace, surtout s'il s'agissait d'un chantage affectif. Barney, en qui il avait confiance, l'avait finalement convaincu qu'il n'y avait pas d'autre solution. Or, en énonçant sa phrase, Paul eut l'impression, non seulement qu'elle était ignoble, mais qu'en plus elle tombait à plat.

McLeod resta longtemps silencieux. Il embrassa la pièce du regard et particulièrement un grand tableau qui le représentait à l'époque de sa gloire industrielle, debout, négligemment accoudé à un buste de Socrate, une pochette de soie bleue dépassant de son costume en tweed.

— Votre venue, déclara-t-il enfin, est assez inattendue. Quoique, dans ce genre d'affaires tout soit possible jusqu'au dernier moment... Je comprends que vous ayez pris vos précautions. (Il désigna la seringue d'un mouvement de menton.) Mais vos menaces sont inutiles. Comme vous l'avez dit vous-même, vous ne disposez pas de preuves suffisantes pour m'accuser devant une justice digne de ce nom et je sais que vos rapports avec les agences fédérales américaines sont assez... disons... précaires. Quant à ma fille, je n'ai pas à craindre son jugement. Elle connaît mes opinions et, je crois pouvoir le dire, elle les partage.

Paul avait retourné ces questions dans sa tête une partie de la nuit. Il savait qu'en cas de refus ferme de McLeod il ne disposait pas de beaucoup de moyens pour le convaincre de parler. Il en était arrivé à la conclusion que s'il se refusait à collaborer, la seule utilité de son intrusion chez le milliardaire pourrait être de le mettre hors d'état de déclencher l'opération. Mais cela supposait le meurtre de sang-froid d'un homme sur lequel ne pesaient que des soupçons, et Paul savait qu'il ne s'y résoudrait pas.

McLeod dut lire en partie dans ses pensées, car il prit les devants sur la question du déclenchement de l'opération confiée à Harrow.

— Vous avez fait du bon travail pour arriver jusqu'à moi, dit-il en hochant la tête. Malheureusement, vous arrivez trop tard. L'opération est lancée. Ses phases s'enchaîneront maintenant sans que j'aie à intervenir. Que je sois mort ou vivant, ce qui doit arriver arrivera.

Il n'y avait plus rien à espérer. Paul se sentait aussi déplacé à tenir sa seringue en main que s'il avait braqué une banque déserte, fermée pour travaux. Mais, paradoxalement, cette invulnérabilité, cette sérénité face au plan qu'il avait conçu, fut sans doute ce qui décida McLeod à parler.

— Les choses dépendraient encore de moi, je ne pourrais rien vous dire. Mais au stade où nous en sommes, je suis finalement assez heureux de pouvoir me confier à quelqu'un. La solitude me pèse, depuis deux ans. Comprenez-moi bien. Ce n'est pas le monde qui me manque. Il n'y a plus grand-chose qui m'intéresse. Non, ce dont je souffre, c'est de ne pas pouvoir parler du grand projet qui est aujourd'hui toute ma vie. Je peux d'autant mieux me confier à vous que vous avez déjà presque tout reconstitué par vous-même. Personne n'appréciera plus que vous de connaître l'histoire dans son ensemble, n'est-ce pas ?

Paul se demanda un instant pourquoi McLeod se montrait aussi sûr qu'il ne pourrait faire aucun usage des informations qu'il prétendait lui livrer. Il se demanda si le vieillard n'allait pas simplement gagner du temps en inventant une histoire de toutes pièces. Pourtant, sans bien savoir pourquoi, Paul avait la conviction que les propos de McLeod sonnaient juste. De toute façon, sans se l'avouer, il était fasciné par la force de ce personnage moribond, menacé, mais qui trouvait encore la ressource de se battre pour un projet plus grand que lui.

— Vous avez bien joué, chez Fritsch, dit McLeod d'une voix sourde. L'homme que nous avions placé là pour prendre soin de notre vieux maître n'a vraiment rien pu faire.

Ils étaient toujours face à face, mais McLeod avait maintenant appuyé son cou loin en arrière, sur la têtière du fauteuil. Il regardait dans le vague. Paul comprit qu'il allait commencer son récit au séminaire 67 et qu'il ne devrait pas l'interrompre.

« Quand je suis arrivé au séminaire de Fritsch, j'étais pauvre, vous savez. Très pauvre. Certains matins, je mettais la main dans ma poche et, en touchant la petite monnaie qui traînait au fond, je calculais si je pouvais m'acheter la moitié d'un pain ou seulement un quart. Fritsch ne me faisait pas payer, mais il ne me nourrissait pas. Le soir, je rentrais en auto-stop jusqu'à une petite ville distante de vingt kilomètres et je travaillais tard dans la nuit. Des petits boulots dans des restaurants, des bars, comme veilleur de nuit, j'ai tout fait. Quand j'arrivais chez Fritsch le matin, j'avais l'impression d'être dans un autre monde : celui de gens bien nourris et insouciants qui peuvent réserver leur énergie pour des idées.

Je vous surprendrai sans doute en vous disant que, sur le moment je n'ai rien compris à ce dont il était question pendant ce séminaire. Bien sûr, je sentais qu'il se passait quelque chose d'important. Fritsch était encore jeune, incroyablement intelligent et cultivé. Les autres réagissaient à ses idées, le poussaient dans ses retranchements, débattaient entre eux. De tout cela, sur le moment, je n'ai pourtant retenu qu'une seule chose : la haine de la pauvreté. C'était un malentendu, bien sûr. Les autres étudiants parlaient de la pauvreté à l'échelle de la planète, des grands équilibres de la population, de la Nature. Je n'étais préoccupé que de ma propre misère. La pauvreté était pour eux un sujet abstrait. Pour moi, elle était ma condition même.

Quand je suis sorti de ce séminaire, j'avais gagné le diplôme que j'étais venu chercher, mais j'étais surtout délivré du mirage des études. Je n'avais plus qu'un but : sortir de la pauvreté et m'en éloigner le plus possible.

Je suis parti pour l'Afrique du Sud parce qu'on y demandait des immigrants blancs et que c'était gratuit. On m'a affecté dans la région du Transvaal chez un brave Grec qui faisait le commerce des engrais. Il y avait une demande énorme pour les produits agricoles à cette époque. J'ai tout de suite vu ce qu'on pouvait faire avec une entreprise comme celle-là. Mais le vieux Costa s'en moquait. Il n'avait aucune ambition et passait ses journées à boire de l'ouzo. C'est moi qui ai rapidement pris les commandes de la maison. Après, il y a eu cet incident pénible... Il fallait bien en passer par là. Je vois ce que vous pensez. Eh bien, non, je ne l'ai pas tué. Mais il est certain que je n'ai rien fait non plus pour le sauver. Les médecins lui avaient interdit la boisson. En lui en apportant chaque jour, je contribuais à son bonheur et à sa perte. Ai-je réalisé sa volonté ou la mienne ? Les deux, sans doute. En tout cas, je lui ai fait signer un acte de donation et il est mort. Ce sont des souvenirs lointains et je préfère les oublier.

Ensuite, tout est allé vite et bien. J'avais ce qui m'avait toujours manqué : un marchepied, un tremplin pour m'élever plus haut. Cela me suffisait. Pour connaître les étapes de mon succès commercial, il suffit de lire ma biographie, ce que vous avez sans doute déjà fait. Cela n'a pas d'intérêt.

Seulement, voilà : on n'est pas fils de pasteur pour rien. Plus haut on monte, plus on se rapproche de Celui qui gouverne toutes choses. Plus on sent Son regard sur vous, plus on redoute Son jugement. Je n'étais plus pauvre. J'étais même définitivement à l'abri de tout besoin. J'avais des maisons, des forêts, des voitures, un yacht. J'étais devenu citoyen américain et je me suis demandé comment servir mon pays. Évidemment, j'étais un ardent défenseur de la libre entreprise, je croyais dans le capitalisme. L'Amérique en était pour moi le temple et le moteur. Alors, je me suis retrouvé dans les cercles politiques républicains. J'ai financé des campagnes électorales, j'ai participé à des think-tanks. C'était la période du renouveau conservateur avec des gens passionnants comme Norman Podhoretz, Richard Perle, Alan Bloom. Avec eux, je me suis mis à réfléchir sans tabou à tout ce qui menace le progrès et la liberté.

Le thème qui m'intéressait le plus était celui de l'environnement. C'est curieux mais là encore j'y vois l'influence de mon pasteur de père. Il y a dans la Bible une immense nostalgie pour un temps révolu où l'homme et la nature étaient en harmonie. Le paradis perdu est un des plus puissants moteurs du christianisme. Les croyants cherchent à le rejoindre dans l'au-delà, par le salut individuel. Mais pour ceux qui, comme moi, ont perdu la foi, le paradis terrestre reste un idéal collectif et concret, le moyen de restaurer l'harmonie perdue.

Je me suis souvenu d'une phrase que mon père citait souvent. Je la sais par cœur depuis mon enfance. Le début n'a pas d'importance, mais je vous la cite quand même tout entière, pour le plaisir :

« L'homme humble va vers les fauves meurtriers.
Dès qu'ils le voient, leur sauvagerie s'apaise.
Car ils sentent, venu de lui, ce parfum qu'exhalait Adam avant la chute,
lorsqu'ils allèrent vers lui et qu'il leur donna des noms au Paradis. »

Voilà, c'était exactement ça : comment redonner à Adam, comme le dit cet ascète oriental, « ce parfum qu'il dégageait avant sa chute » et qui attirait à lui paisiblement toutes les bêtes, même les plus féroces ? Comment réconcilier l'homme et la nature ?

Quand j'ai proposé de m'occuper des questions écologiques, les gens de la revue *Commentary* et tout le groupe des néoconservateurs ont sauté de joie. C'était dans les années quatre-vingt-dix, un peu avant le protocole de Kyoto. Les États-Unis faisaient figure d'accusé et mes amis étaient convaincus – moi aussi d'ailleurs – que les pays du tiers-monde exerçaient sur nous un chantage odieux grâce aux questions d'environnement.

Ces États en banqueroute sont les principaux responsables de la ruine de la planète. Ils ne font rien contre une prolifération démographique incontrôlée qui transforme leurs mégapoles en monstres et leurs campagnes en déserts. Ils détruisent leurs forêts, souillent leurs rivières et leurs côtes. Pourtant c'est à nous, pays efficaces et travailleurs, que l'on demande de réduire nos activités industrielles. Par un effort de recherche sans précédent dans l'histoire humaine, nous avons inventé des solutions à tous les problèmes, y compris ceux que nous avons créés. Nous n'avons pas cessé de réduire la pollution générée par nos voitures et nos usines. Nous avons mis au point des produits de substitution pour tous les matériaux naturels. Nous avons découvert des remèdes à toutes les grandes épidémies. Nous avons inventé le moteur, qui a permis de délivrer le monde de l'esclavage. Nous avons construit des armes si perfectionnées qu'elles ont fait disparaître la guerre pendant plus d'un demi-siècle. Nous avons créé l'État providence et réduit l'écart des conditions comme jamais il ne l'avait été dans le passé. Pourtant, c'est toujours nous qui sommes au banc des accusés. Et pendant ce temps-là, qui tire les marrons du feu ? La Chine, l'Inde, le Brésil, des pays qui se développent à grands coups de technologies sales, qui maintiennent chez eux des inégalités monstrueuses, qui vivent sur le travail des enfants et l'esclavage de fait des deux tiers de leurs populations. Des pays qui maintenant veulent faire entrer des milliards d'hommes dans les habitudes de la consommation et menacent de faire tout exploser…

C'est drôle, mais j'ai le souvenir précis du jour où, pour moi, tout a vraiment basculé. C'était en octobre, au moment de l'été indien en Nouvelle-Angleterre. Je participais à une réunion avec des économistes de ces groupes qu'on appelle maintenant les néo-cons. Je venais d'entendre un exposé brillant, quoique passablement ennuyeux, sur le thème : « Faut-il encourager le développement du tiers-monde ? ». C'est une question délicate, pour des partisans du capitalisme. Répondre non serait reconnaître l'échec de la mondialisation à laquelle nous croyons. En même temps, on voit bien qu'il est techniquement impossible d'assurer à six milliards de gens le même niveau de vie que le nôtre. Et il est inacceptable pour nous de mettre des entraves au progrès dans nos pays au motif que ces acquis ne pourraient pas être généralisés au monde entier.

L'orateur éludait un peu la question et se contentait d'énoncer une liste d'avantages et d'inconvénients dans différentes options.

C'est à ce moment-là que je suis intervenu. Je n'avais pas préparé ma question : elle est sortie comme ça. J'ai dit : « Ne croyez-vous pas que le problème central est celui de la démographie ? Les pays pauvres ne pourront accéder au développement qu'après avoir massivement réduit leur population. »

Inutile de vous dire que l'ambiance s'est refroidie. Les économistes n'aiment pas trop qu'on leur rappelle la dimension humaine de leurs choix. Comme c'était moi qui avais payé toute la session, on ne m'a fait aucun reproche. Mais j'ai bien senti qu'il valait mieux ne pas trop poursuivre sur ce sujet. D'autant qu'il y avait là-dedans pas mal de chrétiens intégristes. Ils avaient compris ma question comme un encouragement à l'avortement et à la contraception.

Je n'ai plus rien dit. J'ai regardé par la fenêtre les arbres rouges et jaunes dans le parc. J'ai pensé à l'Autriche, à Fritsch et tout m'est revenu. Inconsciemment, les débats du séminaire 67 étaient restés gravés dans ma mémoire. Sur le moment, je n'avais rien compris. Trente ans après, je m'apercevais qu'ils m'avaient marqué en profondeur. La question que j'avais posée ce jour-là venait sans aucun doute de ces influences oubliées.

Une fois rentré chez moi, j'ai fouillé partout pour retrouver un vieux classeur où j'avais rangé les notes de l'époque. J'ai beau être assez ordonné, il m'a fallu presque toute la nuit pour remettre la main dessus. Vous pouvez m'imaginer : à quatre pattes dans une salle d'archives, penché sur une vieille photo de classe, celle que vous avez volée chez Fritsch. Toute la journée suivante, j'ai cherché des noms, des adresses. Celui dont j'étais le plus proche pendant le séminaire, c'était Rogulski. Normal : nous étions fauchés tous les deux. Ensuite, je l'ai complètement perdu de vue car ma carrière n'avait pas vraiment fait de moi un spécialiste des pays de l'Est... Mais nous étions en 99. Le mur de Berlin était tombé. J'ai mis un collaborateur sur la piste. Il n'a pas été très difficile de retrouver ce vieux Rog. Je l'ai fait venir à New York où j'habitais à l'époque. Le pauvre était pratiquement clochardisé. Il avait passé plusieurs années en URSS et, à son retour chez lui, on l'avait nommé dans un labo de deuxième zone près de Gdansk. Sa seule perspective, c'était une retraite minable trois ans plus tard. Je lui ai proposé de rester en Amérique. Il a refusé. Figurez-vous que cet imbécile aime la Pologne ! Il ne veut pas vivre ailleurs. Alors, je me suis arrangé pour faire un don anonyme à une fondation sur la génétique dont je suis administrateur. Et nous avons créé un centre de recherche ultra-moderne à Wroclaw dont il est devenu directeur. Vous ne saviez pas ça, n'est-ce pas ?

Pendant son séjour à New York, Rogulski m'a aidé à retrouver les autres étudiants du séminaire 67. C'est là que nous avons appris que certains d'entre eux avaient continué de se voir et même de tenir de petites réunions d'anciens. Plusieurs cependant étaient morts pendant les années précédentes. Avec la photo, vous avez certainement pu reconstituer la liste et je vous en épargnerai le détail. Vous savez que beaucoup sont devenus des gens importants dans leurs pays. Aucun, pourtant, je peux vous l'assurer, n'a oublié sa passion de jeunesse ni renié cette année passée chez Fritsch. Certains avaient d'ailleurs essayé de mettre en pratique ces idées à la place qu'ils occupaient et avec les moyens dont ils disposaient.

Nous avons tenu une réunion ensemble près d'Oulan-Bator, en Mongolie. Chacun avait fait valoir ses propres raisons pour venir. Certains voyageaient en touristes, d'autres en hommes d'affaires ou en voisins, comme les Chinois. Nous avions débattu pour savoir si nous inviterions Fritsch lui-même. Mais nous sommes parvenus à la conclusion que nous n'avions pas envie de nous trouver en face du personnage consacré qu'il est devenu. Nous voulions garder intact le souvenir du jeune prof audacieux et novateur de jadis.

Quand les participants ont fini d'arriver à Oulan-Bator, j'ai atterri avec un avion privé et j'ai embarqué tout le monde vers un endroit plus discret. Nous avons tenu un séminaire à notre manière, sous une yourte, à Bayan-Olgi, dans le nord-ouest du pays. C'était assez drôle de revoir tous ces visages ridés assis en rond sur des tapis turkmènes. Il fallait pas mal d'imagination pour retrouver en eux les jeunes loups de 67. Mais dès que nous avons commencé à parler, nous nous sommes tout de suite reconnus.

Je ne saurais plus dire exactement qui a pris l'initiative. En tout cas, c'est à ce moment-là qu'est né le projet. Quelqu'un – ce n'est pas moi – a dit : « Et si nous mettions en pratique nos idées de jeunesse ? » Un autre a surenchéri – le Chinois, je crois : « À quoi donc auraient servi nos vies, la réussite exceptionnelle de plusieurs d'entre nous, si ce n'était pas pour donner corps à ce que nous avons rêvé en entrant dans le monde ? »

Vous n'imaginez pas quelle force peut avoir pour des vieillards le désir de renouer avec les idéaux de leur jeune temps. Voilà que l'occasion nous en était concrètement donnée… L'idée de réaliser ensemble ce que chacun avait tenté de mettre en pratique isolément nous a enthousiasmés. Nous avons discuté des moyens d'y parvenir et nous nous sommes rendu compte que, pour vaste qu'il fût, ce projet était à notre portée.

Il y avait tout de même une difficulté à résoudre. Nous ne sommes plus à l'époque de Fritsch. Aujourd'hui, nous avons tous quelque chose à perdre. Il était donc essentiel que notre initiative reste absolument secrète. Il ne fallait à aucun prix que l'un d'entre nous puisse être mis en cause.

À l'unanimité, j'ai été chargé de définir le projet dans le détail et cette confiance m'a touché. Nous nous sommes mis d'accord sur des canaux discrets pour communiquer. La rencontre s'est achevée par des embrassades.

C'est à peu près à ce moment-là que je suis tombé malade et j'y ai vu un signe du destin. J'ai abandonné toutes mes affaires et je me suis réfugié ici, pour travailler à temps plein à notre projet.

Avec Rogulski, nous nous sommes mis au travail. Nous avions l'intuition que, si nous voulions rester dans l'ombre, il nous fallait disposer de relais. Nous cherchions des gens ouvertement fanatiques et violents auxquels nous pourrions fournir des moyens, mais qui agiraient à notre place. Autant vous dire que nous n'avons pas trouvé facilement. Nous avons commencé à lire sur Internet la prose des mouvements extrémistes et cela nous a totalement désespérés.

Évidemment, nous nous sommes tournés d'abord vers les écologistes radicaux. Mais il nous est rapidement apparu qu'il était impossible de faire alliance avec eux. Dès qu'un progrès apparaît, ils s'y opposent. Ils sont contre le nucléaire, contre les OGM, contre les nanotechnologies. Il est impossible pour nous de rien partager avec des gens pareils. Ils se trompent radicalement de combat. Ils ont pris pour cible la société industrielle, le nucléaire, le pétrole, la recherche pharmaceutique. Mais aucun ne semble se préoccuper de la catastrophe démographique dans le tiers-monde autrement qu'en termes vagues et qui aboutissent tous à une condamnation rituelle de l'Occident.

Ensuite, nous avons regardé du côté des groupes activistes de toute nature, extrême gauche, anarchistes, régionalistes, tiers-mondistes. Nous étions ouverts à tout, pourvu que nous découvrions des gens prêts à une action radicale telle que nous la concevions. Malheureusement, nous n'avions pas mesuré à quel point ces groupes diffèrent de nous sur un point essentiel : ils sont tous dirigés contre les élites et non contre les masses. Ils se trompent d'objectif. Ils combattent la solution et non pas le problème. En somme, tout le monde continue à faire la même erreur que dans les années soixante, quand Fritsch a perdu la bataille de l'écologie officielle. Nous commencions à nous décourager.

Et puis un jour, miracle ! Nous sommes tombés sur les productions d'un groupe dissident de One Earth, un forum très marginal, presque confidentiel. Ses animateurs se faisaient appeler les Nouveaux Prédateurs.

Leur préoccupation, clairement, était l'effet destructeur des masses pauvres, la mise en cause de la prolifération humaine, la prise en compte de la réalité démographique. On trouvait dans leurs déclarations comme un écho du séminaire 67. D'après les renseignements que nous avons obtenus, ils n'avaient pourtant aucun lien avec Fritsch ni avec un quelconque de ses disciples.

J'ai pris contact avec le type qui signait les articles sur le Net. J'ai utilisé un pseudonyme et je lui ai servi une histoire de fondation de recherche qui n'a probablement pas fait illusion. En tout cas, il a accepté de me voir discrètement. Nous nous sommes rencontrés sur le lac Érié. Ce fut mon dernier voyage avant de m'enfermer ici. À l'époque, j'avais un voilier qui stationnait dans une marina près de Chicago. Il était assez grand, mais sa conception ultra-moderne me permettait de le barrer seul. Je suis parti au moteur vers le nord, puis j'ai longé la côte au foc, pour ne pas aller trop vite. On était au printemps et dans ces coins-là, il y a toujours des bans de brume qui traînent. Heureusement, à l'endroit convenu, j'ai aperçu une barque à moteur avec un grand type dedans. Je lui ai jeté une élingue et il est monté à mon bord. C'était Ted Harrow. Je ne vous le présente pas.

Je lui ai demandé de m'expliquer son projet. Il m'a répété ce qu'il écrivait sur son blog. Mais en l'entendant parler, j'ai compris d'où venaient ses idées. Il était parvenu aux mêmes conclusions que nous par une voie totalement différente : celle de la mystique indienne. Ou plutôt, celles d'une néo-culture indienne revue et corrigée dans l'Amérique d'aujourd'hui par des groupes désireux de retrouver leurs racines perdues. Le type se prétendait indien, mais il avait des yeux bleus qui devaient lui venir d'Écosse. Ses idées ne dépassaient pas le stade de l'intuition. Il les formulait à la manière des prophètes ou des poètes, avec des fulgurances, des visions. Mais je n'avais pas l'impression qu'il avait un plan d'action.

Il y avait une évidente disproportion entre l'ampleur de ses vues et le caractère très limité de ses ambitions pratiques. La seule chose un peu concrète était cette histoire de choléra. Quand j'ai voulu la préciser, je me suis rendu compte que Harrow était assez faible là-dessus aussi. Selon lui, le choléra était un prédateur des pauvres et en tant que tel, il avait un effet bénéfique. Mais il n'en savait pas beaucoup plus. Il n'avait pas étudié la possibilité d'utiliser concrètement ce microbe. C'était simplement pour lui une des métaphores par lesquelles il pensait surtout infléchir la ligne de One Earth.

Alors, j'ai senti qu'une alliance était possible. Nous avons passé un accord, là, au milieu du lac, assis dans le carré de mon vieux *Pinguin Wing.* D'abord, je m'engageais à apporter à Harrow toute l'aide financière dont il avait besoin. Je lui ai dit de se trouver des bureaux, de faire les voyages nécessaires pour les repérages de l'opération. Je l'ai encouragé à structurer une véritable équipe. Il m'a assuré que si One Earth ne le suivait pas, il pouvait disposer d'un groupe d'une quinzaine de fidèles. Nous avons fait un rapide calcul pour savoir combien il lui faudrait pour rétribuer tous ces gens-là.

Ensuite, je lui ai dit que je pouvais donner à son action une dimension réellement planétaire grâce à un réseau d'amis bien placés dont je disposais et qui partageaient nos vues. Je me suis bien gardé, évidemment, de lui révéler l'identité du groupe Fritsch. Grâce à ce réseau, j'ai proposé à Harrow de mieux étayer son propos. Les intuitions indiennes étaient fécondes, certes, mais il était indispensable de leur donner une base scientifique et philosophique qui les rendrait plus crédibles. Enfin, je me suis engagé à faire étudier la question du choléra, de façon à voir s'il était vraiment possible d'utiliser cet agent infectieux.

Sur ce point, j'en savais déjà plus que je n'en disais, grâce à Rogulski. Il ne m'avait pas caché que le choléra n'est pas tel quel une bonne arme bactériologique. Mais il avait travaillé dessus en Russie et il était convaincu qu'on pouvait l'améliorer. Il suffisait selon lui de le modifier de deux manières : d'une part créer un vibrion pathogène immunologiquement différent des souches habituelles, pour que personne ne soit protégé dans les zones d'endémie ; d'autre part accroître la résistance du microbe pour que la contagion soit plus facile. C'est un choléra de ce type qu'il a créé dans son labo et qui a été dérobé dans les conditions que vous savez. Une fois réhydratée et chauffée, la souche nouvelle sera à la fois extrêmement contagieuse et très virulente, et personne à ce jour n'aura développé d'immunité contre elle. Pour le reste, c'est un choléra ordinaire qui conserve la caractéristique fondamentale de ce microbe : être une maladie de pauvres, liée à l'absence d'hygiène et à la promiscuité.

Il suffit de faire débuter l'épidémie en un endroit où elle trouvera les conditions favorables pour se développer. Ensuite, avec les transports aériens, elle se dispersera dans le monde entier. Partout où les anciens du séminaire 67 sont en mesure de l'aider à se propager, elle fera son œuvre : tous les participants de la rencontre d'Oulan-Bator sont prêts à jouer leur rôle. Et nos relais dans les médias se chargeront de diffuser nos analyses sur le rôle de la pauvreté dans la catastrophe. Le problème du surpeuplement ne pourra plus être éludé. L'opinion mondiale s'ouvrira à une conscience nouvelle. Ce sera la première action concrète entreprise pour mettre en œuvre les idées de Fritsch.

Rogulski pense que la pandémie créée, la septième pandémie historique du choléra, devrait toucher deux milliards de personnes et en supprimer cinquante pour cent. Ce faisant, je vous fais remarquer que nous rattraperons tout juste notre retard puisque ce milliard d'hommes est apparu sur terre en trente ans, c'est-à-dire qu'il n'existait pas en 67… »

Le flacon de sérum glucosé avait presque entièrement coulé. McLeod paraissait très las, au terme de cette longue péroraison. Il pencha légèrement la tête en avant et sourit paisiblement.

— Voilà, mon cher ami, vous savez tout. Ou presque. Je pourrais vous en parler des heures. Nos espoirs, nos craintes, nos résultats. De toute ma vie, je n'avais jamais vécu de moments aussi intenses. Et puis, il y a eu votre enquête et je dois avouer qu'elle a encore pimenté l'affaire. Vous nous avez fait mettre les bouchées doubles. D'une certaine manière, nous vous devons beaucoup.

— Où doit débuter l'épidémie ? demanda Paul brutalement, car il sentait que le temps était compté et que McLeod l'avait emmené loin de l'essentiel.

— Ah ! C'est une question que nous avons

longuement débattue. Au début, nous pensions qu'il fallait que cette pandémie se déroule de la façon la plus naturelle possible. Nous pensions effacer toutes les traces et faire comme si le nouveau vibrion était le fruit d'une mutation naturelle. Et puis, nous avons craint qu'il ne soit malgré tout possible de suivre la piste de ce nouveau microbe jusqu'au laboratoire de Rogulski. Nous avons jugé préférable de faire cette petite mise en scène pour le mettre hors de cause, si jamais les soupçons se portaient un jour sur lui. Harrow a actionné un contact qu'il avait en Europe, un jeune étudiant, je crois, et ils ont recruté cette fille pour voler la souche.

— Il n'était pas prévu qu'elle participe à toute l'opération ?

— Non. Son rôle devait être limité à la première phase. Elle nous a forcé la main en voulant continuer. Nous aurions pu régler le problème… d'une manière radicale. Mais, quand nous avons su que vous aviez mis votre nez dans nos affaires, nous nous sommes dit que la fille pouvait finalement nous être utile en allant jusqu'au bout.

— Comment ?

— Cela n'a pas d'importance.

— Où est-elle ?

— C'est peut-être imprudent de ma part, mais je vais vous le dire tout de même. Plutôt, je vais vous livrer un indice et vous mettre sur la voie. Quelle voie, me direz-vous ? C'est la bonne question. La voie de votre destin, en tout cas.

McLeod souriait. Paul fut frappé de ce que la fatigue, une exaltation à la limite de la folie qu'on pouvait lire dans ses yeux, lui donnait la même expression absente et inquiétante que sur la photo du séminaire 67.

— Harrow et elle sont au Brésil, mon ami. C'est assez grand, bien sûr, le Brésil. Mais vous connaissez la devise de Scotland Yard : quand on cherche, on trouve.

Paul éprouva un brutal sentiment d'urgence. Le temps de la perfusion était largement dépassé. Peut-être était-ce le calcul de McLeod. Si le majordome, derrière la porte, minutait l'opération, il n'allait pas tarder à faire irruption dans la pièce. Il baissa les yeux vers la seringue qu'il avait toujours gardée dans la main pendant cette conversation. McLeod la regarda aussi et il vit avec étonnement le piston avancer et le liquide entrer dans la tubulure. Il échangea un dernier regard mi-incrédule mi-amusé avec Paul tandis que celui-ci, d'un geste ferme, finissait d'injecter tout le contenu de la seringue.

McLeod vacilla, ses yeux se fermèrent et sa tête retomba sur le dossier de son fauteuil. Paul démonta la perfusion, rangea tout le matériel sur le plateau, sauf la seringue qu'il mit dans sa poche après avoir replacé le capuchon sur l'aiguille.

Puis, il alla jusqu'à la porte et l'ouvrit. Deux gardes se tenaient dans l'antichambre.

— Il se repose, leur dit-il. Cela le fatigue toujours beaucoup.

Les gardes regardèrent vers leur patron qui respirait doucement sur le fauteuil.

Le Tranxène, que Paul avait placé dans la seringue au lieu du potassium comme il l'avait annoncé, faisait son effet sur le patient et le tiendrait assoupi pour une heure au moins.

Il quitta la maison, escorté par les agents de sécurité, rejoignit sa voiture et démarra.

Tandis qu'il roulait vers Genève pour retrouver Kerry et libérer Jaegli, plusieurs questions tournaient dans sa tête. Quelque chose ne collait pas dans les déclarations de McLeod. Comment avait-il été au courant de l'enquête de Providence ? Et pourquoi était-il si sûr que rien ne pourrait arrêter l'opération ? Le Brésil était-il un piège ? C'était presque certain. Paul se souvenait de l'expression ironique, perverse qu'avait eue McLeod en faisant cet aveu.

Pourtant, au point où ils en étaient, ils n'avaient pas d'autre option que de suivre cette piste.

5

Rio de Janeiro. Brésil.

Les premiers orages arrivaient sur les mornes. Le pain de sucre était coiffé de brume. Il ne pleuvait pas encore, mais ce n'était plus le beau temps. Sur Copacabana, déserte et froide, la mer prenait des couleurs métalliques sous un ciel pommelé de noir.

Dans la pension de Laranjeiras, Juliette restait de longues heures à plat ventre sur le lit, à regarder rouler les nuages à travers la fenêtre fermée. Rien n'est glacial comme un pays chaud dès que le soleil disparaît et que l'humidité pénètre les maisons sans chauffage.

Juliette se sentait comme un gladiateur qui va jouer le rôle principal dans le spectacle, mais ne prend aucune part à sa préparation. Elle voyait Harrow s'affairer. Des coups de téléphone le dérangeaient sans cesse et il sortait de la chambre pour répondre. Des visiteurs se succédaient, en bas, dans les salons où le propriétaire avait allumé un feu de bois d'eucalyptus. Zé-Paulo était le plus assidu pour ces réunions. Il emmenait souvent Harrow dans sa voiture et le déposait tard dans la nuit. Juliette prenait ses repas seule. L'hôtel ne faisait plus restaurant, mais il restait une salle à manger. La nourriture était apportée par une vieille femme depuis une churrascaria voisine.

Quand Harrow rentrait, Juliette se blottissait contre lui. Il semblait l'accepter de mauvaise grâce. Passé leur première étreinte, il ne s'était pas montré plus tendre. Ils avaient refait l'amour, à son initiative à elle. Cela lui avait paru plus mécanique et plus froid que la première fois. Peut-être était-ce simplement que ses attentes s'étaient modifiées. Après la surprise de la découverte, l'ivresse de l'inconnu, le déroutant ballet des gestes et des sensations, elle attendait des mots tendres, des attentions, une complicité. Harrow ne paraissait disposé à donner rien de tout cela.

Elle mit cette froideur sur le compte de la tension nerveuse. Sa rêverie s'était déplacée : elle pensait moins à ce qu'ils allaient faire et plus à son nouvel amant.

Les premières pluies arrivèrent pendant la nuit. Juliette ne dormait pas. Elle sortit sur le balcon pour jouir du spectacle de l'eau en épaisses cataractes ruisselant sur les palmes et formant spirale autour du tronc des jacarandas. Elle entendait les rigoles de pluie dévaler à gros bouillons la ruelle voisine. Toute l'atmosphère baignait dans une eau tiède et douce, mais qui portait des odeurs de mer. Elle se coucha quand l'aube commença de teinter le ciel de gris et s'endormit en écoutant le tambourinement des gouttes d'eau sur l'auvent de tôle du balcon.

L'arrivée de la pluie accéléra les préparatifs. Le portable de Harrow sonnait sans arrêt. Juliette ne cherchait pas à écouter, mais elle ne pouvait s'empêcher d'entendre des bribes de conversations. Il y était question de conteneurs qui arrivaient d'Amazonie, d'étuves de stockage, de calculs de densité. Quelque chose s'était déconnecté en elle : ces mots mêmes n'avaient plus de sens. Elle ne cherchait plus à comprendre ce qui allait se passer ni à deviner le rôle qu'elle tiendrait. Elle flottait dans un état particulier, une apesanteur mentale, à égale distance de l'exaltation et de la mélancolie, comme un plongeur qui, après s'être élancé en l'air en sautant sur son tremplin, sent que l'élan s'épuise et qu'il va bientôt être attiré vers le bas.

Elle rêvait à Harrow, à la forme de ses lèvres, à la rudesse de ses mains. Elle se demandait si elle l'aimait, se répondait non, puis détaillait longuement les raisons qui l'en empêchaient, pour conclure enfin qu'aucune n'était vraiment ni solide ni définitive.

Au deuxième jour de réclusion et de pluie, Harrow prit enfin le temps de lui parler. Il l'emmena dans le salon près du feu. C'était une manière de provoquer un face-à-face sans intimité, car les allées et venues dans l'hôtel étaient permanentes.

— Nous arrivons à la phase finale, annonça-t-il.

Elle lui souriait.

— Le produit dont nous t'avons parlé se présentera sous la forme de petits conteneurs sous pression. Chacun aura la taille d'une grosse Cocotte-Minute. Il y en aura quatre.

Juliette suivait les yeux de Harrow, mais ils se

dérobaient. Elle n'avait que faire pourtant d'y chercher la vérité ou le mensonge. Ce qu'elle voulait, c'était plonger dans leur bleu, boire à leur source.

— Tu iras en taxi à la Baixada. À l'endroit que nous avons visité avec Zé-Paulo. Tu te souviens ?

— Le canal.

Elle avait parlé mécaniquement, militairement, comme pour rassurer Harrow sur sa soumission et le forcer à la regarder.

— Le chauffeur te conduira directement. Il attendra que tu aies déversé les conteneurs et il te ramènera. Il sera huit heures trente et il fera déjà sombre. De toute manière, quatre voitures de police seront en patrouille dans le coin. Il n'y a aucun risque.

Juliette tendait la main vers les flammes pour sentir la chaleur qu'il ne lui donnait pas.

— Et où seras-tu ? demanda-t-elle en guettant le rayon bleu du regard d'Harrow.

— Pour des raisons de sécurité, je ne dois pas venir avec toi.

Un instant, Juliette resta muette. Elle regardait Harrow comme quelqu'un dont une extrémité vient d'être frappée, mais qui ne sent pas encore la douleur.

— Une fois l'opération terminée, poursuivit Harrow en détournant le regard, le chauffeur te ramènera ici. Tu y passeras la nuit et le lendemain…

— Tu ne m'accompagnes pas ? insista-t-elle.

— Laisse-moi finir : le lendemain, tu repartiras par un vol de la Varig à destination de Denver.

Juliette le fixait toujours avec des yeux écarquillés. Un plancher, au fond d'elle, venait de s'effondrer. Il lui semblait qu'elle dégringolait dans un vide intérieur vertigineux.

— Tu ne m'accompagnes pas.

Harrow, avec un air de mauvaise humeur, se lança dans une longue péroraison sur la sécurité, l'unité d'action, la nécessité de dédoubler les fonctions : opérationnelles d'un côté, d'organisation et de soutien de l'autre. Son regard fuyait et, contrairement à son habitude, il faisait de grands gestes avec les mains.

Juliette se sentait à des années-lumière de lui. Elle avait l'impression de voir tout clairement. Le film de ces dernières semaines repassait en elle et elle distinguait enfin ce qui se cachait derrière les apparences. Il lui semblait saisir le véritable contour des personnages et de l'histoire. Il n'y avait pour elle ni amour, ni amitié, ni partage d'un combat, ni idéal commun. Harrow et les autres n'avaient fait que le strict nécessaire pour lui laisser croire ce qu'elle avait envie de croire.

La seule raison pour laquelle Harrow et son groupe avaient paru céder à son chantage et accepté de la faire participer à l'action, c'était pour l'utiliser cyniquement. Elle n'était au fond qu'une déséquilibrée, traitée en service psychiatrique, exclue de Greenworld pour ses prises de position extravagantes, cambrioleuse du labo de Wroclaw. La coupable idéale. Celle qui porterait toutes les responsabilités, dédouanerait tout le monde. Et serait d'autant moins gênante qu'on ne lui donnerait sans doute pas la possibilité de se défendre.

Harrow dissertait toujours sur la sécurité. Juliette ne l'écoutait plus. Elle s'était rétractée en elle-même comme au temps de son enfance, quand venaient les ordres et les coups. Elle ressentait la morsure d'une solitude profonde, irrémissible. En même temps, se dérobait à elle l'amour, la fraternité, l'idéal. Il restait un pur dégoût, une révolte muette qui la figeait malgré elle.

Cette immobilité avait trompé Harrow. Il l'avait confondue avec l'expression d'une soumission, d'un acquiescement. Il crut que ses arguments avaient fini par porter et, rassuré, il quitta la pièce pour répondre à un appel téléphonique.

Juliette remonta dans sa chambre, s'étendit sur le lit. Elle entendait les bruits de l'hôtel et se sentait comme dans un bateau qui craque en tirant sur ses amarres. Une lampe sourde faisait briller le parquet de bois rouge de la chambre. La pluie, qui avait cessé l'après-midi, tombait maintenant en averse fine, gonflant les gouttières, faisant chanter au coin de la maison voisine une gargouille de zinc. Juliette ne se sentait pas d'états d'âme, seulement un vide, à peine douloureux. La pluie l'attirait. Elle avait besoin de sentir sa caresse chaude. Elle se leva et, sans prendre la peine d'enfiler un imperméable, sortit de sa chambre, descendit doucement l'escalier, traversa le sol carrelé du hall et passa dans le jardin.

Elle avança sous l'auvent de tuiles le long duquel la pluie formait un rideau frémissant et resta là, à la limite de l'ombre et de l'eau, comme si elle hésitait à franchir cette frontière entre les éléments. De grosses gouttes roulaient sur le feuillage verni des plantes tropicales. Un crapaud, caché quelque part, émettait par instants un cri bref.

Soudain, Juliette sursauta. Quelque chose l'avait frôlée. Elle recula. Dans le rai de lumière que projetait la lanterne qui surmontait la porte de l'hôtel se dessinait une forme humaine. Elle reconnut Joaquim, le portier. C'était un grand infirme qui vivait recroquevillé dans une chaise construite pour contenir la forme improbable de son corps. Sa grosse tête était penchée malgré une coquille en métal qui lui soutenait la nuque. Habitué à susciter la frayeur et le dégoût, il s'était composé un sourire énorme qui faisait luire sa denture, la seule partie proprement humaine et même admirable de sa personne. Mais ce sourire adressé à tous et à personne ne voulait rien dire. Il n'était qu'un passeport tendu aux inconnus pour se faire reconnaître comme un homme. Derrière ce rictus de circonstance, Joaquim dissimulait une palette complète de mimiques qui lui permettaient d'exprimer les sentiments contradictoires et violents que lui inspiraient ceux qu'il rencontrait. Il avait pris toute une partie du genre humain en haine et l'autre en adoration. Il aimait les êtres simples et purs, les petits enfants, les bêtes. Immobile sur son fauteuil, il recevait la visite des oiseaux qui venaient se poser sur ses épaules. Mais un sens infaillible lui faisait sentir la présence du mal. Aucune hypocrisie ne pouvait le tromper.

Juliette ne lui avait jamais vraiment parlé, mais il était arrivé plusieurs fois, depuis qu'elle séjournait dans l'hôtel, qu'il lui ait remis un petit bouquet lorsqu'elle passait près de lui. Si bien que ce soir de pluie, le cœur vide, elle accueillit comme une faveur du destin de trouver Joaquim sur son chemin.

— Vous ne dormez pas, mademoiselle Juliette, lui dit-il.

Elle sentit tout à coup un contact rugueux sur sa main. C'était Joaquim qui la tenait au creux des siennes, comme s'il avait recueilli un oiseau malade.

— Il t'a fait du mal, c'est bien ça ?

— De qui parles-tu, Joaquim ?

Il la regardait par en dessous et ses yeux tournés vers le ciel lui donnaient des airs de saint supplicié.

— Ton ami, souffla-t-il.

Ses yeux s'allumaient méchamment. Il était clair que Harrow appartenait pour lui à l'autre hémisphère du monde : celle du mal et du danger.

Juliette sourit et lui caressa le front. Elle s'assit délicatement sur l'accoudoir du fauteuil de l'infirme.

— Qu'est-ce que tu sais, Joaquim ?

— Rien, fit-il en battant lentement des paupières. Mais je les entends parler de vous. Ce n'est pas bien, je sais, d'écouter les conversations qui ne vous sont pas destinées. Mais voyez-vous, devant moi, personne ne se gêne. Je suis comme un meuble, une plante. On m'oublie.

— Et que disent-ils ?

La pluie avait faibli. Les gouttes plus grosses qui tombaient sur le sol venaient du feuillage qui s'égouttait.

— Mademoiselle Juliette, reprit Joaquim d'une voix plus sourde, ils parlent de vous comme d'une ennemie.

— Qui donc ?

— Votre ami et tous ceux qui viennent le voir. Ce Zé-Paulo, par exemple.

C'était une autre des bêtes noires de Joaquim et il faisait siffler son nom comme un serpent.

— Je ne peux rien vous dire de précis. Il faudrait que j'écoute mieux. Si vous voulez, je le ferai. Tout ce que je sais, c'est qu'ils se méfient de vous. Qu'ils se donnent mutuellement des consignes pour limiter les informations dont vous disposez. « Il ne faut surtout pas qu'elle sache ceci. » « Voilà ce que tu devras lui dire à propos de cela. » Et puis, il y a des phrases que je ne comprends pas, mais qui me semblent bien inquiétantes.

— Lesquelles, Joaquim ?

Un couple de perroquets s'ébroua dans le magnolia et fit tomber au sol quelques plumes mêlées aux gouttes d'eau.

— Je ne m'en souviens pas mot à mot. Mais ils parlent de vous comme si votre rôle allait bientôt prendre fin. Comme si, bientôt, vous ne pourriez plus constituer un danger.

Il écarquilla ses yeux ronds, étouffés par les plis et les replis de ses paupières trop lourdes.

— ... comme si vous alliez mourir.

Juliette se leva et s'éloigna un peu, le regard tourné vers les lumières de la ville, en contrebas, dans le noir. Tout ce que Joaquim lui disait venait étayer l'impression de trahison et de menace qu'elle avait ressentie avec Harrow. Ce qui, grâce à l'infirme, avait disparu, c'était l'écrasante impression de solitude. Elle se retourna, s'assit sur une vasque de pierre qui contenait un gros bouquet d'hortensias bleus et regarda Joaquim bien en face.

— Crois-tu que je peux partir d'ici ? demanda-t-elle.

Joaquim poussa un soupir qui souleva de travers sa petite cage thoracique.

— Dans l'hôtel, personne ne te garde, à part Harrow, je suppose. Mais dans la rue, en bas, il y a une patrouille de flics. Ils sont deux et se relaient jour et nuit. Ils contrôlent les voitures qui descendent mais pas celles qui montent. Je suis sûr que c'est toi qu'ils ont ordre de ne pas laisser partir.

— Et vers le haut ?

— C'est un cul-de-sac. La rue s'arrête à trois maisons d'ici. On ne peut pas s'enfuir en voiture.

— Et à pied ?

— À pied, il y a un chemin. C'est celui que prennent les femmes de ménage pour venir travailler ici le matin.

— Il est gardé ?

— Non. Malheureusement. Parce que là, au contraire, quelques types armés ne seraient pas inutiles. Le chemin passe à travers une vieille favela très dangereuse. Il y a des bandes de gamins armés jusqu'aux dents qui ne feront qu'une bouchée de toi.

Ils restèrent silencieux. Joaquim tira sur ses genoux l'un après l'autre, pour les faire remonter et se contorsionna dans son fauteuil. Juliette comprit qu'il voulait se redresser et elle lui passa une main sous l'aisselle tandis qu'il s'agrippait à son autre bras.

— Merci, dit-il.

Le silence s'installa de nouveau, troublé seulement par des aboiements de chiens errants.

Soudain, en haut, une fenêtre s'alluma. C'était celle de Harrow. Les yeux de Joaquim roulèrent dans leurs orbites. L'urgence précipitait ses pensées. Il retint le bras de Juliette et comme elle était encore penchée sur lui, il lui souffla :

— Quand veux-tu partir ?

— Cette nuit.

— À quatre heures et demie, il y a un camion qui monte pour livrer de la viande au restaurant qui est en face. Le chauffeur est mon cousin.

Il lui sembla entendre des pas dans l'escalier qui menait au rez-de-chaussée.

— Sois ici à quatre heures et quart.

Juliette se redressa, fit quelques pas sur la terrasse et s'adossa à un pilier de métal. Quand Harrow passa la porte-fenêtre qui menait au jardin, il la trouva en train de contempler les lumières de Rio.

— Tu ne dors pas ?

— C'est beau, dit-elle. Tu ne trouves pas ?

Il leva les yeux vers la baie et une fois de plus elle nota cette lueur de mépris, de dégoût qui se lisait dans son regard quand il contemplait le monde. Elle se souvint de lui à la Baixada, de lui quand ils marchaient ensemble dans les rues grouillantes du centre-ville. Le moindre frôlement le hérissait. Tout semblait l'agresser.

Il n'aime pas la nature, pensa-t-elle, il hait les êtres humains, moi compris.

Il y a des intelligences qui rassurent, quand bien même elles vous font découvrir l'horreur qui vous côtoie. De voir Harrow tel qu'il était, lui donna l'énergie pour prendre sa décision. À quatre heures et demie, elle serait sur la terrasse. En attendant, elle prit docilement la main que Harrow lui tendait et elle le suivit dans sa chambre.

6

Newport. Rhode Island.

Depuis la défection de Paul et de Kerry, Archie avait donné carte blanche au département de sécurité et de protection pour les retrouver. Lawrence y passait ses nuits et ses jours, dormait dans son bureau, ne voyait plus ni sa femme ni ses enfants.

En y réfléchissant, il s'était convaincu que Barney et sa bande restaient en contact avec les transfuges. Deux personnes en fuite ne peuvent pas continuer de mener seules une enquête. Il leur faut un soutien.

Sur le mur au-dessus de son bureau, il avait reconstitué un organigramme du groupe qui, selon lui, devait servir de relais discret à Paul et à Kerry. Le noyau dur était constitué par les proches de Barney, cet imposteur. Lawrence les avait fait placer sous surveillance. Mais la plupart de ces agents avaient une haute compétence en matière d'écoutes et de filature. Ils savaient s'y prendre pour échapper à une attention indiscrète et, pour l'instant, rien d'anormal n'avait été signalé.

À la périphérie gravitaient des personnages sur lesquels Lawrence avait des doutes, mais qui étaient plus vulnérables. Parmi eux, l'un des plus difficiles à cerner était Alexander. À première vue, il s'agissait d'un esprit abstrait, d'un intellectuel qui n'avait reçu aucune formation pour l'action secrète. Barney n'avait donc pas lieu de s'en méfier. Pourtant, des rapports de ses collaborateurs l'avaient amené à réviser ce jugement. Il semblait en effet qu'Alexander avait récemment changé d'habitudes et de manières. Il sursautait quand quelqu'un entrait dans son bureau. Lui qui laissait d'ordinaire tout en désordre, il rangeait tous ses papiers jusqu'au dernier, avant de partir le soir et enfermait plusieurs dossiers dans un cartable qu'il emportait.

Ses collègues attribuaient ce changement à des soucis personnels. L'un d'eux, un jour qu'Alexander était parti plus tôt que d'habitude, l'avait entendu marmonner quelque chose à propos de Matteo, son fils aîné, âgé de six ans. Il se serait fait une mauvaise fracture en sautant du haut d'un toboggan.

Lawrence décida de vérifier. Il appela Cathy, l'ex-femme d'Alexander, qui vivait dans le New Jersey. Au terme d'une conversation banale comme il en avait avec elle une ou deux fois par an en tant que vieil ami du couple, Lawrence acquit la conviction qu'aucun des deux enfants d'Alexander n'avait jamais sauté d'un toboggan ni ne s'était cassé quoi que ce fût. De ce jour, il fit surveiller le directeur du département d'analyses jour et nuit. Les ruses d'Alexander ne résistèrent pas longtemps à une filature professionnelle.

Trois hommes se relayaient derrière lui le soir où il franchit la porte d'un restaurant afghan situé dans la banlieue nord de Newport, pour se rendre à l'une des réunions secrètes organisées par Barney. L'établissement était divisé en petites alvéoles par des claustras et des tapis suspendus. Tout au fond, quatre marches donnaient sur une arrière-salle entourée de banquettes basses, recouvertes de tapisseries et de coussins.

— Je reprends, dit Barney après avoir salué le nouvel arrivant. Kerry et Paul doivent arriver à Rio demain matin. Il faut que nous soyons prêts à les soutenir dans cette phase finale. Voilà pourquoi je tenais à ce que nous fassions le point ce soir.

Personne n'avait bronché quand la tenture s'était de nouveau levée. Ils étaient habitués aux allées et venues des serveurs. Il fallut que Lawrence reste un long moment appuyé au mur, les mains derrière le dos, pour que Tara remarque sa présence et pousse un cri.

— Vous avez bon goût, prononça Lawrence dans un silence complet. Ils ont beau être afghans, ils ont une des meilleures caves à vin de tout l'État…

Tout le monde le regardait, épouvanté. Barney ferma les yeux.

— Vous allez me dire que vous fêtez l'anniversaire de Martha, reprit Lawrence. Ça pourrait coller. Après tout on est en mars et tu es née le 12 juin, n'est-ce pas ?

Martha baissa le nez d'un air furieux.

— Dans ces cas-là, vous auriez dû m'inviter. À moins qu'il ne se dise ici des choses que je ne devrais pas entendre.

Il ne fallait pas compter sur Lawrence pour avoir le triomphe modeste. Ils s'attendaient tous à un long monologue pour les humilier à fond et prendre une lourde revanche sur le mépris qu'ils lui témoignaient.

Aussi furent-ils agréablement surpris de voir surgir Archie. Il était pourtant hors de lui. En soulevant la tenture, il s'était pris les pieds dedans et avait juré abominablement. Maintenant, il se tenait debout au-dessus des dîneurs et cherchait pour les apostropher un mot plus fort que celui qu'il avait adressé à l'innocent rideau.

Barney mit ce répit à profit pour se lever.

— Archie, dit-il fermement, je peux vous voir seul à seul ?

C'était moins une question que l'énoncé d'une évidence et Archie fut surpris lui-même de ne trouver aucun argument à opposer.

Ils quittèrent l'arrière-salle, laissant les autres à un Lawrence désemparé. Tous s'empressèrent de vider les lieux à leur tour.

— Vous êtes en voiture ? demanda Barney.

— Elle est devant la porte.

— C'est peut-être là qu'on sera le mieux.

Ils sortirent du restaurant. La Jaguar d'Archie était stationnée devant. Au volant, le chauffeur s'était assoupi. Barney tapa à la vitre et lui fit signe de descendre :

— Lawrence te ramènera, dit-il. Se tournant vers Archie, il ajouta : je vais conduire.

Ils montèrent et la voiture démarra.

Archie avait toujours été un peu impressionné par Barney. En temps normal, celui-ci se pliait à ses caprices et faisait mine d'accepter son autorité, y compris ses coups de gueule. Mais l'un et l'autre savaient que cette soumission était strictement volontaire. Si Barney avait voulu résister, Archie aurait été incapable de lui imposer quoi que ce soit. C'était exactement ce qui était en train de se passer. Archie était venu pour faire une scène ; voilà qu'il était maintenant assis sagement à côté de Barney, attendant ce que celui-ci avait à lui dire.

— Toute cette affaire est un montage, Archie.

Ils échangèrent un coup d'œil.

— Un montage dans lequel on s'est laissé manipuler jusqu'au bout.

Archie toussa dans sa main. Il aurait aimé pousser une exclamation indignée, rire méchamment. Mais avec Barney, il savait qu'il valait mieux prendre les choses au sérieux.

— Un montage ! Expliquez-vous.

— Parlons un peu de Marcus Brown.

Cette interpellation était en elle-même une petite provocation. Les contacts avec les commanditaires de Providence étaient du ressort exclusif d'Archie. À l'extrême, il aurait aimé que personne ne connaisse même leur nom. Dans le cas de Marcus Brown, c'était évidemment impossible puisque la plupart des agents recrutés par Archie provenaient de la CIA.

— Eh bien quoi, Marcus Brown ?

— Un type sympa, non ? Un peu secret, peut-être. Mais dans ce métier, il vaut mieux ça, n'est-ce pas ?

Barney conduisait en baissant légèrement la tête et gardait la main sur la poignée en bruyère vernie du changement de vitesse.

— Je l'ai connu en 89 au Liban, reprit-il. Il était chef de station. La guerre était finie. On se la coulait douce. Moi, j'étais beaucoup plus jeune que lui. Il me racontait ce qu'il voulait.

— Et alors ?

— Alors, je croyais bien le connaître. Toutes ces soirées à boire ensemble.

Archie sursauta. Il était en train de se faire balader. Il le sentait.

— Écoutez, Barney, n'essayez pas de m'enfumer. Vous avez fait une connerie et…

— Laissez-moi finir.

Quand son visage était grave, Barney rayonnait d'une autorité qui tenait tous ses interlocuteurs en respect, même Archie.

— J'ai fait reprendre les états de service de Marcus Brown par mes équipes.

— « Vos » équipes.

— Les nôtres, si vous préférez. De toute façon, c'est Providence qui est en jeu.

— Résultat ?

— Un trou. Pas grand-chose. Rien de secret d'ailleurs. Seulement une période de trois ans dont il ne m'a jamais parlé, ni à personne apparemment.

Un feu rouge incongru, en rase campagne, arrêta la Jaguar. Puis ils redémarrèrent.

— Afrique du Sud. De 75 à 78. Le moment où le Mozambique devient communiste et commence à harceler le voisin sud-africain. Il faut mettre sur pied la résistance. Les services secrets rhodésiens s'acoquinent avec d'anciens colons portugais et une bande d'opposants mozambicains déçus par la révolution. Ils créent la Renamo, un mouvement pas très fréquentable. Des incapables, surtout. Il faut tout leur apprendre. Les États-Unis ne sont pas contre, mais ils doivent rester discrets. Il faut trouver un relais privé, quelqu'un qui puisse faire le lien avec la guérilla, mais sans compromettre personne.

Les contorsions politiques occidentales en Afrique étaient pour Barney un sujet de dégoût presque physique. Son visage se contractait quand il évoquait ce sujet.

— C'est comme ça qu'ils découvrent McLeod, ajouta-t-il. Ce n'était encore qu'un petit entrepreneur de transport mais avec les dents qui rayent tous les parquets, même en bois exotique. Il commence à faire parler de lui. Marcus Brown va le voir. Ils ont une assez grande différence d'âge. Brown est plus jeune de dix ans. Mais ils s'entendent. La CIA a besoin d'un transporteur. McLeod fait dans le camion et pour s'amuser il a racheté une petite compagnie d'aviation. Avec les contrats de la Compagnie, il va faire fortune.

Archie regardait le profil grave de Barney concentré sur la route.

— Comment savez-vous tout ça ?

— Je vous l'ai dit : il n'y a rien de secret. Du non-dit,

seulement. Avec quelques recoupements, on trouve tout.

— Ensuite ?

— Ensuite, McLeod fait sa carrière dans le business et Marcus dans le renseignement. Ils gardent des relations amicales. McLeod ne travaille plus pour la Compagnie, mais les deux amis continuent de se voir et gardent l'habitude de la discrétion. Ils se rencontrent toujours seuls. Parfois, ils se retrouvent dans des groupes politiques. Tu sais que Brown doit sa carrière aux républicains. McLeod est proche des néoconservateurs. Mêmes idées, mêmes relations, mêmes réseaux.

— Qu'est-ce que vous en déduisez ?

— Rien, c'est entendu. Personne ne peut dire quelles relations entretiennent les deux hommes. Après tout, c'est peut-être bien une simple amitié.

Barney avait toujours l'habitude, qui agaçait Archie, de pousser assez loin le point de vue qu'il s'apprêtait à détruire.

— Vous n'y croyez pas ?

La route devenait sinueuse et Barney s'appliquait à conduire les bras tendus, comme un pilote de course.

— Depuis deux ans, Marcus Brown a pris plus de vacances que pendant les deux décennies précédentes. Sur une dizaine de voyages qu'il a faits, nous avons procédé à des vérifications. McLeod était à chaque fois présent dans les parages.

— Depuis deux ans… répéta Archie en hochant la tête.

— Maintenant, écoutez-moi bien et ne me demandez plus de preuves. Ce que je vais dire est une pure déduction, un échafaudage intellectuel que personne ne peut vous obliger à accepter.

— Allez-y.

— Tout le plan choléra a été conçu par McLeod en liaison avec Harrow. Paul a eu le temps de me le confirmer au téléphone après l'avoir vu.

Archie émit un grognement à l'évocation de cette trahison.

— Quand il monte son projet d'extermination, poursuivit Barney, McLeod a besoin de conseils pour sa sécurité et celle des autres membres du séminaire 67, en premier lieu Rogulski. Il demande à Marcus Brown. McLeod sait qu'il peut faire confiance à Brown. Après tout ils ont les mêmes idées. Il est possible aussi qu'il le tienne. Je suis persuadé que Brown a un peu touché sur les contrats qu'il a apportés à McLeod.

— Oh ! C'est une honte d'insinuer une chose pareille.

— Arrêtez de faire votre vieille Anglaise, Archie. Vous savez mieux que moi comment marchent les affaires. En tout cas, peu importe. Le fait est que Brown conseille McLeod. Il y a gros à parier que l'idée du cambriolage à Wroclaw est de lui.

Archie fit une moue, comme s'il acquiesçait à contrecœur et n'en pensait pas moins.

— Malheureusement, Harrow met son grain de sel. Il ne peut pas s'empêcher de donner un coup de griffe à ses rivaux de la libération animale. D'où la revendication FLA affichée sur les murs du laboratoire. A priori, ça n'a guère d'importance et pourtant, c'est le détail qui va tout faire déraper. Les Polonais sont intrigués par ces inscriptions. Ils en parlent aux Anglais. Votre ami lord Brentham y voit une occasion de vous faire plaisir. Et le MI 5, par hasard, nous met sur une piste américaine…

Barney se mit à sourire et jeta un coup d'œil à Archie, tassé sur son siège.

— Et vous, continua-t-il, vous allez comme une fleur porter l'affaire à Marcus Brown.

— Le « comme une fleur » est inutile. Je dirai même déplacé.

— En tout cas, c'est ce que vous faites.

Des gouttes de pluie tombèrent sur le pare-brise quoiqu'il fît encore grand soleil et Barney se pencha pour voir où était le nuage.

— Que fait Marcus Brown en entendant vos révélations ? Il achète. S'il n'avait pas donné de contrat à Providence, vous auriez pu proposer l'affaire à un autre service. Qui sait, vous auriez peut-être même décidé de poursuivre l'enquête sur fonds propres.

— C'est mal me connaître.

— En tout cas, Brown achète. Il nous donne un contrat pour travailler sur l'affaire. Comme ça, il a accès au dossier. Il sait ce que nous savons. Il nous laisse le soin de repérer les points faibles de sa propre opération... Malheureusement, Paul et Kerry se débrouillent bien, trop bien même, et ils remontent la filière. Harrow, l'étudiant français, le rôle de Rogulski, le plan choléra : ils comprennent trop de choses. Brown sort le carton rouge. On arrête tout ! Vous rencontrez Paul et Kerry en Italie et vous leur donnez l'ordre de rentrer à la niche.

— À la niche ! répéta Archie en haussant les épaules.

On sentait néanmoins qu'il était entraîné par la puissance de conviction de Barney.

— Le problème, c'est qu'ils n'obéissent pas – Brown vous rappelle à l'ordre. En même temps, il donne un coup de main pour les neutraliser. Ce sont des contacts à lui qui vous ont fourni des hommes en Autriche pour séquestrer Kerry. Je me trompe ?

— Non.

— Et à New York, il donne un coup de main au groupe de Harrow pour tendre un piège à Paul et le capturer dans les sous-sols de la SACN. C'est ce qui explique que Brown soit le premier prévenu de son enlèvement.

Archie gonflait et dégonflait les joues comme s'il jouait du cornet à piston. C'était une manière de garder une contenance. Depuis le temps qu'il exerçait des fonctions d'autorité, il avait un peu perdu l'habitude de se faire dire son fait. Il cherchait visiblement dans les différents registres de sa personnalité la réaction appropriée : une bordée de jurons de Brooklyn ou un trait mordant d'ironie britannique. Finalement, il opta pour le fair-play.

— Un point pour vous, Barney. J'admets qu'il y a du plausible dans ce que vous venez de me dire. Mais à supposer que vous ayez raison, quelle conclusion en tirez-vous ? Qu'est-ce que l'on fait en pratique ?

— On arrête de chasser pour les autres. Il faut soutenir Kerry et Paul. C'est exactement ça que j'avais prévu d'aller vous dire demain matin. La réunion de ce soir devait me permettre de faire le point sur les dernières informations pour pouvoir vous convaincre.

Barney s'attendait vaguement à une résistance, à des arguments contraires. Il imaginait éventuellement un chantage affectif du genre « après tout ce que j'ai fait pour vous » ou « vous voulez me mettre au rancart ». Mais il se demanda jusqu'à quel point Archie, de son côté, n'avait pas été gagné par le doute ces derniers temps car il accepta sa défaite avec facilité.

— Ils sont arrivés à Rio, à votre avis ? demanda-t-il.

Barney sursauta et fit presque faire une embardée à la voiture. Heureusement, personne ne venait en face.

— Qui vous a dit qu'ils allaient à Rio ?

— Brown.

— Et comment pouvait-il le savoir ?

— J'ai pensé que ça venait de ses services. Après tout, il a beaucoup d'agents sur la piste de Kerry et Paul.

— Quand vous l'a-t-il dit ?

— Ce matin.

— Ce matin, ils n'avaient pas encore pris l'avion et de toute façon, ils ont de fausses identités. Personne ne pouvait savoir ce matin qu'ils devaient aller au Brésil. Personne sauf McLeod.

— McLeod ?

— C'est lui qui leur a conseillé d'aller là-bas. Que vous a dit Brown exactement ?

— De tâcher de découvrir de quels soutiens ils bénéficiaient encore à Providence.

— Il n'a pas demandé de les poursuivre au Brésil ?

— Non.

— C'est qu'il a la certitude de pouvoir s'en charger lui-même. Je comprends pourquoi : de tous les pays engagés dans le plan choléra, c'est le seul où un ancien membre du séminaire 67 contrôle la police.

D'un coup de volant, Barney fit opérer à la Jaguar un demi-tour serré sur un parking et ils repartirent dans la direction d'où ils venaient.

— Et là-bas, la police ne discute pas. Elle tue.

7

Rio de Janeiro. Brésil.

À quatre heures du matin, la nuit brésilienne s'égoutte et se décante. Le bleu sombre du ciel ne pâlit pas encore, mais un vent coulis s'insinue par les fenêtres ouvertes et la touffeur de l'air fait place à une fraîcheur inattendue qui rappelle soudain l'existence, ailleurs, d'autres climats.

L'idée de faire boire un dernier verre à Harrow quand il était venu la chercher donnait plus d'assurance à Juliette. Les neuroleptiques qu'elle avait eu le temps de verser dans son rhum-Coca rendaient sa respiration ample, bouche ouverte, et laissaient présager d'un sommeil profond et prolongé. Elle, en revanche, était au comble de l'excitation.

Au rez-de-chaussée, elle retrouva Joaquim qui avait déplacé son fauteuil jusqu'à l'entrée de service au fond du jardin. Il lui indiqua comment ouvrir la porte. La rue en pente était encore déserte. Un halo orangé entourait des réverbères. Le contenu d'une poubelle renversée se mêlait à l'eau que lapaient des chiens maigres et trempés. La pluie tombait de nouveau en gouttes fines.

— Restez avec moi, dit Joaquim. Inutile de vous montrer. De toute façon, il ne va pas tarder.

Il tenait sa main qui tremblait. Moins de cinq minutes passèrent avant qu'un vieux camion à la calandre arrondie commence à ronfler dans la côte. Ses phares jaunes, tout ronds, éclairaient les façades sur les côtés. Le chauffeur dut changer plusieurs fois de vitesse et atteignit l'hôtel en faisant hurler la première. Il s'arrêta devant la porte de service et descendit par la portière droite. C'était un homme sans âge dont la ressemblance avec Joaquim était d'autant plus étrange qu'il était aussi robuste et athlétique que son cousin était difforme et malingre. Peut-être était-ce sa tenue qui créait un lien symbolique entre les deux. Carlos – le cousin – portait une blouse blanche de boucher toute maculée sur le devant et aux épaules de sang et de graisse. Ainsi, les deux hommes semblaient-ils appartenir l'un et l'autre au monde de la maladie, du corps, de ses humeurs, de ses souffrances : l'un par la monstruosité de sa conformation, l'autre à cause de sa tenue qui évoquait vaguement un médecin mais un médecin qui ne resterait pas à l'orée du corps et n'hésiterait pas à en explorer l'horreur.

Joaquim retint son cousin par une des manches souillées de sa blouse et lui dit des mots rapides en portugais. Il le regardait par en dessous, la tête tournée de côté et les yeux en l'air, comme tordu par une convulsion. Le livreur de viande opinait gravement. Le Brésil est un de ces pays où l'on croit fermement que les dieux s'expriment plus volontiers par la bouche des aveugles et des infirmes. Joaquim, dans sa faiblesse, était doué d'une puissance sans commune mesure avec son corps déformé, mais qui devait tout à la familiarité qu'on lui prêtait avec les forces occultes et les génies chtoniens. Les yeux du boucher allaient de son cousin difforme à Juliette. De temps en temps, il répondait à une question par monosyllabes. Enfin, Joaquim conclut :

— C'est bon, mademoiselle Juliette. Ils ne fouillent pas le camion à l'entrée de la rue. Vous allez vous cacher dedans, avec les carcasses. Ce ne sera pas très agréable, mais il y en a pour dix minutes. Après, il vous déposera à un taxi.

Pendant qu'il donnait ces explications, le cousin était reparti vers le camion et, par la porte arrière, avait sorti une moitié de porc qu'il portait sur l'épaule, comme une bûche molle.

— Au fait, avez-vous de l'argent sur vous ?

Juliette n'avait pas eu d'argent brésilien en sa possession depuis son arrivée dans le pays. C'était un des moyens par lesquels Harrow la tenait confinée à l'hôtel. Joaquim porta la main à la poche cousue sur sa chemise à l'endroit du cœur. Il en sortit une maigre liasse de billets de banque et un stylo-bille. Sur la bordure d'un des billets, il écrivit un numéro de téléphone.

— Pour me joindre, dit-il.

Puis, d'un faible mouvement du bras, il la poussa dehors. Les pavés étaient glissants de pluie et elle faillit trébucher sur le bord du trottoir.

Le boucher la rattrapa et l'aida à monter dans le camion. L'intérieur était éclairé par une faible lampe au plafond. Dans la pénombre, on distinguait les formes allongées des carcasses suspendues à des crocs de fer, livides, striées d'os et de sang. Une odeur fade de chair froide flottait dans l'air confiné. Le livreur fit signe à Juliette de se glisser jusqu'au fond. Là, elle trouva un recoin vide et s'y blottit. La lumière s'éteignit : elle entendit la porte arrière se fermer. Le camion démarra et elle sentit, au balancement des carcasses, qu'il descendait la pente raide. Les roues vibraient sur le sol pavé. Au bas de la côte, il ralentit, s'arrêta et Juliette perçut des éclats de voix : le boucher saluait les soldats du point de contrôle. Puis le camion redémarra.

Ballottée dans le noir avec ces cadavres, Juliette se dit qu'elle aurait dû être envahie par l'idée de la mort. Or, tout au contraire, la joie dominait en elle, une joie impatiente, bouillonnante, éperdue. Elle traversait cette épreuve mortuaire avec la conscience de préparer une renaissance. Elle avait envie de rire, de crier. Elle pensa à Harrow, dont elle s'éloignait. C'était lui et non pas elle qui aurait mérité d'être jeté dans cette viande car il était un être de mort. Toutes ses déclarations sur la vie, la nature, la pureté originelle n'étaient que les oripeaux par lesquels il couvrait sa haine.

« Il n'aime rien, personne. Ni moi ni qui que ce soit au monde. Ce n'est pas parce qu'il y a six milliards d'êtres humains qu'il veut sauver le monde. Même s'il n'y avait qu'une seule autre personne sur la terre avec lui, il trouverait le moyen de la prendre en haine et de l'éliminer. »

Et elle était heureuse en pensant cela. La proximité physique de la mort avec son odeur écœurante et douce lui désignait clairement de quel côté elle avait envie d'être. Le camion ouvert, elle serait délivrée et, pour la première fois peut-être, elle saurait vraiment ce qu'elle avait à faire.

Il lui fallut attendre encore un long moment pour que le chauffeur s'arrête, rouvre les portes et la délivre. Elle reconnut l'avenue qui longe Copacabana, en arrière des immeubles du front de mer. Il s'était remis à pleuvoir. L'avenue était déserte et semblait interminable. Juliette se rendit compte que le cousin de Joaquim avait roulé longtemps pour trouver un taxi. Une petite voiture jaune était garée devant le camion et le conducteur attendait en frappant un rythme de samba, le bras tapant sur la portière.

Juliette s'approcha. Elle était vêtue d'un pantalon léger et d'un tee-shirt blanc. Elle n'avait rien emporté d'autre car ses vêtements étaient enfermés dans un placard grinçant et elle avait eu peur d'éveiller Harrow. Quand il la vit s'éloigner vers le taxi, le boucher courut après elle et, avec des gestes maladroits, il la ramena vers le camion. Il sortit de la cabine une grosse serviette-éponge qu'il humecta à l'eau d'un jerrycan et la lui tendit. Elle se rendit compte à ce moment qu'elle était pleine de taches de sang. Elle fit de son mieux pour les faire disparaître, puis elle rendit la serviette à Carlos. Au passage, elle saisit son poignet et regarda l'heure. Il était quatre heures cinquante-cinq.

Le taxi ouvrit sa portière et elle prit place dans la grosse Ford hors d'âge aux sièges recouverts de plastique rouge brillant. Le boucher, debout sur le trottoir, lui fit un signe d'adieu timide et elle lui renvoya un baiser de la main. Puis elle se détendit et appuya son dos contre la banquette. Mais le chauffeur, les yeux fixés sur le rétroviseur, attendait qu'elle lui donne une direction.

Où aller ? La somme que lui avait donnée Joaquim suffirait tout juste à payer une course. Elle ne connaissait personne dans la ville et quand bien même elle aurait réussi à convaincre un hôtelier de lui faire crédit, elle n'aurait pas tardé à être retrouvée par Harrow, grâce à ses contacts avec la police…

Soudain, une idée lui vint. Elle n'en mesurait pas les conséquences mais au moins permettait-elle de sortir de l'indécision.

— À la Baixada Fluminense, dit-elle au chauffeur.

L'homme jeta un coup d'œil inquiet dans le rétroviseur intérieur et dévisagea un instant cette jeune étrangère sans bagages, à l'air si triste. Il annonça un prix, pour savoir si elle avait quelque chose sur elle. Sans le regarder, Juliette fouilla dans la poche de son jean, tira deux billets que lui avait donnés Joachim et les lui tendit. Il démarra.

Rio, la nuit, sous la pluie, ressemble à une ville du Nord ruinée, avec ses tunnels vétustes et ses rues mal éclairées, ses trottoirs défoncés et ses lampadaires déglingués. Toute la grâce dont le soleil enjolive la misère disparaît. Ne restent plus que les plaies suintantes d'une ville blessée, d'une capitale déchue, d'une splendeur décadente. Sorti des beaux quartiers, le taxi s'enfonça dans des zones mal éclairées aux maisons basses. Juliette entrouvrit la fenêtre et reconnut, portée par l'air humide, l'odeur de pourriture et de terre de la Baixada.

Le chauffeur lui demanda où elle voulait qu'il la dépose. Il parlait un mauvais anglais et elle fit un effort pour n'utiliser que des mots simples. Elle lui désigna le canal. Ils remontèrent lentement la rue principale avec ses ornières glissantes. À un endroit mieux éclairé, elle dit « ici » et descendit.

La pluie s'était calmée. Une lueur blanche de lune dessinait le contour escarpé d'un massif de nuages auquel se mêlait peut-être le relief plus sombre d'une vraie montagne. Sur l'étendue plate de la Baixada, quelques ampoules blanches suspendues à des pylônes faisaient briller les flaques d'eau et luire les ornières de boue fraîche. Le taxi disparu, la rue était vide : pas un piéton, pas un animal, rien. Les cases de bois et de carton avaient absorbé tous les êtres vivants, comme une immense arche de Noé roulée par les flots noirs de l'orage.

Juliette avança au hasard dans la rue. C'était une nuit aussi muette que dans le Colorado et le ciel la couvrait de sa même impassibilité. Pourtant, il ne semblait pas qu'il se fût agi de la même terre. La nature, ici, avait entièrement disparu. Il n'y avait plus ni arbre, ni vie sauvage, ni relief. Il n'y avait même plus cette manière de synthèse entre l'être humain et la nature que représentent les champs cultivés, les animaux domestiques, les maisons entourées de jardins. Seule existait encore la masse humaine, amorphe, indistincte, étalée sur la terre dans les débris de toutes ses destructions.

Et pourtant, ces deux nuits n'étaient pas si différentes. La nature humaine n'était peut-être pas plus hostile que la nature sauvage. L'une et l'autre exerçaient un commun attrait sur Juliette et, en s'enfonçant dans la Baixada, elle ressentait la même étrange volupté qu'à chevaucher dans les canyons de l'Ouest américain. Peut-être même se sentait-elle plus confiante et plus fascinée dans cette favela, car la forme de vie sauvage qu'elle pouvait y découvrir serait humaine. Même la mort, si elle devait la rencontrer, lui ressemblerait.

Les nuages étaient emportés à grande vitesse par un vent d'altitude et de temps en temps, ils dévoilaient une lune presque pleine qui éclairait les baraques. Des yeux, dans l'ombre, devaient scruter l'obscurité de la rue car, à un moment, Juliette sentit qu'on la hélait.

Elle s'arrêta, ne distingua rien mais entendit plus distinctement des murmures et des sifflements étouffés. Tout à coup, un gamin pieds nus surgit de l'ombre et courut en levant des éclaboussures dans les flaques. Il se planta devant elle, les mains sur les hanches. C'était un petit garçon d'une dizaine d'années peut-être, très noir de peau, les cheveux crépus coupés court et semés de plaques de teigne. Deux dents lui manquaient sur le devant et il ne semblait pas qu'elles dussent repousser un jour. Il avait sur les bras des cicatrices de brûlures et des estafilades. Au dos de ses mains, on distinguait des griffures d'ongles et des sillons de gale. Il lui dit une phrase en portugais qu'elle ne comprit pas. Dans ses yeux, elle lisait quelque chose de violent, sans savoir si c'était de l'agressivité ou de la peur. Soudain, il lui agrippa la main et la tira vers les côtés, dans l'ombre des baraques. Une porte s'entrouvrit. Juliette vit une lumière, mais si sourde qu'elle teintait à peine l'obscurité.

Elle pénétra dans la case à la suite du garçon.

Il régnait à l'intérieur une odeur forte de transpiration et de terre. La lueur provenait d'une mèche qui se consumait dans une boîte de conserve remplie d'huile. Juliette distinguait des ombres autour d'elle, quelques reflets brillants dans des paires d'yeux. Elle ne pouvait discerner aucun visage, mais elle n'avait pas peur. Il lui semblait au contraire qu'on l'avait mise à l'abri et, comme pour confirmer cette intuition, un coup de tonnerre crépita au-dehors. De grosses gouttes de pluie se remirent à tomber.

Cette irruption de l'eau déclencha dans la petite maison une agitation de mouvements et des cris étouffés. Ses yeux s'étaient habitués à l'obscurité et Juliette commençait à percevoir les contours de ce qui l'entourait. La baraque était constituée d'une seule pièce et occupée sur près de la moitié de sa surface par des bat-flanc superposés. L'agitation venait de l'étage supérieur, celui situé sous le toit. De grosses fuites laissaient couler l'eau de pluie sur les lits et un ballet de seaux en plastique et de marmites permettait d'évacuer le plus gros de la cataracte. Ceux qui avaient déménagé du bat-flanc inondé occupaient les autres, en dessous. Une dizaine de têtes d'enfants pointaient en dehors des lits. Les uns regardaient vers le haut et surveillaient les fuites. Les autres continuaient de fixer Juliette, toujours debout au milieu de la pièce.

Et face à elle, une femme noire vêtue de sombre se tenait en arrière dans l'obscurité, comme pour mieux marquer, par cette retenue, son autorité sur ce petit monde. Elle fit signe à Juliette de s'asseoir. Un enfant, sur son ordre, avança un tabouret en bois de caisse. Elle prit place et la femme s'assit en face d'elle.

On ne pouvait pas parler de silence, car le ballet des seaux et le va-et-vient des enfants emplissaient de bruits assourdis le volume confiné de la cabane. Cependant, pour Juliette, s'était ouvert un long moment d'immobilité, de mutisme et de gêne. La femme l'observait intensément. Elle avait un regard à la fois sombre et brillant, comme l'andésite. Son visage, à mesure qu'il se découvrait dans la faible lumière, était uniformément fripé. Il conservait pourtant une fraîcheur juvénile. Juliette était étonnée d'attribuer une qualité virginale à cette femme usée qui avait probablement enfanté tous les êtres qui grouillaient autour d'elle.

Arriva un moment, peut-être parce que le trépan de son regard était parvenu assez profond, où la femme se recula et sourit. Elle prit les mains de Juliette entre les siennes, rugueuses et glacées. Dans un angle de la pièce fumait un petit brasero sur lequel une jeune fille agenouillée faisait bouillir de l'eau. Sur un mot de la femme, elle apporta deux gobelets en plastique remplis d'un liquide brûlant et trouble qui était sans doute du thé. Juliette réchauffa ses paumes autour de la tasse. La femme leva son gobelet comme pour trinquer et elle dit son nom d'une voix rauque : Carmen. Juliette annonça le sien et elles rirent. Ensuite, après des explications débitées d'un ton péremptoire en portugais auxquelles Juliette ne comprit rien, Carmen incita chaque personne à se présenter. Les enfants le firent en riant. Ils bondissaient par terre, saluaient Juliette et remontaient se coucher. Ils étaient à peine vêtus et les bouts d'étoffes qui les couvraient étaient d'une saleté dégoûtante. Pourtant, ils dégageaient une fraîcheur et une joie qui n'évoquaient en rien la misère.

Juliette n'avait pas imaginé qu'ils fussent aussi nombreux, au point qu'elle se demanda même si certains ne faisaient pas deux fois le tour pour revenir se présenter. Une observation plus attentive lui permit de reconnaître qu'il n'en était rien. La maison contenait au moins une douzaine d'enfants. À l'évidence, ils n'étaient pas tous frères et sœurs, peut-être seulement cousins ou amis ou orphelins. Juliette ne comprenait rien aux explications qui lui étaient données.

Elle fut tout étonnée de trouver aussi des adolescents et même des adultes. Ils sortaient de l'obscurité des bat-flanc pour venir la saluer. Elle aperçut même la main osseuse d'un vieillard malade qui ne pouvait plus sortir de sa couche.

C'était la famille de Carmen. Les présentations faites, la femme se recula un peu d'un air satisfait et jeta un regard fier sur son petit monde.

Le silence revint. Il était plus épais car la pluie avait cessé et avec elle les fuites dans le toit. Une partie des enfants s'était assoupie. Les chuchotements s'atténuaient. Le thé était bu. Carmen regardait dans le vague. Juliette revenait peu à peu à elle, se remettait à penser à la situation, à Harrow qui devait la chercher frénétiquement. Tout à coup retentirent des notes assourdies de guitare. C'était Chico, que Carmen avait serré dans ses bras quand il s'était présenté, Chico le fils chéri, avec ses vingt ans, ses épaules musclées, son nez d'Indien. Il s'était penché sur une guitare, un vénérable instrument qui avait dû souffrir autant que Carmen, sans cesser de chanter. Et il avait à peine effleuré les cordes pour en faire monter une mélodie d'une délicatesse inouïe, un petit menuet d'Europe, infiltré de rythmes africains et cahotant sur la gamme boiteuse d'un instrument indien à quatre cordes.

Juliette se figea. Les pensées qui s'étaient présentées à son esprit s'évanouirent. Elle sentit seulement en elle comme l'étroite morsure d'un rasoir. La mélodie avait fendu des cloisons lentement construites et serrées, et avait libéré la pulpe de son être, la part la plus fragile, la plus tendre, la plus défendue. Elle était infiniment triste, comme si elle avait soudain pris conscience de toute l'injustice et de toute la solitude qui avaient échu en partage à l'enfant qu'elle avait été. Mais, en même temps que ce mal lui était tendu un remède dont elle n'avait jamais encore éprouvé le bienfait. Dans l'humidité puante de cette cabane, entre les doigts légers de Chico et l'immense patience de Carmen, Juliette se sentait appartenir à une famille, celle-ci et au-delà d'elle, la famille humaine.

Elle tomba en sanglotant dans les bras de Carmen.

Le vol pour Rio, que Paul et Kerry avaient pris à Genève, passait par Lisbonne et arrivait au Brésil au milieu de l'après-midi. Dans l'avion, ils n'avaient pas dormi, mais, perdus dans leurs pensées, ils s'étaient à peine parlé.

Paul connaissait bien cette phase de leurs missions. Quand tout devenait à la fois extrêmement dangereux et proche du dénouement, la passion, curieusement, retombait. Ils réagissaient comme un cheval qui sent venir la mort et ne répond plus au fouet. L'excitation cessait de les aiguillonner. L'idée que tout cela allait bientôt prendre fin était plus forte que tout.

Il surprit Kerry à regarder des photos de ses enfants, en faisant mine de ranger son portefeuille. Et lui avait pensé à la clinique, à tout ce qu'il allait faire après cette absence. La vie normale revenait avant l'heure, comme une saison qui arrive en avance.

Rien n'était pourtant conclu. Quand ils se forçaient à y penser, ils devaient même s'avouer que cette ultime phase, à Rio, risquait d'être celle des occasions manquées. Ils touchaient au but, peut-être. Mais la courte distance qui les séparait des protagonistes de l'action risquait d'être longue à franchir, trop longue en tout cas par rapport à l'urgence du compte à rebours. À vrai dire, c'était la seule explication qu'ils voyaient à l'aveu de McLeod. Ils préféraient penser qu'il les avait envoyés là pour assouvir une sorte de plaisir pervers : il savait que le déclenchement des opérations était imminent et jouissait à la seule idée qu'ils seraient, aux premières loges, les témoins impuissants d'un désastre qu'ils auraient été incapables d'éviter. L'autre hypothèse était trop décourageante : peut-être McLeod avait-il simplement voulu les égarer sur une fausse piste... Ou peut-être encore tout cela n'était-il qu'un guet-apens ?

L'avion arrivait à quatre heures de l'après-midi. Ils n'avaient que des bagages à main et se retrouvèrent dehors en moins d'une demi-heure. Un type en uniforme braillait pour attribuer des taxis aux passagers qui faisaient la queue. Ils échouèrent dans une Monza jaune dont l'intérieur sentait la poussière et l'huile froide. Le chauffeur ne se retourna pas et Paul donna ses instructions à la Madone en plastique qui se balançait sous le rétroviseur. Il lui demanda de les conduire dans un hôtel simple mais confortable, situé dans un endroit relativement central. Le taxi les amena jusqu'à Copacabana et les déposa devant l'hôtel Oceania.

C'était un établissement construit dans les années trente, qui avait dû être à la mode à l'époque où Copacabana était le lieu chic de Rio. Avec le temps, les installations avaient vieilli. Le vent sifflait dans les interstices des baies vitrées à montants d'acier. Le mobilier semblait sorti d'une vente de charité. Seul l'océan portait bien son âge. D'énormes vagues arrivaient de loin, soulevaient des rouleaux d'écume et finissaient en une fine dentelle d'eau sur le sable.

De gros nuages noirs montaient la garde dans le ciel, des lances de lumière posées à leurs pieds, et attendaient du renfort pour lancer l'attaque des pluies, pendant la nuit sans doute.

Ils avaient l'un et l'autre eu le temps de penser aux éventuels contacts dont ils pourraient disposer au Brésil pour les aider dans leur enquête. Le compte était vite fait. Kerry s'était souvenue de Deborah une stagiaire brésilienne qu'elle avait connue pendant qu'elle rédigeait son mémoire de psychologie à Pasadena, dans un service pour enfants autistes. Elle savait qu'elle habitait Rio mais ne l'avait pas revue depuis longtemps et elle ne connaissait pas ses coordonnées. Paul, lui, avait gardé des liens avec un ancien officier qui avait quitté l'armée et s'était lancé dans les affaires. Il était consultant pour plusieurs entreprises liées à la défense et travaillait beaucoup avec le Brésil. Il vivait maintenant à Houston. Il essaya de l'appeler sur le téléphone de l'hôtel, mais la communication avec les États-Unis ne passait pas. Quant aux portables à carte achetés en Europe, ils ne fonctionnaient pas sur le réseau brésilien.

Ils passèrent un long moment à se débattre avec le service local des renseignements. Kerry parvint à localiser une psychologue clinicienne qui portait le nom de son amie, mais ne put obtenir que le numéro de son cabinet et tomba sur un répondeur. Ils devraient poursuivre les recherches le lendemain matin.

À six heures, la nuit tombe à Rio, avec régularité en toutes saisons. Quelques minutes plus tard, il faisait noir. Paul ouvrit la fenêtre. L'air était toujours tiède, parfumé à la mélasse par les moteurs à alcool. Il se sentait découragé, il avait faim. Il proposa à Kerry de sortir dîner et de dormir tôt. Ils descendirent à la réception en actionnant les gros boutons rouges d'un vieil ascenseur. Le concierge leur indiqua d'un air méprisant l'adresse d'un restaurant de poisson tout proche où ils pourraient se rendre à pied. Ils sortirent sur l'avenue et prirent la direction qu'on leur avait donnée.

En passant dans le hall, ils n'avaient pas pris garde à deux hommes, assis dans des fauteuils en simili-cuir vert, qui se levèrent juste après leur départ. Le plus grand ouvrit un téléphone cellulaire et composa un numéro.

— Ils sont sortis dîner, dit-il avec un fort accent texan. Oui, c'est Mauro qui va les suivre.

Puis il prit un air dépité et raccrocha.

— Il y a des moments où l'on se demande à quoi on sert, grogna-t-il à l'attention de l'autre personnage.

— Ils étaient déjà au courant, c'est ça ?

— Évidemment, ils les ont en direct sur leur GPS. À l'heure qu'il est, ils voient exactement à quelle hauteur de l'avenue ils se trouvent.

Le deuxième homme haussa les épaules.

— On fait quoi maintenant ?

— On attend qu'ils rentrent et on leur signale.

— Ça ne sert à rien, s'ils savent déjà…

— OK, mais c'est les ordres.

L'autre se pencha pour vider son verre de caïpirinha.

— Et dis-toi que le pire, c'est qu'on n'aura sans doute jamais rien à faire. Les consignes de Marcus sont claires : on surveille, mais c'est les Brésiliens qui feront le boulot tout seuls.

— Compris.

— Fais pas cette tête-là. Pense que ça pourrait être pire. En ce moment, on pourrait être à Bagdad en train de se faire empaler par les dingues d'Al-Qaida…

8

Rio de Janeiro. Brésil.

Le vieux tramway qui dessert Santa Teresa est doté de roues fixes qui font hurler les rails dans les virages et lancent au ras du sol de petites étincelles bleues. Il y a toujours une bousculade aux arrêts, surtout le dernier, place de la Sé, là où la ligne dessine une boucle et repart en sens inverse. À huit heures du matin, sortir un fauteuil roulant du tramway, alors que la foule tente de le prendre d'assaut, relève de la gageure. Heureusement, tout le monde connaît Joaquim. Sa réputation de protégé des dieux l'entoure de respect. Pendant que deux hommes se saisissent de son fauteuil, les voyageurs s'écartent en silence. Des femmes se signent, d'autres inclinent la tête. Et Joaquim, sur son trône cabossé, cligne des paupières avec majesté, lève de temps en temps un doigt en geste de bénédiction, comme s'il était un pape. Rituellement, les porteurs le déposent à l'entrée d'une ruelle qui descend vers l'ouest et deux adolescents prennent le relais pour transporter le fauteuil jusqu'à la favela, en contrebas. Finalement Joaquim arrive chez lui épuisé de s'être agrippé aux accoudoirs, le visage crispé de douleur d'avoir été ainsi brinquebalé sur le siège de fer. Voilà pourquoi il ne rentre qu'une fois par semaine. C'est ordinairement un jeudi, mais, cette fois, il avait avancé son retour d'une journée. Juliette avait quitté l'hôtel la veille et ils étaient convenus de ce rendez-vous. Pour rien au monde il n'aurait voulu le manquer.

La petite maison de Joaquim ne comportait que deux pièces et très peu de meubles pour ne pas gêner les évolutions de son fauteuil roulant. Une voisine l'entretenait en son absence et quand il était là, elle lui faisait la cuisine. Il lui donna des ordres fébriles pour qu'elle prépare des sirops, une chaise avec un coussin et qu'elle courre jusqu'à l'épicerie acheter un rouleau de gâteaux à la vanille. Quand tout fut prêt, il attendit.

Juliette arriva vers midi, guidée par un des jeunes qui

avaient porté la chaise de l'infirme. Joaquim la fit asseoir et s'agita en usant de sa faible voix pour activer sa voisine, lui faire servir les sirops et les gâteaux.

— Où as-tu dormi ?

Juliette lui raconta sa visite à la Baixada. Joaquim hocha la tête d'un air énigmatique. Il était content que Juliette eût trouvé une solution pour échapper à la police et à la bande de Harrow. Mais il était mordu de jalousie de savoir que d'autres, plus pauvres que lui, avaient eu l'honneur de l'héberger. Habitué à ne rien pouvoir espérer de la vie, il lui demandait tout dans ses rêves. La passion qu'il avait pour Juliette était sans espoir, mais pour cette raison même, il pouvait l'imaginer tout à lui.

— Comment est-ce que ça se passe à l'hôtel ? demanda Juliette.

Joaquim cligna des yeux. Il attendait ce moment pour entrer en scène. Quand il rêvait, il se voyait volontiers en ténor. Il se postait à l'avant-scène, écartait les bras et sa voix puissante faisait vibrer le ventre des femmes, depuis l'orchestre jusqu'aux derniers balcons.

— Une bombe ! souffla-t-il. Il fit une grimace d'entendre le son rauque et presque inaudible de sa véritable voix. Ils ont couru partout. Le Zé-Paulo est arrivé tout en nage, accompagné de trois policiers. Ils ont donné des ordres au téléphone pour faire fouiller tous les hôtels de la ville, les meublés. Harrow a téléphoné lui-même au consulat de France en se faisant passer pour un touriste américain marié avec une Française. Il n'a pas donné son vrai nom, évidemment. C'est heureux, vraiment, que tu sois allée dormir chez des particuliers.

Le terme même qu'il employait disait assez qu'en fait

de particuliers, elle aurait pu choisir des individus plus présentables que ces gueux de la Baixada.

— Est-ce qu'ils vont lancer l'opération en mon absence ?

— Non. Ils ont tout retardé. Apparemment, ils sont confiants dans le fait que tu vas réapparaître ou qu'ils vont te retrouver.

En tremblant légèrement, Joaquim porta jusqu'à ses lèvres son verre d'orangeade. C'était une manière de laisser durer le silence, de mettre la balle dans le camp de Juliette mais aussi, et peut-être surtout, de ménager ses effets.

— Que comptes-tu faire ? insista-t-il en s'essuyant la bouche avec le dos de la main.

Juliette n'avait pas vraiment réfléchi. Les émotions de sa nuit dans la Baixada étaient encore trop fortes et, sans s'en rendre compte, elle se reposait sur Joaquim comme sur un oracle.

— Je ne sais pas. Peut-être faut-il que je retourne là-bas ?

— À l'hôtel ! Mais pour quoi faire ?

— Jouer leur jeu, puisqu'ils ont besoin de moi. Et tout faire déraper au dernier moment.

— Comment ?

— Par exemple, en refusant de déverser leurs fameux conteneurs, en prévenant la police, je ne sais pas, moi.

Joaquim haussa les épaules, ce qui les rapprochait de ses oreilles, comme s'il allait recevoir un coup sur la tête.

— La police est avec eux, dit-il. Entièrement avec eux.

— Tout de même, ils ne peuvent pas me forcer à faire quelque chose si je résiste.

Juliette parlait d'une voix faible, accordée à celle de l'infirme, mais surtout proportionnée au peu d'énergie qui lui restait.

— Tu n'as pas bien compris, je crois, reprit Joaquim. Le rôle qu'ils te destinent n'est pas celui d'acteur.

— De quoi, alors ?

— De coupable.

Elle leva les yeux et fixa ceux de Joaquim qui battaient des cils sans coquetterie, par pure émotion.

— Ils n'ont pas besoin de toi pour déverser leur cochonnerie. En revanche, il leur faut détourner l'attention vers quelqu'un, protéger leur organisation. Ce quelqu'un, c'est toi, Juliette.

Des chiens se battaient dans la rue sous la fenêtre sans carreau et Joaquim dut s'interrompre pour que leur bruit ne couvrît pas ses paroles.

— Les policiers en faction près du canal ont ordre de t'abattre dès l'opération terminée. Et le communiqué de presse est prêt : « Une déséquilibrée, exclue des mouvements écologistes, vole un laboratoire en Europe et tente d'empoisonner la plus grande favela d'Amérique latine. »

— D'où tiens-tu ça ?

— Cet Ubiraci est un incapable, souffla Joaquim avec mépris. Si je l'employais, il y a longtemps que je l'aurais mis à la porte. Non seulement il parle trop, mais il laisse traîner son ordinateur. Hier soir, il est resté sur la table du salon pendant qu'ils étaient sortis dîner.

Joaquim était assez content de son petit effet. Depuis la veille au soir, il n'avait pensé qu'à ce court moment de triomphe. L'étonnement de Juliette le récompensa mais, surtout, ensuite, son sourire.

— Bien joué, Joaquim.

Il inclina la tête, plus ténor que jamais. Après tout, il n'était nul besoin d'un théâtre. L'émotion d'une seule femme lui suffisait.

Encore n'en était-il qu'au prélude. Le morceau de bravoure allait venir. Il la laissa se rembrunir, rester songeuse un long instant. Puis vint la question qu'il attendait.

— Alors, que dois-je faire ?

Il eut une quinte de toux, qu'il prolongea pour signifier à la femme de ménage qu'il était inutile qu'elle resserve des boissons. D'un geste discret de la main, il lui fit signe de quitter la pièce.

— Peut-être, commença-t-il, puis il s'interrompit.

Il voulait voir Juliette lever vers lui ses grands yeux et les noyer dans les siens. La curiosité qui l'avait envahie était bien proche de passer pour du désir et, en tout cas, cela lui suffisait.

— Peut-être ?

Il croisa les mains.

— Oui, il y a peut-être une solution. Délicate, je te l'accorde. Mais as-tu le choix ?

Il sentit que Juliette s'impatientait. La faire espérer était une chose, mais c'en était une autre de la faire souffrir, qu'il ne voulait à aucun prix.

— Deux enquêteurs américains sont arrivés à Rio hier. À ce que j'ai compris, ils sont depuis longtemps sur tes traces. Ils auraient retrouvé un de tes amis en France, un étudiant.

Juliette avait oublié Jonathan durant toutes ces

semaines. Le voir réapparaître dans la bouche de Joaquim était plus qu'improbable : surréaliste.

— Comment sont-ils arrivés jusqu'ici ?

— Je n'en sais rien, avoua Joaquim, un peu piqué de dévoiler son ignorance sur ce point. Ce qui est sûr, c'est que Harrow et sa bande ont l'intention de les supprimer. L'affaire n'a rien à voir avec toi, d'après ce que j'ai compris. C'est un ordre qu'ils ont reçu. Ils sont en train de monter une opération pour eux avec d'autres unités de police.

Joaquim prenait soin de parler doucement afin que Juliette, si désemparée qu'elle fût, pût bien enregistrer ses paroles et en calculer les conséquences. À son regard, il vit qu'elle était parvenue aux mêmes conclusions que lui et il la regarda avec l'attendrissement d'un maître pour une élève bien douée.

— Et… où sont-ils ?

— À l'hôtel Oceania, sur Copacabana.

Après un silence, ils se mirent tous les deux à rire et Juliette déposa un baiser sur le front de Joaquim.

Il y a, pensa-t-il, des bonheurs si précieux qu'il est légitime qu'ils soient rares dans une vie, uniques peut-être.

Paul observait le manège de la femme de ménage. Dans la chambre de l'hôtel transformée en bureau, les valises étaient ouvertes par terre, des papiers s'étalaient sur les lits et autour du téléphone, sur la petite table, Kerry avait dispersé le contenu de son sac à main. Faute de pouvoir joindre son ancienne amie, elle avait décidé de se rendre à son cabinet, pour essayer de découvrir où elle pourrait la trouver. Quand elle était partie, Paul lui avait conseillé de prendre le moins possible d'objets sur elle, ni montre ni bijou. Pendant qu'il téléphonait pour essayer de joindre son ami à Houston il jouait avec une chaîne en or qu'elle portait d'habitude autour du cou. Mais la ligne pour les États-Unis ne passait toujours pas.

La femme de chambre évoluait au milieu de ce désordre avec hésitation. Elle retapait tant bien que mal les oreillers, s'activait dans la salle de bain. Paul avait préféré la laisser entrer car il ignorait combien de temps il resterait dans la chambre. Autant que la pauvre fille puisse faire son service le matin.

Il l'oublia d'ailleurs tout à fait quand il réussit, au bout du cinquième essai, à joindre la secrétaire de son ami à Houston. Hélas ! il était en ce moment même en avion vers le Japon et serait injoignable avant le lendemain matin. Quand il raccrocha, Paul se prit un instant la tête dans les mains. Le temps passait. Il était convaincu qu'il ne parviendrait à rien. L'opération meurtrière de Harrow avait peut-être déjà commencé, quelque part dans la ville, tout près. Le sentiment de manquer son but, alors qu'il en était si proche emplissait Paul d'un accablement douloureux.

Soudain, il s'inquiéta du silence. Il nota en un éclair un petit ensemble de faits qui produisirent en lui une alerte. La porte de la chambre était refermée. Ce n'est pas l'habitude des femmes de ménage, qui laissent d'ordinaire leur chariot de service dans le couloir et vont et viennent à travers la porte grande ouverte. Il tournait toujours le dos à la chambre, mais il sentait nettement une présence. Et cette présence était immobile. Il se retourna.

La fille, debout au pied des lits, campée sur ses

jambes, le fixait. Elle tenait quelque chose dans la main droite. Il vit l'objet, mais sa surprise ne lui permit pas de se rendre compte immédiatement de sa nature. Il remarqua surtout qu'elle avait ôté le bonnet en plastique qui couvrait sa tête quand elle était entrée. Ses cheveux, noirs et longs, tombaient librement jusqu'à la blouse bleue d'uniforme qu'elle avait revêtue pour travailler.

Un léger tremblement des mains de la fille attira le regard de Paul. C'est alors seulement qu'il prit conscience qu'elle braquait sur lui un revolver.

— Levez-vous et avancez, dit-elle, dans un anglais parfait, sur le standard américain, mais avec un petit accent qui n'était pas brésilien.

Il se leva. Il était vêtu d'un T-shirt assez près du corps et d'un caleçon bleu qui lui allait à mi-cuisse. Elle le fit tourner sur lui-même. Il eut l'impression qu'elle voulait le palper pour voir s'il n'avait pas d'arme. Mais elle se retint, de peur, peut-être, qu'il ne fasse un geste pour la désarmer. Elle parut satisfaite de voir qu'il ne pouvait rien dissimuler sous une telle tenue et elle lui fit signe d'avancer jusqu'au fauteuil. Recouvert en Skaï, le meuble devait dater de la construction de l'hôtel. Il était bas et quand Paul y prit place, elle le dominait de sa hauteur. Elle recula et s'appuya contre le mur de la salle de bain, sans doute pour atténuer le tremblement qui l'agitait.

Elle le regarda longuement. C'était un regard avide, intense, qui rappela à Paul certains patients qu'il avait traités pendant un stage de résident qu'il avait fait en psychiatrie. Un regard à la fois égaré et étrangement aigu, comme s'il faisait communiquer l'inconscient de celui qui observe et, au plus profond, celui de la personne observée. Il se sentait mis à nu, entièrement dévoilé. Il se livra sans ciller à cette observation avec l'impression qu'il lui était impossible de tricher, que toute dissimulation serait immédiatement perçue et pouvait le condamner. Au bout d'un long moment, la fille qui le tenait en joue parut se détendre, comme si ce que lui avait rapporté cet examen l'avait apaisée.

— Vous êtes flic ? dit-elle enfin.

— Pas exactement.

— FBI ?

Qu'elle ne sût pas qui il était rassura Paul. Si cette femme était un agent de Harrow ou un exécuteur à la solde de McLeod, elle n'aurait pas eu à s'interroger sur son identité. Mais alors, qui était-elle ?

— Je travaille pour une agence privée, dit-il. Et en vérité, pour le moment, je ne représente que moi-même.

— Vous cherchez Harrow ?

Paul tressaillit. Elle ne prononçait pas ce nom à l'américaine mais plutôt sans marquer le H, Harrow devenait arrow, comme si elle avait parlé d'une flèche. Soudain, il comprit. Cette manière de grasseyer les S, l'intonation des voyelles : elle était française. Et avec certitude, il sut qui elle était.

— Juliette !

Elle cligna des paupières, abaissa un bref instant le revolver, comme si ce mot eut provoqué en elle un soulagement.

Quoiqu'elle continuât de braquer sur lui son arme, Paul ne sentait en lui aucune peur. Seulement une immense curiosité. Il l'avait si souvent imaginée, et maintenant il la voyait. Il la voyait chargée de tout ce qu'il savait d'elle, grandie par son histoire incroyable, énigmatique et désespérée, et en même temps, simplement révélée par la distance abolie, immédiatement livrée à sa perception par la soudaineté, l'imprévu de son apparition. Elle était amaigrie, les yeux cernés par la fatigue, la peau blafarde, marquée par le manque de sommeil et de soins. Pourtant, au fond de lui, il la reconnaissait et se sentait d'une certaine manière rassuré. Car son regard direct, l'absence de cette ombre que portent sur les visages la cruauté ou l'égoïsme, une évidente fragilité, l'expression désemparée et sublime d'une totale sincérité confirmaient l'idée que, sans la connaître, il s'était faite d'elle. Et malgré l'arme pointée, sa totale vulnérabilité à ce qu'elle déciderait de lui faire subir, il se sentait en confiance et soulagé.

— Pourquoi nous cherchez-vous ? demanda-t-elle avec une brusquerie qui n'était pas dans sa voix.

Il était inutile de nier, de jouer au plus fin. Paul comprenait qu'il n'était pas question pour elle de savoir – elle savait tout – mais de comprendre et que l'objet de cet échange, son issue aussi, dépendait d'autre chose, plus profond et plus sincère.

— Pour vous empêcher de commettre un acte monstrueux.

— Un sentiment humanitaire, c'est ça ?

Paul baissa les yeux. Depuis le début de l'enquête, il avait agi mécaniquement, entraîné à la poursuite du lièvre qu'Archie lui avait demandé de suivre. Mais, à mesure que lui avaient été dévoilés les véritables enjeux de cette affaire, il s'était intérieurement interrogé sur ses motivations profondes sans les exprimer à personne. Juliette, en quelques instants, s'était installée au cœur de ses doutes. Il se sentait à la fois troublé et soulagé d'avoir à clarifier pour elle ses propres idées.

— Je suis médecin, dit-il.

— Médecin ou agent secret ?

— Les deux. On m'a chargé de cette enquête parce qu'elle commençait dans un laboratoire.

Juliette cligna des yeux. La vision de Wroclaw lui était fugitivement venue. Tout cela paraissait déjà si loin.

— Et alors, les médecins protègent la vie, c'est ce que vous voulez dire ?

— Oui.

— Et vous pensez que tout le monde mérite de vivre.

— En tout cas, ce n'est pas à nous d'en décider.

— Que dites-vous à ceux qui veulent se suicider ?

— Qu'ils ont tort.

— Alors, c'est vous qui décidez.

Paul se souvenait de son premier stage en psychiatrie. Il était entré dans la chambre d'un grand maniaco-dépressif en phase mélancolique et il se souvenait de la longue discussion pendant laquelle l'homme lui avait démontré froidement, rationnellement, de façon sinon convaincante du moins imparable, qu'il devait mourir. L'après-midi même, le patient commençait son traitement antidépresseur et quinze jours plus tard, il remerciait les médecins de l'avoir sauvé.

Quand il eut raconté cette histoire, Juliette resta silencieuse un moment. Lui comme elle avaient oublié les circonstances, le revolver, le bruit des voitures sur Copacabana. Ils étaient plongés au cœur de leurs certitudes et de leurs doutes, là seul d'où le salut pouvait venir.

— Et si le patient ne peut pas guérir ? coupa-t-elle. Si vous le replongez dans la misère, le désespoir, la pauvreté, la violence, les rats ? Si sa maladie n'est pas de vivre, mais plutôt de n'avoir pas de vie ?

— Aucune cause ne justifie de tuer.

Paul avait parlé trop vite. En entendant ses propres paroles, il en vit lui-même l'absurdité. Elle détourna un instant le regard, comme pour lui éviter une humiliation, puis, à voix presque basse, donna la réplique qu'il aurait pu prononcer lui-même :

— Vous n'auriez pas tué les nazis ? Vous ne tueriez pas pour défendre ce que vous avez de plus cher ?

— Je ne tuerais pas pour des idées, des choses abstraites.

— C'est une chose abstraite, la terre dévastée, les bidonvilles, les forêts abattues, les guerres de misérables qui affament les enfants ? Que croyez-vous que ces gens peuvent espérer d'autre qu'une mort affreuse et lente, d'immenses souffrances, et avec elles la destruction de ce qu'il reste de vivant sur cette terre ?

— Il me semble, dit Paul, que ce ne sont pas tout à fait les idées d'Harrow et de ceux qui se cachent derrière lui.

— Que voulez-vous dire ?

— Ils voient l'homme comme un animal parmi les autres. Plus dangereux, plus meurtrier. Et ils pensent que la solution consiste à se battre sur ce terrain, à devenir des prédateurs, à éliminer l'homme comme le surplus d'une espèce nuisible.

— Est-ce faux ?

— Oui. Je crois que ce n'est pas la part animale de l'homme qui le sauvera. C'est sa part humaine. La conscience qu'il a de lui-même et de son environnement, la solidarité, la justice, l'amour.

À l'expression de surprise de Juliette, il vit qu'il avait frappé juste.

— Vous êtes préoccupée par la souffrance humaine, insista-t-il, Harrow ne voit que l'intérêt abstrait de la planète. Quant à ceux qui lui permettent d'agir, ils protègent surtout l'intérêt très concret de leur prospérité.

— De qui parlez-vous ?

Tout était clair pour Paul, à ce moment. Juliette ignorait la véritable mécanique de l'opération. Elle n'était pas la complice de Harrow, mais son instrument. Et au fond d'elle-même, elle le savait.

Alors, il lui expliqua le détail précis du projet : le séminaire 67, McLeod et Rogulski, la rencontre avec Harrow et, pour finir, le choléra.

Quand il se tut, il vit que Juliette tremblait de tout son corps. Deux larmes coulaient sur son visage impassible.

Lentement, Paul se pencha en avant et se leva. Sans cesser de la regarder, il approcha d'elle, saisit le revolver qu'elle déposa dans sa main comme un témoin que l'on passe à un équipier qui va continuer la course. Il le jeta sur le lit. À cet instant, il se tenait tout près d'elle et il sentit qu'elle penchait la tête vers lui. Il la recueillit au creux de son épaule tandis que les larmes silencieuses devenaient un sanglot douloureux, haletant, l'expression tout à la fois d'une souffrance et d'un soulagement. Il caressa ses cheveux comme on le fait à un enfant, pour apaiser son chagrin et le rassurer. Alors, elle s'agrippa à lui comme un noyé qui pense encore sombrer quand il est en train d'être sauvé. Il ne montait en lui aucun désir, seulement une immense tendresse pour cet être qui se confiait à lui avec toute l'énergie de la déception, du malheur et de l'espoir retrouvé.

Contre lui, il la sentait amaigrie et tremblante, haletante de ce qui pouvait être l'expression du bonheur ou le relâchement soudain d'une insupportable tension. Il attendit qu'elle se détende et quand il eut la certitude que l'émotion refluait, qu'elle était un peu calmée, libérée du poids qu'elle était venue lui léguer comme un fardeau qu'il lui était impossible de porter plus loin, il la fit asseoir sur le bord du lit et prit place à côté d'elle sans lâcher sa main.

Soudain, elle sursauta, prit l'expression du dormeur qui s'éveille au milieu d'un cauchemar et serra très fort la main de Paul.

— Vite, s'écria-t-elle, comme si elle avait pris conscience d'un danger imminent. Il faut que vous l'empêchiez. Ils vont agir bientôt. Aujourd'hui même. Peut-être.

À ce dernier mot, elle s'était affaissée, à la manière d'un gymnaste épuisé qui ne peut tenir la position acrobatique où il s'est placé trop hardiment. Et elle redevint silencieuse et songeuse.

— Vous parlez de Harrow ? dit doucement Paul.

Elle le regarda comme étonnée qu'il connût son existence.

— Harrow ? Oui. Harrow.

— Où est-il ?

— À l'hôtel Laranjeiras, sur les hauteurs de Bottafogo.

Paul était en proie à une grande excitation. D'un coup, alors qu'il désespérait de découvrir quoi que ce soit, il était mis providentiellement sur la piste de celui qu'il recherchait et ne pensait jamais pouvoir retrouver à temps.

— Eh bien, allons-y, s'écria-t-il, et il saisit le revolver qui gisait sur le lit.

Elle dégagea sa main et fit un geste vague, comme pour désigner une multitude.

— C'est impossible ! Ils sont partout. Ils sont nombreux. Il a avec lui la police, les militaires, tous ces gens qui passent à l'hôtel. Tous ceux qui lui envoient des courriels du monde entier.

Elle se recula, fixa Paul. Elle semblait découvrir seulement à qui elle s'adressait.

— Vous ne pouvez pas sortir d'ici. Ils vous surveillent en bas. Ils écoutent votre téléphone. Ils ont décidé de vous éliminer.

— Comment êtes-vous entrée ici ?

— Par Joaquim, dit-elle en souriant dans le vague à l'évocation de l'infirme.

Puis, s'avisant que Paul ne connaissait pas son existence, elle lui expliqua qui il était.

— Ils se connaissent tous, dans les hôtels. Il a parlé à une des femmes de chambre et elle a accepté de me céder sa place ce matin.

Paul, en réfléchissant, regardait l'arme qu'il tenait dans la main. C'était un Taurus d'un modèle ancien, graissé comme une vieille locomotive. Il ouvrit le barillet, le fit tourner. Il n'était pas chargé.

— C'est Joaquim qui l'a trouvé pour moi dans sa favela.

— Pourquoi n'avait-il pas mis de balles ?

— Il y en avait. C'est moi qui les ai enlevées.

Juliette jeta un coup d'œil vers Paul et, pour la première fois, il la vit sourire.

— Qu'en avez-vous fait ?

Elle mit la main sous sa blouse et de la poche de son

jean tira une poignée de petites ogives en cuivre qu'elle tendit à Paul. Il lui sourit à son tour, plaça les balles dans leur logement et ferma le barillet d'un coup sec. Le geste de Juliette avait créé une complicité qui scellait entre eux une forme d'alliance. Désormais, il était clair qu'ils étaient dans le même camp et allaient courir les mêmes risques. De surcroît, il leur donnait l'impression de ne plus être tout à fait démunis de moyens face à leurs ennemis communs. Mais, paradoxalement, en faisant reculer le découragement, cela augmentait chez Paul la perplexité. Il avait la possibilité d'agir, mais comment s'y prendre et par où commencer ? Tandis qu'il réfléchissait, une idée frappa l'esprit de Paul et il se tourna vivement vers Juliette.

— Vous dites qu'ils écoutent nos conversations téléphoniques ?

— C'est ce que Joaquim m'a dit.

Paul pensa à Kerry. Elle avait appelé son amie depuis le téléphone de l'hôtel.

Il se leva, alla jusqu'à la baie vitrée. Plusieurs taxis attendaient devant le hall de l'hôtel. À distance, sur une autre file, stationnait un véhicule isolé. Son conducteur était debout, près de la portière. Il tenait à la main un talkie-walkie. Paul eut l'impression de reconnaître la voiture : c'était celle qui les avait amenés de l'aéroport. Il se demanda si c'était elle aussi qui avait conduit Kerry. Elle avait noté quelque part l'adresse et le téléphone de son amie, il chercha du regard si le Post-it se trouvait encore sur le bureau ou la table de chevet, mais il ne le vit pas. Elle avait dû l'emporter avec elle.

Juliette suivait, elle, une autre pensée. Elle revint à Harrow et à son projet, rappelant à Paul qu'ils n'avaient pas un seul problème à résoudre mais deux, de même urgence et d'égale difficulté.

— Je ne sais pas si Harrow va lancer l'opération sans moi. Ils me cherchent partout. Mais s'ils ne me rattrapent pas, ils trouveront une autre solution. Leurs préparatifs sont trop avancés pour qu'ils puissent attendre encore très longtemps.

Entre l'angoisse de laisser Kerry courir un grave danger et la responsabilité d'empêcher Harrow de provoquer une catastrophe, Paul sentait une sorte de vertige qui le portait si fort à vouloir agir qu'il en était comme paralysé. Juliette, en suivant sa pensée, l'entraîna finalement vers sa propre priorité.

— Si je ne suis plus seule, dit-elle, je peux peut-être arrêter l'opération…

— Comment ?

Juliette ferma les yeux, comme si elle s'efforçait de lire au-dedans d'elle une idée qu'elle avait sans doute déjà conçue depuis un moment, sans être parvenue jusque-là à la formuler.

— En y retournant, prononça-t-elle.

— En retournant où ?

— Avec Harrow.

Elle se leva et fit quelques pas dans la pièce, les bras ballants, puis elle lança ses cheveux par-dessus son épaule et, l'œil brillant, exposa son plan en souriant.

— Ils me voient revenir, je leur explique que j'ai eu une crise existentielle, que je me suis promenée dans la ville, que la misère m'a révoltée, que je me range à leurs idées. Bref, je leur dis ce qu'ils veulent entendre. Ils réactivent l'opération avec moi. Comme ça, je sais où et quand ils veulent agir. Et je vous préviens.

— Comment ?

— Par Joaquim, fit-elle en écartant l'objection d'un geste impatient. Cela vous laisse le temps d'organiser quelque chose avec votre agence.

— Mon agence ! gémit Paul.

Il ne lui avait évidemment pas expliqué qu'il était en rupture de ban avec Providence, qu'il n'obtenait un soutien que clandestinement, grâce à Barney. Il pensa d'ailleurs que, depuis son arrivée à Rio, il avait oublié de lui envoyer un message pour indiquer à quel hôtel il était descendu. Au moment de livrer ces déprimantes informations à Juliette, il la regarda et son expression le retint. Il lisait sur son visage une telle détermination, un tel courage qu'il eut honte de son propre découragement. Après tout, il avait maintenant la totalité des cartes en main. McLeod, en l'envoyant se faire tuer au Brésil, ne pouvait pas imaginer que ce grain de sable se glisserait dans la belle mécanique de son opération. Il avait assez de munitions pour se battre et convaincre. Peut-être même pouvait-il espérer faire revenir Archie sur sa décision.

— OK, dit-il. On n'a pas beaucoup d'autres solutions.

Le doute qu'il avait mis malgré lui dans son ton signifiait clairement que Juliette ne pouvait espérer de sa part un succès à cent pour cent. Cela voulait dire qu'elle prenait un risque énorme et pouvait le payer de sa vie. Elle l'avait parfaitement compris et pourtant, sur son visage, s'était peint un sourire, le premier que Paul lui vit. C'était un sourire des lèvres mais qui, en détendant ses traits, faisait apparaître une autre expression, comme ces décors de théâtre qui, en modifiant légèrement la disposition des premiers plans, laissent découvrir des perspectives plus lointaines, à une profondeur qu'on ne soupçonnait pas. Si Paul avait eu le temps de le formuler intérieurement, il aurait dit que c'était l'expression d'une totale humilité. Le mot humble lui-même, né de l'humus, unit dans ce qu'il désigne la proximité de la terre et la sympathie pour ceux qui vivent à son contact. Et ce mot, qu'il n'avait pas clairement formulé, fit revenir à la mémoire de Paul une phrase qui le contenait et que McLeod avait prononcée devant lui.

« L'homme humble va vers les fauves meurtriers. » C'était la première partie de la phrase que le vieux milliardaire lui avait citée. Paul se souvenait de la suite, à propos du parfum d'Adam. Mais il n'arrivait pas à se remémorer les mots qui se plaçaient entre les deux. « L'homme humble va vers les fauves meurtriers », se répétait-il en regardant Juliette. Elle allait, de son plein gré, s'avancer vers Harrow et ses sbires. Et il l'admira.

— Soit, dit-il.

Elle prit ses mains dans les siennes. Il se leva, la saisit par les épaules et la serra contre lui. Il sentit sa poitrine se presser contre sa chemise. Le violent désir qu'il avait d'elle en cet instant n'était pas possible à dissimuler, mais il ne la retint pas de prolonger son étreinte. Elle semblait se remplir de cette force virile tendue vers elle, en faire provision pour armer d'autant son propre courage. Puis elle se détacha de lui et s'avança vers la porte.

— Pour quitter l'hôtel, dit-elle, il faudra que vous passiez par les corridors de service. Je vous ai fait un petit plan jusqu'à la sortie. Quand vous serez dehors, achetez-vous un portable brésilien et appelez Joaquim pour lui dire où vous êtes. Son numéro est avec le plan.

Elle tendit à Paul une feuille pliée en quatre qu'il glissa dans la poche de son short.

— Quelqu'un vous préviendra dès que je saurai quand l'action doit commencer.

Elle lui sourit une dernière fois, mais de façon plus machinale, comme si son esprit, déjà, était occupé par ce qu'elle avait à faire. Puis elle disparut dans le couloir.

Paul resta un long instant debout, ému, songeur, troublé par cette apparition et maintenant par cette absence.

9

Rio de Janeiro. Brésil.

Personne n'est plus facile à piéger qu'un flic. Juliette connaissait assez les petits chemins des favelas pour arriver à l'hôtel Laranjeiras sans se faire repérer. Mais pour rendre son retour plus crédible, elle préféra se faire capturer. Elle entra donc dans une pension de Botafogo, demanda une chambre et déclina sa véritable identité. Au regard du réceptionniste, elle comprit qu'il avait été saisi, comme tous les hôteliers, d'un avis de recherche la concernant. Elle le vit disparaître, sans doute pour téléphoner discrètement. Un quart d'heure plus tard, alors qu'elle était allongée sur le lit grinçant de la chambre n° 6, la porte vola d'un coup de pied. Une escouade de policiers menés par un petit homme rondouillard aux cheveux noirs presque crépus et coupés ras fit irruption dans la chambre, l'arme au poing. Juliette se laissa embarquer sans résistance, mais en prenant l'air apeuré et surpris. Ils la firent monter à l'arrière d'une fourgonnette aux vitres grillagées qui sentait la sueur et le cambouis. Sirène hurlante, ils la menèrent à travers la ville jusqu'à un bâtiment austère situé non loin de la baie. Elle traversa des couloirs où attendaient, menottés, de jeunes garçons à l'air absent et quelques prostituées. Par un petit escalier puis d'autres corridors, ils arrivèrent jusqu'à une porte sur laquelle était écrit « Divisão criminal ». Le petit homme qui l'avait arrêtée frappa à la porte, qui s'ouvrit aussitôt. Dans un vaste bureau aux murs nus, meublé d'une table encombrée de dossiers et de quelques chaises en métal dispersées sans ordre, Juliette vit trois hommes : l'un d'eux, qu'elle ne connaissait pas, était vêtu d'un uniforme d'officier de police. Les deux autres étaient Harrow et Zé-Paulo.

Ils la cuisinèrent pendant plus d'une heure. Harrow ne posait aucune question. Il se contentait de fixer sur elle son regard bleu, où il était impossible de lire autre chose que de la haine.

Elle s'en tint strictement à la version qu'elle avait préparée. La peur seule l'avait poussée à s'enfuir. Elle était partie au hasard droit devant elle, prise d'une panique inexplicable. Peut-être était-ce l'approche du grand jour, l'usure de l'attente, le désarroi amoureux. (Elle jeta un coup d'œil vers Harrow sans en dire plus.) Les policiers de garde en bas de la rue bavardaient entre eux, ils ne l'avaient pas vue passer. La nuit, elle avait dormi sous un porche, couchée par terre, et les rares passants avaient dû la prendre pour un mendiant. Non, elle n'avait parlé à personne. Non, elle n'avait été abordée par personne. Elle n'avait aucun projet. Pourquoi avoir choisi l'hôtel de Botafogo où elle avait été retrouvée ? Par hasard, par épuisement. Oui, elle était heureuse qu'ils l'aient retrouvée. Elle espérait qu'ils lui faisaient toujours confiance. Elle avait plus que jamais envie d'agir. Il fallait seulement que cela aille vite car elle ne supportait plus l'attente, l'incertitude.

Au bout d'une heure, l'officier fit entrer deux policiers qui se tenaient devant la porte dans le couloir. Il la leur confia, tandis qu'il se retirait dans une pièce voisine, suivi de Zé-Paulo, qui affectait une dignité un peu ridicule de procureur requérant la mort, et de Harrow, toujours impénétrable.

Quelques minutes plus tard, ils rentrèrent. Zé-Paulo avait l'air énervé et contrarié. Sans doute n'avait-il pas eu le dessus dans la discussion. Ce fut Harrow, cette fois, qui parla. Il avança une chaise près de celle de Juliette, lui prit la main avec douceur et baissa la tête.

— C'est bon, dit-il. Nous allons rentrer à l'hôtel. Tu n'auras plus à attendre. Nous lancerons l'opération ce soir même, à la tombée de la nuit.

Juliette partie, Paul passa une demi-heure à signaler sa présence aux gardes chargés de le surveiller. Il appela le service de chambre pour faire monter un Coca-Cola, s'accouda longuement à la fenêtre, bien en vue des prétendus chauffeurs qui l'observaient d'en bas en cachant – mal – leur talkie-walkie. Il passa plusieurs appels depuis la ligne fixe chez un dentiste, un notaire, une cartomancienne. Chaque fois, il expliquait laborieusement à des interlocuteurs qui parlaient à peine anglais qu'il venait d'arriver à Rio, qu'aujourd'hui il se reposait et ils se mettaient d'accord sur un rendez-vous pour les jours suivants. Ces informations devaient remonter par les canaux à la fois réactifs et laborieux qui constituent la mécanique habituelle des filatures. Ses anges gardiens avaient du grain à moudre pour quelque temps. Il pouvait agir.

Juliette l'avait informé que personne ne le surveillait à l'étage. Il sortit donc de sa chambre très naturellement, emprunta le couloir mais, au lieu de s'arrêter aux ascenseurs, il continua jusqu'à une porte sur laquelle était inscrit « Service ». Il portait, comme elle le lui avait recommandé, un gros bouquet de fleurs. Juliette lui avait indiqué qu'il y en avait toujours un sur une table, au bout du couloir, et qu'il était changé régulièrement. Elle lui avait expliqué que pour circuler dans les soutes d'un établissement tel que l'Oceania, il était préférable d'avoir l'air affairé. Caché derrière son gros bouquet, il était tout à fait crédible. Une faune invisible de femmes de chambre, de livreurs, de garçons d'étage se croisait dans ces boyaux mal éclairés, ces escaliers lépreux où le velours défraîchi des couloirs réservés à la clientèle cédait la place à une décoration sommaire faite de lances à incendie, de chariots de ménage et de pots de peinture.

Paul suivit les indications que Juliette lui avait données. Personne ne lui posa la moindre question et il sortit par une porte à double battant qui ouvrait sur les poubelles de l'hôtel. La ruelle qu'il emprunta débouchait sur l'avenue commerçante qui longe Copacabana, à l'arrière des immeubles du front de mer. Il héla un taxi et se fit conduire au centre-ville. Dans l'avenue Rio Branco, il acheta un téléphone portable avec une puce valable dans le monde entier. Assis sur un banc, il appela Barney à Providence.

Il tomba sur Tycen qui poussa un cri en l'entendant.

— On vous cherche partout ! Pourquoi n'avez-vous pas pris contact en arrivant au Brésil ?

Paul lui résuma rapidement la situation.

— Barney se doutait que c'était un piège, dit Tycen. Et Archie aussi.

— Archie ! Il sait que nous sommes ici ?

Tycen se rendit compte que Paul ignorait les derniers développements, à Providence. Il lui raconta l'intervention de Lawrence, la conversation de Barney et d'Archie, le revirement de celui-ci.

— Où sont-ils en ce moment ?

— En vol pour Rio.

— Tous les deux ?

— Oui.

— À quelle heure arrivent-ils ?

Tycen pianota sur son ordinateur.

— Onze heures trente, heure locale, à l'aéroport Galião.

Un coup d'œil à sa montre et Paul vit qu'il était onze heures moins dix.

— Je vais les chercher, dit-il.

Il raccrocha et sauta dans un taxi.

Kerry avait traversé Rio en taxi à la pire heure : ces moments encore frais du matin où tous les habitants des quartiers périphériques s'agglutinent sur les voies rapides pour rejoindre leur bureau. Le cabinet de son amie Deborah était situé de l'autre côté du pont de Niteroi, dans une zone pavillonnaire. Des arbres trop nourris de pluie et de soleil faisaient éclater les trottoirs.

Derrière des portails de fer, on distinguait des jardins plantés de manguiers et de citronniers. Après dix coups de sonnette, une employée noire vêtue d'une blouse de coutil qui évoquait vaguement un uniforme médical vint lui ouvrir, mais ne la laissa pas entrer. « Le docteur » ne consultait pas le jeudi. Il était inutile de l'attendre. Elle n'avait pas son numéro de portable. La femme donnait ces renseignements de façon laconique, en regardant Kerry avec une suspicion teintée de mépris. Elle considérait à l'évidence que la folie profonde de tous les gens qui défilaient dans ce cabinet n'était pas les troubles dont ils venaient se plaindre, mais le fait qu'ils acceptent de payer des fortunes pour que quelqu'un se contente de les écouter. À bout d'arguments, Kerry finit par trouver une idée qui parut suffisamment raisonnable à l'employée pour qu'elle daigne y répondre. Elle lui demanda si Deborah (« le docteur ») consultait toujours à l'hôpital. Ce renseignement n'était pas compromettant et paraissait de nature à accroître encore le respect que sa patronne méritait d'inspirer à la vieille femme. Celle-ci répondit qu'en effet « le docteur » consultait à l'hôpital des sœurs de l'Immaculée-Conception, à Graças. Elle ne savait ni quand ni dans quel service, mais Kerry, au moins, avait une piste.

Le taxi s'était garé un peu plus loin. Elle le rejoignit et demanda au chauffeur s'il connaissait l'hôpital en question. Il lui répondit que non, mais qu'en se rendant dans le quartier de Graças il trouverait facilement quelqu'un pour le renseigner.

Ils mirent encore une bonne heure, dans les embouteillages, pour rejoindre l'autre côté de la baie. Le temps s'écoulait à la fois trop lentement et trop vite.

Lentement, parce que Kerry était impatiente de remonter cette piste. Elle avait conscience qu'ils étaient engagés dans une course contre la montre et qu'à tout instant la catastrophe pouvait se produire. Trop vite parce que ces derniers instants de la mission, cette impatience, ce stress, cette angoisse la mettaient dans un état de transe qu'elle n'avait pas connu depuis longtemps et qu'elle n'éprouverait peut-être plus jamais. Elle se sentait comme quelqu'un qui vit ses derniers moments dans un pays, s'en imprègne, s'y sent parfaitement à l'aise, mais sait que le lendemain il l'aura quitté. À Graças, le chauffeur stationna le taxi sur une place devant un petit bar où étaient attablés des couples d'étudiants, amoureux et nonchalants. Il s'éloigna pour tenter de trouver quelqu'un qui pût lui indiquer l'hôpital de l'Immaculée-Conception. Kerry appuya sa tête sur le siège et ferma les yeux, gagnée par une somnolence qui venait sans doute des décalages horaires successifs de ces derniers jours, de ses nuits sans sommeil, de son angoisse.

Cette fatigue l'avait rendue à la fois plus impatiente, plus sensible aux décors, aux couleurs, aux ambiances et moins vigilante. Pas plus que Paul elle n'avait pris garde que la voiture qui l'avait chargée à la sortie de l'hôtel était garée à l'écart de la file de taxis. Et elle ne s'inquiéta pas de l'absence prolongée du chauffeur. Elle n'imaginait pas que, dissimulé à l'angle d'une rue, il communiquait par talkie-walkie avec ceux qui, dans l'ombre, lui avaient confié la mission de la surveiller.

Quand il revint, il expliqua qu'il avait réussi à trouver l'adresse de l'hôpital et elle considéra qu'il avait simplement fait ce qu'elle lui avait demandé.

Ils mirent un temps assez long à rejoindre l'établissement, mais, faute de connaître la ville, elle n'y vit qu'un effet de la complexité de ces ruelles mal pratiques où les voitures circulaient au pas. Enfin, ils s'arrêtèrent devant un bâtiment en briques rouges dont rien n'indiquait la destination. Seule la présence d'une longue queue de pauvres gens devant une porte laissait penser qu'on y dispensait des secours gratuits. Kerry dépassa la file et s'expliqua avec un cerbère qui la laissa entrer sans difficulté. L'intérieur du bâtiment était presque désert et calme. Il respirait plus le monastère que l'hôpital, malgré une odeur d'éther qui semblait sortir des murs. Kerry prit un certain temps à chercher quelqu'un à qui s'adresser et qui comprît l'anglais. Elle le découvrit sous la forme d'une impressionnante sœur vêtue de blanc, coiffée d'un voile plissé, insigne de son ordre ou attribut de ses fonctions d'infirmière, qui la toisa d'un air réprobateur, en regardant avec insistance ses cheveux en désordre.

Elle lui indiqua que le département de psychologie était situé au troisième étage. Kerry monta par un escalier recouvert de linoléum et déboucha sur un palier désert. Un long corridor sur lequel ouvraient des portes identiques et sans aucune indication, parcourait tout le bâtiment jusqu'à une fenêtre à demi cachée par un énorme palmier en pot. Elle avait le choix entre attendre que quelqu'un sorte ou bien ouvrir une des portes, au risque d'interrompre une consultation. Elle regarda sa montre : il était déjà deux heures et demie. Il n'y avait pas de temps à perdre. Elle poussa la première porte et tomba sur une petite pièce vide meublée d'une table et de deux chaises. Elle en ouvrit une deuxième, une troisième et, finalement, à la suivante, découvrit un médecin en train d'écouter un très vieil homme. Le patient continuait de parler sans se rendre compte que quelqu'un était entré dans la pièce. Le médecin ne parut pas mécontent d'interrompre sa tâche. Il se leva, vint à la rencontre de Kerry et passa dans le couloir avec elle.

— Excusez-moi, je cherche une de vos collègues. C'est pour une affaire urgente.

L'homme s'enquit du nom de celle que Kerry cherchait et il réfléchit un instant.

— Ce n'est pas un médecin, précisa-t-il, avec une pointe de mépris. Deborah est seulement une psychologue. Elle vient ici le mercredi matin, si je ne me trompe pas.

On était jeudi.

— Vous avez une idée de l'endroit où je peux la trouver ?

— Attendez-moi une minute.

Il rentra dans le cabinet de consultation, prit un annuaire photocopié posé sous le téléphone et revint en le feuilletant.

— Voilà, annonça-t-il fièrement.

Il lut une adresse et tendit la page à Kerry pour qu'elle en déchiffre elle-même l'orthographe. C'était la rue du cabinet privé où elle s'était rendue le matin et le numéro de téléphone était celui qu'elle avait appelé sans succès.

— Vous n'avez pas son adresse personnelle ?

— Je regrette, je ne la connais pas personnellement. C'est tout ce que je peux faire pour vous.

— Quelqu'un d'autre, ici... ? dit-elle en faisant un geste vers les autres portes.

— Personne n'en saura plus, je le crains. Nous

sommes des praticiens libéraux et nous avons peu de rapports entre nous.

Kerry le remercia et descendit. Encore une piste qui ne déboucherait sur rien. Elle sentait pointer en elle le découragement.

Au rez-de-chaussée, la sœur infirmière avait disparu. Mais un homme déambulait dans le hall, un téléphone portable à l'oreille. C'était un Brésilien au teint bistre, vêtu avec élégance d'un complet blanc et d'une chemise de bonne coupe au col ouvert.

— Vous cherchez quelque chose, mademoiselle ? dit-il en refermant son téléphone.

Kerry ne comprit pas la phrase car il avait parlé portugais. À son ton de galanterie un peu ridicule, elle en devina le sens à la fois explicite et sous-entendu. Mais, après tout, elle ne pouvait négliger aucune aide.

— Je cherche une psychologue qui travaille ici le mercredi, dit-elle en anglais.

— Comment s'appelle-t-elle ?

Il avait dû apprendre l'anglais en Floride ou au Texas et les intonations américaines se mêlaient à l'accent chuintant des Cariocas.

— Deborah ! s'écria-t-il quand elle lui eut dit qui elle recherchait. Mais c'est une excellente amie.

Sentant la surprise de Kerry et peut-être un peu de méfiance dans son expression, il s'empressa de préciser qu'il était également consultant dans ce dispensaire, quoique dans une autre spécialité.

— Je suis neurologue. Deborah et moi avons travaillé plusieurs années ensemble à l'université. Permettez-moi de me présenter. Mon nom est Mauro Mota.

— Vous connaissez… son adresse personnelle ?

— Mais bien entendu. Nous avons dîné ensemble pas plus tard que la semaine dernière.

C'était une rencontre providentielle et Kerry, quoi qu'elle pût ressentir, ne pouvait pas se payer le luxe de se montrer méfiante, de demander des garanties, des preuves.

— Vous pourriez me la donner ? Il faut que je la voie de façon très urgente.

— Certainement. Mais nous allons d'abord l'appeler. Je ne suis pas sûr qu'elle soit chez elle à cette heure-ci.

Il composa un numéro sur son portable. Quelqu'un répondit et il fit plusieurs questions en portugais. Il raccrocha.

— Elle sera chez elle vers cinq heures.

— Où habite-t-elle ?

— Vous avez une voiture ?

— Un taxi. Il m'attend dehors.

Le médecin fit une moue.

— Un taxi ne trouvera jamais. Elle habite une villa sur les hauteurs du Corcovado, un endroit charmant d'ailleurs. Il n'y a pas positivement d'adresse. Il faut connaître.

Il regarda sa montre.

— Il est presque trois heures. Je n'habite pas très loin de là. Comme j'ai terminé ma consultation, je peux vous déposer, si vous voulez.

Après tout, qu'avait-elle à perdre ? Le type était un macho dragueur, mais elle en avait vu d'autres et il ne paraissait pas bien dangereux.

— C'est très gentil. J'accepte volontiers, si cela ne vous dérange vraiment pas.

Ils sortirent du dispensaire et elle s'approcha du taxi.

Mauro Mota la devança, tendit un billet au chauffeur et le congédia froidement.

— Ma voiture est un peu plus bas.

Il l'emmena vers un garage en étage situé entre deux immeubles. Le gardien, en le voyant, courut chercher une Lexus noire et la déposa, moteur tournant, devant son propriétaire.

— Nous avons une heure devant nous, avant que Deborah ne rentre. Je peux vous offrir un verre ?

Kerry n'était pas étonnée que ce play-boy lui propose un intermède de cette nature. C'était dans la logique du personnage et elle ne voyait pas de raison de refuser. Il la conduisit jusqu'au lac au-dessus duquel se dresse, tout en haut de son pic, le Christ Rédempteur. Ils entrèrent dans un café à la mode, avec une ambiance dépouillée, vaguement importée de New York, de jeunes serveurs en chemise noire.

— Excusez-moi, dit Kerry en s'installant. Mon ami est resté à l'hôtel. Je vais l'appeler pour savoir s'il veut se joindre à nous.

Elle s'amusait à l'avance de la réaction du galant homme. Il se montra parfait, ne laissa paraître aucun dépit et lui offrit son portable pour appeler. Elle composa le numéro de l'hôtel, demanda la chambre de Paul, mais n'obtint pas de réponse.

— Il n'est pas là, dit-elle en raccrochant. Tant pis, j'irai sans lui.

Curieusement, le médecin parut plus décontenancé par cette information qu'il ne l'avait été d'apprendre l'existence de Paul. Mais il ne marqua pas longtemps sa surprise et reprit la conversation avec naturel. Ils commandèrent des cocktails, échangèrent des propos sans importance. Kerry expliqua qu'elle était en voyage touristique au Brésil, s'efforça de s'intéresser à des propos insignifiants sur Rio, ses monuments, ses spectacles, son carnaval.

Au bout d'un quart d'heure environ, Mauro Mota s'excusa et partit vers le fond du café. Elle l'attendit, en réfléchissant à ce qu'elle allait demander à Deborah. La trouver avait été sa seule préoccupation. Maintenant qu'elle y était presque parvenue, elle se rendait compte que l'essentiel restait à faire. Comment s'y prendrait-elle, avec son aide, pour remonter la piste jusqu'à Harrow ? Son intention était d'approcher Oswaldo Leite, qui semblait l'homme clef de l'opération au Brésil. Deborah était d'une grande famille qui comptait plusieurs hommes politiques, de grands financiers. Mais à supposer que Kerry puisse, avec son aide, atteindre cet homme, comment s'y prendrait-elle pour l'intimider ou, à tout le moins, l'influencer ?

Pendant qu'elle était plongée dans ces réflexions, Mota, dans l'arrière-salle, dissimulé par une tenture, téléphonait.

— Vous saviez qu'il était parti ?

— On vient de l'apprendre, répondit son correspondant. Il n'est pas sorti par la grande porte et les gars n'ont rien vu. Mais on s'en occupe. Tout le monde est sur le coup. Il ne peut pas aller bien loin.

— Alors, je fais quoi ?

Il y eut un silence au bout du fil.

— On montera quelque chose pour lui quand on l'aura retrouvé. En attendant, tu continues l'opération comme prévu, même si c'est seulement pour elle.

10

Rio de Janeiro. Brésil.

— Comment vous sentez-vous ?

Zé-Paulo avait une haleine mentholée. Quelqu'un lui avait sans doute fait des remarques et il avait cru efficace d'ajouter l'odeur écœurante de ces bonbons à celle qu'il dégageait naturellement. Juliette détourna la tête.

— Je me sens bien.

C'était vrai. Elle n'avait jamais éprouvé une telle sensation. Elle en mesurait la fragilité. Sans doute serait-elle éphémère. En tout cas le bien-être était là et il fallait en profiter.

La voiture était passée la chercher à cinq heures à l'hôtel Laranjeiras. Juliette y prit place en compagnie de Harrow et de Zé-Paulo. Elle comprenait qu'elle leur faisait peur. On l'avait préparée avec soin comme un kamikaze. Et comme un kamikaze, elle percevait un certain dégoût chez ceux qui l'approchaient. Elle appartenait déjà à l'espèce terrifiante des morts.

En quittant l'hôtel, Juliette avait fait un sourire à Joaquim qui paraissait somnoler près de l'entrée, assis de travers dans son fauteuil de fer. Il lui avait répondu par un imperceptible battement des paupières.

Harrow était silencieux et grave, comme toujours, peut-être un peu plus. Juliette crut même observer qu'il tremblait légèrement et cela la fit sourire. Depuis qu'elle était rentrée, il l'avait traitée avec beaucoup de douceur. Il n'avait pas cherché à la toucher et elle ne l'avait pas provoqué. Il s'était seulement assuré par des questions approfondies qu'elle n'avait pas changé d'avis, qu'elle était bien décidée à passer à l'action comme ils en étaient convenus. Quand il comprit que c'était le cas, il parut soulagé.

Dans la voiture, Juliette était assise à l'arrière à côté de Harrow. Devant, Zé-Paulo guidait le chauffeur, un petit homme au visage carré qui caressait le volant de ses doigts boudinés.

Dieu sait pourquoi, elle pensait à l'une de ses vieilles voisines chez qui sa mère l'emmenait quand elle était petite. C'était une femme obèse qui se déplaçait avec difficulté. Un jour, elles l'avaient trouvée transformée. Elle flottait dans ses robes, trottait et annonçait avec bonheur qu'elle avait perdu vingt-cinq kilos grâce à un nouveau régime. Le temps de faire retailler tous ses vêtements, trois mois plus tard, elle était morte. En fait de nouveau régime, elle avait surtout un cancer du foie. En même temps qu'il la rendait heureuse, il lui ôtait la vie.

La voiture était d'abord descendue jusqu'à Botafogo, avait longé la baie et emprunté le grand tunnel. Ce n'était pas le plus court chemin pour la Baixada. Juliette était à la fois indifférente, absente et en même temps son esprit notait tout avec une lucidité qui l'étonnait elle-même. Ensuite ils avaient tourné à droite vers Lagoa. Par une rue en pente raide, ils étaient parvenus jusqu'à une grille monumentale qui s'était ouverte à leur approche. Sans doute était-ce l'effet du bref coup de fil que Zé-Paulo avait passé pendant qu'ils roulaient. Le portail donnait sur une cour dallée, entourée de plantes en pot. Au fond s'ouvrait une villa moderne dans le sous-sol de laquelle pouvaient se garer trois voitures. Deux places étaient libres, ils y entrèrent. La cour était déserte, mais dans la voiture garée attendait un chauffeur. C'était une vieille Coccinelle Volkswagen. Sa peinture grise avait perdu tout brillant et le bas de sa carrosserie était piqué. Zé-Paulo était sorti le premier. Il ouvrit la portière de la Coccinelle et fit signe à Juliette de s'y installer. Il allait refermer quand elle le bloqua :

— Ted vient avec moi.

Le Brésilien regarda Harrow et celui-ci s'avança vers la voiture.

— Oui, avoua-t-il. Je l'accompagne. Je l'ai promis.

Zé-Paulo prit l'air incrédule et, en tout cas, contrarié. Mais Harrow lui mit la main sur le bras avec une expression rassurante.

— Ça ne change rien, dit-il d'une voix sourde.

— Mais il n'y a pas la place, discuta Zé-Paulo.

— Dis au chauffeur de descendre. Je vais conduire.

Il y eut un moment de flottement. Finalement, le chauffeur sortit de la voiture et Harrow prit sa place.

Juliette avait posé cette condition l'après-midi après son retour. Harrow l'avait acceptée d'autant plus facilement que cette solution lui permettait de la surveiller jusqu'au bout, ce qui le rassurait beaucoup. Après tout, il n'avait rien à craindre. L'encadrement policier dans la zone leur était acquis. Aucun passant ne s'aventurerait à venir le dénoncer et si c'était le cas, son témoignage serait purement et simplement envoyé aux oubliettes. L'enquête établirait que Juliette était arrivée seule au volant de la Coccinelle et rien ne viendrait contredire cette version des faits. L'essentiel, en revanche, était que tout se déroule selon le plan prévu et jusqu'au bout. Harrow y veillerait d'autant mieux qu'il serait au côté de Juliette pour prévenir tout écart, toute hésitation, toute tentative de trahison.

Ils repartirent presque immédiatement. Zé-Paulo avait ouvert le capot avant de la voiture et s'était assuré que les quatre conteneurs étaient bien là. Il faisait nuit quand ils sortirent dans la rue et reprirent l'avenue qui borde le lac. Le Christ Rédempteur était illuminé et ouvrait ses grands bras dans le ciel noir pour accueillir tous les pécheurs. Cette fois Harrow prit bien la direction du nord, vers la Baixada.

Juliette le voyait de profil et son visage sombre se détachait sur les lumières descendues des mornes. Les favelas, pensa-t-elle, se remarquent la nuit parce que leurs lampes sont éparpillées sans ordre tandis que dans les quartiers riches, les immeubles disposent leurs lumières en lignes et en colonnes bien régulières.

— Tu te souviens de ce que tu as à faire ?

— J'ai répété pendant une heure, cet après-midi, Ted.

Avec un conteneur vide, identique à ceux qui étaient placés dans le coffre, Juliette avait fait et refait les gestes qu'elle devrait accomplir près du canal : ouvrir la fermeture de sécurité, plonger le conteneur dans l'eau, le renverser sur le côté et évacuer tout son contenu dans le courant, le refermer et le mettre dans un sac-poubelle, etc.

Il avait plu les nuits précédentes. Les nuages devenaient menaçants et laissaient prévoir de nouvelles averses pour les heures suivantes. L'air était moite et il était impossible de savoir si cette touffeur venait du sol imbibé d'eau ou du ciel d'orage. Avec son petit bruit de mitraille, la Coccinelle aborda courageusement les premières ornières que marquait l'entrée de la Baixada.

L'horaire avait été soigneusement choisi. L'opération devait se dérouler au moment où montait l'obscurité. La vigilance des habitants est moindre à cette heure-là. De plus, aux premières heures de la nuit, beaucoup de gens venaient au canal se laver sans être vus, tirer de l'eau pour le dîner. La contamination serait immédiate. Et la nuit rendrait plus aisée et plus discrète l'élimination de Juliette.

Pour l'heure, le soleil rasait l'horizon encombré de fils électriques et de poteaux de bois, rougissait la boue et renvoyait quelques derniers éclats de lumière sur les tôles de la favela. Harrow se raidissait, comme toujours lorsqu'il entrait dans ce décor détesté. Juliette, au contraire, avait l'impression d'arriver chez elle.

Kerry et son galant s'étaient attardés dans le café un peu au-delà de l'heure prévue. Mota avait appelé chez Deborah à plusieurs reprises. Elle n'était pas rentrée et il proposa à chaque fois d'attendre encore un peu avant de se mettre en route. Kerry s'impatientait mais elle n'avait aucun moyen d'accélérer les choses. Mota l'énervait avec sa conversation de séducteur dont les allusions et les plaisanteries tombaient à plat. Finalement, elle résolut de lui faire parler de politique. Elle l'interrogea sur Oswaldo Leite dont elle avait entendu parler aux États-Unis, disait-elle, comme d'un possible prétendant à la présidence, aux prochaines élections.

Mota parla de lui avec admiration et enthousiasme, mais sans révéler quoi que ce soit que Kerry ne sût déjà. Enfin, vers cinq heures, il passa un dernier coup de fil. Il annonça triomphalement que Deborah avait téléphoné chez elle pour dire qu'elle quittait son coiffeur et qu'elle arriverait dans l'heure. Sans hâte, il demanda l'addition, paya, passa encore un long moment au téléphone « à propos d'un patient difficile ». À cinq heures et quart, ils quittèrent enfin le bar, gagnèrent la contre-allée où attendaient deux voituriers. L'un d'eux ramena la voiture et ils se mirent en route.

La circulation était dense. C'était l'heure de sortie des bureaux. Kerry se demanda si elle avait mal choisi le moment de ses déplacements ou si Rio était une ville constamment embouteillée. Elle avait passé presque toute sa journée au milieu de voitures roulant au pas. Mota mit un CD de musique brésilienne et recommença à disserter sur les instruments du Nord-Est, région dont sa famille était originaire. Kerry avait moins envie que jamais de s'intéresser aux sonorités comparées du cavaquinho et du violon du Sertão.

Elle regardait rougir le lac autour duquel s'allumaient les réverbères. Les mornes prenaient une teinte vert sombre tandis qu'à leur sommet les pentes de basalte brillaient à la lumière rasante du crépuscule.

Mota continuait son bavardage. Mais au bout du lac, ils empruntèrent la route qui monte en lacets au flanc du Corcovado. Il changea alors d'attitude et se tut. Le ruban d'asphalte sur lequel ils roulaient était étroit et sombre, presque continûment entouré de hauts murs qui protégeaient des propriétés privées. La végétation tropicale qui débordait par-dessus était éclairée de l'intérieur par des projecteurs. Kerry ne voyait plus du conducteur que son profil, dessiné par instant au gré de ces lumières indirectes. Dépouillé de ses mimiques galantes, le visage de Mota prenait un aspect inattendu, inquiétant et dur.

De temps en temps, au détour d'un virage, la route

surplombait des trouées éclairées par les ampoules nues et les néons blancs qui signent la présence de favelas.

Ce fut elle, cette fois, qui parla. Elle demanda s'ils étaient encore loin, qui habitait dans ces quartiers, si Deborah ne craignait pas de faire cette route seule le soir. Mota répondait maintenant par des phrases courtes. Il semblait avoir changé de mimique, remplaçant ses grimaces courtoises par un sourire énigmatique et menaçant.

À mesure qu'ils montaient, les habitations se raréfiaient et ils traversaient de longues zones d'obscurité qui devaient correspondre à des forêts.

— Non, grinça Mota sans la regarder, le quartier n'est pas très sûr.

Kerry ne le voyait pas, mais elle avait l'impression qu'il ricanait.

— Vous avez entendu parler de ce journaliste américain qui enquêtait sur le trafic de cocaïne...

— Peut-être. Qu'est-ce qu'il lui est arrivé ?

— On l'a retrouvé coupé en morceaux. En tout petits morceaux. Dans une caisse.

— Et alors ?

— C'était là, dans la favela qui est en contrebas.

Kerry sentait son ventre se nouer. Ce n'était pas de la peur. Seulement l'impression qu'elle devait se mettre en alerte, se préparer à une épreuve inconnue, à un combat.

— Et sur la route, reprit Mota, il y a souvent des attaques, des embuscades...

Elle regardait, dans la lumière des phares, la route déserte sur laquelle ils avançaient de plus en plus lentement.

— En principe, les voleurs n'en veulent qu'à votre argent.

La trouée sombre ne laissait plus paraître aucune lumière.

— Pourtant, ajouta-t-il en riant cette fois franchement mais d'une façon déplaisante, les gens n'en réchappent pas toujours.

Soudain, au loin, Kerry aperçut la lueur de phares en sens inverse.

— Surtout les gens trop curieux…

Avant même que Mota eût lâché cette dernière remarque, elle avait compris. Les phares qu'elle avait repérés n'avançaient pas et éclairaient en oblique. Ils appartenaient à un véhicule garé en travers de la route et plusieurs silhouettes, debout, l'entouraient. Elle tenta d'ouvrir la portière, mais elle était bloquée. Quand elle se retourna vers Mota, elle vit qu'il conduisait d'une main et que de l'autre, il se tenait prêt à la frapper.

— Restez tranquille, ordonna-t-il. Comment dites-vous ça en anglais, déjà : « Vous vous êtes mise dans la gueule du loup. »

Loin de la tenir en respect, ces mots ôtèrent à Kerry toute espèce d'inhibition. Elle vit tout : le guet-apens, la duplicité de Mota, l'issue inéluctable et fatale. La Kerry de Fort Bragg remplaça immédiatement la Kerry sage et un peu niaise qui s'était laissé entraîner dans ce piège.

Le barrage était encore à une centaine de mètres et les tueurs ne pouvaient prendre le risque de viser la voiture avant qu'elle soit arrêtée, puisque son conducteur était l'un des leurs. D'un coup d'une rapidité et d'une précision qui prirent Mota complètement au dépourvu, Kerry le frappa et se jeta sur le volant. La Lexus fit une embardée sur la route étroite. Elle franchit l'étroit talus et se précipita dans le vide. À cet endroit, la pente était si forte qu'elle était dénuée de grands arbres sur une vingtaine de mètres. La voiture arracha des taillis, et en contrebas rebondit entre deux troncs comme une balle de flipper. Puis le moteur en heurta un troisième de front et s'immobilisa presque à la verticale. Kerry, qui s'était roulée en boule pendant la chute, était indemne. Mota n'avait pas attaché sa ceinture. Sa tête avait frappé contre le pare-brise et il gisait, inconscient, sur le volant. Les portes étaient toujours verrouillées. Kerry se pencha vers Mota et découvrit un revolver sous son aisselle. Avec la crosse, elle frappa la vitre de sa portière qui éclata. Elle put s'extraire à travers les éclats de verre et sentit qu'elle s'écorchait le bras gauche contre les esquilles de verre.

Au-dessus, des torches électriques s'agitaient sur la route. Elle entendait des bruits de pas sur l'asphalte et des éclats de voix. Le sol de la forêt avait retenu l'eau des pluies. Il était visqueux et glissant. En s'agrippant d'un tronc à l'autre, malgré la douleur qu'elle ressentait, elle entreprit de descendre dans l'obscurité de la pente.

11

Rio de Janeiro. Brésil.

La Coccinelle chargée de mort remontait lentement la longue avenue centrale de la Baixada. Harrow et Juliette restaient silencieux, attentifs aux moindres signes anormaux. Or il n'y en avait aucun. Un calme complet régnait dans les rues, les portes des cabanes étaient closes, aucun vieillard ne se tenait sur les bancs de guingois qui bordent les façades de tôle. Ils mirent ce vide sur le compte de l'humidité qui persistait après la pluie. Les Brésiliens sont prompts à se plaindre du froid au moindre recul de la chaleur qui les écrase d'ordinaire.

Mais, à mesure que la voiture remontait l'avenue défoncée, ce calme prit un caractère différent. Il était trop profond pour être simplement dû au hasard ou à l'humeur des habitants. Il n'y avait dans les rues strictement personne. Même les maisons, aux fenêtres desquelles on voit toujours d'ordinaire se pencher des têtes d'enfant, semblaient vides. Ils n'avaient pas encore atteint le bout de l'avenue que Juliette et Harrow étaient gagnés par une évidence troublante : la favela était vide.

Il était trop tard pour reculer et, de toute façon, l'interprétation de ces faits n'était pas univoque. Il pouvait y avoir une fête quelque part, à moins qu'un règlement de comptes sanglant la nuit précédente n'ait incité les gens à se mettre à l'abri.

La voiture, en avançant lentement, avait fini par atteindre le bord du canal. Harrow ralentit encore, regarda tout autour de lui. Il n'y avait strictement personne dans les ruelles qui débouchaient sur la place. Il était en train de réfléchir à cet état de fait quand une autre évidence le frappa. Le camion des policiers n'était pas là non plus et aucun d'entre eux n'était en vue.

Harrow freina brutalement et la voiture s'immobilisa au milieu du carrefour. Il se tourna vers Juliette, le visage convulsé par la colère et la peur.

Il n'eut pas le temps de remarquer qu'elle souriait, d'un sourire étrange, presque extatique, comme si elle s'abandonnait à une force inconnue, celle du destin qui allait s'accomplir. Un groupe de soldats était sorti des cases devant la voiture tandis que d'autres, l'arme au poing, se mettaient en position sur les côtés. Le bruit d'un hélicoptère approchait et bientôt l'énorme appareil de l'armée se mit en position stationnaire au-dessus de la voiture.

Tout se passa très vite, mais, comme toujours dans les moments d'extrême intensité, chaque acteur du drame, et d'abord Harrow, vécut ces instants avec une acuité qui leur conféra une durée bien plus longue. Il commença par hésiter à sortir l'arme qu'il portait sur lui. Il l'avait plutôt emportée en prévision d'un geste de résistance de Juliette ou d'un événement extérieur lié par exemple à l'interposition d'habitants de la favela. Mais, face au déploiement de force qui entourait la voiture, l'usage d'une arme de poing était dérisoire.

Ensuite, il regarda dans le rétroviseur pour voir si une retraite était possible. Mais un rideau de soldats, à une cinquantaine de mètres, barrait le chemin par où ils étaient arrivés. Alors, Harrow fit mine de se rendre. Il laissa pendre ses mains, feignit l'immobilité. En même temps, très lentement pour ne pas attirer l'attention, il enclencha la première et, d'un coup d'accélérateur, fit bondir la voiture droit devant. Des coups de feu claquèrent. Les balles rebondirent sur le sol à quelques centimètres de la voiture et quelques-unes entrèrent dans les roues, firent éclater deux pneus. Juliette ne bougeait pas. Elle continuait de sourire. La palissade de tôle d'une baraque de la favela vola en éclats quand la voiture la percuta. Presque immédiatement la Coccinelle défonça un mur en torchis. Le capot s'écrasa contre la frêle paroi et la voiture s'immobilisa de travers, dans un désordre d'esquilles de bois et de mottes de terre séchées. Harrow bondit dehors, contourna la maison éventrée et disparut.

Un grand silence suivit. La portière du conducteur était ouverte. Juliette était penchée sur le tableau de bord, inconsciente, le côté droit du visage tuméfié par le choc. Elle ne vit ni les premiers soldats s'approcher prudemment du véhicule accidenté, ni le groupe d'intervention recouvert des tenues en caoutchouc conçues pour la guerre bactériologique qui entoura la zone dès qu'il fut évident qu'Harrow avait disparu. Elle n'assista pas à l'ouverture du capot ni à l'extraction lente et prudente des fûts toxiques que le choc n'avait heureusement pas endommagés. Elle eut à peine conscience que des secouristes la portaient dans une ambulance, que des flashs crépitaient tout autour d'elle. Le seul souvenir qu'elle conserva, avant que les portes du fourgon sanitaire ne se referment, fut celui d'un petit vieillard vêtu d'un costume en tweed qui la regardait.

— C'est vraiment une jolie fille, dit-il avec une intonation anglaise un peu forcée. Heureusement qu'elle en a réchappé.

Il parlait à un grand Noir à l'air fatigué, qui se tenait un peu en arrière.

— Reculez-vous, Archie, dit Barney. Laissez-les fermer les portes. Il faut la conduire le plus vite possible à l'hôpital.

La forêt ne s'insinue à Rio que dans les endroits vraiment impossibles à construire. Elle couvre les pentes abruptes, les mauvaises ravines, le pied des mornes. Kerry, pendant sa fuite à tâtons dans l'obscurité, éprouvait physiquement ces contraintes. Tantôt elle était à couvert, mais le sol était dangereusement incliné, glissant, encombré d'arbustes et de lianes ; tantôt il devenait moins escarpé, mais alors des traces humaines resurgissaient : clôtures en fil de fer, palissades, poulaillers, décharges sauvages. Elle se sentait prise au piège. L'obscurité était totale dans ce sous-bois. À travers les troncs, elle distinguait seulement, en contrebas, les lumières de la ville qui dessinaient un arrondi autour de la baie de Guanabara et, vers le, haut, s'agitait le faisceau des torches que ses poursuivants braquaient pour la localiser.

Jamais Kerry ne s'était sentie aussi menacée. À vrai dire, la situation était si désespérée qu'on pouvait en prévoir l'issue sans aucun doute. Quand elle approche paisiblement ou dans le silence d'une chute, dans la soudaineté d'un accident, la mort déclenche le plus souvent une sorte de convulsion de la mémoire qui fait défiler toute la vie devant les yeux, convoque l'image ultime des êtres chers, des moments d'amour, des lieux aimés. Mais dans la situation où elle se trouvait, Kerry n'éprouvait rien de tel. Son esprit s'était totalement vidé de tout souvenir, de toute humanité. Restaient l'instinct de la survie, le cri animal de l'être qui rassemble ses dernières forces, le désir archaïque de se mesurer à la mort et de la vaincre. Cet état présente une troublante parenté avec la jouissance sexuelle. C'est un sursaut du corps plus que de l'esprit, ou plutôt une fusion des deux, mais sur le versant le plus primal de l'être.

En courant à travers les arbres, en se cognant à leurs épines et leurs branches, elle s'était écorché le visage et les bras. Un liquide gluant coulait sur sa peau et dans l'obscurité, sans en avoir la certitude visuelle, elle se douta que c'était du sang. Pourtant, elle ne sentait aucune douleur. À un moment, elle tomba dans un creux empli de feuilles mortes et de boue tiède. Peut-être était-il possible de s'y cacher. Elle creusa dans le fond, tenta de se couvrir de l'humus pourrissant qui en tapissait les bords. Les torches étaient encore assez loin. Ses poursuivants s'interpellaient par des cris sonores, dont l'écho assourdi indiquait qu'ils étaient toujours à bonne distance.

En voulant se camoufler, Kerry avait réussi tout au plus à se maculer de boue, mais le trou n'était pas assez profond pour constituer une véritable cache, et elle serait immédiatement découverte. Elle en ressortit et entreprit de nouveau de dévaler la pente. Quelques mètres plus loin, elle distingua la route, en contrebas. Mais d'autres torches indiquaient que des hommes avaient été mis en faction à des intervalles d'une cinquantaine de mètres. Il n'y avait donc pas de salut possible par là. Elle reprit son chemin à flanc de colline, en espérant découvrir une issue du côté de la favela dont elle apercevait les lumières. Elle courait presque, en se tordant les pieds et en se tenant aux branches. Tout à coup, elle sentit comme une dent qui se serait plantée dans son front. Des deux mains, elle tenta de localiser l'obstacle. C'était un barbelé. Une triple clôture de fil de fer enroulé empêchait tout passage.

Kerry s'arrêta, haletante, aveuglée d'un œil par le sang qui coulait de son front. Machinalement, elle regarda en arrière, du côté des torches, pour évaluer la distance qui la séparait encore de la meute de tueurs.

Et là, soudain, elle prit conscience de l'obscurité et

du silence. Les torches étaient invisibles ; les cris avaient cessé. Il n'y avait plus que la nuit pure du sous-bois et les bruits lointains qui montaient de la ville.

Elle s'immobilisa et attendit. Ce calme inattendu pouvait signifier que ses poursuivants l'avaient repérée, qu'ils étaient tout proches et allaient peut-être bondir sur elle d'un instant à l'autre ou simplement l'abattre. Mais plus le silence se prolongeait, moins cette hypothèse lui paraissait plausible. Avaient-ils renoncé à la poursuivre ? Lui tendaient-ils un autre piège, dans la direction où elle se dirigeait ?

Elle tournait ces idées dans sa tête quand, tout à coup, des sons nouveaux, plus lointains, venus d'en haut, lui firent tendre l'oreille. Il lui sembla entendre le bruit sourd de portières qui claquaient. Puis un coup de sifflet retentit, suivi d'éclats de voix. Kerry ne bougeait toujours pas. Sans pouvoir s'en convaincre tout à fait, elle finissait par espérer qu'elle avait bel et bien échappé à ceux qui voulaient l'éliminer.

Trois longues minutes passèrent, pendant lesquelles cet espoir grandissait en elle. À la jouissance du danger faisait place celle de la délivrance.

La déception n'en fut que plus vive quand, tout à coup, elle distingua de nouveau des lueurs mobiles au-dessus d'elle, à travers les troncs. Tout cet intermède n'avait peut-être correspondu qu'à l'arrivée de renforts, à une relève des premiers assaillants par une nouvelle équipe mieux équipée. Si ses poursuivants disposaient de viseurs infrarouges, la situation deviendrait vraiment critique. Pourtant, si tel était le cas, quelle pouvait être la raison d'employer encore des torches ?

Kerry se décida à interrompre ses raisonnements stériles et se remit à suivre la barrière de fil de fer pour tenter de découvrir un point de faiblesse, une issue. Mais il n'y en avait aucune.

À très faible distance maintenant, elle pouvait entendre le craquement de branches brisées par la progression de ses poursuivants. Elle percevait même, en tendant l'oreille, le chuintement des feuilles écrasées par leurs pas.

Et tout à coup, proche, terrifiante de clarté, retentit une voix d'homme. Kerry s'accroupit instinctivement, ultime et dérisoire tentative pour se rendre invisible. Elle mit un certain temps à reconnaître la voix de celui qui appelait. Quand elle y parvint, le sens lui en sembla si improbable, si ridicule même, qu'elle se crut victime d'une hallucination.

— Kerry !

Se pouvait-il qu'elle ait rêvé ? La voix criait son nom. Au bout de trois appels, elle finit par se convaincre qu'elle ne rêvait pas. Et à mesure que la voix s'approchait, elle en distinguait les intonations, en reconnaissait l'origine.

— Paul, cria-t-elle.

La lumière d'une torche balaya la clôture de barbelés et finit par éclairer son visage. Elle se releva lentement.

Le sang, la boue, les larmes qui commençaient à couler de ses yeux devaient la rendre méconnaissable car il y eut un moment de silence et d'hésitation.

Enfin, elle sentit Paul s'approcher, la prendre dans ses bras et elle sanglota longuement contre sa poitrine.

La voiture traversait Rio toutes sirènes hurlantes. Des pick-up militaires l'encadraient, sur le plateau desquels des soldats debout tenaient leur arme à la hanche, d'un air menaçant.

Kerry s'était affalée à l'arrière de la voiture sans se préoccuper des taches qu'elle laissait sur le cuir blond de la banquette. Paul, à ses côtés, la tenait toujours par l'épaule, mais elle ne se serrait plus contre lui. Après l'émotion de son sauvetage, elle avait longuement frissonné, comme si toute la peur s'était écoulée d'elle en une sueur glacée. Maintenant, elle se sentait tout à fait bien, d'une lucidité totale. Elle n'avait qu'une idée : comprendre ce qui s'était passé, savoir où en était l'enquête, s'il fallait encore craindre le drame.

— Comment m'as-tu retrouvée ? demanda-t-elle à Paul.

— J'ai suivi tout le chemin que tu as fait depuis ton départ : le cabinet de Deborah, la clinique de la Conception…

— Mais le café de Lagoa, qui a pu te l'indiquer ?

— On l'a découvert très tard. Le taxi qui t'avait emmenée est revenu à l'hôtel Oceania, une fois que tu l'as renvoyé. Je l'ai trouvé là en rentrant, alors que je désespérais de découvrir le moindre indice. Avec un pistolet dans la nuque, il a été assez bavard. Il m'a parlé de Mota et du café. Naturellement, il n'en savait pas plus.

— Ça ne te disait pas où j'étais partie ensuite.

— Non, il a fallu un autre hasard. Tu te souviens des voituriers devant le café ?

— Vaguement.

— Ils étaient deux. Un grand blond et un petit rondouillard aux cheveux noirs bouclés.

— Peut-être.

— Eh bien, le grand blond est un Écossais qui fait

une thèse d'anthropologie au Brésil. Il travaille dans la journée pour se faire un peu d'argent. Pendant que vous attendiez que l'autre amène la voiture, l'Écossais t'a entendue discuter avec Mota. Il a regardé le Corcovado et il t'a montré du doigt où se trouvait à peu près la maison de Deborah. C'était la seule piste. Je l'ai suivie et tu sais la suite.

Kerry se tourna vers Paul et, les lèvres tendues pour ne pas le maculer du sang qui lui souillait encore le visage, elle déposa un baiser sur sa joue.

— Merci, dit-elle.

Il pressa son épaule et ils restèrent un moment silencieux.

Mais, en regardant devant elle, Kerry vit l'escorte militaire, les soldats en alerte. Cette présence, à laquelle elle n'avait pas encore prêté attention, fit naître de nouvelles questions.

— Et tous ceux-là, d'où sortent-ils ?

— Pour eux, c'est Archie que tu devras remercier.

— Archie !

À cet instant, le convoi était arrivé devant un long mur aveugle. Un portail métallique gardé par deux soldats casqués s'ouvrit à son approche. Les véhicules s'y engouffrèrent en jetant sur les murs du porche la lumière orangée et tourbillonnante de leurs gyrophares. Ils traversèrent ensuite une vaste cour encombrée de Jeep et de camions militaires et s'arrêtèrent devant un bâtiment entièrement éclairé. Une faune d'officiers en uniformes, de militaires de tous grades et de civils en nage courait en tous sens. Kerry et Paul sortirent de la voiture et montèrent les trois degrés d'un perron. En haut des marches, Barney les attendait. Il prit les deux mains de Kerry et les serra avec émotion. Puis il les conduisit à l'intérieur.

Au premier étage, un véritable quartier général avait été installé. Barney les fit asseoir dans un angle devant une table de réunion couverte d'ordinateurs portables, de téléphones mobiles et de talkies-walkies.

— Archie vient de m'appeler, annonça-t-il. Il est encore en réunion chez le ministre de la Défense.

— Et à la Baixada ? demanda Paul.

— Les opérations de décontamination sont en cours. Tout sera terminé dans l'heure qui vient.

— Harrow ?

— Introuvable, toujours.

— Mais enfin, comment a-t-il pu leur échapper ? s'exclama Paul.

— C'est notre faute, avoua Barney en se tassant sur sa chaise et en reprenant l'air épuisé qui lui était naturel. Nous avions donné des consignes strictes aux soldats pour qu'ils ne tirent pas dans tous les sens, comme ils le font d'habitude.

Paul se souvenait, au moment de l'élaboration du plan, d'avoir beaucoup insisté pour que Juliette soit épargnée, quoi qu'il dût arriver.

— Ils se sont laissé surprendre. Harrow a planté la voiture dans une cabane. Il y avait des tôles et des planches partout ; il faisait nuit. Il a réussi à filer.

— Ça vous ennuierait de me raconter ? s'impatienta Kerry. J'ai l'impression d'avoir loupé pas mal d'épisodes… J'en suis restée à une époque pas si lointaine où Archie nous faisait la guerre pour qu'on arrête tout.

— Oui, bien sûr, dit Barney en se passant la main sur les yeux. Lentement, de sa voix de baryton fatigué, il résuma l'intervention de Lawrence, la discussion que lui-même avait eue avec Archie, pendant laquelle il avait réussi à le convaincre.

— Donc, il ne s'oppose plus à la mission ?

— Archie ne fait pas les choses à moitié. À partir du moment où je l'ai converti à notre cause, il s'est démené autant qu'il a pu. Et je dois dire qu'il s'est montré efficace.

— En faisant quoi ?

— Il vaudrait mieux qu'il en parle lui-même. Je suppose que c'est un rôle qu'il adore et il donnerait sûrement beaucoup de détails…

— En gros.

— En gros, il a fait fonctionner son carnet d'adresses. À force de nous en rebattre les oreilles, nous avions fini par oublier qu'il connaît *vraiment* beaucoup de monde.

— Même au Brésil ? Pour arrêter un complot dirigé par le ministre de l'Intérieur en personne ?

— Non. Je ne crois pas qu'il connaisse beaucoup de gens au Brésil. Son terrain favori, c'est Washington DC.

Des téléphones sonnaient un peu partout dans la pièce. Tout un bataillon de secrétaires et d'aides de camp répondait en braillant des ordres en portugais. L'un d'eux vint déposer respectueusement un papier devant Barney.

— La décontamination est terminée, annonça-t-il après l'avoir parcouru.

— Et Juliette ? demanda Paul.

— Elle a été conduite à l'hôpital.

— Elle est blessée ?

Paul avait laissé paraître son angoisse dans cette question. Kerry se tourna vers lui.

— Tu l'as rencontrée ?

— Oui. Je t'expliquerai. Finissons d'abord sur Archie.

Barney opina.

— Il a appelé sur son portable personnel un des plus proches conseillers du président à la Maison-Blanche. C'est un de ses anciens partenaires d'affaires, je crois. À moins qu'il ne l'ait connu au golf.

— Peu importe.

— En effet. L'essentiel, c'est qu'il l'a convaincu de l'urgence de la situation. Il lui a parlé du rôle de la CIA, et en particulier de Marcus Brown. Le fait qu'on puisse imputer une responsabilité dans l'affaire à l'administration américaine a été l'argument décisif. Le président était à Camp David. Il a été mis au courant dans l'heure. Il a donné immédiatement l'ordre au directeur de la CIA de stopper toute l'opération.

— Mais la CIA n'a jamais agi directement. Ce sont les Brésiliens qui étaient en train de…

— Parfaitement. Et quand le président l'a compris, il a appelé lui-même son homologue brésilien pour le mettre au courant des agissements de son ministre de l'Intérieur.

— Et l'autre l'a cru ?

— D'autant plus volontiers qu'Oswaldo Leite est pour lui un rival politique dans la perspective des prochaines élections.

— La politique ne perd jamais ses droits, remarqua Paul.

— En l'occurrence, ça nous arrange bien. Le président brésilien a convoqué Leite sur-le-champ. Il l'a suspendu de ses fonctions. Mais, comme il sait que la police lui est fidèle, il a chargé le ministre de la Défense et l'armée de coopérer avec nous pour faire échouer l'opération.

— Je suis allé attendre Barney et Archie à l'arrivée de leur avion, continua Paul. C'était impressionnant. On se serait cru en état de guerre.

— Avec Archie comme commandant en chef, ajouta Barney avec un sourire las.

— Et comment as-tu su, toi, qu'ils arrivaient ? demanda Kerry. L'hôtel était surveillé, si je comprends bien, et les lignes internationales ne passaient pas.

— Quelqu'un m'a prévenu. Et m'a aidé.

— Quelqu'un ?

— Juliette.

— Mais comment l'as-tu rencontrée ?

— Elle a pris de gros risques pour venir nous trouver.

— À l'hôtel ?

— Oui, tu venais de partir.

— Pourquoi a-t-elle fait ça ?

Paul baissa la tête. Il revit la frêle silhouette de la jeune fille au moment où elle quittait la chambre et partait retrouver Harrow.

— Parce que c'est quelqu'un de bien.

L'émotion qu'il y avait dans ses paroles suscita un moment de silence. Mais il ne dura pas parce qu'un tumulte bruyant se fit entendre au rez-de-chaussée, suivi d'une cavalcade dans l'escalier. Immédiatement, ils virent paraître Archie à la tête de ses troupes. Il avait déboutonné sa chemise jusqu'au milieu de sa poitrine couverte de poils gris. Il était en nage, rouge, mais, à l'éclat de ses yeux, on voyait qu'il exultait.

— Succès complet ! s'écria-t-il. Bravo.

Malgré le regard circulaire qu'il jeta tout autour de

la pièce, il était facile de comprendre que ces louanges s'adressaient d'abord à lui-même. Il s'affala si pesamment sur un fauteuil de bureau que celui-ci roula en arrière et s'arrêta bruyamment contre le mur.

— On a retrouvé Harrow, claironna-t-il.

Il regarda autour de lui pour jouir de l'effet de ses paroles.

— Où est-il ? demanda Barney.

— Où sont-ils, tu veux dire.

— Ils étaient plusieurs ?

Archie retroussa la lèvre supérieure pour ricaner à l'anglaise, mais il était trop excité pour s'arrêter là et il éclata franchement de son vieux rire sonore de Brooklyn, dont il s'était si longtemps privé.

— Plusieurs, oui. Plusieurs morceaux.

Et comme tout le monde le regardait avec stupéfaction, il ajouta sans cesser de rire :

— Ces imbéciles de soldats ont été incapables de le retrouver. Alors, ce sont les habitants de la favela qui s'en sont chargés. Ils se sont lancés à sa poursuite et lui ont réglé son compte… à leur manière. On nous a rapporté les restes. Pas beau à voir. Quatorze bouts de barbaque découpés à la scie de chantier !

Il s'essuyait les yeux et tentait de reprendre son calme.

— Et figurez-vous que c'est une femme qui nous les a déposés. Une certaine Carmen. Carmen ! Pauvre femme. Les militaires voulaient la coffrer. Je leur ai dit de la relâcher et qu'elle aille s'occuper de ses huit enfants. Elle mérite plutôt d'être décorée.

Puis, regardant de droite et de gauche pour interpeller les officiers brésiliens qui l'entouraient, il demanda :

— Comment s'appelle déjà la Légion d'honneur, ici ? Ah oui, la Croix du Sud. Voilà : Mme Carmen, au nom de l'humanité reconnaissante, je vous fais Grand Officier de la Croix du Sud !

Il saisit une bouteille de bière qui traînait sur la table, trinqua et en but une longue rasade.

ÉPILOGUE

Atlanta. Géorgie.

Les rythmes médicaux sont assez lents, malgré les apparences. Hors de la phase aiguë des maladies, les patients ne voient leur médecin que tous les mois, parfois moins souvent.

Aussi la plupart des malades de Paul Matisse ne remarquèrent-ils même pas son absence de cinq semaines. Certains le jugèrent amaigri et lui en firent affectueusement la remarque. D'autres décelèrent de la fatigue dans ses traits. La plupart ne se rendirent compte de rien du tout.

C'était très bien ainsi. Cela montrait à Paul que l'empreinte du monde secret, malgré sa brutalité, n'était pas si profonde qu'il le craignait. Au contraire, il avait ressenti une véritable volupté à remettre sa blouse blanche. L'affaire Harrow s'était terminée un samedi. Le lundi matin, il était à sa consultation à Atlanta, bien rasé, fatigué comme après une compétition, mais heureux.

En montant l'escalier, il avait vu que l'étage convoité était libre et que les travaux de rénovation avaient commencé. Les fonds de Hobson et Ridge avaient permis à la clinique de faire cette acquisition pour s'agrandir. C'était l'effet tangible de sa mission et il préférait en garder ce souvenir-là.

Quinze patients l'attendaient ce premier matin,

chacun avec ses exigences, sa douleur, son angoisse. Rien de tel pour se remettre dans le bain. Sans ce fouet, pas moyen de penser à autre chose. Le soir, Paul se coucha épuisé et dormit presque douze heures. Les jours suivants, il revit des amis à dîner. Parmi ses copines, il s'en trouva au moins deux de fidèles, qui ne lui tinrent pas rigueur de son silence prolongé. Au bout d'une semaine, il avait presque oublié sa brève rechute à Providence.

Pourtant, on ne peut pas éviter qu'une affaire pareille se rappelle à votre bon souvenir de temps en temps. Paul avait repris le travail depuis deux semaines lorsqu'il reçut la visite d'Archie.

Il ne pouvait pas refuser de le voir car ils avaient encore des affaires à régler, notamment quelques autres promesses de mécénat concernant la clinique.

Paul n'en espérait pas moins que cette entrevue serait la dernière avant longtemps. Pendant qu'il rejoignait Archie en taxi – son hôtel cette fois était malheureusement trop loin pour qu'il puisse y aller en VTT –, Paul se composa sans trop de mal un visage hostile. Il réchauffa sa mauvaise humeur comme un plat de la veille qui aurait gagné en amertume.

Archie, évidemment, n'en tint aucun compte. Le succès lui avait rendu le plein usage de ses manières les plus britanniques. Dans sa diction oxfordienne ne restait aucune trace de son accent de Brooklyn.

— L'enquête sur McLeod, Harrow et la bande est à peine finie, savez-vous ? ronronna-t-il. À peine. Une affaire de cette ampleur a des conséquences mondiales. Souterraines, bien entendu.

Il rit de façon coquette et reprit contenance en portant la tasse de thé à ses lèvres. Paul espérait que l'entretien serait court. En même temps, une pointe de curiosité l'empêchait d'interrompre Archie. Le vieillard, évidemment, s'en était rendu compte.

— Réagir à une affaire comme celle-là a exigé beaucoup de doigté diplomatique de la part du président. Je l'ai conseillé du mieux que j'ai pu.

Cette petite remarque, avec une mimique empreinte d'une orgueilleuse modestie, Archie avait dû la répéter mille fois les semaines précédentes. Mais il ne se lassait pas d'évoquer ses conversations en confiance avec le président des États-Unis.

— Avec les Chinois, tout s'est réglé comme on pouvait s'y attendre : dans la plus extrême discrétion. Le décès du camarade Teng Lui Cheng a été annoncé par le quotidien du Parti avec des expressions de douleur presque sincères. Il fallait vraiment lire entre les lignes pour comprendre qu'il avait été exécuté. L'Indien a été mis en prison pour une affaire de fraude fiscale que son gouvernement tenait au chaud au cas où. C'est bien la preuve que ces gens-là sont décidément très avisés. Au Brésil, les choses ont été un peu plus délicates. Après tout, le ministre de l'Intérieur n'avait rien fait de mal. Il n'était pas question de sortir l'histoire du choléra : sans l'ombre d'une preuve pour l'étayer, elle aurait fait plutôt rire et se serait retournée contre ceux qui auraient tenté de l'utiliser.

— Il y avait le témoignage de Juliette, tout de même ?

— Une maniaco-dépressive traitée dans une clinique psychiatrique ?

Archie fit sa moue distinguée, signe d'hilarité, et Paul eut plus que jamais envie de le gifler.

— Non, ils ont utilisé le lynchage de Harrow. On a

prétendu que son corps avait été retrouvé dans un canal de la Baixada Fluminense là où il menait une enquête sur la pollution des eaux urbaines. Il avait été découpé en morceaux. Les États-Unis ont protesté contre l'exécution de ce militant courageux et les associations écologistes ont hurlé en chœur. Le ministre de l'Intérieur a été limogé pour n'avoir pas pu assurer sa sécurité. Habile, vous ne trouvez pas ?

— Et les complices de Harrow ?

— *De minimis non curat praetor !*

Avec le succès, le latin était revenu dans la conversation d'Archie. Paul se demandait s'il réussirait à garder son calme jusqu'au bout. Il serra sa bouteille de bière jusqu'à s'en écraser les phalanges.

— Traduction ?

— Menu fretin. Côté Brésiliens, les choses se sont réglées en douceur. Un certain Zé-Paulo a été abattu dans la banlieue de Rio après avoir refusé d'obtempérer à un contrôle routier. Qui vérifiera ? Un autre type appelé Ubiraci a été mis dans une prison pour trafiquants de drogue dangereux, ce qui revient à dire qu'on l'a jeté vivant dans un bassin rempli de crocodiles. L'exécution avant le jugement. Malin. On devrait s'en inspirer.

— Et le groupe de Harrow aux États-Unis ?

— Sans leur gourou que voulez-vous qu'ils fassent ? Aucun n'a jamais eu accès à la totalité du projet. Le FBI les aura particulièrement à l'œil, mais je suis prêt à parier qu'ils vont se tenir tranquille. L'essentiel était de décapiter le mouvement. Savez-vous ce qui est arrivé à McLeod ?

Paul revit la maison sur les hauteurs de Morges et eut tout à coup le souvenir physique de sa nuit sur le château d'eau avec Kerry. C'était pour des moments comme ceux-là qu'ils avaient pris tant de risques.

— Il a convoqué son médecin, le vrai, pas vous. Quand cet honorable docteur Jaegli est arrivé dans son bunker, McLeod l'a laissé installer sa perfusion en bavardant comme d'habitude. Ensuite, il a fait signe à ses gardes du corps. Deux types ont dégainé leur arme et l'ont pointée sur Jaegli.

— Mais il n'était pour rien dans mon entrée chez McLeod !

— Oh ! Ce n'était pas de ça qu'il s'agissait. Le vieux renard était tout à fait au courant que Jaegli avait été dupé.

— Alors qu'est-ce qu'il attendait de lui ?

— Qu'il le tue, tout simplement.

Sur cette réplique, Archie se mit à suçoter une cacahuète salée avec application, histoire de faire durer le suspens.

— Vous serez content de savoir que vous lui avez donné des idées, à McLeod. Il a demandé à Jaegli d'injecter d'un seul coup une grosse ampoule de potassium dans sa perfusion... Ce pauvre milliardaire n'avait plus de goût à la vie, figurez-vous. Son plan grandiose était ruiné. Il a devancé l'appel de la mort en utilisant la méthode que vous lui avez suggérée. Très amusant, je trouve. Grande classe. En tout cas, plus élégant que ce rustre de Rogulski.

— Qu'est-ce qu'il a fait ?

Archie avala la cacahuète qui dilata au passage son cou maigre.

— Il s'est pendu au milieu de son laboratoire, dit-il en hochant la tête pour marquer sa réprobation devant un geste aussi peu distingué.

Puis d'un coup, il frappa dans ses mains et se redressa avec un air joyeux.

— En tout cas, je suis chargé de vous apporter les amitiés de toute l'équipe. Providence ne s'est jamais aussi bien porté. L'ambiance est extraordinaire. Les contrats pleuvent. J'avais un peu craint la disparition de Marcus Brown – vous savez qu'il a été mis à la retraite d'office. Mais le soutien du président est encore plus avantageux pour nous. Si tout se confirme, je pense que dans l'année à venir notre budget devrait tripler.

Paul tressaillit. Il pressentait ce qui allait suivre et se cabrait par avance. Archie repoussa la coupelle où traînaient encore quelques cacahuètes et posa les coudes sur la table.

— L'opération que vous avez menée à bien si brillamment avec Kerry a confirmé toutes mes intuitions. Il nous faut un département médical à Providence.

Exactement ce que redoutait Paul. Il se recula.

— Bioterrorisme, santé des chefs d'État, protection des brevets pharmaceutiques, manipulations des agences humanitaires, le renseignement et la médecine ont partie liée aujourd'hui. J'aurais certainement plusieurs affaires pour vous dans l'année en cours.

Paul secoua la tête.

— N'insistez pas, Archie. Vous connaissez ma réponse.

— Paul, vous avez l'occasion d'écrire l'Histoire, c'est quelque chose tout de même !

— J'ai dit « n'insistez pas ». Cette fois, j'ai fait une exception, mais c'est terminé. Ma vie est ici. Je n'ai pas l'intention d'en changer.

Archie, entre autres élégantes manières, avait repris les habitudes du fair-play. Il inclina la tête vers Paul comme si celui-ci venait de marquer un point et s'offrit le luxe de le féliciter.

— Bravo ! Vous avez raison et je vous comprends bien. Il fallait que ces choses soient dites, n'est-ce pas ?

À la grande surprise de Paul, il ne poursuivit pas sur le sujet. Ils passèrent au règlement des questions financières pratiques, pour apurer les comptes de la mission Harrow. Et Archie prit congé avec effusion.

— Vous savez, à mon âge, on n'est jamais sûr de revoir ceux à qui l'on dit « au revoir »…

Depuis le temps que le vieux crabe utilisait ce genre de formules, elles avaient un peu perdu de leur fraîcheur. Pourtant, il était vrai qu'à force… Paul se surprit à lui serrer la main un peu plus longuement et ressentit une véritable émotion.

— Je vous dois des excuses, dit Archie, l'œil humide. Vous avez fait un travail extraordinaire, avec Kerry. Et moi, un moment j'ai douté de vous.

— Personne ne vous en veut, croyez-moi…

Ils n'allaient tout de même pas en venir aux larmes. Paul se ressaisit, lâcha la main d'Archie et le raccompagna jusqu'aux ascenseurs dans le lobby, avant de prendre la fuite.

Cette entrevue, malgré tout, l'avait déstabilisé. Depuis son retour, la routine de la clinique, le plaisir de retrouver sa maison l'avaient détourné de toute méditation. Et puis voilà qu'Archie lui avait remis à l'esprit des idées troublantes.

Paul se sentit incapable de travailler ce jour-là. Il rentra chez lui. L'après-midi était ensoleillé sur Atlanta.

Il sortit sa trompette, s'assit sur un canapé face à la baie vitrée et entreprit de nettoyer l'instrument. Pendant qu'il accomplissait ces gestes automatiques, son esprit divaguait. Il revoyait ses derniers moments avec Kerry.

La veille de son départ, elle était restée longtemps au téléphone avec ses enfants, avec Robin, avec des amis. Elle avait mis au point les détails de son retour à Manhattan. Un avion d'United Airlines décollait de Rio à 18 heures. Il était complet, mais Kerry avait insisté pour partir quand même. En appelant un de ses amis pilote de la compagnie, elle avait fini par obtenir la première place sur la liste d'attente, c'est-à-dire quasiment l'assurance d'embarquer.

Paul avait fait de son mieux pour ne pas contrarier cette agitation. Pourtant, en fin d'après-midi, tandis qu'ils étaient tous les deux à l'hôtel et qu'il la regardait faire sa valise, il s'était approché d'elle. Il n'avait aucune intention précise, seulement l'envie de parler un peu. Mais elle s'était rétractée comme si elle avait été frôlée par un animal venimeux et il l'avait laissée tranquille.

Pour Paul aussi le charme était rompu. À la place des moments intenses qu'ils avaient vécus, régnait une méfiance, une impatience, presque un dégoût. Il n'aurait pas fallu que se prolonge leur séjour sinon serait revenu, comme à chaque fois, le temps des reproches et des déchirements. Au fond de lui, Paul reconnaissait que Kerry avait raison de partir au plus tôt.

Ils n'échangèrent que des banalités jusqu'à l'heure de se rendre à l'aéroport. Paul insista pour venir aussi, même s'il ne partait, lui, que le lendemain. Kerry accepta comme s'il s'agissait d'une décision sans importance. Le hall de l'aérogare était plein d'une foule bruyante, rieuse, agitée. Elle réussit à se faire enregistrer. Ils allèrent ensuite jusqu'aux portiques de sécurité qui menaient aux salles d'embarquement. Paul se sentait de plus en plus gauche à mesure qu'approchait le moment des adieux et à vrai dire, il le redoutait. Mais tout s'était passé avec un naturel qu'il n'attendait pas. Kerry l'avait attiré à elle, comme s'ils étaient seuls, et l'avait longuement serré contre elle au milieu de la foule.

— C'était bien, dit-elle enfin. Je te remercie.

La simplicité de ces paroles ne reflétait en rien l'émotion et la tendresse qu'elles parvenaient à exprimer. Paul plongeait son regard dans les yeux verts de Kerry, parcouru d'un émoi qui lui ôtait la parole. Elle lui saisit alors les pattes de poil noir qui lui couvraient les oreilles, les tira affectueusement et dit en riant :

— À la prochaine fois ! Si les conditions sont réunies...

Aussitôt, elle avait disparu dans la foule qui piétinait en direction des départs.

Paul réfléchissait à tout cela en nettoyant sa trompette. L'instrument était maintenant propre et brillant. Il appelait le souffle et la vie. Paul y jeta quelques notes, monta et descendit la gamme.

On était mardi. Il pensa à Maggie, à qui il avait donné rendez-vous pour le soir. Une fille gentille, gaie, énergique et à laquelle, pourtant, il n'avait pas grand-chose à dire. Ils passeraient certainement une bonne soirée.

Il se mit debout, s'adossa à la fenêtre. En regardant de biais le paysage géométrique de la ville, il joua doucement un air de Miles Davis. Puis, soudain, il avisa, sur une table basse, le courrier qu'avait déposé la femme de ménage et qu'il n'avait pas ouvert. Une enveloppe lui attira l'œil. Elle était plus large que les lettres ordinaires et d'un papier grossier, taché d'auréoles bleuâtres. Son nom était écrit en grosses lettres d'imprimerie et l'adresse était celle de Providence. Quelqu'un, là-bas, lui avait fait suivre.

Il l'ouvrit et vit qu'elle contenait cinq feuillets sans rature, recto verso, d'une écriture ronde, régulière, un peu tremblée par endroits.

Rio de Janeiro, le 12 août

« Cher monsieur,

Nous ne nous sommes pas revus depuis notre brève rencontre à l'hôtel Oceania. Je tenais à vous remercier pour ce que vous avez fait. Quelque chose au fond de moi me disait que je pouvais avoir confiance en vous. Mais j'hésitais à m'abandonner à ce qui me paraissait surtout être ma dernière chance. J'ai trouvé en vous plus qu'un soutien : une humanité qui m'avait longtemps fait défaut. Vous aviez pourtant toutes les raisons de me haïr. Je m'étais rendue complice de projets qui me paraissent aujourd'hui encore plus monstrueux que j'avais pu le craindre.

Après leur intervention dans la favela, les militaires m'ont conduite dans un hôpital où je suis restée quinze jours sous bonne garde. Les médecins ont été aimables et, je crois, efficaces. Ils m'ont aidée à prendre conscience de ce qu'ils appellent des troubles cycliques de l'humeur, terme qui les rassure et leur évite de se pencher sur les causes profondes de mes actes. Mais après tout, ce n'est pas leur affaire. Ils m'ont stabilisée avec un traitement que je prends religieusement chaque jour. Comme il est habituel, paraît-il, dans ce genre de maladie, la guérison produit une curieuse impression de vide. Je n'éprouve plus les profondes crises d'angoisse et de tristesse qui me poussaient autrefois à vouloir en finir avec la vie. Mais j'ai perdu aussi cette exaltation qui, à d'autres moments, projetait sur la réalité un voile brillant et me faisait éprouver toute sensation avec une intensité impossible à décrire. Cette joie sans cause, qui montait du plus profond de moi, se répandait à un tel point tout autour d'elle qu'elle parvenait à dissoudre les aspérités du monde, à le rendre lisse, léger, merveilleux. Aujourd'hui, je vois toute chose, les bonnes comme les mauvaises, avec une netteté un peu effrayante. Je les sens aiguës, tranchantes ; je mesure leur relief, leur poids. C'est assez désagréable, presque douloureux, mais au moins cela m'empêche de commettre des actes dangereux ou de me lancer dans des initiatives désastreuses. En somme, je suis devenue quelqu'un de raisonnable. Cela m'étonne et tantôt me rassure, tantôt fait monter en moi une légère nostalgie.

Du coup, je repense beaucoup au passé, à ce que j'ai vécu ces derniers mois. La finalité de mes actes était tragique, leur incohérence manifeste. Pourtant, je n'éprouve aucun regret. J'ai vécu intensément, je me suis lancée dans la vie avec une audace que mon état « normal » ne m'aurait jamais donné le courage d'avoir. Et finalement, je suis arrivée ici, au Brésil, où rien, sans doute, ne m'aurait conduite sans ces circonstances exceptionnelles.

Après la fin de mon traitement, j'ai subi de nombreux interrogatoires de la part de la police locale mais aussi d'agents américains et français. Ils m'ont fait comprendre que toute cette affaire devait rester secrète. La presse a rendu compte des événements selon une grille de lecture assez rassurante. Les journalistes n'ont rien su du projet véritable. Ils n'ont retenu qu'une fusillade dans une favela. Ils ont fait de Harrow un malheureux militant écologiste assassiné et de moi sa compagne. Il m'a été d'autant plus facile de m'engager à ne rien dire quant à la véritable ampleur de l'opération, que je continue d'en ignorer le détail. Je ne souhaite d'ailleurs pas l'apprendre.

Les autorités françaises ont tout organisé pour me rapatrier discrètement. C'est seulement la veille de mon embarquement pour Paris que j'ai pris la décision de ne pas partir.

Avec les interrogatoires et le traitement à l'hôpital, j'avais surtout pensé au passé, et je n'avais pas vraiment pris le temps de regarder autour de moi. Et tout à coup, au moment de quitter le Brésil, je me suis mise à le voir, à le sentir. Vous pouvez considérer que c'est encore une de mes idées bizarres, mais je suis ainsi faite. La réalité ne m'apparaît souvent que par le détour du rêve. C'est en rêvant à Joaquim, à ma nuit dans la Baixada et même simplement à la terrasse de l'hôtel Laranjeiras où je regardais tomber la pluie chaude, que j'ai pris soudain conscience que tout cela était encore là, autour de moi, et que je n'avais pas envie de quitter ce pays.

Les diplomates étaient contrariés, bien sûr. Mais ce sont des gens habitués à se conformer à la volonté de gens qu'ils ne comprennent pas. Ils ont accepté d'annuler mon rapatriement et même d'obtenir pour moi un visa de séjour brésilien avant de me rendre mon passeport. Par faveur spéciale, j'ai même pu disposer de quelques fonds, laissés à leur discrétion pour venir en aide aux touristes qui se sont fait dévaliser. Et voilà comment je me suis retrouvée ici. Je suis allée voir Joaquim et il m'a déniché un petit appartement dans un immeuble proche de chez lui. J'aurais accepté de vivre dans la favela, mais il s'y est catégoriquement opposé. Vous ne le connaissez pas mais je crois vous en avoir parlé. C'est un infirme qui travaille comme portier à l'hôtel Laranjeiras. Il a des idées très arrêtées sur ce qui sied ou pas à la dignité de ce qu'il appelle une dame, et de surcroît une étrangère.

Je pensais trouver un emploi tout de suite, mais dès que j'ai été vaguement installée, j'ai éprouvé le besoin de marquer une pause. J'ai fait de longues promenades dans la ville, j'ai amélioré mon portugais (j'avais commencé à l'apprendre à l'hôpital). Mon trajet favori était celui qui me menait à travers des ruelles en pente jusqu'aux abords de l'aéroport Santos-Dumont. On y voit la baie de Rio d'une façon particulière, qui me plaît beaucoup. À cet endroit, il n'y a pas de plage et rien n'évoque artificiellement les vacances. C'est un lieu de remblai et de friches industrielles. Il est tout à la fois souillé et intact car la disposition des mornes, l'harmonie de la côte donnent l'étrange impression de pénétrer dans ce monde pour la première fois, comme ont dû le faire les découvreurs portugais.

J'ai flâné là des journées entières, aux abords de l'ancien fort hollandais qui abrite aujourd'hui une école de la marine. Je m'asseyais sur les rochers et je regardais l'eau changer de couleur au gré des heures qui passaient. Personne ne me posait plus de questions, sauf moi-même. Enfin, il m'était possible de peser chaque idée, chaque désir et d'évaluer paisiblement sa pertinence, sa valeur pour moi. Peut-être vous choquerai-je en vous disant que j'ai beaucoup réfléchi à mes conversations avec Harrow et que ses propos, ses images ont pris pour moi une valeur nouvelle. Aujourd'hui plus qu'avant, je crois voir assez clairement le personnage. Ce qu'il y avait en lui de haine m'apparaît sans le moindre doute et, par certains côtés, son souvenir me remplit de dégoût. Sans l'avoir souhaitée, sa mort m'a tout de même soulagée.

Il n'empêche que d'autres souvenirs de lui me restent. Je n'ai pas oublié une nuit que nous avons passée, seuls dans le désert du Colorado. Personne ne m'avait aussi nettement fait penser à la terre, à sa fragilité, à la mort qui la menace. Sur mes rochers, en regardant, presque au ras de l'eau, la baie et les mouettes qui la survolent, j'ai retrouvé la même impression, aussi forte, aussi profonde, aussi révoltante. Cela, je ne le renie pas.

Et pourtant, Harrow avait tort. La solution qu'il proposait de mettre en œuvre était monstrueuse. Son raisonnement, quand il le formulait, était convaincant : l'homme tue la terre ; il faut la protéger de lui. Où était alors l'erreur ?

Je ne suis pas une intellectuelle. Les idées me sont assez indifférentes si elles ne sont pas soutenues par l'émotion, le sentiment, l'amour. Aussi soyez indulgent pour ce que je vais vous dire. J'exprime plutôt des intuitions qu'un raisonnement bien étayé et n'importe qui pourrait sans doute récuser facilement mes propos. Je vais les résumer en quelques mots, dans le désordre qui est sans doute celui de mon esprit.

Dans la nuit du Colorado et bien souvent par la suite, Harrow m'avait parlé de cette croyance des Indiens selon laquelle la terre était en quelque sorte vivante.

Pour eux, il est inconcevable de se l'approprier, de la découper en morceaux. Les Blancs n'ont pas commis de plus grand sacrilège à leurs yeux que de planter des piquets et de clore leurs prairies de barbelés. Cela peut paraître un raisonnement primitif, mais je crois que c'est vraiment l'essentiel, le péché originel de notre civilisation : planter des barrières. Quand j'observais la baie de Rio depuis mon petit promontoire de rochers, il me semblait, certains jours, voir tout en accéléré. J'imaginais les premiers bateaux arrivant devant les jungles peuplées d'anthropophages. Puis je voyais les colons débarquer sur la côte, construire des villes, couper le bois, s'étendre de plus en plus vers l'intérieur. De génération en génération, on le sent bien sur les remblais de Santos-Dumont, les nouveaux venus ont déployé une intense activité. Les maisons ont gagné en hauteur, jusqu'à devenir des gratte-ciel ; la voiture a remplacé le cheval. L'avion est venu, de plus en plus gros. Tout cela nous paraît naturel. C'est notre monde, celui qui nous a portés. Nous le voyons de l'intérieur, tel qu'il aime se présenter : comme une gigantesque machine à produire toujours plus de richesses, de bien-être, d'échanges, de confort. Et nous oublions ce que disaient les Indiens : cette civilisation pose aussi des clôtures. De l'autre côté de ces clôtures, il y a ce qu'elle rejette, ce qu'elle exploite, ce qu'elle souille. Car elle est aussi, et peut-être d'abord, une gigantesque machine à produire de la pauvreté, du malheur, de la destruction.

Sur mon môle au bord de la baie, je voyais les beaux avions dans le ciel, les cargos qui passent lentement, le fil tendu des voitures sur le pont de Niteroi, et, en même temps, le cambouis qui clapote entre les rochers, les gamins en haillons qui fouillent la grande décharge cachée dans un angle du vieux fort, le rivage torturé, jusqu'à l'île du Gouverneur, encombrée de cuves d'hydrocarbures et de grues rouillées. J'étais en quelque sorte sur la limite entre dedans et dehors. Je le suis encore plus quand je me promène aux abords du grand centre commercial d'Ipanema. D'un côté, on y voit les Caddie pleins, les luxueuses voitures, et de l'autre les enfants morveux, maigres, couverts de teigne ; entre les deux, un grillage de huit mètres de hauteur…

À Rio, quand on regarde les pauvres, on comprend d'où ils viennent. Ces visages d'Indiens sont ceux des sociétés primitives détruites, ces peaux noires appartiennent aux esclaves amenés d'Afrique pour travailler dans les plantations. Et il y a parfois parmi eux d'étranges résurgences de visages clairs, d'yeux bleus, qui témoignent de la déchéance de Blancs pauvres, de métissages d'arrière-cuisine entre maîtres et serviteurs. Au Brésil, on comprend que les pauvres ne sont pas une espèce à part, une monstruosité venue d'on ne sait où : ils sont le produit de notre société. Elle les a fabriqués, rejetés hors de ses clôtures. L'étape ultime consiste à les accuser de leur propre dénuement et, au nom de la Terre, cet espace commun dont nous avons fait notre propriété, de les détruire. C'était le projet de Harrow.

Il se croyait un ennemi de la civilisation industrielle et ne cessait de le répéter. En réalité, il en était le plus parfait serviteur. La guerre aux pauvres, j'en suis sûre, c'est l'ultime étape de cette aventure magnifique de l'Homme moderne qui a produit autant de destruction que de richesse, et qui, après avoir créé la misère et l'avoir rejetée, s'apprête maintenant à lui faire la guerre.

Je ne sais pas si Harrow était sincère. J'ignore si son combat faisait le jeu des puissants sans qu'il s'en rende compte, ou s'il était complice d'autres forces, auxquelles il s'était allié en pleine conscience. À vrai dire, je m'en moque. Ce qui compte pour moi, c'est de comprendre ce que j'ai fait et ce que je dois faire désormais.

La seule solution, à mes yeux, c'est de casser les clôtures et c'est ce que j'ai l'intention d'entreprendre. Rassurez-vous, je ne suis pas Harrow et je ne projette pas de grande opération terroriste. Mes choix sont à la dimension de ma vie : minuscules. J'ai seulement décidé d'employer mon temps et mes forces à passer d'un monde à l'autre. Très modestement. J'ai pris un petit poste d'éducatrice dans une association qui travaille dans les favelas. Je m'occupe surtout des enfants. Je leur apprends à écrire, des rudiments de calcul. Et je leur enseigne l'histoire, pour qu'ils en sachent un peu plus sur le monde que ce qu'ils en voient de l'autre côté de leurs barbelés. Je ne cherche pas à en faire des militants, mais seulement des gens qui, à leur tour, tenteront un jour de franchir les limites.

J'ai souvent repensé à ce que vous m'aviez dit pendant notre brève rencontre à l'hôtel Oceania. « Sauver l'homme en renforçant sa part humaine. » Sur le moment, je vous avoue que je n'avais pas saisi ce que vous vouliez dire. Aujourd'hui encore, il est possible que je n'aie pas vraiment compris le sens que ces paroles avaient pour vous. Mais elles ont acquis pour moi un sens concret, qui éclaire chaque journée de ma vie et me rend heureuse.

Je vous remercie encore et vous souhaite beaucoup de bonheur.

Veuillez croire, Cher monsieur, etc. »

Paul resta longtemps silencieux après cette lecture. Il regardait au loin la ligne des toits qui se colorait d'orangé avec le crépuscule.

Puis, soudain, il emboucha sa trompette et de toutes ses forces reprit l'air qu'il venait de jouer en accélérant le tempo. Le son vibrait à ses oreilles. C'était comme un appel lancé dans la jungle et qui cheminerait de colline en colline.

Jusqu'à elle, peut-être.

POSTFACE
À PROPOS DES SOURCES

Les événements qui constituent la trame de ce roman, s'ils ne sont pas véridiques, ne me paraissent pas non plus, hélas, invraisemblables. En tout cas, ils alertent sur un risque bien réel, que chaque grande conférence internationale consacrée à l'avenir de la planète fait resurgir : la mise en accusation des pauvres, considérés non plus comme un enjeu de justice et de solidarité mais comme une menace. De la lutte contre la pauvreté, nous sommes en train de passer à la guerre contre les pauvres.

On ne peut pas travailler vingt ans dans l'humanitaire comme je l'ai fait sans entendre fréquemment des commentaires fatalistes et inquiétants. L'Afrique est ravagée par les épidémies, les famines et les guerres ? Que voulez-vous, c'est normal : *ils* sont trop nombreux. Êtes-vous bien sûr, d'ailleurs, de leur rendre service en cherchant à *les* sauver à tout prix ? Le génocide rwandais lui-même a donné lieu à de telles interprétations, souvent entendues, rarement publiées : c'est un pays surpeuplé, il était fatal qu'une partie de la population cherche à éliminer l'autre. On pourrait multiplier les exemples.

Le regard que l'Occident porte sur le tiers-monde est empreint de pitié, bien sûr, mais ce sentiment humanitaire pousse sur les décombres de l'espoir. La faillite des modèles de développement, la montée du thème sécuritaire font resurgir un questionnement plus radical et plus tragique : que peut-on vraiment faire pour ces immenses masses de pauvres ? N'y a-t-il pas fatalité du drame ? Les catastrophes ne seraient-elles pas la seule réponse à un phénomène rarement nommé, mais dont le spectre hante les esprits : la surpopulation de la planète et singulièrement de ses régions les plus déshéritées.

Malthus n'est pas mort, lui qui voyait dans les disettes et les épidémies le mécanisme « naturel » qui régule la population et, en la réduisant, l'adapte aux « subsistances », c'est-à-dire aux ressources disponibles.

L'influence de cette pensée ne se limite pas au domaine humanitaire. Il imprègne aussi d'autres idéologies contemporaines et, au premier chef, certains courants écologistes. Les citations de ce livre sont toutes exactes, y compris les plus ahurissantes, comme celle de William Aiken : « Une mortalité humaine massive serait une bonne chose. Il est de notre devoir de la provoquer. C'est le devoir de notre espèce, vis-à-vis de notre milieu, d'éliminer 90 % de nos effectifs » (*Earthbound : Essays in Environmental Ethics*[1]).

Pour des lecteurs français, ce type de déclaration ne peut être le fait que d'extrémistes minoritaires et irresponsables. L'écologie, dans notre pays, emporte la sympathie de nombreuses personnes sincères qui ne partagent en rien de telles idées. Chez nous, l'écologie « courante » prend le visage débonnaire de mouvements politiques ayant pignon sur rue, traversés de querelles bon enfant et préoccupés, lorsqu'ils ont une once de pouvoir, d'améliorer la circulation des vélos ou

1. Random House, 1984.

le recyclage des déchets. Même les actions spectaculaires de Greenpeace ou des faucheurs d'OGM sont vues comme des mises en scène inoffensives. Du coup, on en oublie le visage que peut prendre l'écologie dans d'autres pays, aux États-Unis ou en Angleterre par exemple. Le terrorisme écologique est pourtant pris très au sérieux par les services de sécurité de ces États. Le FBI a été jusqu'à considérer que l'écoterrorisme constituait la deuxième menace aux États-Unis, derrière le fondamentalisme islamiste[1]. Cette opinion est controversée. Certains y voient une manipulation et la discussion est ouverte. Il reste que l'existence d'une écologie violente est incontestable.

Elle s'ancre dans une réflexion théorique largement ignorée en France. L'ouvrage de Luc Ferry *Le Nouvel Ordre écologique*[2] a été le premier à attirer l'attention sur l'ampleur des travaux consacrés à ce que l'on appelle l'écologie profonde *(deep ecology).* Cette critique radicale de l'homme est un des autres aspects du renouvellement de la pensée malthusienne contemporaine. Pour l'écologie profonde : « L'homme ne se situe pas au sommet de la hiérarchie du vivant mais s'inscrit au contraire dans l'écosphère comme la partie s'insère dans le tout[3]. » Les conséquences pratiques de cette approche rejoignent les préoccupations « humanitaires » concernant la population. Parmi les fameuses

---

1. Des inculpations sous le chef explicite d'écoterrorisme ont récemment eu lieu aux États-Unis concernant une quinzaine de militants de la cause animale et de la défense de l'environnement. Voir *Libération*, 30-1-2006.

2. Grasset, 1992 ; Livre de Poche, 1994.

3. Voir dossier de Radio Canada sur le sommet de Johannesburg.

« Huit thèses sur l'écologie profonde » du philosophe norvégien Arne Naess figure celle-ci : « L'épanouissement des cultures et de la vie humaine est compatible avec une substantielle diminution de la population humaine. »

Nous n'avons perçu, en France, que l'écho lointain et adouci de ces postulats. Des penseurs « grand public », de Michel Serres[1] à Albert Jacquard[2], popularisent des idées apparentées à ce courant de pensée. Mais, en leur prêtant leur voix rocailleuse et leur visage plein de bonté, ils rendent encore plus difficile de comprendre comment de tels concepts ont pu, ailleurs, engendrer une violence extrême et des actes terroristes.

Il m'a semblé que la fiction romanesque était sans doute le meilleur moyen de faire découvrir de manière simple la complexité de ce sujet et l'importance capitale des enjeux qui s'y attachent. Plusieurs romanciers nord-américains ont publié récemment des œuvres sur ce thème[3]. Le projet de ce livre diffère sur plusieurs

---

1. Voir notamment : *Le Contrat naturel*, François Bourin éd., 1990 ; Champs, Flammarion, 1992.

2. *Cinq Milliards d'hommes dans un vaisseau*, Seuil, Points-virgule, 1987.

3. Brian Brett, *Coyote*, Thistledown Pr. Ltd ; David Homel, *L'Évangile selon Sabbitha*, Lémeac, 2000 ; Actes Sud, 2000. T.C. Boyle, *Un ami de la terre*, Grasset, 2001 ; Livre de Poche, 2003 ; Nicholas Evans, *La Ligne de partage*, Albin Michel, 2006. Ces romans, de style et d'ambition différents, ont en commun de s'adresser prioritairement à un public nord-américain déjà averti des réalités, des combats et des dérives de l'écologie radicale. Nous mentionnerons aussi pour mémoire le livre de Michael Crichton, *État d'urgence* (Robert Laffont, 2006), que sa finalité militante (discréditer les défenseurs de la thèse du réchauffement climatique) situe plutôt dans le registre de la polémique, voire de la propagande.

points. En retraçant le parcours d'une jeune Française entraînée dans l'univers de l'écologie radicale, j'ai voulu donner au lecteur la possibilité de découvrir ces mouvements et leur idéologie sans que soit nécessaire de rien en connaître au préalable. Il s'agit d'un livre d'aventure et non d'un cours magistral.

Par ailleurs, fidèle aux thèmes de tous mes autres romans, il était moins question pour moi de détailler la pensée écologique que de réfléchir sur le regard que nous portons sur le tiers-monde et la pauvreté. Nous sommes, à cet égard, à un véritable tournant.

Un ensemble d'idées éparses contribuent à changer profondément l'image que nous nous faisons des pays pauvres et à dicter une nouvelle attitude à leur égard. Ces idées vont de l'écologie profonde aux travaux des néo-conservateurs américains, de l'abandon des idéaux du développement au triomphe spectaculaire et pourtant dérisoire de l'humanitaire d'urgence. La compétition sauvage que se livrent aujourd'hui dans le tiers-monde les grands intérêts économiques ne fait qu'aggraver encore cette tendance. L'entrée en lice dans cette compétition de nouveaux acteurs peu scrupuleux en matière de justice sociale et de droits de l'homme, comme la Chine, rend la bataille plus meurtrière et fait disparaître toute considération éthique dans les rapports que le monde riche entretient avec les pays sous-développés et plus encore avec les populations vulnérables, voire massacrées, de ces pays.

Pour étayer ce récit, j'ai fait appel à une large documentation qu'il est impossible de reproduire ici exhaustivement. Je me contenterai de renvoyer à quelques ouvrages de référence, à partir desquels il est possible de mener une recherche plus approfondie, en se référant notamment aux nombreux sites Internet consacrés à ces sujets.

Sur la libération animale, l'ouvrage fondateur reste évidemment celui de Peter Singer, *La Libération animale*[1], et celui, plus juridique, de Tom Regan, *The Case for Animal Rights*[2].

Sur l'écologie profonde, il est utile de se référer aux classiques que constituent le livre de Rachel Carson, *Silent Spring*[3], ainsi que le très fameux et très beau récit d'Aldo Leopold, *Almanach d'un comté des sables*[4].

La formulation théorique de la *deep ecology* est plus tardive. Elle revient à des penseurs tels qu'Arne Naess[5], ainsi qu'à ses collaborateurs et épigones George Sessions et Bill Devall[6]. La critique de la technologie moderne et de ses effets dévastateurs a été formalisée

1. Grasset, 1993.

2. University of California Press, 1983. Réédition : 2004.

3. Houghton Mifflin, 1962. Dans un registre plus « conservationniste » (c'est-à-dire moins radical et visant à préconiser des mesures de protection de la nature plutôt qu'une remise en cause complète de l'activité humaine), on peut également citer le livre *The Quiet Crisis* (1963 ; Gibbs Smith, 1988), de Stewart Udall, qui a exercé des responsabilités politiques dans les gouvernements Kennedy et Johnson.

4. Publié à titre posthume en 1949 ; en français : Aubier, 1995 ; Garnier-Flammarion, 2000.

5. Une sélection de ses œuvres complètes est disponible chez Kluwer Academic publ. (2005). Un résumé en est présenté par George Sessions sous le titre *Deep Ecology for the 21st Century* (Shambhala, Boston, 1995).

6. Actuellement consultant à la Fondation pour la *deep ecology* à San Francisco, Bill Devall est notamment l'auteur de *Deep Ecology ; Living as if Nature Mattered*, Gibbs Smith pb, 2001.

par Hans Jonas dans son célèbre ouvrage *Le Principe de responsabilité.* Sur la dimension antihumaniste de ce courant de pensée, on peut se référer à David Ehrenfeld, *The Arrogance of Humanism*[1]. John Lovelock a synthétisé ces idées en recueillant un large succès populaire avec son livre *Gaia : a new look at life on earth*[2]. La littérature française originale sur ce sujet est plus mince, malgré l'importance (et l'abondance) des productions d'un auteur comme Serge Latouche[3].

Dans un registre plus juridique, Roderick Nash a publié *The Rights of nature : a history of environmental ethics*[4], et Stan Rowe a élaboré le concept de « crime contre l'écosphère ».

Ce glissement, de l'élaboration philosophique jusqu'à une sorte d'inculpation de l'humanité, est essentiel pour comprendre la genèse d'une violence écologiste. L'action directe et radicale est en effet justifiée, dès lors qu'il s'agit de se dresser contre des crimes plus terribles encore : ceux dont l'espèce humaine se rend coupable contre les autres espèces, et même contre la Nature tout entière. Il est d'ailleurs courant, dans les différents sites Internet consacrés à ces sujets, de lire que l'écoterrorisme dont sont accusés certains militants radicaux n'est que la réponse au « véritable » terrorisme que commet quotidiennement et à grande échelle

1. Oxford University Press, 1978.
2. Oxford University Press, 1979.
3. Citons entre autres de lui *Survivre au développement ; de la décolonisation de l'imaginaire économique à la construction d'une société alternative* (Mille et une nuits, 2004). S. Latouche est le créateur du concept de dé-croissance, qui prône une inversion des objectifs macroéconomiques dans les sociétés développées.
4. University of Wisconsin Press, 1989.

la civilisation industrielle et, plus généralement, le genre humain.

L'un des inspirateurs de ce passage à l'acte radical est Edward Abbey. Même si l'on ne souscrit pas à ses idées, il est assez réjouissant pour un romancier de constater qu'une œuvre de fiction, son roman *The Monkey Wrench Gang*[1], est parvenue à exercer une influence aussi décisive sur la réalité. L'épopée assez branquignolesque d'une bande de saboteurs de chantiers qu'Abbey décrit dans une langue inimitable, a servi de bréviaire à toute une génération d'activistes qui ont suivi son programme quasiment à la lettre.

Dave Foreman, créateur de l'association Earth First ! se revendique explicitement d'Edward Abbey, comme le confirme le titre de son livre : *Ecodefense. A field guide to monkeywrenching*[2]. Les fondateurs de l'autre courant d'activistes, celui qui s'est d'emblée centré sur les questions nucléaires et sur la mer, n'ont pas non plus été avares de confidences sur leur vie. L'un des livres les plus intéressants à ce sujet est celui de Robert Hunter, qui détaille les débuts de Greenpeace sous le titre *Warriors of the Rainbow*[3]. Paul Watson, quant à lui, a quitté Greenpeace en jugeant qu'il fallait passer à des formes d'action plus offensives et il s'est rendu célèbre en coulant un baleinier portugais. Son livre *Ocean Warrior, my battle to end the illegal slaughter on the high seas*[4], fait lui aussi référence à cette notion de

1. Lippincott, 1975. *Le Gang de la clef à molette*, Gallmeister, 2006.
2. Abbzug Press, 1993.
3. Holt, Rinehart and Winston, 1979.
4. Key Porter, 1994.

guerre et de bataille qui caractérise la rhétorique des organisations nées au début des années quatre-vingt. Les Nouveaux Prédateurs, que nous avons imaginés dans ce livre, ne font rien d'autre que pousser à l'extrême cette démarche. À partir du moment où l'espèce humaine est désignée comme un coupable et une cible, tout devient possible, et seule change l'échelle à laquelle se conçoit l'action.

En utilisant le choléra comme support de la menace, je me suis situé aux antipodes du roman technologique : ce pauvre vibrion cholérique est un fléau démodé. Ceux qui continuent néanmoins de lui consacrer leur vie en parlent toujours avec passion. Je rends hommage ici au Pr Dodin et je remercie particulièrement pour son aide le Pr Jean-Michel Fournier, chef du service du Choléra et des vibrions à l'Institut Pasteur de Paris. Grâce à lui, j'ai pu pénétrer dans le saint des saints de la recherche sur le choléra et rendre mes descriptions de laboratoires conformes à la réalité la plus précise.

Enfin, comme ce livre emprunte la forme du roman d'espionnage, je tiens à remercier tous ceux qui, au gré de mes différents engagements, m'ont initié à ce monde secret, en constante évolution. Parmi eux, je voudrais témoigner plus particulièrement ma reconnaissance à mon ami Sir Ronald G., ancien chef des SAS britanniques, personnalité hors du commun infiniment plus riche, plus généreuse et plus complexe que celle d'Archibald dans ce livre, même s'il lui a prêté quelques-uns de ses traits. Beaucoup d'agents que j'ai connus lorsque j'étais chargé des opérations de maintien de la paix au ministère de la Défense ont aujourd'hui quitté le service public. En France comme à l'étranger, la tendance est à la privatisation du renseignement. Je tenais à rendre compte de cette évolution en créant à mon tour une organisation privée : la très imaginaire et très vraisemblable agence de Providence.

Les disciplines médicales et biologiques ont toute leur place aujourd'hui dans ce nouvel univers. Ce n'est pas nécessairement de nature à nous rassurer sur l'avenir.

Table des matières

Composition et mise en pages réalisées
par IND - 39100 Brevans

Achevé d'imprimer par N.I.I.A.G.
en août 2007
pour le compte de France Loisirs, Paris

N° d'éditeur : 49652
Dépôt légal : septembre 2007

Imprimé en Italie